Stefan Zweig

Die Welt von Gestern

Erinnerungen eines Europäers

Fischer Taschenbuch Verlag

Limitierte Sonderausgabe
Veröffentlicht im Fischer Taschenbuch Verlag,
einem Unternehmen der S. Fischer Verlags GmbH,
Frankfurt am Main, Januar 2003

Die Erstausgabe erschien 1944
im Bermann-Fischer Verlag zu Stockholm

Gesamtherstellung: Clausen & Bosse, Leck
Printed in Germany
ISBN 3-596-50620-4

Inhalt

»Begegnen wir der Zeit,
wie sie uns sucht.«
Shakespeare, ›Cymbeline‹

Vorwort

Ich habe meiner Person niemals so viel Wichtigkeit beigemessen, daß es mich verlockt hätte, anderen die Geschichten meines Lebens zu erzählen. Viel mußte sich ereignen, unendlich viel mehr, als sonst einer einzelnen Generation an Geschehnissen, Katastrophen und Prüfungen zugeteilt ist, ehe ich den Mut fand, ein Buch zu beginnen, das mein Ich zur Hauptperson hat oder – besser gesagt – zum Mittelpunkt. Nichts liegt mir ferner, als mich damit voranzustellen, es sei denn im Sinne des Erklärers bei einem Lichtbildervortrag; die Zeit gibt die Bilder, ich spreche nur die Worte dazu, und es wird eigentlich nicht so sehr *mein* Schicksal sein, das ich erzähle, sondern das einer ganzen Generation – unserer einmaligen Generation, die wie kaum eine im Laufe der Geschichte mit Schicksal beladen war. Jeder von uns, auch der Kleinste und Geringste, ist in seiner innersten Existenz aufgewühlt worden von den fast pausenlosen vulkanischen Erschütterungen unserer europäischen Erde; und ich weiß mir inmitten der Unzähligen keinen anderen Vorrang zuzusprechen als den einen: als Österreicher, als Jude, als Schriftsteller, als Humanist und Pazifist jeweils just dort gestanden zu sein, wo diese Erdstöße am heftigsten sich auswirkten. Sie haben mir dreimal Haus und Existenz umgeworfen, mich von jedem Einstigen und Vergangenen gelöst und mit ihrer dramatischen Vehemenz ins Leere geschleudert, in das mir schon wohlbekannte ›Ich weiß nicht wohin‹. Aber ich beklagte das nicht; gerade der Heimatlose wird in einem neuen Sinne frei, und nur der mit nichts mehr Verbundene braucht auf nichts mehr Rücksicht zu nehmen. So hoffe ich, wenigstens eine Hauptbedingung jeder rechtschaffenen Zeitdarstellung erfüllen zu können: Aufrichtigkeit und Unbefangenheit.

Denn losgelöst von allen Wurzeln und selbst von der Erde, die diese Wurzeln nährte, – das bin ich wahrhaftig wie selten einer in den Zeiten. Ich bin 1881 in einem großen und mächtigen Kaiserreiche geboren, in der Monarchie der Habsburger, aber man suche sie nicht auf der Karte: sie ist weggewaschen ohne Spur. Ich bin aufgewachsen in Wien, der zweitausendjährigen übernationalen Metropole, und habe sie wie ein Verbrecher verlassen müssen, ehe sie degradiert wurde zu einer deutschen Provinzstadt. Mein literarisches Werk ist in der Sprache, in der ich es geschrieben, zu Asche gebrannt worden, in eben demselben Lande, wo meine Bücher Millionen Leser sich zu Freunden gemacht. So gehöre ich nirgends mehr hin, überall Fremder und bestenfalls Gast; auch die eigentliche Heimat, die mein Herz sich erwählt, Europa, ist mir verloren, seit es sich zum zweitenmal selbstmörderisch zerfleischt im Bruderkriege. Wider meinen Willen bin ich Zeuge geworden der furchtbarsten Niederlage der Vernunft und des wildesten Triumphes der Brutalität innerhalb der Chronik der Zeiten; nie – ich verzeichne dies keineswegs mit Stolz, sondern mit Beschämung – hat eine Generation einen solchen moralischen Rückfall aus solcher geistigen Höhe erlitten wie die unsere. In dem einen kleinen Intervall, seit mir der Bart zu sprossen begann und seit er zu ergrauen beginnt, in diesem einen halben Jahrhundert hat sich mehr ereignet an radikalen Verwandlungen und Veränderungen als sonst in zehn Menschengeschlechtern, und jeder von uns fühlt: zu vieles fast! So verschieden ist mein Heute von jedem meiner Gestern, meine Aufstiege und meine Abstürze, daß mich manchmal dünkt, ich hätte nicht bloß eine, sondern mehrere, völlig voneinander verschiedene Existenzen gelebt. Denn es geschieht mir oft, daß, wenn ich achtlos erwähne: ›Mein Leben‹, ich mich unwillkürlich frage: ›*Welches* Leben?‹ Das vor dem Weltkriege, das vor dem ersten oder das vor dem zweiten oder das Leben von heute? Dann wieder ertappe ich mich dabei, daß ich sage: ›Mein Haus‹ und nicht gleich weiß, welches der einstigen ich meinte, ob das in Bath oder in Salzburg oder das Elternhaus in Wien. Oder daß ich ›bei uns‹ sage und erschrocken mich erinnern muß, daß ich für die Menschen meiner Heimat längst ebensowenig dazugehöre wie für die Engländer oder für die Amerikaner, dort nicht mehr organisch verbunden und hier wiederum niemals ganz eingegliedert; die Welt, in der ich aufgewachsen bin, und die von heute und die zwischen beiden sondern sich immer mehr für mein Gefühl zu völlig verschiedenen Welten. Jedesmal, wenn ich im Gespräch jüngeren Freunden Episoden aus der Zeit vor dem ersten Kriege erzähle, merke ich an ihren erstaunten Fragen, wieviel für sie schon historisch oder unvorstellbar von dem geworden ist, was für mich noch selbstverständliche Realität bedeutet. Und ein geheimer Instinkt in mir gibt ihnen recht: zwischen unserem Heute, unserem Gestern und Vorgestern sind alle Brücken abgebrochen. Ich selbst kann nicht umhin, mich zu verwundern über die Fülle, die Vielfalt, die wir in den knappen Raum einer einzigen – freilich höchst unbequemen und gefährdeten – Existenz gepreßt haben, und schon gar, wenn ich sie mit der Lebensform meiner Vorfahren vergleiche. Mein Vater, mein Großvater, was haben sie gesehen? Sie lebten jeder ihr Leben in der Einform. Ein einziges Leben vom Anfang bis zum Ende, ohne Aufstiege, ohne Stürze, ohne Erschütterung und Gefahr, ein Leben mit kleinen Spannungen, unmerklichen Übergängen; in gleichem Rhythmus, gemächlich und still, trug sie die Welle der Zeit von der Wiege bis zum Grabe. Sie lebten im selben Land, in derselben Stadt und fast immer sogar im selben Haus; was außen in der Welt geschah, ereignete sich eigentlich nur in der Zeitung und pochte nicht an ihre Zimmertür. Irgendein Krieg geschah wohl irgendwo in ihren Tagen, aber doch nur ein Kriegchen, gemessen an den Dimensionen von heute, und er spielte sich weit an der Grenze ab, man hörte nicht die Kanonen, und nach einem halben Jahre war er erloschen, vergessen, ein dürres Blatt Geschichte, und es begann wieder das alte, dasselbe Leben. Wir aber lebten alles ohne Wiederkehr, nichts blieb vom Früheren, nichts kam zurück; uns war im Maximum mitzumachen vorbehalten, was sonst die Geschichte sparsam jeweils auf ein einzelnes Land, auf ein einzelnes Jahrhundert verteilt. Die eine Generation hatte allenfalls eine Revolution mitgemacht, die andere einen Putsch, die dritte einen Krieg, die vierte eine Hungersnot, die fünfte einen Staatsbankrott, – und manche gesegneten Länder, gesegneten Generationen sogar überhaupt nichts von dem allen. Wir aber, die wir heute sechzig Jahre alt sind und de jure noch eigentlich ein Stück Zeit vor uns hätten, was haben wir *nicht* gesehen, *nicht* gelitten, *nicht* miterlebt? Wir haben den Katalog aller nur denkbaren Katastrophen durchgeackert von einem zum anderen Ende (und sind noch immer nicht beim letzten Blatt). Ich allein bin Zeitgenosse der beiden größten Kriege der Menschheit gewesen und habe sogar jeden erlebt auf einer anderen Front, den einen auf der deutschen, den anderen auf der antideutschen. Ich habe im Vorkrieg die höchste Stufe und Form individueller Freiheit und nachdem ihren tiefsten Stand seit Hunderten Jahren gekannt, ich bin gefeiert gewesen und geächtet, frei und unfrei, reich und arm. Alle die fahlen Rosse der Apokalypse sind durch mein Leben gestürmt, Revolution und Hungersnot, Geldentwertung und Terror, Epidemien und Emigration; ich habe die großen Massenideologien unter meinen

Augen wachsen und sich ausbreiten sehen, den Faschismus in Italien, den Nationalsozialismus in Deutschland, den Bolschewismus in Rußland und vor allem jene Erzpest, den Nationalismus, der die Blüte unserer europäischen Kultur vergiftet hat. Ich mußte wehrloser, machtloser Zeuge sein des unvorstellbaren Rückfalls der Menschheit in längst vergessen gemeinte Barbarei mit ihrem bewußten und programmatischen Dogma der Antihumanität. Uns war es vorbehalten, wieder seit Jahrhunderten Kriege ohne Kriegserklärungen, Konzentrationslager, Folterungen, Massenberaubungen und Bombenangriffe auf wehrlose Städte zu sehen, Bestialitäten all dies, welche die letzten fünfzig Generationen nicht mehr gekannt haben und künftige hoffentlich nicht mehr erdulden werden. Aber paradoxerweise habe ich auch in ebenderselben Zeit, da unsere Welt im Moralischen zurückstürzte um ein Jahrtausend, dieselbe Menschheit im Technischen und Geistigen sich zu ungeahnten Taten erheben sehen, mit einem Flügelschlag alles in Millionen Jahren Geleistete überholend: die Eroberung des Äthers durch das Flugzeug, die Übermittlung des irdischen Worts in derselben Sekunde über den Erdball und damit die Besiegung des Weltraums, die Zerspaltung des Atoms, die Besiegung der heimtückischsten Krankheiten, die fast tägliche Ermöglichung des gestern noch Unmöglichen. Nie bis zu unserer Stunde hat sich die Menschheit als Gesamtheit teuflischer gebärdet und nie so Gottähnliches geleistet.

Dies unser gespanntes, dramatisch überraschungsreiches Leben zu bezeugen, scheint mir Pflicht, denn – ich wiederhole – jeder war Zeuge dieser ungeheuren Verwandlungen, jeder war genötigt Zeuge zu sein. Für unsere Generation gab es kein Entweichen, kein Sich-abseits-Stellen wie in den früheren; wir waren dank unserer neuen Organisation der Gleichzeitigkeit ständig einbezogen in die Zeit. Wenn Bomben in Shanghai die Häuser zerschmetterten, wußten wir es in Europa in unseren Zimmern, ehe die Verwundeten aus ihren Häusern getragen waren. Was tausend Meilen über dem Meer sich ereignete, sprang uns leibhaftig im Bilde an. Es gab keinen Schutz, keine Sicherung gegen das ständige Verständigtwerden und Mitgezogensein. Es gab kein Land, in das man flüchten, keine Stille, die man kaufen konnte, immer und überall griff uns die Hand des Schicksals und zerrte uns zurück in sein unersättliches Spiel.

Ständig mußte man sich Forderungen des Staates unterordnen, der stupidesten Politik zur Beute hinwerfen, den phantastischsten Veränderungen anpassen, immer war man an das Gemeinsame gekettet, so erbittert man sich wehrte; es riß einen mit, unwiderstehlich. Wer immer durch diese Zeit ging oder vielmehr gejagt und gehetzt wurde – wir haben wenig Atempausen gekannt –, hat mehr Geschichte miterlebt als irgendeiner seiner Ahnen. Auch heute stehen wir abermals an einer Wende, an einem Abschluß und einem neuen Beginn. Ich handle darum durchaus nicht absichtslos, wenn ich diesen Rückblick auf mein Leben mit einem bestimmten Datum vorläufig enden lasse. Denn jener Septembertag 1939 zieht den endgültigen Schlußstrich unter die Epoche, die uns Sechzigjährige geformt und erzogen hat. Aber wenn wir mit unserem Zeugnis auch nur einen Splitter Wahrheit aus ihrem zerfallenen Gefüge der nächsten Generation übermitteln, so haben wir nicht ganz vergebens gewirkt.

Ich bin mir der ungünstigen, aber für unsere Zeit höchst charakteristischen Umstände bewußt, unter denen ich diese meine Erinnerungen zu gestalten suche. Ich schreibe sie mitten im Kriege, ich schreibe sie in der Fremde und ohne den mindesten Gedächtnisbehelf. Kein Exemplar meiner Bücher, keine Aufzeichnungen, keine Freundesbriefe sind mir in meinem Hotelzimmer zur

Hand. Nirgends kann ich mir Auskunft holen, denn in der ganzen Welt ist die Post von Land zu Land abgerissen oder durch die Zensur gehemmt. Wir leben jeder so abgesondert wie vor Hunderten Jahren, ehe Dampfschiffe und Bahn und Flugzeuge und Post erfunden waren. Von all meiner Vergangenheit habe ich also nichts mit mir, als was ich hinter der Stirne trage. Alles andere ist für mich in diesem Augenblick unerreichbar oder verloren. Aber die gute Kunst, Verlorenem nicht nachzutrauern, hat unsere Generation gründlich gelernt, und vielleicht wird der Verlust an Dokumentierung und Detail diesem meinem Buche sogar zum Gewinn. Denn ich betrachte unser Gedächtnis nicht als ein das *eine* bloß zufällig behaltendes und das *andere* zufällig verlierendes Element, sondern als eine wissend ordnende und weise ausschaltende Kraft. Alles, was man aus seinem eigenen Leben vergißt, war eigentlich von einem inneren Instinkt längst schon verurteilt gewesen, vergessen zu werden. Nur was ich selber bewahren will, hat ein Anrecht, für andere bewahrt zu werden. So sprecht und wählt, ihr Erinnerungen, statt meiner, und gebt wenigstens einen Spiegelschein meines Lebens, ehe es ins Dunkel sinkt!

Die Welt der Sicherheit

Still und eng und ruhig auferzogen
Wirft man uns auf einmal in die Welt;
Uns umspülen hunderttausend Wogen,
Alles reizt uns, mancherlei gefällt,
Mancherlei verdrießt uns, und von Stund zu Stunden
Schwankt das leicht unruhige Gefühl;
Wir empfinden, und was wir empfunden,
Spült hinweg das bunte Weltgewühl.

Goethe

Wenn ich versuche, für die Zeit vor dem Ersten Weltkriege, in der ich aufgewachsen bin, eine handliche Formel zu finden, so hoffe ich am prägnantesten zu sein, wenn ich sage: es war das goldene Zeitalter der Sicherheit. Alles in unserer fast tausendjährigen österreichischen Monarchie schien auf Dauer gegründet und der Staat selbst der oberste Garant dieser Beständigkeit. Die Rechte, die er seinen Bürgern gewährte, waren verbrieft vom Parlament, der frei gewählten Vertretung des Volkes, und jede Pflicht genau begrenzt. Unsere Währung, die österreichische Krone, lief in blanken Goldstücken um und verbürgte damit ihre Unwandelbarkeit. Jeder wußte, wieviel er besaß oder wieviel ihm zukam, was erlaubt und was verboten war. Alles hatte seine Norm, sein bestimmtes Maß und Gewicht. Wer ein Vermögen besaß, konnte genau errechnen, wieviel an Zinsen es alljährlich zubrachte, der Beamte, der Offizier wiederum fand im Kalender verläßlich das Jahr, in dem er avancieren werde und in dem er in Pension gehen würde. Jede Familie hatte ihr bestimmtes Budget, sie wußte, wieviel sie zu verbrauchen hatte für Wohnen und Essen, für Sommerreise und Repräsentation, außerdem war unweigerlich ein kleiner Betrag sorgsam für Unvorhergesehenes, für Krankheit und Arzt bereitgestellt. Wer ein Haus besaß, betrachtete es als sichere Heimstatt für Kinder und Enkel, Hof und Geschäft vererbte sich von Geschlecht zu Geschlecht; während ein Säugling noch in der Wiege lag, legte man in der Sparbüchse oder der Sparkasse bereits einen ersten Obolus für den Lebensweg zurecht, eine kleine ›Reserve‹ für die Zukunft. Alles stand in diesem weiten Reiche fest und unverrückbar an seiner Stelle und an der höchsten der greise Kaiser; aber sollte er sterben, so wußte man (oder meinte man), würde ein anderer kommen und nichts sich ändern in der wohlberechneten Ordnung. Niemand glaubte an Kriege, an Revolutionen und Umstürze. Alles Radikale, alles Gewaltsame schien bereits unmöglich in einem Zeitalter der Vernunft.

Dieses Gefühl der Sicherheit war der erstrebenswerteste Besitz von Millionen, das gemeinsame Lebensideal. Nur mit dieser Sicherheit galt das Leben als lebenswert, und immer weitere Kreise begehrten ihren Teil an diesem kostbaren Gut. Erst waren es nur die Besitzenden, die sich dieses Vorzugs erfreuten, allmählich aber drängten die breiten Massen heran; das Jahrhundert der Sicherheit wurde das goldene Zeitalter des Versicherungswesens. Man assekurierte sein Haus gegen Feuer und Einbruch, sein Feld gegen Hagel und Wetterschaden, seinen Körper gegen Unfall und Krankheit, man kaufte sich Leibrenten für das Alter und legte den Mädchen eine Police in die Wiege für die künftige Mitgift. Schließlich organisierten sich sogar die Arbeiter, eroberten sich einen normalisierten Lohn und Krankenkassen, Dienstboten sparten sich eine Altersversicherung und zahlten im voraus ein in die Sterbekasse für ihr eigenes Begräbnis. Nur wer sorglos in die Zukunft blicken konnte, genoß mit gutem Gefühl die Gegenwart.

In diesem rührenden Vertrauen, sein Leben bis auf die letzte Lücke verpalisadieren zu können gegen jeden Einbruch des Schicksals, lag trotz aller Solidität und Bescheidenheit der Lebensauffassung eine große und gefährliche Hoffart. Das neunzehnte Jahrhundert war in seinem liberalistischen Idealismus ehrlich überzeugt, auf dem geraden und unfehlbaren Weg zur ›besten aller Welten‹ zu sein. Mit Verachtung blickte man auf die früheren Epochen mit ihren Kriegen, Hungersnöten und Revolten herab als auf eine Zeit, da die Menschheit eben noch unmündig und nicht genug aufgeklärt gewesen. Jetzt aber war es doch nur eine Angelegenheit von Jahrzehnten, bis das letzte Böse und Gewalttätige endgültig überwunden sein würde, und dieser Glaube an den ununterbrochenen, unaufhaltsamen ›Fortschritt‹ hatte für jenes Zeitalter wahrhaftig die Kraft einer Religion; man glaubte an diesen ›Fortschritt‹ schon mehr als an die Bibel, und sein Evangelium schien unumstößlich bewiesen durch die täglich neuen Wunder der Wissenschaft und der Technik. In der Tat wurde ein allgemeiner Aufstieg zu Ende dieses friedlichen Jahrhunderts immer sichtbarer, immer geschwinder, immer vielfältiger. Auf den Straßen flammten des Nachts statt der trüben Lichter elektrische Lampen, die Geschäfte trugen von den Hauptstraßen ihren verführerischen neuen Glanz bis in die Vorstädte, schon konnte dank des Telephons der Mensch zum Menschen in die Ferne sprechen, schon flog er dahin im pferdelosen Wagen mit neuen Geschwindigkeiten, schon schwang er sich empor in die Lüfte im erfüllten Ikarustraum. Der Komfort drang aus den vornehmen Häusern in die bürgerlichen, nicht mehr mußte das Wasser vom Brunnen oder Gang geholt werden, nicht mehr mühsam am Herd das Feuer entzündet, die Hygiene verbreitete sich, der

Schmutz verschwand. Die Menschen wurden schöner, kräftiger, gesünder, seit der Sport ihnen die Körper stählte, immer seltener sah man Verkrüppelte, Kropfige, Verstümmelte auf den Straßen, und alle diese Wunder hatte die Wissenschaft vollbracht, dieser Erzengel des Fortschritts. Auch im Sozialen ging es voran; von Jahr zu Jahr wurden dem Individuum neue Rechte gegeben, die Justiz linder und humaner gehandhabt, und selbst das Problem der Probleme, die Armut der großen Massen, schien nicht mehr unüberwindlich. Immer weiteren Kreisen gewährte man das Wahlrecht und damit die Möglichkeit, legal ihre Interessen zu verteidigen, Soziologen und Professoren wetteiferten, die Lebenshaltung des Proletariats gesünder und sogar glücklicher zu gestalten – was Wunder darum, wenn dieses Jahrhundert sich an seiner eigenen Leistung sonnte und jedes beendete Jahrzehnt nur als die Vorstufe eines besseren empfand? An barbarische Rückfälle, wie Kriege zwischen den Völkern Europas, glaubte man so wenig wie an Hexen und Gespenster; beharrlich waren unsere Väter durchdrungen von dem Vertrauen auf die unfehlbar bindende Kraft von Toleranz und Konzilianz. Redlich meinten sie, die Grenzen von Divergenzen zwischen den Nationen und Konfessionen würden allmählich zerfließen ins gemeinsame Humane und damit Friede und Sicherheit, diese höchsten Güter, der ganzen Menschheit zugeteilt sein.

Es ist billig für uns heute, die wir das Wort ›Sicherheit‹ längst als ein Phantom aus unserem Vokabular gestrichen haben, den optimistischen Wahn jener idealistisch verblendeten Generation zu belächeln, der technische Fortschritt der Menschheit müsse unbedingterweise einen gleich rapiden moralischen Aufstieg zur Folge haben. Wir, die wir im neuen Jahrhundert gelernt haben, von keinem Ausbruch kollektiver Bestialität uns mehr überraschen zu lassen, wir, die wir von jedem kommenden Tag noch Ruchloseres erwarteten als von dem vergangenen, sind bedeutend skeptischer hinsichtlich einer moralischen Erziehbarkeit der Menschen. Wir mußten Freud recht geben, wenn er in unserer Kultur, unserer Zivilisation nur eine dünne Schicht sah, die jeden Augenblick von den destruktiven Kräften der Unterwelt durchstoßen werden kann, wir haben allmählich uns gewöhnen müssen, ohne Boden unter unseren Füßen zu leben, ohne Recht, ohne Freiheit, ohne Sicherheit. Längst haben wir für unsere eigene Existenz der Religion unserer Väter, ihrem Glauben an einen raschen und andauernden Aufstieg der Humanität abgesagt; banal scheint uns grausam Belehrten jener voreilige Optimismus angesichts einer Katastrophe, die mit einem einzigen Stoß uns um tausend Jahre humaner Bemühungen zurückgeworfen hat. Aber wenn auch nur Wahn, so war es doch ein wundervoller und edler Wahn, dem unsere Väter dienten, menschlicher und fruchtbarer als die Parolen von heute. Und etwas in mir kann sich geheimnisvollerweise trotz aller Erkenntnis und Enttäuschung nicht ganz von ihm loslösen. Was ein Mensch in seiner Kindheit aus der Luft der Zeit in sein Blut genommen, bleibt unausscheidbar. Und trotz allem und allem, was jeder Tag mir in die Ohren schmettert, was ich selbst und unzählige Schicksalsgenossen an Erniedrigung und Prüfungen erfahren haben, ich vermag den Glauben meiner Jugend nicht ganz zu verleugnen, daß es wieder einmal aufwärts gehen wird trotz allem und allem. Selbst aus dem Abgrund des Grauens, in dem wir heute halb blind herumtasten mit verstörter und zerbrochener Seele, blicke ich immer wieder auf zu jenen alten Sternbildern, die über meiner Kindheit glänzten, und tröste mich mit dem ererbten Vertrauen, daß dieser Rückfall dereinst nur als ein Intervall erscheinen wird in dem ewigen Rhythmus des Voran und Voran.

Heute, da das große Gewitter sie längst zerschmettert

hat, wissen wir endgültig, daß jene Welt der Sicherheit ein Traumschloß gewesen. Aber doch, meine Eltern haben darin gewohnt wie in einem steinernen Haus. Kein einziges Mal ist ein Sturm oder eine scharfe Zugluft in ihre warme, behagliche Existenz eingebrochen; freilich hatten sie noch einen besonderen Windschutz: sie waren vermögende Leute, die allmählich reich und sogar sehr reich wurden, und das polsterte in jenen Zeiten verläßlich Fenster und Wand. Ihre Lebensform scheint mir dermaßen typisch für das sogenannte ›gute jüdische Bürgertum‹, das der Wiener Kultur so wesentliche Werte gegeben hat und zum Dank dafür völlig ausgerottet wurde, daß ich mit dem Bericht ihres gemächlichen und lautlosen Daseins eigentlich etwas Unpersönliches erzähle: so wie meine Eltern haben zehntausend oder zwanzigtausend Familien in Wien gelebt in jenem Jahrhundert der gesicherten Werte.

Die Familie meines Vaters stammte aus Mähren. In kleinen ländlichen Orten lebten dort die jüdischen Gemeinden in bestem Einvernehmen mit der Bauernschaft und dem Kleinbürgertum; so fehlte ihnen völlig die Gedrücktheit und andererseits die geschmeidig vordrängende Ungeduld der galizischen, der östlichen Juden. Stark und kräftig durch das Leben auf dem Lande, schritten sie sicher und ruhig ihren Weg wie die Bauern ihrer Heimat über das Feld. Früh vom orthodox Religiösen emanzipiert, waren sie leidenschaftliche Anhänger der Zeitreligion des ›Fortschritts‹ und stellten in der politischen Ära des Liberalismus die geachtetsten Abgeordneten im Parlament. Wenn sie aus ihrer Heimat nach Wien übersiedelten, paßten sie sich mit erstaunlicher Geschwindigkeit der höheren Kultursphäre an, und ihr persönlicher Aufstieg verband sich organisch dem allgemeinen Aufschwung der Zeit. Auch in dieser Form des Übergangs war unsere Familie durchaus typisch. Mein Großvater väterlicherseits hatte Manufakturwaren vertrieben.

Dann begann in der zweiten Hälfte des Jahrhunderts die industrielle Konjunktur in Österreich. Die aus England importierten mechanischen Webstühle und Spinnmaschinen brachten durch Rationalisierung eine ungeheure Verbilligung gegenüber der altgeübten Handweberei, und mit ihrer kommerziellen Beobachtungsgabe, ihrem internationalen Überblick waren es die jüdischen Kaufleute, die als erste in Österreich die Notwendigkeit und Ergiebigkeit einer Umstellung auf industrielle Produktion erkannten. Sie gründeten mit meist geringem Kapital jene rasch improvisierten, zunächst nur mit Wasserkraft betriebenen Fabriken, die sich allmählich zur mächtigen, ganz Österreich und den Balkan beherrschenden böhmischen Textilindustrie erweiterten. Während also mein Großvater als typischer Vertreter der früheren Epoche nur dem Zwischenhandel mit Fertigprodukten gedient, ging mein Vater schon entschlossen hinüber in die neue Zeit, indem er in Nordböhmen in seinem dreiunddreißigsten Lebensjahr eine kleine Weberei begründete, die er dann im Laufe der Jahre langsam und vorsichtig zu einem stattlichen Unternehmen ausbaute.

Solche vorsichtige Art der Erweiterung trotz einer verlockend günstigen Konjunktur lag durchaus im Sinne der Zeit. Sie entsprach außerdem noch besonders der zurückhaltenden und durchaus ungierigen Natur meines Vaters. Er hatte das Credo seiner Epoche ›Safety first‹ in sich aufgenommen; es war ihm wesentlicher, ein ›solides‹ – auch dies ein Lieblingswort jener Zeit – Unternehmen mit eigener Kapitalkraft zu besitzen, als es durch Bankkredite oder Hypotheken ins Großdimensionale auszubauen. Daß zeitlebens nie jemand seinen Namen auf einem Schuldschein, einem Wechsel gesehen hatte und er nur immer auf der Habenseite seiner Bank – selbstverständlich der solidesten, der Rothschildbank, der Kreditanstalt – gestanden, war sein einziger Lebensstolz. Jeglicher Verdienst mit auch nur dem leisesten Schatten eines Risikos war ihm zuwider, und durch all seine Jahre beteiligte er sich niemals an einem fremden Geschäft. Wenn er dennoch allmählich reich und immer reicher wurde, hatte er dies keineswegs verwegenen Spekulationen oder besonders weitsichtigen Operationen zu danken, sondern der Anpassung an die allgemeine Methode jener vorsichtigen Zeit, immer nur einen bescheidenen Teil des Einkommens zu verbrauchen und demzufolge von Jahr zu Jahr einen immer beträchtlicheren Betrag dem Kapital zuzulegen. Wie die meisten seiner Generation hätte mein Vater jemanden schon als bedenklichen Verschwender betrachtet, der unbesorgt die Hälfte seiner Einkünfte aufzehrte, ohne – auch dies ein ständiges Wort aus jenem Zeitalter der Sicherheit – ›an die Zukunft zu denken‹. Dank diesem ständigen Zurücklegen der Gewinne bedeutete in jener Epoche steigender Prosperität, wo überdies der Staat nicht daran dachte, auch von den stattlichsten Einkommen mehr als ein paar Prozent an Steuern abzuknappen und andererseits die Staats- und Industriewerte hohe Verzinsung brachten, für den Vermögenden das Immerreicher-Werden eigentlich nur eine passive Leistung. Und sie lohnte sich; noch wurde nicht wie in den Zeiten der Inflation der Sparsame bestohlen, der Solide geprellt, und gerade die Geduldigsten, die Nichtspekulanten hatten den besten Gewinn. Dank dieser Anpassung an das allgemeine System seiner Zeit konnte mein Vater schon in seinem fünfzigsten Jahre auch nach internationalen Begriffen als sehr vermögender Mann gelten. Aber nur sehr zögernd folgte die Lebenshaltung unserer Familie dem immer rascheren Anstieg des Vermögens nach. Man legte sich allmählich kleine Bequemlichkeiten zu, wir übersiedelten aus einer kleinen Wohnung in eine größere, man hielt sich im Frühjahr für die Nachmittage einen Mietswagen, reiste zweiter Klasse mit Schlafwagen, aber erst in seinem fünfzigsten Jahr gönnte sich mein Vater zum erstenmal den Luxus, mit meiner Mutter für einen Monat im Winter nach Nizza zu fahren. Im ganzen blieb die Grundhaltung, Reichtum zu genießen, indem man ihn hatte und nicht indem man ihn zeigte, völlig unverändert; noch als Millionär hat mein Vater noch nie eine Importe geraucht, sondern – wie Kaiser Franz Joseph seine billige Virginia – die einfache ärarische Trabuco, und wenn er Karten spielte, geschah es immer nur um kleine Einsätze. Unbeugsam hielt er an seiner Zurückhaltung, seinem behaglichen, aber diskreten Leben fest. Obwohl ungleich repräsentabler und gebildeter als die meisten seiner Kollegen – er spielte ausgezeichnet Klavier, schrieb klar und gut, sprach Französisch und Englisch –, hat er beharrlich sich jeder Ehre und jedem Ehrenamt verweigert, zeitlebens keinen Titel, keine Würde angestrebt oder angenommen, wie sie ihm oft in seiner Stellung als Großindustrieller angeboten wurde. Niemals jemanden um etwas gebeten zu haben, niemals zu ›bitte‹ oder ›danke‹ verpflichtet gewesen zu sein, dieser geheime Stolz bedeutete ihm mehr als jede Äußerlichkeit.

Nun kommt im Leben eines jedweden unweigerlich die Zeit, da er im Bilde seines Wesens dem eigenen Vater wiederbegegnet. Jener Wesenszug zum Privaten, zum Anonymen der Lebenshaltung beginnt sich in mir jetzt von Jahr zu Jahr stärker zu entwickeln, so sehr er eigentlich im Widerspruch steht zu meinem Beruf, der Name und Person gewissermaßen zwanghaft publik macht. Aber aus dem gleichen geheimen Stolz habe ich seit je jede Form äußerer Ehrung abgelehnt, keinen Orden, keinen Titel, keine Präsidentschaft in irgendeinem Vereine angenommen, nie einer Akademie, einem Vorstand, einer Jury angehört; selbst an einer festlichen Tafel zu sitzen ist mir eine Qual, und schon der Gedanke, jemanden um etwas anzusprechen, trocknet mir – selbst wenn meine Bitte einem Dritten gelten soll – die Lippe schon vor dem ersten Wort. Ich weiß, wie unzeitgemäß derlei Hemmungen sind in einer Welt, wo man nur frei bleiben kann durch List und Flucht, und wo, wie Vater Goethe weise sagte, ›Orden und Titel manchen Puff abhalten im Gedränge‹. Aber es ist mein Vater in mir und sein heimlicher Stolz, der mich zurückzwingt, und ich darf ihm nicht Widerstand leisten; denn ihm danke ich, was ich vielleicht als meinen einzig sicheren Besitz empfinde: das Gefühl der inneren Freiheit.

Meine Mutter, die mit ihrem Mädchennamen Brettauer hieß, war von einer anderen, einer internationalen Herkunft. Sie war in Ancona, im südlichen Italien geboren und Italienisch ebenso ihre Kindheitssprache wie Deutsch; immer wenn sie mit meiner Großmutter oder ihrer Schwester etwas besprach, was die Dienstboten nicht verstehen sollten, schaltete sie auf Italienisch um. Risotto und die damals noch seltenen Artischocken sowie die andern Besonderheiten der südlichen Küche waren mir schon von frühester Jugend an vertraut, und wann immer ich später nach Italien kam, fühlte ich mich von der ersten Stunde zu Hause. Aber die Familie meiner Mutter war keineswegs italienisch, sondern bewußt international; die Brettauers, die ursprünglich ein Bankgeschäft besaßen, hatten sich – nach dem Vorbild der großen jüdischen Bankiersfamilien, aber natürlich in viel winzigeren Dimensionen – von Hohenems, einem kleinen Ort an der Schweizer Grenze, frühzeitig über die Welt verteilt. Die einen gingen nach St. Gallen, die andern nach Wien und Paris, mein Großvater nach Italien, ein Onkel nach New York, und dieser internationale Kontakt verlieh ihnen besseren Schliff, größeren Ausblick und dazu einen gewissen Familienhochmut. Es gab in dieser Familie keine kleinen Kaufleute, keine Makler mehr, sondern nur Bankiers, Direktoren, Professoren, Advokaten und Ärzte, jeder sprach mehrere Sprachen, und ich erinnere mich, mit welcher Selbstverständlichkeit man bei meiner Tante in Paris bei Tisch von der einen zur andern hinüberwechselte. Es war eine Familie, die sorgsam ›auf sich hielt‹, und wenn ein junges Mädchen aus der ärmeren Verwandtschaft heiratsreif wurde, steuerte die ganze Familie eine stattliche Mitgift zusammen, nur um zu verhindern, daß sie ›nach unten‹ heirate. Mein Vater wurde als Großindustrieller zwar respektiert, aber meine Mutter, obwohl in der glücklichsten Ehe mit ihm verbunden, hätte nie geduldet, daß sich seine Verwandten mit den ihren auf eine Linie gestellt hätten. Dieser Stolz, aus einer ›guten‹ Familie zu stammen, war bei allen Brettauers unausrottbar, und wenn in späteren Jahren einer von ihnen mir sein besonderes Wohlwollen bezeigen wollte, äußerte er herablassend: »Du bist doch eigentlich ein rechter Brettauer«, als ob er damit anerkennend sagen wollte: »Du bist doch auf die rechte Seite gefallen.«

Diese Art Adel, den sich manche jüdische Familie aus eigener Machtvollkommenheit zulegte, hat mich und meinen Bruder schon als Kinder bald amüsiert und bald verärgert. Immer bekamen wir zu hören, daß dies ›feine‹ Leute seien und jene ›unfeine‹, bei jedem Freunde wurde nachgeforscht, ob er aus ›guter‹ Familie sei und bis ins letzte Glied Herkunft sowohl der Verwandtschaft als des Vermögens überprüft. Dieses ständige Klassifizieren, das eigentlich den Hauptgegenstand jedes familiären und gesellschaftlichen Gesprächs bildete, schien uns damals höchst lächerlich und snobistisch, weil es sich doch schließlich bei allen jüdischen Familien nur um einen Unterschied von fünfzig oder hundert Jahren dreht, um die sie früher aus demselben jüdischen Ghetto gekommen sind. Erst viel später ist es mir klar geworden, daß dieser Begriff der ›guten‹ Familie, der uns Knaben als eine parodistische Farce einer künstlichen Pseudoaristokratie erschien, eine der innersten und geheimnisvollsten Tendenzen des jüdischen Wesens ausdrückt. Im allgemeinen wird angenommen, reich zu werden sei das eigentliche und typische Lebensziel eines jüdischen Menschen. Nichts ist falscher. Reich zu werden bedeutet für ihn nur eine Zwischenstufe, ein Mittel zum wahren Zweck und keineswegs das innere Ziel. Der eigentliche Wille des Juden, sein immanentes Ideal ist der Aufstieg ins Geistige, in eine höhere kulturelle Schicht. Schon im östlichen orthodoxen Judentum, wo sich die Schwächen ebenso wie die Vorzüge der ganzen Rasse intensiver abzeichnen, findet diese Suprematie des Willens zum Geistigen über das bloß Materielle plastischen Ausdruck: der Fromme, der Bibelgelehrte, gilt tausendmal mehr innerhalb der Gemeinde als der Reiche; selbst der Vermögendste wird seine Tochter lieber einem bettelarmen Geistesmenschen zur Gattin geben als einem Kaufmann. Diese Überordnung des Geistigen geht bei den Juden einheitlich durch alle Stände; auch der ärmste Hausierer, der seine Packen durch Wind und Wetter schleppt, wird versuchen, wenigstens einen Sohn unter den schwersten Opfern studieren zu lassen, und es wird als Ehrentitel für die ganze Familie betrachtet, jemanden in ihrer Mitte zu haben, der sichtbar im Geistigen gilt, einen Professor, einen Gelehrten, einen Musiker, als ob *er* durch seine Leistung sie alle adelte. Unbewußt sucht etwas in dem jüdischen Menschen, dem moralisch Dubiosen, dem Widrigen, Kleinlichen und Ungeistigen, das allem Handel, allem bloß Geschäftlichen anhaftet, zu entrinnen und sich in die reinere, die geldlose Sphäre des Geistigen zu erheben, als wollte er – wagnerisch gesprochen – sich und seine ganze Rasse vom Fluch des Geldes erlösen. Darum ist auch fast immer im Judentum der Drang nach Reichtum in zwei, höchstens drei Generationen innerhalb einer Familie erschöpft, und gerade die mächtigsten

Dynastien finden ihre Söhne unwillig, die Banken, die Fabriken, die ausgebauten und warmen Geschäfte ihrer Väter zu übernehmen. Es ist kein Zufall, daß ein Lord Rothschild Ornithologe, ein Warburg Kunsthistoriker, ein Cassirer Philosoph, ein Sassoon Dichter wurde; sie alle gehorchten dem gleichen, unbewußten Trieb, sich von dem frei zu machen, was das Judentum eng gemacht, vom bloßen kalten Geldverdienen, und vielleicht drückt sich darin sogar die geheime Sehnsucht aus, durch Flucht ins Geistige sich aus dem bloß Jüdischen ins allgemein Menschliche aufzulösen. Eine ›gute‹ Familie meint also mehr als das bloß Gesellschaftliche, das sie selbst mit dieser Bezeichnung sich zubilligt; sie meint ein Judentum, das sich von allen Defekten und Engheiten und Kleinlichkeiten, die das Ghetto ihm aufgezwungen, durch Anpassung an eine andere Kultur und womöglich eine universale Kultur befreit hat oder zu befreien beginnt. Daß diese Flucht ins Geistige durch eine unproportionierte Überfüllung der intellektuellen Berufe dem Judentum dann ebenso verhängnisvoll geworden ist wie vordem seine Einschränkung ins Materielle, gehört freilich zu den ewigen Paradoxien des jüdischen Schicksals.

In kaum einer Stadt Europas war nun der Drang zum Kulturellen so leidenschaftlich wie in Wien. Gerade weil die Monarchie, weil Österreich seit Jahrhunderten weder politisch ambitioniert noch in seinen militärischen Aktionen besonders erfolgreich gewesen, hatte sich der heimatliche Stolz am stärksten dem Wunsche einer künstlerischen Vorherrschaft zugewandt. Von dem alten Habsburgerreich, das einmal Europa beherrscht, waren längst wichtigste und wertvollste Provinzen abgefallen, deutsche und italienische, flandrische und wallonische; unversehrt in ihrem alten Glanz war die Hauptstadt geblieben, der Hort des Hofes, die Wahrerin einer tausendjährigen Tradition. Die Römer hatten die ersten Steine dieser Stadt aufgerichtet, als ein Castrum, als vorgeschobenen Posten, um die lateinische Zivilisation zu schützen gegen die Barbaren, und mehr als tausend Jahre später war der Ansturm der Osmanen gegen das Abendland an diesen Mauern zerschellt. Hier waren die Nibelungen gefahren, hier hat das unsterbliche Siebengestirn der Musik über die Welt geleuchtet, Gluck, Haydn und Mozart, Beethoven, Schubert, Brahms und Johann Strauß, hier waren alle Ströme europäischer Kultur zusammengeflossen; am Hof, im Adel, im Volk war das Deutsche dem Slawischen, dem Ungarischen, dem Spanischen, dem Italienischen, dem Französischen, dem Flandrischen im Blute verbunden, und es war das eigentliche Genie dieser Stadt der Musik, alle diese Kontraste harmonisch aufzulösen in ein Neues und Eigenartiges, in das Österreichische, in das Wienerische. Aufnahmewillig und mit einem besonderen Sinn für Empfänglichkeit begabt, zog diese Stadt die disparatesten Kräfte an sich, entspannte, lockerte, begütigte sie; es war lind, hier zu leben, in dieser Atmosphäre geistiger Konzilianz, und unbewußt wurde jeder Bürger dieser Stadt zum Übernationalen, zum Kosmopolitischen, zum Weltbürger erzogen.

Diese Kunst der Angleichung, der zarten und musikalischen Übergänge, sie ward schon offenbar im äußern Gebilde der Stadt. In Jahrhunderten langsam gewachsen, aus innerem Kreise organisch entfaltet, war sie volkreich genug mit ihren zwei Millionen, um allen Luxus und alle Vielfalt einer Großstadt zu gewähren, und doch nicht so überdimensional, um abgelöst zu sein von der Natur wie London oder New York. Die letzten Häuser der Stadt spiegelten sich im mächtigen Strome der Donau oder sahen hinaus über die weite Ebene oder lösten sich auf in Gärten und Felder oder klommen in sachten Hügeln die letzten grün umwaldeten Ausläufer der Alpen hinauf, man fühlte kaum, wo die Natur, wo die Stadt begann, eines löste sich ins andere ohne Widerstand und Widerspruch. Innen wiederum spürte man, daß wie ein Baum, der Ring an Ring ansetzt, die Stadt gewachsen war; und statt der alten Festungswälle umschloß den innersten, den kostbarsten Kern die Ringstraße mit ihren festlichen Häusern. Innen sprachen die alten Paläste des Hofs und des Adels versteinerte Geschichte; hier bei den Lichnowskys hatte Beethoven gespielt, hier bei den Eszterházys war Haydn zu Gast gewesen, da in der alten Universität war Haydns ›Schöpfung‹ zum erstenmal erklungen, die Hofburg hatte Generationen von Kaisern, Schönbrunn Napoleon gesehen, im Stefansdom hatten die vereinigten Fürsten der Christenheit im Dankgebet für die Errettung vor den Türken gekniet, die Universität hatte unzählige der Leuchten der Wissenschaft in ihren Mauern gesehen. Dazwischen erhob sich stolz und prunkvoll mit blinkenden Avenuen und blitzenden Geschäften die neue Architektur. Aber das Alte haderte hier so wenig mit dem Neuen wie der gehämmerte Stein mit der unberührten Natur. Es war wundervoll hier zu leben, in dieser Stadt, die gastfrei alles Fremde aufnahm und gerne sich gab, es war in ihrer leichten, wie in Paris mit Heiterkeit beschwingten Luft natürlicher das Leben zu genießen. Wien war, man weiß es, eine genießerische Stadt, aber was bedeutet Kultur anderes, als der groben Materie des Lebens ihr Feinstes, ihr Zartestes, ihr Subtilstes durch Kunst und Liebe zu entschmeicheln? Feinschmeckerisch im kulinarischen Sinne, sehr um einen guten Wein, ein herbes frisches Bier, üppige Mehlspeisen und Torten bekümmert, war man in dieser Stadt anspruchsvoll auch in subtileren Genüssen. Musik machen, tanzen, Theater spielen, konversieren, sich geschmackvoll und gefällig benehmen wurde hier gepflegt als eine besondere Kunst. Nicht das Militärische, nicht das Politische, nicht das Kommerzielle hatte im Leben des einzelnen wie in dem der Gesamtheit das Übergewicht; der erste Blick eines Wiener Durchschnittsbürgers in die Zeitung galt allmorgendlich nicht den Diskussionen im Parlament oder den Weltgeschehnissen, sondern dem Repertoire des Theaters, das eine für andere Städte kaum begreifliche Wichtigkeit im öffentlichen Leben einnahm. Denn das kaiserliche Theater, das Burgtheater war für den Wiener, für den Österreicher mehr als eine bloße Bühne, auf der Schauspieler Theaterstücke spielten; es war der Mikrokosmos, der den Makrokosmos spiegelte, der bunte Widerschein, in dem sich die Gesellschaft selbst betrachtete, der einzig richtige ›cortigiano‹ des guten Geschmacks. An dem Hofschauspieler sah der Zuschauer vorbildlich, wie man sich kleidete, wie man in ein Zimmer trat, wie man konversierte, welche Worte man als Mann von gutem Geschmack gebrauchen durfte, und welche man zu vermeiden hatte; die Bühne war statt einer bloßen Stätte der Unterhaltung ein gesprochener und plastischer Leitfaden des guten Benehmens, der richtigen Aussprache, und ein Nimbus des Respekts umwölkte wie ein Heiligenschein alles, was mit dem Hoftheater auch nur in entferntester Beziehung stand. Der Ministerpräsident, der reichste Magnat konnte in Wien durch die Straßen gehen, ohne daß jemand sich umwandte; aber einen Hofschauspieler, eine Opernsängerin erkannte jede Verkäuferin und jeder Fiaker; stolz erzählten wir Knaben es uns einander, wenn wir einen von ihnen (deren Bilder, deren Autographen jeder sammelte) im Vorübergehen gesehen, und dieser fast religiöse Personenkult ging so weit, daß er sich sogar auf seine Umwelt übertrug; der Friseur Sonnenthals, der Fiaker von Josef Kainz waren Respektspersonen, die man heimlich beneidete; junge Elegants waren stolz, von demselben Schneider gekleidet zu sein. Jedes Jubiläum, jedes Begräbnis eines großen Schauspielers wurde zum Ereignis, das alle politischen Geschehnisse überschattete. Im Burgtheater gespielt zu werden war der höchste Traum jedes Wiener Schriftstellers, weil es eine Art lebenslangen Adels bedeutete und eine Reihe von Ehrungen in sich schloß, wie Freikarten auf Lebenszeit, Einladung zu allen offiziellen Veranstaltungen; man war eben Gast in einem kaiserlichen Hause geworden, und ich erinnere mich noch an die feierliche Art, mit der meine eigene Einbeziehung geschah. Am Vormittag hatte mich der Direktor des Burgtheaters zu sich ins Büro gebeten, um mir – nach zuvorigem Glückwunsch – mitzuteilen, daß mein Drama vom Burgtheater akzeptiert worden sei; als ich abends nach Hause kam, fand ich seine Visitenkarte in meiner Wohnung. Er hatte mir, dem Sechsundzwanzigjährigen, einen formellen Gegenbesuch gemacht, ich war als Autor der kaiserlichen Bühne schon durch die bloße Annahme ein ›gentleman‹ geworden, den ein Direktor des kaiserlichen Instituts au pair zu behandeln hatte. Und was im Theater geschah, betraf indirekt jeden einzelnen, sogar den, der damit gar keinen direkten Zusammenhang hatte. Ich erinnere mich zum Beispiel aus meiner frühesten Jugend, daß unsere Köchin eines Tages mit Tränen in den Augen in das Zimmer stürzte: eben habe man ihr erzählt, Charlotte Wolter – die berühmteste Schauspielerin des Burgtheaters – sei gestorben. Das Groteske dieser wilden Trauer bestand selbstverständlich darin, daß diese alte, halb analphabetische Köchin nicht ein einziges Mal selbst im vornehmen Burgtheater gewesen war und die Wolter nie auf der Bühne oder im Leben gesehen hatte; aber eine große nationale Schauspielerin gehörte in Wien so sehr zum Kollektivbesitz der ganzen Stadt, daß selbst der Unbeteiligte ihren Tod als eine Katastrophe empfand. Jeder Verlust, das Weggehen eines beliebten Sängers oder Künstlers verwandelte sich unaufhaltsam in Nationaltrauer. Als das ›alte‹ Burgtheater, in dem Mozarts ›Hochzeit des Figaro‹ zum erstenmal erklungen, demoliert wurde, war die ganze Wiener Gesellschaft wie bei einem Begräbnis feierlich und ergriffen in den Räumen versammelt; kaum war der Vorhang gefallen, stürzte jeder auf die Bühne, um wenigstens einen Splitter von den Brettern, auf denen ihre geliebten Künstler gewirkt, als Reliquie nach Hause zu bringen, und in Dutzenden von Bürgerhäusern sah man noch nach Jahrzehnten diese unscheinbaren Holzsplitter in kostbarer Kassette bewahrt, wie in den Kirchen die Splitter des heiligen Kreuzes. Wir selbst handelten nicht viel vernünftiger, als der sogenannte Bösendorfer Saal niedergerissen wurde.

An sich war dieser kleine Konzertsaal, der ausschließlich der Kammermusik vorbehalten war, ein ganz unbedeutendes, unkünstlerisches Bauwerk, die frühere Reitschule des Fürsten Liechtenstein, und nur durch eine Holzverschalung völlig prunklos zu musikalischen Zwecken adaptiert. Aber er hatte die Resonanz einer alten Violine, er war den Liebhabern der Musik geheiligte Stätte, weil Chopin und Brahms, Liszt und Rubinstein darin konzertiert, weil viele der berühmten Quartette hier zum ersten Male erklungen. Und nun sollte er einem neuen Zweckbau weichen; es war unfaßbar für uns, die hier unvergeßliche Stunden erlebt. Als die letzten Takte Beethovens verklangen, vom Roséquartett herrlicher als jemals gespielt, verließ keiner seinen Platz. Wir lärmten und applaudierten, einige Frauen schluchzten vor Erregung, niemand wollte es wahrhaben, daß es ein Abschied war. Man verlöschte im Saal die Lichter, um uns zu verjagen. Keiner von den vier- oder fünfhundert der Fanatiker wich von seinem Platz. Eine halbe Stunde, eine Stunde blieben wir, als ob wir es erzwingen könnten durch unsere Gegenwart, daß der alte geheiligte Raum gerettet würde. Und wie haben wir als Studenten mit Petitionen, mit Demonstrationen, mit Aufsätzen darum gekämpft, daß Beethovens Sterbehaus nicht demoliert würde! Jedes dieser historischen Häuser in Wien war wie ein Stück Seele, das man uns aus dem Leibe riß.

Dieser Fanatismus für die Kunst und insbesondere für die theatralische Kunst ging in Wien durch alle Stände. An sich war Wien durch seine hundertjährige Tradition eigentlich eine deutlich geschichtete und zugleich – wie ich einmal schrieb – wunderbar orchestrierte Stadt. Das Pult gehörte noch immer dem Kaiserhaus. Die kaiserliche Burg war das Zentrum nicht nur im räumlichen Sinn, sondern auch im kulturellen der Übernationalität der Monarchie. Um diese Burg bildeten die Palais des österreichischen, polnischen, tschechischen, ungarischen Hochadels gewissermaßen den zweiten Wall. Dann kam die ›gute Gesellschaft‹, bestehend aus dem kleineren Adel, der hohen Beamtenschaft, der Industrie und den ›alten Familien‹, darunter dann das Kleinbürgertum und das Proletariat. Alle diese Schichten lebten in ihrem eigenen Kreise und sogar in eigenen Bezirken, der Hochadel in seinen Palästen im Kern der Stadt, die Diplomatie im dritten Bezirk, die Industrie und die Kaufmannschaft in der Nähe der Ringstraße, das Kleinbürgertum in den inneren Bezirken, dem zweiten bis neunten, das Proletariat in dem äußeren Kreis; alles aber kommunizierte im Theater und bei den großen Festlichkeiten wie etwa dem Blumenkorso im Prater, wo dreimal hunderttausend Menschen die ›oberen Zehntausend‹ begeistert in ihren wunderbar geschmückten Wagen akklamierten. In Wien wurde alles zum festlichen Anlaß, was Farbe oder Musik entäußerte, die religiösen Umzüge wie das Fronleichnamsfest, die Militärparaden, die ›Burgmusik‹; selbst die Begräbnisse fanden begeisterten Zulauf, und es war der Ehrgeiz jedes rechten Wieners, eine ›schöne Leich‹ mit prunkvollem Aufzug und vielen Begleitern zu haben; sogar seinen Tod verwandelte ein richtiger Wiener noch in eine Schaufreude für die andern. In dieser Empfänglichkeit für alles

Farbige, Klingende, Festliche, in dieser Lust am Schauspielhaften als Spiel- und Spiegelform des Lebens, gleichgültig ob auf der Bühne oder im realen Raum, war die ganze Stadt einig.

Über diese ›Theatromanie‹ der Wiener, die wirklich mit ihrer Nachspürerei nach den winzigsten Lebensumständen ihrer Lieblinge manchmal ins Groteske ausartete, war zu spotten keineswegs schwer, und unsere österreichische Indolenz im Politischen, das Zurückbleiben im Wirtschaftlichen gegenüber dem resoluten deutschen Nachbarreich mag tatsächlich zum Teil dieser genießerischen Überschätzung zuzuschreiben sein. Aber kulturell hat diese Überwertung der künstlerischen Geschehnisse etwas Einzigartiges gezeitigt – eine ungemeine Ehrfurcht vorerst vor jeder künstlerischen Leistung, dann in ihrer jahrhundertelangen Übung ein Kennertum ohnegleichen und dank dieses Kennertums wiederum schließlich ein überragendes Niveau auf allen kulturellen Gebieten. Immer fühlt sich der Künstler dort am wohlsten und zugleich am angeregtesten, wo er geschätzt und sogar überschätzt wird. Immer erreicht Kunst dort ihren Gipfel, wo sie Lebensangelegenheit eines ganzen Volkes wird. Und so wie Florenz, wie Rom in der Renaissance die Maler an sich heranzog und zur Größe erzog, weil jeder fühlte, daß er in einem ständigen Wettstreit vor der ganzen Bürgerschaft die andern und sich selbst ununterbrochen übertreffen mußte, so wußten auch die Musiker, die Schauspieler in Wien um ihre Wichtigkeit in der Stadt. In der Wiener Oper, im Wiener Burgtheater wurde nichts übersehen; jede falsche Note wurde sofort bemerkt, jeder unrichtige Einsatz, jede Kürzung gerügt, und diese Kontrolle nicht etwa nur bei den Premieren durch die professionellen Kritiker geübt, sondern Tag für Tag durch das wachsame und durch ständiges Vergleichen geschärfte Ohr des ganzen Publikums. Während im Politischen, im

Administrativen, in den Sitten alles ziemlich gemütlich zuging, und man gutmütig gleichgültig war gegen jede ›Schlamperei‹ und nachsichtig gegen jeden Verstoß, gab es in künstlerischen Dingen keinen Pardon; hier war die Ehre der Stadt im Spiel. Jeder Sänger, jeder Schauspieler, jeder Musiker mußte ununterbrochen sein Äußerstes geben, sonst war er verloren. Es war herrlich, in Wien ein Liebling zu sein, aber es war nicht leicht, Liebling zu bleiben; ein Nachlassen wurde nicht verziehen. Und dieses Wissen um das ständige und mitleidlose Überwachtsein zwang jedem Künstler in Wien sein Äußerstes ab und gab dem Ganzen das wunderbare Niveau. Jeder von uns hat von diesen Jugendjahren ein strenges, ein unerbittliches Maß für künstlerische Darbietung in sein Leben mitgenommen. Wer in der Oper unter Gustav Mahler eisernste Disziplin bis ins kleinste Detail, bei den Philharmonikern Schwungkraft mit Akribie als selbstverständlich verbunden gekannt, der ist eben heute selten von einer theatralischen oder musikalischen Aufführung voll befriedigt. Aber damit haben wir gelernt, auch gegen uns selbst bei jeder Kunstdarbietung streng zu sein; ein Niveau war und blieb uns vorbildlich, wie es in wenigen Städten der Welt dem werdenden Künstler anerzogen wurde. Aber auch tief in das Volk hinab ging dieses Wissen um richtigen Rhythmus und Schwung, denn selbst der kleinste Bürger, der beim ›Heurigen‹ saß, verlangte von der Kapelle ebenso gute Musik wie vom Wirt guten Wein; im Prater wiederum wußte das Volk genau, welche Militärkapelle den meisten ›Schmiß‹ hatte, ob die ›Deutschmeister‹ oder die ›Ungarn‹; wer in Wien lebte, bekam gleichsam aus der Luft das Gefühl für Rhythmus in sich. Und so wie diese Musikalität sich bei uns Schriftstellern in einer besonders gepflegten Prosa ausdrückte, drang das Taktgefühl bei den andern in die gesellschaftliche Haltung und in das tägliche Leben ein.

Ein Wiener ohne Kunstsinn und Formfreude war undenkbar in der sogenannten ›guten‹ Gesellschaft, aber selbst in den unteren Ständen nahm der Ärmste einen gewissen Instinkt für Schönheit schon aus der Landschaft, aus der menschlich heiteren Sphäre in sein Leben mit; man war kein wirklicher Wiener ohne diese Liebe zur Kultur, ohne diesen gleichzeitig genießenden und prüfenden Sinn für diese heiligste Überflüssigkeit des Lebens.

Nun ist Anpassung an das Milieu des Volkes oder des Landes, inmitten dessen sie wohnen, für Juden nicht nur eine äußere Schutzmaßnahme, sondern ein tief innerliches Bedürfnis. Ihr Verlangen nach Heimat, nach Ruhe, nach Rast, nach Sicherheit, nach Unfremdheit drängt sie, sich der Kultur ihrer Umwelt leidenschaftlich zu verbinden. Und kaum verwirklichte sich – außer in Spanien im fünfzehnten Jahrhundert – eine solche Bindung glücklicher und fruchtbarer als in Österreich. Seit mehr als zweihundert Jahren eingesessen in der Kaiserstadt, begegneten die Juden hier einem leichtlebigen, zur Konzilianz geneigten Volke, dem unter dieser scheinbar lockeren Form derselbe tiefe Instinkt für geistige und ästhetische Werte, wie sie ihnen selbst so wichtig waren, innewohnte. Und sie begegneten sogar noch mehr in Wien; sie fanden hier eine persönliche Aufgabe. In dem letzten Jahrhundert hatte die Kunstpflege in Österreich ihre alten traditionellen Hüter und Protektoren verloren: das Kaiserhaus und die Aristokratie. Während im achtzehnten Jahrhundert Maria Theresia ihre Töchter von Gluck in Musik unterweisen ließ, Joseph II. mit Mozart dessen Opern als Kenner diskutierte, Leopold III. selbst komponierte, hatten die späteren Kaiser Franz II. und Ferdinand keinerlei Interessen an künstlerischen Dingen mehr, und unser Kaiser Franz Joseph, der in seinen achtzig Jahren nie ein Buch außer dem Armeeschematismus gelesen oder auch nur in die Hand genommen, bezeigte sogar eine ausgesprochene Antipathie gegen Musik. Ebenso hatte der Hochadel seine einstige Protektorstellung aufgegeben; vorbei waren die glorreichen Zeiten, da die Eszterházys einen Haydn beherbergten, die Lobkowitz und Kinskys und Waldsteins wetteiferten, in ihren Palästen die Erstaufführung Beethovens zu haben, wo eine Gräfin Thun sich vor dem großen Dämon auf die Knie warf, er möge den ›Fidelio‹ nicht von der Oper zurückziehen. Schon Wagner, Brahms und Johann Strauß oder Hugo Wolf fanden bei ihnen nicht mehr die geringste Stütze; um die philharmonischen Konzerte auf der alten Höhe zu erhalten, den Malern, den Bildhauern eine Existenz zu ermöglichen, mußte das Bürgertum in die Bresche springen, und es war der Stolz, der Ehrgeiz gerade des jüdischen Bürgertums, daß sie hier in erster Reihe mittun konnten, den Ruhm der Wiener Kultur im alten Glanz aufrechtzuerhalten. Sie liebten von je diese Stadt und hatten sich mit innerster Seele hier eingewohnt, aber erst durch die Liebe zur Wiener Kunst fühlten sie sich voll heimatberechtigt und wahrhaft Wiener geworden. Im öffentlichen Leben übten sie sonst eigentlich nur geringen Einfluß aus; der Glanz des kaiserlichen Hauses stellte jeden privaten Reichtum in den Schatten, die hohen Stellungen in der Staatsführung waren in ererbten Händen, die Diplomatie der Aristokratie, die Armee und hohe Beamtenschaft den alten Familien vorbehalten, und die Juden versuchten auch gar nicht, in diese privilegierten Kreise ehrgeizig vorzudringen. Mit Taktgefühl respektierten sie diese traditionellen Vorrechte als selbstverständliche; ich erinnere mich zum Beispiel, daß mein Vater es sein ganzes Leben lang vermied, bei Sacher zu speisen, und zwar nicht aus Sparsamkeit – denn die Differenz gegenüber den anderen großen Hotels war lächerlich gering –, sondern aus jenem natürlichen Distanzgefühl: es wäre ihm peinlich oder ungehörig erschienen, neben einem Prinzen Schwarzenberg oder Lobkowitz Tisch an Tisch zu sitzen. Einzig gegenüber der Kunst fühlten in Wien alle ein gleiches Recht, weil Liebe und Kunst in Wien als gemeinsame Pflicht galt, und unermeßlich ist der Anteil, den die jüdische Bourgeoisie durch ihre mithelfende und fördernde Art an der Wiener Kultur genommen. Sie waren das eigentliche Publikum, sie füllten die Theater, die Konzerte, sie kauften die Bücher, die Bilder, sie besuchten die Ausstellungen und wurden mit ihrem beweglicheren, von Tradition weniger belasteten Verständnis überall die Förderer und Vorkämpfer alles Neuen. Fast alle großen Kunstsammlungen des neunzehnten Jahrhunderts waren von ihnen geformt, fast alle künstlerischen Versuche nur durch sie ermöglicht; ohne das unablässige stimulierende Interesse der jüdischen Bourgeoisie wäre Wien dank der Indolenz des Hofes, der Aristokratie und der christlichen Millionäre, die sich lieber Rennställe und Jagden hielten, als die Kunst zu fördern, in gleichem Maße künstlerisch hinter Berlin zurückgeblieben wie Österreich politisch hinter dem Deutschen Reich. Wer in Wien etwas Neues durchsetzen wollte, wer als Gast von außen in Wien Verständnis und ein Publikum suchte, war auf diese jüdische Bourgeoisie angewiesen; als ein einziges Mal in der antisemitischen Zeit versucht wurde, ein sogenanntes ›nationales‹ Theater zu begründen, fanden sich weder die Autoren ein, noch die Schauspieler, noch ein Publikum; nach wenigen Monaten brach das ›nationale Theater‹ jämmerlich zusammen, und gerade an diesem Exempel wurde zum ersten Male offenbar: neun Zehntel von dem, was die Welt als Wiener Kultur des neunzehnten Jahrhunderts feierte, war eine vom Wiener Judentum geförderte, genährte, oder sogar schon selbstgeschaffene Kultur.

Denn gerade in den letzten Jahren war – ähnlich wie in Spanien vor dem gleich tragischen Untergang – das Wiener Judentum künstlerisch produktiv geworden, allerdings keineswegs in einer spezifischen jüdischen Weise, sondern indem es durch ein Wunder der Einfühlung dem Österreichischen, dem Wienerischen den intensivsten Ausdruck gab. Goldmark, Gustav Mahler und Schönberg wurden in der schöpferischen Musik internationale Gestalten, Oscar Straus, Leo Fall, Kálmán brachten die Tradition des Walzers und der Operette zu einer neuen Blüte, Hofmannsthal, Arthur Schnitzler, Beer-Hofmann, Peter Altenberg gaben der Wiener Literatur einen europäischen Rang, wie sie ihn nicht einmal unter Grillparzer und Stifter besessen, Sonnenthal, Max Reinhardt erneuerten den Ruhm der Theaterstadt über die ganze Erde, Freud und die großen Kapazitäten der Wissenschaft lenkten die Blicke auf die altberühmte Universität – überall, als Gelehrte, als Virtuosen, als Maler, als Regisseure und Architekten, als Journalisten behaupteten sie im geistigen Leben Wiens unbestritten hohe und höchste Stellen. Durch ihre leidenschaftliche Liebe zu dieser Stadt, durch ihren Willen zur Angleichung hatten sie sich vollkommen angepaßt und waren glücklich, dem Ruhme Österreichs zu dienen; sie fühlten ihr Österreichertum als eine Mission vor der Welt, und – man muß es um der Ehrlichkeit willen wiederholen – ein Gutteil, wenn nicht das Großteil all dessen, was Europa, was Amerika als den Ausdruck einer neu aufgelebten österreichischen Kultur heute bewundert in der Musik, in der Literatur, im Theater, im Kunstgewerbe ist aus dem Wiener Judentum geschaffen gewesen, das selbst wieder in dieser Entäußerung eine höchste Leistung seines jahrtausendalten geistigen Triebes erreichte. Eine durch Jahrhunderte weglose intellektuelle Energie verband sich hier einer schon etwas müde gewordenen Tradition, nährte, belebte, steigerte, erfrischte sie mit neuer Kraft und durch unermüdliche Regsamkeit; erst die nächsten Jahrzehnte werden erweisen, welches Verbrechen an Wien begangen wurde, indem man diese Stadt, deren Sinn und Kultur gerade in der Begegnung der heterogensten Elemente, in ihrer geistigen Übernationalität bestand, gewalttätig zu nationalisieren und zu provinzialisieren suchte. Denn das Genie Wiens – ein spezifisch musikalisches – war von je gewesen, daß es alle volkhaften, alle sprachlichen Gegensätze in sich harmonisierte, seine Kultur eine Synthese aller abendländischen Kulturen; wer dort lebte und wirkte, fühlte sich frei von Enge und Vorurteil. Nirgends war es leichter, Europäer zu sein, und ich weiß, daß ich es zum Teil dieser Stadt zu danken habe, die schon zu Marc Aurels Zeiten den römischen, den universalen Geist verteidigt, daß ich frühzeitig gelernt, die Idee der Gemeinschaft als die höchste meines Herzens zu lieben.

Man lebte gut, man lebte leicht und unbesorgt in jenem alten Wien, und die Deutschen im Norden sahen etwas ärgerlich und verächtlich auf uns Nachbarn an der Donau herab, die, statt ›tüchtig‹ zu sein und straffe Ordnung zu halten, sich genießerisch leben ließen, gut aßen, sich an Festen und Theatern freuten und dazu vortreffliche Musik machten. Statt der deutschen ›Tüchtigkeit‹, die schließlich allen andern Völkern die Existenz verbittert und verstört hat, statt dieses gierigen Allen-andern-vorankommen-Wollens und Vorwärtsjagens liebte man in Wien gemütlich zu plaudern, pflegte ein behagliches Zusammensein und ließ in einer gutmütigen und vielleicht laxen Konzilianz jedem ohne Mißgunst seinen Teil. ›Leben und leben lassen‹ war der berühmte Wiener Grundsatz, ein Grundsatz, der mir noch heute humaner erscheint als alle kategorischen Imperative, und er setzte sich unwiderstehlich in allen Kreisen durch. Arm und reich, Tschechen und Deutsche, Juden und Christen wohnten trotz gelegentlicher Hänseleien friedlich beisammen, und selbst die politischen und sozialen Bewegungen entbehrten jener grauenhaften Gehässigkeit, die erst als giftiger Rückstand vom Ersten Weltkrieg in den Blutkreislauf der Zeit eingedrungen ist. Man bekämpfte sich im alten Österreich chevaleresk, man beschimpfte sich zwar in den Zeitungen, im Parlament, aber dann saßen nach ihren ciceronianischen Tiraden dieselben Abgeordneten freundschaftlich beisammen beim Bier oder Kaffee und duzten einander; selbst als Lueger als Führer der antisemitischen Partei Bürgermeister der Stadt wurde, änderte sich im privaten Verkehr nicht das mindeste, und ich persönlich muß bekennen, weder in der Schule, noch auf der Universität, noch in der Literatur jemals die geringste Hemmung oder Mißachtung als Jude erfahren zu haben. Der Haß von Land zu Land, von Volk zu Volk, von Tisch zu Tisch sprang einen noch nicht täglich aus der Zeitung an, er sonderte nicht Menschen von Menschen und Nationen von Nationen; noch war jenes Herden- und Massengefühl nicht so widerwärtig mächtig im öffentlichen Leben wie heute; Freiheit im privaten Tun und Lassen galt als eine – heute kaum mehr vorstellbare – Selbstverständlichkeit; man sah auf Duldsamkeit nicht wie heute als eine Weichlichkeit und Schwächlichkeit herab, sondern rühmte sie als eine ethische Kraft.

Denn es war kein Jahrhundert der Leidenschaft, in dem ich geboren und erzogen wurde. Es war eine geordnete Welt mit klaren Schichtungen und gelassenen Übergängen, eine Welt ohne Hast. Der Rhythmus der neuen Geschwindigkeiten hatte sich noch nicht von den Maschinen, von dem Auto, dem Telephon, dem Radio, dem Flugzeug auf den Menschen übertragen, Zeit und Alter hatten ein anderes Maß. Man lebte gemächlicher, und wenn ich versuche, mir bildhaft die Figuren der Erwachsenen zu erwecken, die um meine Kindheit standen, so fällt mir auf, wie viele unter ihnen frühzeitig korpulent waren. Mein Vater, mein Onkel, meine Lehrer, die Verkäufer in den Geschäften, die Philharmoniker an ihren Pulten waren mit vierzig Jahren alle schon beleibte, ›würdige‹ Männer. Sie gingen langsam, sie sprachen gemessen und strichen im Gespräch sich die wohlgepflegten, oft schon angegrauten Bärte. Aber graues Haar war nur ein neues Zeichen für Würde, und ein ›gesetzter‹ Mann vermied bewußt die Gesten und den Übermut der Jugend als etwas Ungehöriges. Selbst in meiner frühesten Kindheit, als mein Vater noch nicht vierzig Jahre alt war, kann ich mich nicht entsinnen, ihn je eine Treppe hastig hinauf- oder hinunterlaufen gesehen zu haben oder überhaupt etwas in sichtbarer Form hastig tun. Eile galt nicht nur als unfein, sie war in der Tat überflüssig, denn in dieser bürgerlich stabilisierten Welt mit ihren unzähligen kleinen Sicherungen und Rückendeckungen geschah niemals etwas Plötzliches; was von Katastrophen sich allenfalls draußen an der Weltperipherie ereignete, drang nicht durch die gut gefütterte Wand des ›gesicherten‹ Lebens. Der Burenkrieg, der japanisch-russische Krieg, selbst der Balkankrieg reichten nicht einen Zoll tief in die Existenz meiner Eltern hinein. Sie überschlugen alle Schlachtberichte in der Zeitung ebenso gleichgültig wie die Sportrubrik. Und wirklich, was ging sie das an, was außerhalb Österreichs geschah, was veränderte es in ihrem Leben? In ihrem Österreich gab es in jener windstillen Epoche keine Staatsumwälzung, keine jähen Wertzerstörungen; wenn einmal an der Börse die Papiere vier oder fünf Prozent verloren, nannte man es schon einen ›Krach‹ und sprach mit gefalteter Stirn über die ›Katastrophe‹. Man klagte mehr aus Gewohnheit als aus wirklicher Überzeugung über die ›hohen‹ Steuern, die de facto im Vergleich zu denen des Nachkriegs nur eine Art kleinen Trinkgelds an den Staat bedeuteten. Man stipulierte noch in den Testamenten auf das genaueste, wie man Enkel und Urenkel vor jedem Vermögensverlust schützen könnte, als sei durch einen unsichtbaren Schuldschein Sicherheit von den ewigen Mächten garantiert, und dazwischen lebte man behaglich und streichelte seine kleinen Sorgen wie gute, gehorsame Haustiere, vor denen man sich im Grunde nicht fürchtete. Immer darum, wenn mir der Zufall eine alte Zeitung aus jenen Tagen in die Hände spielt und ich die aufgeregten Artikel lese über eine kleine Gemeinderatswahl, wenn ich die Burgtheaterstücke mit ihren winzigen Problemchen mir zurückzuerinnern suche oder die unproportionierte Erregung unserer jugendlichen Diskussionen über im Grund belanglose Dinge, muß ich unwillkürlich lächeln. Wie liliputanisch waren alle diese Sorgen, wie windstill jene Zeit! Sie hat es besser getroffen, jene Generation meiner Eltern und Großeltern, sie hat still, gerade und klar ihr Leben von einem bis zum andern Ende gelebt. Aber dennoch, ich weiß nicht, ob ich sie darum beneide. Denn wie jenseits haben sie damit von allen wahrhaften Bitternissen, von den Tücken und Mächten des Schicksals dahingedämmert, wie vorbeigelebt an all jenen Krisen und Problemen, die das Herz zerdrücken, aber zugleich großartig erweitern! Wie wenig haben sie gewußt durch ihr Verhaspeltsein in Sicherheit und Besitz und Behaglichkeit, daß Leben auch Übermaß und Spannung sein kann, ein ewiges Überraschtsein und aus allen Angeln Gehobensein; wie wenig in ihrem rührenden Liberalismus und Optimismus haben sie geahnt, daß jeder nächste Tag, der vor dem Fenster graut, unser Leben zerschmettern kann. Selbst in ihren schwärzesten Nächten vermochten sie sich nicht auszuträumen, wie gefährlich der Mensch werden kann, aber ebensowenig auch, wieviel Kraft er hat, Gefahren zu überstehen und Prüfungen zu überwinden. Wir, gejagt durch alle Stromschnellen des Lebens, wir, gerissen aus allen Wurzeln unseres Verbundenseins, wir, immer neu beginnend, wo wir an ein Ende getrieben werden, wir, Opfer und doch auch willige Diener unbekannter mystischer Mächte, wir, für die Behaglichkeit eine Sage geworden ist und Sicherheit ein kindlicher Traum, – wir haben die Spannung von Pol zu Pol und den Schauer des ewig Neuen bis in jede Faser unseres Leibes gefühlt. Jede Stunde unserer Jahre war dem Weltgeschick verbunden. Leidend und lustvoll haben wir weit über unsere kleine Existenz hinaus Zeit und Geschichte gelebt, während jene sich in sich selber begrenzten. Jeder einzelne darum von uns, auch der Geringste unseres Geschlechts, weiß heute tausendmal mehr von den Wirklichkeiten als die Weisesten unserer Ahnen. Aber nichts war uns geschenkt; wir haben voll und gültig den Preis dafür gezahlt.

Die Schule im vorigen Jahrhundert

Daß ich nach der Volksschule auf das Gymnasium gesandt wurde, war nur eine Selbstverständlichkeit. Man hielt in jeder begüterten Familie schon um des Gesellschaftlichen willen sorglich darauf, ›gebildete‹ Söhne zu haben; man ließ sie Französisch und Englisch lernen, machte sie mit Musik vertraut, hielt ihnen zuerst Gouvernanten und dann Hauslehrer für gute Manieren. Aber nur die sogenannte ›akademische‹ Bildung, die zur Universität führte, verlieh in jenen Zeiten des ›aufgeklärten‹ Liberalismus vollen Wert; darum gehörte es zum Ehrgeiz jeder ›guten‹ Familie, daß wenigstens einer ihrer Söhne vor dem Namen irgendeinen Doktortitel trug. Dieser Weg bis zur Universität war nun ziemlich lang und keineswegs rosig. Fünf Jahre Volksschule und acht Jahre Gymnasium mußten auf hölzerner Bank durchgesessen werden, täglich fünf bis sechs Stunden, und in der freien Zeit die Schulaufgaben bewältigt und überdies noch, was die ›allgemeine Bildung‹ forderte neben der Schule, Französisch, Englisch, Italienisch, die ›lebendigen‹ Sprachen neben den klassischen Griechisch und Latein – also fünf Sprachen zu Geometrie und Physik und den übrigen Schulgegenständen. Es war mehr als zuviel und ließ für die körperliche Entwicklung, für Sport und Spaziergänge fast keinen Raum und vor allem nicht für Frohsinn und Vergnügen. Dunkel erinnere ich mich, daß wir als Siebenjährige irgendein Lied von der ›fröhlichen, seligen Kinderzeit‹ auswendig lernen und im Chor singen mußten. Ich habe die Melodie dieses einfach-einfältigen Liedchens noch im

Ohr, aber sein Text ist mir schon damals schwer über die Lippen gegangen und noch weniger als Überzeugung ins Herz gedrungen. Denn meine ganze Schulzeit war, wenn ich ehrlich sein soll, nichts als ein ständiger gelangweilter Überdruß, von Jahr zu Jahr gesteigert durch die Ungeduld, dieser Tretmühle zu entkommen. Ich kann mich nicht besinnen, je ›fröhlich‹ noch ›selig‹ innerhalb jenes monotonen, herzlosen und geistlosen Schulbetriebs gewesen zu sein, der uns die schönste, freieste Epoche des Daseins gründlich vergällte, und ich gestehe sogar, mich heute noch eines gewissen Neides nicht erwehren zu können, wenn ich sehe, um wieviel glücklicher, freier, selbständiger sich in diesem Jahrhundert die Kindheit entfalten kann. Noch immer kommt es mir unwahrscheinlich vor, wenn ich beobachte, wie heute Kinder unbefangen und fast au pair mit ihren Lehrern plaudern, wie sie angstlos statt wie wir mit einem ständigen Unzulänglichkeitsgefühl zur Schule eilen, wie sie ihre Wünsche, ihre Neigungen aus junger, neugieriger Seele in Schule und Haus offen bekennen dürfen – freie, selbständige, natürliche Wesen, indes wir, kaum daß wir das verhaßte Haus betraten, uns gleichsam in uns hineinducken mußten, um nicht mit der Stirn gegen das unsichtbare Joch zu stoßen. Schule war für uns Zwang, Öde, Langeweile, eine Stätte, in der man die ›Wissenschaft des nicht Wissenswerten‹ in genau abgeteilten Portionen sich einzuverleiben hatte, scholastische oder scholastisch gemachte Materien, von denen wir fühlten, daß sie auf das reale und auf unser persönliches Interesse keinerlei Bezug haben konnten. Es war ein stumpfes, ödes Lernen nicht um des Lebens willen, sondern um des Lernens willen, das uns die alte Pädagogik aufzwang. Und der einzige wirklich beschwingte Glücksmoment, den ich der Schule zu danken habe, wurde der Tag, da ich ihre Tür für immer hinter mir zuschlug.

Nicht daß unsere österreichischen Schulen an sich

schlecht gewesen wären. Im Gegenteil, der sogenannte ›Lehrplan‹ war nach hundertjähriger Erfahrung sorgsam ausgearbeitet und hätte, wenn anregend übermittelt, eine fruchtbare und ziemlich universale Bildung fundieren können. Aber eben durch die akkurate Planhaftigkeit und ihre trockene Schematisierung wurden unsere Schulstunden grauenhaft dürr und unlebendig, ein kalter Lernapparat, der sich nie an dem Individuum regulierte und nur wie ein Automat mit Ziffern ›gut, genügend, ungenügend‹ aufzeigte, wie weit man den ›Anforderungen‹ des Lehrplans entsprochen hatte. Gerade aber diese menschliche Lieblosigkeit, diese nüchterne Unpersönlichkeit und das Kasernenhafte des Umgangs war es, was uns unbewußt erbitterte. Wir hatten unser Pensum zu lernen und wurden geprüft, was wir gelernt hatten; kein Lehrer fragte ein einziges Mal in acht Jahren, was wir persönlich zu lernen begehrten, und just jener fördernde Aufschwung, nach dem jeder junge Mensch sich doch heimlich sehnt, blieb vollkommen aus.

Diese Nüchternheit sprach sich schon äußerlich in unserem Schulgebäude aus, einem typischen Zweckbau, vor fünfzig Jahren eilig, billig und gedankenlos hingepflastert. Mit ihren kalten, schlecht gekalkten Wänden, niederen Klassenräumen ohne Bild oder sonst augenerfreuenden Schmuck, ihren das ganze Haus durchduftenden Anstandsorten, hatte diese Lernkaserne etwas von einem alten Hotelmöbel, das schon Unzählige vor einem benutzt hatten und Unzählige ebenso gleichgültig oder widerwillig benutzen würden; noch heute kann ich jenen muffigen, modrigen Geruch nicht vergessen, der diesem Haus wie allen österreichischen Amtsbüros anhaftete, und den man bei uns den ›ärarischen‹ Geruch nannte, diesen Geruch von überheizten, überfüllten, nie recht gelüfteten Zimmern, der sich einem zuerst an die Kleider und dann an die Seele hängte. Man saß paarweise wie die

Sträflinge in ihrer Galeere auf niederen Holzbänken, die einem das Rückgrat krümmten, und saß, bis einem die Knochen schmerzten; im Winter flackerte das bläuliche Licht offener Gasflammen über unseren Büchern, im Sommer dagegen wurden sorglich die Fenster verhängt, damit sich der Blick nicht etwa träumerisch an dem kleinen Quadrat blauen Himmels erfreuen könnte. Noch hatte jenes Jahrhundert nicht entdeckt, daß unausgeformte junge Körper Luft und Bewegung brauchen. Zehn Minuten Pause auf dem kalten, engen Gang galten für ausreichend innerhalb von vier oder fünf Stunden reglosen Hockens; zweimal in der Woche wurden wir in den Turnsaal geführt, um dort bei sorglich geschlossenen Fenstern auf dem Bretterboden, der bei jedem Schritt Staub meterhoch aufwölkte, sinnlos herumzutappen; damit war der Hygiene Genüge geleistet, der Staat hatte an uns seine ›Pflicht‹ erfüllt für die ›mens sana in corpore sano‹. Noch nach Jahren, wenn ich an diesem trüben, trostlosen Hause vorüberging, spürte ich ein Gefühl der Entlastung, daß ich diesen Kerker unserer Jugend nicht mehr betreten mußte, und als anläßlich des fünfzigjährigen Bestehens dieser erlauchten Anstalt eine Feier veranstaltet und ich als ehemaliger Glanzschüler aufgefordert wurde, die Festrede vor Minister und Bürgermeister zu halten, lehnte ich höflich ab. Ich hatte dieser Schule nicht dankbar zu sein, und jedes Wort dieser Art wäre zur Lüge geworden.

Auch unsere Lehrer hatten an der Trostlosigkeit jenes Betriebes keine Schuld. Sie waren weder gut noch böse, keine Tyrannen und andererseits keine hilfreichen Kameraden, sondern arme Teufel, die sklavisch an das Schema, an den behördlich vorgeschriebenen Lehrplan gebunden, ihr ›Pensum‹ zu erledigen hatten wie wir das unsere und – das fühlten wir deutlich – ebenso glücklich waren wie wir selbst, wenn mittags die Schulglocke scholl, die ihnen und uns die Freiheit gab. Sie liebten uns nicht, sie haßten uns nicht, und warum auch, denn sie wußten von uns nichts; noch nach ein paar Jahren kannten sie die wenigsten von uns mit Namen, nichts anderes hatte im Sinn der damaligen Lehrmethode sie zu bekümmern als festzustellen, wie viele Fehler ›der Schüler‹ in der letzten Aufgabe gemacht hatte. Sie saßen oben auf dem Katheder und wir unten, sie fragten, und wir mußten antworten, sonst gab es zwischen uns keinen Zusammenhang. Denn zwischen Lehrer und Schüler, zwischen Katheder und Schulbank, dem sichtbaren Oben und sichtbaren Unten stand die unsichtbare Barriere der ›Autorität‹, die jeden Kontakt verhinderte. Daß ein Lehrer den Schüler als ein Individuum zu betrachten hatte, das besonderes Eingehen auf seine besonderen Eigenschaften forderte, oder daß gar, wie es heute selbstverständlich ist, er ›reports‹, also beobachtende Beschreibungen über ihn zu verfassen hatte, würde damals seine Befugnisse wie seine Befähigung weit überschritten, anderseits ein privates Gespräch wieder seine Autorität gemindert haben, weil dies uns als ›Schüler‹ zu sehr auf eine Ebene mit ihm, dem ›Vorgesetzten‹ gestellt hätte. Nichts ist mir charakteristischer für die totale Zusammenhanglosigkeit, die geistig und seelisch zwischen uns und unseren Lehrern bestand, als daß ich alle ihre Namen und Gesichter vergessen habe. Mit photographischer Schärfe bewahrt mein Gedächtnis noch das Bild des Katheders und des Klassenbuchs, in das wir immer zu schielen suchten, weil es unsere Noten enthielt; ich sehe das kleine rote Notizbuch, in dem sie die Klassifizierungen zunächst vermerkten, und den kurzen schwarzen Bleistift, der die Ziffern eintrug, ich sehe meine eigenen Hefte, übersät mit den Korrekturen des Lehrers in roter Tinte, aber ich sehe kein einziges Gesicht von all ihnen mehr vor mir – vielleicht weil wir immer mit geduckten oder gleichgültigen Augen vor ihnen gestanden.

Dieses Mißvergnügen an der Schule war nicht etwa eine persönliche Einstellung; ich kann mich an keinen meiner Kameraden erinnern, der nicht mit Widerwillen gespürt hätte, daß unsere besten Interessen und Absichten in dieser Tretmühle gehemmt, gelangweilt und unterdrückt wurden. Aber viel später erst wurde mir bewußt, daß diese lieblose und seelenlose Methode unserer Jugenderziehung nicht etwa der Nachlässigkeit der staatlichen Instanzen zur Last fiel, sondern daß sich darin eine bestimmte, allerdings sorgfältig geheimgehaltene Absicht aussprach. Die Welt vor uns oder über uns, die alle ihre Gedanken einzig auf den Fetisch der Sicherheit einstellte, liebte die Jugend nicht oder vielmehr: sie hatte ein ständiges Mißtrauen gegen sie. Eitel auf ihren systematischen ›Fortschritt‹, auf ihre Ordnung, proklamierte die bürgerliche Gesellschaft Mäßigkeit und Gemächlichkeit in allen Lebensformen als die einzig wirksame Tugend des Menschen; jede Eile, uns vorwärts zu führen, sollte vermieden werden. Österreich war ein alter Staat, von einem greisen Kaiser beherrscht, von alten Ministern regiert, ein Staat, der ohne Ambition einzig hoffte, sich durch Abwehr aller radikalen Veränderungen im europäischen Raume unversehrt zu erhalten; junge Menschen, die ja aus Instinkt immer schnelle und radikale Veränderungen wollen, galten deshalb als ein bedenkliches Element, das möglichst lange ausgeschaltet oder niedergehalten werden mußte. So hatte man keinen Anlaß, uns die Schuljahre angenehm zu machen; wir sollten jede Form des Aufstiegs erst durch geduldiges Warten uns verdienen. Durch dieses ständige Zurückschieben bekamen die Altersstufen einen ganz anderen Wert wie heute. Ein achtzehnjähriger Gymnasiast wurde wie ein Kind behandelt, wurde bestraft, wenn er einmal mit einer Zigarette ertappt wurde, hatte gehorsam die Hand zu erheben, wenn er die Schulbank wegen eines natürlichen Bedürfnisses verlassen wollte; aber auch ein

Mann von dreißig Jahren wurde noch als unflügges Wesen betrachtet, und selbst der Vierzigjährige noch nicht für eine verantwortliche Stellung als reif erachtet. Als einmal ein erstaunlicher Ausnahmefall sich ereignete und Gustav Mahler mit achtunddreißig Jahren zum Direktor der Hofoper ernannt wurde, ging ein erschrecktes Raunen und Staunen durch ganz Wien, daß man einem ›so jungen Menschen‹ das erste Kunstinstitut anvertraut hatte (man vergaß vollkommen, daß Mozart mit sechsunddreißig, Schubert mit einunddreißig Jahren schon ihre Lebenswerke vollendet hatten). Dieses Mißtrauen, daß jeder junge Mensch ›nicht ganz verläßlich‹ sei, ging damals durch alle Kreise. Mein Vater hätte nie einen jungen Menschen in seinem Geschäft empfangen, und wer das Unglück hatte, besonders jung auszusehen, hatte überall Mißtrauen zu überwinden. So geschah das heute fast Unbegreifliche, daß Jugend zur Hemmung in jeder Karriere wurde und nur Alter zum Vorzug. Während heute in unserer vollkommen veränderten Zeit Vierzigjährige alles tun, um wie Dreißigjährige auszusehen und Sechzigjährige wie Vierzigjährige, während heute Jugendlichkeit, Energie, Tatkraft und Selbstvertrauen fördert und empfiehlt, mußte in jenem Zeitalter der Sicherheit jeder, der vorwärts wollte, alle denkbare Maskierung versuchen, um älter zu erscheinen. Die Zeitungen empfahlen Mittel, um den Bartwuchs zu beschleunigen, vierundzwanzig- oder fünfundzwanzigjährige junge Ärzte, die eben das medizinische Examen absolviert hatten, trugen mächtige Bärte und setzten sich, auch wenn es ihre Augen gar nicht nötig hatten, goldene Brillen auf, nur damit sie bei ihren ersten Patienten den Eindruck der ›Erfahrenheit‹ erwekken könnten. Man legte sich lange schwarze Gehröcke zu und einen gemächlichen Gang und wenn möglich ein leichtes Embonpoint, um diese erstrebenswerte Gesetztheit zu verkörpern, und wer ehrgeizig war, mühte sich, dem der Unsolidität verdächtigen Zeitalter der Jugend wenigstens äußerlich Absage zu leisten; schon in der sechsten und siebten Schulklasse weigerten wir uns, Schultaschen zu tragen, um nicht mehr als Gymnasiasten erkenntlich zu sein, und benützten statt dessen Aktenmappen. Alles, was uns heute als beneidenswerter Besitz erscheint, die Frische, das Selbstbewußtsein, die Verwegenheit, die Neugier, die Lebenslust der Jugend, galt jener Zeit, die nur Sinn für das ›Solide‹ hatte, als verdächtig.

Einzig aus dieser sonderbaren Einstellung ist es zu verstehen, daß der Staat die Schule als Instrument zur Aufrechterhaltung seiner Autorität ausbeutete. Wir sollten vor allem erzogen werden, überall das Bestehende als das Vollkommene zu respektieren, die Meinung des Lehrers als unfehlbar, das Wort des Vaters als unwidersprechlich, die Einrichtungen des Staates als die absolut und in alle Ewigkeit gültigen. Ein zweiter kardinaler Grundsatz jener Pädagogik, den man auch innerhalb der Familie handhabte, ging dahin, daß junge Leute es nicht zu bequem haben sollten. Ehe man ihnen irgendwelche Rechte zubilligte, sollten sie lernen, daß sie Pflichten hatten und vor allem die Pflicht vollkommener Fügsamkeit. Von Anfang an sollte uns eingeprägt werden, daß wir, die wir im Leben noch nichts geleistet hatten und keinerlei Erfahrung besaßen, einzig dankbar zu sein hatten für alles, was man uns gewährte, und keinen Anspruch, etwas zu fragen oder zu fordern. Von frühester Kindheit an wurde in meiner Zeit diese stupide Methode der Einschüchterung geübt. Dienstmädchen und dumme Mütter erschreckten schon dreijährige und vierjährige Kinder, sie würden den ›Polizeimann‹ holen, wenn sie nicht sofort aufhörten, schlimm zu sein. Noch als Gymnasiast wurde uns, wenn wir eine schlechte Note in irgendeinem nebensächlichen Gegenstand nach Hause brachten, gedroht, man werde uns aus der Schule nehmen und ein Handwerk lernen lassen – die schlimmste Drohung, die es in der bürgerlichen Welt gab: der Rückfall ins Proletariat –, und wenn junge Menschen im ehrlichsten Bildungsverlangen bei Erwachsenen Aufklärung über ernste zeitliche Probleme suchten, wurden sie abgekanzelt mit dem hochmütigen »Das verstehst du noch nicht«. An allen Stellen übte man diese Technik, im Hause, in der Schule und im Staate. Man wurde nicht müde, dem jungen Menschen einzuschärfen, daß er noch nicht ›reif‹ sei, daß er nichts verstünde, daß er einzig gläubig zuzuhören habe, nie aber selbst mitsprechen oder gar widersprechen dürfe. Aus diesem Grunde sollte auch in der Schule der arme Teufel von Lehrer, der oben am Katheder saß, ein unnahbarer Ölgötze bleiben und unser ganzes Fühlen und Trachten auf den ›Lehrplan‹ beschränken. Ob wir uns in der Schule wohl fühlten oder nicht, war ohne Belang. Ihre wahre Mission im Sinne der Zeit war nicht so sehr, uns vorwärtszubringen als uns zurückzuhalten, nicht uns innerlich auszuformen, sondern dem geordneten Gefüge möglichst widerstandslos einzupassen, nicht unsere Energie zu steigern, sondern sie zu disziplinieren und zu nivellieren.

Ein solcher psychologischer oder vielmehr unpsychologischer Druck auf eine Jugend kann nur zweierlei Wirkung haben: er kann lähmend wirken oder stimulierend. Wie viele ›Minderwertigkeitskomplexe‹ diese absurde Erziehungsmethode gezeitigt hat, mag man in den Akten der Psychoanalytiker nachlesen; es ist vielleicht kein Zufall, daß dieser Komplex gerade von Männern aufgedeckt wurde, die selbst durch unsere alten österreichischen Schulen gegangen. Ich persönlich danke diesem Druck eine schon früh manifestierte Leidenschaft, frei zu sein, wie sie in gleich vehementem Ausmaß die heutige Jugend kaum mehr kennt, und dazu einen Haß gegen alles Autoritäre, gegen alles ›von oben herab‹ Sprechen, der mich mein ganzes Leben lang begleitet hat. Jahre und Jahre ist diese Abneigung gegen alles Apodiktische und Dogmatische bei mir bloß instinktiv gewesen, und ich hatte schon vergessen, woher sie stammte. Aber als einmal auf einer Vortragsreise man den großen Hörsaal der Universität für mich gewählt hatte und ich plötzlich entdeckte, daß ich von einem Katheder herab sprechen sollte, während die Hörer unten auf den Bänken genau wie wir als Schüler, brav und ohne Rede und Gegenrede saßen, überkam mich plötzlich ein Unbehagen. Ich erinnerte mich, wie ich an diesem unkameradschaftlichen, autoritären, doktrinären Sprechen von oben herab in all meinen Schuljahren gelitten hatte, und eine Angst überkam mich, ich könnte durch dieses Sprechen von einem Katheder herab ebenso unpersönlich wirken wie damals unsere Lehrer auf uns; dank dieser Hemmung wurde diese Vorlesung auch die schlechteste meines Lebens.

Bis zum vierzehnten oder fünfzehnten Jahre fanden wir uns mit der Schule noch redlich zurecht. Wir spaßten über die Lehrer, wir lernten mit kalter Neugier die Lektionen. Dann aber kam die Stunde, wo die Schule uns nur mehr langweilte und störte. Ein merkwürdiges Phänomen hatte sich in aller Stille ereignet: wir, die wir als zehnjährige Buben ins Gymnasium eingetreten waren, hatten bereits in den ersten vier von unseren acht Jahren geistig die Schule überholt. Wir fühlten instinktiv, daß wir nichts Wesentliches mehr von ihr zu lernen hatten und in manchem der Gegenstände, die uns interessierten, sogar mehr wußten als unsere armen Lehrer, die seit ihrer Studienzeit aus eigenem Interesse nie mehr ein Buch aufgeschlagen. Auch machte sich ein anderer Gegensatz von Tag zu Tag mehr fühlbar: auf den Bänken, wo wir eigentlich nur mehr mit unseren Hosen saßen, hörten wir nichts Neues oder nichts, das uns wissenswert schien, und außen war eine Stadt voll tausendfältiger Anregungen, eine Stadt mit Theatern, Museen, Buchhandlungen, Universität, Musik, wo jeder Tag andere Überraschungen brachte. So warf sich unser zurückgestauter Wissensdurst, die geistige, die künstlerische, die genießerische Neugierde, die in der Schule keinerlei Nahrung fand, leidenschaftlich all dem entgegen, was außerhalb der Schule geschah. Erst waren es nur zwei oder drei unter uns, die solche künstlerischen, literarischen, musikalischen Interessen in sich entdeckten, dann ein Dutzend und schließlich beinahe alle.

Denn Begeisterung ist bei jungen Menschen eine Art Infektionsphänomen. Sie überträgt sich innerhalb einer Schulklasse von einem auf den andern wie Masern oder Scharlach, und indem die Neophyten mit kindlichem, eitlem Ehrgeiz sich möglichst rasch in ihrem Wissen zu überbieten suchen, treiben sie einander weiter. Mehr oder minder ist es darum eigentlich nur Zufall, welche Richtung diese Leidenschaft nimmt; findet sich in einer Klasse ein Briefmarkensammler, so wird er bald ein Dutzend zu gleichen Narren machen, wenn drei für Tänzerinnen schwärmen, werden auch die andern täglich vor der Bühnentür der Oper stehen. Nach der unseren kam drei Jahre später eine Schulklasse, die ganz vom Fußball besessen war, und vor uns war eine, die für Sozialismus oder Tolstoi sich begeisterte. Daß ich zufällig in einen Jahrgang für die Kunst fanatisierter Kameraden geriet, ist vielleicht für meinen ganzen Lebensgang entscheidend gewesen.

An und für sich war diese Begeisterung für Theater, Literatur und Kunst eine ganz natürliche in Wien; die Zeitung gab in Wien allen kulturellen Geschehnissen besonderen Raum, rechts und links hörte man, wo immer man ging, bei den Erwachsenen Diskussionen über die Oper oder das Burgtheater, in allen Papiergeschäften standen in den Auslagen die Bilder der großen Schauspieler; noch galt Sport als eine brutale Angelegenheit, deren ein Gymnasiast sich eher zu schämen hatte, und der Kinematograph mit seinen Massenidealen war noch nicht erfunden. Auch zu Hause hatte man keinen Widerstand zu befürchten; Theater und Literatur zählten unter die ›unschuldigen‹ Passionen im Gegensatz zu Kartenspiel oder Mädchenfreundschaften. Schließlich hatte mein Vater, wie alle Wiener Väter, in seiner Jugend ebenso für das Theater geschwärmt und mit ähnlicher Begeisterung der Lohengrinaufführung unter Richard Wagner beigewohnt wie wir den Premieren von Richard Strauss und Gerhart Hauptmann. Denn daß wir Gymnasiasten uns zu jeder Premiere drängten, war selbstverständlich; wie hätte man sich vor den glücklicheren Kollegen geschämt, wenn man nicht am nächsten Morgen in der Schule hätte jedes Detail berichten können? Wären unsere Lehrer nicht völlig gleichgültig gewesen, so hätte ihnen auffallen müssen, daß an jedem Nachmittag vor einer großen Premiere – für die wir uns schon um drei Uhr anstellen mußten, um die einzig zugänglichen Stehplätze zu bekommen – zwei Drittel der Schüler auf mystische Weise krank geworden waren. Bei strenger Aufmerksamkeit hätten sie ebenso entdecken müssen, daß in dem Umschlag unserer lateinischen Grammatiken die Gedichte von Rilke steckten und wir unsere Mathematikhefte verwendeten, um die schönsten Gedichte aus geliehenen Büchern uns abzuschreiben. Täglich erfanden wir neue Techniken, um die langweiligen Schulstunden für unsere Lektüre auszunutzen; während der Lehrer über Schillers ›Naive und sentimentale Dichtung‹ seinen abgenutzten Vortrag hielt, lasen wir unter der Bank Nietzsche und Strindberg, deren Namen der brave alte Mann nie vernommen. Wie ein Fieber war es über uns gekommen, alles zu wissen, alles zu kennen, was sich auf allen Gebieten der Kunst, der Wissenschaft ereignete; wir drängten uns nachmittags zwischen die

Studenten der Universität, um die Vorlesungen zu hören, wir besuchten alle Kunstausstellungen, wir gingen in die Hörsäle der Anatomie, um Sektionen zuzusehen. An allem und jedem schnupperten wir mit neugierigen Nüstern. Wir schlichen uns in die Proben der Philharmoniker, wir stöberten bei den Antiquaren, wir revidierten täglich die Auslagen der Buchhändler, um sofort zu wissen, was seit gestern neu erschienen war. Und vor allem, wir lasen, wir lasen alles, was uns zu Händen kam. Aus jeder öffentlichen Bibliothek holten wir uns Bücher, wir liehen einander gegenseitig, was wir auftreiben konnten. Aber unsere beste Bildungsstätte für alles Neue blieb das Kaffeehaus.

Um dies zu verstehen, muß man wissen, daß das Wiener Kaffeehaus eine Institution besonderer Art darstellt, die mit keiner ähnlichen der Welt zu vergleichen ist. Es ist eigentlich eine Art demokratischer, jedem für eine billige Schale Kaffee zugänglicher Klub, wo jeder Gast für diesen kleinen Obolus stundenlang sitzen, diskutieren, schreiben, Karten spielen, seine Post empfangen und vor allem eine unbegrenzte Zahl von Zeitungen und Zeitschriften konsumieren kann. In einem besseren Wiener Kaffeehaus lagen alle Wiener Zeitungen auf und nicht nur die Wiener, sondern die des ganzen Deutschen Reiches und die französischen und englischen und italienischen und amerikanischen, dazu sämtliche wichtigen literarischen und künstlerischen Revuen der Welt, der ›Mercure de France‹ nicht minder als die ›Neue Rundschau‹, der ›Studio‹ und das ›Burlington Magazine‹. So wußten wir alles, was in der Welt vorging, aus erster Hand, wir erfuhren von jedem Buch, das erschien, von jeder Aufführung, wo immer sie stattfand, und verglichen in allen Zeitungen die Kritiken; nichts hat vielleicht so viel zur intellektuellen Beweglichkeit und internationalen Orientierung des Österreichers beigetragen, als daß er im Kaffeehaus sich über alle Vorgänge der Welt so umfassend orientieren und sie zugleich im freundschaftlichen Kreise diskutieren konnte. Täglich saßen wir dort stundenlang, und nichts entging uns. Denn wir verfolgten dank der Kollektivität unserer Interessen den orbis pictus der künstlerischen Geschehnisse nicht mit zwei, sondern mit zwanzig und vierzig Augen; was der eine übersah, bemerkte für ihn der andere, und da wir uns kindisch protzig mit einem fast sportlichen Ehrgeiz unablässig in unserem Wissen des Neuesten und Allerneuesten überbieten wollten, so befanden wir uns eigentlich in einer Art ständiger Eifersucht auf Sensationen. Wenn wir zum Beispiel den damals noch verfemten Nietzsche diskutierten, erwähnte plötzlich einer von uns mit gespielter Überlegenheit: »Aber in der Idee des Egotismus ist ihm doch Kierkegaard überlegen«, und sofort wurden wir unruhig. »Wer ist Kierkegaard, von dem X. weiß und wir nicht?« Am nächsten Tag stürmten wir in die Bibliothek, die Bücher dieses verschollenen dänischen Philosophen aufzutreiben, denn etwas Fremdes nicht zu kennen, das ein anderer kannte, empfanden wir als Herabsetzung; gerade das Letzte, das Neueste, das Extravaganteste, das Ungewöhnliche, das noch niemand – und vor allem nicht die offizielle Literaturkritik unserer würdigen Tagesblätter – breitgetreten hatte, das Entdecken und Voraussein war unsere Leidenschaft (der ich übrigens persönlich noch viele Jahre gefrönt habe). Just was noch nicht allgemein anerkannt war zu kennen, das schwer Zugängliche, das Verstiegene, das Neuartige und Radikale provozierte unsere besondere Liebe; nichts war darum so verborgen, so abseitig, daß es unsere kollektive, sich gierig überbietende Neugier nicht aus seinem Versteck hervorholte. Stefan George oder Rilke zum Beispiel waren in unserer Gymnasialzeit im ganzen in Auflagen von zweihundert oder dreihundert Exemplaren erschienen, von denen höchstens drei oder vier den Weg nach Wien gefunden hatten; kein Buchhändler hielt sie in seinem Lager, keiner der offiziellen Kritiker hatte jemals Rilkes Namen erwähnt. Aber unser Rudel kannte durch ein Mirakel des Willens jeden Vers und jede Zeile. Wir bartlosen, unausgewachsenen Burschen, die tagsüber noch auf der Schulbank hocken mußten, bildeten wirklich das ideale Publikum, das sich ein junger Dichter erträumen konnte, neugierig, kritisch verständig und begeistert sich zu begeistern. Denn unsere Fähigkeit zum Enthusiasmus war grenzenlos; während unserer Schulstunden, auf dem Weg nach und von der Schule, im Kaffeehaus, im Theater, auf den Spaziergängen haben wir halbwüchsigen Jungen Jahre nichts getan als Bücher, Bilder, Musik, Philosophie zu diskutieren; wer immer öffentlich wirkte, ob als Schauspieler oder Dirigent, wer ein Buch veröffentlicht hatte oder in einer Zeitung schrieb, stand als Stern in unserem Firmament. Ich erschrak beinahe, als ich Jahre später bei Balzac in der Schilderung seiner Jugend den Satz fand: ›Les gens célèbres étaient pour moi comme des dieux qui ne parlaient pas, ne marchaient pas, ne mangeaient pas comme les autres hommes.‹ Denn genauso haben wir empfunden. Gustav Mahler auf der Straße gesehen zu haben war ein Ereignis, das man stolz wie einen persönlichen Triumph am nächsten Morgen den Kameraden berichtete, und als ich einmal als Knabe Johannes Brahms vorgestellt wurde und er mir freundlich auf die Schulter klopfte, war ich einige Tage ganz wirr über das ungeheure Begebnis. Ich wußte zwar mit meinen zwölf Jahren nur sehr ungenau, was Brahms geleistet hatte, aber schon die bloße Tatsache seines Ruhms, die Aura des Schöpferischen übte erschütternde Gewalt. Eine Premiere von Gerhart Hauptmann im Burgtheater irritierte viele Wochen, bevor die Proben begannen, unsere ganze Klasse; wir schlichen uns an Schauspieler und kleine Statisten heran, um zuerst – vor den andern! – den Gang der Handlung und die Besetzung zu erfahren; wir ließen uns (ich scheue mich nicht, auch unsere Absurditäten zu berichten) die Haare bei dem Burgtheaterfriseur schneiden, nur um eine geheime Nachricht zu ergattern über die Wolter oder Sonnenthal, und ein Schüler aus einer niederen Klasse wurde von uns Älteren besonders verwöhnt und mit allerlei Aufmerksamkeiten bestochen, nur weil er der Neffe eines Beleuchtungsinspektors der Oper war und wir durch ihn manchmal zu den Proben heimlich auf die Bühne geschmuggelt wurden – diese Bühne, die zu betreten den Schauer Dantes übertraf, als er aufstieg in die heiligen Kreise des Paradieses. So stark war für uns die strahlende Kraft des Ruhms, daß er, selbst wenn durch siebenfaches Medium gebrochen, uns noch Ehrfurcht abzwang; ein armes, altes Weibchen erschien uns, weil eine Großnichte Franz Schuberts, wie ein überweltliches Wesen, und selbst dem Kammerdiener von Joseph Kainz sahen wir respektvoll auf der Straße nach, weil er das Glück hatte, diesem geliebtesten und genialsten Schauspieler persönlich nahe sein zu dürfen.

Ich weiß natürlich heute genau, wieviel Absurdität in diesem wahllosen Enthusiasmus steckte, wieviel bloß gegenseitige Nachäfferei, wieviel bloß sportliche Lust, sich zu übertrumpfen, wieviel kindische Eitelkeit, sich durch Beschäftigung mit der Kunst über die banausische Umwelt der Verwandten und Lehrer hochmütig erhaben zu fühlen. Aber noch heute bin ich erstaunt, wieviel wir jungen Burschen durch diese Überspannung der literarischen Leidenschaft damals gewußt haben, wie frühzeitig wir uns kritische Unterscheidungsfähigkeit durch dies ununterbrochene Diskutieren und Zerfasern angeeignet haben. Ich kannte mit siebzehn Jahren nicht nur jedes Gedicht Baudelaires oder Walt Whitmans, sondern wußte die wesentlichen auswendig und glaube, in meinem ganzen späteren Leben nicht mehr so intensiv gelesen zu haben wie in diesen Schul- und Universitätsjahren. Namen waren uns selbstverständlich geläufig, die in der Allgemeinheit erst ein Jahrzehnt später gewürdigt wurden, selbst das Ephemerste blieb, weil mit solchem Eifer ergriffen, im Gedächtnis. Einmal erzählte ich meinem verehrten Freunde Paul Valéry, wie alt eigentlich meine literarische Bekanntschaft mit ihm sei; ich hätte vor dreißig Jahren schon Verse von ihm gelesen und geliebt. Valéry lachte mir gutmütig zu: »Schwindeln Sie nicht, lieber Freund! Meine Gedichte sind doch erst 1916 erschienen.« Aber dann staunte er, als ich ihm haargenau in Farbe und Format die kleine literarische Zeitschrift beschrieb, in der wir 1898 in Wien seine ersten Verse gefunden. »Aber die hat doch kaum jemand in Paris gekannt«, sagte er verwundert, »wie konnten Sie sich die denn in Wien beschafft haben?« »Genauso, wie Sie sich als Gymnasiast in Ihrer Provinzstadt die Gedichte Mallarmés, die die offizielle Literatur ebensowenig kannte«, konnte ich ihm antworten. Und er stimmte mir zu: »Junge Leute entdecken sich ihre Dichter, weil sie sich sie entdecken wollen.« Wir witterten in der Tat den Wind, noch ehe er über die Grenze kam, weil wir unablässig mit gespannten Nüstern lebten. Wir fanden das Neue, weil wir das Neue wollten, weil wir hungerten nach etwas, das uns und nur uns gehörte, – nicht der Welt unserer Väter, unserer Umwelt. Jugend besitzt wie gewisse Tiere einen ausgezeichneten Instinkt für Witterungsumschläge, und so spürte unsere Generation, ehe es unsere Lehrer und die Universitäten wußten, daß mit dem alten Jahrhundert auch in den Kunstanschauungen etwas zu Ende ging, daß eine Revolution oder zumindest eine Umstellung der Werte im Anbeginn war. Die guten, soliden Meister aus der Zeit unserer Väter – Gottfried Keller in der Literatur, Ibsen in der Dramatik,

Johannes Brahms in der Musik, Leibl in der Malerei, Eduard von Hartmann in der Philosophie – hatten für unser Gefühl die ganze Bedächtigkeit der Welt der Sicherheit in sich; trotz ihrer technischen, ihrer geistigen Meisterschaft interessierten sie uns nicht mehr. Instinktiv fühlten wir, daß ihr kühler, wohltemperierter Rhythmus fremd war dem unseres unruhigen Bluts und auch schon nicht mehr im Einklang mit dem beschleunigten Tempo der Zeit. Nun lebte gerade in Wien der wachsamste Geist der jüngeren deutschen Generation, Hermann Bahr, der für alles Werdende und Kommende sich als geistiger Raufbold wütend herumschlug, mit seiner Hilfe wurde in Wien die ›Sezession‹ eröffnet, die zum Entsetzen der alten Schule aus Paris die Impressionisten und die Pointillisten, aus Norwegen Munch, aus Belgien Rops und alle denkbaren Extremisten ausstellte; damit war zugleich ihren mißachteten Vorgängern Grünewald, Greco und Goya die Bahn gebrochen. Man lernte plötzlich ein neues Sehen und gleichzeitig in der Musik neue Rhythmen und Tonfarben durch Mussorgskij, Debussy, Strauss und Schönberg; in die Literatur brach mit Zola und Strindberg und Hauptmann der Realismus, mit Dostojewskij die slawische Dämonie, mit Verlaine, Rimbaud, Mallarmé eine bisher unbekannte Sublimierung und Raffinierung lyrischer Wortkunst. Nietzsche revolutionierte die Philosophie; eine kühnere, freiere Architektur proklamierte, statt der klassizistischen Überladenheit, den ornamentlosen Zweckbau. Plötzlich war die alte, behagliche Ordnung gestört, ihre bisher als unfehlbar geltenden Normen des ›ästhetisch Schönen‹ (Hanslick) in Frage gestellt, und während die offiziellen Kritiker unserer ›soliden‹ bürgerlichen Zeitungen über die oft verwegenen Experimente sich entsetzten und mit den Bannworten ›dekadent‹ oder ›anarchisch‹ die unaufhaltsame Strömung zu dämmen suchten, warfen wir jungen Menschen uns begeistert in die Brandung, wo sie am wildesten schäumte. Wir hatten das Gefühl, daß eine Zeit für uns, unsere Zeit begann, in der endlich Jugend zu ihrem Recht kam. So erhielt mit einemmal unsere unruhig suchende und spürende Leidenschaft einen Sinn: wir konnten, wir jungen Menschen auf der Schulbank, mitkämpfen in diesen wilden und oft rabiaten Schlachten um die neue Kunst. Wo ein Experiment versucht wurde, etwa eine Wedekind-Aufführung, eine Vorlesung neuer Lyrik, waren wir unfehlbar zur Stelle mit aller Kraft nicht nur unserer Seele, sondern auch noch unserer Hände; ich war Zeuge, wie bei einer Erstaufführung eines der atonalen Jugendwerke Arnold Schönbergs, als ein Herr heftig zischte und pfiff, mein Freund Buschbeck ihm eine ebenso heftige Ohrfeige versetzte; überall waren wir die Stoßtruppe und der Vortrupp jeder Art neuer Kunst, nur weil sie neu war, nur weil sie die Welt verändern wollte für uns, die jetzt an die Reihe kamen, ihr Leben zu leben. Weil wir fühlten, ›nostra res agitur‹.

Aber es war noch etwas anderes, was uns an dieser neuen Kunst so maßlos interessierte und faszinierte: daß sie fast ausschließlich eine Kunst junger Leute war. In der Generation unserer Väter kam ein Dichter, ein Musiker erst zu Ansehen, wenn er sich ›erprobt‹, wenn er sich der gelassenen, der soliden Geschmacksrichtung der bürgerlichen Gesellschaft angepaßt hatte. Alle die Männer, die zu respektieren man uns gelehrt hatte, benahmen und gebärdeten sich respektabel. Sie trugen ihre schönen, graumelierten Bärte – Wilbrandt, Ebers, Felix Dahn, Paul Heyse, Lenbach, diese heute längst verschollenen Lieblinge jener Zeit – über poetischen Samtjacken. Sie ließen sich mit sinnendem Blick photographieren, immer in ›würdiger‹ und ›dichterischer‹ Haltung, sie benahmen sich wie Hofräte und Exzellenzen und wurden wie diese mit Orden geschmückt. Junge Dichter oder Maler oder Musiker aber wurden bestenfalls als ›hoffnungsvolle

Talente‹ vermerkt, eine positive Anerkennung dagegen vorläufig in den Eisschrank gelegt; jenes Zeitalter der Vorsicht liebte es nicht, vorzeitig eine Gunst auszuteilen, ehe man nicht durch langjährige ›solide‹ Leistung sich bewährt hatte. Die neuen Dichter, Musiker, Maler aber waren alle jung; Gerhart Hauptmann, plötzlich aus völliger Namenlosigkeit aufgetaucht, beherrschte mit dreißig Jahren die deutsche Bühne, Stefan George, Rainer Maria Rilke hatten mit dreiundzwanzig Jahren – also früher, als man nach dem österreichischen Gesetz für mündig erklärt wurde – literarischen Ruhm und fanatische Gefolgschaft. In unserer eigenen Stadt entstand über Nacht die Gruppe des ›jungen Wien‹ mit Arthur Schnitzler, Hermann Bahr, Richard Beer-Hofmann, Peter Altenberg, in denen die spezifisch österreichische Kultur durch eine Verfeinerung aller Kunstmittel zum erstenmal europäischen Ausdruck fand. Aber vor allem war es *eine* Gestalt, die uns faszinierte, verführte, berauschte und begeisterte, das wunderbare und einmalige Phänomen Hugo von Hofmannsthals, in dem unsere Jugend nicht nur ihre höchsten Ambitionen, sondern auch die absolute dichterische Vollendung in der Gestalt eines beinahe Gleichaltrigen sich ereignen sah.

Die Erscheinung des jungen Hofmannsthal ist und bleibt denkwürdig als eines der großen Wunder früher Vollendung; in der Weltliteratur kenne ich bei solcher Jugend außer bei Keats und Rimbaud kein Beispiel ähnlicher Unfehlbarkeit in der Bemeisterung der Sprache, keine solche Weite der ideellen Beschwingtheit, kein solches Durchdrungensein mit poetischer Substanz bis in die zufälligste Zeile, wie in diesem großartigen Genius, der schon in seinem sechzehnten und siebzehnten Jahr sich mit unverlöschbaren Versen und einer noch heute nicht überbotenen Prosa in die ewigen Annalen der deutschen Sprache eingeschrieben hat. Sein plötzliches Beginnen und zugleich schon Vollendetsein war ein Phänomen, wie es sich innerhalb einer Generation kaum ein zweites Mal ereignet. Als beinahe übernatürliches Begebnis haben darum alle jene das Unwahrscheinliche seiner Erscheinung angestaunt, die zuerst davon Kunde erhielten. Hermann Bahr erzählte mir oft von dem Staunen, als er für seine Zeitschrift gerade aus Wien einen Aufsatz von einem ihm unbekannten ›Loris‹ – eine öffentliche Publikation unter eigenen Namen war im Gymnasium unerlaubt – erhielt; nie hatte er unter Beiträgen aus aller Welt eine Arbeit empfangen, die in so beschwingter, adeliger Sprache solchen gedanklichen Reichtum gleichsam mit leichter Hand hinstreute. Wer ist ›Loris‹, wer dieser Unbekannte?, fragte er sich. Ein alter Mann gewiß, der in Jahren und Jahren seine Erkenntnisse schweigsam gekeltert hat und in geheimnisvoller Klausur die sublimsten Essenzen der Sprache zu einer fast wollüstigen Magie kultiviert. Und solch ein Weiser, solch ein begnadeter Dichter lebte in derselben Stadt, und er hatte nie von ihm gehört! Bahr schrieb sofort dem Unbekannten und verabredete eine Besprechung in einem Kaffeehaus – dem berühmten Café Griensteidl, dem Hauptquartier der jungen Literatur. Plötzlich kam mit leichten, raschen Schritten ein schlanker, noch unbärtiger Gymnasiast mit kurzen Knabenhosen an seinen Tisch, verbeugte sich und sagte mit einer hohen, noch nicht ganz mutierten Stimme knapp und entschieden: ›Hofmannsthal! Ich bin Loris.‹ Nach Jahren noch, wenn Bahr von seiner Verblüffung erzählt, überkam ihn die Erregung. Er wollte es zuerst nicht glauben. Ein Gymnasiast, dem solche Kunst, solche Weitsicht, solche Tiefsicht, solche stupende Kenntnis des Lebens *vor* dem Leben zu eigen war! Und beinah das gleiche berichtete mir Arthur Schnitzler. Er war damals noch Arzt, da seine ersten literarischen Erfolge noch keineswegs Sicherung der Lebensexistenz zu verbürgen schienen; aber er galt schon als Haupt des ›jungen Wien‹, und die noch Jüngeren wandten sich gern an ihn um Rat und Urteil. Bei zufälligen Bekannten hatte er den hochaufgeschossenen jungen Gymnasiasten kennengelernt, der ihm durch seine behende Klugheit auffiel, und als dieser Gymnasiast die Gunst erbat, ihm ein kleines Theaterstück in Versen vorlesen zu dürfen, lud er ihn gerne in seine Junggesellenwohnung, freilich ohne große Erwartung – nun eben ein Gymnasiastenstück, sentimentalisch oder pseudoklassisch, dachte er. Er bestellte einige Freunde; Hofmannsthal erschien in seinen kurzen Knabenhosen, etwas nervös und befangen, und begann zu lesen. »Nach einigen Minuten«, erzählte mir Schnitzler, »horchten wir plötzlich scharf auf und tauschten verwunderte, beinahe erschrockene Blicke. Verse solcher Vollendung, solcher fehlloser Plastik, solcher musikalischer Durchfühltheit, hatten wir von keinem Lebenden je gehört, ja seit Goethe kaum für möglich gehalten. Aber noch wunderbarer als diese einmalige (und seitdem von niemandem in deutscher Sprache mehr erreichte) Meisterschaft der Form war die Weltkenntnis, die nur aus magischer Intuition kommen konnte, bei einem Knaben, der tagsüber auf der Schulbank saß.« Als Hofmannsthal endete, blieben alle stumm. »Ich hatte«, sagte mir Schnitzler, »das Gefühl, zum erstenmal im Leben einem geborenen Genie begegnet zu sein, und ich habe es in meinem ganzen Leben nie mehr so überwältigend empfunden.« Wer so mit sechzehn begann – oder vielmehr nicht begann, sondern schon vollendet war im Beginnen –, mußte ein Bruder Goethes und Shakespeares werden. Und wirklich, die Vollendung schien sich immer mehr zu vollenden: nach diesem ersten Versstück ›Gestern‹ kam das grandiose Fragment des ›Tod des Tizian‹, in dem die deutsche Sprache sich zu italienischem Wohllaut erhob, kamen die Gedichte, deren jedes einzelne für uns ein Ereignis war, und die ich heute noch nach Jahrzehnten Zeile für Zeile auswendig weiß, kamen die kleinen Dramen und jene Aufsätze, die Reichtum des Wissens, fehllosen Kunstverstand, Weite des Weltblicks magisch in dem wunderbar ausgesparten Raum von ein paar Dutzend Seiten zusammendrängten: alles, was dieser Gymnasiast, dieser Universitätsstudent schrieb, war wie Kristall, von innen her durchleuchtet, dunkel und glühend zugleich. Der Vers, die Prosa schmiegten sich wie duftendes Wachs vom Hymettos in seine Hände, immer hatte durch ein unwiederholbares Wunder jede Dichtung ihr richtiges Maß, nie ein Zuwenig, nie ein Zuviel, immer spürte man, daß ein Unbewußtes, ein Unbegreifliches geheimnisvoll ihn lenken mußte auf diesen Wegen ins bisher Unbetretene.

Wie ein solches Phänomen uns, die wir uns erzogen hatten, Werte zu spüren, faszinierte, vermag ich kaum wiederzugeben. Denn was kann einer jungen Generation Berauschenderes geschehen, als neben sich, unter sich den geborenen, den reinen, den sublimen Dichter leibhaft nahe zu wissen, ihn, den man sich immer nur in den legendären Formen Hölderlins und Keats' und Leopardis imaginierte, unerreichbar und halb schon Traum und Vision? Deshalb erinnere ich mich auch so deutlich an den Tag, da ich Hofmannsthal zum erstenmal in persona sah. Ich war sechzehn Jahre alt, und da wir alles, was dieser unser idealer Mentor tat, geradezu mit Gier verfolgten, erregte mich eine kleine versteckte Notiz in der Zeitung außerordentlich, daß in dem ›Wissenschaftlichen Klub‹ ein Vortrag von ihm über Goethe angekündigt sei (unvorstellbar für uns, daß ein solcher Genius in einem so bescheidenen Rahmen sprach; wir hätten in unserer gymnasiastischen Anbetung erwartet, der größte Saal müsse vollgedrängt sein, wenn ein Hofmannsthal seine Gegenwart öffentlich gewährte). Aber bei diesem Anlaß gewahrte ich wiederum, wie sehr wir kleinen Gymnasiasten in unserer Wertung, in unserem – nicht nur hier – als richtig erwiesenen Instinkt für das Überdauernde dem großen Publikum und der offiziellen Kritik schon voraus waren; etwa zehn bis zwölf Dutzend Zuhörer hatten sich im ganzen in dem engen Saal zusammengefunden: es wäre also nicht notwendig gewesen, daß ich in meiner Ungeduld schon eine halbe Stunde zu früh mich aufmachte, um mir einen Platz zu sichern. Wir warteten einige Zeit, dann ging plötzlich ein schlanker, an sich unauffälliger junger Mann durch unsere Reihen auf das Pult zu und begann so unvermittelt, daß ich kaum Zeit hatte, ihn richtig zu betrachten. Hofmannsthal sah mit seinem weichen, nicht ganz ausgeformten Schnurrbärtchen und seiner elastischen Figur noch jünger aus, als ich erwartet hatte. Sein scharfprofiliertes, etwas italienisch-dunkles Gesicht schien nervös gespannt, und zu diesem Eindruck trug die Unruhe seiner sehr dunklen, samtigen, aber stark kurzsichtigen Augen noch bei, er warf sich gleichsam mit einem einzigen Ruck in die Rede hinein wie ein Schwimmer in die vertraute Flut, und je weiter er sprach, desto freier wurden seine Gesten, desto sicherer seine Haltung; kaum war er im geistigen Element, so überkam ihn (dies bemerkte ich später auch oft im privaten Gespräch) aus einer anfänglichen Befangenheit eine wunderbare Leichtigkeit und Beschwingtheit wie immer den inspirierten Menschen. Nur bei den ersten Sätzen bemerkte ich noch, daß seine Stimme unschön war, manchmal sehr nahe dem Falsett und sich leicht überkippend, aber schon trug die Rede uns so hoch und frei empor, daß wir nicht mehr die Stimme und kaum sein Gesicht mehr wahrnahmen. Er sprach ohne Manuskript, ohne Notizen, vielleicht sogar ohne genaue Vorbereitung, aber jeder Satz hatte aus dem zauberhaften Formgefühl seiner Natur vollendete Rundung. Blendend entfalteten sich die verwegensten Antithesen, um sich dann in klaren und doch überraschenden Formulierungen zu lösen. Bezwingend hatte man das Gefühl, daß dies Dargebotene nur zufällig Hingestreutes sei einer viel größeren Fülle, daß er, beschwingt wie er war und aufgehoben in die obere Sphäre, noch Stunden und Stunden so weitersprechen könnte, ohne sich zu verarmen und sein Niveau zu vermindern. Auch im privaten Gespräch habe ich in späteren Jahren die Zaubergewalt dieses ›Erfinders rollenden Gesangs und sprühend gewandter Zwiegespräche‹, wie Stefan George ihn rühmte, empfunden; er war unruhig, fahrig, sensibel, jedem Druck der Luft ausgesetzt, oft mürrisch und nervös im privaten Umgang, und ihm nahezukommen war nicht leicht. Im Augenblick aber, da ein Problem ihn interessierte, war er wie eine Zündung; in einem einzigen raketenhaft blitzenden, glühenden Flug riß er dann jede Diskussion in die *ihm* eigene und nur *ihm* ganz erreichbare Sphäre empor. Außer manchmal mit Valéry, der gemessener, kristallinischer dachte, und dem impetuosen Keyserling habe ich nie ein Gespräch ähnlich geistigen Niveaus erlebt wie mit ihm. Alles war in diesen wahrhaft inspirierten Augenblicken seinem dämonisch wachen Gedächtnis gegenständlich nah, jedes Buch, das er gelesen, jedes Bild, das er gesehen, jede Landschaft; eine Metapher band sich der andern so natürlich wie Hand mit Hand, Perspektiven hoben sich wie plötzliche Kulissen hinter dem schon abgeschlossen vermeinten Horizont – in jener Vorlesung zum erstenmal und später bei persönlichen Begegnungen habe ich wahrhaft den ›flatus‹, den belebenden, begeisternden Anhauch des Inkommensurablen, des mit der Vernunft nicht voll Erfaßbaren bei ihm gefühlt.

In einem gewissen Sinn hat Hofmannsthal nie mehr das einmalige Wunder überboten, das er von seinem sechzehnten bis etwa zum vierundzwanzigsten Jahre gewesen. Ich bewundere nicht minder manche seiner späteren

Werke, die herrlichen Aufsätze, das Fragment des ›Andreas‹, diesen Torso des vielleicht schönsten Romans deutscher Sprache, und einzelne Partien seiner Dramen; aber mit seiner stärkeren Bindung an das reale Theater und die Interessen seiner Zeit, mit der deutlichen Bewußtheit und Ambitioniertheit seiner Pläne ist etwas von dem Traumwandlerisch-Treffenden, von der reinen Inspiriertheit jener ersten knabenhaften Dichtungen und damit auch von dem Rausch und der Ekstase unserer eigenen Jugend dahingegangen. Mit dem magischen Wissen, das Unmündigen zu eigen ist, haben wir vorausgewußt, daß dies Wunder unserer Jugend einmalig sei und ohne Wiederkehr in unserem Leben.

Balzac hat in unvergleichlicher Weise dargestellt, wie das Beispiel Napoleons eine ganze Generation in Frankreich elektrisiert hat. Der blendende Aufstieg eines kleinen Leutnants Bonaparte zum Kaiser der Welt bedeutete für ihn nicht nur den Triumph einer Person, sondern einen Sieg der Idee der Jugend. Daß man nicht als Prinz oder Fürst geboren sein müsse, um Macht früh zu erringen, daß man aus einer beliebigen kleinen und sogar armen Familie stammen und doch mit vierundzwanzig Jahren General, mit dreißig Jahren Gebieter Frankreichs und bald der ganzen Welt sein konnte, dieser einmalige Erfolg trieb Hunderte aus ihren kleinen Berufen und Provinzstädten – der Leutnant Bonaparte erhitzte einer ganzen Jugend die Köpfe. Er trieb sie in einen gesteigerten Ehrgeiz; er schuf die Generäle der großen Armee und die Helden und Arrivisten der Comédie Humaine. Immer ermutigt ein einzelner junger Mensch, der auf welchem Gebiet immer im ersten Schwung das bisher Unerreichbare erreicht, durch die bloße Tatsache seines Erfolgs alle Jugend um sich und hinter sich. In diesem Sinne bedeuteten Hofmannsthal und Rilke für uns Jüngere einen ungemeinen Antrieb für unsere noch unausgegorenen Energien. Ohne zu hoffen, daß je einer von uns das Wunder Hofmannsthals wiederholen könnte, wurden wir doch bestärkt durch seine rein körperliche Existenz. Sie bewies geradezu optisch, daß auch in unserer Zeit, in unserer Stadt, in unserem Milieu der Dichter möglich war. Sein Vater, ein Bankdirektor, stammte schließlich aus der gleichen jüdisch-bürgerlichen Schicht wie wir andern, der Genius war in einem ähnlichen Hause wie wir mit gleichen Möbeln und gleicher Standesmoral aufgewachsen, in ein ebenso steriles Gymnasium gegangen, er hatte aus denselben Lehrbüchern gelernt und war auf denselben hölzernen Bänken acht Jahre gesessen, ähnlich ungeduldig wie wir, ähnlich passioniert für alle geistigen Werte; und siehe, es war ihm gelungen, noch während er seine Hosen auf diesen Bänken wetzen und in dem Turnsaal herumtrappen mußte, den Raum und seine Enge, die Stadt und die Familie überwindend durch diesen Aufschwung ins Grenzenlose. Durch Hofmannsthal war uns gewissermaßen ad oculos demonstriert, daß es prinzipiell möglich sei, auch in unseren Jahren und selbst in der Kerkeratmosphäre eines österreichischen Gymnasiums Dichterisches, ja dichterisch Vollendetes zu schaffen. Es war möglich sogar – ungeheure Verlockung für ein knabenhaftes Gemüt! –, schon gedruckt, schon gerühmt, schon berühmt zu sein, während man zu Hause und in der Schule noch als halbwüchsiges, unbeträchtliches Wesen galt.

Rilke wiederum bedeutete uns eine Ermutigung anderer Art, die jene durch Hofmannsthal in einer beruhigenden Weise ergänzte. Denn mit Hofmannsthal zu rivalisieren wäre selbst dem Verwegensten unter uns blasphemisch erschienen. Wir wußten: er war ein einmaliges Wunder frühreifer Vollendung, das sich nicht wiederholen konnte, und wenn wir Sechzehnjährigen unsere Verse mit jenen hochberühmten verglichen, die er im gleichen Alter geschrieben, erschraken wir vor Scham; ebenso fühlten wir uns in unserem Wissen gedemütigt vor dem Adlerflug, mit dem er noch im Gymnasium den geistigen Weltraum durchmessen. Rilke dagegen hatte zwar gleichfalls früh, mit siebzehn oder achtzehn Jahren, begonnen, Verse zu schreiben und zu veröffentlichen. Aber diese frühen Verse Rilkes waren im Vergleich zu jenen Hofmannsthals und sogar im absoluten Sinne unreife, kindliche und naive Verse, in denen man nur mit Nachsicht ein paar dünne Goldspuren Talent wahrnehmen konnte. Erst nach und nach, im zweiundzwanzigsten, im dreiundzwanzigsten Jahr hatte dieser wundervolle, von uns maßlos geliebte Dichter sich persönlich zu gestalten begonnen; das bedeutete für uns schon einen ungeheuren Trost. Man mußte also nicht wie Hofmannsthal schon im Gymnasium vollendet sein, man konnte wie Rilke tasten, versuchen, sich formen, sich steigern. Man mußte sich nicht sofort aufgeben, weil man vorläufig Unzulängliches, Unreifes, Unverantwortliches schrieb, und konnte vielleicht statt des Wunders Hofmannsthal den stilleren, normaleren Aufstieg Rilkes in sich wiederholen.

Denn daß wir alle längst zu schreiben oder zu dichten, zu musizieren oder zu rezitieren begonnen hatten, war selbstverständlich; jede passiv-passionierte Einstellung ist ja an sich schon unnatürlich für eine Jugend, denn es liegt in ihrem Wesen, Eindrücke nicht nur aufzunehmen, sondern sie produktiv zu erwidern. Theater zu lieben heißt für junge Menschen zumindest wünschen und träumen: selbst auf dem Theater oder für das Theater zu wirken. Talent in allen Formen ekstatisch zu bewundern, führt sie unwiderstehlich dazu, in sich selbst Nachschau zu halten, ob nicht eine Spur oder Möglichkeit dieser erlesensten Essenz in dem eigenen unerforschten Leib oder der noch halb verdunkelten Seele zu entdecken wäre. So wurde in unserer Schulklasse gemäß der Wiener Atmosphäre und den besonderen Bedingtheiten jener Zeit der Trieb zur künstlerischen Produktion geradezu epidemisch. Jeder suchte in sich ein Talent und versuchte es zu entfalten. Vier oder fünf von uns wollten Schauspieler werden. Sie imitierten die Diktion unserer Burgschauspieler, sie rezitierten und deklamierten ohne Unterlaß, nahmen heimlich schon Schauspielstunden und improvisierten in den Schulpausen mit verteilten Rollen ganze Szenen aus den Klassikern, für die wir andern ein neugieriges, aber streng kritisches Publikum bildeten. Zwei oder drei waren ausgezeichnet ausgebildete Musiker, hatten sich aber noch nicht entschlossen, ob sie Komponisten, Virtuosen oder Dirigenten werden wollten; ihnen danke ich die erste Kenntnis der neuen Musik, die in den offiziellen Konzerten der Philharmoniker noch streng verfemt war – während sie sich wiederum von uns die Texte für ihre Lieder und Chöre holten. Ein anderer, der Sohn eines damals berühmten Gesellschaftsmalers, zeichnete während der Stunden uns die Schulhefte voll und porträtierte all die zukünftigen Genies der Klasse. Aber weitaus am stärksten war die literarische Bemühung. Durch die gegenseitige Anstachelung zu immer rascherer Vollendung und die wechselseitig geübte Kritik an jedem einzelnen Gedicht war das Niveau, das wir mit siebzehn Jahren erreichten, weit über das Dilettantische hinaus und näherte sich bei einzelnen wirklich gültiger Leistung, was sich schon dadurch bewies, daß unsere Produktionen nicht etwa nur von obskuren Provinzblättchen, sondern von führenden Revuen der neuen Generation angenommen, gedruckt und – dies der überzeugendste Beweis – sogar honoriert wurden. Einer meiner Kameraden, Ph. A., den ich wie einen Genius vergötterte, glänzte an erster Stelle im ›Pan‹, der großartigen Luxuszeitschrift, neben Dehmel und Rilke, ein anderer, A. M., hatte unter dem Pseudonym ›August Oehler‹ Eingang gefunden in die unzugänglichste, eklektischste aller deutschen Revuen, in die ›Blätter für die Kunst‹, die Stefan George ausschließlich seinem geheiligten siebenmal gesiebten Kreise vorbehielt. Ein dritter schrieb, von Hofmannsthal ermutigt, ein Napoleondrama, ein vierter eine neue ästhetische Theorie und bedeutsame Sonette; ich selbst hatte in der ›Gesellschaft‹, dem führenden Blatt der Moderne, und in Maximilian Hardens ›Zukunft‹, dieser für die politische und kulturelle Geschichte des neuen Deutschlands entscheidenden Wochenschrift, Eingang gefunden. Sehe ich heute zurück, so muß ich ganz objektiv bekennen, daß die Summe unseres Wissens, die Verfeinerung unserer literarischen Technik, das künstlerische Niveau für Siebzehnjährige ein wirklich erstaunliches war und nur erklärlich durch das anfeuernde Beispiel jener phantastischen Frühreife Hofmannsthals, das uns, um nur halbwegs voreinander zu bestehen, eine leidenschaftliche Anspannung zum Äußersten abzwang. Wir beherrschten alle Kunstgriffe und Extravaganzen und Kühnheiten der Sprache, wir hatten die Technik jeder Versform, alle Stile im Pindarischen Pathos bis zur simplen Diktion des Volkslieds in unzähligen Versuchen durchgeprobt, wir zeigten im täglichen Tausch unserer Produktionen uns gegenseitig die flüchtigsten Unstimmigkeiten und diskutierten jede metrische Einzelheit. Während unsere braven Lehrer noch ahnungslos unsere Schulaufsätze mit roter Tinte auf fehlende Beistriche anzeichneten, übten wir einander Kritik mit einer Strenge, einer Kunstkenntnis und Akribie wie keiner der offiziellen Literaturpäpste unserer großen Tageblätter an den klassischen Meisterwerken; auch ihnen, den schon bestallten und berühmten Kritikern, waren wir in den letzten Schuljahren durch unseren Fanatismus weit an fachlichem Urteil und stilistischer Ausdrucksfähigkeit vorausgekommen.

Diese wirklich wahrheitsgetreue Schilderung unserer

literarischen Frühreife könnte vielleicht zu der Meinung verleiten, wir seien eine besondere Wunderklasse gewesen. Aber durchaus nicht. In einem Dutzend Nachbarschulen war damals in Wien das gleiche Phänomen gleichen Fanatismus und gleicher frühreifer Begabung zu beobachten. Das konnte kein Zufall sein. Es war eine besonders glückliche Atmosphäre, bedingt durch den künstlerischen Humus der Stadt, die unpolitische Zeit, die drängende Konstellation geistiger und literarischer Neuorientierung um die Jahrhundertwende, die sich in uns chemisch dem immanenten Produktionswillen verband, der eigentlich dieser Lebensstufe beinahe zwanghaft zugehörig ist. Im Alter der Pubertät geht das Dichterische oder der Antrieb zum Dichterischen eigentlich durch jeden jungen Menschen, freilich meist nur wie eine flüchtige Welle, und es ist selten, daß solche Neigung die Jugend überlebt, da sie ja selbst nur Emanation der Jugend ist. Von unseren fünf Schauspielern auf der Schulbank ist später keiner auf der wirklichen Bühne ein Schauspieler geworden, die Dichter des ›Pan‹ und der ›Blätter für die Kunst‹* versandeten nach diesem erstaunlichen ersten Anschwung als biedere Rechtsanwälte oder Beamte, die vielleicht heute melancholisch oder ironisch ihre einstigen Ambitionen belächeln – ich bin der einzige unter ihnen allen, in dem die produktive Leidenschaft angehalten hat und dem sie Sinn sowie Kern eines ganzen Lebens geworden ist. Aber wie dankbar gedenke ich noch jener Kameradschaft! Wieviel hat sie mir geholfen! Wie haben diese feurigen Diskussionen, dies wilde Überbieten, dies gegenseitige Sich-Bewundern und Sich-Kritisieren mir Hand und Nerv frühzeitig geübt, wieviel Ausblick und Überblick auf den geistigen Kosmos gegeben, wie be-

* In bezug auf den jung verstorbenen August Oehler liegt hier eine Gedächtnistäuschung Stefan Zweigs vor.

schwingt uns alle über die Öde und Tristheit unserer Schule emporgehoben! ›Du holde Kunst, in wieviel grauen Stunden...‹, immer, wenn das unsterbliche Schubertlied anklingt, sehe ich in einer Art plastischer Vision uns auf unseren jämmerlichen Schulbänken mit gedrückten Schultern und dann auf dem Heimweg strahlenden, erregten Blickes, Gedichte kritisierend, rezitierend, leidenschaftlich alle Gebundenheit an Raum und Zeit vergessend, wahrhaft ›in eine bessere Welt entrückt‹.

Eine solche Monomanie des Kunstfanatismus, eine derart bis ins Absurde getriebene Überbewertung des Ästhetischen konnte sich natürlich nur auf Kosten der normalen Interessen unseres Alters ausleben. Wenn ich mich heute frage, wann wir die Zeit fanden, alle diese Bücher zu lesen, überfüllt wie unser Tag schon war mit Schul- und Privatstunden, so wird mir klar, daß es gutenteils zum Schaden unseres Schlafs und damit unserer körperlichen Frische geschah. Daß ich, obwohl ich morgens um sieben Uhr aufzustehen hatte, je vor ein oder zwei Uhr nachts meine Lektüre aus der Hand gelegt hätte, kam niemals vor – eine schlechte Gewohnheit, die ich übrigens damals für immer annahm, selbst zur spätesten Nachtzeit noch eine Stunde oder zwei zu lesen. So kann ich mich nicht erinnern, je anders als unausgeschlafen und höchst mangelhaft gewaschen in letzter Minute zur Schule gejagt zu sein, das Butterbrot im Laufen verzehrend; kein Wunder, daß wir bei all unserer Intellektualität alle hager und grün aussahen wie unreifes Obst, überdies in der Kleidung ziemlich verwahrlost. Denn jeder Heller unseres Taschengeldes ging auf für Theater, Konzerte oder Bücher, und anderseits legten wir wenig Gewicht darauf, den jungen Mädchen zu gefallen, wir, die wir doch höheren Instanzen zu imponieren gedachten. Mit jungen Mädchen spazierenzugehen schien uns verlorene Zeit, da wir in unserer intellektuellen Arroganz das andere Geschlecht von vornherein für geistig minderwertig hielten und unsere kostbaren Stunden nicht mit flachem Geschwätz vertun wollten. Einem jungen Menschen von heute begreiflich zu machen, bis zu welchem Grade wir alles Sportliche ignorierten und sogar verachteten, dürfte nicht leicht sein. Allerdings war im vorigen Jahrhundert die Sportwelle noch nicht von England auf unseren Kontinent herübergekommen. Es gab noch kein Stadion, wo hunderttausend Menschen vor Begeisterung tobten, wenn ein Boxer dem anderen die Faust in die Kinnlade schmetterte; die Zeitungen sandten noch nicht Berichterstatter, damit sie mit homerischem Aufschwung über ein Hockeyspiel spaltenlang berichteten. Ringkämpfe, Athletenvereine, Schwergewichtsrekorde galten zu unserer Zeit noch als eine Angelegenheit der äußeren Vorstadt, und Fleischermeister und Lastträger bildeten ihr eigentliches Publikum; höchstens der edlere, aristokratischere Rennsport lockte, ein paarmal im Jahre, die sogenannte ›gute Gesellschaft‹ auf den Rennplatz, nicht aber uns, denen jede körperliche Betätigung als blanker Zeitverlust erschien. Mit dreizehn Jahren, als jene intellektuell-literarische Infektion bei mir begann, stellte ich das Eislaufen ein, verwandte das von den Eltern mir für eine Tanzstunde zugebilligte Geld für Bücher, mit achtzehn konnte ich noch nicht schwimmen, nicht tanzen, nicht Tennis spielen; noch heute kann ich weder radfahren noch chauffieren, und in sportlichen Dingen vermag jeder Zehnjährige mich zu beschämen. Selbst heute, 1941, ist mir der Unterschied zwischen Baseball und Fußball, zwischen Hockey und Polo höchst unklar, und der Sportteil einer Zeitung erscheint mir mit seinen unerklärlichen Chiffren chinesisch geschrieben. Ich bin gegenüber allen sportlichen Geschwindigkeits- oder Geschicklichkeitsrekorden unentwegt auf dem Standpunkt des Schahs von Persien stehengeblieben, der, als man ihn animieren wollte, einem Derby beizuwohnen, orientalisch weise äußerte: »Wozu? Ich weiß doch, daß ein Pferd schneller laufen kann als das andere. Welches, ist mir gleichgültig.« Ebenso verächtlich, wie unseren Körper zu trainieren, schien es uns, Zeit mit Spiel zu vergeuden; einzig das Schach fand einige Gnade vor unseren Augen, weil es geistige Anstrengung erforderte; und – sogar noch absurder –, obwohl wir uns als werdende oder immerhin potentielle Dichter fühlten, kümmerten wir uns wenig um die Natur. Während meiner ersten zwanzig Jahre habe ich so gut wie nichts von der wundervollen Umgebung Wiens gesehen; die schönsten und heißesten Sommertage, wenn die Stadt verlassen war, hatten für uns sogar einen besonderen Reiz, weil wir dann in unserem Kaffeehaus die Zeitungen und Revuen rascher und reichhaltiger bekamen. Ich habe noch Jahre und Jahrzehnte gebraucht, um das Gleichgewicht gegen diese kindisch-gierige Überspannung wiederzufinden und die unvermeidliche körperliche Ungeschicklichkeit einigermaßen wettzumachen. Aber im ganzen habe ich diesen Fanatismus, dieses nur durch das Auge, nur durch die Nerven leben meiner Gymnasialzeit nie bereut. Es hat mir eine Leidenschaftlichkeit zum Geistigen ins Blut getrieben, die ich nie mehr verlieren möchte, und alles, was ich seitdem gelesen und gelernt, steht auf dem gehärteten Fundament jener Jahre. Was man an seinen Muskeln versäumt hat, holt sich später noch nach; der Aufschwung zum Geistigen, die innere Griffkraft der Seele dagegen, übt sich einzig in jenen entscheidenden Jahren der Formung, und nur wer früh seine Seele weit auszuspannen gelernt, vermag später die ganze Welt in sich zu fassen.

Daß etwas Neues in der Kunst sich vorbereitete, etwas, das leidenschaftlicher, problematischer, versucherischer war, als unsere Eltern und unsere Umwelt befriedigt hatte, war das eigentliche Erlebnis unserer Jugendjahre. Aber fasziniert von diesem einen Ausschnitt des Lebens, merkten wir nicht, daß diese Verwandlungen im ästhetischen Raume nur Ausschwingungen und Vorboten viel weiterreichender Veränderungen waren, welche die Welt unserer Väter, die Welt der Sicherheit erschüttern und schließlich vernichten sollten. Eine merkwürdige Umschichtung begann sich in unserem alten, schläfrigen Österreich vorzubereiten. Die Massen, die stillschweigend und gefügig der liberalen Bürgerschaft durch Jahrzehnte die Herrschaft gelassen, wurden plötzlich unruhig, organisierten sich und verlangten ihr eigenes Recht. Gerade in dem letzten Jahrzehnt brach die Politik mit scharfen, jähen Windstößen in die Windstille des behaglichen Lebens. Das neue Jahrhundert wollte eine neue Ordnung, eine neue Zeit.

Die erste dieser großen Massenbewegungen in Österreich war die sozialistische. Bisher war bei uns das fälschlich so benannte ›allgemeine‹ Wahlrecht nur Begüterten zugeteilt gewesen, die eine bestimmte Steuerleistung aufzuweisen hatten. Die von dieser Klasse gewählten Advokaten und Landwirte aber glaubten ehrlich und redlich, daß sie im Parlament die Sprecher und Vertreter des ›Volkes‹ wären. Sie waren sehr stolz darauf, gebildete Leute, womöglich akademisch gebildet zu sein, sie hielten auf Würde, Anstand und gute Diktion; in den Sitzungen des Parlaments ging es darum zu wie bei dem Diskussionsabend eines vornehmen Klubs. Dank ihrem liberalistischen Glauben an eine durch Toleranz und Vernunft unfehlbar fortschrittliche Welt meinten diese bürgerlichen Demokraten ehrlich, mit kleinen Konzessionen und allmählichen Verbesserungen das Wohl aller Untertanen auf die beste Weise zu fördern. Aber sie hatten vollkommen vergessen, daß sie nur die fünfzigtausend oder hunderttausend Wohlsituierten in den großen Städten repräsentierten und nicht die Hunderttausende und Millionen des ganzen Landes. Inzwischen hatte die Maschine ihr Werk getan und um die Industrie die früher verstreute Arbeiterschaft gesammelt; unter der Führung eines eminenten Mannes, Dr. Victor Adler, bildete sich in Österreich eine sozialistische Partei, um die Ansprüche des Proletariats durchzusetzen, das ein wirklich allgemeines und für jeden gleiches Wahlrecht forderte; kaum daß es gewährt oder vielmehr erzwungen war, wurde man gewahr, eine wie dünne, wenn auch hochwertige Schicht der Liberalismus gewesen. Mit ihm verschwand aus dem öffentlichen politischen Leben die Konzilianz, Interessen stießen jetzt hart gegen die Interessen, es begann der Kampf.

Ich erinnere mich noch aus meiner frühesten Kindheit an den Tag, der die entscheidende Wendung im Aufstieg der sozialistischen Partei in Österreich brachte; die Arbeiter hatten, um zum erstenmal ihre Macht und Masse optisch zu zeigen, die Parole ausgegeben, den Ersten Mai als Feiertag des arbeitenden Volkes zu erklären, und beschlossen, in geschlossenem Zuge in den Prater zu ziehen, und zwar in die Hauptallee, wo sonst an diesem Tage nur die Wagen und Equipagen der Aristokratie und der reichen Bürgerschaft in der schönen, breiten Kastanienallee ihren Korso hielten. Entsetzen lähmte bei dieser Ankündigung die gute liberale Bürgerschaft. Sozialisten, das Wort hatte damals in Deutschland und Österreich etwas vom blutigen und terroristischen Beigeschmack wie vordem das Wort Jacobiner und später das Wort Bolschewisten; man konnte es im ersten Augenblick gar nicht für möglich halten, daß diese rote Rotte aus der Vorstadt ihren Marsch durchführen werde, ohne Häuser anzuzünden, Läden zu plündern und alle denkbaren Gewalttaten zu begehen. Eine Art Panik griff um sich. Die Polizei der ganzen Stadt und Umgebung wurde in der Praterstraße postiert, das Militär schußbereit in Reserve gestellt. Keine

Equipage, kein Fiaker wagte sich in die Nähe des Praters, die Kaufleute ließen die eisernen Rolläden vor den Geschäften herunter, und ich erinnere mich, daß die Eltern uns Kindern streng verboten, an diesem Schreckenstage, der Wien in Flammen sehen konnte, die Straße zu betreten. Aber nichts geschah. Die Arbeiter marschierten mit ihren Frauen und Kindern in geschlossenen Viererreihen und mit vorbildlicher Disziplin in den Prater, jeder die rote Nelke, das Parteizeichen, im Knopfloch. Sie sangen im Marschieren die Internationale, aber die Kinder fielen dann im schönen Grün der zum erstenmal betretenen ›Nobelallee‹ in ihre sorglosen Schullieder. Es wurde niemand beschimpft, niemand geschlagen, keine Fäuste geballt; kameradschaftlich lachten die Polizisten, die Soldaten ihnen zu. Dank dieser tadellosen Haltung war es dem Bürgertum dann nicht mehr lange möglich, die Arbeiterschaft als eine ›revolutionäre Rotte‹ zu brandmarken, es kam – wie immer im alten und weisen Österreich – zu gegenseitigen Konzessionen; noch war das heutige System der Niederknüppelung und Ausrottung nicht erfunden, noch das (freilich schon verblassende) Ideal der Humanität selbst bei den Parteiführern lebendig.

Kaum tauchte die rote Nelke als Parteizeichen auf, so erschien plötzlich eine andere Blume im Knopfloch, die weiße Nelke, das Zugehörigkeitszeichen der christlich-sozialen Partei (ist es nicht rührend, daß man damals noch Blumen als Parteizeichen wählte statt Stulpenstiefeln, Dolchen und Totenköpfen?). Die christlich-soziale als durchaus kleinbürgerliche Partei war eigentlich nur die organische Gegenbewegung der proletarischen und im Grunde ebenso wie sie ein Produkt des Sieges der Maschine über die Hand. Denn, indem die Maschine durch die Zusammenfassung großer Massen in den Fabriken den Arbeitern Macht und sozialen Aufstieg zuteilte, bedrohte sie gleichzeitig das kleine Handwerk. Die großen

Warenhäuser, die Massenproduktionen wurden für den Mittelstand und für die kleinen Meister mit ihren Handbetrieben zum Ruin. Dieser Unzufriedenheit und Sorge bemächtigte sich ein geschickter und populärer Führer, Dr. Karl Lueger, und riß mit dem Schlagwort: »Dem kleinen Manne muß geholfen werden« das ganze Kleinbürgertum und den verärgerten Mittelstand mit sich, dessen Neid gegen die Wohlhabenden bedeutend geringer war als die Furcht, aus seiner Bürgerlichkeit in das Proletariat abzusinken. Es war genau die gleiche verängstigte Schicht, wie sie später Adolf Hitler als erste breite Masse um sich gesammelt hat, und Karl Lueger ist auch in einem anderen Sinne sein Vorbild gewesen, indem er ihn die Handlichkeit der antisemitischen Parole lehrte, die den unzufriedenen Kleinbürgerkreisen einen Gegner optisch zeigte und anderseits zugleich den Haß von den Großgrundbesitzern und dem feudalen Reichtum unmerklich ablenkte. Aber die ganze Vulgarisierung und Brutalisierung der heutigen Politik, der grauenhafte Rückfall unseres Jahrhunderts zeigt sich gerade im Vergleich der beiden Gestalten. Karl Lueger, mit seinem weichen, blonden Vollbart eine imposante Erscheinung – der ›schöne Karl‹ im Wiener Volksmund genannt –, hatte akademische Bildung und war nicht vergebens in einem Zeitalter, das geistige Kultur über alles stellte, zur Schule gegangen. Er konnte populär sprechen, war vehement und witzig, aber selbst in den heftigsten Reden – oder solchen, die man zu jener Zeit als heftig empfand – überschritt er nie den Anstand, und seinen Streicher, einen gewissen Mechaniker Schneider, der mit Ritualmordmärchen und ähnlichen Vulgaritäten operierte, hielt er sorgfältig im Zaum. Gegen seine Gegner bewahrte er – unanfechtbar und bescheiden in seinem Privatleben – immer eine gewisse Noblesse, und sein offizieller Antisemitismus hat ihn nie gehindert, seinen früheren jüdischen Freunden wohlgesinnt und gefällig zu bleiben. Als seine Bewegung schließlich den Wiener Gemeinderat eroberte und er – nach zweimaliger Verweigerung der Sanktionierung durch den Kaiser Franz Joseph, der die antisemitische Tendenz verabscheute – zum Bürgermeister ernannt wurde, blieb seine Stadtverwaltung tadellos gerecht und sogar vorbildlich demokratisch; die Juden, die vor diesem Triumph der antisemitischen Partei gezittert hatten, lebten ebenso gleichberechtigt und angesehen weiter. Noch war nicht das Haßgift und der Wille zu gegenseitiger restloser Vernichtung in den Blutkreislauf der Zeit gedrungen.

Aber schon tauchte eine dritte Blume auf, die blaue Kornblume, Bismarcks Lieblingsblume und Wahrzeichen der deutschnationalen Partei, die – man verstand es nur damals nicht – eine bewußt revolutionäre war, die mit brutaler Stoßkraft auf die Zerstörung der österreichischen Monarchie zugunsten eines – Hitler vorgeträumten – Großdeutschlands unter preußischer und protestantischer Führung hinarbeitete. Während die christlich-soziale Partei in Wien und auf dem Lande, die sozialistische in den Industriezentren verankert war, hatte die deutschnationale ihre Anhänger fast einzig in den böhmischen und alpenländischen Randgebieten; zahlenmäßig schwach, ersetzte sie ihre Unbeträchtlichkeit durch wilde Aggressivität und maßlose Brutalität. Ihre paar Abgeordneten wurden der Terror und (im alten Sinn) die Schande des österreichischen Parlaments; in ihren Ideen, in ihrer Technik hat Hitler, gleichfalls ein Randösterreicher, seinen Ursprung. Von Georg von Schönerer hat er den Ruf ›Los von Rom!‹ übernommen, dem damals Tausende Deutschnationale deutsch gehorsam folgten, um den Kaiser und den Klerus zu verärgern, und vom Katholizismus zum Protestantismus übertraten, von ihm die antisemitische Rassentheorie – ›In der Rass' liegt die Schweinerei‹, sagte ein illustres Vorbild –, von ihm vor allem den Einsatz einer rücksichtslosen, blind dreinschlagenden Sturmtruppe und damit das Prinzip, durch Terror einer kleinen Gruppe die zahlenmäßig weit überlegene, aber human-passivere Majorität einzuschüchtern. Was für den Nationalsozialismus die SA-Männer leisteten, die Versammlungen mit Gummiknüppeln zersprengten, Gegner nachts überfielen und zu Boden hieben, besorgten für die Deutschnationalen die Corpsstudenten, die unter dem Schutz der akademischen Immunität einen Prügelterror ohnegleichen etablierten und bei jeder politischen Aktion auf Ruf und Pfiff militärisch organisiert aufmarschierten. Zu sogenannten ›Burschenschaften‹ gruppiert, zerschmissenen Gesichts, versoffen und brutal, beherrschten sie die Aula, weil sie nicht wie die andern bloß Bänder und Mützen trugen, sondern mit harten, schweren Stöcken bewehrt waren; unablässig provozierend, hieben sie bald auf die slawischen, bald auf die jüdischen, die katholischen, die italienischen Studenten ein und trieben die Wehrlosen aus der Universität. Bei jedem ›Bummel‹ (so hieß jener Samstag der Studentenparade) floß Blut. Die Polizei, die dank dem alten Privileg der Universität die Aula nicht betreten durfte, mußte von außen tatenlos zusehen, wie diese feigen Radaubrüder wüteten, und durfte sich ausschließlich darauf beschränken, die Verletzten, die blutend von den nationalen Rowdies die Treppe hinab auf die Straße geschleudert wurden, fortzutragen. Wo immer die winzige, aber maulaufreißerische Partei der Deutschnationalen in Österreich etwas erzwingen wollte, schickte sie diese studentische Sturmtruppe vor; als Graf Badeni unter Zustimmung des Kaisers und des Parlaments eine Sprachenverordnung beschlossen hatte, die Frieden zwischen den Nationen Österreichs schaffen sollte und wahrscheinlich den Bestand der Monarchie noch um Jahrzehnte verlängert hätte, besetzte diese Handvoll junger, verhetzter Burschen die Ringstraße. Kavallerie mußte ausrücken, es wurde mit dem Säbel zugeschlagen und geschossen. Aber so groß war in jener tragisch schwachen und rührend humanen liberalen Ära der Abscheu vor jedem gewalttätigen Tumult und jedem Blutvergießen, daß die Regierung vor dem deutschnationalen Terror zurückwich. Der Ministerpräsident demissionierte, und die durchaus loyale Sprachenverordnung wurde aufgehoben. Der Einbruch der Brutalität in die Politik hatte seinen ersten Erfolg zu verzeichnen. Alle die unterirdischen Risse und Sprünge zwischen den Rassen und Klassen, die das Zeitalter der Konzilianz so mühsam verkleistert hatte, brachen auf und wurden Abgründe und Klüfte. In Wirklichkeit hatte in jenem letzten Jahrzehnt vor dem neuen Jahrhundert der Krieg aller gegen alle in Österreich schon begonnen.

Wir jungen Menschen aber, völlig eingesponnen in unsere literarischen Ambitionen, merkten wenig von diesen gefährlichen Veränderungen in unserer Heimat: wir blickten nur auf Bücher und Bilder. Wir hatten nicht das geringste Interesse für politische und soziale Probleme: was bedeuteten diese grellen Zänkereien in unserem Leben? Die Stadt erregte sich bei den Wahlen, und wir gingen in die Bibliotheken. Die Massen standen auf, und wir schrieben und diskutierten Gedichte. Wir sahen nicht die feurigen Zeichen an der Wand, wir tafelten wie weiland König Belsazar unbesorgt von all den kostbaren Gerichten der Kunst, ohne ängstlich vorauszublicken. Und erst als Jahrzehnte später Dach und Mauern über uns einstürzten, erkannten wir, daß die Fundamente längst unterhöhlt gewesen waren und mit dem neuen Jahrhundert zugleich der Untergang der individuellen Freiheit in Europa begonnen hatte.

Eros Matutinus

Während dieser acht Jahre der höheren Schule ereignete sich für jeden von uns ein höchst persönliches Faktum: wir wurden aus zehnjährigen Kindern allmählich sechzehnjährige, siebzehnjährige, achtzehnjährige mannbare junge Menschen, und die Natur begann ihre Rechte anzumelden. Dieses Erwachen der Pubertät scheint nun ein durchaus privates Problem, das jeder heranwachsende Mensch auf seine eigene Weise mit sich auszukämpfen hat, und für den ersten Blick keineswegs zu öffentlicher Erörterung geeignet. Für unsere Generation aber wuchs jene Krise über ihre eigentliche Sphäre hinaus. Sie zeigte zugleich ein Erwachen in einem anderen Sinne, denn sie lehrte uns zum erstenmal jene gesellschaftliche Welt, in der wir aufgewachsen waren, und ihre Konventionen mit kritischerem Sinn zu beobachten. Kinder und selbst junge Leute sind im allgemeinen geneigt, sich zunächst den Gesetzen ihres Milieus respektvoll anzupassen. Aber sie unterwerfen sich den ihnen anbefohlenen Konventionen nur insolange, als sie sehen, daß diese auch von allen andern ehrlich innegehalten werden. Eine einzige Unwahrhaftigkeit bei Lehrern oder Eltern treibt den jungen Menschen unvermeidlich an, seine ganze Umwelt mit mißtrauischem und damit schärferem Blick zu betrachten. Und wir brauchten nicht lange, um zu entdecken, daß alle jene Autoritäten, denen wir bisher Vertrauen geschenkt, daß Schule, Familie und die öffentliche Moral in diesem einen Punkt der Sexualität sich merkwürdig unaufrichtig gebärdeten – und sogar mehr noch: daß sie auch von uns in diesem Belange Heimlichkeit und Hinterhältigkeit forderten.

Denn man dachte anders über die Dinge vor dreißig und vierzig Jahren als in unserer heutigen Welt. Vielleicht auf keinem Gebiete des öffentlichen Lebens hat sich durch eine Reihe von Faktoren – die Emanzipation der Frau, die Freudsche Psychoanalyse, den sportlichen Körperkult, die Verselbständigung der Jugend – innerhalb eines einzigen Menschenalters eine so totale Verwandlung vollzogen wie in den Beziehungen der Geschlechter zueinander. Versucht man den Unterschied der bürgerlichen Moral des neunzehnten Jahrhunderts, die im wesentlichen eine victorianische war, gegenüber den heute gültigen, freieren und unbefangeneren Anschauungen zu formulieren, so kommt man der Sachlage vielleicht am nächsten, wenn man sagt, daß jene Epoche dem Problem der Sexualität aus dem Gefühl der inneren Unsicherheit ängstlich auswich. Frühere, noch ehrlich religiöse Zeitalter, insbesondere die streng puritanischen, hatten es sich leichter gemacht. Durchdrungen von der redlichen Überzeugung, daß sinnliches Verlangen der Stachel des Teufels sei und körperliche Lust Unzucht und Sünde, hatten die Autoritäten des Mittelalters das Problem gerade angegangen und mit schroffem Verbot und – besonders im calvinistischen Genf – mit grausamen Strafen ihre harte Moral durchgezwungen. Unser Jahrhundert dagegen, als eine tolerante, längst nicht mehr teufelsgläubige und kaum mehr gottgläubige Epoche brachte nicht mehr den Mut auf zu einem solchen radikalen Anathema, aber es empfand die Sexualität als ein anarchisches und darum störendes Element, das sich nicht in ihre Ethik eingliedern ließ, und das man nicht am lichten Tage schalten lassen dürfe, weil jede Form einer freien, einer außerehelichen Liebe dem bürgerlichen ›Anstand‹ widersprach. In diesem Zwiespalt erfand nun jene Zeit ein sonderbares Kompromiß. Sie beschränkte ihre Moral darauf, dem jungen Menschen zwar nicht zu verbieten, seine vita sexualis auszuüben, aber sie forderte, daß er diese peinliche Angelegenheit in irgendeiner unauffälligen Weise erledigte. War die Sexualität schon nicht aus der Welt zu schaffen, so sollte sie wenigstens innerhalb ihrer Welt der Sitte nicht sichtbar sein. Es wurde also die stillschweigende Vereinbarung getroffen, den ganzen ärgerlichen Komplex weder in der Schule, noch in der Familie, noch in der Öffentlichkeit zu erörtern und alles zu unterdrücken, was an sein Vorhandensein erinnern könnte.

Für uns, die wir seit Freud wissen, daß, wer natürliche Triebe aus dem Bewußtsein zu verdrängen sucht, sie damit keineswegs beseitigt, sondern nur ins Unterbewußtsein gefährlich verschiebt, ist es leicht, heute über die Unbelehrtheit jener naiven Verheimlichungstechnik zu lächeln. Aber das ganze neunzehnte Jahrhundert war redlich in dem Wahn befangen, man könne mit rationalistischer Vernunft alle Konflikte lösen, und je mehr man das Natürliche verstecke, desto mehr temperiere man seine anarchischen Kräfte; wenn man also junge Leute durch nichts über ihr Vorhandensein aufkläre, würden sie ihre eigene Sexualität vergessen. In diesem Wahn, durch Ignorieren zu temperieren, vereinten sich alle Instanzen zu einem gemeinsamen Boykott durch hermetisches Schweigen. Schule und kirchliche Seelsorge, Salon und Justiz, Zeitung und Buch, Mode und Sitte vermieden prinzipiell jedwede Erwähnung des Problems, und schmählicherweise schloß sich sogar die Wissenschaft, deren eigentliche Aufgabe es doch sein sollte, an alle Probleme gleich unbefangen heranzutreten, diesem ›naturalia sunt turpia‹ an. Auch sie kapitulierte unter dem Vorwand, es sei unter der Würde der Wissenschaft, solche skabrösen Themen zu behandeln. Wo immer man in den Büchern jener Zeit nachblättert, in den philosophischen, juristischen und sogar in den medizinischen, wird man übereinstimmend finden, daß jeder Erörterung ängstlich aus dem Wege gegangen wird. Wenn Strafrechtsgelehrte bei Kongressen die Humanisierungsmethoden in den Gefängnissen und die moralischen Schädigungen des Zuchthauslebens diskutierten, huschten sie an dem eigentlich zentralen Problem scheu vorbei. Ebensowenig wagten Nervenärzte, obwohl sie sich in vielen Fällen über die Ätiologie mancher hysterischen Erkrankung vollkommen im klaren waren, den Sachverhalt zuzugeben, und man lese bei Freud nach, wie selbst sein verehrter Lehrer Charcot ihm privatim gestand, daß er die wahre Causa wohl kenne, nie aber öffentlich verlautbart habe. Am allerwenigsten durfte sich die – damals so benannte – ›schöne‹ Literatur an aufrichtige Darstellungen wagen, weil ihr ausschließlich das Ästhetisch-Schöne als Domäne zugewiesen war. Während in früheren Jahrhunderten der Schriftsteller sich nicht scheute, ein ehrliches und umfassendes Kulturbild seiner Zeit zu geben, während man bei Defoe, bei Abbé Prévost, bei Fielding und Rétif de la Bretonne noch unverfälschten Schilderungen der wirklichen Zustände begegnet, meinte jene Epoche nur das ›Gefühlvolle‹ und das ›Erhabene‹ zeigen zu dürfen, nicht aber auch das Peinliche und das Wahre. Von allen Fährnissen, Dunkelheiten, Verwirrungen der Großstadtjugend findet man darum in der Literatur des neunzehnten Jahrhunderts kaum einen flüchtigen Niederschlag. Selbst wenn ein Schriftsteller kühn die Prostitution erwähnte, so glaubte er sie veredeln zu müssen und parfümierte die Heldin zur ›Kameliendame‹. Wir stehen also vor der sonderbaren Tatsache, daß, wenn ein junger Mensch von heute, um zu wissen, wie die Jugend der vorigen und vorvorigen Generation sich durchs Leben kämpfte, die Romane auch der größten Meister jener Zeit aufschlägt, die Werke von Dickens und Thackeray, Gottfried Keller und Björnson, er – außer bei Tolstoi und Dostojewskij, die als Russen jenseits des europäischen Pseudo-Idealismus standen – ausschließlich sublimierte und temperierte Begebnisse dargestellt findet, weil diese ganze Generation durch den Druck der Zeit in ihrer freien Aussage gehemmt war. Und nichts zeigt deutlicher die fast schon hysterische Überreiztheit dieser Vorvätermoral und ihre heute schon unvorstellbare Atmosphäre, als daß selbst diese literarische Zurückhaltung noch nicht genügte. Denn kann man es noch fassen, daß ein so durchaus sachlicher Roman wie ›Madame Bovary‹ von einem öffentlichen französischen Gericht als unzüchtig verboten wurde? Daß in der Zeit meiner Jugend Zolas Romane als pornographisch galten oder ein so ruhiger klassizistischer Epiker wie Thomas Hardy Stürme der Entrüstung in England und Amerika erregte? So zurückhaltend sie waren, diese Bücher hatten schon zuviel verraten von den Wirklichkeiten.

Aber in dieser ungesund stickigen, mit parfümierter Schwüle durchsättigten Luft sind wir aufgewachsen. Diese unehrliche und unpsychologische Moral des Verschweigens und Verdeckens war es, die wie ein Alp auf unserer Jugend gelastet hat, und da die richtigen literarischen und kulturgeschichtlichen Dokumente dank dieser solidarischen Verschweigetechnik fehlen, mag es nicht leicht sein, das schon unglaubwürdig Gewordene zu rekonstruieren. Ein gewisser Anhaltspunkt ist allerdings gegeben; man braucht bloß auf die Mode zu blicken, denn jede Mode eines Jahrhunderts verrät mit ihrer optisch gewordenen Geschmacksrichtung unwillkürlich auch seine Moral. Es kann nun wahrhaftig nicht Zufall genannt werden, daß heute, 1940, wenn im Kino Frauen und Männer der Gesellschaft von 1900 in ihren damaligen Kostümen auf der Leinwand erscheinen, das Publikum in jeder Stadt, jedem Dorf Europas oder Amerikas unisono in unaufhaltsame Heiterkeit ausbricht. Als Karikaturen belachen auch die naivsten Menschen von heute diese sonderbaren Gestalten von gestern – als unnatürlich, unbequem, unhygienisch, unpraktisch kostümierte Narren; sogar uns, die wir unsere Mütter und Tanten und Freundinnen in diesen absurden Roben noch gekannt haben, die wir selbst in unserer Knabenzeit ebenso lächerlich gewandet gingen, scheint es gespenstischer Traum, daß eine ganze Generation sich widerspruchslos solch einer stupiden Tracht unterwerfen konnte. Schon die Männermode der hohen steifen Kragen, der ›Vatermörder‹, die jede lockere Bewegung unmöglich machten, der schwarzen schweifwedelnden Bratenröcke und der an Ofenröhren erinnernden Zylinderhüte fordert zur Heiterkeit heraus, aber wie erst die ›Dame‹ von einst in ihrer mühseligen und gewaltsamen, ihrer in jeder Einzelheit die Natur vergewaltigenden Aufmachung! In der Mitte des Körpers wie eine Wespe abgeschnürt durch ein Korsett aus Fischbein, den Unterkörper wiederum weit aufgebauscht zu einer riesigen Glocke, den Hals hoch verschlossen bis an das Kinn, die Füße bedeckt bis hart an die Zehen, das Haar mit unzähligen Löckchen und Schnecken und Flechten aufgetürmt unter einem majestätisch schwankenden Hutungetüm, die Hände selbst im heißesten Sommer in Handschuhe gestülpt, wirkt dies heute längst historische Wesen ›Dame‹ trotz des Parfüms, das seine Nähe umwölkte, trotz des Schmucks, mit dem es beladen war, und der kostbarsten Spitzen, der Rüschen und Behänge als ein unseliges Wesen von bedauernswerter Hilflosigkeit. Auf den ersten Blick wird man gewahr, daß eine Frau, einmal in eine solche Toilette verpanzert wie ein Ritter in seine Rüstung, nicht mehr frei, schwunghaft und grazil sich bewegen konnte, daß jede Bewegung, jede Geste und in weiterer Auswirkung ihr ganzes Gehabe in solchem Kostüm künstlich, unnatürlich, widernatürlich werden mußte. Schon die bloße Aufmachung zur ›Dame‹ –

geschweige denn die gesellschaftliche Erziehung –, das Anziehen und Ausziehen dieser Roben bedeutete eine umständliche Prozedur, die ohne fremde Hilfe gar nicht möglich war. Erst mußten hinten von der Taille bis zum Hals unzählige Haken und Ösen zugemacht werden, das Korsett mit aller Kraft der bedienenden Zofe zugezogen, das lange Haar – ich erinnere junge Leute daran, daß vor dreißig Jahren außer ein paar Dutzend russischer Studentinnen jede Frau Europas ihr Haar bis zu den Hüften entrollen konnte – von einer täglich berufenen Friseuse mit einer Legion von Haarnadeln, Spangen und Kämmen unter Zuhilfenahme von Brennschere und Lockenwicklern gekräuselt, gelegt, gebürstet, gestrichen, getürmt werden, ehe man sie mit den Zwiebelschalen von Unterröcken, Kamisolen, Jacken und Jäckchen so lange umbaute und gewandete, bis der letzte Rest ihrer fraulichen und persönlichen Formen völlig verschwunden war. Aber dieser Unsinn hatte seinen geheimen Sinn. Die Körperlinie einer Frau sollte durch diese Manipulationen so völlig verheimlicht werden, daß selbst der Bräutigam beim Hochzeitsmahl nicht im entferntesten ahnen konnte, ob seine zukünftige Lebensgefährtin gerade oder krumm gewachsen war, füllig oder mager, kurzbeinig oder langbeinig; diese ›moralische‹ Zeit betrachtete es auch keineswegs als unerlaubt, zum Zwecke der Täuschung und zur Anpassung an das allgemeine Schönheitsideal künstliche Verstärkungen des Haars, des Busens oder anderer Körperteile vorzunehmen. Je mehr eine Frau als ›Dame‹ wirken sollte, um so weniger durften ihre natürlichen Formen erkennbar sein; im Grunde diente die Mode mit diesem ihrem absichtlichen Leitsatz doch nur gehorsam der allgemeinen Moraltendenz der Zeit, deren Hauptsorge das Verdecken und Verstecken war.

Aber diese weise Moral vergaß völlig, daß, wenn man dem Teufel die Tür versperrt, er sich meist durch den

Rauchfang oder eine Hintertür Einlaß erzwingt. Was unserem unbefangenen Blick heutigen Tages an diesen Trachten auffällt, die verzweifelt jede Spur nackter Haut und ehrlichen Wuchses verdecken wollten, ist keineswegs ihre Sittlichkeit, sondern im Gegenteil, wie bis zur Peinlichkeit provokatorisch jene Mode die Polarität der Geschlechter herausarbeitete. Während der junge Mann und die junge Frau unserer Zeit, beide hochgewachsen und schlank, beide bartlos und kurzen Haars, schon an ihrer äußeren Erscheinung sich kameradschaftlich einander anpassen, distanzierten sich in jener Epoche die Geschlechter, so sehr sie es nur vermochten. Die Männer trugen lange Bärte zur Schau oder zwirbelten zum mindesten einen mächtigen Schnurrbart als weithin erkennbares Attribut ihrer Männlichkeit empor, während bei der Frau das Korsett das wesentlich weibliche Geschlechtsmerkmal des Busens ostentativ sichtbar machte. Überbetont war das sogenannte starke Geschlecht gegenüber dem schwachen Geschlecht auch in der Haltung, die man von ihm verlangte, der Mann forsch, ritterlich und aggressiv, die Frau scheu, schüchtern und defensiv, Jäger und Beute, statt gleich und gleich. Durch diese unnatürliche Auseinanderspannung im äußeren Habitus mußte auch die innere Spannung zwischen den Polen, die Erotik, sich verstärken, und so erreichte dank ihrer unpsychologischen Methode des Verhüllens und Verschweigens die Gesellschaft von damals genau das Gegenteil. Denn da sie in ihrer unablässigen Angst und Prüderie dem Unsittlichen in allen Formen des Lebens, Literatur, Kunst, Kleidung ständig nachspürte, um jede Anreizung zu verhüten, war sie eigentlich gezwungen, unablässig an das Unsittliche zu denken. Da sie ununterbrochen forschte, was unpassend sein könnte, befand sie sich in einem unablässigen Zustand des Aufpassens; immer schien der damaligen Welt der ›Anstand‹ in tödlicher Gefahr: bei jeder Geste, bei jedem Wort. Vielleicht wird man heute noch verstehen, daß es in jener Zeit als Verbrechen gegolten, wenn eine Frau bei Sport oder Spiel eine Hose angelegt hätte. Aber wie die hysterische Prüderie begreiflich machen, daß eine Dame das Wort ›Hose‹ damals überhaupt nicht über die Lippen bringen durfte? Sie mußte, wenn sie schon der Existenz eines so sinnengefährlichen Objekts wie einer Männerhose überhaupt Erwähnung tat, dafür das unschuldige ›Beinkleid‹ oder die eigens erfundene ausweichende Bezeichnung ›Die Unaussprechlichen‹ wählen. Daß etwa ein paar junge Leute gleichen Standes, aber verschiedenen Geschlechtes, unbewacht einen Ausflug hätten unternehmen dürfen, war völlig undenkbar – oder vielmehr, der erste Gedanke war, es könnte dabei etwas ›passieren‹. Ein solches Zusammensein wurde höchstens zulässig, wenn irgendwelche Aufsichtspersonen, Mütter oder Gouvernanten, die jungen Leute Schritt für Schritt begleiteten. Daß junge Mädchen auch im heißesten Sommer Tennis in fußfreien Kleidern oder gar mit nackten Armen spielten, hätte als skandalös gegolten, und wenn eine wohlgesittete Frau in Gesellschaft die Füße überschlug, empfand die ›Sitte‹ dies als grauenhaft anstößig, weil dadurch ihre Knöchel unter dem Kleidersaum hätten entblößt werden können. Selbst den Elementen der Natur, selbst Sonne, Wasser und Luft, war es nicht gegönnt, die nackte Haut einer Frau zu berühren. Im freien Meer quälten sie sich mühsam vorwärts in schweren Kostümen, bekleidet vom Hals bis zur Ferse, in den Pensionaten und Klöstern mußten die jungen Mädchen, um zu vergessen, daß sie einen Körper besaßen, sogar ihr häusliches Bad in langen, weißen Hemden nehmen. Es ist durchaus keine Legende oder Übertreibung, daß Frauen als alte Damen starben, von deren Körper außer dem Geburtshelfer, dem Gatten und Leichenwäscher niemand auch nur die Schulterlinie oder das Knie gesehen. All das erscheint heute nach vierzig Jahren als Märchen oder humoristische Übertreibung. Aber diese Angst vor allem Körperlichen und Natürlichen war tatsächlich von den obersten Ständen bis tief in das ganze Volk mit der Vehemenz einer wirklichen Neurose eingedrungen. Denn kann man es sich heute noch vorstellen, daß um die Jahrhundertwende, als die ersten Frauen sich auf das Fahrrad oder gar beim Reiten in den Herrensitz wagten, die Bauern mit Steinen auf die Verwegenen warfen? Daß in einer Zeit, da ich noch zur Schule ging, die Wiener Zeitungen spaltenlange Diskussionen führten über die vorgeschlagene, grauenhaft unsittliche Neuerung, die Ballerinen der Hofoper sollten ohne Trikotstrümpfe tanzen? Daß es eine Sensation ohnegleichen wurde, als Isadora Duncan in ihren doch höchst klassischen Tänzen zum erstenmal unter der weißen, glücklicherweise tief hinabwallenden Tunika statt der üblichen Seidenschühchen ihre nackten Sohlen zeigte? Und nun denke man sich junge Menschen, die in einer solchen Zeit wachen Blicks heranwuchsen, und wie lächerlich ihnen diese Ängste um den ewig bedrohten Anstand erscheinen mußten, sobald sie einmal erkannt hatten, daß das sittliche Mäntelchen, das man geheimnisvoll um diese Dinge hängen wollte, doch höchst fadenscheinig und voller Risse und Löcher war. Schließlich ließ es sich doch nicht vermeiden, daß einer von den fünfzig Gymnasiasten seinen Professor in einer jener dunklen Gassen traf, oder man im Familienkreise erlauschte, dieser oder jener, der vor uns besonders hochachtbar tat, habe verschiedene Sündenfälle auf dem Kerbholz. In Wirklichkeit steigerte und verschwülte nichts unsere Neugier dermaßen wie jene ungeschickte Technik des Verbergens; und da man dem Natürlichen nicht frei und offen seinen Lauf lassen wollte, schuf sich die Neugier in einer Großstadt ihre unterirdischen und meist nicht sehr sauberen Abflüsse. In allen Ständen spürte man durch diese Unterdrückung bei der Jugend eine unterirdische Überreizung, die sich in kindischer und hilfloser Art auswirkte. Kaum fand sich ein Zaun oder ein verschwiegenes Gelaß, das nicht mit unanständigen Worten und Zeichnungen beschmiert war, kaum ein Schwimmbad, in dem die Holzwände zum Damenbad nicht von sogenannten Astlochguckern durchbohrt waren. Ganze Industrien, die heute durch die Vernatürlichung der Sitten längst zugrunde gegangen sind, standen in heimlicher Blüte, vor allem die jener Akt- und Nacktphotographien, die in jedem Wirtshaus Hausierer unter dem Tisch den halbwüchsigen Burschen anboten. Oder die der pornographischen Literatur ›sous le manteau‹ – da die ernste Literatur zwangsweise idealistisch und vorsichtig sein mußte – Bücher allerschlimmster Sorte, auf schlechtem Papier gedruckt, in schlechter Sprache geschrieben und doch reißenden Absatz findend, sowie Zeitschriften ›pikanter Art‹, wie sie ähnlich widerlich und lüstern heute nicht mehr zu finden sind. Neben dem Hoftheater, das dem Zeitideal mit all seinem Edelsinn und seiner schneeweißen Reinheit zu dienen hatte, gab es Theater und Kabaretts, die ausschließlich der ordinärsten Zote dienten; überall schuf sich das Gehemmte Abwege, Umwege und Auswege. So war im letzten Grund jene Generation, der man jede Aufklärung und jedes unbefangene Beisammensein mit dem anderen Geschlecht prüde untersagte, tausendmal erotischer disponiert als die Jugend von heute mit ihrer höheren Liebesfreiheit. Denn nur das Versagte beschäftigt das Gelüst, nur das Verbotene irritiert das Verlangen, und je weniger die Augen zu sehen, die Ohren zu hören bekamen, um so mehr träumten die Gedanken. Je weniger Luft, Licht und Sonne man an den Körper heranließ, um so mehr verschwülten sich die Sinne. In summa hat jener gesellschaftliche Druck auf unsere Jugend statt einer höheren Sittlichkeit nur Mißtrauen und Erbitterung in uns gegen alle diese Instanzen gezeitigt. Vom ersten Tag unseres Erwachens fühlten wir instinktiv, daß mit ihrem Verschweigen und Verdecken diese unehrliche Moral uns etwas nehmen wollte, was rechtens unserem Alter zugehörte, und daß sie unseren Willen zur Ehrlichkeit aufopferte einer längst unwahr gewordenen Konvention.

Diese ›gesellschaftliche Moral‹, die einerseits das Vorhandensein der Sexualität und ihren natürlichen Ablauf privatim voraussetzte, anderseits öffentlich um keinen Preis anerkennen wollte, war aber sogar doppelt verlogen. Denn während sie bei jungen Männern ein Auge zukniff und sie mit dem andern sogar zwinkernd ermutigte, ›sich die Hörner abzulaufen‹, wie man in dem gutmütig spottenden Familienjargon jener Zeit sagte, schloß sie gegenüber der Frau ängstlich beide Augen und stellte sich blind. Daß ein Mann Triebe empfinde und empfinden dürfe, mußte sogar die Konvention stillschweigend zugeben. Daß aber eine Frau gleichfalls ihnen unterworfen sein könne, daß die Schöpfung zu ihren ewigen Zwecken auch einer weiblichen Polarität bedürfe, dies ehrlich zuzugeben, hätte gegen den Begriff der ›Heiligkeit der Frau‹ verstoßen. Es wurde also in der vorfreudianischen Zeit die Vereinbarung als Axiom durchgesetzt, daß ein weibliches Wesen keinerlei körperliches Verlangen habe, solange es nicht vom Manne geweckt werde, was aber selbstverständlich offiziell nur in der Ehe erlaubt war. Da aber die Luft – besonders in Wien – auch in jenen moralischen Zeiten voll gefährlicher erotischer Infektionsstoffe war, mußte ein Mädchen aus gutem Hause von der Geburt bis zu dem Tage, da es mit seinem Gatten den Traualtar verließ, in einer völlig sterilisierten Atmosphäre leben. Um die jungen Mädchen zu schützen, ließ man sie nicht einen Augenblick allein. Sie bekamen eine Gouvernante, die dafür zu sorgen hatte, daß sie gottbewahre nicht einen

Schritt unbehütet vor die Haustür traten, sie wurden zur Schule, zur Tanzstunde, zur Musikstunde gebracht und ebenso abgeholt. Jedes Buch, das sie lasen, wurde kontrolliert, und vor allem wurden die jungen Mädchen unablässig beschäftigt, um sie von möglichen gefährlichen Gedanken abzulenken. Sie mußten Klavier üben und Singen und Zeichnen und fremde Sprachen und Kunstgeschichte und Literaturgeschichte lernen, man bildete und überbildete sie. Aber während man versuchte, sie so gebildet und gesellschaftlich wohlerzogen wie nur denkbar zu machen, sorgte man gleichzeitig ängstlich dafür, daß sie über alle natürlichen Dinge in einer für uns heute unfaßbaren Ahnungslosigkeit verblieben. Ein junges Mädchen aus guter Familie durfte keinerlei Vorstellungen haben, wie der männliche Körper geformt sei, nicht wissen, wie Kinder auf die Welt kommen, denn der Engel sollte ja nicht nur körperlich unberührt, sondern auch seelisch völlig ›rein‹ in die Ehe treten. ›Gut erzogen‹ galt damals bei einem jungen Mädchen für vollkommen identisch mit lebensfremd; und diese Lebensfremdheit ist den Frauen jener Zeit manchmal für ihr ganzes Leben geblieben. Noch heute amüsiert mich die groteske Geschichte einer Tante von mir, die in ihrer Hochzeitsnacht um ein Uhr morgens plötzlich wieder in der Wohnung ihrer Eltern erschien und Sturm läutete, sie wolle den gräßlichen Menschen nie mehr sehen, mit dem man sie verheiratet habe, er sei ein Wahnsinniger und ein Unhold, denn er habe allen Ernstes versucht, sie zu entkleiden. Nur mit Mühe habe sie sich vor diesem sichtbar krankhaften Verlangen retten können.

Nun kann ich nicht verschweigen, daß diese Unwissenheit den jungen Mädchen von damals anderseits einen geheimnisvollen Reiz verlieh. Diese unflüggen Geschöpfe ahnten, daß es neben und hinter ihrer eigenen Welt eine andere gäbe, von der sie nichts wußten und nichts wissen durften, und das machte sie neugierig, sehnsüchtig, schwärmerisch und auf eine anziehende Weise verwirrt. Wenn man sie auf der Straße grüßte, erröteten sie – gibt es heute noch junge Mädchen, die erröten? Wenn sie miteinander allein waren, kicherten und tuschelten und lachten sie unablässig wie leicht Betrunkene. Voll Erwartung nach all dem Unbekannten, von dem sie ausgeschlossen waren, träumten sie sich das Leben romantisch aus, waren aber gleichzeitig voll Scham, daß jemand entdecken könnte, wie sehr ihr Körper nach Zärtlichkeiten verlangte, von denen sie nichts Deutliches wußten. Eine Art leiser Verwirrung irritierte unablässig ihr ganzes Gehaben. Sie gingen anders als die Mädchen von heute, deren Körper gestählt sind durch Sport, die sich unbefangen und leicht unter jungen Männern als ihresgleichen bewegen; schon auf tausend Schritte konnte man damals am Gang und am Gebaren ein junges Mädchen von einer Frau unterscheiden, die schon einen Mann gekannt. Sie waren mehr Mädchen, als die Mädchen es heute sind, und weniger Frauen, in ihrem Wesen der exotischen Zartheit von Treibhauspflanzen ähnlich, die im Glashaus in einer künstlich überwärmten Atmosphäre und geschützt vor jedem bösen Windhauch aufgezogen werden: das kunstvoll gezüchtete Produkt einer bestimmten Erziehung und Kultur.

Aber so wollte die Gesellschaft von damals das junge Mädchen, töricht und unbelehrt, wohlerzogen und ahnungslos, neugierig und schamhaft, unsicher und unpraktisch, und durch diese lebensfremde Erziehung von vornherein bestimmt, in der Ehe dann willenlos vom Manne geformt und geführt zu werden. Die Sitte schien sie zu behüten als das Sinnbild ihres geheimsten Ideals, als das Symbol der weiblichen Sittsamkeit, der Jungfräulichkeit, der Unirdischkeit. Aber welche Tragik dann, wenn eines dieser jungen Mädchen seine Zeit versäumte, wenn es mit fünfundzwanzig, mit dreißig Jahren noch nicht verheiratet war! Denn die Konvention verlangte erbarmungslos auch von dem dreißigjährigen Mädchen, daß es diesen Zustand der Unerfahrenheit, der Unbegehrlichkeit und Naivität, der ihrem Alter längst nicht mehr gemäß war, um der ›Familie‹ und der ›Sitte‹ willen unverbrüchlich aufrechterhielt. Aber dann verwandelte sich meist das zarte Bild in eine scharfe und grausame Karikatur. Das unverheiratete Mädchen wurde zum ›sitzengebliebenen‹ Mädchen, das sitzengebliebene Mädchen zur ›alten Jungfer‹, an der sich der schale Spott der Witzblätter unablässig übte. Wer heute einen alten Jahrgang der ›Fliegenden Blätter‹ oder eines der anderen humoristischen Organe jener Zeit aufschlägt, wird mit Grauen in jedem Heft die stupidesten Verspottungen alternder Mädchen finden, die, in ihren Nerven verstört, ihr doch natürliches Liebesverlangen nicht zu verbergen wissen. Statt die Tragödie zu erkennen, die sich in diesen geopferten Existenzen vollzog, die um der Familie und ihres guten Namens willen die Forderungen der Natur, das Verlangen nach Liebe und Mutterschaft, in sich unterdrücken mußten, verhöhnte man sie mit einem Unverständnis, das uns heute degoutiert. Aber immer ist eine Gesellschaft am grausamsten gegen jene, die ihr Geheimnis verraten und offenbar machen, wo sie durch Unaufrichtigkeit gegen die Natur einen Frevel begeht.

Versuchte damals die bürgerliche Konvention krampfhaft die Fiktion aufrechtzuerhalten, daß eine Frau aus ›guten Kreisen‹ keine Sexualität besitze und besitzen dürfe, solange sie nicht verheiratet sei – alles andere machte sie zu einer ›unmoralischen Person‹, zu einem Outcast der Familie –, so war man doch immerhin genötigt, bei einem jungen Mann das Vorhandensein solcher Triebe zuzugeben. Da man mannbar gewordene junge Leute erfahrungsgemäß nicht verhindern konnte, ihre vita sexualis auszuüben, beschränkte man sich auf den bescheidenen Wunsch, sie sollten ihre unwürdigen Vergnügungen extra muros der geheiligten Sitte erledigen. Wie die Städte unter den sauber gekehrten Straßen mit ihren schönen Luxusgeschäften und eleganten Promenaden unterirdische Kanalanlagen verbergen, in denen der Schmutz der Kloaken abgeleitet wird, sollte das ganze sexuelle Leben der Jugend sich unsichtbar unter der moralischen Oberfläche der ›Gesellschaft‹ abspielen. Welchen Gefahren der junge Mensch sich dabei aussetzte und in welche Sphären er geriet, war gleichgültig, und Schule wie Familie verabsäumten ängstlich, den jungen Mann in dieser Hinsicht aufzuklären. Hie und da nur gab es in den letzten Jahren gewisse vorsorgliche oder, wie man damals sagte, ›aufgeklärt denkende‹ Väter, welche, sobald ihr Sohn die ersten Zeichen sprossenden Bartwuchses trug, ihm auf den richtigen Weg helfen wollten. Dann wurde der Hausarzt gerufen, der gelegentlich den jungen Menschen in ein Zimmer bat, umständlich seine Brille putzte, ehe er einen Vortrag über die Gefährlichkeit der Geschlechtskrankheiten begann und dem jungen Mann, der gewöhnlich zu diesem Zeitpunkte längst sich selbst belehrt hatte, nahelegte, mäßig zu sein und bestimmte Vorsichtsmaßregeln nicht außer acht zu lassen. Andere Väter wandten ein noch sonderbareres Mittel an; sie engagierten für das Haus ein hübsches Dienstmädchen, dem die Aufgabe zufiel, den jungen Burschen praktisch zu belehren. Denn es schien ihnen besser, daß der junge Mensch diese lästige Sache unter ihrem eigenen Dache abtäte, wodurch nach außen hin das Dekorum gewahrt blieb und außerdem die Gefahr ausgeschaltet, daß er irgendeiner ›raffinierten Person‹ in die Hände fallen könnte. *Eine* Methode der Aufklärung blieb aber in allen Instanzen und Formen entschlossen verpönt: die öffentliche und aufrichtige.

Welche Möglichkeiten ergaben sich nun für einen jungen Menschen der bürgerlichen Welt? In allen anderen, in den sogenannten unteren Ständen war das Problem kein Problem. Auf dem Lande schlief der Knecht schon mit siebzehn Jahren mit einer Magd, und wenn das Verhältnis Folgen zeigte, so hatte das weiter keinen Belang; in den meisten unserer Alpendörfer überstieg die Zahl der unehelichen Kinder weitaus die der ehelichen. Im Proletariat wieder lebte der Arbeiter, ehe er heiraten konnte, mit einer Arbeiterin zusammen in ›wilder Ehe‹. Bei den orthodoxen Juden Galiziens wurde dem Siebzehnjährigen, also dem kaum mannbaren Jüngling, die Braut zugeführt, und mit vierzig Jahren konnte er bereits Großvater sein. Nur in unserer bürgerlichen Gesellschaft war das eigentliche Gegenmittel, die frühe Ehe, verpönt, weil kein Familienvater seine Tochter einem zweiundzwanzigjährigen oder zwanzigjährigen jungen Menschen anvertraut hätte, denn man hielt einen so ›jungen‹ Mann noch nicht für reif genug. Auch hier enthüllte sich wieder eine innere Unaufrichtigkeit, denn der bürgerliche Kalender stimmte keineswegs mit dem der Natur überein. Während für die Natur mit sechzehn oder siebzehn, wurde für die Gesellschaft ein junger Mann erst mannbar, wenn er sich eine ›soziale Position‹ geschaffen hatte, also kaum vor dem fünfundzwanzigsten oder sechsundzwanzigsten Jahr. So entstand ein künstliches Intervall von sechs, acht oder zehn Jahren zwischen der wirklichen Mannbarkeit und jener der Gesellschaft, innerhalb dessen sich der junge Mann um seine ›Gelegenheiten‹ oder ›Abenteuer‹ selber zu bekümmern hatte.

Dafür gab die damalige Zeit ihm nicht allzu viele Möglichkeiten. Nur ganz wenige, besonders reiche junge Leute konnten sich den Luxus leisten, eine Mätresse ›auszuhalten‹, das heißt, ihr eine Wohnung zu nehmen und für ihren Lebensunterhalt aufzukommen. Ebenso erfüllte sich einigen besonders Glücklichen das damalige literarische Liebesideal – das einzige, das in Romanen geschildert werden durfte –, das Verhältnis mit einer verheirateten Frau. Die andern halfen sich meist mit Ladenmädchen und Kellnerinnen aus, was wenig innere Befriedigung bot. Denn in jener Zeit vor der Emanzipation der Frau und ihrer tätigen selbständigen Teilnahme am öffentlichen Leben verfügten nur Mädchen aus allerärmster proletarischer Herkunft über einerseits genug Unbedenklichkeit, anderseits genug Freiheit für solche flüchtigen Beziehungen ohne ernste Heiratsabsichten. Schlecht gekleidet, abgemüdet nach einem zwölfstündigen, jämmerlich bezahlten Tagewerk, ungepflegt (ein Badezimmer war in jenen Zeiten noch das Privileg reicher Familien), und in einem engen Lebenskreise aufgewachsen, standen diese armen Wesen so tief unter dem Niveau ihrer Liebhaber, daß diese sich meist selbst scheuten, öffentlich mit ihnen gesehen zu werden. Zwar hatte für diese Peinlichkeit die vorsorgliche Konvention ihre besonderen Maßnahmen erfunden, die sogenannten Chambres séparées, wo man mit einem Mädchen ungesehen zu Abend essen konnte, und alles andere erledigte sich in den kleinen Hotels der dunklen Seitenstraßen, die ausschließlich auf diesen Betrieb eingerichtet waren. Aber all diese Begegnungen mußten flüchtig und ohne eigentliche Schönheit bleiben, mehr Sexualität als Eros, weil immer nur hastig und heimlich wie eine verbotene Sache getan. Dann gab es allenfalls noch die Möglichkeit der Beziehung zu einem jener amphibischen Wesen, die halb außerhalb, halb innerhalb der Gesellschaft standen, Schauspielerinnen, Tänzerinnen, Künstlerinnen, den einzig ›emanzipierten‹ Frauen jener Zeit. Aber im allgemeinen blieb das Fundament des damaligen erotischen Lebens außerhalb der Ehe die Prostitution; sie stellte gewissermaßen das dunkle Kellergewölbe dar, über dem sich mit makellos blendender Fassade der Prunkbau der bürgerlichen Gesellschaft erhob.

Von der ungeheuren Ausdehnung der Prostitution in Europa bis zum Weltkriege hat die gegenwärtige Generation kaum mehr eine Vorstellung. Während heute auf den Großstadtstraßen Prostituierte so selten anzutreffen sind wie Pferde auf der Fahrbahn, waren damals die Gehsteige derart durchsprenkelt mit käuflichen Frauen, daß es schwerer hielt, ihnen auszuweichen, als sie zu finden. Dazu kamen noch die zahlreichen ›geschlossenen Häuser‹, die Nachtlokale, die Kabaretts, die Tanzdielen mit ihren Tänzerinnen und Sängerinnen, die Bars mit ihren Animiermädchen. In jeder Preislage und zu jeder Stunde war damals weibliche Ware offen ausgeboten, und es kostete einen Mann eigentlich ebensowenig Zeit und Mühe, sich eine Frau für eine Viertelstunde, eine Stunde oder Nacht zu kaufen wie ein Paket Zigaretten oder eine Zeitung. Nichts scheint mir die größere Ehrlichkeit und Natürlichkeit der gegenwärtigen Lebens- und Liebesformen so sehr zu bekräftigen, wie daß es der Jugend von heute möglich und fast selbstverständlich geworden ist, diese einst unentbehrliche Institution zu entbehren, und daß es nicht die Polizei, nicht die Gesetze gewesen, welche die Prostitution aus unserer Welt zurückgedrängt haben, sondern daß sich dieses tragische Produkt einer Pseudomoral bis auf spärliche Reste durch verminderte Nachfrage selbst erledigt hat.

Die offizielle Stellung des Staates und seiner Moral gegenüber dieser dunklen Angelegenheit war nun niemals recht behaglich. Vom sittlichen Standpunkt aus wagte man einer Frau das Recht zum Selbstverkauf nicht offen zuzuerkennen, vom hygienischen Standpunkt aus konnte man wiederum die Prostitution, da sie die lästige außereheliche Sexualität kanalisierte, nicht entbehren. So suchten sich die Autoritäten mit einer Zweideutigkeit zu helfen, indem sie eine Teilung machten zwischen geheimer Prostitution, die der Staat als unmoralisch und gefährlich bekämpfte, und einer erlaubten Prostitution, die mit einer Art Gewerbeschein versehen und vom Staate besteuert war. Ein Mädchen, das sich entschlossen hatte, Prostituierte zu werden, bekam von der Polizei eine besondere Konzession und als Berechtigungsschein ein eigenes Buch. Indem sie sich polizeilicher Kontrolle unterstellte und der Pflicht genügte, sich zweimal in der Woche ärztlich untersuchen zu lassen, hatte sie das Gewerberecht erworben, ihren Körper zu jedem ihr richtig dünkenden Preise zu vermieten. Sie war anerkannt als Beruf innerhalb aller anderen Berufe, aber – hier kam der Pferdefuß der Moral – doch nicht vollkommen anerkannt. So konnte zum Beispiel eine Prostituierte, wenn sie ihre Ware, das heißt, ihren Körper, an einen Mann verkauft hatte und er nachher die vereinbarte Bezahlung verweigerte, nicht gegen ihn Klage führen. Dann war mit einemmal ihre Forderung – ob turpem causa, wie das Gesetz motivierte – plötzlich eine unmoralische geworden, die nicht den Schutz der Obrigkeit fand.

Schon an solchen Einzelheiten spürte man die Zwiespältigkeit einer Auffassung, die einerseits diese Frauen einordnete in ein staatlich erlaubtes Gewerbe, sie aber persönlich als Outcasts außerhalb des allgemeinen Rechts stellte. Aber die eigentliche Unwahrhaftigkeit bestand in der Handhabung, daß alle diese Beschränkungen nur für die ärmeren Klassen galten. Eine Ballettänzerin, die für zweihundert Kronen in Wien ebenso zu jeder Stunde und für jeden Mann zu haben war wie das Straßenmädchen für zwei Kronen, brauchte selbstverständlich keinen Gewerbeschein; die großen Demimondaines wurden sogar in der Zeitung in dem Bericht über das Trabrennen oder Derby unter den prominenten Anwesenden genannt, weil sie eben schon selbst zur ›Gesellschaft‹ gehörten. Ebenso standen einige der vornehmsten Vermittlerinnen, die den Hof, die Aristokratie und die reiche Bürgerschaft mit Luxusware versorgten, jenseits des Gesetzes, das sonst Kuppelei mit schweren Gefängnisstrafen belegte. Die strenge Disziplin, die mitleidslose Überwachung und die soziale Ächtung hatten nur Geltung innerhalb der Armee der Tausende und Tausende, welche mit ihrem Körper und ihrer gedemütigten Seele eine alte und längst unterhöhlte Moralauffassung gegen freie und natürliche Liebesformen verteidigen sollte.

Diese ungeheure Armee der Prostitution war – ebenso wie die wirkliche Armee in einzelne Heeresteile, Kavallerie, Artillerie, Infanterie, Festungsartillerie – in einzelne Gattungen aufgeteilt. Der Festungsartillerie entsprach in der Prostitution am ehesten jene Gruppe, die bestimmte Straßen der Stadt als ihr Quartier völlig besetzt hielt. Es waren meist jene Gegenden, wo früher im Mittelalter der Galgen gestanden hatte oder ein Leprosenspital oder ein Kirchhof, wo die Freimänner, die Henker und die anderen sozial Geächteten Unterschlupf gefunden, Gegenden also, welche die Bürgerschaft schon seit Jahrhunderten als Wohnsitz lieber mied. Dort wurden von den Behörden einige Gassen als Liebesmarkt freigegeben: Tür an Tür saßen wie im Yoshiwara Japans oder am Fischmarkt in Kairo noch im zwanzigsten Jahrhundert zweihundert oder fünfhundert Frauen, eine neben der andern, an den Fenstern ihrer ebenerdigen Wohnungen zur Schau, billige Ware, die in zwei Schichten, Tagschicht und Nachtschicht, arbeitete.

Der Kavallerie oder Infanterie entsprach die ambulante Prostitution, die zahllosen käuflichen Mädchen, die sich Kunden auf der Straße suchten. In Wien wurden sie allgemein ›Strichmädchen‹ genannt, weil ihnen von der Polizei mit einem unsichtbaren Strich das Trottoir abgegrenzt war, das sie für ihre Werbezwecke benutzen durften; bei Tag und Nacht bis tief ins Morgengrauen schleppten sie eine mühsam erkaufte, falsche Eleganz auch bei Eis und Regen über die Straßen, immer wieder für jeden Vorübergehenden das schon müde gewordene, schlecht geschminkte Gesicht zu einem verlockenden Lächeln zwingend. Und alle Städte erscheinen mir heute schöner und humaner, seit diese Scharen hungriger, unfroher Frauen nicht mehr die Straßen bevölkern, die ohne Lust Lust feilboten und bei ihrem endlosen Wandern von einer Ecke zur andern schließlich doch alle denselben unvermeidlichen Weg gingen: den Weg ins Spital.

Aber auch diese Massen genügten noch nicht für den ständigen Konsum. Manche wollten es noch bequemer und diskreter haben, als auf der Straße diesen flatternden Fledermäusen oder traurigen Paradiesvögeln nachzujagen. Sie wollten die Liebe behaglicher: mit Licht und Wärme, mit Musik und Tanz und einem Schein von Luxus. Für diese Klienten gab es die ›geschlossenen Häuser‹, die Bordelle. Dort versammelten sich in einem sogenannten, mit falschem Luxus eingerichteten ›Salon‹ die Mädchen in teils damenhaften Toiletten, teils schon unzweideutigen Negligés. Ein Klavierspieler sorgte für musikalische Unterhaltung, es wurde getrunken und getanzt und geplaudert, ehe sich die Paare diskret in ein Schlafzimmer zurückzogen; in manchen der vornehmeren Häuser, besonders in Paris und in Mailand, die eine gewisse internationale Berühmtheit hatten, konnte ein naives Gemüt der Illusion anheimfallen, in ein Privathaus mit etwas übermütigen Gesellschaftsdamen eingeladen zu sein. Äußerlich hatten es die Mädchen in diesen Häusern besser im Vergleich zu den ambulanten Straßenmädchen. Sie mußten nicht in Wind und Regen durch Kot und Gassen wandern, sie saßen im warmen Raum, bekamen gute Kleider, reichlich zu essen und insbesondere reichlich zu trinken. Dafür waren sie in Wahrheit Gefangene ihrer Wirtinnen, welche die Kleider, die sie trugen, ihnen zu Wucherpreisen aufzwangen und mit dem Pensionspreis solche rechnerischen Kunststücke trieben, daß auch das fleißigste und ausdauerndste Mädchen in einer Art Schuldhaft blieb und nie nach seinem freien Willen das Haus verlassen konnte.

Die geheime Geschichte mancher dieser Häuser zu schreiben wäre spannend und auch dokumentarisch wesentlich für die Kultur jener Zeit, denn sie bargen die sonderbarsten, den sonst so strengen Behörden selbstverständlich wohlbekannten Heimlichkeiten. Da waren Geheimtüren und eine besondere Treppe, durch die Mitglieder der allerhöchsten Gesellschaft – und wie man munkelte, selbst des Hofes Besuch machen konnten, ohne von den anderen Sterblichen gesehen zu werden. Da waren Spiegelzimmer und solche, die geheimen Zublick in nachbarliche Zimmer boten, in denen sich Paare ahnungslos vergnügten. Da waren die sonderbarsten Kostümverkleidungen, vom Nonnengewand bis zum Ballerinenkleid, in Laden und Truhen für besondere Fetischisten verschlossen. Und es war dieselbe Stadt, dieselbe Gesellschaft, dieselbe Moral, die sich entrüstete, wenn junge Mädchen Zweirad fuhren, die es als eine Schändung der Würde der Wissenschaft erklärten, wenn Freud in seiner ruhigen, klaren und durchdringenden Weise Wahrheiten feststellte, die sie nicht wahrhaben wollten. Dieselbe Welt, die so pathetisch die Reinheit der Frau verteidigte, duldete diesen grauenhaften Selbstverkauf, organisierte ihn und profitierte sogar daran.

Man lasse sich also nicht durch die sentimentalen Romane oder Novellen jener Epoche irreführen; es war für die Jugend eine schlimme Zeit, die jungen Mädchen luftdicht vom Leben abgeschlossen unter die Kontrolle der Familie gestellt, in ihrer freien körperlichen wie geistigen Entwicklung gehemmt, die jungen Männer wiederum zu Heimlichkeiten und Hinterhältigkeiten gedrängt von einer Moral, die im Grunde niemand glaubte und befolgte. Unbefangene, ehrliche Beziehungen, also gerade was der Jugend nach dem Gesetz der Natur hätte Beglükkung und Beseligung bedeuten sollen, waren nur den allerwenigsten gegönnt. Und wer von jener Generation sich redlich seiner allerersten Begegnungen mit Frauen erinnern will, wird wenige Episoden finden, deren er wirklich mit ungetrübter Freude gedenken kann. Denn außer der gesellschaftlichen Bedrückung, die ständig zur Vorsicht und Verheimlichung zwang, überschattete damals noch ein anderes Element die Seele nach und selbst in den zärtlichsten Augenblicken: die Angst vor der Infektion. Auch hier war die Jugend von damals benachteiligt im Vergleich zu jener von heute, denn es darf nicht vergessen werden, daß vor vierzig Jahren die sexuellen Seuchen hundertfach mehr verbreitet waren als heute und vor allem hundertfach gefährlicher und schrecklicher sich auswirkten, weil die damalige Praxis ihnen klinisch noch nicht beizukommen wußte. Noch bestand keine wissenschaftliche Möglichkeit, sie wie heute derart rasch und radikal zu beseitigen, daß sie kaum mehr als eine Episode bilden. Während heutzutage an den Kliniken kleinerer und mittlerer Universitäten dank der Therapie Paul Ehrlichs oft Wochen vergehen, ohne daß der Ordinarius seinen Studenten einen frisch infizierten Fall von Syphilis zeigen kann, ergab damals die Statistik beim Militär und in den Großstädten, daß unter zehn jungen Leuten mindestens einer oder zwei schon Infektionen zum Opfer gefallen waren. Unablässig wurde die Jugend damals an die Gefahr gemahnt; wenn man in Wien durch die Straßen ging, konnte man an jedem sechsten oder siebenten Haus die Tafel › Spezialarzt für Haut- und Geschlechtskrankheiten‹ lesen, und zu der Angst vor der Infektion kam noch das Grauen vor der widrigen und entwürdigenden Form der damaligen Kuren, von denen gleichfalls die Welt von heute nichts mehr weiß. Durch Wochen und Wochen wurde der ganze Körper eines mit Syphilis Infizierten mit Quecksilber eingerieben, was wiederum zur Folge hatte, daß die Zähne ausfielen und sonstige Gesundheitsschädigungen eintraten; das unglückliche Opfer eines schlimmen Zufalls fühlte sich also nicht nur seelisch, sondern auch physisch beschmutzt, und selbst nach einer solchen grauenhaften Kur konnte der Betroffene lebenslang nicht gewiß sein, ob nicht jeden Augenblick der tückische Virus aus seiner Verkapselung wieder erwachen könnte, vom Rückenmark aus die Glieder lähmend, hinter der Stirn das Gehirn erweichend. Kein Wunder darum, daß damals viele junge Leute sofort, wenn bei ihnen die Diagnose gestellt wurde, zum Revolver griffen, weil sie das Gefühl, sich selbst und ihren nächsten Verwandten als unheilbar verdächtig zu sein, unerträglich fanden. Dazu kamen noch die anderen Sorgen einer immer nur heimlich ausgeübten vita sexualis. Suche ich mich redlich zu erinnern, so weiß ich kaum einen Kameraden meiner Jugendjahre, der nicht einmal blaß und verstörten Blicks gekommen wäre, der eine, weil er erkrankt war oder eine Erkrankung befürchtete, der zweite, weil er unter einer Erpressung wegen einer Abtreibung stand, der dritte, weil ihm das Geld fehlte, ohne Wissen seiner Familie eine Kur durchzumachen, der vierte, weil er nicht wußte, wie die Alimente für ein von einer Kellnerin ihm zugeschobenes Kind zu bezahlen, der fünfte, weil ihm in einem Bordell die Brieftasche gestohlen worden war und er nicht wagte, Anzeige zu machen. Viel dramatischer und anderseits unsauberer, viel spannungshafter und gleichzeitig bedrükkender war also die Jugend in jener pseudomoralischen

Zeit, als sie die Romane und Theaterstücke ihrer Hofdichter schildern. Wie in Schule und Haus war auch in der Sphäre des Eros der Jugend fast nie die Freiheit und das Glück gewährt, zu dem sie ihr Lebensalter bestimmte.

All dies mußte notwendig betont werden in einem ehrlichen Bilde der Zeit. Denn oft, wenn ich mich mit jüngeren Kameraden der Nachkriegsgeneration unterhalte, muß ich sie fast gewaltsam überzeugen, daß unsere Jugend im Vergleich mit der ihren keineswegs eine bevorzugte gewesen. Gewiß, wir haben mehr Freiheit im staatsbürgerlichen Sinne genossen als das heutige Geschlecht, das zum Militärdienst, zum Arbeitsdienst, in vielen Ländern zu einer Massenideologie genötigt und eigentlich in allem der Willkür stupider Weltpolitik ausgeliefert ist. Wir konnten ungestörter unserer Kunst, unseren geistigen Neigungen uns hingeben, die private Existenz individueller, persönlicher ausformen. Wir vermochten kosmopolitischer zu leben, die ganze Welt stand uns offen. Wir konnten reisen ohne Paß und Erlaubnisschein, wohin es uns beliebte, niemand examinierte uns auf Gesinnung, auf Herkunft, Rasse und Religion. Wir hatten tatsächlich – ich leugne es keineswegs – unermeßlich mehr individuelle Freiheit und haben sie nicht nur geliebt, sondern auch genutzt. Aber wie Friedrich Hebbel einmal schön sagt: »Bald fehlt uns der Wein, bald fehlt uns der Becher.« Selten ist ein und derselben Generation beides gegeben; läßt die Sitte dem Menschen Freiheit, so zwängt ihn der Staat ein. Läßt ihm der Staat seine Freiheit, so versucht die Sitte ihn zu kneten. Wir haben besser und mehr die Welt erlebt, die Jugend von heute aber lebt mehr und erlebt bewußter ihre eigene Jugend. Sehe ich heute die jungen Menschen aus ihren Schulen, aus ihren Colleges mit heller, erhobener Stirn, mit heiteren Gesichtern kommen, sehe ich sie beisammen, Burschen und Mädchen, in freier, unbekümmerter Kameradschaft, ohne falsche Scheu und Scham in Studium, Sport und Spiel, auf Skiern über den Schnee sausend, im Schwimmbad antikisch frei miteinander wetteifernd, im Auto zu zweit durch das Land sausend, in allen Formen gesunden, unbekümmerten Lebens ohne jede innere und äußere Belastung verschwistert, dann scheint mir jedesmal, als stünden nicht vierzig, sondern tausend Jahre zwischen ihnen und uns, die wir, um Liebe zu gewähren, Liebe zu empfangen, immer Schatten suchen mußten und Versteck. Redlich erfreuten Blicks werde ich gewahr, welch ungeheure Revolution der Sitte sich zugunsten der Jugend vollzogen hat, wieviel Freiheit in Liebe und Leben sie zurückgewonnen hat und wie sehr sie körperlich und seelisch an dieser neuen Freiheit gesundet ist; die Frauen scheinen mir schöner, seit ihnen erlaubt ist, ihre Formen frei zu zeigen, ihr Gang aufrechter, ihre Augen heller, ihr Gespräch unkünstlicher. Welch eine andere Sicherheit ist dieser neuen Jugend zu eigen, die niemandem sonst Rechenschaft geben muß über ihr Tun und Lassen als sich selbst und ihrer inneren Verantwortung, die der Kontrolle sich entrungen hat von Müttern und Vätern und Tanten und Lehrern und längst nichts mehr ahnt von all den Hemmungen, Verschüchterungen und Spannungen, mit denen man unsere Entwicklung belastet hat; die nichts mehr weiß von den Umwegen und Heimlichkeiten, mit denen wir uns als ein Verbotenes erschleichen mußten, was sie mit Recht als ihr Recht empfindet. Glücklich genießt sie ihr Lebensalter mit dem Elan, der Frische, der Leichtigkeit und der Unbekümmertheit, die diesem Alter gemäß ist. Aber das schönste Glück in diesem Glück erscheint mir, daß sie nicht lügen muß vor den andern, sondern ehrlich sein darf zu sich selbst, ehrlich zu ihrem natürlichen Fühlen und Begehren. Mag sein, daß durch die Unbekümmertheit, mit der die jungen Menschen von heute durch das Leben gehen, ihnen etwas von jener Ehrfurcht vor den geistigen Dingen fehlt, die unsere Jugend beseelte. Mag sein, daß durch die Selbstverständlichkeit des leichten Nehmens und Gebens manches in der Liebe ihnen verlorengegangen ist, was uns besonders kostbar und reizvoll schien, manche geheimnisvolle Hemmung von Scheu und Scham, manche Zartheit in der Zärtlichkeit. Vielleicht sogar, daß sie gar nicht ahnen, wie gerade der Schauer des Verbotenen und Versagten den Genuß geheimnisvoll steigert. Aber all dies scheint mir gering gegenüber der einen und erlösenden Wandlung, daß die Jugend von heute frei ist von Angst und Gedrücktheit und voll genießt, was uns in jenen Jahren versagt war: das Gefühl der Unbefangenheit und Selbstsicherheit.

Universitas vitae

Endlich war der lang ersehnte Augenblick gekommen, da wir mit dem letzten Jahr des alten Jahrhunderts auch die Tür des verhaßten Gymnasiums hinter uns zuschlagen konnten. Nach mühsam bestandener Schlußprüfung – denn was wußten wir von Mathematik, Physik und den scholastischen Materien? – beehrte uns, die wir zu diesem Anlaß schwarze feierliche Bratenröcke anziehen mußten, der Schuldirektor mit einer schwungvollen Rede. Wir seien nun erwachsen und sollten durch Fleiß und Tüchtigkeit unserem Vaterlande Ehre machen. Damit war eine achtjährige Kameradschaft zersprengt, wenige meiner Gefährten auf der Galeere habe ich seitdem wiedergesehen. Die meisten von uns inskribierten sich an der Universität, und neidvoll blickten uns diejenigen nach, die sich mit anderen Berufen und Beschäftigungen abfinden mußten.

Denn die Universität hatte in jenen verschollenen Zeiten in Österreich noch einen besonderen, romantischen Nimbus; Student zu sein gewährte gewisse Vorrechte, die den jungen Akademiker weit über alle Altersgenossen privilegierten; diese antiquarische Sonderbarkeit dürfte in außerdeutschen Ländern wenig bekannt und darum in ihrer Absurdität und Unzeitgemäßheit einer Erklärung bedürftig sein. Unsere Universitäten waren meist noch im Mittelalter gegründet worden, zu einer Zeit also, da Beschäftigung mit den gelehrten Wissenschaften als etwas Außerordentliches galt, und um junge Menschen zum Studium heranzulocken, verlieh man ihnen gewisse Standesvorrechte. Die mittelalterlichen Scholaren unterstanden nicht dem gewöhnlichen Gericht, durften in ihren Collegien nicht von den Bütteln gesucht oder belästigt werden, sie trugen besondere Tracht, hatten das Recht, sich ungestraft zu duellieren und waren als eine geschlossene Gilde mit eigenen Sitten oder Unsitten anerkannt. Im Lauf der Zeit und mit der zunehmenden Demokratisierung des öffentlichen Lebens, als alle andern mittelalterlichen Gilden und Zünfte sich auflösten, verlor sich in ganz Europa diese Vorrechtsstellung der Akademiker; nur in Deutschland und in dem deutschen Österreich, wo das Klassenbewußtsein immer über das demokratische die Oberhand behielt, hingen die Studenten zäh an diesen längst sinnlos gewordenen Vorrechten und bauten sie sogar zu einem eigenen studentischen Kodex aus. Der deutsche Student legte sich vor allem eine besondere Art studentischer ›Ehre‹ neben der bürgerlichen und allgemeinen zu. Wer ihn beleidigte, mußte ihm ›Satisfaktion‹ geben, das heißt, mit der Waffe im Duell entgegentreten, sofern er sich als ›satisfaktionsfähig‹ erwies. ›Satisfaktionsfähig‹ wiederum war nun nach dieser selbstgefälligen Bewertung nicht etwa ein Kaufmann oder ein Bankier, sondern nur ein akademisch Gebildeter und Graduierter oder ein Offizier – kein anderer unter den Millionen konnte der besonderen Art ›Ehre‹ teilhaftig werden, mit einem solchen bartlosen dummen Jungen die Klinge zu kreuzen. Anderseits mußte man, um als ›richtiger‹ Student zu gelten, seine Mannhaftigkeit ›bewiesen‹ haben, das heißt, möglichst viele Duelle bestanden haben und sogar die Wahrzeichen dieser Heldentaten als ›Schmisse‹ im Gesicht tragen; blanke Wangen und eine nicht eingehackte Nase waren eines echt germanischen Akademikers unwürdig. So sahen sich die Couleurstudenten, das heißt solche, die einer farbentragenden Verbindung angehörten, genötigt, um immer neue ›Partien schlagen‹ zu können, sich gegenseitig und andere völlig friedfertige Studenten und Offiziere unablässig zu provozieren. In den ›Verbindungen‹ wurde auf dem Fechtboden jeder neue Student für diese würdige Haupttätigkeit ›eingepaukt‹ und auch sonst in die Gebräuche des Burschenschaftswesens eingeweiht. Jeder ›Fuchs‹, das heißt jeder Neuling, wurde einem Corpsbruder zugeteilt, dem er sklavischen Gehorsam zu leisten hatte und der ihn dafür in den edlen Künsten des ›Komments‹ unterwies, die da waren: bis zum Erbrechen zu saufen, einen schweren Humpen Bier in einem Satz bis zur Nagelprobe (bis zum letzten Tropfen) zu leeren, um so glorreich zu erhärten, daß er kein ›schlapper Bursche‹ sei, oder Studentenlieder im Chor zu brüllen und im Gänsemarsch nachts durch die Straßen randalierend die Polizei zu verhöhnen. All das galt als ›männlich‹, als ›studentisch‹, als ›deutsch‹, und wenn die Burschenschaften mit ihren wehenden Fahnen, bunten Kappen und Bändern samstags zum ›Bummel‹ aufzogen, fühlten sich diese einfältigen, durch ihr eigenes Treiben in einen sinnlosen Hochmut getriebenen Jungen als die wahren Vertreter der geistigen Jugend. Mit Verachtung sahen sie auf den ›Pöbel‹ herab, der diese akademische Kultur und deutsche Männlichkeit nicht gebührend zu würdigen verstand.

Für einen kleinen Provinzgymnasiasten, der als grüner Junge nach Wien kam, mochte wohl diese Art forscher und ›fröhlicher Studentenzeit‹ als Inbegriff aller Romantik gelten. Noch jahrzehntelang sahen in der Tat die bejahrten Notare und Ärzte in ihren Dörfern weinselig gerührt empor zu den in ihrem Zimmer gekreuzt aufgehängten Schlägern und bunten Attrappen, stolz trugen sie ihre Schmisse als Kennzeichen ihres ›akademischen‹ Standes. Auf uns dagegen wirkte dieses einfältige und brutale Treiben einzig abstoßend, und wenn wir einer dieser bebänderten Horden begegneten, wichen wir weise um die Ecke; denn uns, denen individuelle Freiheit das Höchste bedeutete, zeigte diese Lust an der Aggressivität und gleichzeitige Lust an der Hordenservilität zu offenbar das Schlimmste und Gefährlichste des deutschen Geistes. Überdies wußten wir, daß hinter dieser künstlich mumifizierten Romantik sich sehr schlau berechnete, praktische Ziele versteckten, denn die Zugehörigkeit zu einer ›schlagenden‹ Burschenschaft sicherte jedem Mitglied die Protektion der ›alten Herren‹ dieser Verbindung in den hohen Ämtern und erleichterte die spätere Karriere. Von den Bonner ›Borussen‹ führte der einzig sichere Weg in die deutsche Diplomatie, von den katholischen Verbindungen in Österreich zu den guten Pfründen der herrschenden christlich-sozialen Partei, und die meisten dieser ›Helden‹ wußten genau, daß ihre farbigen Bänder ihnen in Hinkunft ersetzen mußten, was sie an eindringlichen Studien versäumt, und daß ein paar Schmisse auf der Stirne ihnen bei einer Anstellung einmal förderlicher sein konnten, als was hinter dieser Stirne war. Schon der bloße Anblick dieser rüden, militarisierten Rotten, dieser zerhackten und frech provozierenden Gesichter hat mir den Besuch der Universitätsräume verleidet; auch die anderen, wirklich lernbegierigen Studenten vermieden, wenn sie in die Universitätsbibliothek gingen, die Aula und wählten lieber die unscheinbare Hintertür, um jeder Begegnung mit diesen tristen Helden zu entgehen.

Daß ich an der Universität studieren sollte, war im Rate der Familie von je beschlossen gewesen. Aber für welche Fakultät mich entscheiden? Meine Eltern ließen mir die Wahl vollkommen frei. Mein älterer Bruder war bereits in das väterliche Industrieunternehmen eingetreten, demgemäß lag für den zweiten Sohn keinerlei Eile vor. Es handelte sich schließlich doch nur darum, der Familienehre einen Doktortitel zu sichern, gleichgültig welchen. Und sonderbarerweise war die Wahl mir ebenso gleichgültig. An sich interessierte mich, der ich meine Seele längst der Literatur verschrieben, keine einzige der fachmäßig dozierten Wissenschaften, ich hatte sogar ein geheimes, noch heute nicht verschwundenes Mißtrauen gegen jeden akademischen Betrieb. Für mich ist Emersons Axiom, daß gute Bücher die beste Universität ersetzen, unentwegt gültig geblieben, und ich bin noch heute überzeugt, daß man ein ausgezeichneter Philosoph, Historiker, Philologe, Jurist und was immer werden kann, ohne je eine Universität oder sogar ein Gymnasium besucht zu haben. Zahllose Male habe ich im praktischen Leben bestätigt gefunden, daß Antiquare oft besser Bescheid wissen über Bücher als die zuständigen Professoren, Kunsthändler mehr verstehen als die Kunstgelehrten, daß ein Großteil der wesentlichen Anregungen und Entdeckungen auf allen Gebieten von Außenseitern stammt. So praktisch, handlich und heilsam der akademische Betrieb für die Durchschnittsbegabung sein mag, so entbehrlich scheint er mir für individuell produktive Naturen, bei denen er sich sogar im Sinn einer Hemmung auszuwirken vermag. Insbesondere an einer Universität wie der unsern in Wien mit ihren sechs- oder siebentausend Studenten, die durch Überfüllung den so fruchtbaren persönlichen Kontakt zwischen Lehrern und Schülern von vornherein hemmte und überdies durch allzu große Treue zu ihrer Tradition gegen die Zeit zurückgeblieben war, sah ich nicht einen einzigen Mann, der mich für seine Wissenschaft hätte faszinieren können. So wurde das eigentliche Kriterium meiner Wahl nicht, welches Fach mich am meisten innerlich beschäftigen würde, sondern im Gegenteil, welches mich am wenigsten beschweren und mir das Maximum an Zeit und Freiheit für meine eigentliche Leidenschaft verstatten könnte. Ich entschloß mich schließlich für Philosophie – oder vielmehr ›exakte‹ Philosophie, wie es bei uns nach dem alten Schema hieß –, aber wahrhaftig nicht aus einem Gefühl innerer Berufung, denn meine Fähigkeiten zu rein abstraktem Denken sind gering. Gedanken entwickeln sich bei mir ausnahmslos an Gegenständen, Geschehnissen und Gestalten, alles rein Theoretische und Metaphysische bleibt mir unerlernbar. Immerhin war hier das rein stoffliche Gebiet am eingeschränktesten, der Besuch von Vorlesungen oder Seminaren in der ›exakten‹ Philosophie am leichtesten zu umgehen. Alles, was not tat, war, am Ende des achten Semesters eine Dissertation einzureichen und einige Prüfungen zu machen. So legte ich mir von vornherein eine Zeiteinteilung zurecht: drei Jahre um das Universitätsstudium mich überhaupt nicht bekümmern! Dann in dem einen letzten Jahr in scharfer Anstrengung den scholastischen Stoff bewältigen und irgendeine Dissertation rasch fertigmachen! Dann hatte die Universität mir gegeben, was einzig ich von ihr wollte: ein paar Jahre voller Freiheit für mein Leben und für die Bemühung in der Kunst: universitas vitae.

Überblicke ich mein Leben, so kann ich mich an wenige so glückliche Augenblicke erinnern wie jene ersten dieser Universitätszeit ohne Universität. Ich war jung und hatte darum noch nicht das Gefühl der Verantwortung, Vollendetes leisten zu müssen. Ich war leidlich unabhängig, der Tag hatte vierundzwanzig Stunden, und alle gehörten mir. Ich konnte lesen und arbeiten, was ich wollte, ohne irgend jemandem Rechenschaft schuldig zu sein, die Wolke der akademischen Prüfung rührte noch nicht an den hellen Horizont, denn wie lang sind drei Jahre, gemessen am neunzehnten Lebensjahr, wie reich, wie füllig und wie voll von Überraschungen und Geschenken kann man sie gestalten!

Das erste, was ich begann, war, meine Gedichte in einer – wie ich meinte: unerbittlichen – Auslese zu sammeln. Ich schäme mich nicht, zu bekennen, daß mir eben absolvierten neunzehnjährigen Gymnasiasten als der süßeste Geruch auf Erden, süßer als das Öl der Rosen von Schiras, damals jener der Druckerschwärze erschien; jede Annahme eines Gedichts in irgendeiner Zeitung hatte meinem von Natur aus sehr schwachbeinigen Selbstbewußtsein einen neuen Anschwung gegeben. Sollte ich nicht jetzt schon ansetzen zu dem entscheidenden Sprunge und die Veröffentlichung eines ganzen Bandes versuchen? Der Zuspruch meiner Kameraden, die mehr an mich glaubten als ich selbst, entschied. Ich sandte das Manuskript verwegen genug gerade an jenen Verlag, der damals der repräsentative für deutsche Lyrik war, Schuster & Löffler, die Verleger Liliencrons, Dehmels, Bierbaums, Momberts, jener ganzen Generation, die zugleich mit Rilke und Hofmannsthal die neue deutsche Lyrik geschaffen. Und – Wunder und Zeichen! – es kamen einer nach dem andern jene unvergeßlichen Glücksaugenblicke, wie sie sich im Leben eines Schriftstellers auch nach den größten Erfolgen nicht mehr wiederholen: es kam ein Brief mit dem Signet des Verlags, den man unruhig in Händen hielt, ohne den Mut, ihn zu öffnen. Es kam die Sekunde, wo man angehaltenen Atems las, daß der Verlag sich entschlossen habe, das Buch zu veröffentlichen und sich sogar das Vorrecht für die folgenden ausbedinge. Es kam das Paket mit den ersten Korrekturen, das man mit maßloser Erregung aufschnürte, um die Type zu sehen, den Satzspiegel, die embryonale Gestalt des Buchs, und dann nach wenigen Wochen das Buch selbst, die ersten Exemplare, die man nicht müde wurde zu beschauen, zu betasten, zu vergleichen, einmal und noch einmal und noch einmal. Und dann die kindische Wanderung zu den Buchläden, ob sie schon Exemplare in der Auslage hätten und ob sie in der Mitte des Ladens prangten oder bescheiden am Rande sich versteckten. Und dann das Warten auf die Briefe, auf die ersten Kritiken, auf die erste Antwort aus dem Unbekannten, dem Unberechenbaren – alle diese Spannungen, Erregungen, Begeisterungen, um die ich jeden jungen Menschen heimlich beneide, der sein erstes Buch in die Welt wirft. Aber dies mein Entzücken war nur eine Verliebtheit in den ersten Augenblick und keineswegs Selbstgefälligkeit. Wie ich bald selbst über diese frühen Verse dachte, ist durch die einfache Tatsache bezeugt, daß ich nicht nur diese ›Silbernen Saiten‹ (dies der Titel jenes verschollenen Erstlings) nie mehr neu drucken, sondern kein einziges Gedicht daraus in meine ›Gesammelten Gedichte‹ aufnehmen ließ. Es waren Verse unbestimmter Vorahnung und unbewußten Nachfühlens, nicht aus eigenem Erlebnis entstanden, sondern aus sprachlicher Leidenschaft. Immerhin zeigten sie eine gewisse Musikalität und genug Formgefühl, um sie interessierten Kreisen bemerkbar zu machen, und ich konnte mich über mangelnde Aufmunterung nicht beklagen. Liliencron und Dehmel, die damals führenden lyrischen Dichter, gaben dem Neunzehnjährigen herzliche und schon kameradschaftliche Anerkennung, Rilke, der so sehr von mir Vergötterte, sandte mir als Gegengabe für das ›so schön gegebene Buch‹ einen ›dankbar‹ gewidmeten Sonderdruck seiner jüngsten Gedichte, den ich als eine der kostbarsten Erinnerungen meiner Jugend aus den Trümmern Österreichs noch nach England herübergerettet habe (wo mag er heute sein?). Gespenstisch freilich mutete es mich zuletzt an, daß diese erste freundschaftliche Gabe Rilkes an mich – die erste von vielen – vierzig Jahre alt war und die vertraute Schrift mich aus dem Totenreiche grüßte. Die unvermutetste Überraschung von allen jedoch war, daß Max Reger, neben Richard Strauss der größte damals lebende Komponist, sich an mich um die Erlaubnis wandte, sechs Gedichte aus diesem Bande vertonen zu dürfen; wie oft habe ich seitdem davon eines oder das andere in Konzerten gehört – meine eigenen, von mir selbst längst vergessenen und verworfenen Verse durch die brüderliche Kunst eines Meisters hinübergetragen über die Zeit.

Diese unverhofften Zustimmungen, die auch von freundlichen öffentlichen Kritiken begleitet waren, zeitigten immerhin die Wirkung, mich zu einem Schritt zu ermutigen, den ich bei meinem unheilbaren Mißtrauen gegen mich selbst nie oder zumindest nicht so frühzeitig unternommen hätte. Schon in der Gymnasialzeit hatte ich außer Gedichten kleinere Novellen und Essays in den literarischen Zeitschriften der ›Moderne‹ veröffentlicht, nie aber mich unterfangen, einen jener Versuche einer mächtigen und weitverbreiteten Zeitung anzubieten. In Wien gab es eigentlich nur ein einziges publizistisches Organ hohen Ranges, die ›Neue Freie Presse‹, die durch ihre vornehme Haltung, ihre kulturelle Bemühtheit und ihr politisches Prestige für die ganze österreichisch-ungarische Monarchie etwa das gleiche bedeutete wie die ›Times‹ für die englische Welt und der ›Temps‹ für die französische; selbst keine der reichsdeutschen Zeitungen war so sehr um ein repräsentatives kulturelles Niveau bemüht. Ihr Herausgeber, Moritz Benedikt, ein Mann von phänomenaler Organisationsgabe und unermüdlichem Fleiß, setzte seine ganze, geradezu dämonische Energie daran, auf dem Gebiete der Literatur und Kultur alle deutschen Zeitungen zu übertreffen. Wenn er von einem namhaften Autor etwas begehrte, wurden keine Kosten gescheut, zehn und zwanzig Telegramme hintereinander an ihn gesandt, jedes Honorar im voraus bewilligt; die Feiertagsnummern zu Weihnachten und Neujahr stellten mit ihren literarischen Beilagen ganze Bände mit den größten Namen der Zeit dar: Anatole France, Gerhart Hauptmann, Ibsen, Zola, Strindberg und Shaw fanden sich bei dieser Gelegenheit zusammen in diesem Blatte, das für die literarische Orientierung der ganzen Stadt, des ganzen Landes unermeßlich viel getan hat. Selbstverständlich ›fortschrittlich‹ und liberal in seiner Weltanschauung, solid und vorsichtig in seiner Haltung, repräsentierte dieses Blatt in vorbildlicher Art den hohen kulturellen Standard des alten Österreich.

Dieser Tempel des ›Fortschritts‹ barg nun noch ein besonderes Heiligtum, das sogenannte ›Feuilleton‹, das wie die großen Pariser Tageszeitungen, der ›Temps‹ und das ›Journal des Débats‹, die gediegensten und vollendetsten Aufsätze über Dichtung, Theater, Musik und Kunst ›unter dem Strich‹ in deutlicher Sonderung von dem Ephemeren der Politik und des Tages publizierte. Hier durften nur die Autoritäten, die schon lange Bewährten zu Wort kommen. Einzig die Gediegenheit des Urteils, vergleichende Erfahrung vieler Jahre und vollendete Kunstform konnten einen Autor nach Jahren der Erprobtheit an diese heilige Stelle berufen. Ludwig Speidel, ein Meister der Kleinkunst, Eduard Hanslick hatten für Theater und Musik dort die gleiche päpstliche Autorität wie Sainte-Beuve in Paris in seinen ›Lundis‹; ihr Ja oder Nein entschied für Wien den Erfolg eines Werks, eines Theaterstücks, eines Buches und damit oft eines Menschen. Jeder dieser Aufsätze war das jeweilige Tagesgespräch der gebildeten Kreise, sie wurden diskutiert, kritisiert, bewundert oder befeindet, und wenn einmal ein neuer Name inmitten der längst respektvoll anerkannten ›Feuilletonisten‹ auftauchte, bedeutete dies ein Ereignis. Von der jüngeren Generation hatte einzig Hofmannsthal mit einigen seiner herrlichen Aufsätze dort gelegentlich Eingang gefunden; sonst mußten jüngere Autoren sich beschränken, rückwärts im Literaturblatt versteckt, sich einzuschmuggeln. Wer auf der ersten Seite schrieb, hatte seinen Namen für Wien in Marmor gegraben.

Wie ich die Courage fand, eine kleine dichterische Arbeit der ›Neuen Freien Presse‹, dem Orakel meiner Väter und der Heimstatt der siebenfach Gesalbten, anzubieten, ist mir heute nicht mehr faßbar. Aber schließlich, mehr als eine Zurückweisung konnte mir nicht widerfahren. Der Redakteur des Feuilletons empfing dort bloß an einem Tage der Woche zwischen zwei und drei Uhr, da durch den regelmäßigen Turnus der berühmten, festangestellten Mitarbeiter nur ganz selten Raum für die Arbeit eines Außenseiters war. Nicht ohne Herzklopfen stieg ich die kleine Wendeltreppe zu dem Büro empor und ließ mich anmelden. Nach einigen Minuten kam der Diener zurück, der Herr Feuilletonredakteur lasse bitten, und ich trat in das enge, schmale Zimmer.

Der Feuilletonredakteur der ›Neuen Freien Presse‹ hieß Theodor Herzl, und es war der erste Mann welthistorischen Formats, dem ich in meinem Leben gegenüberstand – freilich ohne selbst zu wissen, welch ungeheure Wendung seine Person im Schicksal des jüdischen Volkes und in der Geschichte unserer Zeit zu erschaffen berufen war. Seine Stellung war damals noch zwiespältig und unübersehbar. Er hatte mit dichterischen Versuchen begonnen, früh eine blendende journalistische Begabung gezeigt und war zuerst als Pariser Korrespondent, dann als Feuilletonist der ›Neuen Freien Presse‹ der Liebling des Wiener Publikums geworden. Seine Aufsätze, heute noch bezaubernd durch ihren Reichtum an scharfen und oft weisen Beobachtungen, ihre stilistische Anmut, ihren edlen Charme, der selbst im Heiteren wie Kritischen nie die eingeborene Noblesse verlor, waren das Kultivierteste, was man sich im Journalistischen erdenken konnte, und das Entzücken einer Stadt, die für Subtiles den Sinn sich geschult hatte. Auch im Burgtheater hatte er mit einem Stück Erfolg gehabt, und nun war er ein angesehener Mann, vergöttert von der Jugend, geachtet von unseren Vätern, bis eines Tages das Unerwartete geschah. Das

Schicksal weiß immer sich einen Weg zu finden, um den Menschen, den es braucht für seine geheimen Zwecke, heranzuholen, auch wenn er sich verbergen will.

Theodor Herzl hatte in Paris ein Erlebnis gehabt, das ihm die Seele erschütterte, eine jener Stunden, die eine ganze Existenz verändern: er hatte als Korrespondent der öffentlichen Degradierung Alfred Dreyfus' beigewohnt, hatte gesehen, wie man dem bleichen Mann die Epauletten abriß, während er laut ausrief: »Ich bin unschuldig.« Und er hatte bis ins innerste Herz gewußt in dieser Sekunde, daß Dreyfus unschuldig war und daß er diesen grauenhaften Verdacht des Verrats einzig auf sich geladen dadurch, daß er Jude war. Nun hatte Theodor Herzl in seinem aufrechten männlichen Stolz schon als Student unter dem jüdischen Schicksal gelitten – vielmehr, er hatte es in seiner ganzen Tragik schon vorausgelitten zu einer Zeit, da es kaum ein ernstliches Schicksal zu sein schien, dank seines prophetischen Instinkts der Ahnung. Mit dem Gefühl, zum Führer geboren zu sein, wozu ihn seine prachtvoll imposante äußere Erscheinung nicht minder als die Großzügigkeit seines Denkens und seine Weltkenntnis berechtigte, hatte er damals den phantastischen Plan gefaßt, dem jüdischen Problem ein für allemal ein Ende zu bereiten, und zwar durch Vereinigung des Judentums mit dem Christentum auf dem Wege freiwilliger Massentaufe. Immer dramatisch denkend, hatte er sich ausgemalt, wie er in langem Zuge die Tausende und Abertausende der Juden Österreichs zur Stefanskirche führen würde, um dort in einem vorbildlich symbolischen Akt das gejagte, heimatlose Volk für immer vom Fluch der Absonderung und des Hasses zu erlösen. Bald hatte er das Unausführbare dieses Plans erkannt, Jahre eigener Arbeit hatten ihn vom Urproblem seines Lebens, das zu ›lösen‹ er als seine wahre Aufgabe erkannte, abgelenkt; jetzt aber, in dieser Sekunde der Degradierung

Dreyfus', fuhr der Gedanke der ewigen Ächtung seines Volkes wie ein Dolch ihm in die Brust. Wenn Absonderung unvermeidlich ist, sagte er sich, dann eine vollkommene! Wenn Erniedrigung unser Schicksal immer wieder wird, dann ihm begegnen durch Stolz. Wenn wir leiden an unserer Heimatlosigkeit, dann eine Heimat uns selbst aufbauen! So veröffentlichte er seine Broschüre ›Der Judenstaat‹, in der er proklamierte, alle assimilatorische Angleichung, alle Hoffnung auf totale Toleranz sei für das jüdische Volk unmöglich. Es müsse eine neue, eine eigene Heimat gründen in seiner alten Heimat Palästina.

Ich saß, als diese knappe, aber mit der Durchschlagskraft eines stählernen Bolzens versehene Broschüre erschien, noch im Gymnasium, kann mich aber der allgemeinen Verblüffung und Verärgerung der Wiener bürgerlich-jüdischen Kreise wohl erinnern. Was ist, sagten sie unwirsch, in diesen sonst so gescheiten, witzigen und kultivierten Schriftsteller gefahren? Was treibt und schreibt er für Narrheiten? Warum sollen wir nach Palästina? Unsere Sprache ist deutsch und nicht hebräisch, unsere Heimat das schöne Österreich. Geht es uns nicht vortrefflich unter dem guten Kaiser Franz Joseph? Haben wir nicht unser anständiges Fortkommen, unsere gesicherte Stellung? Sind wir nicht gleichberechtigte Staatsangehörige, nicht eingesessene und treue Bürger dieses geliebten Wien? Und leben wir nicht in einer fortschrittlichen Zeit, welche alle konfessionellen Vorurteile in ein paar Jahrzehnten beseitigen wird? Warum gibt er, der doch als Jude spricht und dem Judentum helfen will, unseren bösesten Feinden Argumente in die Hand und versucht uns zu sondern, da doch jeder Tag uns näher und inniger der deutschen Welt verbindet? Die Rabbiner ereiferten sich von den Kanzeln, der Leiter der ›Neuen Freien Presse‹ verbot, das Wort Zionismus in seiner ›fortschrittlichen‹ Zeitung auch nur zu erwähnen. Der Thersites der Wiener Literatur, der Meister des giftigen Spotts, Karl Kraus, schrieb eine Broschüre ›Eine Krone für Zion‹, und wenn Theodor Herzl das Theater betrat, murmelte man spöttelnd durch alle Reihen: »Seine Majestät ist erschienen!«

Im ersten Augenblick konnte Herzl sich mißverstanden fühlen; Wien, wo er sich durch seine jahrelange Beliebtheit am sichersten vermeinte, verließ und verlachte ihn sogar. Aber dann dröhnte die Antwort mit solcher Wucht und Ekstase so plötzlich zurück, daß er beinahe erschrak, eine wie mächtige, ihn weit überwachsende Bewegung er mit seinen paar Dutzend Seiten in die Welt gerufen. Sie kam freilich nicht von den behaglich lebenden, wohlsituierten bürgerlichen Juden des Westens, sondern von den riesigen Massen des Ostens, von dem galizischen, dem polnischen, dem russischen Ghettoproletariat. Ohne es zu ahnen, hatte Herzl mit seiner Broschüre den unter der Asche der Fremde glühenden Kern des Judentums zum Aufflammen gebracht, den tausendjährigen messianischen Traum der in den heiligen Büchern bekräftigten Verheißung der Rückkehr ins Gelobte Land – diese Hoffnung und zugleich religiöse Gewißheit, welche einzig jenen getretenen und geknechteten Millionen das Leben noch sinnvoll machte. Immer, wenn einer – Prophet oder Betrüger – in den zweitausend Jahren des Golus an diese Saite gerührt, war die ganze Seele des Volkes in Schwingung gekommen, nie aber so gewaltig wie diesmal, nie mit solchem brausenden, rauschenden Widerhall. Mit ein paar Dutzend Seiten hatte ein einzelner Mann eine verstreute, verzwistete Masse zur Einheit geformt.

Dieser erste Augenblick, solange die Idee noch traumhaft ungewisse Formen hatte, war bestimmt, der glücklichste in Herzls kurzem Leben zu sein. Sobald er begann, die Ziele im realen Raum zu fixieren, die Kräfte zu binden, mußte er erkennen, wie disparat dieses sein Volk geworden war unter den verschiedenen Völkern und

Schicksalen, hier die religiösen, dort die freigeistigen, hier die sozialistischen, dort die kapitalistischen Juden, in allen Sprachen gegeneinander eifernd und alle unwillig, sich einer einheitlichen Autorität zu fügen. In jenem Jahr 1901, da ich ihn zum ersten Male sah, stand er mitten im Kampf und war vielleicht auch mit sich selbst im Kampf; noch glaubte er dem Gelingen nicht genug, um die Stellung, die ihn und seine Familie ernährte, aufzugeben. Noch mußte er sich teilen in den kleinen journalistischen Dienst und die Aufgabe, die sein wahres Leben war. Noch war es der Feuilletonredakteur Theodor Herzl, der mich damals empfing.

Theodor Herzl erhob sich, um mich zu begrüßen, und unwillkürlich empfand ich, daß das höhnisch gemeinte Witzwort ›der König von Zion‹ etwas Wahres traf: er sah wirklich königlich aus mit seiner hohen, freien Stirne, seinen klaren Zügen, seinem langen, fast bläulichschwarzen Priesterbart und seinen tiefblauen, melancholischen Augen. Die weiten, etwas theatralischen Gesten wirkten bei ihm nicht erkünstelt, weil sie durch eine natürliche Hoheit bedingt waren, und es hätte nicht dieser besonderen Gelegenheit bedurft, um ihn mir imposant erscheinen zu lassen. Selbst vor dem abgenutzten, mit Papier überhäuften Schreibtisch in dieser kläglich engen, einfenstrigen Redaktionsstube wirkte er wie ein beduinischer Wüstenscheich; ein wallender weißer Burnus hätte ihn ebenso natürlich gekleidet wie sein sorgfältig geschnittener, sichtlich nach Pariser Muster gehaltener schwarzer Cutaway. Nach einer kurzen, absichtlich eingeschalteten Pause – er liebte diese kleinen Effekte, wie ich später oft bemerkte, und hatte sie wohl im Burgtheater studiert – reichte er mir herablassend und doch durchaus gütig die Hand. Auf den Sessel neben sich weisend, fragte er: »Ich glaube, ich habe Ihren Namen schon irgendwo gehört oder gelesen. Gedichte, nicht wahr?« Ich mußte zustimmen. »Nun«, lehnte er sich zurück. »Was bringen Sie mir?«

Ich berichtete, daß ich ihm gerne eine kleine Prosaarbeit vorgelegt hätte, und überreichte ihm das Manuskript. Er sah das Titelblatt an, schlug über bis zur letzten Seite, um den Umfang zu messen, lehnte sich dann noch tiefer in den Sessel zurück. Und zu meinem Erstaunen (ich hatte es nicht erwartet) bemerkte ich, daß er bereits das Manuskript zu lesen begonnen hatte. Er las langsam, immer ein Blatt zurücklegend, ohne aufzublicken. Als er das letzte Blatt gelesen hatte, faltete er langsam das Manuskript zusammen, tat es umständlich und noch immer ohne mich anzusehen in ein Couvert und schrieb mit Blaustift einen Vermerk darauf. Dann erst, nachdem er mich mit diesen geheimnisvollen Machinationen genügend lang in Spannung gehalten, hob er den schweren, dunklen Blick zu mir auf und sagte mit bewußter, langsamer Feierlichkeit: »Ich freue mich, Ihnen sagen zu können, daß Ihre schöne Arbeit für das Feuilleton der ›Neuen Freien Presse‹ angenommen ist.« Es war, als ob Napoleon auf dem Schlachtfelde einem jungen Sergeanten das Ritterkreuz der Ehrenlegion anheftete.

Dies scheint an sich eine kleine, belanglose Episode. Aber man muß Wiener und Wiener jener Generation sein, um zu verstehen, welchen Ruck nach oben diese Förderung bedeutete. Ich war damit in meinem neunzehnten Jahr über Nacht in eine Prominentenstellung aufgerückt, und Theodor Herzl, der mir von dieser ersten Stunde an gütig zugetan blieb, nutzte gleich einen zufälligen Anlaß, um in einem seiner nächsten Aufsätze zu schreiben, man solle in Wien nicht an eine Dekadenz der Kunst glauben. Im Gegenteil, es gebe neben Hofmannsthal jetzt eine Reihe junger Talente, von denen das Beste zu erwarten sei, und er nannte an erster Stelle meinen Namen. Ich habe es immer als besondere Auszeichnung empfunden, daß es ein Mann von der überragenden Bedeutung Theodor Herzls war, der als erster für mich öffentlich an einer weithin sichtbaren und darum verantwortungsvollen Stelle eingetreten ist, und es war für mich ein schwerer Entschluß, mich – scheinbar in Undank – nicht, wie er es gewünscht hätte, tätig und sogar mitführend seiner zionistischen Bewegung anschließen zu können.

Aber eine rechte Bindung wollte mir nicht gelingen; mich befremdete vor allem die heute wohl nicht mehr vorstellbare Art der Respektlosigkeit, mit der sich gerade die eigentlichen Parteigenossen zu Herzls Person stellten. Die östlichen warfen ihm vor, er verstünde nichts vom Judentum, er kenne ja nicht einmal seine Gebräuche, die Nationalökonomen betrachteten ihn als Feuilletonisten, jeder hatte seinen eigenen Einwand und nicht immer der respektvollsten Art. Ich wußte, wie sehr gerade damals vollkommen ergebene Menschen und besonders junge Menschen Herzl wohlgetan und notgetan hätten, und der zänkische, rechthaberische Geist dieses ständigen Opponierens, der Mangel an redlicher, herzlicher Subordination in diesem Kreise entfremdete mich der Bewegung, der ich mich nur um Herzls willen neugierig genähert hatte. Als wir einmal über dies Thema sprachen, gestand ich ihm offen meinen Unmut über die mangelnde Disziplin in seinen Reihen. Er lächelte etwas bitter und sagte: »Vergessen Sie nicht, wir sind seit Jahrhunderten an das Spielen mit Problemen, an den Streit mit Ideen gewöhnt. Wir Juden haben ja seit zweitausend Jahren historisch gar keine Praxis, etwas Reales in die Welt zu setzen. Die unbedingte Hingabe muß man erst lernen, und ich selbst habe sie noch heute nicht erlernt, denn ich schreibe noch immer zwischendurch Feuilletons und bin noch immer Feuilletonredakteur der ›Neuen Freien Presse‹, während es meine Pflicht wäre, keinen Gedanken außer dem *einen* zu haben, keinen Strich für irgend etwas anderes auf ein Blatt Papier zu tun. Aber ich bin schon unterwegs, mich da zu bessern, ich will die unbedingte Hingabe erst selbst lernen, und vielleicht lernen da die anderen mit.« Ich weiß noch, daß diese Worte auf mich tiefen Eindruck machten, denn wir alle verstanden nicht, daß Herzl sich so lange nicht entschließen konnte, seine Stellung bei der ›Neuen Freien Presse‹ aufzugeben – wir meinten, um seiner Familie willen. Daß dem nicht so war und er sogar sein eigenes Privatvermögen der Sache geopfert hatte, erfuhr die Welt erst viel später. Und wie sehr er selbst unter diesem Zwiespalt gelitten hat, erwies mir nicht nur dieses Gespräch, sondern auch viele Aufzeichnungen in seinen Tagebüchern bezeugen es.

Ich sah ihn dann noch mehrmals, aber von allen Begegnungen ist mir nur eine als wichtige erinnerlich und unvergeßlich, vielleicht, weil sie die letzte war. Ich war im Ausland gewesen – nicht anders als brieflich mit Wien in Verbindung –, endlich traf ich ihn eines Tages im Stadtpark. Er kam offenbar aus der Redaktion, ging sehr langsam und ein wenig in sich gebeugt; es war nicht mehr der alte, schwingende Schritt. Ich grüßte höflich und wollte vorüber, aber er kam rasch emporgestrafft auf mich zu, bot mir die Hand: »Warum verstecken Sie sich? Sie haben das gar nicht nötig.« Daß ich so oft ins Ausland flüchtete, rechnete er mir hoch an. »Es ist unser einziger Weg«, sagte er. »Alles, was ich weiß, habe ich im Ausland gelernt. Nur dort gewöhnt man sich, in Distanzen zu denken. Ich bin überzeugt, ich hätte hier nie den Mut zu jener ersten Konzeption gehabt, man hätte sie mir zerstört, solange sie noch im Keimen und Wachsen war. Aber Gott sei Dank, als ich sie herbrachte, war schon alles fertig, und sie konnten nicht mehr tun, als das Bein aufheben.« Er sprach dann sehr bitter über Wien; hier habe er die stärksten Hemmungen gefunden, und kämen nicht von außen, von Osten besonders und nun auch von Amerika, neue Impulse, er wäre schon müde geworden. »Überhaupt«, sagte er, »mein Fehler war, daß ich zu spät begonnen habe. Viktor Adler, der war mit dreißig Jahren Führer der Sozialdemokratie, in seinen besten, ureigentlichen Kampfjahren, und von den Großen der Geschichte will ich gar nicht reden. Wenn Sie wüßten, wie ich leide im Gedanken an die verlorenen Jahre – daß ich nicht früher an meine Aufgabe herangekommen bin. Wäre meine Gesundheit so gut wie mein Wille, dann stünde alles noch gut, aber Jahre kauft man nicht mehr zurück.« Ich begleitete ihn noch lange des Weges bis zu seinem Hause. Dort blieb er stehen und gab mir die Hand und sagte: »Warum kommen Sie nie zu mir? Sie haben mich nie zu Hause besucht. Telephonieren Sie vorher an, ich mache mich schon frei.« Ich versprach es ihm, fest entschlossen, das Versprechen nicht zu halten, denn je mehr ich einen Menschen liebe, desto mehr ehre ich seine Zeit.

Aber ich bin dennoch zu ihm gekommen, und schon wenige Monate später. Die Krankheit, die ihn damals zu beugen begann, hatte ihn plötzlich gefällt, und nur zum Friedhof mehr konnte ich ihn begleiten. Ein sonderbarer Tag war es, ein Tag im Juli, unvergeßlich jedem, der ihn miterlebte. Denn plötzlich kamen auf allen Bahnhöfen der Stadt, mit jedem Zug, bei Tag und Nacht, aus allen Reichen und Ländern, Menschen gefahren, westliche, östliche, russische, türkische Juden, aus allen Provinzen und kleinen Städten stürmten sie plötzlich herbei, den Schreck der Nachricht noch im Gesicht; niemals spürte man deutlicher, was früher das Gestreite und Gerede unsichtbar gemacht, daß es der Führer einer großen Bewegung war, der hier zu Grabe getragen wurde. Es war ein endloser Zug. Mit einemmal merkte Wien, daß hier nicht nur ein Schriftsteller oder mittlerer Dichter gestorben war, sondern einer jener Gestalter von Ideen, wie sie in einem Land, in einem Volk nur in ungeheuren Intervallen sich sieghaft erheben. Am Friedhof entstand ein Tumult; zu viele strömten plötzlich zu seinem Sarg, weinend, heulend, schreiend in einer wild explodierenden Verzweiflung, es wurde ein Toben, ein Wüten fast; alle Ordnung war zerbrochen durch eine Art elementarer und ekstatischer Trauer, wie ich sie niemals vordem und nachher bei einem Begräbnis gesehen. Und an diesem ungeheuren, aus der Tiefe eines ganzen Millionenvolkes stoßhaft aufstürmenden Schmerz konnte ich zum erstenmal ermessen, wieviel Leidenschaft und Hoffnung dieser einzelne und einsame Mensch durch die Gewalt seines Gedankens in die Welt geworfen.

Die eigentliche Bedeutung meines feierlichen Einlasses in das Feuilleton der ›Neuen Freien Presse‹ wirkte sich für mich im Privaten aus. Ich gewann dadurch eine unerwartete Sicherheit gegenüber meiner Familie. Meine Eltern befaßten sich wenig mit Literatur und maßten sich keinerlei Urteil an; für sie, wie für die ganze Wiener Bourgeoisie, war bedeutend, was in der ›Neuen Freien Presse‹ gelobt wurde, und gleichgültig, was dort ignoriert oder getadelt wurde. Was im ›Feuilleton‹ geschrieben stand, schien für sie durch höchste Autorität verbürgt, denn wer dort urteilte und richtete, forderte schon durch die bloße Position Respekt heraus. Und nun denke man sich eine solche Familie aus, die mit Ehrfurcht und Erwartung ihren Blick täglich auf dieses eine erste Blatt ihrer Zeitung richtet und eines Morgens unglaubhafterweise entdeckt, daß der ziemlich unordentliche Neunzehnjährige, der an ihrem Tisch sitzt, der in der Schule keineswegs exzelliert, und dessen Geschreibe sie mit Wohlwollen als ›ungefährliche‹ Spielereien hingenommen (besser immerhin als Kartenspiel oder Flirt mit leichtfertigen Mädchen), an dieser verantwortungsreichen Stelle zwischen den berühmten und erfahrenen Männern das Wort ergreifen durfte für seine (zu Hause bisher nicht sehr geachteten) Meinungen. Hätte ich die schönsten Gedichte Keats', Hölderlins oder Shelleys geschrieben, so würde dies nicht eine so völlige Umstellung im ganzen Umkreis bewirkt haben; wenn ich ins Theater kam, zeigte man sich diesen rätselhaften Benjamin, der auf mysteriöse Weise in das heilige Gehege der Alten und Würdigen eingedrungen war. Und da ich öfters und beinahe regelmäßig in dem Feuilleton publizierte, geriet ich bald in Gefahr, eine angesehene lokale Respektsperson zu werden; dieser Gefahr entzog ich mich aber glücklicherweise rechtzeitig, indem ich eines Morgens meine Eltern mit der Mitteilung überraschte, ich wolle das nächste Semester in Berlin studieren. Und meine Familie respektierte mich oder vielmehr die ›Neue Freie Presse‹, in deren goldenem Schatten ich stand, zu sehr, um mir meinen Wunsch nicht zu gewähren.

Selbstverständlich dachte ich nicht daran, in Berlin zu »studieren«. Ich habe dort die Universität ebenso wie in Wien nur zweimal im Verlauf eines Semesters aufgesucht, einmal, um die Vorlesungen zu inskribieren, und das zweitemal, um mir ihren vorgeblichen Besuch testieren zu lassen. Was ich in Berlin suchte, waren weder Kollegien noch Professoren, sondern eine höhere und noch vollkommenere Art der Freiheit. In Wien fühlte ich mich immerhin noch an das Milieu gebunden. Die literarischen Kollegen, mit denen ich verkehrte, stammten fast alle aus der gleichen jüdisch-bürgerlichen Schicht wie ich selbst; in der engen Stadt, wo jeder von jedem wußte, blieb ich unweigerlich der Sohn aus einer ›guten‹ Familie, und ich war müde der sogenannten ›guten‹ Gesellschaft; ich wollte sogar einmal ausgesprochen ›schlechte‹ Gesellschaft, eine ungezwungene, unkontrollierte Form der Existenz. Wer in Berlin an der Universität Philosophie dozierte, hatte ich nicht einmal im Verzeichnis nachgesehen; mir genügte es zu wissen, daß die ›neue‹ Literatur sich dort aktiver, impulsiver gebärdete als bei uns, daß man dort Dehmel und anderen Dichtern der jungen Generation begegnen konnte, daß dort ununterbrochen Zeitschriften, Kabaretts, Theater gegründet wurden, kurzum, daß dort, wie man auf Wienerisch sagte, ›etwas los war‹.

In der Tat kam ich nach Berlin in einem sehr interessanten, historischen Augenblick. Seit 1870, da Berlin aus der recht nüchternen, kleinen und durchaus nicht reichen Hauptstadt des Königreichs Preußen die Residenzstadt des deutschen Kaisers geworden war, hatte der unscheinbare Ort an der Spree einen mächtigen Aufschwung genommen. Aber noch war Berlin die Führung in künstlerischen und kulturellen Angelegenheiten nicht zugefallen; München galt mit seinen Malern und Dichtern als die eigentliche Zentrale der Kunst, die Dresdner Oper dominierte in der Musik, die kleinen Residenzen zogen wertvolle Elemente an sich; vor allem aber war Wien mit seiner hundertjährigen Tradition, seiner konzentrierten Kraft, seinem natürlichen Talent Berlin bisher noch immer weit überlegen geblieben. Jedoch in den letzten Jahren begann sich mit dem rapiden wirtschaftlichen Aufstieg Deutschlands das Blatt zu wenden. Die großen Konzerne, die vermögenden Familien zogen nach Berlin, und neuer Reichtum, gepaart mit einem starken Wagemut, eröffnete der Architektur, dem Theater hier größere Möglichkeiten als in einer anderen großen deutschen Stadt. Die Museen vergrößerten sich unter dem Protektorat Kaiser Wilhelms, das Theater fand in Otto Brahm einen vorbildlichen Leiter, und gerade, daß keine richtige Tradition, keine jahrhundertealte Kultur vorhanden war, lockte die Jugend zum Versuche an. Denn Tradition bedeutet immer auch Hemmung. Wien, an das Alte gebunden, seine eigene Vergangenheit vergötternd, erwies sich vorsichtig und abwartend gegen junge Menschen und verwegene Experimente. In Berlin aber, das sich rasch und in persönlicher Form gestalten wollte, suchte man das Neue. So war es nur natürlich, daß die jungen Menschen aus dem ganzen Reiche und sogar aus Österreich sich nach Berlin drängten, und die Erfolge gaben den Begabten unter ihnen recht; der Wiener Max Reinhardt hätte in Wien zwei Jahrzehnte lang geduldig warten müssen, um die Position zu erlangen, die er in Berlin in zwei Jahren eroberte.

Es war just in diesem Zeitpunkt des Überganges von der bloßen Hauptstadt zur Weltstadt, daß ich in Berlin eintraf. Noch war der erste Eindruck nach der satten und von großen Ahnen vererbten Schönheit Wiens eher enttäuschend; der entscheidende Zug nach dem Westen, wo sich die neue Architektur statt der etwas protzigen Tiergartenhäuser entfalten sollte, hatte eben erst begonnen, noch bildeten die baulich öde Friedrichstraße und Leipziger Straße mit ihrem ungeschickten Prunk das Zentrum der Stadt. Vororte wie Wilmersdorf, Nikolassee, Steglitz waren nur mit den Trambahnen mühsam zu erreichen, die Seen der Mark mit ihrer herben Schönheit erforderten in jener Zeit noch eine Art Expedition. Außer den alten ›Unter den Linden‹ gab es kein richtiges Zentrum, keinen ›Korso‹ wie bei uns am Graben, und vollkommen fehlte dank der alten preußischen Sparsamkeit eine durchgängige Eleganz. Die Frauen gingen in selbstgeschneiderten, geschmacklosen Kleidern ins Theater, überall vermißte man die leichte, geschickte und verschwenderische Hand, die in Wien wie in Paris aus einem billigen Nichts eine bezaubernde Überflüssigkeit zu schaffen verstand. In jeder Einzelheit fühlte man friderizianische, knickerige Haushälterischkeit; der Kaffee war dünn und schlecht, weil an jeder Bohne gespart wurde, das Essen lieblos, ohne Saft und Kraft. Sauberkeit und eine straffe, akkurate Ordnung regierten allerorts statt unseres musikalischen Schwungs. Nichts war mir zum Beispiel charakteristischer als der Gegensatz meiner Wiener und Berliner Zimmerwirtin. Die wienerische war eine muntere, geschwätzige Frau, die nicht alles in bester Sauberkeit hielt, dies und das leichtfertig vergaß, aber begeistert einem jede Gefälligkeit erwies. Die Berlinerin war korrekt und hielt alles tadellos im Stand; aber bei ihrer ersten Monatsrechnung fand ich in sauberer, steiler Schrift jeden kleinen Dienst berechnet, den sie erwiesen: drei Pfennige für das Annähen eines Hosenknopfes, zwanzig Pfennige für das Beseitigen eines Tintenflecks auf dem Tischbrett, bis schließlich nach einem kräftigen Addierstrich für ihre sämtlichen Bemühungen sich das Sümmchen von 67 Pfennigen ergab. Ich lachte zuerst darüber; charakteristischer aber war, daß ich selbst nach wenigen Tagen schon diesem peinlichen preußischen Ordnungssinn erlag und zum ersten und letzten Male in meinem Leben ein genaues Ausgabenbuch führte.

Von Wiener Freunden hatte ich eine ganze Reihe von Empfehlungen mitbekommen. Aber ich gab keine einzige ab. Es war doch der eigentliche Sinn meiner Eskapade, jeder gesicherten und bürgerlichen Atmosphäre zu entkommen und statt dessen losgelöst und ganz auf mich gestellt zu leben. Ich wollte ausschließlich Menschen kennenlernen, zu denen ich den Weg durch meine eigenen literarischen Bemühungen gefunden hatte – und möglichst interessante Menschen; schließlich hatte man nicht umsonst die ›Bohème‹ gelesen und mußte als Zwanzigjähriger wünschen, auch derlei zu erleben.

Einen solchen wild und wahllos zusammengewürfelten Kreis brauchte ich nun nicht lange zu suchen. Ich hatte von Wien aus längst an dem führenden Blatt der Berliner ›Moderne‹, das sich fast ironisch ›Die Gesellschaft‹ nannte und von Ludwig Jacobowski geleitet war, mitgearbeitet. Dieser junge Dichter hatte kurz vor seinem frühen Tode einen Verein mit dem für die Jugend verführerischen Namen ›Die Kommenden‹ gegründet, der einmal in der Woche sich im ersten Stock eines Kaffeehauses am Nollendorfplatz versammelte. In dieser der Pariser ›Closerie des Lilas‹ nachgebildeten riesigen Runde drängte sich das Heterogenste zusammen, Dichter und Architekten, Snobs und Journalisten, junge Mädchen, die sich als Kunstgewerblerinnen oder Bildhauerinnen drapierten, russische Studenten und schneeblonde Skandinavierinnen, die sich in der deutschen Sprache vervollkommnen wollten. Deutschland selbst hatte aus allen seinen Provinzen Vertreter zur Stelle, starkknochige Westfalen, biedere Bayern, schlesische Juden: all das mengte sich in wilden Diskussionen und mit voller Ungezwungenheit. Ab und zu wurden Gedichte oder Dramen vorgelesen, die Hauptsache aber war für alle das gegenseitige Kennenlernen. Inmitten dieser jungen Menschen, die sich bewußt als Bohème gebärdeten, saß rührend wie ein Weihnachtsmann ein alter, graubärtiger Mann, von allen respektiert und geliebt, weil ein wirklicher Dichter und wirklicher Bohemien: Peter Hille. Dieser Siebzigjährige mit seinen blauen Hundeaugen blickte gutmütig und arglos in diese sonderbare Kinderschar, immer in seinen grauen Wettermantel gehüllt, der einen ganz zerfransten Anzug und sehr schmutzige Wäsche verdeckte; gerne ließ er sich jedesmal von unserem Drängen verleiten, aus einer seiner Rocktaschen ganz zerknüllte Manuskripte hervorzuholen und seine Gedichte vorzulesen. Es waren Gedichte ungleicher Art, eigentlich Improvisationen eines lyrischen Genius, nur zu locker, zu zufällig geformt. Er schrieb sie in der Straßenbahn oder im Café mit Bleistift hin, vergaß sie dann und hatte Mühe, beim Vorlesen in dem verwischten und verfleckten Zettel die Worte wiederzufinden. Geld hatte er niemals, aber er kümmerte sich nicht um Geld, schlief bald bei diesem, bald bei jenem zu Gast, und seine Weltvergessenheit, seine absolute Ehrgeizlosigkeit hatten etwas ergreifend Echtes. Man verstand eigentlich nicht, wann und wie dieser gute Waldmensch in die große Stadt Berlin geraten war und was er hier wollte. Aber er wollte gar nichts, nicht berühmt, nicht gefeiert sein, und war doch sorgloser und freier dank seiner dichterischen Traumhaftigkeit, als ich es je später bei einem anderen Menschen gesehen. Um ihn lärmten und überschrien sich die ehrgeizigen Diskutanten; er hörte milde zu, stritt mit keinem, hob manchmal mit freundlichem Gruß einem das Glas entgegen, aber er mischte sich kaum je in das Gespräch. Man hatte das Gefühl, als ob selbst während des wildesten Tumults in seinem struppigen und ein bißchen müden Kopf Verse und Worte sich suchten, ohne daß sie sich ganz berührten und fanden.

Das Wahrhafte und Kindliche, das von diesem naiven Dichter ausging – der heute selbst in Deutschland nahezu vergessen ist –, lenkte vielleicht gefühlsmäßig meine Aufmerksamkeit von dem gewählten Vorstand der ›Kommenden‹ ab, und doch war dies ein Mann, dessen Ideen und Worte später unzähligen Menschen bei der Lebensformung entscheidend sein sollten. Hier, in Rudolf Steiner, dem später als Begründer der Anthroposophie die prachtvollsten Schulen und Akademien von seinen Anhängern zur Durchsetzung seiner Lehre gebaut wurden, begegnete ich nach Theodor Herzl zum erstenmal wieder einem Mann, dem vom Schicksal die Mission zugeteilt werden sollte, Millionen Menschen Wegweiser zu werden. Persönlich wirkte er nicht so führerhaft wie Herzl, aber mehr verführerisch. In seinen dunklen Augen wohnte eine hypnotische Kraft, und ich hörte ihm besser und kritischer zu, wenn ich nicht auf ihn blickte, denn sein asketisch-hageres, von geistiger Leidenschaft gezeichnetes Antlitz war wohl angetan, nicht nur auf Frauen überzeugend zu wirken. Rudolf Steiner war in jener Zeit noch nicht seiner eigenen Lehre nahegekommen, sondern selber noch ein Suchender und Lernender; gelegentlich trug er uns Kommentare zur Farbenlehre Goethes vor, dessen Bild in seiner Darstellung faustischer, paracelsischer wurde. Es war aufregend ihm zuzuhören, denn seine Bildung war stupend und vor allem gegenüber der unseren, die sich allein auf Literatur beschränkte, großartig vielseitig; von seinen Vorträgen und manchem guten privaten Gespräch kehrte ich immer zugleich begeistert und etwas niedergedrückt nach Hause zurück. Trotzdem – wenn ich mich heute frage, ob ich damals diesem jungen Manne eine derartige philosophische und ethische Massenwirkung prophezeit hätte, muß ich es zu meiner Beschämung verneinen. Ich habe von seinem sucherischen Geiste Großes erwartet in der Wissenschaft, und es hätte mich keineswegs verwundert, von einer großen biologischen Entdeckung zu hören, die seinem intuitiven Geiste gelungen wäre; aber als ich dann Jahre und Jahre später in Dornach das grandiose Goetheanum sah, diese ›Schule der Weisheit‹, die ihm seine Schüler als platonische Akademie der ›Anthroposophie‹ gestiftet, war ich eher enttäuscht, daß sein Einfluß so sehr in das Breit-Reale und stellenweise sogar ins Banale gegangen. Ich maße mir kein Urteil über die Anthroposophie an, denn mir ist bis heute nicht deutlich klar, was sie will und bedeutet; ich glaube sogar, daß im Wesentlichen ihre verführende Wirkung nicht an eine Idee, sondern an Rudolf Steiners faszinierende Person gebunden war. Immerhin, einem Mann solcher magnetischen Kraft gerade auf jener frühen Stufe zu begegnen, wo er noch freundschaftlich undogmatisch sich Jüngeren mitteilte, war für mich ein unschätzbarer Gewinn. An seinem phantastischen und zugleich profunden Wissen erkannte ich, daß die wahre Universalität, derer wir uns mit gymnasiastischer Überheblichkeit schon bemächtigt zu haben meinten, nicht durch flüchtiges Lesen und Diskutieren, sondern nur in jahrelanger, brennender Bemühung erarbeitet werden kann.

Aber das Wesentliche lernt in jener aufnehmenden Zeit, wo Freundschaften sich leicht knüpfen und die sozialen oder politischen Unterschiede sich noch nicht verhärtet haben, ein junger Mensch eigentlich besser von den Mitstrebenden als von den Überlegenen. Wieder spürte ich – nun aber auf einer höheren und internationaleren Stufe als im Gymnasium –, wie sehr kollektiver Enthusiasmus befruchtet. Während meine Wiener Freunde fast alle aus dem Bürgertum stammten und sogar zu neun Zehnteln aus der jüdischen Bourgeoisie, wir somit uns nur duplizierten und multiplizierten mit unseren Neigungen, kamen die jungen Menschen dieser neuen Welt aus ganz gegensätzlichen Schichten, von oben, von unten, preußischer Aristokrat der eine, Hamburger Reedersohn der andere, der dritte aus westfälischem Bauerngeschlecht, ich lebte plötzlich in einem Kreise, wo es auch wirkliche Armut mit zerrissenen Kleidern und abgetretenen Schuhen gab, eine Sphäre also, die ich in Wien nie berührt. Ich saß am selben Tisch mit schweren Trinkern und Homosexuellen und Morphinisten, ich schüttelte – sehr stolz – die Hand einem ziemlich bekannten und abgestraften Hochstapler (der später seine Memoiren veröffentlichte und auf diese Weise zu uns Schriftstellern kam). Alles, was ich in den realistischen Romanen kaum geglaubt hatte, schob und drängte sich in den kleinen Wirtsstuben und Cafés, in die ich eingeführt wurde, zusammen, und je schlimmer eines Menschen Ruf war, um so begehrlicher mein Interesse, seinen Träger persönlich kennenzulernen. Diese besondere Liebe oder Neugier für gefährdete Menschen hat mich übrigens mein ganzes Leben lang begleitet; selbst in den Jahren, wo es sich geziemt hätte, schon wählerischer zu werden, haben meine Freunde mich oft gescholten, mit was für amoralischen, unverläßlichen und wahrhaft kompromittierenden Leuten ich umging. Vielleicht ließ mir gerade die Sphäre der Solidität, aus der ich kam, und die Tatsache, daß ich selbst bis zu einem gewissen Grade mich mit dem Komplex der ›Sicherheit‹ belastet fühlte, alle jene faszinierend erscheinen, die mit ihrem Leben, ihrer Zeit, ihrem Geld, ihrer Gesundheit, ihrem guten Ruf verschwenderisch und beinahe verächtlich umgingen, diese Passionierten, diese Monomanen des bloßen Existierens ohne Ziel, und vielleicht merkt man in meinen Romanen und Novellen diese Vorliebe für alle intensiven und unbändigen Naturen. Dazu kam noch der Reiz des Exotischen, des Ausländischen; fast jeder von ihnen brachte meinem Neugierdrang ein Geschenk aus fremder Welt. In dem Zeichner E. M. Lilien, dem Sohn eines armen orthodoxen Drechslermeisters aus Drohobycz, begegnete ich zum erstenmal einem wirklichen Ostjuden und damit einem Judentum, das mir bisher in seiner Kraft, seinem zähen Fanatismus unbekannt gewesen. Ein junger Russe übersetzte mir die schönsten Stellen der damals in Deutschland noch unbekannten Brüder Karamasow, eine junge Schwedin zeigte mir zum erstenmal Bilder von Munch; ich trieb mich um in den Ateliers bei (allerdings schlechten) Malern, um ihre Technik zu beobachten, ein Gläubiger führte mich in einen spiritistischen Zirkel – in tausend Formen und Vielfältigkeiten spürte ich das Dasein und wurde nicht satt. Die Intensität, die sich im Gymnasium nur in den bloßen Formen, im Reim und Vers und Wort ausgelebt, warf sich jetzt gegen die Menschen; von früh bis nachts war ich in Berlin mit immer neuen und immer anderen beisammen, begeistert, enttäuscht, sogar geprellt von ihnen. Ich glaube, ich habe in zehn Jahren nicht so viel geistiger Geselligkeit gefrönt wie in diesem einen knappen Semester in Berlin, dem ersten der vollkommenen Freiheit.

Daß diese ungemeine Vielfalt der Anregung eine außerordentliche Steigerung meiner Produktionslust bedeuten mußte, schien eigentlich logisch. In Wirklichkeit ereignete sich genau das Gegenteil; mein von der geistigen Exaltierung im Gymnasium zuerst steil hochgetriebenes Selbstbewußtsein schmolz bedenklich ein. Vier Monate nach der Veröffentlichung verstand ich nicht mehr, woher ich den Mut genommen, jenen unreifen Gedichtband herauszugeben; ich empfand die Verse noch immer als gutes, geschicktes, zum Teil sogar bemerkenswertes Kunsthandwerk, entstanden aus einer ehrgeizigen Spielfreude an der Form, aber unecht in ihrer Sentimentalität. Ebenso spürte ich seit dieser Berührung mit der Wirklichkeit bei meinen ersten Novellen einen Geruch von parfümiertem Papier; in totaler Unkenntnis der Realitäten geschrieben, verwerteten sie eine jeweils abgeschaute Technik in zweiter Hand. Ein Roman, den ich bis auf das letzte Kapitel fertig nach Berlin gebracht hatte, um meinen Verleger zu beglücken, heizte bald den Ofen, denn mein Glaube an die Kompetenz meiner Gymnasialklasse hatte einen harten Stoß bekommen mit diesem ersten Blick ins wirkliche Leben. Mir war, als ob ich in der Schule um ein paar Jahrgänge zurückversetzt wäre. Tatsächlich habe ich nach meinem ersten Versband eine Pause von sechs Jahren eingeschaltet, ehe ich einen zweiten veröffentlichte, und erst nach drei oder vier Jahren das erste Prosabuch publiziert; dem Rate Dehmels, dem ich noch jetzt dafür dankbar bin, entsprechend, nützte ich meine Zeit, um aus fremden Sprachen zu übersetzen, was ich noch heute für die beste Möglichkeit für einen jungen Dichter halte, den Geist der eigenen Sprache tiefer und schöpferischer zu begreifen. Ich übertrug die Gedichte Baudelaires, einige von Verlaine, Keats, William Morris, ein kleines Drama von Charles van Lerberghe, einen Roman von Camille Lemonnier, ›pour me faire la main‹. Gerade dadurch, daß jede fremde Sprache in ihren persönlichsten Wendungen zunächst Widerstände für die Nachdichtung schafft, fordert sie Kräfte des Ausdrucks heraus, die ungesucht sonst nicht zum Einsatz gelangen, und dieser Kampf, der fremden Sprache zäh das Eigenste abzuzwingen und der eigenen Sprache ebenso plastisch einzuzwingen, hat für mich immer eine besondere Art künstlerischer Lust bedeutet. Weil diese stille und eigentlich unbedankte Arbeit Geduld und Ausdauer forderte, Tugenden, die ich im Gymnasium durch Leichtigkeit und Verwegenheit überspielt, wurde sie mir besonders lieb; denn an dieser bescheidenen Tätigkeit der Vermittlung erlauchten Kunstguts empfand ich zum erstenmal die Sicherheit, etwas wirklich Sinnvolles zu tun, eine Rechtfertigung meiner Existenz.

Innerlich war mir mein Weg für die nächsten Jahre jetzt klargeworden; viel sehen, viel lernen und dann erst eigentlich beginnen! Nicht mit voreiligen Publikationen vor die Welt treten – erst von der Welt ihr Wesentliches wissen! Berlin mit seiner starken Beize hatte meinen Durst nur noch gemehrt. Und ich blickte mich um, in welches Land meine Sommerreise zu tun. Meine Wahl fiel auf Belgien. Dieses Land hatte um die Jahrhundertwende einen ungemeinen künstlerischen Aufschwung genommen und sogar in gewissem Sinne Frankreich an Intensität überflügelt.

Khnopff, Rops in der Malerei, Constantin Meunier und Minne in der Plastik, van der Velde im Kunstgewerbe, Maeterlinck, Eekhoud, Lemonnier in der Dichtung, gaben ein großartiges Maß der neuen europäischen Kraft. Vor allem aber war es Emile Verhaeren, der mich faszinierte, weil er der Lyrik einen völlig neuen Weg wies; ich hatte mir ihn, der in Deutschland noch völlig unbekannt war, – die offizielle Literatur verwechselte ihn lange mit Verlaine, so wie sie Rolland mit Rostand vertauschte –

gewissermaßen privatim entdeckt. Und jemanden allein zu lieben, heißt immer doppelt lieben.

Vielleicht ist es hier nötig, eine kleine Einschaltung zu machen. Unsere Zeit erlebt zu rasch und zuviel, um sich ein gutes Gedächtnis zu bewahren, und ich weiß nicht, ob der Name Emile Verhaerens noch heute etwas bedeutet. Verhaeren hatte als erster von allen französischen Dichtern versucht, Europa das zu geben, was Walt Whitman Amerika: das Bekenntnis zur Zeit, das Bekenntnis zur Zukunft. Er hatte die moderne Welt zu lieben begonnen und wollte sie für die Dichtung erobern. Während für die anderen die Maschine das Böse, die Städte das Häßliche, die Gegenwart das Unpoetische waren, hatte er für jede neue Erfindung, jede technische Leistung Begeisterung, und er begeisterte sich an seiner eigenen Begeisterung, er begeisterte sich wissentlich, um sich in dieser Leidenschaft stärker zu spüren. Aus den kleinen Gedichten des Anfangs wurden große, strömende Hymnen. ›Admirez-vous les uns les autres‹, war seine Parole an die Völker Europas. Der ganze Optimismus unserer Generation, dieser in der heutigen Zeit unseres grauenhaftesten Rückfalls längst nicht mehr verständliche Optimismus fand bei ihm den ersten dichterischen Ausdruck, und einige seiner besten Gedichte werden noch lange das Europa und die Menschheit bezeugen, die wir damals erträumt.

Verhaeren kennenzulernen, war ich eigentlich nach Brüssel gekommen. Aber Camille Lemonnier, dieser kräftige, heute zu Unrecht in Vergessenheit geratene Dichter des ›Mâle‹, von dem ich einen Roman selbst ins Deutsche übertragen, sagte mir bedauernd, daß Verhaeren nur selten von seinem kleinen Dörfchen nach Brüssel komme und auch jetzt abwesend sei. Um mich für meine Enttäuschung zu entschädigen, gab er mir Einführungen herzlichster Art an die anderen belgischen Künstler. So sah ich den greisen Meister Constantin Meunier, diesen heroischen Arbeiter und stärksten Bildner der Arbeit, und nach ihm van der Stappen, dessen Name in der Kunstgeschichte heute ziemlich verschollen ist. Aber doch, welch ein freundlicher Mann war er, dieser kleine, pausbackige Flame, und wie herzlich empfingen sie mich jungen Menschen, er und seine große, breite, heitere holländische Frau. Er zeigte mir seine Werke, wir sprachen lange an diesem hellen Vormittag von Kunst und Literatur, und die Güte dieser beiden Menschen nahm mir bald jede Scheu. Unverhohlen sagte ich ihnen mein Bedauern, in Brüssel gerade den zu versäumen, um dessentwillen ich eigentlich gekommen war: Verhaeren.

Hatte ich zuviel gesagt? Hatte ich etwas Törichtes gesagt? Jedenfalls bemerkte ich, daß sowohl van der Stappen als seine Frau leise zu lächeln begonnen hatten und sich verstohlene Blicke zuwarfen. Ich fühlte ein geheimes Einverständnis zwischen ihnen durch meine Worte erregt. Ich wurde befangen und wollte Abschied nehmen, aber beide wehrten sie ab, ich müsse zu Tisch bleiben, unbedingt. Wieder ging das seltsame Lächeln von Augenstern zu Augenstern. Ich fühlte, daß, wenn es hier ein Geheimnis gebe, dies ein freundliches sei; und verzichtete gern auf meine beabsichtigte Fahrt nach Waterloo.

Es war rasch Mittag, wir saßen schon im Speisezimmer – es lag zu ebener Erde wie in allen belgischen Häusern –, und man sah von dem Gemach aus durch die farbigen Scheiben auf die Straße, als plötzlich ein Schatten scharf vor dem Fenster stehenblieb. Ein Knöchel pochte an das bunte Glas, schroff schlug zugleich die Glocke an. »Le voilà!« sagte Frau van der Stappen und stand auf, und er trat ein, schweren starken Schritts: Verhaeren. Auf den ersten Blick erkannte ich das mir von den Bildern längst vertraute Gesicht. Wie so oft war Verhaeren auch diesmal bei ihnen Hausgast, und als sie hörten, daß ich ihn in der ganzen Gegend vergeblich gesucht, hatten sich beide mit einem raschen Blick verständigt, mir nichts davon zu sagen, sondern mich mit seiner Gegenwart zu überraschen. Und nun stand er mir gegenüber, lächelnd über den gelungenen Streich, den er vernahm. Zum erstenmal fühlte ich den festen Griff seiner nervigen Hand, zum erstenmal faßte ich seinen klaren, gütigen Blick. Er kam – wie immer – gleichsam geladen mit Erlebnis und Enthusiasmus ins Haus. Noch während er fest zupackte beim Essen, erzählte er schon. Er war bei Freunden gewesen und in einer Galerie und flammte noch ganz von dieser Stunde. Immer kam er so heim, von überall und von allem gesteigert am zufälligen Erlebnis, und diese Begeisterung war ihm eine heilige Gewohnheit geworden; wie eine Flamme schlug sie immer und immer wieder von den Lippen, und wunderbar wußte er mit scharfen Gesten das Gesprochene nachzuzeichnen. Mit dem ersten Wort griff er in die Menschen hinein, weil er ganz aufgetan war, zugänglich jedem Neuen, nichts ablehnend, jedem einzelnen bereit. Er warf sich gewissermaßen gleich mit seinem ganzen Wesen aus sich heraus einem entgegen, und wie in dieser ersten Stunde selbst, habe ich hundert- und hundertmal diesen stürmischen überwältigenden Anprall seines Wesens an andere Menschen beglückt miterlebt. Noch wußte er nichts von mir, und schon bot er mir Vertrauen, bloß weil er hörte, daß ich seinem Werke nahe war.

Nach dem Mittagessen kam zur ersten guten Überraschung die zweite. Van der Stappen, der schon lange sich und Verhaeren einen alten Wunsch erfüllen wollte, arbeitete seit Tagen an einer Büste Verhaerens; heute sollte die letzte Sitzung sein. Meine Gegenwart sei, sagte van der Stappen, eine freundliche Gabe des Schicksals, denn er brauche gerade jemanden, der mit dem allzu Unruhigen spreche, während er ihm Modell sitze, damit sich das Gesicht im Sprechen und Hören belebe. Und so sah ich zwei Stunden lang tief in dies Gesicht hinein, dies unvergeßliche, die hohe Stirn, schon siebenfach durchpflügt von Falten böser Jahre, darüber rostfarbig der Sturz des braunen Gelocks, hart das Gefüge des Gesichts und streng umspannt von bräunlicher, windgegerbter Haut, felsig vorstoßend das Kinn und über der schmalen Lippe groß und mächtig der hängende Vercingetorix-Schnurrbart. Die Nervosität, sie saß in den Händen, in diesen schmalen, griffigen, feinen und doch kräftigen Händen, wo die Adern stark unter der dünnen Haut pochten. Die ganze Wucht seines Willens stemmte sich vor in den breiten, bäuerischen Schultern, für die der nervige knochige Kopf fast zu klein schien; erst wenn er ausschritt, sah man seine Kraft. Wenn ich heute die Büste anblicke – nie ist van der Stappen Besseres gelungen als das Werk jener Stunde –, so weiß ich erst, wie wahr sie ist, und wie voll sie sein Wesen faßt. Sie ist Dokument einer dichterischen Größe, das Monument einer unvergänglichen Kraft.

In diesen drei Stunden lernte ich den Menschen schon so lieben, wie ich ihn dann mein ganzes Leben geliebt. In seinem Wesen war eine Sicherheit, die nicht einen Augenblick selbstgefällig wirkte. Er blieb unabhängig vom Geld, lebte lieber in einer ländlichen Existenz, statt eine Zeile zu schreiben, die nur dem Tag und der Stunde galt. Er blieb unabhängig vom Erfolg, mühte sich nicht, ihn durch Konzessionen und Gefälligkeiten und Camaraderie zu mehren – ihm genügten seine Freunde und deren treue Gesinnung. Er blieb unabhängig sogar von der gefährlichsten Versuchung eines Charakters, vom Ruhm, als dieser endlich zu dem auf der Höhe seines Lebens Stehenden kam. Er blieb offen in jedem Sinn, mit keiner Hemmung belastet, von keiner Eitelkeit verwirrt, ein freier, freudiger Mensch, leicht jeder Begeisterung hingegeben; wenn man mit ihm war, spürte man sich belebt in seinem eigenen Willen zum Leben.

Da stand er also leibhaftig vor mir, dem jungen Menschen – der Dichter, so wie ich ihn gewollt, so wie ich ihn geträumt. Und noch in dieser ersten Stunde persönlicher Begegnung war mein Entschluß gefaßt: diesem Manne und seinem Werk zu dienen. Es war ein wirklich verwegener Entschluß, denn dieser Hymniker Europas war damals in Europa noch wenig bekannt, und ich wußte im voraus, daß die Übertragung seines monumentalen Gedichtwerks und seiner drei Versdramen meiner eigenen Produktion zwei oder drei Jahre wegnehmen würde. Aber indem ich mich entschloß, meine ganze Kraft, Zeit und Leidenschaft dem Dienst an einem fremden Werke zu geben, gab ich mir selbst das Beste: eine moralische Aufgabe. Mein ungewisses Suchen und Versuchen hatte jetzt einen Sinn. Und wenn ich heute einen jungen Schriftsteller beraten sollte, der noch seines Weges ungewiß ist, würde ich ihn zu bestimmen suchen, zuerst einem größeren Werke als Darsteller oder Übertragender zu dienen. In allem aufopfernden Dienen ist für einen Beginnenden mehr Sicherheit als im eigenen Schaffen, und nichts, was man jemals hingebungsvoll geleistet, ist vergebens getan.

In diesen zwei Jahren, die ich fast ausschließlich daran wandte, die Gedichtwerke Verhaerens zu übertragen und ein biographisches Buch über ihn vorzubereiten, bin ich zwischendurch viel gereist, zum Teil auch, um öffentliche Vorträge zu halten. Und schon hatte ich einen unerwarteten Dank für die scheinbar undankbare Hingabe an das Werk Verhaerens; seine Freunde im Ausland wurden auf mich aufmerksam und bald auch meine Freunde. So kam eines Tages Ellen Key zu mir, diese wundervolle schwedische Frau, die mit einer Kühnheit ohnegleichen in jenen noch borniert widerstrebenden Zeiten für die Emanzipation der Frauen gekämpft und in ihrem Buch ›Das Jahrhundert des Kindes‹ lange vor Freud die seelische Verwundbarkeit der Jugend warnend gezeigt; durch sie wurde ich in Italien bei Giovanni Cena und seinem dichterischen Kreise eingeführt und gewann in dem Norweger Johan Bojer einen bedeutenden Freund. Georg Brandes, der internationale Meister der Literaturgeschichte, wandte mir sein Interesse zu, und bald begann in Deutschland dank meiner Werbung der Name Verhaerens schon bekannter zu sein als in seinem Vaterland. Kainz, der größte Schauspieler, und Moissi rezitierten öffentlich seine Gedichte in meiner Übertragung. Max Reinhardt brachte Verhaerens ›Kloster‹ auf die deutsche Bühne: ich durfte zufrieden sein.

Aber nun war es eigentlich Zeit, mich zu erinnern, daß ich noch eine andere Verpflichtung übernommen hatte als die gegen Verhaeren. Ich hatte endlich meine Universitätskarriere abzuschließen und den philosophischen Doktorhut heimzubringen. Jetzt hieß es, in ein paar Monaten den ganzen scholastischen Stoff aufzuarbeiten, an dem die solideren Studenten fast vier Jahre gewürgt: mit Erwin Guido Kolbenheyer, einem literarischen Jugendfreund, der heute daran vielleicht nicht gerne erinnert wird, weil er einer der offiziellen Dichter und Akademiker Hitlerdeutschlands geworden ist, büffelte ich die Nächte durch. Aber man machte mir die Prüfung nicht schwer. Der gütige Professor, der aus meiner öffentlichen literarischen Tätigkeit zuviel von mir wußte, um mich mit Kleinkram zu vexieren, sagte mir in einer privaten Vorbesprechung lächelnd: »Exakte Logik wollen Sie doch lieber nicht geprüft werden«, und führte mich dann in der Tat sachte auf die Gebiete, in denen er mich sicher wußte. Es war das erste Mal, daß ich eine Prüfung mit Auszeichnung bestand und, wie ich hoffe, auch das letzte Mal. Nun war ich äußerlich frei, und alle die Jahre bis auf den heutigen Tag haben nur dem – in unseren Zeiten immer härter werdenden – Kampf gegolten, innerlich ebenso frei zu bleiben.

Paris, die Stadt der ewigen Jugend

Für das erste Jahr der eroberten Freiheit hatte ich mir Paris als Geschenk versprochen. Ich kannte diese unerschöpfliche Stadt nur flüchtig von zwei früheren Besuchen und wußte, daß, wer als junger Mensch ein Jahr dort gelebt, eine unvergleichliche Glückserinnerung durch sein ganzes Leben mitträgt. Nirgends empfand man mit aufgeweckten Sinnen sein Jungsein so identisch mit der Atmosphäre wie in dieser Stadt, die sich jedem gibt und die keiner doch ganz ergründet.

Ich weiß es wohl, dieses selig beschwingte und beschwingende Paris meiner Jugend ist nicht mehr; vielleicht wird ihm niemals mehr jene wunderbare Unbefangenheit zurückgegeben werden, seit die härteste Hand der Erde ihm das eherne Brandmal herrisch aufgedrückt. In der Stunde, da ich diese Zeilen zu schreiben begann, wälzten sich gerade die deutschen Armeen, die deutschen Tanks wie eine graue Termitenmasse heran, um das göttlich Farbige, das selig Heitere, den Schmelz und die unverwelkbare Blüte dieses harmonischen Gebildes an der Wurzel zu zerstören. Und nun ist es geschehen: die Hakenkreuzfahne weht vom Eiffelturm, die schwarzen Sturmtruppen paradieren herausfordernd über Napoleons Champs Elysées, und ich fühle von weitem mit, wie in den Häusern die Herzen sich krampfen, wie gedemütigt die einst so gutmütigen Bürger blicken, wenn durch ihre traulichen Bistros und Cafés die Stulpenstiefel der Eroberer stapfen. Kaum je ein eigenes Unglück hat mich so betroffen, so erschüttert, so verzweifelt gemacht wie die

Erniedrigung dieser Stadt, die wie keine begnadet gewesen, jeden, der ihr nahte, glücklich zu machen. Wird sie noch einmal wieder Generationen zu geben vermögen, was sie uns gegeben: die weiseste Lehre, das wundervollste Beispiel, gleichzeitig frei und schöpferisch zu sein, jedem aufgetan und nur immer reicher werdend an dieser schönen Verschwendung?

Ich weiß, ich weiß, es ist nicht Paris allein, das heute leidet; auch das andere Europa wird für Jahrzehnte nicht mehr sein, was es vor dem Ersten Weltkrieg gewesen. Eine gewisse Düsternis hat sich seitdem auf dem einstmals so hellen Horizont Europas nie mehr völlig verflüchtigt, Bitternis und Mißtrauen von Land zu Land, vom Menschen zum Menschen ist wie ein zehrendes Gift im verstümmelten Leib verblieben. Soviel Fortschritt im Sozialen, im Technischen dies Vierteljahrhundert zwischen Weltkrieg und Weltkrieg gebracht, so gibt es doch im einzelnen keine Nation in unserer kleinen Welt des Abendlandes, die nicht unermeßlich viel ihrer einstigen Lebenslust und Unbefangenheit verloren hätte. Man müßte tagelang schildern, wie zutraulich, wie kindisch heiter früher selbst in bitterster Armut die italienischen Menschen gewesen, wie sie lachten und sangen in ihren Trattorien und witzig spotteten über das schlimme ›governo‹, indes sie jetzt düster marschieren müssen mit emporgestoßenem Kinn und verdrossenem Herzen. Kann man sich noch einen Österreicher denken, so lax und lokker in seiner Gutmütigkeit, so fromm-gläubig seinem kaiserlichen Herrn vertrauend und dem Gott, der das Leben ihnen so behaglich gemacht? Die Russen, die Deutschen, die Spanier, sie alle, sie alle wissen nicht mehr, wieviel an Freiheit und Freude der herzlos gefräßige Popanz des ›Staates‹ ihnen aus dem Mark der innersten Seele gesogen. Alle Völker fühlen nur, daß ein fremder Schatten breit und schwer über ihrem Leben hängt. Wir aber, die wir noch die Welt der individuellen Freiheit gekannt, wir wissen und können es bezeugen, daß Europa sich einstmals sorglos freute seines kaleidoskopischen Farbenspiels. Und wir erschauern, wie verschattet, verdunkelt, versklavt und verkerkert unsere Welt dank ihrer selbstmörderischen Wut geworden ist.

Aber doch, nirgends und nirgends hat man die naive und zugleich wunderbar weise Unbekümmertheit des Daseins beglückter empfinden können als in Paris, wo sie durch Schönheit der Formen, durch Milde des Klimas, durch Reichtum und Tradition glorreich bestätigt war. Jeder von uns jungen Menschen nahm ein Teil dieser Leichtigkeit in sich auf und tat dadurch sein eigenes Teil hinzu; Chinesen und Skandinavier, Spanier und Griechen, Brasilianer und Kanadier, jeder fühlte sich an der Seine zu Hause. Es gab keinen Zwang, man konnte sprechen, denken, lachen, schimpfen, wie man wollte, jeder lebte, wie es ihm gefiel, gesellig oder allein, verschwenderisch oder sparsam, luxuriös oder bohèmehaft, es war für jede Sonderheit Raum und gesorgt für alle Möglichkeiten. Da waren die sublimen Restaurants mit allen kulinarischen Zaubereien und Weinsorten zu zweihundert oder dreihundert Francs, mit sündhaft teuren Cognacs aus den Tagen von Marengo und Waterloo; aber man konnte fast ebenso prächtig essen und pokulieren bei jedem Marchand de Vin um die nächste Ecke. In den vollgedrängten Studentenrestaurants des Quartier Latin bekam man für ein paar Sous die leckersten Nichtigkeiten vor und nach seinem saftigen Beefsteak und noch dazu roten oder weißen Wein und eine baumlange Stange köstlichen Weißbrots. Man konnte gekleidet sein, wie es einem beliebte; die Studenten promenierten mit ihren koketten Baretts über den Boulevard Saint-Michel, die ›rapins‹ wiederum, die Maler, machten sich pastos mit breiten Riesenpilzen von Hüten und romantischen, schwarzen Samtjacken, die

Arbeiter wanderten unbesorgt in ihren blauen Blusen oder hemdärmelig über den vornehmsten Boulevard, die Ammen in ihren breitgefältelten bretonischen Hauben, die Weinschenker in ihren blauen Schürzen. Es mußte ja nicht gerade der Vierzehnte Juli sein, daß nach Mitternacht ein paar junge Paare auf der Straße zu tanzen begannen, und der Polizist lachte dazu: die Straße gehörte doch jedem! Niemand genierte sich vor niemandem; die hübschesten Mädchen schämten sich nicht, mit einem pechschwarzen Neger Arm in Arm und ins nächste petit hôtel zu gehen – wer kümmerte sich in Paris um solche später erst aufgeblasene Popanze wie Rasse, Klasse und Herkunft? Man ging, man sprach, man schlief mit dem oder der, die einem gefielen, und kümmerte sich sieben Teufel um die andern. Ach, man mußte zuvor Berlin gekannt haben, um Paris recht zu lieben, mußte die freiwillige Servilität Deutschlands mit seinem kantigen und schmerzhaft scharf zugeschliffenen Standesbewußtsein erlebt haben, wo die Offiziersfrau nicht mit der Lehrersfrau und diese nicht mit der Kaufmannsmadame und diese schon gar nicht mit der Arbeiterfrau ›verkehrte‹. In Paris aber ging das Vermächtnis der Revolution noch lebendig im Blute um; der proletarische Arbeiter fühlte sich ebenso als freier und vollwichtiger Bürger wie sein Brotgeber, der Kellner schüttelte im Café dem galonierten General kollegial die Hand, fleißige, solide, saubere Kleinbürgersfrauen rümpften nicht die Nase über die Prostituierte auf demselben Gang, sondern schwatzten täglich mit ihr auf der Treppe, und ihre Kinder schenkten ihr Blumen. Einmal sah ich, wie in ein vornehmes Restaurant – Larue bei der Madeleine – von einer Taufe reiche normannische Bauern kamen; sie donnerten mit schweren Schuhen wie mit Hufen in der Tracht ihres Dorfes herein, das Haar so dick pomadisiert, daß man's bis in die Küche roch. Sie redeten laut und wurden immer lauter, je mehr sie tranken, und stupften ungeniert lachend ihren dicken Frauen in die Hüften. Es störte sie nicht im mindesten, als richtige Bauern zwischen blanken Fräcken und großen Toiletten zu sitzen, aber auch der spiegelblank rasierte Kellner rümpfte nicht die Nase, wie er's in Deutschland oder England bei so dörfischen Gästen getan hätte, sondern servierte ihnen ebenso höflich und tadellos wie den Ministern oder Exzellenzen, und dem Maître d'Hôtel machte es sogar Spaß, die etwas burschikosen Gäste besonders herzlich zu begrüßen. Paris kannte nur ein Nebeneinander der Gegensätze, kein Oben und Unten; zwischen den Luxusstraßen und den schmutzigen Durchlässen daneben lief keine sichtbare Grenze, und überall ging es gleich belebt und heiter zu. In den Höfen der Vorstadt musizierten die Straßenmusikanten, von den Fenstern hörte man die Midinettes bei der Arbeit singen; immer lag irgendwo ein Lachen in der Luft oder ein gutmütig freundlicher Zuruf. Wenn da und dort zwei Kutscher einander ›engueulierten‹, schüttelten sie sich nachher die Hände, tranken ein Glas Wein zusammen und knackten dazu ein paar der – spottbilligen – Austern auf. Nichts war schwierig oder steif. Die Beziehungen zu Frauen knüpften sich leicht an und lösten sich leicht, jeder Topf fand seinen Deckel, jeder junge Mensch eine fröhliche und nicht durch Prüderie gehemmte Freundin. Ach, was lebte man schwerelos, lebte man gut in Paris und insbesondre, wenn man jung war! Schon das bloße Flanieren war eine Lust und zugleich eine ständige Lektion, denn alles stand jedem offen – und man konnte bei einem Bouquinisten eintreten und eine Viertelstunde in den Büchern blättern, ohne daß der Händler knurrte und murrte. Man konnte in die kleinen Galerien gehen und in den Bric-à-Brac-Geschäften alles umständlich gustieren, konnte im Hotel Drouot bei den Versteigerungen schmarotzen und in den Gärten mit den Gouvernanten plaudern; es war nicht leicht, innezuhalten, wenn man einmal ins Bummeln gekommen war, die Straße zog einen magnetisch mit und zeigte kaleidoskopisch unablässig etwas Neues. War man müde, so konnte man auf der Terrasse eines der zehntausend Kaffeehäuser sitzen und Briefe schreiben auf dem unentgeltlich gegebenen Briefpapier und dabei von den Straßenverkäufern sich ihren ganzen Kram von Narrheit und Überflüssigkeit explizieren lassen. Schwer war nur eines: zu Hause zu bleiben oder nach Hause zu gehen, besonders, wenn der Frühling ausbrach, das Licht silbern und weich über der Seine glänzte, die Bäume auf den Boulevards sich grün zu buschen begannen und die jungen Mädchen jedes ihr Veilchensträußchen für einen Sou angesteckt trugen; aber es mußte wahrhaftig nicht gerade Frühling sein, damit man in Paris guter Laune war.

Die Stadt war zur Zeit, da ich sie kennenlernte, noch nicht so völlig zu einer Einheit zusammengeschmolzen wie heute dank der Untergrundbahnen und Automobile; noch regierten hauptsächlich die mächtigen, von schweren, dampfenden Pferden gezogenen Omnibusse den Verkehr. Allerdings, bequemer war Paris kaum zu entdecken als vom ›Imperial‹, vom ersten Stock dieser breiten Karossen oder aus den offenen Droschken, die ebenfalls nicht allzu hitzig fuhren. Aber von Montmartre nach Montparnasse war es damals immerhin noch eine kleine Reise, und ich hielt im Hinblick auf die Sparsamkeit der Pariser Kleinbürger die Legende durchaus für glaubhaft, daß es noch Pariser der rive droite gebe, die nie auf der rive gauche gewesen seien, und Kinder, die einzig im Luxembourg-Garten gespielt und nie den Tuileriengarten oder Parc Monceau gesehen. Der richtige Bürger oder Concierge blieb gerne chez soi, in seinem Quartier; er schuf sich innerhalb von Großparis sein kleines Paris, und jedes dieser Arrondissements trug darum noch seinen deutlichen und sogar provinzartigen Charakter. So bedeutete es für einen Fremden einen gewissen Entschluß, zu wählen, wo er seine Zelte aufschlagen sollte. Das Quartier Latin lockte mich nicht mehr. Dorthin war ich bei einem früheren kurzen Besuch als Zwanzigjähriger gleich von der Bahn aus gestürzt; am ersten Abend schon hatte ich im Café Vachette gesessen und mir ehrfürchtig den Platz Verlaines zeigen lassen und den Marmortisch, auf den er in der Trunkenheit immer mit seinem schweren Stock zornig hieb, um sich Respekt zu verschaffen. Ihm zu Ehren hatte ich unalkoholischer Akoluth ein Glas Absinth getrunken, obwohl dies grünliche Gebräu mir gar nicht mundete, aber ich glaubte als junger, ehrfürchtiger Mensch mich verpflichtet, im Quartier Latin mich an das Ritual der lyrischen Dichter Frankreichs halten zu müssen; am liebsten hätte ich damals aus Stilgefühl im fünften Stock in einer Mansarde bei der Sorbonne gewohnt, um die ›richtige‹ Quartier-Latin-Stimmung, wie ich sie aus den Büchern kannte, getreulicher mitleben zu können. Mit fünfundzwanzig Jahren dagegen empfand ich nicht mehr so naiv romantisch, das Studentenviertel schien mir zu international, zu unpariserisch. Und vor allem wollte ich mir mein dauerndes Quartier schon nicht mehr nach literarischen Reminiszenzen wählen, sondern um möglichst gut meine eigene Arbeit zu tun. Ich blickte mich sogleich um. Das elegante Paris, die Champs Elysées, boten in diesem Sinne nicht die geringste Eignung, noch weniger das Quartier um das Café de la Paix, wo alle reichen Fremden des Balkans sich Rendezvous gaben und außer den Kellnern niemand französisch sprach. Eher hatte die stille, von Kirchen und Klöstern umschattete Sphäre von Saint Sulpice, wo auch Rilke und Suarez gerne wohnten, für mich Reiz; am liebsten hätte ich auf der Ile St. Louis Hausung genommen, um gleicherweise beiden Seiten von Paris, der rive droite und rive gauche, verbunden zu sein. Aber im Spazierengehen gelang es mir, gleich in der ersten Woche etwas noch Schöneres zu finden. Durch die Galerien des Palais schlendernd, entdeckte ich, daß unter den im achtzehnten Jahrhundert von Prince Egalité ebenmäßig gebauten Häusern dieses riesigen Carrés ein einziges einstmals vornehmes Palais zu einem kleinen, etwas primitiven Hotel herabgekommen war. Ich ließ mir eines der Zimmer zeigen und merkte entzückt, daß der Blick vom Fenster in den Garten des Palais Royal hinausging, der mit Einbruch der Dunkelheit geschlossen wurde. Nur das leise Brausen der Stadt hörte man dann undeutlich und rhythmisch wie einen ruhelosen Wogenschlag an eine ferne Küste, im Mondlicht leuchteten die Statuen, und in den ersten Morgenstunden trug manchmal der Wind von den nahen ›Halles‹ einen würzigen Duft von Gemüse her. In diesem historischen Geviert des Palais Royal hatten die Dichter, die Staatsmänner des achtzehnten, des neunzehnten Jahrhunderts gewohnt, quer gegenüber war das Haus, wo Balzac und Victor Hugo so oft die hundert engen Stufen bis zur Mansarde der von mir so geliebten Dichterin Marceline Desbordes-Valmore emporgestiegen waren, dort leuchtete marmorn die Stelle, wo Camille Desmoulins das Volk zum Sturm auf die Bastille aufgerufen, dort war der gedeckte Gang, wo der arme kleine Leutnant Bonaparte sich unter den promenierenden, nicht sehr tugendhaften Damen eine Gönnerin gesucht. Die Geschichte Frankreichs sprach hier aus jedem Stein; außerdem lag nur eine Straße weit die Nationalbibliothek, wo ich meine Vormittage verbrachte, und nahe auch das Louvremuseum mit seinen Bildern, die Boulevards mit ihrem menschlichen Geström; ich war endlich dort, wohin ich mich gewünscht, dort, wo seit Jahrhunderten heiß und rhythmisch der Herzschlag Frankreichs ging, im innersten Paris. Ich erinnere mich, wie André Gide mich einmal besuchte und, über diese Stille mitten im Herzen von Paris staunend, sagte: »Von den Ausländern müssen wir die schönsten Stellen unserer eigenen Stadt uns zeigen lassen.« Und wirklich, ich hätte nichts Pariserischeres und zugleich Abgeschiedeneres finden können als dieses romantische Studierzimmer im innersten Bannkreis der lebendigsten Stadt der Welt.

Was streifte ich damals durch die Straßen, wieviel sah, wieviel suchte ich in meiner Ungeduld! Denn ich wollte doch nicht nur das eine Paris von 1904 erleben; ich suchte mit den Sinnen, mit dem Herzen auch das Paris von Henri IV. und Louis XIV. und das Napoleons und der Revolution, das Paris Rétif de la Bretonnes und Balzacs, Zolas und Charles Louis Philippes mit all seinen Straßen, Gestalten und Geschehnissen. Überzeugend empfand ich hier wie immer in Frankreich, wieviel eine große und dem Wahrhaften zugewandte Literatur ihrem Volke an verewigender Kraft zurückgibt, denn alles in Paris war mir eigentlich durch die darstellende Kunst der Dichter, der Romanciers, der Historiker, der Sittenschilderer geistig im voraus vertraut gewesen, ehe ich es mit eigenen Augen gesehen. Es verlebendigte sich nur in der Begegnung, das physische Schauen wurde eigentlich Wiedererkennen, jene Lust der griechischen ›Anagnosis‹, die Aristoteles als die größte und geheimnisvollste alles künstlerischen Genießens rühmt. Aber doch: in seinem Letzten, seinem Verborgensten erkennt man ein Volk oder eine Stadt nie durch Bücher und selbst nicht durch fleißigstes Flanieren, sondern immer nur durch seine besten Menschen. Einzig aus geistiger Freundschaft mit den Lebenden gewinnt man Einblick in die wirklichen Zusammenhänge zwischen Volk und Land; alles Beobachten von außen bleibt ein unechtes und voreiliges Bild.

Solche Freundschaften waren mir gegeben und die beste mit Léon Bazalgette. Dank meiner engen Beziehung zu Verhaeren, den ich jede Woche zweimal in St. Cloud besuchte, war ich davor behütet worden, wie die meisten Ausländer in den windigen Kreis der internationalen Maler und Literaten zu geraten, die das Café du Dôme bevölkerten und im Grunde dieselben blieben hier oder dort, in München, Rom und Berlin. Mit Verhaeren dagegen ging ich zu den Malern, den Dichtern, die inmitten dieser schwelgerischen und temperamentvollen Stadt jeder in seiner schöpferischen Stille wie auf einer einsamen Insel der Arbeit lebten, ich sah noch das Atelier Renoirs und die besten seiner Schüler. Äußerlich war die Existenz dieser Impressionisten, deren Werke man heute mit Zehntausenden von Dollars bezahlt, in nichts unterschieden von der des Kleinbürgers und Rentners; irgendein kleines Häuschen mit einem angebauten Atelier, keine ›Aufmachung‹, wie sie in München Lenbach und die anderen Berühmtheiten mit ihren imitiert pompejanischen Luxusvillen zur Schau trugen. Ebenso einfach wie die Maler lebten die Dichter, mit denen ich bald persönlich vertraut wurde. Sie hatten meist kleinere Staatsämter inne, in denen es wenig positive Arbeit gab; die große Achtung für geistige Leistung, die in Frankreich von den untersten bis zu den höchsten Stellen reichte, hatte seit Jahren schon die kluge Methode gezeitigt, Dichtern und Schriftstellern, die nicht hohe Erträgnisse aus ihrer Arbeit zogen, unauffällige Sinekuren zu verleihen; man ernannte sie zum Beispiel zu Bibliothekaren im Marineministerium oder im Senat. Das gab ein kleines Gehalt und nur wenig Arbeit, denn die Senatoren verlangten nur höchst selten ein Buch, und so konnte der glückliche Besitzer solch einer Pfründe in dem stilvollen, alten Senatspalais mit dem Luxembourg-Garten vor dem Fenster still und behaglich innerhalb der Amtsstunden seine Verse schreiben, ohne je an Honorar denken zu müssen. Und diese bescheidene Sicherung war ihnen genug. Andere waren Ärzte wie später Duhamel und Durtain, hatten einen kleinen Bilderladen wie Charles Vildrac oder waren Gymnasialprofessoren wie Romains und Jean Richard Bloch, sie saßen ihre Stunden in der Agence Havas ab wie Paul Valéry oder halfen bei Verlegern. Aber keiner hatte die Prätention wie ihre Nachfahren, die, vom Film und hohen Auflagen verdorben, auf eine erste künstlerische Neigung hin sofort selbstherrlich eine Existenz zu gründen versuchen. Was diese Dichter wollten von diesen kleinen, ohne Ehrgeiz aufgesuchten Berufen, war nichts als das bißchen Sicherheit für das äußere Leben, das ihnen Unabhängigkeit für das innere Werk verbürgte. Dank dieser Sicherung konnten sie an den großen korrupten Pariser Tageszeitungen achtlos vorbeisehen, ohne jedes Honorar für ihre kleinen, immer nur mit persönlichen Opfern aufrechterhaltenen Revuen schreiben und es ruhig hinnehmen, daß man ihre Stücke nur in kleinen literarischen Theatern spielte und daß ihre Namen anfangs nur im eigenen Kreise bekannt blieben: von Claudel, von Péguy, von Rolland, von Suarez, von Valéry hat jahrzehntelang nur eine winzige Elite gewußt. Als die einzigen inmitten der hastigen und geschäftigen Stadt hatten sie keine Eile. Still zu leben, still zu arbeiten für einen stillen Kreis jenseits der ›foire sur la place‹ war für sie wichtiger als sich vorzudrängen, und sie schämten sich nicht, kleinbürgerlich und eng zu leben, um dafür im Künstlerischen frei und kühn zu denken. Ihre Frauen kochten und führten die Wirtschaft; es ging einfach und darum um so herzlicher zu bei diesen kameradschaftlichen Abenden. Man saß auf billigen Strohsesseln um einen mit kariertem Tuch lässig bedeckten Tisch – nicht vornehmer als bei dem Monteur auf derselben Etage, aber man fühlte sich frei und ungehemmt. Sie hatten keine Telephone, keine Schreibmaschinen, keine Sekretäre, sie vermieden alles technische Gerät ebenso wie den geistigen Apparat der Propaganda, sie schrieben wie vor tausend Jahren ihre Bücher mit der Hand, und selbst in den großen Verlagen wie dem ›Mercure de France‹ gab es kein Diktat und keinen komplizierten Apparat. Nichts war nach außen, für Prestige und Repräsentation vergeudet; alle diese französischen jungen Dichter lebten wie das ganze Volk für die Freude am Leben, freilich in ihrer sublimsten Form, der schöpferischen Freude an der Arbeit. Wie revidierten mir diese neu gewonnenen Freunde mit ihrer menschlichen Sauberkeit das Bild des französischen Dichters, wie anders war ihre Lebensform, als sie bei Bourget und den anderen berühmten Zeitromanciers dargestellt wurde, für die der ›Salon‹ identisch war mit der Welt! Und wie belehrten mich ihre Frauen über das verbrecherisch falsche Bild, das wir zu Hause aus der Buchlektüre von der Französin gewonnen, als einer einzig auf Abenteuer, Verschwendung und Spiegelschein bedachten Mondaine! Nie habe ich bessere, stillere Hausfrauen gesehen als dort im brüderlichen Kreise, sparsam, bescheiden und heiter selbst unter den engsten Umständen, kleine Wunder zaubernd auf einem winzigen Herd, die Kinder behütend und dabei allem Geistigen ihrer Gatten treu verbunden! Nur wer in diesen Kreisen als Freund, als Kamerad gelebt, nur der weiß um das wirkliche Frankreich.

Was an Léon Bazalgette, diesem Freund meiner Freunde, dessen Name ungerechterweise in den meisten Darstellungen der neuen französischen Literatur vergessen wird, inmitten dieser dichterischen Generation das Außerordentliche bedeutete, war, daß er seine schöpferische Kraft ausschließlich für fremde Werke einsetzte und somit seine ganze herrliche Intensität für die Menschen aufsparte, die er liebte. In ihm, dem geborenen ›Kameraden‹, habe ich den absoluten Typus des aufopfernden Menschen in Fleisch und Blut kennengelernt, den wahrhaft Hingegebenen, der seine Lebensaufgabe einzig darin sieht, den wesentlichen Werten seiner Zeit zu ihrer Wirkung zu verhelfen und nicht einmal dem berechtigten Stolz frönt, als ihr Entdecker oder Förderer gerühmt zu werden. Sein aktiver Enthusiasmus war nichts als eine natürliche Funktion seines moralischen Bewußtseins. Etwas militärisch aussehend, obwohl leidenschaftlicher Antimilitarist, hatte er im Umgang die Kordialität eines echten Kameraden. Jederzeit bereit, zu helfen, zu beraten, unerschütterlich in seiner Ehrlichkeit, pünktlich wie ein Uhrwerk, kümmerte er sich um alles, was einen betraf, aber niemals um seinen persönlichen Vorteil. Zeit war ihm nichts, Geld war ihm nichts, wenn es einem Freund galt, und er hatte Freunde in aller Welt, eine kleine, aber erlesene Schar. Zehn Jahre hatte er daran gewandt, Walt Whitman den Franzosen durch die Übersetzung aller Gedichte und eine monumentale Biographie nahezubringen. Mit diesem Vorbild eines freien, weltliebenden Mannes den geistigen Blick seiner Nation über die Grenzen zu lenken, seine Landsleute männlicher, kameradschaftlicher zu machen, ward sein Lebensziel: der beste Franzose, war er zugleich der leidenschaftlichste Anti-Nationalist.

Wir wurden bald innige, brüderliche Freunde, weil wir beide nicht vaterländisch dachten, weil wir beide fremden Werken mit Hingebung und ohne jeden äußeren Vorteil zu dienen liebten und weil wir geistige Unabhängigkeit als das primum und ultimum des Lebens werteten. In ihm lernte ich zum erstenmal jenes ›unterirdische‹ Frankreich kennen; als ich später las, wie bei Rolland Olivier dem deutschen Johann Christoph entgegentritt, glaubte ich beinahe unser persönliches Erlebnis gestaltet zu sehen. Aber das Schönste in unserer Freundschaft, das mir Unvergeßlichste, blieb, daß sie ständig einen heiklen Punkt überkommen hatte, dessen beharrliche Resistenz unter normalen Umständen sonst eine ehrliche und herzliche Intimität zwischen zwei Schriftstellern hätte verhindern müssen. Dieser heikle Punkt war, daß Bazalgette alles, was ich damals schrieb, mit seiner prachtvollen Ehrlichkeit dezidiert ablehnte. Er liebte mich persönlich, er hatte die denkbarste Achtung für meine Hingabe an das Werk Verhaerens. Immer, wenn ich nach Paris kam, stand er getreu an der Bahn und grüßte als erster mir entgegen; wo er mir helfen konnte, war er zur Stelle, wir stimmten in allen entscheidenden Dingen besser als sonst Brüder zusammen. Aber zu meinen eigenen Arbeiten sagte er ein entschlossenes Nein. Er kannte Gedichte und Prosa von mir in den Übersetzungen von Henri Guilbeaux (der dann im Weltkriege als Freund Lenins eine wichtige Rolle gespielt hat) und lehnte sie frank und schroff ab. All das habe keinen Zusammenhang mit der Wirklichkeit, rügte er unerbittlich, das sei esoterische Literatur (die er gründlich haßte), und er ärgere sich, weil gerade ich das schreibe. Unbedingt ehrlich zu sich selbst, machte er auch in diesem Punkte keine Konzessionen, nicht einmal die der Höflichkeit. Als er zum Beispiel eine Revue leitete, bat er mich um meine Hilfe – das heißt, er bat mich darum in der Form, daß ich ihm aus Deutschland wesentliche Mitarbeiter verschaffen sollte, also Beiträge, die besser waren als meine eigenen; von mir selbst, seinem nächsten Freunde, verlangte und veröffentlichte er beharrlich keine Zeile, obwohl er gleichzeitig aufopferungsvoll und ohne jedes Honorar die französische Übertragung eines meiner Bücher für einen Verlag aus treuer Freundschaft revidierte. Daß unsere brüderliche Kameradschaft durch diesen kuriosen Umstand in zehn Jahren nicht eine Stunde lang eine Minderung erlitten, hat sie mir noch besonders teuer gemacht. Und nie hat mich eine Zustimmung mehr gefreut als gerade die Bazalgettes, als ich während des Weltkrieges – selbst alles Frühere annullierend – endlich zu einer Form persönlicher Aussage gelangt war. Denn ich wußte, sein Ja zu meinen neuen Werken war ebenso ehrlich, wie es durch zehn Jahre sein schroffes Nein gewesen.

Wenn ich den teuren Namen Rainer Maria Rilkes, obwohl es ein deutscher Dichter war, auf das Blatt der Pariser Tage schreibe, so geschieht dies, weil ich in Paris am öftesten und besten mit ihm beisammen gewesen bin und sein Antlitz wie auf alten Bildern immer vor dem Hintergrund dieser Stadt abgehoben sehe, die er wie keine andere geliebt. Gedenke ich heute seiner und jener anderen Meister des wie in erlauchter Goldschmiedekunst gehämmerten Worts, gedenke ich dieser verehrten Namen, die wie unerreichbare Sternbilder meine Jugend überleuchtet haben, so drängt sich mir unwiderstehlich die wehmütige Frage auf: werden solche reine, nur dem lyrischen Gebilde zugewandte Dichter in unserer gegenwärtigen Zeit der Turbulenz und allgemeinen Verstörtheit abermals möglich sein? Ist es nicht ein verschollenes Geschlecht, das ich in ihnen liebend beklage, ein Geschlecht ohne unmittelbare Nachfolge in unseren, von allen Orkanen des Schicksals durchstürmten Tagen – diese Dichter, die nichts begehrten vom äußeren Leben, nicht Anteil der breiten Masse, noch Ehrenzeichen und Würden und Gewinn, die nichts erstreben, als in stillem und doch leidenschaftlichem Bemühen Strophe an Strophe vollendet zu binden, jede Zeile durchdrungen von Musik, leuchtend in Farben, glühend von Bildern. Eine Gilde bildeten sie, einen fast mönchischen Orden mitten in unserem lärmenden Tag, sie, diese bewußt vom Täglichen Abgewandten, denen im Weltall nichts wichtiger war als der zarte und doch das Gedröhn der Zeit überdauernde Laut, wenn ein Reim, zu den andern sich fügend, jene unbeschreibliche Regung entäußerte, die leiser war als der Ton eines fallenden Blattes im Wind und doch die fernsten Seelen mit ihrer Schwingung berührte. Aber wie erhebend für uns junge Menschen war die Gegenwart solcher sich selbst Getreuen, wie vorbildlich diese strengen Diener und Wahrer der Sprache, die einzig dem geläuterten Wort ihre

Liebe gaben, dem Wort, das nicht der Zeit und der Zeitung, sondern dem Dauernden und Überdauernden galt. Fast beschämend war es, auf sie zu blicken, denn wie leise lebten sie, wie unscheinbar, wie unsichtbar, der eine bäuerlich auf dem Lande, der andere in einem kleinen Beruf, der dritte wandernd über die Welt als ein passionate pilgrim, alle von wenigen nur gekannt, aber von diesen wenigen um so leidenschaftlicher geliebt. Da war einer in Deutschland und einer in Frankreich, einer in Italien und doch jeder in derselben Heimat, denn sie lebten einzig im Gedicht, und indem sie so mit strengem Verzicht alles Ephemere mieden, formten sie, Kunstwerke bildend, ihr eigenes Leben zum Kunstwerk. Wunderbar scheint es mir immer wieder, daß wir in unserer Jugend solche makellosen Poeten unter uns gehabt. Aber ich frage mich deshalb auch immer wieder in einer Art heimlicher Sorge: werden auch in unseren Zeiten, in unseren neuen Lebensformen, die den Menschen aus jeder inneren Sammlung mörderisch hinausjagen wie ein Waldbrand die Tiere aus ihren verborgensten Verstekken, solche völlig der lyrischen Kunst verschworenen Seelen möglich sein? Ich weiß wohl, immer wieder ereignet sich das Wunder eines Dichters in den Zeiten, und Goethes bewegliche Tröstung in seiner Nänie auf Lord Byron bleibt ewig wahr: »Denn die Erde zeugt sie wieder, wie sie sie von je gezeugt.« Wieder und wieder werden in begnadeter Wiederkehr solche Dichter erstehen, denn immer verleiht von Weile zu Weile die Unsterblichkeit dies kostbare Unterpfand auch der unwürdigsten Zeit. Aber ist nicht gerade die unsere eine, die auch dem Reinsten, dem Abseitigsten keine Stille erlaubt, jene Stille des Wartens und Reifens und Sinnens und Sich-Sammelns, wie sie jenen noch vergönnt war in der gütigeren und gelasseneren Zeit der europäischen Vorkriegswelt? Ich weiß nicht, wieviel alle diese Dichter, Valéry,

Verhaeren, Rilke, Pascoli, Francis Jammes, heute noch gelten, wieviel sie einer Generation sind, der statt dieser zarten Musik durch Jahre und Jahre das klappernde Mühlrad der Propaganda und zweimal der Donner der Kanonen die Ohren durchdröhnt. Ich weiß nur und fühle die Pflicht, es dankbar auszusagen, welch eine Lehre, welch eine Beglückung die Gegenwart solcher heilig der Perfektion Verschworenen inmitten einer schon sich mechanisierenden Welt für uns gewesen ist. Und rückschauend auf mein Leben, gewahre ich kaum bedeutsameren Besitz, als daß es mir erlaubt war, manchem von ihnen menschlich nahe zu sein und daß mehrfach an meine frühe Verehrung dauernde Freundschaft sich binden durfte.

Von allen diesen hat vielleicht keiner leiser, geheimnisvoller, unsichtbarer gelebt als Rilke. Aber es war keine gewollte, keine forcierte oder priesterlich drapierte Einsamkeit, wie etwa Stefan George sie in Deutschland zelebrierte; die Stille wuchs gewissermaßen um ihn, wohin er ging und wo er sich befand. Da er jedem Lärm und sogar seinem Ruhm auswich – dieser ›Summe aller Mißverständnisse, die sich um seinen Namen sammeln‹, wie er einmal so schön sagte –, netzte die eitel anstürmende Woge der Neugier nur seinen Namen und nie seine Person. Rilke war schwer zu erreichen. Er hatte kein Haus, keine Adresse, wo man ihn suchen konnte, kein Heim, keine ständige Wohnung, kein Amt. Immer war er am Wege durch die Welt, und niemand, nicht einmal er selbst, wußte im voraus, wohin er sich wenden würde. Für seine unermeßlich sensible und druckempfindliche Seele war jeder starre Entschluß, jedes Planen und jede Ankündigung schon Beschwerung. So ergab es sich immer nur durch Zufall, wenn man ihm begegnete. Man stand in einer italienischen Galerie und spürte, ohne recht gewahr zu werden, von wem es kam, ein leises, freundliches Lächeln einem entgegen. Dann erst erkannte man seine blauen Augen, die, wenn sie einen anblickten, seine an sich eigentlich unauffälligen Züge mit ihrem inneren Licht beseelten. Aber gerade diese Unauffälligkeit war das tiefste Geheimnis seines Wesens. Tausende Menschen mögen vorübergegangen sein an diesem jungen Manne mit dem leicht melancholisch niederhängenden, blonden Schnurrbart und den durch keine Linie besonders bemerkenswerten, ein wenig slawischen Gesichtsformen, ohne zu ahnen, daß dies ein Dichter und einer der größten unseres Jahrhunderts war; seine Besonderheit wurde erst in näherem Umgang offenbar: die Verhaltenheit seines Wesens. Er hatte eine unbeschreibbar leise Art des Kommens, des Sprechens. Wenn er in ein Zimmer eintrat, wo eine Gesellschaft versammelt war, geschah es dermaßen lautlos, daß kaum jemand ihn bemerkte. Still lauschend saß er dann, hob manchmal unwillkürlich die Stirn, sobald ihn etwas zu beschäftigen schien, und wenn er selbst zu sprechen begann, so immer ohne jede Affektation oder heftige Betonung. Er erzählte natürlich und einfach, wie eine Mutter ihrem Kind ein Märchen erzählt und genauso liebevoll; es war wunderbar, ihm zuzuhören, wie bildhaft und bedeutend auch das gleichgültigste Thema sich ihm formte. Aber kaum spürte er, daß er in einem größeren Kreise der Mittelpunkt der Aufmerksamkeit wurde, brach er ab und senkte sich wieder in sein schweigsames, aufmerksames Lauschen zurück. In jeder Bewegung, in jeder Geste war dies Leise; selbst wenn er lachte, war es bloß mit einem gerade nur andeutenden Ton. Sordiniertheit war ihm Bedürfnis, und nichts konnte ihn darum dermaßen verstören wie Lärm und im Raum des Gefühls jede Vehemenz. »Sie erschöpfen mich, diese Menschen, die ihre Empfindungen wie Blut ausspeien«, sagte er mir einmal, »und Russen nehme ich darum nur mehr wie Likör in ganz kleinen Dosen zu mir.« Nicht minder als Gemessenheit im Betragen, waren ihm Ordnung, Sauberkeit und Stille geradezu physische Bedürfnisse; in einer überfüllten Trambahn fahren zu müssen, in einem lärmenden Lokal zu sitzen, verstörte ihn für Stunden. Alles Vulgäre war ihm unerträglich, und obwohl er in engen Verhältnissen lebte, zeigte seine Kleidung immer ein Summum von Sorgfalt, Sauberkeit und Geschmack. Sie war gleichfalls ein durchdachtes, ein durchdichtetes Meisterwerk der Unauffälligkeit, und immer doch mit einer unscheinbaren, ganz persönlichen Note, einem kleinen Nebenbei, an dem er sich heimlich freute, etwa einem dünnen silbernen Armbändchen um das Handgelenk. Denn bis in das Intimste und Persönlichste ging sein ästhetischer Sinn für Vollendung und Symmetrie. Einmal sah ich ihm in seiner Wohnung vor der Abreise zu – er lehnte meine Hilfe mit Recht als unzuständig ab –, wie er seinen Koffer packte. Es war ein Mosaiklegen, jedes einzelne Stück beinahe zärtlich in den sorgfältig ausgesparten Raum eingesenkt; ich hätte es als Frevel empfunden, dieses blumenhafte Beisammensein durch einen helfenden Handgriff zu zerstören. Und dieser sein elementarer Schönheitssinn begleitete ihn bis ins nebensächlichste Detail; nicht nur, daß er seine Manuskripte sorgfältig auf schönstem Papier mit seiner kalligraphisch runden Hand schrieb, daß wie nachgemessen mit dem Zollstab jede Zeile zur andern in gleicher Schwebe stand: auch für den gleichgültigsten Brief wählte er erlesenes Papier, und regelmäßig, rein und rund ging seine kalligraphische Schrift hart heran bis an das Spatium. Niemals erlaubte er sich, selbst in der hastigsten Mitteilung, ein durchgestrichenes Wort, sondern immer schrieb er, sobald ein Satz oder ein Ausdruck ihm nicht vollwertig schien, mit seiner großartigen Geduld den ganzen Brief noch ein zweites Mal. Nie gab Rilke etwas aus der Hand, was nicht ganz vollendet war.

Diese Sordiniertheit und gleichzeitige Gesammeltheit seines Wesens wirkte auf jeden bezwingend, der ihm näherkam. Wie man sich Rilke selbst unmöglich heftig denken konnte, so auch keinen andern, der in seiner Gegenwart durch die ausströmende Schwingung seiner Stille nicht jede Lautheit und Anmaßung verloren hätte. Denn sein Verhaltensein schwang aus als eine geheimnisvoll fortwirkende, eine erziehliche, eine moralische Kraft. Nach jedem längeren Gespräch mit ihm war man für Stunden oder sogar Tage unfähig irgendeiner Vulgarität. Freilich setzte anderseits diese ständige Temperiertheit seines Wesens, dieses Nie-sich-voll-geben-Wollen jeder besonderen Herzlichkeit eine frühe Grenze; ich glaube, daß nur wenige Menschen sich rühmen dürfen, Rilkes ›Freunde‹ gewesen zu sein. In den sechs veröffentlichten Bänden seiner Briefe findet sich fast nie diese Ansprache, und das brüderlich vertrauliche Du scheint er seit seinen Schuljahren kaum irgend jemandem gewährt zu haben. Seiner außerordentlichen Sensibilität war es unerträglich, irgend jemanden oder irgend etwas an sich allzu nah herankommen zu lassen, und insbesondere alles stark Maskuline erregte bei ihm ein geradezu physisches Unbehagen. Frauen gab er sich leichter im Gespräch. Ihnen schrieb er viel und gern und war viel freier in ihrer Gegenwart. Vielleicht war es die Abwesenheit des Gutturalen in ihren Stimmen, das ihm wohltat, denn er litt geradezu an unangenehmen Stimmen. Ich sehe ihn noch vor mir in einem Gespräch mit einem hohen Aristokraten, ganz in sich zusammengedrückt, mit gequälten Schultern und nicht einmal die Augen hebend, damit sie nicht verraten sollten, wie sehr er unter dessen unangenehmem Falsett physisch litt. Aber wie gut, mit ihm zu sein, wenn er jemandem wohlgesinnt war! Dann spürte man seine innere Güte, obwohl sie in Worten und Gesten sparsam blieb, wie eine wärmende, heilende Ausstrahlung bis hinein in die innerste Seele.

Scheu und zurückhaltend wirkte Rilke in Paris, dieser

herzerweiternden Stadt, weitaus am aufgetansten, vielleicht auch, weil man hier sein Werk, seinen Namen noch nicht kannte und er als Anonymer sich immer freier und glücklicher fühlte. Ich besuchte ihn dort in zwei verschiedenen Mietzimmern. Jedes war einfach und schmucklos und bekam doch sofort Stil und Stille durch seinen waltenden Schönheitssinn. Nie durfte es ein mächtiges Mietshaus sein mit lärmenden Nachbarn, lieber ein altes, wenn auch unbequemeres, in dem er sich heimisch machen konnte, und den inneren Raum wußte er sich, wo immer er war, durch ordnende Kraft sofort sinnvoll und seinem Wesen entsprechend zu gestalten. Immer waren nur ganz wenige Dinge um ihn, aber immer leuchteten Blumen in einer Vase oder Schale, vielleicht geschenkt von Frauen, vielleicht von ihm selber zärtlich heimgebracht. Immer leuchteten Bücher an der Wand, schön gebunden oder in Papier sorgsam eingeschlagen, denn er liebte Bücher wie stumme Tiere. Auf dem Schreibtisch lagen die Bleistifte und Federn in kerzengerader Linie, die Bogen des unbeschriebenen Papiers zu einem Rechteck gereiht; eine russische Ikone, ein katholisches Kruzifix, die ihn, glaube ich, auf allen seinen Reisen begleitet haben, gaben der Arbeitsstelle einen leicht religiösen Charakter, obwohl seine Religiosität an kein bestimmtes Dogma gebunden war. Jeder Einzelheit spürte man an, daß sie sorgsam gewählt und zärtlich behütet war. Lieh man ihm ein Buch, das er nicht kannte, so bekam man es zurück, in Seidenpapier faltenlos eingeschlagen und wie ein Festgeschenk mit buntem Bande verschnürt; ich erinnere mich noch, wie er mir als kostbare Gabe das Manuskript der ›Weise von Liebe und Tod‹ in mein Zimmer brachte, und bewahre noch heute das Band, das es umhüllte. Aber am schönsten war es, mit Rilke in Paris spazierenzugehen, denn das hieß, auch das Unscheinbarste bedeutsam und mit gleichsam erhelltem Auge sehen; er bemerkte jede Kleinigkeit, und selbst die Namen der Firmenschilder sprach er, wenn sie ihm rhythmisch zu klingen schienen, gerne sich laut vor; diese eine Stadt Paris bis in ihre letzten Winkel und Tiefen zu kennen, war für ihn Leidenschaft, fast die einzige, die ich je an ihm wahrgenommen. Einmal, als wir uns bei gemeinsamen Freunden begegneten, erzählte ich ihm, ich sei gestern durch Zufall an die alte ›Barrière‹ gelangt, wo am Cimetière de Picpus die letzten Opfer der Guillotine eingescharrt worden waren, unter ihnen André Chenier; ich beschrieb ihm diese kleine rührende Wiese mit ihren verstreuten Gräbern, die selten Fremde sieht, und wie ich dann auf dem Rückweg in einer der Straßen durch eine offene Tür ein Kloster mit einer Art Beginen erblickt, die still, ohne zu sprechen, den Rosenkranz in der Hand, wie in einem frommen Traum im Kreis gewandelt. Es war eines der wenigen Male, wo ich ihn beinahe ungeduldig sah, diesen so leisen, beherrschten Mann: er müsse das sehen, das Grab André Cheniers und das Kloster. Ob ich ihn hinführen wolle. Wir gingen gleich am nächsten Tage. Er stand in einer Art verzückter Stille vor diesem einsamen Friedhof und nannte ihn ›den lyrischsten von Paris‹. Aber auf dem Rückweg erwies sich die Tür jenes Klosters als verschlossen. Da konnte ich nun seine stille Geduld erproben, die er im Leben nicht minder als in seinen Werken meisterte. »Warten wir auf den Zufall«, sagte er. Und mit leicht gesenktem Haupt stellte er sich so, daß er durch die Pforte schauen konnte, wenn sie sich öffnete. Wir warteten vielleicht zwanzig Minuten. Dann kam die Straße entlang eine Ordensschwester und klingelte. »Jetzt«, hauchte er leise und erregt. Aber die Schwester hatte sein stilles Lauschen bemerkt – ich sagte ja, daß man alles an ihm von ferne atmosphärisch fühlte –, trat auf ihn zu und fragte, ob er jemanden erwarte. Er lächelte sie an mit diesem seinem weichen Lächeln, das sofort Zutrauen schuf, und sagte offenherzig, er hätte so gerne den Klostergang gesehen. Es tue ihr leid, lächelte nun ihrerseits die Schwester, aber sie dürfe ihn nicht einlassen. Jedoch riet sie ihm, zum Häuschen des Gärtners nebenan zu gehen, von dessen Fenster im Oberstock habe er einen guten Blick. Und so ward auch dies ihm wie so vieles gegeben.

Mehrmals haben sich noch unsere Wege gekreuzt, aber wann immer ich an Rilke denke, sehe ich ihn in Paris, dessen traurigste Stunde zu erleben ihm erspart geblieben ist.

Menschen dieser seltenen Art waren ein großer Gewinn für einen Beginnenden; aber die entscheidende Lehre hatte ich noch zu empfangen, eine, die für das ganze Leben gelten sollte. Sie war ein Geschenk des Zufalls. Bei Verhaeren waren wir in eine Diskussion mit einem Kunsthistoriker gekommen, der klagte, die Zeit der großen Plastik und Malerei sei vorüber. Ich widersprach heftig. Sei nicht Rodin noch unter uns, nicht geringer als Gestalter als die Großen der Vergangenheit? Ich begann seine Werke aufzuzählen und geriet wie immer, wenn man gegen einen Widerspruch kämpft, in fast zornigen Schwung. Verhaeren lächelte in sich hinein. »Jemand, der Rodin so liebt, sollte ihn eigentlich kennenlernen«, sagte er am Ende. »Morgen bin ich in seinem Atelier. Wenn es dir recht ist, nehme ich dich mit.«

Ob es mir recht war? Ich konnte nicht schlafen vor Freude. Aber bei Rodin stockte mir die Rede. Ich vermochte nicht einmal das Wort an ihn zu richten und stand zwischen den Statuen wie eine von ihnen. Sonderbarerweise schien ihm diese meine Verlegenheit zu gefallen, denn beim Abschied lud der alte Mann mich ein, ob ich nicht sein eigentliches Atelier in Meudon sehen wollte, und bat mich sogar zu Tisch. Die erste Lehre war gegeben: daß die großen Männer immer die gütigsten sind.

Die zweite war, daß sie fast immer in ihrem Leben die einfachsten sind. Bei diesem Manne, dessen Ruhm die Welt erfüllte, dessen Werke unserer Generation Linie um Linie gegenwärtig waren wie die nächsten Freunde, aß man so simpel wie bei einem mittleren Bauern; ein gutes, kräftiges Fleisch, ein paar Oliven und fülliges Obst, dazu kräftigen Landwein. Das gab mir mehr Mut, zum Schluß sprach ich schon wieder unbefangen, als wären dieser alte Mann und seine Frau mir seit Jahren vertraut.

Nach Tisch gingen wir hinüber in das Atelier. Es war ein mächtiger Saal, der die wesentlichsten seiner Werke in Repliken vereinigte, dazwischen aber standen und lagen zu Hunderten köstliche kleine Einzelstudien – eine Hand, ein Arm, eine Pferdemähne, ein Frauenohr, meist nur in Gips geformt; ich habe heute noch genau manche dieser von ihm nur zur eigenen Übung gestalteten Skizzen in der Erinnerung und könnte von dieser einen Stunde stundenlang erzählen. Schließlich führte der Meister mich zu einem Sockel, auf dem hinter feuchten Tüchern sein letztes Werk, ein Frauenporträt, verborgen war. Er löste mit seinen schweren, verfurchten Bauernhänden die Tücher ab und trat zurück. Ein »admirable!« stieß ich unwillkürlich aus gepreßter Brust und schämte mich schon dieser Banalität. Aber mit der ruhigen Objektivität, in der kein Korn Eitelkeit zu finden gewesen wäre, murmelte er, sein eigenes Werk betrachtend, nur zustimmend: »N'est-ce pas?« Dann zögerte er. »Nur da bei der Schulter... Einen Augenblick!« Er warf die Hausjacke ab, zog den weißen Kittel an, nahm einen Spachtel zur Hand und glättete mit einem meisterlichen Strich an der Schulter die weiche, wie lebend atmende Frauenhaut. Wieder trat er zurück. »Und dann hier«, murmelte er. Wieder war mit einem winzigen Detail die Wirkung erhöht. Dann sprach er nicht mehr. Er trat vor und zurück, blickte aus einem Spiegel die Figur an, murrte und gab unverständliche

Laute von sich, änderte, korrigierte. Sein Auge, bei Tisch freundlich zerstreut, zuckte jetzt von sonderbaren Lichtern, er schien größer und jünger geworden. Er arbeitete, arbeitete, arbeitete mit der ganzen Leidenschaft und Kraft seines mächtigen, schweren Körpers; jedesmal wenn er heftig vor- oder zurücktrat, krachte die Diele. Aber er hörte es nicht. Er bemerkte es nicht, daß hinter ihm lautlos, das Herz in der Kehle, ein junger Mann stand, selig, einem solchen einzigen Meister bei der Arbeit zusehen zu dürfen. Er hatte mich gänzlich vergessen. Ich war für ihn nicht da. Nur die Gestalt, das Werk war für ihn da und dahinter unsichtbar die Vision der absoluten Vollendung.

Das ging eine Viertelstunde, eine halbe Stunde, ich weiß nicht mehr, wie lange. Große Augenblicke sind immer jenseits der Zeit. Rodin war so vertieft, so versunken in seine Arbeit, daß kein Donner ihn erweckt hätte. Immer härter, fast zorniger wurden seine Bewegungen; eine Art Wildheit oder Trunkenheit war über ihn gekommen, er arbeitete rascher und rascher. Dann wurden die Hände zögernder. Sie schienen erkannt zu haben: es gab für sie nichts mehr zu tun. Einmal, zweimal, dreimal trat er zurück, ohne mehr zu ändern. Dann murmelte er etwas leise in den Bart, legte so zärtlich, wie man einen Shawl um die Schultern einer geliebten Frau legt, die Tücher um die Figur. Er atmete auf, tief und entspannt. Seine Gestalt schien wieder schwerer zu werden. Das Feuer war erstorben. Dann kam das Unfaßbare für mich, die große Lehre: er zog den Kittel aus, nahm wieder die Hausjacke auf und wandte sich zum Gehen. Er hatte mich total vergessen in dieser Stunde der äußersten Konzentration. Er wußte nicht mehr, daß ein junger Mensch, den er doch selbst in das Atelier geführt, um ihm seine Werkstatt zu zeigen, erschüttert hinter ihm gestanden hatte mit gepreßtem Atem, unbeweglich wie seine Statuen.

Er trat zur Türe. Wie er sie abschließen wollte, entdeckte er mich und starrte mich fast böse an: wer war dieser junge fremde Mensch, der sich eingeschlichen hatte in sein Atelier? Aber im nächsten Augenblick erinnerte er sich und kam fast beschämt auf mich zu. »Pardon, Monsieur«, begann er. Aber ich ließ ihn nicht weitersprechen. Ich faßte nur dankbar seine Hand: am liebsten hätte ich sie geküßt. In dieser Stunde hatte ich das ewige Geheimnis aller großen Kunst, ja eigentlich jeder irdischen Leistung aufgetan gesehen: Konzentration, die Zusammenfassung aller Kräfte, aller Sinne, das Außer-sich-Sein, das Außer-der-Welt-Sein jedes Künstlers. Ich hatte etwas gelernt für mein ganzes Leben.

Es war meine Absicht gewesen, Ende Mai von Paris nach London zu gehen. Aber ich war genötigt, meine Abreise um vierzehn Tage vorzuverlegen, weil mir meine bezaubernde Wohnung durch einen unvermuteten Umstand unbehaglich geworden war. Dies geschah in einer sonderbaren Episode, die mich sehr amüsierte und mir gleichzeitig belehrenden Einblick in die Denkart ganz verschiedener französischer Milieus gab.

Ich war über die zwei Pfingstfeiertage von Paris fort gewesen, um mit Freunden die herrliche Kathedrale von Chartres, die ich noch nicht kannte, zu bewundern. Als ich am Dienstagmorgen, in mein Hotelzimmer zurückkehrend, mich umkleiden wollte, fand ich meinen Koffer nicht, der friedlich alle diese Monate in der Ecke gestanden hatte. Ich ging hinunter zum Besitzer des kleinen Hotels, der tagsüber abwechselnd mit seiner Frau in der winzigen Portiersloge saß, ein kleiner, feister, rotwangiger Marseiller, mit dem ich oft heiter gespaßt und sogar manchmal im gegenüberliegenden Café Trick-Track, sein Lieblingsspiel, gespielt hatte. Er wurde sofort furchtbar aufgeregt und schrie erbittert, während er mit der Faust auf den Tisch hieb, die geheimnisvollen Worte:

»Also doch!« Noch indes er sich – er hatte wie immer in Hemdsärmeln gesessen – hastig den Rock anzog und Schuhe statt seiner bequemen Pantoffeln, erklärte er mir die Sachlage, und vielleicht ist es nötig, zuerst an eine Sonderheit der Pariser Häuser und Hotels zu erinnern, um sie verständlich zu machen. In Paris haben die kleineren Hotels und auch die meisten Privathäuser keine Hausschlüssel, sondern der ›concierge‹, der Hausmeister, schließt, sobald von außen geläutet wird, die Tür automatisch von der Portiersloge auf. In den kleineren Hotels und Häusern bleibt nun der Besitzer oder der Concierge nicht die ganze Nacht in seiner Portiersloge, sondern öffnet von seinem Ehebette aus durch den Druck auf einen Knopf – meist im Halbschlaf – die Haustür; wer das Haus verläßt, hat ›le cordon, s'il vous plaît‹ zu rufen und ebenso jeder, der von außen hereingelassen wird, seinen Namen zu nennen, so daß sich theoretisch kein Fremder nachts in die Häuser einschleichen kann. – Um zwei Uhr morgens hatte nun in meinem Hotel die Glocke von außen geläutet, jemand eintretend einen Namen genannt, der dem eines Hotelbewohners ähnlich schien und einen der noch in der Portiersloge hängenden Zimmerschlüssel abgenommen. Eigentlich wäre es Pflicht des Cerberus gewesen, durch die Glasscheibe die Identität des späten Besuchers zu verifizieren, aber offenbar war er zu schläfrig gewesen. Als aber dann nach einer Stunde wiederum, nun von innen, jemand ›Cordon, s'il vous plaît‹ gerufen habe, um das Haus zu verlassen, sei es ihm doch, nachdem er schon die Haustür geöffnet hatte, merkwürdig vorgekommen, daß jemand nach zwei Uhr morgens noch aus dem Hause gehe. Er sei aufgestanden und habe auf die Gasse nachblickend festgestellt, daß jemand mit einem Koffer das Haus verlassen habe und sei sofort in Schlafrock und Pantoffeln dem verdächtigen Manne nachgefolgt. Sobald er aber gesehen, daß jener sich um die Ecke in ein kleines Hotel Rue des Petits Champs begab, habe er natürlich nicht an einen Dieb oder Einbrecher gedacht und sich friedlich wieder ins Bett gelegt.

Aufgeregt über seinen Irrtum, wie er war, stürzte er mit mir zum nächsten Polizeiposten. Es wurde sofort in dem Hotel in der Rue des Petits Champs Nachfrage gehalten und festgestellt, daß sich zwar mein Koffer noch dort befand, nicht aber der Dieb, der offenbar ausgegangen war, um seinen Morgenkaffee in irgendeiner nachbarlichen Bar zu nehmen. Zwei Detektive paßten nun in der Portiersloge des Hotels in der Rue des Petits Champs auf den Bösewicht; als er arglos nach einer halben Stunde zurückkehrte, wurde er sofort verhaftet.

Nun mußten wir beide, der Wirt und ich, uns zur Polizei begeben, um der Amtshandlung beizuwohnen. Wir wurden in das Zimmer des Unterpräfekten geführt, der, ein ungeheuer feister, gemütlicher, schnurrbärtiger Herr, mit aufgeknöpftem Rock vor seinem sehr unordentlichen und mit Schriftstücken überhäuften Schreibtisch saß. Die ganze Amtsstube roch nach Tabak, und eine große Flasche Wein auf dem Tisch zeigte, daß der Mann keineswegs zu den grausamen und lebensfeindlichen Dienern der heiligen Hermandad zählte. Zuerst wurde auf seinen Befehl der Koffer hereingebracht; ich sollte feststellen, ob Wesentliches darin fehlte. Der einzige scheinbare Wertgegenstand war ein nach den Monaten meines Aufenthalts schon reichlich abgeknabberter Kreditbrief auf zweitausend Franken, der aber selbstverständlich für jeden Fremden unbrauchbar war und tatsächlich unangetastet auf dem Grunde lag. Nachdem ein Protokoll aufgenommen, daß ich den Koffer als mein Eigentum anerkenne und nichts aus demselben entwendet worden sei, gab nun der Beamte Order, den Dieb hereinzuführen, dessen Aspekt ich mit nicht geringer Neugier entgegensah.

Und sie lohnte sich. Zwischen zwei mächtigen Sergeanten und dadurch in seiner mageren Schmächtigkeit noch grotesker wirkend, erschien ein armer Teufel, ziemlich abgerissen, ohne Kragen, mit einem kleinen, hängenden Schnurrbart und einem trüben, sichtlich halbverhungerten Mausgesicht. Es war, wenn ich so sagen darf, ein schlechter Dieb, was sich ja auch durch seine ungeschickte Technik erwiesen, daß er sich nicht gleich am frühen Morgen mit dem Koffer davongemacht hatte. Er stand mit niedergeschlagenen Augen, leise zitternd, als ob ihn fröre, vor dem Polizeigewaltigen, und zu meiner Schande sei es gesagt, daß er mir nicht nur leid tat, sondern daß ich sogar eine Art Sympathie für ihn empfand. Und dieses mitfühlende Interesse wurde noch verstärkt, als ein Polizeibeamter auf einem großen Brett feierlich angeordnet alle die Gegenstände vorlegte, die man bei der Leibesvisitation gefunden hatte. Eine seltsamere Kollektion war kaum zu erdenken: ein sehr schmutziges und zerrissenes Taschentuch, ein um einen Schlüsselring musikalisch gegeneinanderklingendes Dutzend von Nachschlüsseln und Dietrichen in allen Formaten, eine abgegriffene Brieftasche, aber glücklicherweise keine Waffe, was zum mindesten bewies, daß dieser Dieb sein Metier in zwar kennerischer, aber doch friedlicher Weise ausübte.

Es wurde zunächst die Brieftasche vor unseren Augen untersucht. Sie ergab ein überraschendes Resultat. Nicht daß sie etwa Tausend- oder Hundertfrankennoten oder überhaupt eine einzige Banknote enthalten hätte – sie barg nicht weniger als siebenundzwanzig Photographien von stark dekolletierten berühmten Tänzerinnen und Schauspielerinnen sowie drei oder vier Aktphotographien, wodurch kein weiteres Delikt offenkundig wurde, als daß dieser hagere, wehmütige Bursche ein leidenschaftlicher Liebhaber der Schönheit war und die ihm unerreichbaren Sterne der Pariser Theaterwelt wenigstens im Bilde an seinem Herzen ruhen lassen wollte. Obgleich der Unterpräfekt mit strengem Blick diese Akt- und Nacktphotographien Blatt für Blatt betrachtete, entging mir nicht, daß ihn diese sonderbare Sammlerlust bei einem Delinquenten solchen Standes ebenso amüsierte wie mich selbst. Denn auch meine Sympathie für diesen armen Verbrecher hatte sich abermals um ein beträchtliches durch seine Neigung für das Ästhetisch-Schöne gesteigert, und als der Beamte an mich – nun feierlich die Feder in die Hand nehmend – die Frage richtete, ob ich wünsche ›de porter plainte‹, also Klage gegen den Verbrecher zu erheben, antwortete ich mit einem raschen und selbstverständlichen Nein.

Hier ist vielleicht zum Verständnis der Situation eine neuerliche Einschaltung vonnöten. Während bei uns und in vielen anderen Ländern im Falle eines Verbrechens die Anklage ex officio erfolgt, das heißt, der Staat selbstherrlich die Justiz in seine Hände nimmt, ist in Frankreich dem Geschädigten die freie Wahl anheimgestellt, Anklage zu erheben oder nicht zu erheben. Persönlich scheint mir diese Art der Rechtsauffassung gerechter als das sogenannte starre Recht. Denn sie gibt die Möglichkeit, einem andern Menschen das Schlimme, das er zugefügt, zu vergeben, während zum Beispiel, wenn in Deutschland eine Frau ihren Geliebten in einem Eifersuchtsanfall mit dem Revolver verletzt, alles Flehen und Bitten des Betroffenen sie nicht vor der Verurteilung schützen kann. Der Staat greift ein, reißt die Frau, die der in der Erregung Angefallene vielleicht um dieser Leidenschaft willen noch mehr liebt, gewaltsam von der Seite des Mannes und wirft sie ins Gefängnis, während in Frankreich die beiden Arm in Arm nach gewährter Verzeihung heimkehren und die Sache unter sich als ausgetragen betrachten können.

Kaum hatte ich mein entschiedenes ›Nein‹ ausgesprochen, so ereignete sich ein dreifacher Zwischenfall. Der hagere Mensch zwischen den beiden Polizisten richtete sich plötzlich auf und sah mich mit einem unbeschreiblichen Blick der Dankbarkeit an, den ich nie vergessen werde. Der Unterpräfekt legte zufrieden die Feder hin; auch ihm war es sichtlich angenehm, daß meine Weigerung, den Dieb zu verfolgen, ihm weitere Schreibereien ersparte. Aber anders mein Hauswirt. Er bekam einen puterroten Kopf und begann heftig auf mich einzuschreien, das dürfe ich nicht tun, dieses Gesindel, ›cette vermine‹, müsse ausgetilgt werden. Ich hätte keine Vorstellung, was diese Sorte für Schaden anrichte. Tag und Nacht müsse ein anständiger Mensch auf der Hut sein vor diesen Schuften, und wenn man einen laufen lasse, so bedeute das Ermutigung für hundert andere. Es war die ganze Ehrlichkeit und Redlichkeit und zugleich Kleinlichkeit eines in seinem Geschäft gestörten Kleinbürgers, die da explodierte; er forderte mich im Hinblick auf die Scherereien, die er mit der Sache gehabt habe, geradezu grob und drohend auf, meine Pardonierung zu revozieren. Aber ich blieb fest. Ich hätte, sagte ich entschlossen, meinen Koffer wieder und somit keinerlei Schaden zu beklagen, damit sei alles für mich erledigt. Ich hätte zeit meines Lebens noch nie gegen einen anderen Menschen eine Klage eingebracht und würde mit viel behaglicherem Gefühl heute mittags ein feistes Beefsteak verzehren, wenn ich wüßte, daß nicht meinethalben jemand anders unterdessen Gefängniskost essen müßte. Mein Wirt ripostierte in immer größerer Erregung, und als der Beamte erklärte, nicht er, sondern ich hätte zu entscheiden und durch meine Weigerung sei die Sache erledigt, drehte er sich plötzlich scharf um, verließ wütend das Zimmer und schlug knallend die Tür hinter sich zu. Der Unterpräfekt stand auf, lächelte dem Verärgerten nach und reichte mir in stillem Einverständnis die Hand. Damit war der amtliche Akt vollbracht, und ich griff schon nach meinem Koffer, um ihn nach Hause zu tragen. Aber in diesem Moment geschah etwas Merkwürdiges. Hastig näherte sich mir der Dieb in demütiger Weise. »Oh non, Monsieur«, sagte er. »Ich trage ihn schon zu Ihnen nach Hause.« Und so marschierte ich, während hinter mir der dankbare Dieb den Koffer trug, wieder die vier Straßen zu meinem Hotel zurück.

Auf diese Art schien eine ärgerlich begonnene Affäre in heiterster und erfreulichster Weise abgeschlossen. Aber sie zeitigte in rascher Folge noch zwei Nachspiele, denen ich aufschlußreiche Beiträge zur Kenntnis der französischen Psyche verdanke. Als ich am nächsten Tage zu Verhaeren kam, begrüßte er mich mit einem maliziösen Lächeln. »Du hast ja sonderbare Abenteuer hier in Paris«, sagte er spaßend. »Vor allem habe ich gar nicht gewußt, daß du ein so schwerreicher Bursche bist.« Ich verstand zuerst nicht, was er meinte. Er reichte mir die Zeitung, und siehe, da stand ein ungeheurer Bericht über den Vorfall von gestern, nur freilich, daß ich die wirklichen Tatsachen in dieser romantischen Dichtung kaum wiedererkannte. Mit eminenter journalistischer Kunst war geschildert, wie in einem Hotel der Innenstadt an einem vornehmen Fremden – ich war vornehm geworden, um interessanter zu sein – der Diebstahl eines Koffers verübt worden sei, der eine Reihe kostbarster Wertobjekte, darunter einen Kreditbrief auf zwanzigtausend Franken, enthalten habe – die zweitausend hatten sich über Nacht verzehnfacht – sowie andere unersetzbare Gegenstände (die in Wahrheit ausschließlich in Hemden und Krawatten bestanden hatten). Zunächst habe es unmöglich geschienen, eine Spur zu finden, da der Dieb mit ungeheurem Raffinement und anscheinend unter genauester Kenntnis der Lokalität die Tat verübt habe. Aber der souspréfet des Arrondissements, Monsieur ›un tel‹, habe mit seiner

›bekannten Energie‹ und seiner ›grande perspicacité‹ sofort alle Maßnahmen getroffen. Auf seine telephonische Verständigung hin wären innerhalb einer einzigen Stunde sämtliche Hotels und Pensionen von Paris auf das genaueste untersucht worden, und seine Maßnahmen, mit gewohnter Präzision ausgeführt, hätten in kürzester Frist zur Verhaftung des Übeltäters geführt. Der Polizeipräsident habe dem ausgezeichneten Beamten für diese hervorragende Leistung unverzüglich seine besondere Anerkennung ausgesprochen, weil er durch seine Tatkraft und Weitsicht wieder einmal ein leuchtendes Beispiel für die musterhafte Organisation der Pariser Polizei gegeben. – An diesem Bericht war natürlich nicht das mindeste wahr; der ausgezeichnete Beamte hatte sich nicht eine Minute von seinem Schreibtisch weg bemühen müssen, wir hatten ihm den Dieb mit dem Koffer fertig ins Haus geliefert. Aber er hatte die gute Gelegenheit benutzt, für sich persönlich publizistisches Kapital zu schlagen.

Hatte sich derart für den Dieb sowie für die hohe Polizei die Episode erfreulich gestaltet, so doch keineswegs für mich. Denn von dieser Stunde an tat mein früher so jovialer Hauswirt alles, um mir den weiteren Aufenthalt im Hotel zu verleiden. Ich kam die Treppe hinab und grüßte höflich seine Frau in der Portiersloge; sie antwortete mir nicht und wandte das biedere Bürgerinnenhaupt beleidigt ab. Der Valet räumte mein Zimmer nicht mehr richtig auf, Briefe verloren sich auf rätselhafte Weise. Selbst in den nachbarlichen Geschäften und im Bureau de Tabac, wo ich wegen meines reichlichen Konsums an Rauchwaren sonst als rechter ›copain‹ begrüßt wurde, begegneten mir mit einemmal frostige Gesichter. Geschlossen stand die beleidigte kleinbürgerliche Moral nicht nur des Hauses, sondern der ganzen Gasse, ja sogar des Arrondissements gegen mich, weil ich dem Dieb ›geholfen‹ hatte. Und mir blieb schließlich nichts anderes übrig, als mit dem geretteten Koffer auszuziehen und das behagliche Hotel so schmählich zu verlassen, als ob ich selbst der Verbrecher gewesen.

London wirkte nach Paris auf mich, wie wenn man an einem überheißen Tag plötzlich in den Schatten tritt: im ersten Augenblick überläuft einen unwillkürlich ein Frösteln, aber rasch sind Augen und Sinne eingewöhnt. Ich hatte mir zwei bis drei Monate England von vornherein gleichsam als Pflicht vorgesetzt – denn wie unsere Welt begreifen und in ihren Kräften bewerten, ohne das Land zu kennen, das diese Welt seit Jahrhunderten in seinen Schienen rollen ließ? Auch hoffte ich, meinem rostigen Englisch (das übrigens nie wirklich fließend geworden ist) einen Schliff zuteil werden zu lassen durch fleißige Konversation und rege Geselligkeit. Dazu kam es leider nicht: ich hatte – wie wir Kontinentalen alle – wenig literarischen Kontakt jenseits des Kanals, und bei allen Breakfast-Gesprächen und small talks in unserer kleinen Pension über Hof und Rennen und Parties fühlte ich mich jämmerlich unzuständig. Wenn sie Politik diskutierten, konnte ich nicht folgen, weil sie von Joe sprachen, ohne daß ich wußte, daß sie Chamberlain meinten, und ebenso die Sirs immer nur bei den Vornamen nannten; gegen das Cockney der Kutscher wiederum war mein Ohr lange wie mit Wachs vertaubt. So kam ich nicht so rasch vorwärts, wie ich gehofft hatte. Ein bißchen gute Diktion versuchte ich in den Kirchen von den Predigern zu erlernen, zwei oder drei Male kiebitzte ich bei Gerichtsverhandlungen, ich ging in die Theater, um richtiges Englisch zu hören – aber immer mußte ich mühsam suchen, was in Paris einem überflutend entgegenkam: Geselligkeit, Kameradschaft und Heiterkeit. Ich fand niemanden, um die Dinge zu diskutieren, die mir die wichtigsten waren; den Gutgesinnten unter den Engländern erschien wiederum ich durch meine grenzenlose Gleichgültigkeit gegen Sport, Spiel, Politik und was sie sonst beschäftigte, wahrscheinlich als ziemlich ungehobelter und lederner Geselle. Nirgends gelang es mir, mich einem Milieu, einem Kreis innerlich zu verbinden; so habe ich eigentlich neun Zehntel meiner Londoner Zeit arbeitend in meinem Zimmer oder im Britischen Museum verbracht.

Zuerst versuchte ich es freilich redlich mit dem Spazierengehen. In den ersten acht Tagen hatte ich London durchtrabt, bis mir die Sohlen brannten. Ich klapperte alle Sehenswürdigkeiten des Baedekers von der Madame Tussaud bis zum Parlament mit studentischem Pflichtgefühl ab, ich lernte Ale trinken und ersetzte die Pariser Zigarette durch die landesübliche Pfeife, ich gab mir in hundert Einzelheiten Mühe, mich anzupassen; aber weder gesellschaftlich noch literarisch kam ich in einen wirklichen Kontakt, und wer England nur von außen sieht, der geht am Wesentlichen vorbei – geht vorbei wie an den millionenreichen Kompanien in der City, von denen man von außen nichts anderes wahrnimmt als eben das wohlgeputzte stereotype Messingschild. In einem Klub eingeführt, wußte ich nicht, was dort tun; schon der Anblick der tiefen Ledersessel reizte mich wie die ganze Atmosphäre zu einer Art geistiger Schläfrigkeit, weil ich dies weise Entspannen nicht wie die andern durch konzentrierte Tätigkeit oder Sport mir verdient hatte. Diese Stadt schied eben energisch den Müßiggänger, den bloßen Beobachter, sofern er nicht millionenreich das Otium zu einer hohen und geselligen Kunst zu erheben wußte, als Fremdkörper aus, während Paris ihn vergnüglich mitrollen ließ in seinem wärmeren Getriebe. Mein Fehler war gewesen, das erkannte ich zu spät: ich hätte in irgendeiner Form der Beschäftigung diese zwei Londoner Monate verbringen müssen, als Volontär in einem Geschäft, als Sekretär in einer Zeitung, dann wäre ich wenigstens einen

Fingerbreit tief in das englische Leben eingedrungen. Als bloßer Beobachter von außen habe ich wenig erlebt und erst viele Jahre später während des Krieges eine Ahnung des wirklichen England gewonnen.

Von den Dichtern Englands sah ich nur Arthur Symons. Er wiederum vermittelte mir eine Einladung zu W. B. Yeats, dessen Gedichte ich sehr liebte, und von dem ich aus bloßer Freude einen Teil seines zarten Versdramas ›The Shadowy Waters‹ übersetzt hatte. Ich wußte nicht, daß es ein Vorlesungsabend werden sollte; ein kleiner Kreis von Auserwählten war geladen, wir saßen ziemlich gedrängt in dem nicht weiträumigen Zimmer, ein Teil sogar auf Schemeln oder auf dem Fußboden. Endlich begann Yeats, nachdem er neben einem schwarzen (oder schwarzüberzogenen) Stehpult zwei armdicke, riesige Altarkerzen entzündet hatte. Alle andern Lichter im Raume wurden gelöscht, so trat plastisch der energische Kopf mit den schwarzen Locken aus dem Kerzenschimmer. Yeats las langsam mit einer melodischen dunklen Stimme, ohne je ins Deklamatorische zu verfallen, jeder Vers erhielt sein volles metallisches Gewicht. Es war schön. Es war wahrhaft feierlich. Und das einzige, was mich störte, war die Preziosität der Aufmachung, das schwarze, kuttenartige Gewand, das Yeats etwas Priesterliches gab, das Schwelen der dicken Wachskerzen, die, glaube ich, einen leichtgewürzten Duft aushauchten; dadurch wurde der literarische Genuß – und das bot anderseits für mich einen neuartigen Reiz – eher eine Zelebrierung von Gedichten als eine spontane Vorlesung. Und ich erinnerte mich unwillkürlich im Vergleich, wie Verhaeren seine Gedichte vorlas: in Hemdsärmeln, um mit den nervigen Armen den Rhythmus besser taktieren zu können, ohne Pomp und Inszenierung, oder wie Rilke aus einem Buche gelegentlich ein paar Verse sprach, einfach, klar in dem stillen Dienst am Wort. Es war die erste

›inszenierte‹ Dichtervorlesung, der ich je beigewohnt, und wenn ich mich trotz aller Liebe für sein Werk etwas mißtrauisch gegen diese Kulthandlung wehrte, so hat Yeats dennoch damals einen dankbaren Gast gehabt.

Aber die eigentliche Dichterentdeckung, die mir in London geschah, galt keinem Lebenden, sondern einem derzeit noch recht vergessenen Künstler: William Blake, diesem einsamen und problematischen Genie, das mich mit seiner Mischung von Unbeholfenheit und sublimer Vollendung noch heute fasziniert. Ein Freund hatte mir geraten, mir im printroom des Britischen Museums, den damals Lawrence Binyon verwaltete, die farbig illustrierten Bücher ›Europa‹, ›Amerika‹, ›Das Buch Hiob‹ zeigen zu lassen, die heute Rarissima des Antiquariats geworden sind, und ich war wie verzaubert. Hier sah ich zum erstenmal eine jener magischen Naturen, die, ohne klar ihren Weg zu wissen, von Visionen wie mit Engelsflügeln durch alle Wildnisse der Phantasie getragen werden; Tage und Wochen versuchte ich tiefer in das Labyrinth dieser naiven und doch zugleich dämonischen Seele einzudringen und einige Gedichte von ihm deutsch wiederzugeben. Ein Blatt von seiner Hand zu besitzen, wurde beinahe zur Gier, schien aber zunächst eine fast nur traumhafte Möglichkeit. Da erzählte mir eines Tages mein Freund Archibald G. B. Russell, schon damals der beste Kenner Blakes, in der Ausstellung, die er veranstalte, sei eines der ›visionary portraits‹ zu verkaufen, seiner (und meiner) Meinung nach die schönste Bleistiftzeichnung des Meisters, der ›King John‹. »Sie werden ihrer nie müde werden«, versprach er mir, und er hat recht behalten. Von meinen Büchern und Bildern hat dieses eine Blatt mich mehr als dreißig Jahre begleitet, und wie oft hat der magisch-erleuchtete Blick dieses irren Königs von der Wand auf mich geblickt; von allem Verlorenen und Fernen meiner Habe ist es diese Zeichnung, welche ich auf meiner Wanderschaft am meisten misse. Der Genius Englands, den zu erkennen in Straßen und Städten ich mich vergebens bemüht, plötzlich war er mir offenbar geworden in Blakes wahrhaft astraler Gestalt. Und ich hatte zu vieler Weltliebe wieder eine neue gewonnen.

Umwege auf dem Wege zu mir selbst

Paris, England, Italien, Spanien, Belgien, Holland, dies neugierige Wandern und Zigeunern war an sich erfreulich und in vieler Hinsicht ergiebig gewesen. Aber schließlich benötigt man doch – wann wußte ich es besser als heute, da mein Wandern durch die Welt kein freiwilliges mehr ist, sondern ein Gejagtsein? – einen stabilen Punkt, von dem aus man wandert, und zu dem man immer wieder zurückkehrt. Eine kleine Bibliothek hatte sich in den Jahren seit der Schule angehäuft, Bilder und Andenken; die Manuskripte begannen sich zu dicken Paketen zu stauen, und man konnte diese willkommene Last schließlich nicht ständig in Koffern durch die Welt schleppen. So nahm ich mir eine kleine Wohnung in Wien, aber es sollte keine wirkliche Bleibe sein, nur ein pied-à-terre, wie die Franzosen so eindringlich sagen. Denn das Gefühl des Provisorischen beherrschte bis zum Weltkrieg in geheimnisvoller Weise mein Leben. Bei allem, was ich unternahm, beredete ich mich selbst, es sei doch nicht das Eigentliche, das Richtige – bei meinen Arbeiten, die ich nur als Proben auf das Wirkliche empfand, und nicht minder bei den Frauen, mit denen ich befreundet war. Damit gab ich meiner Jugend das Gefühl des noch nicht zum Äußersten Verpflichtetseins und gleichzeitig auch das ›diletto‹ des unbeschwerten Kostens, Probens und Genießens. Schon in die Jahre gelangt, da andere längst verheiratet waren, Kinder und wichtige Positionen hatten und mit geschlossener Energie versuchen mußten, das Letzte aus sich herauszuholen, betrachtete ich mich noch immer als den jungen Menschen, als Anfänger, als Beginner, der unermeßlich viel Zeit vor sich hat, und zögerte, mich in irgendeinem Sinne auf ein Definitives festzulegen. So, wie ich meine Arbeit nur als Vorarbeit zum ›Eigentlichen‹, als Visitenkarte betrachtete, die meine Existenz der Literatur bloß ankündigte, sollte meine Wohnung vorläufig nicht viel mehr als eine Adresse sein. Ich wählte sie absichtlich klein und in der Vorstadt, damit sie meine Freiheit nicht durch Kostspieligkeit belasten könnte. Ich kaufte mir keine sonderlich guten Möbel, denn ich wollte sie nicht ›schonen‹, wie ich es bei meinen Eltern gesehen, wo jeder einzelne Fauteuil seinen Überzug hatte, der nur für Besuche abgenommen wurde. Bewußt wollte ich vermeiden, mich in Wien festzuwohnen und dadurch sentimentalisch an einen bestimmten Ort gebunden zu sein. Lange Jahre schien mir dies Mich-zum-Provisorischen-Erziehen ein Fehler, aber später, da ich immer von neuem gezwungen wurde, jedes Heim, das ich mir baute, zu verlassen, und alles um mich Gestaltete zerfallen sah, ist dies geheimnisvolle Lebensgefühl des Sich-nicht-Bindens mir hilfreich geworden. Früh erlernt, hat es mir jedes Verlieren und Abschiednehmen leichter gemacht.

Viele Kostbarkeiten hatte ich in dieser ersten Wohnung noch nicht zu verstauen. Aber schon schmückte jene in London erworbene Zeichnung von Blake die Wand und eines der schönsten Gedichte Goethes in seiner schwungvoll freien Handschrift, – damals noch das Kronstück meiner Sammlung von Autographen, die ich schon im Gymnasium begonnen hatte. Mit derselben Herdenhaftigkeit, wie unsere ganze literarische Gruppe dichtete, hatten wir damals Dichtern, Schauspielern, Sängern ihre Unterschriften abgejagt, die meisten von uns allerdings diesen Sport wie ihre Dichterei zugleich mit der Schule aufgegeben, während sich bei mir die Passion für diese irdischen Schatten genialer Gestalten nur noch steigerte und gleichzeitig vertiefte. Die bloßen Signaturen wurden mir gleichgültig, auch die Quote der internationalen Berühmtheit oder Preisbewertung eines Mannes interessierte mich nicht; was ich suchte, waren die Urschriften oder Entwürfe von Dichtungen oder Kompositionen, weil mich das Problem der Entstehung eines Kunstwerks sowohl in den biographischen wie in den psychologischen Formen mehr als alles andere beschäftigte. Jene geheimnisvollste Sekunde des Übergangs, da ein Vers, eine Melodie aus dem Unsichtbaren, aus der Vision und Intuition eines Genies durch graphische Fixierung ins Irdische tritt, wo anders ist sie belauschbar, überprüfbar als auf den durchkämpften oder wie in Trance hingejagten Urschriften der Meister? Ich weiß von einem Künstler nicht genug, wenn ich nur sein geschaffenes Werk vor mir habe, und ich bekenne mich zu Goethes Wort, daß man die großen Schöpfungen, um sie ganz zu begreifen, nicht nur in ihrer Vollendung gesehen, sondern auch in ihrem Werden belauscht haben muß. Aber auch rein optisch wirkt auf mich eine erste Skizze Beethovens mit ihren wilden, ungeduldigen Strichen, ihrem wüsten Durcheinander begonnener und verworfener Motive, mit der darin auf ein paar Bleistiftstriche komprimierten Schöpfungswut seiner dämonisch überfüllten Natur geradezu physisch erregend, weil der Anblick mich so sehr geistig erregt; ich kann solch ein hieroglyphisches Blatt verzaubert und verliebt anstarren wie andere ein vollendetes Bild. Ein Korrekturblatt Balzacs, wo fast jeder Satz zerrissen, jede Zeile umgeackert, der weiße Rand mit Strichen, Zeichen, Worten schwarz zernagt ist, versinnlicht mir den Ausbruch eines menschlichen Vesuvs; und irgendein Gedicht, das ich jahrzehntelang liebte, zum erstenmal in der Urschrift sehe, in seiner ersten Irdischkeit, erregt in mir ehrfürchtig religiöses Gefühl; ich getraue mich kaum, es zu berühren. Zu dem Stolz, einige solcher Blätter zu besitzen, gesellte sich noch der fast sportliche Reiz, sie zu erwerben, ihnen nachzujagen auf Auktionen oder in Katalogen; wieviel gespannte Stunden danke ich dieser Jagd, wie viele erregende Zufälle! Da war man um einen Tag zu spät gekommen, dort hatte sich ein begehrtes Stück als Fälschung erwiesen, dann wieder ereignete sich ein Wunder: man besaß ein kleines Manuskript Mozarts und hatte es doch nur mit halber Freude, weil ein Streifen Musik davon weggeschnitten war. Und plötzlich taucht dieser vor fünfzig oder hundert Jahren von einem liebevollen Vandalen abgeschnittene Streifen in einer Stockholmer Auktion auf, und man kann wieder die Arie zusammenfügen, genauso wie Mozart sie vor hundertfünfzig Jahren hinterließ. Damals waren meine literarischen Einnahmen freilich noch nicht zureichend, um in großem Stil zu kaufen, aber jeder Sammler weiß, wie sehr es die Freude an einem Stück steigert, wenn man sich eine andere Freude versagen mußte, um es zu erwerben. Außerdem setzte ich alle meine Dichterfreunde in Kontribution. Rolland gab mir einen Band seines ›Jean Christophe‹, Rilke sein populärstes Werk, ›Die Weise von Liebe und Tod‹, Claudel die ›Annonce faite à Marie‹, Gorkij eine große Skizze, Freud eine Abhandlung; sie wußten alle, daß kein Museum ihre Handschriften liebevoller hütete. Wieviel ist heute davon in alle Winde zerstoben mit anderen geringeren Freuden!

Daß das sonderbarste und kostbarste literarische Museumsstück zwar nicht in meinem Schranke, aber doch im gleichen Vorstadthaus sich barg, entdeckte ich erst später durch einen Zufall. Über mir wohnte in ebenso bescheidener Wohnung ein grauhaariges, ältliches Fräulein, ihrem Beruf nach Klavierlehrerin; eines Tages sprach sie mich in nettester Weise auf der Stiege an, es bedrücke sie eigentlich, daß ich bei meiner Arbeit unfreiwilliger Zuhörer ihrer Lehrstunden sein müsse, und sie hoffe, ich werde durch die unvollkommenen Künste ihrer Schülerinnen nicht allzusehr gestört. Im Gespräch ergab sich dann, daß ihre Mutter bei ihr wohnte und, halb blind, das Zimmer kaum mehr verließ, und daß diese achtzigjährige Frau niemand geringerer war als die Tochter von Goethes Leibarzt Dr. Vogel und 1830 von Ottilie von Goethe in persönlicher Gegenwart Goethes aus der Taufe gehoben. Mir wurde ein wenig schwindlig – es gab 1910 noch einen Menschen auf Erden, auf dem Goethes heiliger Blick geruht! Nun war mir immer ein besonderer Sinn der Ehrfurcht für jede irdische Manifestation des Genius zu eigen, und außer jenen Manuskriptblättern trug ich mir an Reliquien zusammen, was ich erreichen konnte; ein Zimmer meines Hauses war in späterer Zeit – in meinem ›zweiten Leben‹ – ein, wenn ich so sagen darf, kultischer Raum. Da stand der Schreibtisch Beethovens und seine kleine Geldkassette, aus der er noch aus dem Bett mit schon vom Tode berührter, zitternder Hand sich die kleinen Beträge für die Dienstmagd geholt; da war ein Blatt aus seinem Küchenbuche und eine Locke seines schon ergrauten Haars. Eine Kielfeder Goethes habe ich jahrelang unter Glas gehütet, um der Versuchung zu entgehen, sie in die eigene unwürdige Hand zu nehmen. Aber wie unvergleichlich diesen immerhin leblosen Dingen war doch ein Mensch, ein atmendes, lebendes Wesen, das noch Goethes dunkles, rundes Auge bewußt und liebevoll angeblickt – ein letzter dünner Faden, der jeden Augenblick abreißen konnte, verband durch dies gebrechliche irdische Gebilde die olympische Welt Weimars mit diesem zufälligen Vorstadthaus Kochgasse 8. Ich bat um die Verstattung, Frau Demelius besuchen zu dürfen; gerne und gütig wurde ich von der alten Dame empfangen, und in ihrer Stube fand ich mancherlei vom Hausrat des Unsterblichen wieder, das von Goethes Enkelin, ihrer Kindheitsfreundin, ihr geschenkt worden war: das Leuchterpaar, das auf Goethes Tisch gestanden, und ähnliche Wahrzeichen des Hauses auf dem Weimarer ›Frauenplan‹. Aber war sie nicht selbst das eigentliche Wunder mit ihrer Existenz, diese alte Dame, ein Biedermeierhäubchen über dem schon dünnen, weißen Haar, deren zerfalteter Mund gerne erzählte, wie sie die ersten fünfzehn Jahre ihrer Jugend in dem Hause am Frauenplan verbracht, das damals noch nicht wie heute Museum war und das die Dinge unberührt seit der Stunde bewahrte, da der größte deutsche Dichter sein Heim und die Welt für immer verließ? Wie immer alte Leute, sah sie diese ihre Jugendzeit mit stärkster Gegenständlichkeit; rührend war mir ihre Empörung, die Goethegesellschaft habe eine schwere Indiskretion begangen, indem sie die Liebesbriefe ihrer Kindheitsfreundin Ottilie von Goethe ›jetzt schon‹ publiziert habe – ›jetzt schon‹ – ach, sie hatte vergessen, daß Ottilie schon ein halbes Jahrhundert tot war! Für sie war Goethes Liebling noch da und war noch jung, für sie waren die Dinge Wahrheit, die uns längst Vorzeit und Legende geworden! Immer fühlte ich geisterhafte Atmosphäre in ihrer Gegenwart. Da wohnte man in diesem steinernen Haus, sprach durchs Telephon, brannte elektrisches Licht, diktierte Briefe in eine Schreibmaschine, und zweiundzwanzig Stufen empor, und man war in ein anderes Jahrhundert entrückt und stand im heiligen Schatten von Goethes Lebenswelt.

Ich bin später noch mehrmals Frauen begegnet, die mit ihrem weißen Scheitel emporreichten in heroische und olympische Welt, Cosima Wagner, der Tochter Liszts, hart, streng und doch großartig in ihren pathetischen Gesten, Elisabeth Förster, Nietzsches Schwester, zierlich, klein, kokett, Olga Monod, Alexander Herzens Tochter, die als Kind oft auf Tolstois Knien gesessen; ich habe Georg Brandes als alten Mann erzählen hören von seinen Begegnungen mit Walt Whitman, Flaubert und Dickens, oder Richard Strauss schildern, wie er Richard Wagner zum ersten Male gesehen. Aber nichts hat mich so berührt wie das Antlitz jener Greisin, der letzten unter den Lebenden, die von Goethes Auge noch angeblickt worden ist. Und vielleicht bin ich selbst wiederum schon der letzte, der heute sagen darf: ich habe einen Menschen gekannt, auf dessen Haupt noch Goethes Hand einen Augenblick zärtlich geruht.

Für die Zeit zwischen den Fahrten war nun der Rastpunkt gefunden. Doch wichtiger war eine andere Heimstatt, die ich gleichzeitig fand – der Verlag, der durch dreißig Jahre mein ganzes Werk bewahrt und gefördert hat. Eine solche Wahl bedeutet eine Entscheidung im Leben eines Autors, und sie hätte für mich nicht glücklicher fallen können. Einige Jahre vorher hatte ein dichterischer Dilettant kultiviertester Art den Gedanken gefaßt, seinen Reichtum nicht auf einen Rennstall zu verwenden, sondern auf ein geistiges Werk. Alfred Walter Heymel, als Dichter selbst eine unbeträchtliche Erscheinung, entschloß sich, in Deutschland, wo das Verlagswesen wie überall hauptsächlich auf kommerzieller Grundlage geführt wurde, einen Verlag zu begründen, der ohne Blick auf materiellen Gewinn, ja sogar in Voraussicht dauernder Verluste, als Maßstab nicht die Verkäuflichkeit, sondern die innere Haltung eines Werkes für seine Veröffentlichung entscheidend machte. Unterhaltungslektüre, so einträglich sie auch sein mochte, sollte ausgeschlossen bleiben, dagegen auch dem Subtilsten und dem Schwerzugänglichen Unterkunft geboten werden. Ausschließlich Werke reinsten Kunstwillens in reinster Form der Darbietung bei sich zu versammeln, war die Devise dieses exklusiven und zuerst nur auf das schmale Publikum der wirklichen Kenner angewiesenen Verlages, der mit der stolzen Absicht der Isolation sich ›Die Insel‹ und späterhin ›Insel-Verlag‹ nannte. Nichts sollte dort gewerbsmäßig gedruckt werden, sondern jeder Dichtung buchtechnisch eine äußere Form gegeben, die ihrer inneren Vollendung entsprach. So wurde jedes einzelne Werk mit Titelzeichnung, Satzspiegel, Type, Papier jedesmal neu zum individuellen Problem; selbst die Prospekte ebenso wie das Briefpapier erhoben sich bei diesem ehrgeizigen Verlage zum Gegenstand passionierter Sorgfalt. Ich erinnere mich zum Beispiel nicht, in dreißig Jahren einen einzigen Druckfehler in einem meiner Bücher gefunden zu haben oder selbst in einem Brief vom Verlag eine korrigierte Zeile: alles, auch die kleinste Einzelheit, hatte die Ambition des Musterhaften.

Das lyrische Werk Hofmannsthals wie Rilkes war im Insel-Verlag vereinigt, und durch ihre Gegenwart war von vornherein das höchste Maß als das einzig gültige aufgestellt. Man mag sich darum meine Freude, meinen Stolz denken, mit sechsundzwanzig Jahren der ständigen Bürgerschaft dieser ›Insel‹ gewürdigt worden zu sein. Diese Zugehörigkeit bedeutete nach außen hin eine literarische Rangerhöhung und zugleich nach innen eine verstärkte Verpflichtung. Wer in diesen erlesenen Kreis trat, mußte Zucht und Zurückhaltung an sich üben, durfte keinerlei literarische Leichtfertigkeit, keine journalistische Eilfertigkeit je sich zuschulden kommen lassen, denn das Signet des Insel-Verlages auf einem Buche bekräftigte von vorneweg für Tausende und späterhin Hunderttausende ebenso Garantie innerer Qualität wie vorbildlicher drucktechnischer Vollendung.

Nun kann einem Autor nichts Glücklicheres geschehen, als jung auf einen jungen Verlag zu stoßen und mit ihm gemeinsam in Wirkung zu wachsen; nur solche gemeinsame Entfaltung schafft eigentlich eine organische Lebensbedingung zwischen ihm, seinem Werk und der Welt. Mit dem Leiter des Insel-Verlags, Professor Kippenberg, verband mich bald herzliche Freundschaft, die noch verstärkt wurde durch beiderseitiges Verständnis für unsere privaten Sammelleidenschaften, denn Kippenbergs Goethesammlung entfaltete sich parallel mit dem Aufstieg meiner Autographensammlung in diesen dreißig gemeinsamen Jahren zur monumentalsten, die je einem Privaten gelungen. Ich fand bei ihm wertvolle Beratung und ebensooft wertvolle Abmahnung, konnte ihm anderseits wiederum durch meine besondere Übersicht über die ausländische Literatur wichtige Anregungen geben; so ist die Insel-Bücherei, die mit ihren vielen Millionen Exemplaren gleichsam eine gewaltige Weltstadt um den ursprünglichen ›elfenbeinernen Turm‹ gebaut und die ›Insel‹ zum repräsentativsten deutschen Verlag gemacht hat, auf einen Vorschlag von mir entstanden. Nach dreißig Jahren fanden wir uns anders, als wir begonnen: das schmale Unternehmen einer der mächtigsten Verlage, der anfangs nur in kleinerem Kreise wirksame Autor immerhin einer der gelesensten Deutschlands. Und wirklich, eine Weltkatastrophe und brutalste Gesetzesgewalt waren nötig, diese für uns beide gleich glückliche und selbstverständliche Verbindung zu lösen. Ich muß gestehen, daß es mir leichter war, Haus und Heimat zu verlassen, als nicht mehr das vertraute Signet auf meinen Büchern zu sehen.

Nun war die Bahn offen. Ich hatte fast unziemlich früh begonnen zu publizieren und doch innerlich die Überzeugung, mit sechsundzwanzig Jahren noch keine wirklichen Werke geschaffen zu haben. Was die schönste Errungenschaft meiner jungen Jahre gewesen, der Umgang und die Freundschaft mit den besten schöpferischen Menschen der Zeit, wirkte sich im Produktiven merkwürdigerweise als gefährliche Hemmung aus. Ich hatte zu gut gelernt, um wirkliche Werte zu wissen; das machte mich zaghaft. Dank dieser Mutlosigkeit beschränkte sich alles, was ich bisher außer Übertragungen veröffentlicht, in vorsichtiger Ökonomie auf kleines Format wie Novellen und

Gedichte; einen Roman zu beginnen, hatte ich noch lange nicht den Mut (es sollte noch fast dreißig Jahre dauern). Das erste Mal, daß ich mich an eine breitere Form wagte, war im Dramatischen, und gleich mit diesem ersten Versuch begann eine große Versuchung, der nachzugeben mich mancherlei günstige Zeichen drängten. Ich hatte 1905 oder 1906 während des Sommers ein Stück geschrieben – im Stile unserer Zeit selbstverständlich ein Versdrama, und zwar antikischer Art. Es hieß ›Thersites‹; zu sagen, wie ich heute über dies nur formal noch gültige Stück denke, erübrigt sich durch die Tatsache, daß ich es – wie fast alle meine Bücher vor dem zweiunddreißigsten Jahr – nie mehr neu drucken ließ. Immerhin kündigte dieses Drama schon einen gewissen persönlichen Zug meiner inneren Einstellung an, die unweigerlich nie die Partei der sogenannten ›Helden‹ nimmt, sondern Tragik immer nur im Besiegten sieht. In meinen Novellen ist es immer der dem Schicksal Unterliegende, der mich anzieht, in den Biographien die Gestalt eines, der nicht im realen Raume des Erfolgs, sondern einzig im moralischen Sinne recht behält, Erasmus und nicht Luther, Maria Stuart und nicht Elisabeth, Castellio und nicht Calvin; so nahm ich auch damals nicht Achill als die heroische Figur, sondern den unscheinbarsten seiner Gegenspieler, Thersites – den leidenden Menschen statt jenes, der durch seine Kraft und Zielsicherheit den andern Leiden erschafft. Das beendete Drama einem Schauspieler zu zeigen, selbst einem befreundeten, unterließ ich, immerhin schon weltklug genug, um zu wissen, daß Dramen in Blankversen und in griechischen Kostümen, selbst wenn von Sophokles oder Shakespeare, nicht geeignet sind, auf der realen Bühne ›Kassa zu machen‹. Nur der Form halber ließ ich ein paar Exemplare an die großen Theater schicken und vergaß dann ganz diesen Auftrag.

Wie groß war darum meine Überraschung, nach etwa

drei Monaten einen Brief zu erhalten, dessen Umschlag den Aufdruck ›Königliches Schauspielhaus Berlin‹ zeigte. Was kann das preußische Staatstheater von mir wollen, dachte ich. Zu meiner Überraschung teilte mir der Direktor Ludwig Barnay, vormals einer der größten Schauspieler, mit, das Stück habe ihm stärksten Eindruck gemacht und sei ihm deshalb besonders willkommen, weil im Achill endlich die langgesuchte Rolle für Adalbert Matkowsky gefunden sei; er bitte mich also, die Erstaufführung dem Königlichen Schauspielhaus in Berlin zu übertragen.

Ich erschrak beinahe vor Freude. Die deutsche Nation hatte damals zwei große Schauspieler, Adalbert Matkowsky und Josef Kainz; der erste, ein Norddeutscher, unerreicht durch die elementare Wucht seines Wesens, seine hinreißende Leidenschaft – der andere, unser Wiener Josef Kainz, beglückend durch seine geistige Grazie, seine nie mehr erreichte Sprechkunst, die Meisterschaft des schwingenden wie des metallischen Worts. Nun sollte Matkowsky meine Gestalt verlebendigen, meine Verse sprechen, das angesehenste Theater der Hauptstadt des Deutschen Reiches meinem Drama Patendienste leisten – eine dramatische Karriere unvergleichlicher Art schien sich mir, der sie nicht gesucht hatte, zu eröffnen.

Aber sich nie einer Aufführung erwartungsvoll zu freuen, ehe sich nicht wirklich der Vorhang hebt, habe ich seitdem gelernt. Zwar begannen tatsächlich die Proben, eine nach der andern, und Freunde versicherten mir, daß Matkowsky nie großartiger, nie männlicher gewesen als auf diesen Proben, da er meine Verse sprach. Schon hatte ich den Schlafwagenplatz nach Berlin bestellt, da kam in letzter Stunde ein Telegramm: Verschiebung wegen Erkrankung Matkowskys. Ich hielt es für einen Vorwand, wie er beim Theater üblich ist, wenn man einen Termin oder ein Versprechen nicht einhalten kann. Aber acht Tage später brachten die Zeitungen die Nachricht, Matkowsky sei gestorben. Meine Verse waren die letzten gewesen, die seine wunderbar beredten Lippen gesprochen.

Erledigt, sagte ich mir. Vorbei. Zwar wollten jetzt zwei andere Hoftheater von Rang, Dresden und Kassel, das Stück; innerlich jedoch war mein Interesse erlahmt. Nach Matkowsky mochte ich keinen andern Achill mir denken. Aber da kam eine noch verblüffendere Nachricht: ein Freund weckte mich eines Morgens, er sei von Josef Kainz gesandt, der zufällig auf das Stück gestoßen sei und darin eine Rolle für sich sehe, nicht den Achill, den Matkowsky hatte darstellen wollen, sondern die tragische Gegenrolle des Thersites. Er werde sich sofort mit dem Burgtheater in Verbindung setzen. Der Direktor Schlenther war nun als Bahnbrecher des gerade zeitgemäßen Realismus aus Berlin gekommen und leitete (sehr zum Ärger der Wiener) das Hoftheater als prinzipieller Realist; er schrieb mir sofort, er sehe wohl das Interessante in meinem Drama, leider aber nicht die Möglichkeit eines über die Premiere hinauswirkenden Erfolges.

Erledigt, sagte ich mir nochmals, skeptisch wie ich von je gegen mich und mein literarisches Werk gewesen. Kainz dagegen war erbittert. Er lud mich sofort zu sich; zum erstenmal sah ich den Gott meiner Jugend, dem wir als Gymnasiasten am liebsten Hände und Füße geküßt, vor mir, biegsam der Körper wie eine Feder, geistvoll und von herrlich dunklem Auge beseelt das Gesicht noch im fünfzigsten Jahr. Ihn sprechen zu hören, war ein Genuß. Jedes Wort hatte auch in der privaten Konversation seinen reinsten Umriß, jeder Konsonant die geschliffene Schärfe, jeder Vokal schwang voll und klar; heute noch kann ich manches Gedicht nicht lesen, sofern ich es einmal von ihm habe rezitieren hören, ohne daß seine Stimme mitspricht mit ihrer skandierenden Kraft, ihrem vollendeten Rhythmus, ihrem heroischen Schwung; nie mehr ist es mir so zur Lust geworden, die deutsche Sprache zu hören. Und siehe, dieser Mann, den ich wie einen Gott verehrte, entschuldigte sich vor mir jungem Menschen, daß ihm die Durchsetzung meines Stücks nicht gelungen sei. Aber wir sollten einander von nun an nicht mehr verlorengehen, bekräftigte er. Eigentlich habe er eine Bitte an mich – ich lächelte beinahe: Kainz eine Bitte an mich! – und zwar: er sei jetzt viel auf Gastspielen und habe dafür zwei Einakter. Ein dritter fehle ihm noch, und was ihm vorschwebe, sei ein kleines Stück, womöglich in Versen und am besten mit einer jener lyrischen Kaskaden, wie er sie – *einzig* in der deutschen Theaterkunst – dank seiner grandiosen Sprechtechnik, ohne Atem zu holen, in einem Guß kristallen niederstürzen lassen konnte auf eine selbst atemlos lauschende Menge. Ob ich ihm nicht einen solchen Einakter schreiben könnte?

Ich versprach, es zu versuchen. Und Wille kann, wie Goethe sagt, manchmal ›die Poesie kommandieren‹. Ich entwarf in der Skizze einen Einakter ›Der verwandelte Komödiant‹, ein federleichtes Spiel aus dem Rokoko mit zwei eingebauten großen lyrisch-dramatischen Monologen. Unwillkürlich hatte ich bei jedem Wort aus seinem Willen heraus gedacht, indem ich mich mit aller Leidenschaft in Kainzens Wesen und selbst Sprachweise hineinfühlte; so wurde diese gelegentliche Arbeit einer jener Glücksfälle, wie sie nie bloße Handfertigkeit, sondern einzig Begeisterung verwirklicht. Nach drei Wochen konnte ich Kainz die halbfertige Skizze zeigen mit der einen schon eingebauten ›Arie‹. Kainz war ehrlich enthusiasmiert. Er rezitierte sofort aus dem Manuskript zweimal jene Kaskade, das zweite Mal schon mit unvergeßlicher Vollendung. Wie lange ich noch brauche? fragte er, sichtlich ungeduldig. Einen Monat. Vortrefflich! Das klappe wunderbar! Er ginge jetzt für einige Wochen zu einem Gastspiel nach Deutschland, nach seiner Rückkehr müßten sofort die Proben beginnen, denn dieses Stück gehöre ins Burgtheater. Und dann, das verspreche er mir: wohin er immer reise, nehme er es in sein Repertoire, denn es passe ihm wie ein Handschuh. »Wie ein Handschuh!« Immer wieder von neuem wiederholte er, mir dreimal herzlich die Hand schüttelnd, dieses Wort.

Offenbar hatte er das Burgtheater noch vor seiner Abreise rebellisch gemacht, denn der Direktor telephonierte mir höchstpersönlich, ich möchte ihm den Einakter schon in der Skizze zeigen und nahm ihn sofort im voraus an. Die Rollen um Kainz wurden bereits den Burgschauspielern zur Lektüre übermittelt. Wieder schien ohne besonderen Einsatz das höchste Spiel gewonnen – das Burgtheater, unser Stadtstolz, und im Burgtheater noch der neben der Duse größte Schauspieler der Zeit in einem Werk von mir: fast zuviel war dies für einen Beginnenden. Jetzt bestand nur noch eine einzige Gefahr, nämlich, daß Kainz vor dem vollendeten Stücke seine Meinung ändern könnte, aber wie unwahrscheinlich war dies! Immerhin war die Ungeduld jetzt auf meiner Seite. Endlich las ich in der Zeitung, Josef Kainz sei von seiner Gastspielreise zurückgekehrt. Zwei Tage zögerte ich aus Höflichkeit, um ihn nicht gleich bei seiner Ankunft zu überfallen. Am dritten Tag aber ermannte ich mich und überreichte dem mir wohlbekannten alten Portier im Hotel Sacher, wo Kainz damals wohnte, meine Karte: »Zu Herrn Hofschauspieler Kainz!« Der alte Mann starrte mich über seinem Zwicker erstaunt an. »Ja, wissen's denn noch nicht, Herr Doktor?« Nein, ich wußte nichts. »Sie haben ihn doch heute früh ins Sanatorium geführt.« Nun erst erfuhr ich's: Kainz war schwerkrank von seiner Gastspielreise zurückgekommen, auf der er, die furchtbarsten Schmerzen vor dem nichtsahnenden Publikum heroisch bemeisternd, zum letztenmal seine großen Rollen gespielt. Am nächsten Tage wurde er wegen Krebs operiert. Noch wagten wir nach den Zeitungsbulletins auf eine Genesung zu hoffen, und ich besuchte ihn an seinem Krankenbett. Er lag müde da, abgezehrt, noch größer als sonst schienen die dunklen Augen in dem verfallenen Gesicht, und ich erschrak: über den ewig jugendlichen, den so herrlich beredten Lippen zeichnete sich zum erstenmal ein eisgrauer Schnurrbart ab, ich sah einen alten, einen sterbenden Mann. Wehmütig lächelte er mir zu: »Wird's mich der liebe Gott noch spielen lassen, unser Stück? Das könnt' mich noch gesund machen.« Aber wenige Wochen später standen wir an seinem Sarg.

Man wird mein Unbehagen verstehen, weiter im Dramatischen zu beharren und die Besorgnis, die sich fortan meldete, sobald ich ein neues Stück einem Theater übergab. Daß die beiden größten Schauspieler Deutschlands gestorben waren, nachdem sie meine Verse als letzte geprobt, machte mich, ich schäme mich nicht, es einzugestehen, abergläubisch. Erst einige Jahre später raffte ich mich wieder zum Dramatischen auf, und als der neue Direktor des Burgtheaters, Alfred Baron Berger, ein eminenter Fachmann des Theaters und Meister des Vortrags, das Drama sofort akzeptierte, sah ich mir beinahe ängstlich die Liste der ausgewählten Schauspieler an und atmete paradoxerweise auf: »Gott sei Dank, es ist kein Prominenter darunter!« Das Verhängnis hatte niemanden, gegen den es sich auswirken konnte. Und dennoch geschah das Unwahrscheinliche. Sperrte man dem Unheil die eine Pforte, so schleicht es durch eine andere ein. Ich hatte nur an die Schauspieler gedacht, nicht an den Direktor, der sich persönlich die Leitung meiner Tragödie ›Das Haus am Meer‹ vorbehalten und das Regiebuch schon entworfen hatte, an Alfred Baron Berger. Und tatsächlich: vierzehn Tage ehe die ersten Proben beginnen sollten, war er tot. Der Fluch war also noch in Kraft, der auf meinen dramatischen Werken zu lasten schien; selbst da mehr als ein Jahrzehnt später ›Jeremias‹ und ›Volpone‹ nach dem Weltkrieg in allen denkbaren Sprachen über die Bühne gingen, fühlte ich mich nicht sicher. Und ich handelte bewußt gegen mein Interesse, als ich 1931 ein neues Stück ›Das Lamm des Armen‹ vollendet hatte. Einen Tag, nachdem ich ihm das Manuskript zugesandt, bekam ich von meinem Freunde Alexander Moissi ein Telegramm, ich möchte ihm die Hauptrolle in der Uraufführung reservieren. Moissi, der aus seiner italienischen Heimat einen sinnlichen Wohllaut der Sprache auf die deutsche Bühne gebracht, wie sie ihn vordem nie gekannt, war damals der einzige große Nachfolger von Josef Kainz. Bezaubernd als Erscheinung, klug, lebendig und außerdem noch ein gütiger und begeisterungsfähiger Mensch, gab er jedem Werke etwas von seinem persönlichen Zauber mit; ich hätte mir keinen idealeren Vertreter für die Rolle wünschen können. Aber dennoch, als er mir den Vorschlag machte, regte sich die Erinnerung an Matkowsky und Kainz, ich lehnte Moissi unter einer Ausflucht ab, ohne ihm den wahren Grund zu verraten. Ich wußte, er hatte von Kainz den sogenannten Ifflandring geerbt, den immer der größte Schauspieler Deutschlands seinem größten Nachfolger vermachte. Sollte er am Ende auch Kainzens Schicksal miterben? Jedenfalls: ich für meine Person wollte nicht ein drittes Mal für den größten deutschen Schauspieler der Zeit Anstoß des Verhängnisses sein. So verzichtete ich aus Aberglauben und aus Liebe zu ihm auf die für mein Stück fast entscheidende Vollendung der Darstellung. Und doch, selbst durch meinen Verzicht konnte ich ihn nicht schützen, obwohl ich ihm die Rolle verweigert, obwohl ich seitdem kein neues Stück an die Bühne gegeben. Noch immer sollte ich ohne die leiseste Schuld in fremdes Verhängnis verstrickt sein.

Ich bin mir bewußt, in den Verdacht zu geraten, eine Gespenstergeschichte zu erzählen. Matkowsky und Kainz, dies mag als durch argen Zufall erklärbar gelten. Wie aber Moissi noch nach ihnen, da ich ihm doch die Rolle versagt und kein neues Drama seitdem geschrieben? Das ereignete sich so: Jahre und Jahre später – ich greife in meiner Chronik hier der Zeit voraus – war ich im Sommer 1935 nichtsahnend in Zürich, als ich plötzlich ein Telegramm aus Mailand von Alexander Moissi erhielt, er käme abends eigens meinetwegen nach Zürich und bitte mich, ihn unbedingt zu erwarten. Sonderbar, dachte ich mir. Was kann ihm so dringlich sein, ich habe doch kein neues Stück und bin gegen das Theater seit Jahren recht gleichgültig geworden. Aber selbstverständlich erwartete ich ihn mit Freuden, denn ich liebte diesen heißen, herzlichen Menschen wirklich brüderlich. Er stürzte aus dem Waggon auf mich zu, wir umarmten uns nach italienischer Art, und noch im Auto von der Bahn erzählte er mir in seiner prächtigen Ungeduld, was ich für ihn tun könne. Er habe eine Bitte an mich, eine ganz große Bitte. Pirandello habe ihm eine besondere Ehrung erwiesen, indem er sein neues Stück ›Non si sà mai‹ ihm zur Uraufführung übertragen habe, und zwar nicht bloß für die italienische, sondern für die wirkliche Welt-Uraufführung – sie solle in Wien stattfinden und in deutscher Sprache. Es sei das erste Mal, daß ein solcher Meister Italiens mit seinem Werke dem Ausland den Vorrang gebe, selbst für Paris habe er sich nie entschlossen. Nun liege Pirandello, der befürchte, es könnten in der Übertragung das Musikalische und die Zwischenschwingungen seiner Prosa verlorengehen, ein Wunsch besonders am Herzen. Er möchte gerne, daß nicht ein zufälliger Übersetzer, sondern ich, dessen Sprachkunst er seit langem schätze, das Stück ins Deutsche übertrage. Pirandello habe selbstverständlich gezögert, meine Zeit mit Übertragungen zu vertun! Und so habe er es selbst übernommen, mir Pirandellos Bitte vorzutragen. Nun war tatsächlich Übersetzen seit Jahren nicht mehr meine Sache. Aber ich verehrte Pirandello, mit dem ich einige gute Begegnungen gehabt, zu sehr, um ihn zu enttäuschen, und vor allem bedeutete es für mich eine Freude, einem derart innigen Freund wie Moissi ein Zeichen meiner Kameradschaft geben zu können. Ich ließ für ein oder zwei Wochen die eigene Arbeit; wenige Wochen später war Pirandellos Stück in meiner Übersetzung in Wien zur internationalen Uraufführung angesetzt, die überdies dank politischer Hintergründe besonders groß aufgezogen werden sollte. Pirandello hatte persönlich sein Kommen zugesagt, und da damals Mussolini noch als der erklärte Schutzpatron Österreichs galt, meldeten schon die ganzen offiziellen Kreise mit dem Kanzler an der Spitze ihr Erscheinen an. Der Abend sollte zugleich eine politische Demonstration der österreichisch-italienischen Freundschaft (in Wahrheit des Protektorats Italiens über Österreich) sein.

Ich selbst befand mich in diesen Tagen, da die ersten Proben beginnen sollten, zufällig in Wien. Ich freute mich auf das Wiedersehen mit Pirandello, ich war immerhin neugierig, die Worte meiner Übertragung in der Sprachmusik Moissis zu hören. Aber mit gespenstischer Ähnlichkeit wiederholte sich nach einem Vierteljahrhundert dasselbe Geschehnis. Als ich frühmorgens die Zeitung aufschlug, las ich, Moissi sei mit einer schweren Grippe aus der Schweiz eingetroffen und die Proben müßten wegen seiner Erkrankung verschoben werden. Eine Grippe, dachte ich, das kann nicht so ernst sein. Aber heftig schlug mir das Herz, als ich mich dem Hotel näherte – Gott sei Dank, tröstete ich mich, nicht das Hotel Sacher, sondern das Grand Hotel! –, um den kranken Freund aufzusuchen; die Erinnerung an jenen vergeblichen Besuch bei Kainz ward wie ein Schauer lebendig. Und genau das gleiche wiederholte sich über ein Vierteljahrhundert hinweg an abermals dem größten Schauspieler seiner Zeit. Es wurde mir nicht mehr erlaubt, Moissi zu sehen, das Fieberdelirium hatte begonnen. Zwei Tage später stand ich wie bei Kainz statt bei der Probe vor seinem Sarg.

Ich habe mit der Erwähnung dieser letzten Erfüllung jenes mystischen Bannes, der mit meinen theatralischen Versuchen verbunden war, in der Zeit vorausgegriffen. Selbstverständlich sehe ich in dieser Wiederholung nichts als einen Zufall. Aber zweifellos hat seinerzeit der rasch aufeinanderfolgende Tod von Matkowsky und Kainz bestimmende Wirkung auf die Richtung meines Lebens gehabt. Hätte dem Sechsundzwanzigjährigen damals Matkowsky in Berlin, Kainz in Wien die ersten Dramen auf die Bühne gestellt, ich wäre dank ihrer Kunst, die auch das schwächste Stück zum Erfolg tragen konnte, rascher und vielleicht ungerecht rasch in die breitere Öffentlichkeit vorgetreten und hätte dafür die Jahre des langsamen Lernens und Welterkundens versäumt. Damals habe ich mich verständlicherweise als vom Schicksal verfolgt empfunden, da das Theater mir schon im ersten Beginn Möglichkeiten, die ich nie zu träumen gewagt, erst so verlockend hinhielt, um sie mir dann im letzten Augenblick grausam zu nehmen. Aber nur in ersten Jugendjahren scheint Zufall noch mit Schicksal identisch. Später weiß man, daß die eigentliche Bahn des Lebens von innen bestimmt war; wie kraus und sinnlos unser Weg von unseren Wünschen abzuweichen scheint, immer führt er uns doch schließlich zu unserem unsichtbaren Ziel.

Über Europa hinaus

Ist die Zeit damals schneller gegangen als heute, da sie überfüllt ist mit Geschehnissen, die unsere Welt für Jahrhunderte von der Haut bis in die Eingeweide verändern werden? Oder erscheinen mir diese meine letzten Jugendjahre vor dem ersten europäischen Kriege nur deshalb ziemlich verschwommen, weil sie in regelmäßiger Arbeit verliefen? Ich schrieb, ich veröffentlichte, man kannte in Deutschland und außerhalb schon einigermaßen meinen Namen, ich hatte Anhänger und – was eigentlich mehr für eine gewisse Eigenart spricht – schon Gegner; alle großen Zeitungen des Reichs standen mir zur Verfügung, ich mußte nicht mehr einsenden, sondern wurde aufgefordert. Aber innerlich täusche ich mich keineswegs darüber, daß all das, was ich in jenen Jahren tat und schrieb, für heute ohne Belang wäre; alle unsere Ambitionen, unsere Sorgen, unsere Enttäuschungen und Erbitterungen von damals dünken mich heute recht liliputanisch. Zwangsweise haben die Dimensionen dieser Zeit unsere Optik verändert. Hätte ich vor einigen Jahren dies Buch begonnen, ich würde erzählt haben von Gesprächen mit Gerhart Hauptmann, mit Arthur Schnitzler, Beer-Hofmann, Dehmel, Pirandello, Wassermann, Schalom Asch und Anatole France (das letzte war eigentlich ein heiteres, denn der alte Herr servierte uns den ganzen Nachmittag unanständige Geschichten, aber mit einem überlegenen Ernst und einer unbeschreiblichen Grazie). Ich könnte von den großen Premieren berichten, der zehnten [= achten] Symphonie Gustav Mahlers in München, des ›Rosenkavaliers‹ in Dresden, von der Karsawina und Nijinski, denn ich war als beweglich neugieriger Gast Zeuge von vielen ›historischen‹ künstlerischen Ereignissen. Aber alles, was nicht mehr Bindungen zu den Problemen unserer heutigen Zeit hat, bleibt verfallen vor unserem strengeren Maß für Wesentliches. Heute erscheinen mir längst jene Männer meiner Jugend, die meinen Blick auf das Literarische hinlenkten, weniger wichtig als jene, die ihn weglenkten zur Wirklichkeit.

Dazu gehörte in erster Linie ein Mann, der in einer der tragischsten Epochen das Schicksal des Deutschen Reiches zu meistern hatte, und den der eigentlich erste Mordschuß der Nationalsozialisten elf Jahre vor Hitlers Machtergreifung getroffen hat: Walther Rathenau. Unsere freundschaftlichen Beziehungen waren alte und herzliche; sie hatten auf sonderbare Weise begonnen. Einer der ersten Männer, denen ich schon als Neunzehnjähriger Förderung verdankte, war Maximilian Harden, dessen ›Zukunft‹ in den letzten Jahrzehnten des wilhelminischen Kaiserreichs eine entscheidende Rolle spielte; Harden, von Bismarck, der sich seiner gern als Sprachrohr oder Blitzableiter bediente, persönlich in die Politik hineingeschoben, stürzte Minister, brachte die Eulenburg-Affäre zur Explosion, ließ das kaiserliche Palais jede Woche vor anderen Attacken und Enthüllungen zittern; aber trotz all dem blieb Hardens private Liebe das Theater und die Literatur. Eines Tages erschien nun in der ›Zukunft‹ eine Reihe von Aphorismen, die mit einem mir nicht mehr erinnerlichen Pseudonym gezeichnet waren und mir durch besondere Klugheit sowie sprachliche Konzentrationskraft auffielen. Als ständiger Mitarbeiter schrieb ich an Harden: »Wer ist dieser neue Mann? Seit Jahren habe ich keine so gut geschliffenen Aphorismen gelesen.«

Die Antwort kam nicht von Harden, sondern von einem Herrn, der Walther Rathenau unterschrieb und der, wie ich aus seinem Briefe und auch von anderer Seite erfuhr, kein anderer war als der Sohn des allmächtigen Direktors der Berliner Elektrizitätsgesellschaft und selber Großkaufmann, Großindustrieller, Aufsichtsrat zahlloser Gesellschaften, einer der neuen deutschen (um ein Wort Jean Pauls zu benutzen) ›weltseitigen‹ Kaufleute. Er schrieb mir sehr herzlich und dankbar, mein Brief sei der erste Zuruf gewesen, den er für seinen literarischen Versuch empfangen hätte. Obwohl mindestens zehn Jahre älter als ich, bekannte er mir offen seine Unsicherheit, ob er wirklich schon ein ganzes Buch seiner Gedanken und Aphorismen veröffentlichen sollte. Schließlich sei er doch ein Außenseiter und bisher habe seine ganze Wirksamkeit auf ökonomischem Gebiet gelegen. Ich ermutigte ihn aufrichtig, wir blieben in brieflichem Kontakt, und bei meinem nächsten Aufenthalt in Berlin rief ich ihn telephonisch an. Eine zögernde Stimme antwortete: »Ach, da sind Sie. Aber wie schade, ich reise morgen früh um sechs nach Südafrika...« Ich unterbrach: »Dann wollen wir uns selbstverständlich ein anderes Mal sehen.« Aber die Stimme setzte langsam überlegend fort: »Nein, warten Sie ... einen Augenblick... Der Nachmittag ist mit Konferenzen verstellt ... Abends muß ich ins Ministerium und dann noch ein Klubdiner ... Aber könnten Sie noch um elf Uhr fünfzehn zu mir kommen?« Ich stimmte zu. Wir plauderten bis zwei Uhr morgens. Um sechs Uhr reiste er – wie ich später erfuhr, im Auftrag des deutschen Kaisers – nach Südwestafrika.

Ich erzähle dies Detail, weil es so ungeheuer charakteristisch für Rathenau ist. Dieser vielbeschäftigte Mann hatte immer Zeit. Ich habe ihn gesehen in den schwersten Kriegstagen und knapp vor der Konferenz von Genua und bin wenige Tage vor seiner Ermordung noch im selben Automobil, in dem er erschossen wurde, dieselbe Straße mit ihm gefahren. Er hatte ständig seinen Tag bis auf die einzelne Minute eingeteilt und konnte doch jederzeit mühelos aus einer Materie in die andere umschalten, weil sein Gehirn immer parat war, ein Instrument von einer Präzision und Rapidität, wie ich es nie bei einem anderen Menschen gekannt. Er sprach fließend, als ob er von einem unsichtbaren Blatt ablesen würde, und formte dennoch jeden einzelnen Satz so plastisch und klar, daß seine Konversation mitstenographiert ein vollkommen druckreifes Exposé ergeben hätte. Ebenso sicher wie Deutsch sprach er Französisch, Englisch und Italienisch – nie ließ ihn sein Gedächtnis im Stich, nie brauchte er für irgendeine Materie eine besondere Vorbereitung. Wenn man mit ihm sprach, fühlte man sich gleichzeitig dumm, mangelhaft gebildet, unsicher, verworren angesichts seiner ruhig wägenden, alles klar überschauenden Sachlichkeit. Aber etwas war in dieser blendenden Helligkeit, in dieser kristallenen Klarheit seines Denkens, was unbehaglich wirkte wie in seiner Wohnung die erlesensten Möbel, die schönsten Bilder. Sein Geist war ein genial erfundener Apparat, seine Wohnung wie ein Museum, und in seinem feudalen Königin-Luisen-Schloß in der Mark vermochte man nicht warm zu werden vor lauter Ordnung und Übersichtlichkeit und Sauberkeit. Irgend etwas gläsern Durchsichtiges und darum Substanzloses war in seinem Denken; selten habe ich die Tragik des jüdischen Menschen stärker gefühlt als in seiner Erscheinung, die bei aller sichtlicher Überlegenheit voll einer tiefen Unruhe und Ungewißheit war. Meine anderen Freunde, wie zum Beispiel Verhaeren, Ellen Key, Bazalgette waren nicht ein Zehntel so klug, nicht ein Hundertstel so universal, so weltkennerisch wie er, aber sie standen sicher in sich selbst. Bei Rathenau spürte ich immer, daß er mit all seiner unermeßlichen Klugheit keinen Boden unter den Füßen hatte. Seine ganze Existenz war ein einziger Konflikt immer neuer Widersprüche. Er hatte alle denkbare Macht geerbt von seinem Vater und wollte doch nicht sein Erbe sein, er war Kaufmann und wollte sich als Künstler fühlen, er besaß Millionen und spielte mit sozialistischen Ideen, er empfand sich als Jude und kokettierte mit Christus. Er dachte international und vergötterte das Preußentum, er träumte von einer Volksdemokratie und war jedesmal hochgeehrt, von Kaiser Wilhelm empfangen und befragt zu werden, dessen Schwächen und Eitelkeiten er hellsichtig durchschaute, ohne darum der eigenen Eitelkeit Herr werden zu können. So war seine pausenlose Tätigkeit vielleicht nur ein Opiat, um eine innere Nervosität zu überspielen und die Einsamkeit zu ertöten, die um sein innerstes Leben lag. Erst in der verantwortlichen Stunde, als 1919 nach dem Zusammenbruch der deutschen Armeen ihm die schwerste Aufgabe der Geschichte zugeteilt wurde, den zerrütteten Staat aus dem Chaos wieder lebensfähig zu gestalten, wurden plötzlich die ungeheuren potentiellen Kräfte in ihm einheitliche Kraft. Und er schuf sich die Größe, die seinem Genie eingeboren war, durch den Einsatz seines Lebens an eine einzige Idee: Europa zu retten.

Nebst manchem Blick ins Weite in belebenden Gesprächen, die an geistiger Intensität und Luzidität vielleicht nur jenen mit Hofmannsthal, Valéry und Graf Keyserling zu vergleichen wären, nebst der Erweiterung meines Horizonts vom Literarischen ins Zeitgeschichtliche danke ich Rathenau auch die erste Anregung, über Europa hinauszugehen. »Sie können England nicht verstehen, solange Sie nur die Insel kennen«, sagte er mir. »Und nicht unseren Kontinent, solange Sie nicht mindestens einmal über ihn hinausgekommen sind. Sie sind ein freier Mensch, nützen Sie die Freiheit! Literatur ist ein wunderbarer Beruf, weil in ihm Eile überflüssig ist. Ein Jahr früher, ein Jahr später macht nichts aus bei einem wirklichen

Buch. Warum fahren Sie nicht einmal nach Indien und nach Amerika?« Dieses zufällige Wort schlug in mich ein, und ich beschloß, sofort seinem Rat zu folgen.

Indien wirkte auf mich unheimlicher und bedrückender, als ich gedacht hatte. Ich war erschrocken über das Elend der ausgemergelten Gestalten, den unfreudigen Ernst in den schwarzen Blicken, die oft grausame Monotonie der Landschaft, und vor allem über die starre Schichtung der Klassen und Rassen, von der ich schon auf dem Schiff eine Probe bekommen hatte. Zwei reizende Mädchen, schwarzäugig und schlank, wohlgebildet und manierlich, bescheiden und elegant, reisten auf unserem Boot. Gleich am ersten Tag fiel mir auf, daß sie sich fernhielten oder durch eine mir unsichtbare Schranke ferngehalten wurden. Sie erschienen nicht zum Tanz, sie mengten sich nicht ins Gespräch, sondern saßen abseits, englische oder französische Bücher lesend. Erst am zweiten oder dritten Tage entdeckte ich, daß nicht sie es waren, welche die englische Gesellschaft mieden, sondern die anderen, die sich von den ›Halfcasts‹ zurückzogen, obwohl diese reizenden Mädchen die Töchter eines parsischen Großkaufmanns und einer Französin waren. Im Pensionat in Lausanne, in der finishing-school in England waren sie zwei oder drei Jahre völlig gleichberechtigt gewesen; auf dem Schiff nach Indien aber begann sofort diese kühle, unsichtbare und darum nicht minder grausame Form der gesellschaftlichen Ächtung. Zum erstenmal sah ich die Pest des Rassenreinheitswahns, der unserer Welt verhängnisvoller geworden ist als die wirkliche Pest in früheren Jahrhunderten.

Durch diese erste Begegnung war mir der Blick von Anfang an geschärft. Mit einiger Beschämung genoß ich die – durch unsere eigene Schuld längst entschwundene – Ehrfurcht vor dem Europäer als eine Art weißen Gotts, der, wenn er eine touristische Expedition machte wie jene auf den Adamspik von Ceylon, unweigerlich von zwölf bis vierzehn Dienern begleitet wurde; alles andere wäre unter seiner ›Würde‹ gewesen. Ich wurde das unheimliche Gefühl nicht los, daß die kommenden Jahrzehnte und Jahrhunderte Verwandlungen und Umstellungen dieses absurden Verhältnisses bringen müßten, von dem wir in unserem behaglichen und sich sicher wähnenden Europa gar nichts zu ahnen wagten. Dank dieser Beobachtungen sah ich in Indien nicht, wie etwa Pierre Loti, in Rosenrot als etwas ›Romantisches‹, sondern als eine Mahnung; und es waren nicht die herrlichen Tempel, die verwitterten Paläste, nicht die Himalayalandschaften, die mir auf dieser Reise im Sinne der inneren Ausbildung das meiste gaben, sondern die Menschen, die ich kennenlernte, Menschen einer anderen Art und Welt, als sie im europäischen Binnenland einem Schriftsteller zu begegnen pflegten. Wer damals, als man sparsamer rechnete und als Cooks Vergnügungstourneen noch nicht organisiert waren, über Europa hinaus reiste, war fast immer in seinem Stande und seiner Stellung ein Mann besonderer Art, der Kaufmann kein kleiner Krämer mit engem Blick, sondern ein Großhändler, der Arzt ein wirklicher Forscher, der Unternehmer von der Rasse der Conquistadoren, verwegen, großzügig, rücksichtslos, selbst der Schriftsteller ein Mann mit höherer geistiger Neugierde. In den langen Tagen, den langen Nächten der Reise, die damals noch nicht das Radio mit Schwatz erfüllte, lernte ich im Umgang mit dieser anderen Art von Menschen mehr von den Kräften und Spannungen, die unsere Welt bewegen, als aus hundert Büchern. Veränderte Distanz von der Heimat verändert das innere Maß. Manches Kleinliche, das mich früher über Gebühr beschäftigt hatte, begann ich nach meiner Rückkehr als kleinlich anzusehen und unser Europa längst nicht mehr als die ewige Achse unseres Weltalls zu betrachten.

Unter den Männern, denen ich auf meiner Indienreise begegnete, hat einer auf die Geschichte unserer Zeit unabsehbaren, wenn auch nicht offen sichtbaren Einfluß gewonnen. Von Kalkutta aus nach Hinterindien und auf einem Flußboot den Irawadi hinaufsteuernd, war ich täglich stundenlang mit Karl Haushofer und seiner Frau zusammen, der als deutscher Militärattaché nach Japan kommandiert war. Dieser aufrechte, hagere Mann mit seinem knochigen Gesicht und einer scharfen Adlernase gab mir die erste Einsicht in die außerordentlichen Qualitäten und die innere Zucht eines deutschen Generalstabsoffiziers. Ich hatte selbstverständlich schon vordem in Wien ab und zu mit Militärs verkehrt, freundlichen, liebenswürdigen und sogar lustigen jungen Menschen, die meist aus Familien mit bedrängter Lebensstellung in die Uniform geflüchtet waren und aus dem Dienst sich das Angenehmste zu holen suchten. Haushofer dagegen, das spürte man sofort, kam aus einer kultivierten, gutbürgerlichen Familie – sein Vater hatte ziemlich viele Gedichte veröffentlicht und war, glaube ich, Professor an der Universität gewesen –, und seine Bildung war auch jenseits des Militärischen universal. Beauftragt, die Schauplätze des russisch-japanischen Krieges an Ort und Stelle zu studieren, hatten sowohl er als seine Frau sich mit der japanischen Sprache, ja auch Dichtung, vertraut gemacht; an ihm sah ich wieder, daß jede Wissenschaft, auch die militärische, wenn großzügig erfaßt, notwendigerweise über das enge Fachgebiet hinausreichen und sich mit allen andern Wissenschaften berühren muß. Er arbeitete auf dem Schiff den ganzen Tag, verfolgte mit dem Feldstecher jede Einzelheit, schrieb Tagebücher oder Referate, studierte Lexika; selten habe ich ihn ohne ein Buch in Händen gesehen. Als genauer Beobachter wußte er gut darzustellen; ich lernte von ihm im Gespräch viel über das Rätsel des Ostens, und heimgekehrt, blieb ich dann mit der Familie

Haushofer in freundschaftlicher Verbindung; wir wechselten Briefe und besuchten einander in Salzburg und München. Ein schweres Lungenleiden, das ihn ein Jahr in Davos oder Arosa festhielt, förderte durch die Abwesenheit vom Militär seinen Übergang in die Wissenschaft; genesen, konnte er dann im Weltkrieg ein Kommando übernehmen. Ich dachte bei dem Niederbruch oft mit großer Sympathie an ihn; ich konnte mir denken, wie er, der jahrelang an dem Aufbau der deutschen Machtposition und vielleicht auch der Kriegsmaschine in seiner unsichtbaren Zurückgezogenheit mitgearbeitet hatte, gelitten haben muß, Japan, wo er viele Freunde erworben hatte, unter den siegreichen Gegnern zu sehen.

Bald erwies es sich, daß er einer der ersten war, die systematisch und großzügig an einen Neuaufbau der deutschen Machtposition dachten. Er gab eine Zeitschrift für Geopolitik heraus, und, wie es so oft geht, verstand ich nicht den tieferen Sinn dieser neuen Bewegung in ihrem Beginn. Ich meinte redlich, daß es sich nur darum handle, das Spiel der Kräfte im Zusammenwirken der Nationen zu belauschen, und selbst das Wort vom »Lebensraum« der Völker, das er, glaube ich, als erster prägte, verstand ich im Sinne Spenglers nur als die relative, mit den Epochen wandelhafte Energie, die im zeitlichen Zyklus jede Nation einmal auslöst. Auch Haushofers Forderung, die individuellen Eigenschaften der Völker genauer zu studieren und einen ständigen Instruktionsapparat wissenschaftlicher Natur aufzubauen, schien mir durchaus richtig, da ich meinte, daß diese Untersuchung ausschließlich völkerannähernden Tendenzen zu dienen hätte; vielleicht – ich kann es nicht sagen – war auch wirklich Haushofers ursprüngliche Absicht keineswegs eine politische. Ich las jedenfalls seine Bücher (in denen er mich übrigens einmal zitierte) mit großem Interesse und ohne jeden Verdacht, ich hörte von allen Objektiven seine Vorlesungen als ungemein instruktiv rühmen, und niemand klagte ihn an, daß seine Ideen einer neuen Macht- und Aggressionspolitik dienen sollten und nur die alten großdeutschen Forderungen in neuer Form ideologisch zu motivieren bestimmt seien. Eines Tages aber, als ich in München gelegentlich seinen Namen erwähnte, sagte jemand im Ton der Selbstverständlichkeit: »Ach, der Freund Hitlers?« Ich konnte nicht mehr erstaunt sein, als ich es war. Denn erstens war Haushofers Frau durchaus nicht rassenrein, und seine (sehr begabten und sympathischen) Söhne vermögen den Nürnberger Judengesetzen keineswegs standzuhalten; außerdem sah ich keine direkten geistigen Bindungsmöglichkeiten zwischen einem hochkultivierten, universalisch denkenden Gelehrten und einem auf das Deutschtum in seinem engsten und brutalsten Sinn festgerannten, wüsten Agitator. Aber einer der Schüler Haushofers war Rudolf Heß gewesen, und er hatte die Verbindung zustande gebracht; Hitler, an sich fremden Ideen wenig zugänglich, besaß nun von Anfang an den Instinkt, sich alles anzueignen, was seinen persönlichen Zielen von Nutzen sein konnte; darum mündete und erschöpfte sich die ›Geopolitik‹ für ihn vollkommen in nationalsozialistischer Politik, und er machte sich so viel von ihr dienstbar, als seinen Zwecken dienen konnte. Immer war es ja die Technik des Nationalsozialismus, seine durchaus eindeutig egoistischen Machtinstinkte ideologisch und pseudomoralisch zu unterkellern, und mit diesem Begriff ›Lebensraum‹ war endlich für seinen nackten Aggressionswillen ein philosophisches Mäntelchen gegeben, ein durch seine vage Definitionsmöglichkeit unverfänglich scheinendes Schlagwort, das im Falle eines Erfolges jede Annexion, auch die willkürlichste, als ethische und ethnologische Notwendigkeit rechtfertigen konnte. So ist es mein alter Reisebekannter, der – ich weiß nicht, ob mit Wissen und Willen – jene fundamentale und für die

Welt verhängnisvolle Umstellung in Hitlers – ursprünglich streng auf das Nationale und die Rassenreinheit begrenzter – Zielsetzung verschuldet hat, die dann durch die Theorie des ›Lebensraums‹ in den Slogan ausartete: ›Heute gehört uns Deutschland, morgen die ganze Welt‹ – ein ebenso sinnfälliges Beispiel, daß eine einzige prägnante Formulierung durch die immanente Kraft des Wortes sich in Tat und Verhängnis umsetzen kann wie vordem die Formulierung der Enzyklopädisten von der Herrschaft der ›raison‹ schließlich in ihr Gegenteil, Terror und Massenemotion, umschlugen. Persönlich hat Haushofer in der Partei, soviel ich weiß, nie eine sichtbare Stellung eingenommen, ist vielleicht sogar nie Parteimitglied gewesen; ich sehe in ihm keineswegs wie die fingerfertigen Journalisten von heute eine dämonische ›graue Eminenz‹, die im Hintergrunde versteckt, die gefährlichsten Pläne ausheckt und sie dem Führer souffliert. Aber daß es seine Theorien waren, die mehr als Hitlers rabiateste Berater die aggressive Politik des Nationalsozialismus unbewußt oder bewußt aus dem eng Nationalen ins Universelle getrieben, unterliegt keinem Zweifel; erst die Nachwelt wird mit besserer Dokumentierung, als sie uns Zeitgenossen zur Verfügung steht, seine Gestalt auf das richtige historische Maß bringen.

Dieser ersten Überseereise schloß sich nach einiger Zeit die zweite nach Amerika an. Auch sie geschah aus keiner anderen Absicht, als die Welt zu sehen und womöglich ein Stück der Zukunft, die vor uns lag; ich glaube, wirklich einer der ganz wenigen Schriftsteller gewesen zu sein, die hinüberfuhren, nicht um Geld zu holen oder journalistisch Amerika auszumarkten, sondern einzig, um eine ziemlich ungewisse Vorstellung des neuen Kontinents mit der Wirklichkeit zu konfrontieren.

Diese meine Vorstellung war – ich schäme mich nicht,

es zu sagen – eine recht romantische. Amerika war für mich Walt Whitman, das Land des neuen Rhythmus, der kommenden Weltbrüderschaft; noch einmal las ich, ehe ich hinüberfuhr, die wild und kataraktisch hinströmenden Langzeilen des großen ›Camerado‹ und betrat also Manhattan mit offenem, brüderlich breitem Gefühl statt mit dem üblichen Hochmut des Europäers. Ich erinnere mich noch, daß es mein erstes war, im Hotel den Portier nach dem Grabe Walt Whitmans zu fragen, das ich besuchen wollte; mit diesem Verlangen versetzte ich den armen Italiener freilich in arge Verlegenheit. Er hatte diesen Namen noch nie gehört.

Der erste Eindruck war mächtig, obwohl New York noch nicht jene berauschende Nachtschönheit hatte wie heute. Es fehlten noch die brausenden Kaskaden von Licht am Times-Square und der traumhafte Sternenhimmel der Stadt, der nachts mit Milliarden künstlicher Sterne die echten und wirklichen des Himmels anglüht. Das Stadtbild sowie der Verkehr entbehrten der verwegenen Großzügigkeit von heute, denn die neue Architektur versuchte sich noch sehr ungewiß in einzelnen Hochbauten; auch der erstaunliche Aufschwung des Geschmacks in Schaufenstern und Dekorationen war erst in schüchternem Beginn. Aber von Brooklyn-Bridge, der immer von Bewegung leise schwingenden, auf den Hafen hinabzublicken und in den steinernen Schluchten der Avenuen herumzuwandern war Entdeckung und Erregung genug, die freilich nach zwei oder drei Tagen einem anderen, heftigeren Gefühl wich: dem Gefühl äußerster Einsamkeit. Ich hatte nichts zu tun in New York, und nirgendwo war damals ein unbeschäftigter Mensch mehr fehl am Ort als dort. Noch gab es nicht die Kinos, wo man eine Stunde sich ablenken konnte, noch nicht die kleinen bequemen Cafeterias, nicht so viele Kunsthandlungen, Bibliotheken und Museen wie heute, alles stand im Kulturellen noch weit hinter unserem Europa zurück. Nachdem ich in zwei oder drei Tagen die Museen und wesentlichen Sehenswürdigkeiten getreulich erledigt, trieb ich wie ein ruderloses Boot in den eisigen, windigen Straßen hin und her. Schließlich wurde dieses Gefühl der Sinnlosigkeit meines Straßenwanderns so stark, daß ich es nur überwinden konnte, indem ich es durch einen Kunstgriff mir anziehender machte. Ich erfand mir nämlich ein Spiel mit mir selbst. Ich suggerierte mir, da ich hier völlig einsam herumirrte, ich wäre einer der unzähligen Auswanderer, die nicht wußten, was mit sich anzufangen, und hätte nur sieben Dollar in der Tasche. Tu also freiwillig das, sagte ich mir, was diese tun müssen. Stell dir vor, du seiest gezwungen, spätestens nach drei Tagen dir dein Brot zu verdienen. Sieh dich um, wie man hier anfängt als Fremder ohne Verbindungen und Freunde sofort einen Verdienst zu finden! So begann ich von Stellenbüro zu Stellenbüro zu wandern und an den Türen die Anschlagzettel zu studieren. Da war ein Bäcker gesucht, dort ein Aushilfsschreiber, der Französisch und Italienisch können mußte, hier ein Buchhandlungsgehilfe: dies letztere immerhin eine erste Chance für mein imaginäres Ich. So kletterte ich hinauf, drei Stock eiserne Wendeltreppen, erkundigte mich nach dem Gehalt und verglich es wiederum in den Zeitungsannoncen mit den Preisen für ein Zimmer in der Bronx. Nach zwei Tagen ›Stellensuche‹ hatte ich theoretisch fünf Posten gefunden, die mir das Leben hätten fristen können; so hatte ich stärker als im bloßen Flanieren mich überzeugt, wieviel Raum, wieviel Möglichkeit in diesem jungen Lande für jeden Arbeitswilligen vorhanden war, und das imponierte mir. Auch hatte ich durch dieses Wandern von Agentur zu Agentur, durch das Mich-Vorstellen in Geschäften Einblick in die göttliche Freiheit des Landes gewonnen. Niemand fragte mich nach meiner Nationalität, meiner Religion, meiner

Herkunft, und ich war ja – phantastisch für unsere heutige Welt der Fingerabdrücke, Visen und Polizeinachweise – ohne Paß gereist. Aber da stand die Arbeit und wartete auf den Menschen; das allein entschied. In einer Minute war ohne den hemmenden Eingriff von Staat und Formalitäten und Trade-Unions in diesen Zeiten schon sagenhaft gewordener Freiheit der Kontrakt geschlossen. Dank dieser ›Stellungssuche‹ habe ich gleich in den ersten Tagen mehr von Amerika gelernt als in all den späteren Wochen, wo ich als behaglicher Tourist dann Philadelphia, Boston, Baltimore, Chicago durchwanderte, einzig in Boston bei Charles Loeffler, der einige meiner Gedichte komponiert hatte, ein paar gesellige Stunden verbringend, sonst immer allein. Ein einziges Mal unterbrach eine Überraschung diese völlige Anonymität meiner Existenz. Ich erinnere mich noch deutlich an diesen Augenblick. Ich schlenderte in Philadelphia eine breite Avenue entlang; vor einer großen Buchhandlung blieb ich stehen, um wenigstens an den Namen der Autoren irgend etwas Bekanntes, mir schon Vertrautes zu empfinden. Plötzlich schrak ich auf. Im Schaufenster dieser Buchhandlung standen links unten sechs oder sieben deutsche Bücher, und von einem sprang mein eigener Name mich an. Ich blickte wie verzaubert hin und begann nachzudenken. Etwas von meinem Ich, das da unbekannt und scheinbar sinnlos durch diese fremden Straßen trieb, von niemandem gekannt, von niemandem beachtet, war also schon vor mir dagewesen; der Buchhändler mußte meinen Namen auf einen Bücherzettel geschrieben haben, damit dieses Buch zehn Tage über den Ozean hinüberfuhr. Für einen Augenblick schwand das Gefühl der Verlassenheit, und als ich vor zwei Jahren wieder durch Philadelphia kam, suchte ich unbewußt immer wieder diese Auslage.

San Francisco zu erreichen – Hollywood war zu jener Zeit noch nicht erfunden –, hatte ich nicht mehr den Mut.

Aber wenigstens an einer anderen Stelle konnte ich doch den ersehnten Blick auf den Pazifischen Ozean tun, der mich seit meiner Kindheit durch die Berichte von der ersten Weltumseglung fasziniert hatte, und zwar von einer Stelle, die heute verschwunden ist, einer Stelle, die nie wieder ein sterbliches Auge erblicken wird: von den letzten Erdhügeln des damals noch im Bau befindlichen Panamakanals. Ich war über Bermuda und Haiti mit einem kleinen Schiff hinuntergesteuert – unsere dichterische Generation war ja durch Verhaeren erzogen, die technischen Wunder unserer Zeit mit dem gleichen Enthusiasmus zu bewundern wie unsere Vorfahren die römischen Antiken. Schon Panama selbst war ein unvergeßlicher Anblick, dies von Maschinen ausgebaggerte Flußbett, ockergelb selbst durch die dunkle Brille ins Auge brennend, eine teuflische Lust, durchschwirrt von Millionen und Milliarden Moskitos, deren Opfer man auf dem Friedhof in unendlichen Reihen sah. Wie viele waren gefallen für dieses Werk, das Europa begonnen hatte und Amerika vollenden sollte! Und nun erst, nach dreißig Jahren der Katastrophen und Enttäuschungen, ward es Gestalt. Ein paar Monate noch letzter Arbeit an den Schleusen, und dann ein Fingerdruck auf den elektrischen Taster, und die zwei Meere strömten nach Jahrtausenden für immer zusammen; ich aber habe sie als einer der letzten dieser Zeit im vollen und wachen Gefühl des Historischen noch geschieden gesehen. Es war ein guter Abschied von Amerika, dieser Blick auf seine größte schöpferische Tat.

Glanz und Schatten über Europa

Nun hatte ich zehn Jahre des neuen Jahrhunderts gelebt, Indien, ein Stück von Amerika und Afrika gesehen; mit einer neuen, wissenderen Freude begann ich auf unser Europa zu blicken. Nie habe ich unsere alte Erde *mehr* geliebt als in diesen letzten Jahren vor dem Ersten Weltkrieg, nie *mehr* auf Europas Einigung gehofft, nie *mehr* an seine Zukunft geglaubt als in dieser Zeit, da wir meinten, eine neue Morgenröte zu erblicken. Aber es war in Wahrheit schon der Feuerschein des nahenden Weltbrands.

Es ist vielleicht schwer, der Generation von heute, die in Katastrophen, Niederbrüchen und Krisen aufgewachsen ist, denen Krieg eine ständige Möglichkeit und eine fast tägliche Erwartung gewesen, den Optimismus, das Weltvertrauen zu schildern, die uns junge Menschen seit jener Jahrhundertwende beseelten. Vierzig Jahre Frieden hatten den wirtschaftlichen Organismus der Länder gekräftigt, die Technik den Rhythmus des Lebens beschwingt, die wissenschaftlichen Entdeckungen den Geist jener Generation stolz gemacht; ein Aufschwung begann, der in allen Ländern unseres Europas fast gleichmäßig zu fühlen war. Die Städte wurden schöner und volkreicher von Jahr zu Jahr, das Berlin von 1905 glich nicht mehr jenem, das ich 1901 gekannt, aus der Residenzstadt war eine Weltstadt geworden und war schon wieder großartig überholt von dem Berlin von 1910. Wien, Mailand, Paris, London, Amsterdam – wann immer man wiederkam, war man erstaunt und beglückt; breiter, prunkvoller wurden die Straßen, machtvoller die öffentlichen Bauten, luxuriöser und geschmackvoller die Geschäfte. Man spürte es an allen Dingen, wie der Reichtum wuchs und wie er sich verbreitete; selbst wir Schriftsteller merkten es an den Auflagen, die sich in dieser einen Spanne von zehn Jahren verdreifachten, verfünffachten, verzehnfachten. Überall entstanden neue Theater, Bibliotheken, Museen; Bequemlichkeiten, die wie Badezimmer und Telephon vordem das Privileg enger Kreise gewesen, drangen ein in die kleinbürgerlichen Kreise, und von unten stieg, seit die Arbeitszeit verkürzt war, das Proletariat empor, Anteil wenigstens an den kleinen Freuden und Behaglichkeiten des Lebens zu nehmen. Überall ging es vorwärts. Wer wagte, gewann. Wer ein Haus, ein seltenes Buch, ein Bild kaufte, sah es im Werte steigen, je kühner, je großzügiger ein Unternehmen angelegt wurde, um so sicherer lohnte es sich. Eine wunderbare Unbesorgtheit war damit über die Welt gekommen, denn was sollte diesen Aufstieg unterbrechen, was den Elan hemmen, der aus seinem eigenen Schwung immer neue Kräfte zog? Nie war Europa stärker, reicher, schöner, nie glaubte es inniger an eine noch bessere Zukunft; niemand außer ein paar schon verhutzelten Greisen klagte wie vordem um die ›gute alte Zeit‹.

Aber nicht nur die Städte, auch die Menschen selbst wurden schöner und gesünder dank des Sports, der besseren Ernährung, der verkürzten Arbeitszeit und der innigeren Bindung an die Natur. Der Winter, früher eine Zeit der Öde, von den Menschen mißmutig bei Kartenspielen in Wirtshäusern oder gelangweilt in überheizten Stuben vertan, war auf den Bergen entdeckt worden als eine Kelter gefilterter Sonne, als Nektar für die Lungen, als Wollust der blutdurchjagten Haut. Und die Berge, die Seen, das Meer lagen nicht mehr so fernab wie einst. Das Fahrrad, das Automobil, die elektrischen Bahnen hatten die Distanzen verkleinert und der Welt ein neues Raumgefühl gegeben. Sonntags sausten in grellen Sportjacken auf Skiern und Rodeln Tausende und Zehntausende die Schneehalden hinab, überall entstanden Sportpaläste und Schwimmbäder. Und gerade im Schwimmbad konnte man die Verwandlung deutlich gewahren; während in meinen Jugendjahren ein wirklich wohlgewachsener Mann auffiel inmitten der Dickhälse, Schmerbäuche und eingefallenen Brüste, wetteiferten jetzt miteinander turnerisch gelenkige, von Sonne gebräunte, von Sport gestraffte Gestalten in antikisch heiterem Wettkampf. Niemand außer den Allerärmsten blieb sonntags mehr zu Hause, die ganze Jugend wanderte, kletterte und kämpfte, in allen Sportarten geschult; wer Ferien hatte, zog nicht mehr wie in meiner Eltern Tage in die Nähe der Stadt oder bestenfalls ins Salzkammergut, man war neugierig auf die Welt geworden, ob sie überall so schön sei und noch anders schön; während früher nur die Privilegierten das Ausland gesehen, reisten jetzt Bankbeamte und kleine Gewerbsleute nach Italien, nach Frankreich. Es war billiger, es war bequemer geworden, das Reisen, und vor allem: es war der neue Mut, die neue Kühnheit in den Menschen, die sie auch verwegener machte im Wandern, weniger ängstlich und sparsam im Leben –, ja, man schämte sich, ängstlich zu sein. Die ganze Generation entschloß sich, jugendlicher zu werden, jeder war im Gegensatz zu meiner Eltern Welt stolz darauf, jung zu sein; plötzlich verschwanden zuerst bei den Jüngeren die Bärte, dann ahmten ihnen die Älteren nach, um nicht als alt zu gelten. Jungsein, Frischsein und nicht mehr Würdigtun wurde die Parole. Die Frauen warfen die Korsetts weg, die ihnen die Brüste eingeengt, sie verzichteten auf die Sonnenschirme und Schleier, weil sie Luft und Sonne nicht mehr scheuten, sie kürzten die Röcke, um besser beim Tennis die Beine regen zu können, und zeigten keine Scham mehr, die wohlgewachsenen sichtbar werden zu lassen. Die Mode wurde immer natürlicher, Männer trugen Breeches, Frauen wagten sich in den Herrensattel, man verhüllte, man versteckte sich nicht mehr voreinander. Die Welt war nicht nur schöner, sie war auch freier geworden.

Es war die Gesundheit, das Selbstvertrauen des nach uns gekommenen neuen Geschlechts, das sich diese Freiheit auch in der Sitte eroberte. Zum erstenmal sah man schon junge Mädchen ohne Gouvernante mit jungen Freunden auf Ausflügen und bei dem Sport in offener und selbstsicherer Kameradschaft; sie waren nicht mehr ängstlich und prüde, sie wußten, was sie wollten und was sie nicht wollten. Der Angstkontrolle der Eltern entkommen, als Sekretärinnen, Beamtinnen ihr Leben selber verdienend, nahmen sie sich das Recht, ihr Leben selber zu formen. Die Prostitution, diese einzig erlaubte Liebesinstitution der alten Welt, nahm zusehends ab, dank dieser neuen und gesünderen Freiheit, jede Form von Prüderie wurde zur Altmodischkeit. In den Schwimmbädern wurde immer häufiger die hölzerne Planke, die bisher unerbittlich das Herrenbad vom Damenbad getrennt, niedergerissen, Frauen und Männer schämten sich nicht mehr, zu zeigen, wie sie gewachsen waren; in diesen zehn Jahren war mehr Freiheit, Ungezwungenheit, Unbefangenheit zurückgewonnen worden als vordem in hundert Jahren.

Denn ein anderer Rhythmus war in der Welt. Ein Jahr, was geschah jetzt alles in einem Jahr! Eine Erfindung, eine Entdeckung jagte die andere, und jede wiederum wurde im Fluge allgemeines Gut, zum erstenmal fühlten die Nationen gemeinsamer, wenn es das Gemeinsame galt. Ich war am Tage, da der Zeppelin sich zur ersten Reise aufschwang, auf dem Wege nach Belgien zufällig in Straßburg, wo er unter dem dröhnenden Jubel der Menge das Münster umkreiste, als wollte er, der Schwebende, vor dem tausendjährigen Werke sich neigen. Abends in Belgien bei Verhaeren kam die Nachricht, daß das Luftschiff in Echterdingen zerschellt sei. Verhaeren hatte Tränen in den Augen und war furchtbar erregt. Nicht war er etwa als Belgier gleichgültig gegen die deutsche Katastrophe, sondern als Europäer, als Mann unserer Zeit empfand er ebenso den gemeinsamen Sieg über die Elemente wie die gemeinsame Prüfung. Wir jauchzten in Wien, als Blériot den Ärmelkanal überflog, als wäre es ein Held unserer Heimat; aus Stolz auf die sich stündlich überjagenden Triumphe unserer Technik, unserer Wissenschaft war zum erstenmal ein europäisches Gemeinschaftsgefühl, ein europäisches Nationalbewußtsein im Werden. Wie sinnlos, sagten wir uns, diese Grenzen, wenn sie jedes Flugzeug spielhaft leicht überschwingt, wie provinziell, wie künstlich diese Zollschranken und Grenzwächter, wie widersprechend dem Sinn unserer Zeit, der sichtlich Bindung und Weltbrüderschaft begehrt! Dieser Aufschwung des Gefühls war nicht weniger wunderbar als jener der Aeroplane; ich bedaure jeden, der nicht jung diese letzten Jahre des Vertrauens in Europa miterlebt hat. Denn die Luft um uns ist nicht tot und nicht leer, sie trägt in sich die Schwingung und den Rhythmus der Stunde. Sie preßt ihn unbewußt in unser Blut, bis tief ins Herz und ins Hirn leitet sie ihn fort. In diesen Jahren hat jeder einzelne von uns Kraft aus dem allgemeinen Aufschwung der Zeit in sich gesogen und seine persönliche Zuversicht gesteigert aus der kollektiven. Vielleicht haben wir, undankbar wie wir Menschen sind, damals nicht gewußt, wie stark, wie sicher uns die Welle trug. Aber nur wer diese Epoche des Weltvertrauens miterlebt hat, weiß, daß alles seitdem Rückfall und Verdüsterung gewesen.

Herrlich war diese tonische Welt von Kraft, die von allen Küsten Europas gegen unsere Herzen schlug. Aber was uns beglückte, war, ohne daß wir es ahnten, zugleich Gefahr. Der Sturm von Stolz und Zuversicht, der damals

Europa überbrauste, trug auch Wolken mit sich. Der Aufstieg war vielleicht zu rasch gekommen, die Staaten, die Städte zu hastig mächtig geworden, und immer verleitet das Gefühl von Kraft Menschen wie Staaten, sie zu gebrauchen oder zu mißbrauchen. Frankreich strotzte von Reichtum. Aber es wollte noch mehr, wollte noch eine Kolonie, obwohl es gar keine Menschen hatte für die alten; beinahe kam es um Marokkos willen zum Kriege. Italien wollte die Cyrenaica, Österreich annektierte Bosnien. Serbien und Bulgarien wiederum stießen gegen die Türkei vor, und Deutschland, vorläufig noch ausgeschaltet, spannte schon die Pranke zum zornigen Hieb. Überall stieg das Blut den Staaten kongestionierend zu Kopf. Aus dem fruchtbaren Willen zur inneren Konsolidierung begann sich überall zugleich, als ob es bazillische Ansteckung wäre, eine Gier nach Expansion zu entwickeln. Die französischen Industriellen, die dick verdienten, hetzten gegen die deutschen, die ebenso im Fett saßen, weil beide mehr Lieferungen von Kanonen wollten, Krupp und Schneider-Creusot. Die Hamburger Schiffahrt mit ihren riesigen Dividenden arbeitete gegen die von Southampton, die ungarischen Landwirte gegen die serbischen, die einen Konzerne gegen die andern – die Konjunktur hatte sie alle toll gemacht, hüben und drüben, nach einem wilden Mehr und Mehr. Wenn man heute ruhig überlegend sich fragt, warum Europa 1914 in den Krieg ging, findet man keinen einzigen Grund vernünftiger Art und nicht einmal einen Anlaß. Es ging um keine Ideen, es ging kaum um die kleinen Grenzbezirke; ich weiß es nicht anders zu erklären als mit diesem Überschuß an Kraft, als tragische Folge jenes inneren Dynamismus, der sich in diesen vierzig Jahren Frieden aufgehäuft hatte und sich gewaltsam entladen wollte. Jeder Staat hatte plötzlich das Gefühl, stark zu sein, und vergaß, daß der andere genauso empfand, jeder wollte noch mehr und jeder etwas von dem andern. Und das Schlimmste war, daß gerade jenes Gefühl uns betrog, das wir am meisten liebten: unser gemeinsamer Optimismus. Denn jeder glaubte, in letzter Minute werde der andere doch zurückschrecken; so begannen die Diplomaten ihr Spiel des gegenseitigen Bluffens. Viermal, fünfmal, bei Agadir, im Balkankrieg, in Albanien blieb es beim Spiel; aber die großen Koalitionen formten sich immer enger, immer militärischer. In Deutschland wurde eine Kriegssteuer eingeführt mitten im Frieden, in Frankreich die Dienstzeit verlängert; schließlich mußte sich die Überkraft entladen, und die Wetterzeichen am Balkan zeigten die Richtung, von der die Wolken sich schon Europa näherten.

Es war noch keine Panik, aber doch eine ständige schwelende Unruhe; immer fühlten wir ein leises Unbehagen, wenn vom Balkan her die Schüsse knatterten. Sollte wirklich der Krieg uns überfallen, ohne daß wir es wußten, warum und wozu? Langsam – allzu langsam, allzu zaghaft, wie wir heute wissen! – sammelten sich die Gegenkräfte. Da war die sozialistische Partei, Millionen von Menschen hüben und Millionen drüben, die in ihrem Programm den Krieg verneinten, da waren die mächtigen katholischen Gruppen unter der Führung des Papstes und einige international verquickte Konzerne, da waren einige wenige verständige Politiker, die gegen jene unterirdischen Treibereien sich auflehnten. Und auch wir standen in der Reihe gegen den Krieg, die Schriftsteller, allerdings wie immer individualistisch isoliert, statt geschlossen und entschlossen. Die Haltung der meisten Intellektuellen war leider eine gleichgültig passive, denn dank unserem Optimismus war das Problem des Krieges mit all seinen moralischen Konsequenzen noch gar nicht in unseren inneren Gesichtskreis getreten – in keiner der wesentlichen Schriften der Prominenten jener Zeit findet sich eine einzige prinzipielle Auseinandersetzung oder leidenschaftliche

Warnung. Wir glaubten genug zu tun, wenn wir europäisch dachten und international uns verbrüderten, wenn wir in unserer – auf das Zeitliche doch nur auf Umwegen einwirkenden – Sphäre uns zum Ideal friedlicher Verständigung und geistiger Verbrüderung über die Sprachen und Länder hinweg bekannten. Und gerade die neue Generation war es, die am stärksten dieser europäischen Idee anhing. In Paris fand ich um meinen Freund Bazalgette eine Gruppe junger Menschen geschart, die im Gegensatz zur früheren Generation jedem engen Nationalismus und aggressiven Imperialismus Absage geleistet hatten. Jules Romains, der dann das große Gedicht an Europa im Kriege schrieb, Georges Duhamel, Charles Vildrac, Durtain, René Arcos, Jean Richard Bloch, zusammengeschlossen erst in der ›Abbaye‹, dann im ›Effort libre‹, waren passionierte Vorkämpfer eines kommenden Europäertums und unerschütterlich, wie es die Feuerprobe des Krieges gezeigt hat, in ihrem Abscheu gegen jeden Militarismus – eine Jugend, wie sie tapferer, begabter, moralisch entschlossener Frankreich nur selten gezeugt hatte. In Deutschland war es Werfel mit seinem ›Weltfreund‹, der der Weltverbrüderung die stärksten lyrischen Akzente gab, René Schickele, als Elsässer schicksalhaft zwischen die beiden Nationen gestellt, arbeitete leidenschaftlich für eine Verständigung, von Italien grüßte uns G. A. Borgese als Kamerad, aus den skandinavischen, den slawischen Ländern kam Ermutigung. »Kommt doch einmal zu uns!« schrieb mir ein großer russischer Schriftsteller. »Zeigt den Panslawisten, die uns in den Krieg hetzen wollen, daß Ihr in Österreich ihn nicht wollt.« Ach, wir liebten alle unsere Zeit, die uns auf ihren Flügeln trug, wir liebten Europa! Aber dieser vertrauensselige Glaube an die Vernunft, daß sie den Irrwitz in letzter Stunde verhindern würde, war zugleich unsere einzige Schuld. Gewiß, wir haben die Zeichen an der Wand nicht mit genug Mißtrauen betrachtet, aber ist es nicht Sinn einer richtigen Jugend, nicht mißtrauisch, sondern gläubig zu sein? Wir vertrauten auf Jaurès, auf die sozialistische Internationale, wir glaubten, die Eisenbahner würden eher die Schienen sprengen als ihre Kameraden als Schlachtvieh an die Front verladen lassen, wir zählten auf die Frauen, die ihre Kinder, ihre Gatten dem Moloch verweigern würden, wir waren überzeugt, daß die geistige, die moralische Kraft Europas sich triumphierend bekunden würde im letzten kritischen Augenblick. Unser gemeinsamer Idealismus, unser im Fortschritt bedingter Optimismus ließ uns die gemeinsame Gefahr verkennen und verachten.

Und dann: was uns fehlte, war ein Organisator, der die in uns latenten Kräfte zielbewußt zusammenfaßte. Wir hatten nur einen einzigen Mahner unter uns, einen einzigen weit vorausblickenden Erkenner; doch das Merkwürdigste war, daß er mitten unter uns lebte und wir von ihm lange nichts wußten, von diesem uns vom Schicksal als Führer eingesetzten Mann. Für mich war es einer der entscheidenden Glücksfälle, daß ich ihn mir noch in letzter Stunde entdeckte, und es war schwer, ihn zu entdekken, denn er lebte inmitten von Paris abseits von der ›foire sur la place‹. Wenn jemand einmal eine redliche Geschichte der französischen Literatur im zwanzigsten Jahrhundert zu schreiben unternimmt, wird er das erstaunliche Phänomen nicht außer acht lassen dürfen, daß man allen denkbaren Dichtern und Namen damals in den Pariser Zeitungen lobhudelte, gerade aber die der drei Wesentlichsten nicht kannte oder in falschem Zusammenhang nannte. Von 1900 bis 1914 habe ich den Namen Paul Valérys als eines Dichters nie im ›Figaro‹, nie im ›Matin‹ erwähnt gelesen, Marcel Proust galt als Geck der Salons, Romain Rolland als kenntnisreicher Musikgelehrter; sie waren fast fünfzig Jahre alt, ehe der erste schüchterne Strahl von Ruhm ihren Namen erreichte, und ihr großes

Werk war im Dunkel getan inmitten der neugierigsten, geistigsten Stadt der Welt.

Daß ich Romain Rolland mir rechtzeitig entdeckte, war ein Zufall. Eine russische Bildhauerin in Florenz hatte mich zum Tee eingeladen, um mir ihre Arbeiten zu zeigen, und auch, um eine Skizze von mir zu versuchen. Ich erschien pünktlich um vier Uhr, vergessend, daß sie eine Russin war und somit jenseits von Zeit und Pünktlichkeit. Eine alte Babuschka, die, wie ich hörte, schon Amme ihrer Mutter gewesen, führte mich in das Atelier, an dem das Malerischste die Unordnung war, und bat mich, zu warten. Im ganzen standen vier kleine Skulpturen herum, in zwei Minuten hatte ich sie gesehen. So griff ich, um die Zeit nicht zu verlieren, nach einem Buch oder vielmehr nach ein paar braunen Heften, die dort herumlagen. ›Cahiers de la Quinzaine‹ hießen sie, und ich erinnerte mich, in Paris schon vordem diesen Titel gehört zu haben. Aber wer konnte all die kleinen Revuen verfolgen, die da kreuz und quer im Lande als kurzlebige idealistische Blüten auftauchten und wieder verschwanden? Ich blätterte den Band an, ›L'Aube‹ von Romain Rolland, und begann zu lesen, immer erstaunter und interessierter. Wer war dieser Franzose, der Deutschland so kannte? Bald war ich der braven Russin dankbar für ihre Unpünktlichkeit. Als sie endlich anrückte, war meine erste Frage: »Wer ist dieser Romain Rolland?« Sie konnte nicht genaue Auskunft geben, und erst als ich mir die übrigen Bände verschafft hatte (die letzten des Werkes waren erst im Wachsen), wußte ich: hier war endlich das Werk, das nicht einer einzelnen europäischen Nation diente, sondern allen und ihrer Verbrüderung, hier war er, der Mann, der Dichter, der alle moralischen Kräfte ins Spiel brachte: liebende Erkenntnis und ehrlichen Willen zur Erkenntnis, geprüfte und gekelterte Gerechtigkeit und einen beschwingenden Glauben an die verbindende Mission der Kunst. Während wir in kleinen Manifestationen uns verzettelten, war er still und geduldig an die Tat gegangen, die Völker einander in jenen Eigenschaften zu zeigen, wo sie individuell am liebenswertesten waren; es war der erste bewußt europäische Roman, der hier sich vollendete, der erste entscheidende Appell zur Verbrüderung, wirksamer, weil breitere Massen erreichend, als die Hymnen Verhaerens, eindringlicher als alle Pamphlete und Proteste; hier war, was wir alle unbewußt erhofft, ersehnt, in der Stille vollbracht.

Mein erstes in Paris war, mich nach ihm zu erkundigen, indem ich Goethes Wort gedachte: ›Er hat gelernt, er kann uns lehren.‹ Ich fragte die Freunde nach ihm. Verhaeren meinte sich an ein Drama ›Die Wölfe‹ erinnern zu können, das im sozialistischen ›Théâtre du Peuple‹ gespielt worden sei. Bazalgette wieder hatte gehört, Rolland sei Musikologe und habe ein kleines Buch über Beethoven geschrieben; im Katalog der Nationalbibliothek fand ich ein Dutzend Werke über alte und moderne Musik, sieben oder acht Dramen, alle bei kleinen Verlegern oder in den ›Cahiers de la Quinzaine‹ erschienen. Schließlich sandte ich, um eine Anknüpfung zu finden, ihm ein Buch von mir. Bald kam ein Brief, der mich zu ihm bat, und so begann eine Freundschaft, die neben einer mit Freud und Verhaeren die fruchtbarste und in manchen Stunden sogar wegentscheidende meines Lebens ward.

Merktage des Lebens haben stärkere Leuchtkraft in sich als die gewöhnlichen. So erinnere ich mich noch mit äußerster Deutlichkeit an diesen ersten Besuch. Fünf schmalgewundene Treppen eines unscheinbaren Hauses nahe beim Boulevard Montparnasse empor, und schon vor der Tür fühlte ich eine besondere Stille; man hörte das Brausen des Boulevards kaum mehr als den Wind, der unter den Fenstern durch die Bäume eines alten Klostergartens strich. Rolland tat mir auf und führte mich in sein kleines, mit Büchern bis zur Decke vollgeräumtes Gemach; zum erstenmal sah ich in seine merkwürdig leuchtenden blauen Augen, die klarsten und zugleich gütigsten Augen, die ich je an einem Menschen gesehen, diese Augen, die im Gespräch Farbe und Feuer aus dem innersten Gefühl ziehen, dunkel sich verschattend in der Trauer, gleichsam tiefer werdend im Nachdenken, funkelnd in der Erregung, diese einzigen Pupillen zwischen etwas übermüdeten, von Lesen und Wachen leicht geröteten Lidrändern, die wunderbar aufzustrahlen vermögen in einem mitteilsamen und beglückenden Licht. Ich beobachtete etwas ängstlich seine Gestalt. Sehr hoch und schlank, ging er ein wenig gebückt, als hätten die unzähligen Stunden am Schreibtisch ihm den Nacken gebeugt; er sah eher kränklich aus mit seinen scharfgeschnittenen Zügen bleichester Farbe. Er sprach sehr leise, wie er überhaupt seinen Körper auf das äußerste schonte; er ging fast nie spazieren; aß wenig, trank und rauchte nicht, vermied jede körperliche Anspannung, aber mit Bewunderung mußte ich später erkennen, welche ungeheure Ausdauer diesem asketischen Leibe innewohnte, welche geistige Arbeitskraft hinter dieser scheinbaren Schwäche lag. Stundenlang schrieb er an seinem kleinen, überhäuften Schreibtisch, stundenlang las er im Bette, seinem abgemüdeten Leibe nie mehr Schlaf gebend als vier oder fünf Stunden, und als einzige Entspannung erlaubte er sich die Musik; er spielte wunderbar Klavier mit einem mir unvergeßlich zarten Anschlag, die Tasten liebkosend, als wollte er ihnen die Töne nicht abzwingen, sondern nur ablocken. Kein Virtuose – und ich habe Max Reger, Busoni, Bruno Walter im engsten Kreise gehört – gab mir so sehr das Gefühl der unmittelbaren Kommunikation mit den geliebten Meistern.

Sein Wissen war beschämend vielfältig; eigentlich nur

mit dem lesenden Auge lebend, beherrschte er die Literatur, die Philosophie, die Geschichte, die Probleme aller Länder und Zeiten. Er kannte jeden Takt in der Musik; selbst die entlegensten Werke von Galuppi, Telemann und auch von Musikern sechsten und siebenten Ranges waren ihm vertraut; dabei nahm er leidenschaftlich teil an jedem Geschehen der Gegenwart. In dieser mönchisch-schlichten Zelle spiegelte sich wie in einer Camera Obscura die Welt. Er hatte menschlich die Vertrautheit der Großen seiner Zeit genossen, war Schüler Renans gewesen, Gast im Hause Wagners, Freund von Jaurès; Tolstoi hatte an ihn jenen berühmten Brief gerichtet, der als menschliches Bekenntnis seinem literarischen Werke würdig zur Seite steht. Hier spürte ich – und das löst immer für mich ein Glücksgefühl aus – menschliche, moralische Überlegenheit, eine innere Freiheit ohne Stolz, Freiheit als Selbstverständlichkeit einer starken Seele. Auf den ersten Blick erkannte ich in ihm – und die Zeit hat mir recht gegeben – den Mann, der in entscheidender Stunde das Gewissen Europas sein würde. Wir sprachen über ›Jean Christophe‹. Rolland erklärte mir, er habe versucht, damit eine dreifache Pflicht zu erfüllen, seinen Dank an die Musik, sein Bekenntnis zur europäischen Einheit und einen Aufruf an die Völker zur Besinnung. Wir müßten jetzt jeder wirken, jeder von seiner Stelle aus, jeder von seinem Land, jeder in seiner Sprache. Es sei Zeit, wachsam zu werden und immer wachsamer. Die Kräfte, die zum Haß drängten, seien ihrer niederen Natur gemäß vehementer und aggressiver als die versöhnlichen; auch stünden hinter ihnen materielle Interessen, die an sich bedenkenloser seien als die unseren. Der Widersinn sei sichtbar am Werke und Kampf gegen ihn wichtiger sogar als unsere Kunst. Ich spürte die Trauer über die Brüchigkeit der irdischen Struktur doppelt ergreifend an einem Manne, der in seinem ganzen Werke die Unvergänglichkeit der Kunst gefeiert. »Sie kann uns trösten, uns, die Einzelnen«, antwortete er mir, »aber sie vermag nichts gegen die Wirklichkeit.«

Das war im Jahre 1913. Es war das erste Gespräch, aus dem ich erkannte, daß es unsere Pflicht sei, nicht unvorbereitet und untätig der immerhin möglichen Tatsache eines europäischen Krieges entgegenzutreten; nichts gab im entscheidenden Augenblick dann Rolland eine solche ungeheure moralische Überlegenheit über alle andern, als daß er sich im voraus bereits die Seele schmerzhaft gefestigt hatte. Wir in unserem Kreise mochten gleichfalls einiges getan haben, ich hatte vieles übersetzt, auf die Dichter unter unseren Nachbarn hingewiesen, ich hatte Verhaeren 1912 auf einer Vortragsreise durch ganz Deutschland begleitet, die sich zu einer symbolischen deutsch-französischen Verbrüderungsmanifestation gestaltete: in Hamburg umarmten sich öffentlich Verhaeren und Dehmel, der größte französische und der große deutsche Lyriker. Ich hatte Reinhardt für Verhaerens neues Drama gewonnen, nie war unsere Zusammenarbeit hüben und drüben herzlicher, intensiver, impulsiver gewesen, und in manchen Stunden des Enthusiasmus gaben wir uns der Täuschung hin, wir hätten der Welt das Richtige, das Rettende gezeigt. Aber die Welt kümmerte sich wenig um solche literarischen Manifestationen, sie ging ihren eigenen schlimmen Weg. Irgendein elektrisches Knistern war im Gebälk von unsichtbaren Reibungen, immer wieder sprang ein Funke ab – die Affäre von Zabern, die Krisen in Albanien, ein ungeschicktes Interview –, immer nur gerade ein Funke, aber jeder hätte den gehäuften Explosionsstoff zur Entladung bringen können. Besonders wir in Österreich spürten, daß wir im Kern der Unruhezone lagen. 1910 hatte Kaiser Franz Joseph sein achtzigstes Jahr überschritten. Lange konnte es mit dem schon zum

Symbol gewordenen Greise nicht mehr dauern, und ein mystisches Gefühl begann sich stimmungshaft zu verbreiten, nach dem Hingang seiner Person werde der Auflösungsprozeß der tausendjährigen Monarchie nicht mehr aufzuhalten sein. Innen wuchs der Druck der Nationalitäten gegeneinander, außen warteten Italien, Serbien, Rumänien und in gewissem Sinne sogar Deutschland, sich das Reich aufzuteilen. Der Balkankrieg, wo Krupp und Schneider-Creusot ihre Kanonen gegeneinander an fremdem ›Menschenmaterial‹ ausprobierten, wie späterhin die Deutschen und Italiener ihre Flugzeuge im spanischen Bürgerkrieg, zog uns immer mehr in die kataraktische Strömung. Immer schreckte man auf, aber um immer wieder aufzuatmen: ›Diesmal noch nicht. Und hoffentlich nie!‹

Nun ist es erfahrungsgemäß tausendmal leichter, die Fakten einer Zeit zu rekonstruieren als ihre seelische Atmosphäre. Sie findet ihren Niederschlag nicht in den offiziellen Geschehnissen, sondern am ehesten in kleinen, persönlichen Episoden, wie ich sie hier einschalten möchte. Ich habe, ehrlich gesagt, damals nicht an den Krieg geglaubt. Aber zweimal habe ich gewissermaßen wach von ihm geträumt und bin mit erschrockener Seele aufgefahren. Das erste Mal geschah es bei der ›Affäre Redl‹, die wie alle wichtigen Hintergrundepisoden der Geschichte wenig bekannt ist.

Diesen Oberst Redl, den Helden eines der kompliziertesten Spionagedramen, hatte ich persönlich nur flüchtig gekannt. Er wohnte eine Gasse weit im selben Bezirk, einmal hatte mich im Café, wo der gemütlich aussehende, genießerische Herr seine Zigarre rauchte, mein Freund, der Staatsanwalt T., ihm vorgestellt; seitdem grüßten wir einander. Aber später erst entdeckte ich, wie sehr wir mitten im Leben vom Geheimnis umstellt sind, und wie wenig wir von Menschen im nächsten Atemraum wissen. Dieser äußerlich wie ein guter österreichischer Durchschnittsoffizier aussehende Oberst war der Vertrauensmann des Thronfolgers; ihm war das wichtige Ressort anvertraut, den Secret Service der Armee zu leiten und den der gegnerischen zu konterkarieren. Nun war durchgesickert, daß 1912 während der Krise des Balkankrieges, da Rußland und Österreich gegeneinander mobilisierten, das allerwichtigste Geheimstück der österreichischen Armee, der ›Aufmarschplan‹, nach Rußland verkauft worden war, was im Kriegsfall eine beispiellose Katastrophe hätte verursachen müssen, denn die Russen kannten damit im voraus Zug um Zug jede taktische Bewegung der österreichischen Angriffsarmee. Die Panik in den Kreisen des Generalstabs über diesen Verrat war fürchterlich; Oberst Redl als oberstem Fachmann oblag nun die Aufgabe, den Verräter zu entdecken, der ja nur im allerengsten höchsten Kreise zu finden sein konnte. Auch das Außenministerium, dem Geschick der Militärbehörden nicht ganz vertrauend, gab – ein typisches Beispiel für das eifersüchtige Gegeneinanderspielen der Ressorts –, ohne den Generalstab zu verständigen, seinerseits Parole aus, unabhängig nachzuforschen, und beauftragte die Polizei, neben allen anderen Maßnahmen zu diesem Behufe alle poste restante Briefe aus dem Ausland ohne Rücksicht auf das Briefgeheimnis zu öffnen.

Eines Tages traf nun bei einem Postamt ein Brief aus der russischen Grenzstation Podwoloczyska an die poste restante Adresse Chiffre ›Opernball‹ ein, der, als er geöffnet wurde, kein Briefblatt enthielt, dagegen sechs oder acht blanke österreichische Tausendkronennoten. Sofort wurde dieser verdächtige Fund der Polizeidirektion gemeldet, die Auftrag gab, einen Detektiv an den Schalter zu setzen, um die Person, welche jenen verdächtigen Brief reklamieren würde, unverzüglich zu verhaften.

Für einen Augenblick begann sich die Tragödie ins Wienerisch-Gemütliche zu wenden. Zur Mittagsstunde erschien ein Herr, verlangte den Brief unter der Bezeichnung ›Opernball‹. Der Schalterbeamte gab sofort das verdeckte Warnungssignal an den Detektiv. Aber der Detektiv war gerade zum Frühschoppen gegangen, und als er zurückkam, konnte man nur mehr feststellen, daß der fremde Herr einen Fiaker genommen habe und in unbekannter Richtung weggefahren sei. Rasch aber setzte der zweite Akt der wienerischen Komödie ein. In jener Zeit der Fiaker, dieser fashionablen, eleganten Zweispänner, betrachtete sich der Fiakerkutscher als eine viel zu vornehme Persönlichkeit, um seinen Wagen eigenhändig zu reinigen. An jedem Standplatz befand sich daher ein sogenannter ›Wasserer‹, dessen Funktion es war, die Pferde zu füttern und das Zeug zu waschen. Dieser Wasserer hatte sich nun glücklicherweise die Nummer des Fiakers gemerkt, der eben weggefahren war; in einer Viertelstunde waren alle Polizeiämter alarmiert, der Fiaker aufgefunden. Er gab eine Beschreibung des Herrn, der in jenes Café Kaiserhof gefahren war, wo ich immer Oberst Redl traf, und überdies fand man noch im Wagen durch einen glücklichen Zufall das Taschenmesser, mit dem der Unbekannte das Briefcouvert geöffnet hatte. Die Detektive sausten sofort ins Café Kaiserhof. Der Herr, dessen Beschreibung sie gaben, war inzwischen schon wieder fort. Aber mit größter Selbstverständlichkeit erklärten die Kellner, der Herr sei niemand anderer als ihr alter Stammgast, der Oberst Redl gewesen, und der sei eben zurückgefahren in das Hotel Klomser.

Der Detektiv erstarrte. Das Geheimnis war gelöst. Oberst Redl, der höchste Spionagechef der österreichischen Armee, war gleichzeitig gekaufter Spion des russischen Generalstabs. Er hatte nicht nur die Geheimnisse und Aufmarschpläne verkauft, sondern nun wurde schlagartig verständlich, wieso im letzten Jahr alle von ihm gesandten österreichischen Spione in Rußland regelmäßig verhaftet und verurteilt worden waren. Ein wildes Herumtelephonieren begann, bis man schließlich Franz Conrad von Hötzendorf, den Chef des österreichischen Generalstabs, erreichte. Ein Augenzeuge dieser Szene hat mir erzählt, daß er nach den ersten Worten weiß wurde wie ein Tuch. Das Telephon lief weiter in die Hofburg, eine Beratung folgte der andern. Was nun beginnen? Die Polizei ihrerseits hatte inzwischen Vorsorge getroffen, daß Oberst Redl nicht entkommen konnte. Als er das Hotel Klomser wieder verlassen wollte und nur noch dem Portier einen Auftrag gab, trat unauffällig ein Detektiv an ihn heran, hielt ihm das Taschenmesser hin und fragte höflich: »Haben Herr Oberst nicht dieses Taschenmesser im Fiaker vergessen?« In dieser Sekunde wußte Redl, daß er verloren war. Wo er hintrat, sah er die wohlbekannten Gesichter der Geheimpolizisten, die ihn überwachten, und als er zurückkam ins Hotel, folgten ihm zwei Offiziere in sein Zimmer und legten ihm einen Revolver hin. Denn inzwischen war in der Hofburg beschlossen worden, diese für die österreichische Armee so schmachvolle Affäre in unauffälliger Weise zu beenden. Bis zwei Uhr nachts patrouillierten die beiden Offiziere vor Redls Zimmer im Hotel Klomser. Dann erst fiel innen der Revolverschuß.

Am nächsten Tage erschien in den Abendblättern ein kurzer Nekrolog für den wohlverdienten Offizier Oberst Redl, der plötzlich gestorben sei. Aber zu viele Personen waren in die Verfolgung verstrickt gewesen, als daß man das Geheimnis hätte wahren können. Nach und nach erfuhr man überdies Einzelheiten, die psychologisch viel aufklärten. Oberst Redl war, ohne daß einer seiner Vorgesetzten oder Kameraden es wußte, homosexuell veranlagt gewesen und seit Jahren in den Händen von Erpressern, die ihn schließlich zu diesem verzweifelten Ausfluchtsmittel getrieben hatten. Ein Schauer des Entsetzens ging durch die Armee. Alle wußten, daß im Kriegsfall dieser eine Mensch das Leben von Hunderttausenden gekostet hätte und die Monarchie durch ihn an den Rand des Abgrunds geraten wäre; erst in dieser Stunde begriffen wir in Österreich, wie atemnahe wir im vergangenen Jahr dem Weltkrieg schon gewesen.

Das war das erste Mal, daß ich das Grauen an der Kehle spürte. Zufällig traf ich am nächsten Tage Berta von Suttner, die großartige und großmütige Kassandra unserer Zeit. Aristokratin aus einer der ersten Familien, hatte sie in ihrer frühesten Jugend nahe ihrem böhmischen Stammschloß die Greuel des Krieges von 1866 gesehen. Und mit der Leidenschaft einer Florence Nightingale sah sie nur eine Aufgabe für sich im Leben: einen zweiten Krieg, den Krieg überhaupt, zu verhindern. Sie schrieb einen Roman ›Die Waffen nieder‹, der einen Welterfolg hatte, sie organisierte unzählige pazifistische Versammlungen, und der Triumph ihres Lebens war, daß sie Alfred Nobel, dem Erfinder des Dynamits, das Gewissen erweckte, als Entgelt für das Unheil, das er mit seinem Dynamit angerichtet, den Nobelpreis für Frieden und internationale Verständigung zu stiften. Sie kam ganz erregt auf mich zu. »Die Menschen begreifen nicht, was vorgeht«, schrie sie ganz laut auf der Straße, so still, so gütig gelassen sie sonst sprach. »Das war schon der Krieg, und sie haben wieder einmal alles vor uns versteckt und geheimgehalten. Warum tut ihr nichts, ihr jungen Leute? Euch geht es vor allem an! Wehrt euch doch, schließt euch zusammen! Laßt nicht immer alles uns paar alte Frauen tun, auf die niemand hört.« Ich erzählte ihr, daß ich nach Paris ginge; vielleicht könnte man wirklich eine gemeinsame Manifestation versuchen. »Warum nur vielleicht?«

drängte sie. »Es steht schlimmer als je, die Maschine ist doch schon im Gang.« Ich hatte, selbst beunruhigt, Mühe, sie zu beruhigen.

Aber gerade in Frankreich sollte ich durch eine zweite, persönliche Episode erinnert werden, wie prophetisch die alte Frau, die man in Wien wenig ernst nahm, die Zukunft gesehen. Es war eine ganz kleine Episode, aber für mich besonders eindrucksvoll. Ich war im Frühjahr 1914 mit einer Freundin aus Paris für einige Tage in die Touraine gefahren, um das Grab Leonardo da Vincis zu sehen. Wir waren die milden und sonnigen Ufer der Loire entlanggewandert und abends herzhaft müde. So beschlossen wir, in der etwas verschlafenen Stadt Tours, in der ich zuvor dem Geburtshaus Balzacs meine Reverenz abgestattet hatte, ins Kino zu gehen.

Es war ein kleines Vorstadtkino, in nichts noch ähnlich den neuzeitlichen Palästen aus Chrom und blinkendem Glas. Nur ein notdürftig adaptierter Saal, gefüllt mit kleinen Leuten, Arbeitern, Soldaten, Marktfrauen, richtigem Volk, das gemütlich schwatzte und trotz des Rauchverbots blaue Wolken von Scaferlati und Caporal in die stikkige Luft blies. Zuerst liefen die ›Neuigkeiten aus aller Welt‹ über die Leinwand. Ein Bootrennen in England: die Leute schwatzten und lachten. Es kam eine französische Militärparade: auch hier nahmen die Leute wenig Anteil. Dann als drittes Bild: ›Kaiser Wilhelm besucht Kaiser Franz Joseph in Wien‹. Auf einmal sah ich auf der Leinwand den wohlvertrauten Perron des häßlichen Wiener Westbahnhofs mit ein paar Polizisten, die auf den einfahrenden Zug warteten. Dann ein Signal: der alte Kaiser Franz Joseph, der die Ehrengarde entlangschritt, um seinen Gast zu empfangen. Wie der alte Kaiser auf der Leinwand erschien und, ein bißchen gebückt schon, ein bißchen wacklig die Front entlangschritt, lachten die Leute aus Tours gutmütig über den alten Herrn mit dem weißen

Backenbart. Dann fuhr auf dem Bilde der Zug ein, der erste, der zweite, der dritte Waggon. Die Tür des Salonwagens öffnete sich und heraus stieg, den Schnurrbart hoch gesträubt, in österreichischer Generalsuniform, Wilhelm II.

In diesem Augenblick, da Kaiser Wilhelm im Bilde erschien, begann ganz spontan in dem dunklen Raume ein wildes Pfeifen und Trampeln. Alles schrie und pfiff, Frauen, Männer, Kinder höhnten, als ob man sie persönlich beleidigt hätte. Die gutmütigen Leute von Tours, die doch nicht mehr wußten von Panik und Welt, als was in ihren Zeitungen stand, waren für eine Sekunde toll geworden. Ich erschrak. Ich erschrak bis tief ins Herz hinein. Denn ich spürte, wie weit die Vergiftung durch die seit Jahren und Jahren geführte Haßpropaganda fortgeschritten sein mußte, wenn sogar hier, in einer kleinen Provinzstadt, die arglosen Bürger und Soldaten bereits dermaßen gegen den Kaiser, gegen Deutschland aufgestachelt worden waren, daß selbst ein flüchtiges Bild auf der Leinwand sie schon zu einem Ausbruch verleiten konnte. Es war nur eine Sekunde, eine einzige Sekunde. Als dann wieder andere Bilder kamen, war alles vergessen. Die Leute lachten über den jetzt abrollenden komischen Film aus vollen Bäuchen und schlugen sich vor Vergnügen auf die Knie, daß es krachte. Es war nur eine Sekunde gewesen, aber doch eine, die mir zeigte, wie leicht es sein könnte, im Augenblick ernstlicher Krise die Völker hüben und drüben aufzureizen trotz allen Verständigungsversuchen, trotz unseren eigenen Bemühungen.

Der ganze Abend war mir verdorben. Ich konnte nicht schlafen. Hätte sich das in Paris abgespielt, es hätte mich gleichfalls beunruhigt, aber nicht so erschüttert. Aber daß bis tief in die Provinz, bis tief in das gutmütige, naive Volk der Haß sich eingefressen, ließ mich schauern. In den nächsten Tagen erzählte ich die Episode den Freunden; die meisten nahmen sie nicht ernst: »Was haben wir Franzosen über die dicke Königin Victoria gespottet, und zwei Jahre später hatten wir ein Bündnis mit England. Du kennst die Franzosen nicht, bei denen geht Politik nicht tief.« Nur Rolland sah es anders. »Je naiver das Volk ist, um so leichter, es herumzubekommen. Es steht schlecht, seit Poincaré gewählt ist. Seine Reise nach Petersburg wird keine Vergnügungsreise sein.« Wir sprachen noch lange über den internationalen Sozialistenkongreß, der für den Sommer nach Wien einberufen war, aber auch hier empfand Rolland skeptischer als die andern. »Wie viele standhalten werden, wenn einmal die Mobilisierungsordres angeklebt sind, wer weiß es? Wir sind in eine Zeit der Massenempfindungen, der Massenhysterien geraten, deren Gewalt im Kriegsfall noch gar nicht abzusehen ist.«

Aber, ich sagte es schon, solche Augenblicke der Sorge flogen vorbei wie Spinnweb im Winde. Wir dachten zwar ab und zu an den Krieg, aber nicht viel anders, als man gelegentlich an den Tod denkt – an etwas Mögliches, aber wahrscheinlich doch Fernes. Und Paris war zu schön in jenen Tagen und wir selbst zu jung und zu glücklich. Ich erinnere mich noch an die bezaubernde Farce, die Jules Romains ersann, um zur Verhöhnung des ›prince de poètes‹ einen ›prince des penseurs‹ zu krönen, einen braven, etwas einfältigen Mann, der sich von den Studenten feierlich vor die Rodinstatue vor dem Pantheon führen ließ. Und abends tobten wir bei dem parodistischen Bankett übermütig wie Schuljungen. Die Bäume blühten, die Luft ging süß und leicht; wer wollte angesichts so vieler Entzückungen an etwas so Unvorstellbares denken? Die Freunde waren mehr Freunde als je und neue dazu gewonnen im fremden – im ›feindlichen‹ – Land, die Stadt war sorgloser als je zuvor, und man liebte mit seiner eigenen Sorglosigkeit die ihre. Ich begleitete Verhaeren in diesen letzten Tagen nach Rouen, wo er eine Vorlesung halten sollte. Wir standen nachts vor der Kathedrale, deren Spitzen magisch im Mondschein erglänzten – gehörten solche linde Wunder noch einem ›Vaterland‹, gehörten sie nicht uns allen? Auf dem Bahnhof in Rouen, an derselben Stelle, wo zwei Jahre später eine der von ihm besungenen Maschinen ihn zerreißen sollte, nahmen wir Abschied. Er umarmte mich. »Am ersten August bei mir in Caillou qui bique!« Ich versprach es, denn ich besuchte ihn doch jedes Jahr auf diesem seinem Landsitz, um Hand in Hand mit ihm seine neuen Verse zu übertragen. Warum nicht auch in diesem Jahr? Unbesorgt nahm ich Abschied von den andern Freunden, Abschied von Paris, lässigen, unsentimentalen Abschied, wie wenn man sein eigenes Haus für ein paar Wochen verläßt. Mein Plan für die nächsten Monate war klar. In Österreich jetzt, irgendwo auf dem Land, zurückgezogen die Arbeit an Dostojewskij (die fünf Jahre später erst erscheinen konnte) vorwärtsbringen und damit das Buch ›Drei Meister‹ vollenden, das je eine der großen Nationen in ihrem größten Romancier zeigen sollte. Dann zu Verhaeren und im Winter vielleicht die langgeplante Reise nach Rußland, um dort eine Gruppe für unsere geistige Verständigung zu formen. Alles lag eben und hell vor meinem Blick in diesem meinem zweiunddreißigsten Jahr; schön und sinnvoll wie eine köstliche Frucht bot sich in diesem strahlenden Sommer die Welt. Und ich liebte sie um ihrer Gegenwart und ihrer noch größeren Zukunft willen.

Da, am 28. Juni 1914, fiel jener Schuß in Sarajewo, der die Welt der Sicherheit und der schöpferischen Vernunft, in der wir erzogen, erwachsen und beheimatet waren, in einer einzigen Sekunde wie ein hohles tönernes Gefäß in tausend Stücke schlug.

Die ersten Stunden des Krieges von 1914

Jener Sommer 1914 wäre auch ohne das Verhängnis, das er über die europäische Erde brachte, uns unvergeßlich geblieben. Denn selten habe ich einen erlebt, der üppiger, schöner, und fast möchte ich sagen, sommerlicher gewesen. Seidenblau der Himmel durch Tage und Tage, weich und schwül die Luft, duftig und warm die Wiesen, dunkel und füllig die Wälder mit ihrem jungen Grün; heute noch, wenn ich das Wort Sommer ausspreche, muß ich unwillkürlich an jene strahlenden Julitage denken, die ich damals in Baden bei Wien verbrachte. Ich hatte mich zurückgezogen, um in diesem kleinen romantischen Städtchen das Beethoven sich so gerne zum Sommeraufenthalt wählte, diesen Monat ganz konzentriert der Arbeit zu widmen und dann den Rest des Sommers bei Verhaeren, dem verehrten Freunde, in seinem kleinen Landhaus in Belgien zu verbringen. In Baden ist es nicht nötig, das kleine Städtchen zu verlassen, um der Landschaft sich zu erfreuen. Der schöne, hügelige Wald dringt unmerklich zwischen die niederen biedermeierischen Häuser, die die Einfachheit und Anmut der Beethovenschen Zeit bewahrt haben. Man sitzt in Cafés und Restaurants überall im Freien, kann sich je nach Belieben unter das heitere Volk der Kurgäste mengen, die im Kurpark dort Korso abhalten oder sich auf den einsamen Wegen verlieren.

Schon am Vorabend jenes 29. Juni, den das katholische Land Österreich als ›Peter und Paul‹ immer feiertäglich hielt, waren viele Gäste aus Wien gekommen. In hellen Sommerkleidern, fröhlich und unbesorgt, wogte die

Menge im Kurpark vor der Musik. Der Tag war lind; wolkenlos stand der Himmel über den breiten Kastanienbäumen, und es war ein rechter Tag des Glücklichseins. Nun kamen für die Menschen, die Kinder bald die Ferien, und sie nahmen mit diesem ersten sommerlichen Feiertag gleichsam schon den ganzen Sommer voraus mit seiner seligen Luft, seinem satten Grün und seinem Vergessen aller täglichen Sorgen. Ich saß damals weiter ab vom Gedränge des Kurparks und las ein Buch – ich weiß heute noch, welches es war: Mereschkowskijs ›Tolstoi und Dostojewski‹ – las es aufmerksam und gespannt. Aber doch war der Wind zwischen den Bäumen, das Gezwitscher der Vögel und die vom Kurpark herschwebende Musik gleichzeitig in meinem Bewußtsein. Ich hörte deutlich die Melodien mit, ohne dadurch gestört zu sein, denn unser Ohr ist ja so anpassungsfähig, daß ein andauerndes Geräusch, eine donnernde Straße, ein rauschender Bach nach wenigen Minuten sich völlig dem Bewußtsein eingepaßt und im Gegenteil nur ein unerwartetes Stocken im Rhythmus uns aufhorchen läßt.

So hielt ich unwillkürlich im Lesen inne, als plötzlich mitten im Takt die Musik abbrach. Ich wußte nicht, welches Musikstück es war, das die Kurkapelle gespielt hatte. Ich spürte nur, daß die Musik mit einemmal aussetzte. Instinktiv sah ich vom Buche auf. Auch die Menge, die als eine einzige flutende helle Masse zwischen den Bäumen promenierte, schien sich zu verändern; auch sie stockte plötzlich in ihrem Auf und Ab. Es mußte sich etwas ereignet haben. Ich stand auf und sah, daß die Musiker den Musikpavillon verließen. Auch dies war sonderbar, denn das Kurkonzert dauerte sonst eine Stunde oder länger. Irgend etwas mußte dieses brüske Abbrechen veranlaßt haben; nähertretend bemerkte ich, daß die Menschen sich in erregten Gruppen vor dem Musikpavillon um eine offenbar soeben angeheftete Mitteilung zusammendrängten. Es war, wie ich nach wenigen Minuten erfuhr, die Depesche, daß Seine kaiserliche Hoheit, der Thronfolger Franz Ferdinand und seine Gemahlin, die zu den Manövern nach Bosnien gefahren waren, daselbst einem politischen Meuchelmord zum Opfer gefallen seien.

Immer mehr Menschen scharten sich um diesen Anschlag. Einer sagte dem andern die unerwartete Nachricht weiter. Aber um der Wahrheit die Ehre zu geben: keine sonderliche Erschütterung oder Erbitterung war von den Gesichtern abzulesen. Denn der Thronfolger war keineswegs beliebt gewesen. Noch von meiner frühesten Kindheit erinnere ich mich an jenen andern Tag, als Kronprinz Rudolf, der einzige Sohn des Kaisers, in Mayerling erschossen aufgefunden wurde. Damals war die ganze Stadt in einem Aufruhr ergriffener Erregung gewesen, ungeheure Massen hatten sich gedrängt, um die Aufbahrung zu sehen, überwältigend sich das Mitgefühl für den Kaiser und der Schrecken geäußert, daß sein einziger Sohn und Erbe, dem man als einem fortschrittlichen und menschlich ungemein sympathischen Habsburger die größten Erwartungen entgegengebracht hatte, im besten Mannesalter dahingegangen war. Franz Ferdinand dagegen fehlte gerade das, was in Österreich für eine rechte Popularität unermeßlich wichtig war: persönliche Liebenswürdigkeit, menschlicher Charme und Umgänglichkeit der Formen. Ich hatte ihn oftmals im Theater beobachtet. Da saß er in seiner Loge, mächtig und breit, mit kalten, starren Augen, ohne einen einzigen freundlichen Blick auf das Publikum zu richten oder die Künstler durch herzlichen Beifall zu ermutigen. Nie sah man ihn lächeln, keine Photographie zeigte ihn in aufgelockerter Haltung. Er hatte keinen Sinn für Musik, keinen Sinn für Humor, und ebenso unfreundlich blickte seine Frau. Um diese beiden stand eine eisige Luft; man wußte, daß sie keine Freunde hatten, wußte, daß der alte Kaiser ihn von Herzen haßte, weil er seine Thronfolger-Ungeduld, zur Herrschaft zu kommen, nicht taktvoll zu verbergen verstand. Mein fast mystisches Vorgefühl, daß von diesem Mann mit dem Bulldoggnacken und den starren, kalten Augen irgendein Unglück ausgehen würde, war also durchaus kein persönliches, sondern weit in der ganzen Nation verbreitet; die Nachricht von seiner Ermordung erregte deshalb keine tiefe Anteilnahme. Zwei Stunden später konnte man kein Anzeichen wirklicher Trauer mehr bemerken. Die Leute plauderten und lachten, spät abends spielte in den Lokalen wieder die Musik. Es gab viele an diesem Tag in Österreich, die im stillen heimlich aufatmeten, daß dieser Erbe des alten Kaisers zugunsten des ungleich beliebteren jungen Erzherzogs Karl erledigt war.

Am nächsten Tage brachten die Zeitungen selbstverständlich ausführliche Nekrologe und gaben der Entrüstung über das Attentat gebührenden Ausdruck. Nichts aber deutete an, daß dies Ereignis zu einer politischen Aktion gegen Serbien ausgewertet werden sollte. Für das Kaiserhaus schuf dieser Tod zunächst eine ganz andere Sorge, die des Zeremoniells seiner Beerdigung. Nach seinem Rang als Thronfolger und insbesondere, da er in Ausübung seines Dienstes für die Monarchie gestorben war, wäre sein Platz selbstverständlich in der Kapuzinergruft gewesen, der historischen Begräbnisstätte der Habsburger. Aber Franz Ferdinand hatte nach langen, erbitterten Kämpfen gegen die kaiserliche Familie eine Gräfin Chotek geheiratet, eine hohe Aristokratin zwar, aber nach dem geheimnisvollen vielhundertjährigen Hausgesetz der Habsburger ihm nicht ebenbürtig, und die Erzherzoginnen behaupteten bei den großen Zeremonien gegenüber der Thronfolgersgattin, deren Kinder nicht erbberechtigt waren, hartnäckig den Vortritt. Aber selbst gegen die Tote wandte sich noch der höfische Hochmut. Wie? – eine Gräfin Chotek in der habsburgischen Kaisergruft beisetzen? Nein, das durfte nicht geschehen! Eine mächtige Intrige begann; die Erzherzoginnen liefen Sturm bei dem alten Kaiser. Während man von dem Volk offiziell tiefe Trauer forderte, spielten in der Hofburg die Rankünen wild durcheinander, und wie gewöhnlich behielt der Tote unrecht. Die Zeremonienmeister erfanden die Behauptung, es sei der eigene Wunsch des Verstorbenen gewesen, in Artstetten, einem kleinen österreichischen Provinzort, begraben zu werden, und mit dieser pseudopietätvollen Ausflucht konnte man sich um die öffentliche Aufbahrung, den Trauerzug und alle damit verbundenen Rangstreitigkeiten sacht herumdrücken. Die Särge der beiden Ermordeten wurden still nach Artstetten gebracht und dort beigesetzt. Wien, dessen ewiger Schaulust man damit einen großen Anlaß genommen, begann bereits den tragischen Vorfall zu vergessen. Schließlich war man in Österreich durch den gewaltsamen Tod der Kaiserin Elisabeth, des Kronprinzen und die skandalöse Flucht von allerhand Mitgliedern des Kaiserhauses längst an den Gedanken gewöhnt, daß der alte Kaiser einsam und unerschütterlich sein tantalidisches Haus überleben würde. Ein paar Wochen noch, und der Name und die Gestalt Franz Ferdinands wären für immer aus der Geschichte verschwunden.

Aber da begannen nach ungefähr einer Woche plötzlich Plänkeleien in den Zeitungen, deren Crescendo zu gleichzeitig war, um ganz zufällig zu sein. Die serbische Regierung wurde des Einverständnisses beschuldigt, und es wurde mit halben Worten angedeutet, daß Österreich diesen Mord seines – angeblich so geliebten – Thronfolgers nicht ungesühnt lassen dürfe. Man konnte sich des Eindrucks nicht erwehren, daß sich irgendeine Aktion publizistisch vorbereite, aber niemand dachte an Krieg. Weder Banken noch Geschäfte und Privatleute änderten ihre Dispositionen. Was ging es uns an, dieses ewige Geplänkel mit Serbien, das, wie wir alle wußten, im Grunde nur über ein paar Handelsverträge wegen serbischen Schweineexports entstanden war? Meine Koffer waren für die Reise nach Belgien zu Verhaeren gepackt, meine Arbeit in gutem Zuge, was hatte der tote Erzherzog in seinem Sarkophag zu tun mit meinem Leben? Der Sommer war schön wie nie und versprach noch schöner zu werden; sorglos blickten wir alle in die Welt. Ich erinnere mich, wie ich noch am letzten Tage in Baden mit einem Freunde durch die Weinberge ging und ein alter Weinbauer zu uns sagte: »So ein' Sommer wie den haben wir schon lange nicht gehabt. Wenn's so bleibt, dann kriegen wir einen Wein wie nie. An den Sommer werden die Leut' noch denken!«

Aber er wußte nicht, der alte Mann in seinem blauen Küferrock, welch ein grauenhaft wahres Wort er damit aussprach.

Auch in Le Coq, dem kleinen Seebad nahe bei Ostende, wo ich zwei Wochen verbringen wollte, ehe ich wie alljährlich Gast in dem kleinen Landhause Verhaerens war, herrschte die gleiche Sorglosigkeit. Die Urlaubsfreudigen lagen unter ihren farbigen Zelten am Strande oder badeten, die Kinder ließen Drachen steigen, vor den Kaffeehäusern tanzten die jungen Leute auf der Digue. Alle denkbaren Nationen fanden sich friedlich zusammen, man hörte insbesondere viel deutsch sprechen, denn wie alljährlich entsandte das nahe Rheinland seine sommerlichen Feriengäste am liebsten an den belgischen Strand. Die einzige Störung kam von den Zeitungsjungen, die, um den Verkauf zu fördern, die drohenden Überschriften der Pariser Blätter laut ausbrüllten: »L'Autriche provoque la Russie«, »L'Allemagne prépare la mobilisation«. Man sah, wie sich die Gesichter der Leute, wenn sie die Zeitungen kauften, verdüsterten, aber immer bloß für ein paar Minuten. Schließlich kannten wir diese diplomatischen Konflikte schon seit Jahren; sie waren immer in letzter Stunde, bevor es ernst wurde, glücklich beigelegt worden. Warum nicht auch diesmal? Eine halbe Stunde später sah man dieselben Leute schon wieder vergnügt prustend im Wasser plätschern, die Drachen stiegen, die Möwen flatterten, und die Sonne lachte hell und warm über dem friedlichen Land.

Aber die schlimmen Nachrichten häuften sich und wurden immer bedrohlicher. Erst das Ultimatum Österreichs an Serbien, die ausweichende Antwort darauf, Telegramme zwischen den Monarchen und schließlich die kaum mehr verborgenen Mobilisationen. Es hielt mich nicht mehr länger in dem engen, abgelegenen Ort. Ich fuhr jeden Tag mit der kleinen elektrischen Bahn nach Ostende hinüber, um den Nachrichten näher zu sein; und sie wurden immer schlimmer. Noch badeten die Leute, noch waren die Hotels voll, noch drängten sich auf der Digue promenierende, lachende, schwatzende Sommergäste. Aber zum erstenmal schob sich etwas Neues dazwischen. Plötzlich sah man belgische Soldaten auftauchen, die sonst nie den Strand betraten. Maschinengewehre wurden – eine sonderbare Eigenheit der belgischen Armee – von Hunden auf kleinen Wagen gezogen.

Ich saß damals in einem Café mit einigen belgischen Freunden zusammen, einem jungen Maler und dem Dichter Crommelynck. Wir hatten den Nachmittag bei James Ensor verbracht, dem größten modernen Maler Belgiens, einem sehr sonderbaren, einsiedlerischen und verschlossenen Mann, der viel stolzer war auf die kleinen schlechten Polkas und Walzer, die er für Militärkapellen komponierte, als auf seine phantastischen, in schimmernden Farben entworfenen Gemälde. Er hatte uns seine Werke gezeigt, eigentlich ziemlich widerwillig, denn ihn bedrückte skurrilerweise der Gedanke, es möchte ihm jemand eines abkaufen. Sein Traum war eigentlich, wie mir die Freunde lachend erzählten, sie teuer zu verkaufen, aber doch zugleich dann alle behalten zu dürfen, denn er hing mit derselben Gier am Gelde wie an jedem seiner Werke. Immer, wenn er eines abgegeben, blieb er ein paar Tage verzweifelt. Mit all seinen merkwürdigen Schrullen hatte dieser geniale Harpagon uns heiter gemacht; und als gerade wieder so ein Trupp Soldaten mit dem hundebespannten Maschinengewehr vorüberzog, stand einer von uns auf und streichelte den Hund, sehr zum Ärger des begleitenden Offiziers, der befürchtete, daß durch diese Liebkosung eines kriegerischen Objekts die Würde einer militärischen Institution geschädigt werden könnte. »Wozu dieses dumme Herummarschieren?« murrte einer in unserem Kreise. Aber ein anderer antwortete erregt: »Man muß doch seine Vorkehrungen treffen. Es heißt, daß die Deutschen im Falle eines Krieges bei uns durchbrechen wollen.« »Ausgeschlossen!« sagte ich mit ehrlicher Überzeugung, denn in jener alten Welt glaubte man noch an die Heiligkeit von Verträgen. »Wenn etwas passieren sollte und Frankreich und Deutschland sich gegenseitig bis auf den letzten Mann vernichten, werdet ihr Belgier ruhig im Trockenen sitzen!« Aber unser Pessimist gab nicht nach. Das müsse einen Sinn haben, sagte er, wenn man in Belgien solche Maßnahmen anordne. Schon vor Jahren hätte man Wind von einem geheimen Plan des deutschen Generalstabs bekommen, im Falle einer Attacke auf Frankreich trotz allen beschworenen Verträgen in Belgien durchzustoßen. Aber ich gab gleichfalls nicht nach. Mir schien es völlig absurd, daß, während Tausende und Zehntausende von Deutschen hier lässig und fröhlich die Gastfreundschaft dieses kleinen, unbeteiligten Landes genossen, an der Grenze eine Armee einbruchsbereit stehen sollte. »Unsinn!« sagte ich. »Hier an dieser Laterne könnt ihr mich aufhängen, wenn die Deutschen in Belgien einmarschieren!« Ich muß meinen Freunden noch heute dankbar sein, daß sie mich später nicht beim Wort genommen haben.

Aber dann kamen die allerletzten kritischen Julitage und jede Stunde eine andere widersprechende Nachricht, die Telegramme des Kaisers Wilhelm an den Zaren, die Telegramme des Zaren an Kaiser Wilhelm, die Kriegserklärung Österreichs an Serbien, die Ermordung von Jaurès. Man spürte, es wurde ernst. Mit einemmal wehte ein kalter Wind von Angst über den Strand und fegte ihn leer. Zu Tausenden verließen die Leute die Hotels, die Züge wurden gestürmt, selbst die Gutgläubigsten begannen jetzt schleunigst ihre Koffer zu packen. Auch ich sicherte mir, kaum daß ich die Nachricht von der österreichischen Kriegserklärung an Serbien hörte, ein Billett, und es war wahrhaftig Zeit. Denn dieser Ostendeexpreß wurde der letzte Zug, der aus Belgien nach Deutschland ging. Wir standen in den Gängen, aufgeregt und voll Ungeduld, jeder sprach mit dem andern. Niemand vermochte ruhig sitzen zu bleiben oder zu lesen, an jeder Station stürzte man heraus, um neue Nachrichten zu holen, voll der geheimnisvollen Hoffnung, daß irgendeine entschlossene Hand das entfesselte Schicksal noch zurückreißen könnte. Noch immer glaubte man nicht an den Krieg und noch weniger an einen Einbruch in Belgien; man konnte es nicht glauben, weil man einen solchen Irrwitz nicht glauben wollte. Allmählich näherte der Zug sich der Grenze, wir passierten Verviers, die belgische Grenzstation. Deutsche Schaffner stiegen ein, in zehn Minuten sollten wir auf deutschem Gebiet sein.

Aber auf dem halben Wege nach Herbesthal, der ersten deutschen Station, blieb plötzlich der Zug auf freiem Felde stehen. Wir drängten in den Gängen zu den Fenstern. Was war geschehen? Und da sah ich im Dunklen einen Lastzug nach dem andern uns entgegenkommen, offene Waggons, mit Plachen bedeckt, unter denen ich undeutlich die drohenden Formen von Kanonen zu erkennen glaubte. Mir stockte das Herz. Das mußte der Vormarsch der deutschen Armee sein. Aber vielleicht, tröstete ich mich, war es doch nur eine Schutzmaßnahme, nur eine Drohung mit Mobilisation und nicht die Mobilisation selbst. Immer wird ja in den Stunden der Gefahr der Wille, noch einmal zu hoffen, riesengroß. Endlich kam das Signal ›Strecke frei‹, der Zug rollte weiter und lief in der Station Herbesthal ein. Ich sprang mit einem Ruck die Stufen hinunter, eine Zeitung zu holen und Erkundigungen einzuziehen. Aber der Bahnhof war besetzt von Militär. Als ich in den Wartesaal eintreten wollte, stand vor der verschlossenen Tür abwehrend ein Beamter, weißbärtig und streng: niemand dürfe die Bahnhofsräume betreten. Aber ich hatte schon hinter den sorgfältig verhängten Glasscheiben der Tür das leise Klirren und Klinkern von Säbeln, das harte Niederstellen von Kolben gehört. Kein Zweifel, das Ungeheuerliche war im Gang, der deutsche Einbruch in Belgien wider aller Satzung des Völkerrechts. Schaudernd stieg ich wieder in den Zug und fuhr weiter, nach Österreich zurück. Jetzt gab es keinen Zweifel mehr: ich fuhr in den Krieg.

Am nächsten Morgen in Österreich! In jeder Station klebten die Anschläge, welche die allgemeine Mobilisation angekündigt hatten. Die Züge füllten sich mit frisch eingerückten Rekruten, Fahnen wehten. Musik dröhnte, in Wien fand ich die ganze Stadt in einem Taumel. Der erste Schrecken über den Krieg, den niemand gewollt, nicht die Völker, nicht die Regierung, diesen Krieg, der den Diplomaten, die damit spielten und blufften, gegen ihre eigene Absicht aus der ungeschickten Hand gerutscht war, war umgeschlagen in einen plötzlichen Enthusiasmus. Aufzüge formten sich in den Straßen, plötzlich loderten überall Fahnen, Bänder und Musik, die jungen Rekruten marschierten im Triumph dahin, und ihre Gesichter waren hell, weil man ihnen zujubelte, ihnen, den kleinen Menschen des Alltags, die sonst niemand beachtet und gefeiert.

Um der Wahrheit die Ehre zu geben, muß ich bekennen, daß in diesem ersten Aufbruch der Massen etwas Großartiges, Hinreißendes und sogar Verführerisches lag, dem man sich schwer entziehen konnte. Und trotz allem Haß und Abscheu gegen den Krieg möchte ich die Erinnerung an diese ersten Tage in meinem Leben nicht missen: Wie nie fühlten die Tausende und Hunderttausende Menschen, was sie besser im Frieden hätten fühlen sollen: daß sie zusammengehörten. Eine Stadt von zwei Millionen, ein Land von fast fünfzig Millionen empfanden in dieser Stunde, daß sie Weltgeschichte, daß sie einen nie wiederkehrenden Augenblick miterlebten und daß jeder aufgerufen war, sein winziges Ich in diese glühende Masse zu schleudern, um sich dort von aller Eigensucht zu läutern. Alle Unterschiede der Stände, der Sprachen, der Klassen, der Religionen waren überflutet für diesen einen Augenblick von dem strömenden Gefühl der Brüderlichkeit. Fremde sprachen sich an auf der Straße, Menschen, die sich jahrelang auswichen, schüttelten einander die Hände, überall sah man belebte Gesichter. Jeder einzelne erlebte eine Steigerung seines Ichs, er war nicht mehr der isolierte Mensch von früher, er war eingetan in eine Masse, er war Volk, und seine Person, seine sonst unbeachtete Person hatte einen Sinn bekommen. Der kleine Postbeamte, der sonst von früh bis nachts Briefe sortierte, immer wieder sortierte, von Montag bis Samstag ununterbrochen sortierte, der Schreiber, der Schuster hatte plötzlich eine andere, eine romantische Möglichkeit in seinem Leben: er konnte Held werden, und jeden, der eine Uniform trug, feierten schon die Frauen, grüßten ehrfürchtig die Zurückbleibenden im voraus mit diesem romantischen Namen. Sie anerkannten die unbekannte Macht, die sie aus ihrem Alltag heraushob; selbst die Trauer der Mütter, die Angst der Frauen schämte sich in diesen Stunden des ersten Überschwangs, ihr doch allzu natürliches Gefühl zu bekunden. Vielleicht aber war in diesem Rausch noch eine tiefere, eine geheimnisvollere Macht am Werke. So gewaltig, so plötzlich brach diese Sturzwelle über die Menschheit herein, daß sie, die Oberfläche überschäumend, die dunklen, die unbewußten Urtriebe und Instinkte des Menschtiers nach oben riß, – das, was Freud tiefsehend ›die Unlust an der Kultur‹ nannte, das Verlangen, einmal aus der bürgerlichen Welt der Gesetze und Paragraphen auszubrechen und die uralten Blutinstinkte auszutoben. Vielleicht hatten auch diese dunklen Mächte ihren Teil an dem wilden Rausch, in dem alles gemischt war, Opferfreude und Alkohol, Abenteuerlust und reine Gläubigkeit, die alte Magie der Fahnen und der patriotischen Worte – diesem unheimlichen, in Worten kaum zu schildernden Rausch von Millionen, der für einen Augenblick dem größten Verbrechen unserer Zeit einen wilden und fast hinreißenden Schwung gab.

Die Generation von heute, die nur den Ausbruch des Zweiten Weltkriegs mitangesehen, fragt sich vielleicht: warum haben *wir* das nicht erlebt? Warum loderten 1939 die Massen nicht mehr in gleicher Begeisterung auf wie 1914? Warum gehorchten sie dem Anruf nur ernst und entschlossen, schweigsam und fatalistisch? Galt es nicht dasselbe, ging es eigentlich nicht noch um mehr, um Heiligeres, um Höheres in diesem unserem gegenwärtigen Kriege, der ein Krieg der Ideen war und nicht bloß einer um Grenzen und Kolonien?

Die Antwort ist einfach: weil unsere Welt von 1939 nicht mehr über so viel kindlich-naive Gläubigkeit verfügte wie jene von 1914. Damals vertraute das Volk noch unbedenklich seinen Autoritäten; niemand in Österreich hätte den Gedanken gewagt, der allverehrte Landesvater Kaiser Franz Joseph hätte in seinem vierundachtzigsten Jahr sein Volk zum Kampf aufgerufen ohne äußerste Nötigung, er hätte das Blutopfer gefordert, wenn nicht böse, tückische, verbrecherische Gegner den Frieden des Reichs bedrohten. Die Deutschen wiederum hatten die Telegramme ihres Kaisers an den Zaren gelesen, in denen er um den Frieden kämpfte; ein gewaltiger Respekt vor den ›Oberen‹, vor den Ministern, vor den Diplomaten und vor ihrer Einsicht, ihrer Ehrlichkeit beseelte noch den einfachen Mann. Wenn es zum Kriege gekommen war, dann konnte es nur gegen den Willen ihrer eigenen Staatsmänner geschehen sein; sie selbst konnten keine Schuld haben, niemand im ganzen Lande hatte die geringste Schuld. Also mußten drüben im anderen Lande die Verbrecher, die Kriegstreiber sein; es war Notwehr, daß man zur Waffe griff, Notwehr gegen einen schurkischen und tückischen Feind, der ohne den geringsten Grund das friedliche Österreich und Deutschland ›überfiel‹. 1939 dagegen war dieser fast religiöse Glaube an die Ehrlichkeit oder zumindest an die Fähigkeit der eigenen Regierung in ganz Europa schon geschwunden. Man verachtete die Diplomatie, seit man erbittert gesehen, wie sie in Versailles die Möglichkeit eines dauernden Friedens verraten; die Völker erinnerten sich zu deutlich, wie schamlos man sie um die Versprechungen der Abrüstung, der Abschaffung der Geheimdiplomatie betrogen. Im Grunde hatte man 1939 vor keinem einzigen der Staatsmänner Respekt, und niemand vertraute ihnen gläubig sein Schicksal an. Der kleinste französische Straßenarbeiter spottete über Daladier, in England war seit München – ›peace for our time!‹ – jedes Vertrauen in die Weitsicht Chamberlains geschwunden, in Italien, in Deutschland sahen die Massen voll Angst auf Mussolini und Hitler: wohin wird er uns wieder treiben? Freilich, man konnte sich nicht wehren, es ging um das Vaterland: so nahmen die Soldaten das Gewehr, so ließen die Frauen ihre Kinder ziehen, aber nicht mehr wie einst in dem unverbrüchlichen Glauben, das Opfer sei unvermeidlich gewesen. Man gehorchte, aber man jubelte nicht. Man ging an die Front, aber man träumte nicht mehr, ein Held zu sein; schon fühlten die Völker und die einzelnen, daß sie nur Opfer waren entweder irdischer, politischer Torheit oder einer unfaßbaren und böswilligen Schicksalsgewalt.

Und dann, was wußten 1914, nach fast einem halben Jahrhundert des Friedens, die großen Massen vom Kriege? Sie kannten ihn nicht, sie hatten kaum je an ihn gedacht. Er war eine Legende, und gerade die Ferne hatte ihn heroisch und romantisch gemacht. Sie sahen ihn immer noch aus der Perspektive der Schullesebücher und der Bilder in den Galerien: blendende Reiterattacken in blitzblanken Uniformen, der tödliche Schuß jeweils großmütig mitten durchs Herz, der ganze Feldzug ein schmetternder Siegesmarsch – »Weihnachten sind wir wieder zu Hause«, riefen im August 1914 die Rekruten lachend den Müttern zu. Wer in Dorf und Stadt erinnerte sich noch an den ›wirklichen‹ Krieg? Bestenfalls ein paar Greise, die 1866, gegen Preußen, den Bundesgenossen von diesmal, gekämpft, und was für ein geschwinder, unblutiger, ferner Krieg war das gewesen, ein Feldzug von drei Wochen und ohne viel Opfer zu Ende, ehe man erst Atem geholt! Ein rascher Ausflug ins Romantische, ein wildes und männliches Abenteuer – so malte sich der Krieg 1914 in der Vorstellung des einfachen Mannes, und die jungen Menschen hatten sogar ehrliche Angst, sie könnten das Wundervoll-Erregende in ihrem Leben versäumen; deshalb drängten sie ungestüm zu den Fahnen, deshalb jubelten und sangen sie in den Zügen, die sie zur Schlachtbank führten, wild und fiebernd strömte die rote Blutwelle durch die Adern des ganzen Reichs. Die Generation von 1939 aber kannte den Krieg. Sie täuschte sich nicht mehr. Sie wußte, daß er nicht romantisch war, sondern barbarisch. Sie wußte, daß er Jahre und Jahre dauern würde, unersetzliche Spanne des Lebens. Sie wußte, daß man nicht mit Eichenlaub und bunten Bändern geschmückt dem Feind entgegenstürmte, sondern verlaust und halb verdurstet wochenlang in Gräben und Quartieren lungerte, daß man zerschmettert und verstümmelt wurde aus der Ferne, ohne dem Gegner je ins Auge gesehen zu haben. Man kannte im voraus aus den Zeitungen, aus den Kinos die neuen technisch-teuflischen Vernichtungskünste, man wußte, daß die riesigen Tanks auf ihrem Weg den Verwundeten zermalmten und die Aeroplane Frauen und Kinder in ihren Betten zerschmetterten, man wußte, daß ein Weltkrieg 1939 dank seiner seelenlosen Maschinisierung tausendmal gemeiner, bestialischer, unmenschlicher sein würde als alle früheren Kriege der Menschheit. Kein einziger der Generation von 1939 glaubte mehr an eine von Gott gewollte Gerechtigkeit des Krieges, und schlimmer: man glaubte nicht einmal mehr an die Gerechtigkeit und Dauerhaftigkeit des Friedens, den er erkämpfen sollte. Denn man erinnerte sich zu deutlich noch an alle die Enttäuschungen, die der letzte gebracht: Verelendung statt Bereicherung, Verbitterung statt Befriedigung, Hungersnot, Geldentwertung, Revolten, Verlust der bürgerlichen Freiheit, Versklavung an den Staat, eine nervenzerstörende Unsicherheit, das Mißtrauen aller gegen alle.

Das schuf den Unterschied. Der Krieg von 1939 hatte einen geistigen Sinn, es ging um die Freiheit, um die Bewahrung eines moralischen Guts; und um einen Sinn zu kämpfen, macht den Menschen hart und entschlossen. Der Krieg von 1914 dagegen wußte nichts von den Wirklichkeiten, er diente noch einem Wahn, dem Traum einer besseren, einer gerechten und friedlichen Welt. Und nur der Wahn, nicht das Wissen macht glücklich. Darum gingen, darum jubelten damals die Opfer trunken der Schlachtbank entgegen, mit Blumen bekränzt und mit Eichenlaub auf den Helmen, und die Straßen dröhnten und leuchteten wie bei einem Fest.

Daß ich selbst diesem plötzlichen Rausch des Patriotismus nicht erlag, hatte ich keineswegs einer besonderen Nüchternheit oder Klarsichtigkeit zu verdanken, sondern der bisherigen Form meines Lebens. Ich war zwei Tage vorher noch im ›Feindesland‹ gewesen und hatte mich somit überzeugen können, daß die großen Massen in Belgien genauso friedlich und ahnungslos gewesen wie unsere eigenen Leute. Außerdem hatte ich zu lange kosmopolitisch gelebt, um über Nacht eine Welt plötzlich hassen zu können, die ebenso die meine war wie mein Vaterland. Ich hatte seit Jahren der Politik mißtraut und gerade in den letzten Jahren in unzähligen Gesprächen mit meinen französischen, meinen italienischen Freunden den Widersinn einer kriegerischen Möglichkeit erörtert. So war ich gewissermaßen geimpft mit Mißtrauen gegen die Infektion patriotischer Begeisterung, und vorbereitet wie ich war gegen diesen Fieberanfall der ersten Stunde, blieb ich entschlossen, meine Überzeugung von der notwendigen Einheit Europas nicht erschüttern zu lassen durch einen von ungeschickten Diplomaten und brutalen Munitionsindustriellen herbeigeführten Bruderkampf.

Innerlich war ich demzufolge vom ersten Augenblick an als Weltbürger gesichert; schwer war es, die richtige Haltung als Staatsbürger zu finden. Obwohl erst zweiunddreißig Jahre alt, hatte ich vorläufig keinerlei militärische Pflichten, da ich bei allen Assentierungen als untauglich erklärt worden war, worüber ich schon seinerzeit herzlich froh gewesen. Erstens ersparte mir diese Zurückstellung ein mit stupidem Kommißdienst vergeudetes Jahr, außerdem schien es mir ein verbrecherischer Anachronismus, im zwanzigsten Jahrhundert eingeübt zu werden in der Handhabung von Mordwerkzeugen. Die richtige Haltung für einen Mann meiner Überzeugung wäre gewesen, in einem Kriege mich als ›conscientious objector‹ zu erklären, was in Österreich (im Gegensatz zu England) mit den denkbar schwersten Strafen bedroht war und eine wirkliche Märtyrerfestigkeit der Seele forderte. Nun liegt – ich schäme mich nicht, diesen Defekt offen einzugestehen – meiner Natur das Heldische nicht. Meine natürliche Haltung in allen gefährlichen Situationen ist immer die ausweichende gewesen, und nicht nur bei diesem einen Anlaß mußte ich vielleicht mit Recht den Anwurf der Unentschiedenheit auf mich nehmen, den man meinem verehrten Meister in einem fremden Jahrhundert, Erasmus von Rotterdam, so häufig gemacht. Anderseits war es wieder unerträglich, in einer solchen Zeit als verhältnismäßig junger Mensch abzuwarten, bis man ihn herausscharrte aus seinem Dunkel und an irgendeine Stelle warf, an die er nicht gehörte. So hielt ich Umschau nach einer Tätigkeit, wo ich immerhin etwas leisten konnte, ohne hetzerisch tätig zu sein, und der Umstand, daß einer meiner Freunde, ein höherer Offizier, im Kriegsarchiv war, ermöglichte mir, dort eingestellt zu werden. Ich hatte Bibliotheksdienst zu tun, wofür ich durch meine Sprachkenntnisse nützlich war, oder stilistisch manche der für die Öffentlichkeit bestimmten Mitteilungen zu verbessern –, gewiß keine ruhmreiche Tätigkeit, wie ich willig eingestehe, aber doch eine, die mir persönlich passender erschien, als einem russischen Bauern ein Bajonett in die Gedärme zu stoßen. Jedoch das Entscheidende für mich war, daß mir Zeit blieb nach diesem nicht sehr anstrengenden Dienst für jenen Dienst, der mir der wichtigste in diesem Kriege war: der Dienst an der künftigen Verständigung.

Schwieriger als die amtliche erwies sich meine Stellung innerhalb meines Freundeskreises. Wenig europäisch geschult, ganz im deutschen Gesichtskreis lebend, meinten die meisten unserer Dichter ihr Teil am besten zu tun, indem sie die Begeisterung der Massen stärkten und die angebliche Schönheit des Krieges mit dichterischem Appell oder wissenschaftlichen Ideologien unterbauten. Fast alle deutschen Dichter, Hauptmann und Dehmel voran, glaubten sich verpflichtet, wie in urgermanischen Zeiten als Barden die vorrückenden Kämpfer mit Liedern und Runen zur Sterbebegeisterung anzufeuern. Schockweise regneten Gedichte, die Krieg auf Sieg, Not auf Tod reimten. Feierlich verschworen sich die Schriftsteller, nie mehr mit einem Franzosen, nie mehr mit einem Engländer Kulturgemeinschaft haben zu wollen, ja mehr noch: sie leugneten über Nacht, daß es je eine englische, eine französische Kultur gegeben habe. All das sei gering und wertlos gegenüber deutschem Wesen, deutscher Kunst und deutscher Art. Noch ärger trieben es die Gelehrten. Die Philosophen wußten plötzlich keine andere Weisheit, als den Krieg zu einem ›Stahlbad‹ zu erklären, das wohltätig die Kräfte der Völker vor Erschlaffung bewahre. Ihnen zur Seite traten die Ärzte, die ihre Prothesen derart überschwenglich priesen, daß man beinahe Lust hatte, sich ein Bein amputieren zu lassen, um das gesunde durch solch ein künstliches Gestell zu ersetzen. Die Priester aller Konfessionen wollten gleichfalls nicht zurückbleiben und stimmten ein in den Chor; manchmal war es, als hörte man eine Horde Besessener toben, und all diese Männer waren doch dieselben, deren Vernunft, deren formende Kraft, deren menschliche Haltung wir vor einer Woche, vor einem Monat noch bewundert.

Das Erschütterndste an diesem Wahnsinn aber war, daß die meisten dieser Menschen ehrlich waren. Die meisten, zu alt oder körperlich unfähig, militärischen Dienst zu tun, glaubten sich anständigerweise zu irgendeiner mithelfenden ›Leistung‹ verpflichtet. Was sie geschaffen hatten, das schuldeten sie der Sprache und damit dem Volk. So wollten sie ihrem Volk durch die Sprache dienen und es das hören lassen, was es hören wollte: daß das Recht einzig auf seiner Seite sei in diesem Kampf und das Unrecht auf der andern, daß Deutschland siegen werde und die Gegner schmählich unterliegen – völlig ahnungslos, daß sie damit die wahre Mission des Dichters verrieten, der Wahrer und Verteidiger des Allmenschlichen im Menschen zu sein. Manche freilich haben bald den bitteren Geschmack des Ekels vor ihrem eigenen Wort auf der Zunge gespürt, als der Fusel der ersten Begeisterung verraucht war. Aber in jenen ersten Monaten wurde am meisten gehört, wer am wildesten tobte, und so sangen und schrien sie hüben und drüben in wildem Chor.

Der typischste, der erschütterndste Fall einer solchen ehrlichen und zugleich unsinnigen Ekstase war für mich der Ernst Lissauers. Ich kannte ihn gut. Er schrieb kleine, knappe, harte Gedichte und war dabei der gutmütigste Mensch, den man sich denken konnte. Noch heute erinnere ich mich, wie ich die Lippen fest zusammenbeißen mußte, um ein Lächeln zu verstecken, als er mich das erste Mal besuchte. Unwillkürlich hatte ich mir diesen Lyriker als einen schlanken, hartknochigen jungen Mann vorgestellt nach seinen deutschen, markigen Versen, die in allem die äußerste Knappheit suchten. Herein in mein Zimmer aber schwankte, dick wie ein Faß, ein gemütliches Gesicht über einem doppelten Doppelkinn, ein behäbiges Männchen, übersprudelnd vor Eifer und Selbstgefühl, sich überstotternd im Wort, besessen vom Gedicht und durch keine Gegenwehr abzuhalten, seine Verse immer wieder zu zitieren und zu rezitieren. Mit allen seinen Lächerlichkeiten mußte man ihn doch liebgewinnen, weil er warmherzig war, kameradschaftlich, ehrlich und von einer fast dämonischen Hingabe an seine Kunst.

Er stammte aus einer vermögenden deutschen Familie, war im Friedrich-Wilhelms-Gymnasium in Berlin erzogen worden und vielleicht der preußischste oder preußisch-assimilierteste Jude, den ich kannte. Er sprach keine andere lebende Sprache, er war nie außerhalb Deutschlands gewesen. Deutschland war ihm die Welt, und je deutscher etwas war, um so mehr begeisterte es ihn. Yorck und Luther und Stein waren seine Helden, der deutsche Freiheitskrieg sein liebstes Thema, Bach sein musikalischer Gott; er spielte ihn wunderbar trotz seiner kleinen, kurzen, dicken, schwammigen Finger. Niemand kannte besser die deutsche Lyrik, niemand war verliebter, verzauberter in die deutsche Sprache – wie viele Juden, deren Familien erst spät in die deutsche Kultur getreten, war er gläubiger an Deutschland als der gläubigste Deutsche.

Als dann der Krieg ausbrach, war es sein erstes, hinzueilen in die Kaserne und sich als Freiwilliger zu melden. Und ich kann mir das Lachen der Feldwebel und Gefreiten denken, als diese dicke Masse die Treppe heraufkeuchte. Sie schickten ihn sofort weg. Lissauer war verzweifelt; aber wie die andern wollte er nun Deutschland wenigstens mit dem Gedicht dienen. Für ihn war alles verbürgteste Wahrheit, was deutsche Zeitungen und der deutsche Heeresbericht meldeten. Sein Land war überfallen worden, und der schlimmste Verbrecher, ganz wie es die Wilhelmstraße inszeniert hatte, jener perfide Lord Grey, der englische Außenminister. Diesem Gefühl, daß England der Hauptschuldige gegen Deutschland und an dem Kriege sei, gab er in einem ›Haßgesang gegen England‹ Ausdruck, einem Gedicht – ich habe es nicht vor mir –, das in harten, knappen, eindrucksvollen Versen den Haß gegen England zu dem ewigen Schwur erhob, England nie sein ›Verbrechen‹ zu verzeihen. Verhängnisvollerweise wurde bald offenbar, wie leicht es ist, mit Haß zu arbeiten (dieser feiste, verblendete kleine Jude Lissauer nahm das Beispiel Hitlers voraus). Das Gedicht fiel wie eine Bombe in ein Munitionsdepot. Nie vielleicht hat ein Gedicht in Deutschland, selbst die ›Wacht am Rhein‹ nicht, so rasch die Runde gemacht wie dieser berüchtigte ›Haßgesang gegen England‹. Der Kaiser war begeistert und verlieh Lissauer den Roten Adlerorden, man druckte das Gedicht in allen Zeitungen nach, die Lehrer lasen es in den Schulen den Kindern vor, die Offiziere traten vor die Front und rezitierten es den Soldaten, bis jeder die Haßlitanei auswendig konnte. Aber nicht genug an dem. Das kleine Gedicht wurde, in Musik gesetzt und zum Chor erweitert, in den Theatern vorgetragen; unter den siebzig Millionen Deutschen gab es bald keinen einzigen Menschen mehr, der den ›Haßgesang gegen England‹ nicht von der ersten bis zur letzten Zeile kannte, und bald kannte ihn – freilich mit weniger Begeisterung – die ganze Welt. Über Nacht hatte Ernst Lissauer den feurigsten Ruhm, den sich ein Dichter je in diesem Kriege erworben – freilich einen Ruhm, der später an ihm brannte wie ein Nessushemd. Denn kaum daß der Krieg vorüber war und die Kaufleute wieder Geschäfte machen wollten, die Politiker sich ehrlich um Verständigung bemühten, tat man alles, um dieses Gedicht zu verleugnen, das ewige Feindschaft mit England gefordert. Und um die eigene Mitschuld abzuschieben, prangerte man den armen ›Haß-Lissauer‹ als den einzigen Schuldigen an der irrsinnigen Haßhysterie an, die in Wirklichkeit 1914 alle vom ersten bis zum letzten geteilt. Jeder wandte sich 1919 ostentativ von ihm ab, der ihn 1914 noch gefeiert. Die Zeitungen druckten nicht mehr seine Gedichte; wenn er unter den Kameraden erschien, entstand ein betroffenes Schweigen. Aus dem Deutschland, an dem er mit allen Fasern seines Herzens hing, ist der Verlassene dann von Hitler ausgetrieben worden und vergessen gestorben, ein tragisches Opfer dieses einen Gedichts, das ihn so hoch nur emporgehoben, um ihn dann um so tiefer zu zerschmettern.

So wie Lissauer waren sie alle. Sie haben ehrlich gefühlt und meinten ehrlich zu handeln, diese Dichter, diese Professoren, diese plötzlichen Patrioten von damals, ich leugne es nicht. Aber schon nach kürzester Zeit wurde erkennbar, welches fürchterliche Unheil sie mit ihrer Lobpreisung des Krieges und ihren Haßorgien anstifteten. Alle kriegführenden Völker befanden sich 1914 ohnehin schon in einem Zustand der Überreizung; das übelste Gerücht verwandelte sich sofort in Wahrheit, die absurdeste Verleumdung wurde geglaubt. Zu Dutzenden schworen in Deutschland die Menschen, sie hätten mit eigenen Augen knapp vor Kriegsausbruch goldbeladene Automobile von Frankreich nach Rußland fahren sehen; die Märchen von den ausgestochenen Augen und abgeschnittenen Händen, die prompt in jedem Kriege am dritten oder vierten Tage einsetzen, füllten die Zeitungen. Ach, sie wußten nicht, diese Ahnungslosen, welche solche Lügen weitertrugen, daß die Technik, den feindlichen Soldaten jeder denkbaren Grausamkeit zu beschuldigen, ebenso zum Kriegsmaterial gehört wie Munition und Flugzeuge, und daß sie regelmäßig in jedem Kriege gleich in den ersten Tagen aus den Magazinen geholt wird. Krieg läßt sich mit Vernunft und gerechtem Gefühl nicht koordinieren. Er braucht einen gesteigerten Zustand des Gefühls, er braucht Enthusiasmus für die eigene Sache und Haß gegen den Gegner.

Nun liegt es in der menschlichen Natur, daß sich starke Gefühle nicht ins Unendliche prolongieren lassen, weder in einem einzelnen Individuum noch in einem Volke, und das weiß die militärische Organisation. Sie benötigt darum eine künstliche Aufstachelung, ein ständiges ›doping‹ der Erregung, und diesen Aufpeitschungsdienst sollten – mit gutem oder schlechtem Gewissen, ehrlich oder aus fachlicher Routine – die Intellektuellen leisten, die Dichter, die Schriftsteller, die Journalisten. Sie hatten die Haßtrommel geschlagen und schlugen sie kräftig, bis jedem Unbefangenen die Ohren gellten und das Herz erschauerte. Gehorsam dienten sie fast alle in Deutschland, in Frankreich, in Italien, in Rußland, in Belgien der ›Kriegspropaganda‹ und damit dem Massenwahn und Massenhaß des Krieges, statt ihn zu bekämpfen.

Die Folgen waren verheerend. Damals, da die Propaganda sich nicht schon im Frieden abgenützt hatte, hielten die Völker trotz tausendfachen Enttäuschungen alles, was gedruckt war, noch für wahr. Und so verwandelte sich der reine, der schöne, der opfermutige Enthusiasmus der ersten Tage allmählich in eine Orgie der schlimmsten und dümmsten Gefühle. Man ›bekämpfte‹ Frankreich und England in Wien und Berlin, auf der Ringstraße und der Friedrichstraße, was bedeutend bequemer war. Die französischen, die englischen Aufschriften auf den Geschäften mußten verschwinden, sogar ein Kloster ›Zu den Englischen Fräulein‹ den Namen ändern, weil das Volk sich erregte, ahnungslos, daß ›englisch‹ die Engel und nicht angelsächsisch meinte. Auf die Briefumschläge klebten oder stempelten biedere Geschäftsleute ›Gott strafe England‹, Frauen der Gesellschaft schworen (und schrieben es den Zeitungen in Zuschriften), daß sie zeitlebens nie mehr ein Wort französisch sprechen würden. Shakespeare wurde von den deutschen Bühnen verbannt, Mozart und Wagner aus den französischen, den englischen Musiksälen, die deutschen Professoren erklärten, Dante sei ein Germane, die französischen, Beethoven sei ein Belgier gewesen, bedenkenlos requirierte man geistiges Kulturgut aus den feindlichen Ländern wie Getreide und Erz. Nicht genug, daß sich täglich wechselseitig Tausende friedliche Bürger dieser Länder an der Front töteten, beschimpfte und begeiferte man wechselseitig im Hinterland die großen Toten der feindlichen Länder, die seit Hunderten Jahren stumm in ihren Gräbern lagen. Immer absurder wurde die Geistesverwirrung. Die Köchin am Herd, die nie über ihre Stadt hinausgekommen und seit der Schulzeit keinen Atlas aufgeschlagen, glaubte, daß Österreich nicht leben könne ohne den ›Sandschak‹ (ein kleines Grenzbezirkchen irgendwo in Bosnien). Die Kutscher stritten auf der Straße, welche Kriegsentschädigung man Frankreich auferlegen solle, fünfzig Milliarden oder hundert, ohne zu wissen, wieviel eine Milliarde ist. Keine Stadt, keine Gruppe, die nicht dieser grauenhaften Hysterie des Hasses verfiel. Die Priester predigten von den Altären, die Sozialdemokraten, die einen Monat vorher den Militarismus als das größte Verbrechen gebrandmarkt, lärmten womöglich noch mehr als die andern, um nicht nach Kaiser Wilhelms Wort als ›vaterlandslose Gesellen‹ zu gelten. Es war der Krieg einer ahnungslosen Generation, und gerade die unverbrauchte Gläubigkeit der Völker an die einseitige Gerechtigkeit ihrer Sache wurde die größte Gefahr.

Allmählich wurde es in diesen ersten Kriegswochen von 1914 unmöglich, mit irgend jemandem ein vernünftiges Gespräch zu führen. Die Friedlichsten, die Gutmütigsten waren von dem Blutdunst wie betrunken. Freunde, die ich immer als entschiedene Individualisten und sogar als geistige Anarchisten gekannt, hatten sich über Nacht in fanatische Patrioten verwandelt und aus Patrioten in unersättliche Annexionisten. Jedes Gespräch endete in dummen Phrasen wie: »Wer nicht hassen kann, der kann auch nicht richtig lieben« oder in groben Verdächtigungen. Kameraden, mit denen ich seit Jahren nie einen Streit gehabt, beschuldigten mich ganz grob, ich sei kein Österreicher mehr; ich solle hinübergehen nach Frankreich oder Belgien. Ja, sie deuteten sogar vorsichtig an, daß man Ansichten wie jene, daß dieser Krieg ein Verbrechen sei, eigentlich zur Kenntnis der Behörden bringen sollte, denn ›Defaitisten‹ – das schöne Wort war eben in Frankreich erfunden worden – seien die schwersten Verbrecher am Vaterlande.

Da blieb nur eins: sich in sich selbst zurückziehen und schweigen, solange die andern fieberten und tobten. Es war nicht leicht. Denn selbst im Exil – ich habe es zur Genüge kennengelernt – ist es nicht so schlimm zu leben wie *allein* im Vaterlande. In Wien hatte ich meine alten Freunde mir entfremdet, neue zu suchen war jetzt nicht die Zeit. Einzig mit Rainer Maria Rilke hatte ich manchmal ein Gespräch innigen Verstehens. Es war gelungen, ihn gleichfalls für unser abgelegenes Kriegsarchiv anzufordern, denn er wäre der unmöglichste Soldat gewesen mit seiner Überzartheit der Nerven, denen Schmutz, Geruch, Lärm wirkliche physische Übelkeit schufen. Immer muß ich unwillkürlich lächeln, wenn ich mich an ihn in Uniform erinnere. Eines Tages klopfte es an meine Tür. Ein Soldat stand ziemlich zaghaft da. Im nächsten Augenblick erschrak ich: Rilke – Rainer Maria Rilke in militärischer Verkleidung! Er sah so rührend ungeschickt aus, beengt von dem Kragen, verstört von dem Gedanken, jedem Offizier die Ehrenbezeigung mit zusammengeklappten Stiefeln erweisen zu müssen. Und da er in seinem magischen Zwang zur Vollendung auch diese nichtigen Formalitäten des Reglements vorbildlich genau ausführen wollte, befand er sich in einem Zustand fortwährender Bestürztheit. »Ich habe«, sagte er mir mit seiner leisen Stimme, »dieses Militärkleid seit der Kadettenschule gehaßt. Ich glaubte, ihm für immer entkommen zu sein.

Und jetzt noch einmal, mit fast vierzig Jahren!« Glücklicherweise waren hilfreiche Hände da, ihn zu schützen, und er wurde bald dank einer gütigen medizinischen Untersuchung entlassen. Noch einmal kam er, um Abschied zu nehmen – nun schon wieder im Zivilkleid –, in mein Zimmer, ich möchte fast sagen hereingeweht (so unbeschreiblich lautlos ging er ja immer). Er wollte mir noch danken, weil ich durch Rolland versucht hatte, seine in Paris beschlagnahmte Bibliothek zu retten. Zum erstenmal sah er nicht mehr jung aus, es war, als hätte das Denken an das Grauen ihn erschöpft. »Ins Ausland«, sagte er, »wenn man nur ins Ausland könnte! Krieg ist immer Gefängnis.« Dann ging er. Ich war nun wieder ganz allein.

Nach einigen Wochen übersiedelte ich, entschlossen, dieser gefährlichen Massenpsychose auszuweichen, in einen ländlichen Vorort, um mitten im Kriege meinen persönlichen Krieg zu beginnen: den Kampf gegen den Verrat der Vernunft an die aktuelle Massenleidenschaft.

Der Kampf um die geistige Brüderschaft

An sich half es nichts, sich zurückzuziehen. Die Atmosphäre blieb bedrückend. Und ebendeshalb war ich mir bewußt geworden, daß ein bloß passives Verhalten, das Nicht-Mittun bei diesen wüsten Beschimpfungen des Gegners nicht zureichend sei. Schließlich war man Schriftsteller, man hatte das Wort und damit die Pflicht, seine Überzeugungen auszudrücken, soweit dies in einer Zeit der Zensur möglich war. Ich versuchte es. Ich schrieb einen Aufsatz, betitelt ›An die Freunde im Fremdland‹, wo ich in gerader und schroffer Abweichung von den Haßfanfaren der andern das Bekenntnis aussprach, allen Freunden im Ausland, möge auch jetzt eine Verbindung unmöglich sein, treu zu bleiben, um mit ihnen bei erster Gelegenheit wieder gemeinsam am Aufbau einer europäischen Kultur zu arbeiten. Ich sandte ihn an die gelesenste deutsche Zeitung. Zu meiner Überraschung zögerte das ›Berliner Tageblatt‹ nicht, ihn unverstümmelt abzudrukken. Nur ein einziger Satz – ›wem auch immer der Sieg zufallen möge‹ – fiel der Zensur zum Opfer, weil auch der leiseste Zweifel daran, daß Deutschland als selbstverständlicher Sieger aus diesem Weltkrieg hervorgehen werde, damals nicht gestattet war. Aber auch ohne diese Einschränkung trug mir der Aufsatz einige entrüstete Briefe von Überpatrioten ein, sie verstünden nicht, wie man in einer solchen Stunde noch mit diesen schurkischen Gegnern Gemeinschaft haben könne. Das kränkte mich nicht sehr. Ich hatte zeitlebens nie die Absicht gehabt, andere Leute zu meiner Überzeugung zu bekehren. Es war mir genug, sie bekunden, und zwar sichtbar bekunden zu dürfen.

Vierzehn Tage später, ich hatte jenen Aufsatz beinahe schon vergessen, fand ich, mit Schweizer Marke versehen und mit dem Zensurstempel geschmückt, einen Brief, den ich schon an den vertrauten Schriftzügen als von der Hand Romain Rollands erkannte. Er mußte den Aufsatz gelesen haben, denn er schrieb: »Non, je ne quitterai jamais mes amis.« Ich verstand sofort, daß die wenigen Zeilen einen Versuch machen wollten, festzustellen, ob es möglich sei, während des Krieges mit einem österreichischen Freunde in briefliche Verbindung zu treten. Ich antwortete ihm sofort. Wir schrieben einander von nun ab regelmäßig, und dieser Briefwechsel hat sich dann mehr als fünfundzwanzig Jahre fortgesetzt, bis der Zweite Krieg – brutaler als der Erste – jede Verbindung zwischen den Ländern abriß.

Dieser Brief war einer der großen Glücksmomente in meinem Leben: wie eine weiße Taube kam er aus der Arche der brüllenden, stampfenden, tobenden Tierheit. Ich fühlte mich nicht mehr allein, sondern endlich wieder gleicher Gesinnung verbunden. Ich empfand mich bestärkt durch Rollands überlegene Seelenstärke. Denn über die Grenzen hinweg wußte ich, wie wunderbar Rolland seine Menschlichkeit bewahrte. Er hatte den einzig richtigen Weg gefunden, den der Dichter in solchen Zeiten persönlich zu nehmen hat: nicht mitzutun an der Zerstörung, am Mord, sondern – nach dem großartigen Beispiel Walt Whitmans, der als Krankenpfleger im Sezessionskriege gedient – tätig zu sein an Werken der Hilfe und der Menschlichkeit. In der Schweiz lebend, durch seine schwankende Gesundheit jedweden Kriegsdienstes enthoben, hatte er sich in Genf, wo er sich bei Kriegsausbruch befand, sofort dem ›Roten Kreuz‹ zur Verfügung gestellt und arbeitete dort in den überfüllten Räumen Tag für Tag an dem wundervollen Werke, dem ich dann später versuchte, in einem Aufsatz ›Das Herz Europas‹ öffentlichen Dank zu sagen. Nach den mörderischen Schlachten der ersten Wochen war jede Verbindung abgerissen; in allen Ländern wußten die Angehörigen nicht, ob ihr Sohn, ihr Bruder, ihr Vater gefallen oder nur vermißt oder gefangen sei, und sie wußten nicht, bei wem sie anfragen sollten, denn vom ›Feinde‹ war keine Auskunft zu erwarten. Da hatte das ›Rote Kreuz‹ die Aufgabe übernommen, inmitten des Grauens und der Grausamkeit den Menschen wenigstens die grimmigste Qual abzunehmen: die folternde Ungewißheit über das Schicksal geliebter Menschen, indem es aus den gegnerischen Ländern den Briefwechsel der Gefangenen nach der Heimat leitete. Freilich, die seit Jahrzehnten vorbereitete Organisation war nicht gefaßt gewesen auf solche Dimensionen und Millionenzahlen; täglich, stündlich mußte die Zahl der freiwilligen Hilfsarbeiter vermehrt werden, denn jede Stunde quälenden Wartens bedeutete für die Angehörigen eine Ewigkeit. Ende Dezember 1914 waren es schon dreißigtausend Briefe, die jeder Tag heranschwemmte, schließlich drängten sich in dem engen Musée Rath in Genf zwölfhundert Menschen zusammen, um die tägliche Post zu bewältigen, zu beantworten. Und mitten unter ihnen arbeitete, statt egoistisch seine eigene Arbeit zu tun, der menschlichste unter den Dichtern: Romain Rolland.

Aber er hatte auch seine andere Pflicht nicht vergessen, die Pflicht des Künstlers, seine Überzeugung auszusprechen und sei es auch gegen den Widerstand seines Landes und sogar den Unwillen der ganzen kriegführenden Welt. Schon im Herbst 1914, da die meisten Schriftsteller sich in Haß überschrien und gegeneinander geiferten und belferten, hatte er jenes denkwürdige Bekenntnis ›Au-dessus de la mêlée‹ geschrieben, in dem er den geistigen Haß zwischen den Nationen bekämpfte und von dem Künstler Gerechtigkeit und Menschlichkeit selbst mitten im Krieg forderte – diesen Aufsatz, der wie kein anderer jener Zeit die Meinungen erregte und eine ganze Literatur des Dagegen und Dafür hinter sich zog.

Denn dies unterschied den Ersten Weltkrieg wohltätig vom Zweiten: das Wort hatte damals noch Gewalt. Es war noch nicht zu Tode geritten von der organisierten Lüge, der ›Propaganda‹, die Menschen hörten noch auf das geschriebene Wort, sie warteten darauf. Während 1939 keine einzige Kundgebung eines Dichters weder im Guten noch im Bösen auch nur die mindeste Wirkung zeitigte, während bis heute kein einziges Buch, keine Broschüre, kein Aufsatz, kein Gedicht innerlich die Massen berührte oder gar in ihrem Denken beeinflußte, vermochte 1914 ein vierzehnzeiliges Gedicht wie jener ›Haßgesang‹ Lissauers, eine Manifestation wie jene törichte der ›93 deutschen Intellektuellen‹, und andererseits wieder ein Aufsatz von acht Seiten wie Rollands ›Au-dessus de la mêlée‹, ein Roman wie Barbusses ›Le Feu‹ Ereignis zu werden. Das moralische Weltgewissen war eben noch nicht so übermüdet und ausgelaugt wie heute, es reagierte vehement auf jede offenbare Lüge, auf jede Verletzung des Völkerrechts und der Humanität mit der ganzen Kraft jahrhundertealter Überzeugung. Ein Rechtsbruch wie der Einmarsch Deutschlands in das neutrale Belgien, der heute, seit Hitler die Lüge zur Selbstverständlichkeit und die Antihumanität zum Gesetz erhoben, kaum mehr ernstlich getadelt würde, konnte damals noch die Welt von einem bis zum anderen Ende erregen. Die Erschießung der Nurse Cavell, die Torpedierung der ›Lusitania‹ wurden dank des Ausbruchs universaler moralischer Entrüstung für Deutschland verhängnisvoller als eine verlorene Schlacht. Es war für den Dichter, den französischen Schriftsteller also keineswegs aussichtslos, zu sprechen in jener Zeit, da das Ohr und die Seele noch nicht von den unablässig schwatzenden Wellen des Radios überströmt waren; im Gegenteil: die spontane Manifestation eines großen Dichters übte tausendmal mehr Wirkung als alle offiziellen Reden der Staatsmänner, von denen man wußte, daß sie taktisch, politisch auf die Stunde eingestellt waren und bestenfalls nur die halbe Wahrheit enthielten. Auch in diesem Sinne des Vertrauens auf den Dichter als den besten Bürgen reiner Gesinnung wohnte noch unendlich mehr Gläubigkeit jener – später so sehr enttäuschten – Generation inne. Da sie aber um diese Autorität der Dichter wußten, suchten ihrerseits die Militärs, die Amtsstellen alle Männer von moralischem, von geistigem Prestige in ihren Aufputschungsdienst zu spannen: sie sollten erklären, beweisen, bestätigen, beschwören, daß alles Unrecht, alles Böse auf der anderen Seite angehäuft sei, alles Recht, alle Wahrheit der eigenen Nation zu eigen. Bei Rolland gelang es ihnen nicht. Er sah seine Aufgabe nicht darin, die haßschwüle, mit allen Aufputschungsmitteln überreizte Atmosphäre noch zu steigern, sondern im Gegenteil, sie zu reinigen.

Wer heute die acht Seiten dieses berühmten Aufsatzes ›Au-dessus de la mêlée‹ wieder liest, vermag seine immense Wirkung wahrscheinlich nicht mehr zu verstehen; alles, was Rolland darin postulierte, meint, wenn mit kühlen, klaren Sinnen gelesen, doch nur selbstverständlichste Selbstverständlichkeit. Aber diese Worte waren in einer Zeit geistiger Massentollheit gesprochen, die heute kaum mehr rekonstruierbar ist. Die französischen Superpatrioten schrien, als dieser Aufsatz erschien, auf, als hätten sie versehentlich ein glühendes Eisen in die Hand bekommen. Über Nacht war Rolland von seinen ältesten Freunden boykottiert, die Buchhändler wagten den ›Jean Christophe‹ nicht mehr in die Auslagen zu stellen, die Militärbehörden, die den Haß brauchten zur Stimulierung der Soldaten, erwogen bereits Maßnahmen gegen ihn, eine Broschüre nach der andern erschien mit der Argumentation: ›Ce qu'on donne pendant la guerre à l'humanité est volé à la patrie.‹ Aber wie immer bewies der Aufschrei, daß der Schlag vollwichtig getroffen hatte. Die Diskussion über die Haltung des geistigen Menschen im Kriege war nicht mehr aufzuhalten, das Problem für jeden einzelnen unvermeidlich gestellt.

Nichts ist mir bei diesen meinen Erinnerungen bedauerlicher, als daß mir die Briefe Rollands aus jenen Jahren nicht zugänglich sind; der Gedanke, sie könnten in dieser neuen Sintflut vernichtet werden oder verlorengehen, lastet wie eine Verantwortung auf mir. Denn so sehr ich sein Werk liebe, halte ich es für möglich, daß man später *sie* dem Schönsten und Humansten beizählen wird, was sein großes Herz und sein leidenschaftlicher Verstand jemals entäußert haben. Aus der maßlosen Erschütterung einer mitleidenden Seele, aus der ganzen Kraft machtloser Erbitterung geschrieben an einen Freund jenseits der Grenze, also einen offiziellen ›Feind‹, stellen sie die vielleicht eindringlichsten moralischen Dokumente einer Zeit dar, wo Verstehen eine ungeheure Kraftleistung und Treue zur eigenen Gesinnung allein schon einen grandiosen Mut erforderte. Bald kristallisierte sich aus dieser unserer freundschaftlichen Korrespondenz ein positiver Vorschlag: Rolland regte an, man solle versuchen, die wichtigsten geistigen Persönlichkeiten aller Nationen zu einer gemeinsamen Konferenz in der Schweiz einzuladen, um zu einer einheitlichen und würdigeren Haltung zu gelangen und vielleicht sogar einen solidarischen Appell im Sinne der Verständigung an die Welt zu richten. Er wollte von der Schweiz aus übernehmen, die französischen und ausländischen Geistigen zur Teilnahme einzuladen, ich sollte von Österreich unsere und die deutschen Dichter und Gelehrten sondieren, soweit sie sich noch nicht selbst durch eine öffentliche Haßpropaganda kompromittiert hätten. Ich machte mich sofort ans Werk. Der wichtigste, der repräsentativste deutsche Dichter war damals Gerhart Hauptmann. Ich wollte, um ihm Zusage oder Absage leichter zu machen, mich nicht direkt an ihn wenden. So schrieb ich unserem gemeinsamen Freunde Walther Rathenau, er möge Hauptmann vertraulich anfragen. Rathenau lehnte ab – ob mit oder ohne Verständigung Hauptmanns, habe ich nie erfahren –, es sei jetzt nicht an der Zeit, einen geistigen Frieden einzuhalten. Damit war eigentlich der Versuch gescheitert, denn Thomas Mann stand damals im anderen Lager und hatte eben in einem Aufsatz über Friedrich den Großen den deutschen Rechtsstandpunkt eingenommen, Rilke, den ich auf unserer Seite wußte, entzog sich aus Prinzip jeder öffentlichen und gemeinsamen Aktion, Dehmel, der ehemalige Sozialist, unterzeichnete seine Briefe mit kindlich-patriotischem Stolz als ›Leutnant Dehmel‹, über Hofmannsthal und Jakob Wassermann hatten mich private Gespräche belehrt, daß auf sie nicht zu zählen war. So war von deutscher Seite nicht viel zu hoffen, und Rolland erging es in Frankreich kaum besser. Es war 1914, 1915 noch zu früh, der Krieg für die Menschen des Hinterlandes noch zu weit. Wir blieben allein.

Allein, aber doch nicht ganz allein. Etwas hatten wir durch unseren Briefwechsel schon gewonnen: eine erste Übersicht der paar Dutzend Menschen, auf die innerlich zu zählen war und die in neutralen oder kriegführenden Ländern gemeinsam mit uns dachten; wir konnten uns gegenseitig aufmerksam machen auf Bücher, Aufsätze, Broschüren hüben und drüben, ein gewisser Kristallisationspunkt war gesichert, an den sich – zögernd zuerst, aber immer stärker durch den immer lastenderen Druck der Zeit – neue Elemente ansetzen konnten. Dieses Gefühl, nicht völlig im Leeren zu stehen, machte mir Mut, öfters Aufsätze zu schreiben, um durch die Antworten und Reaktionen all die Vereinzelten und Verborgenen, die mit uns fühlten, ans Licht zu ziehen. Ich hatte immerhin die großen Zeitungen Deutschlands und Österreichs zur Verfügung und damit einen wichtigen Wirkungskreis, ein prinzipieller Widerstand der Behörden war nicht zu befürchten, da ich nie ins Aktuell-Politische übergriff. Noch war unter der Einwirkung des liberalistischen Geistes der Respekt vor allem Literarischen sehr stark, und wenn ich die Aufsätze überlese, die es mir damals gelang in die breiteste Öffentlichkeit zu schmuggeln, so kann ich den österreichischen Militärbeamten meinen Respekt für ihre Großzügigkeit nicht versagen; ich konnte immerhin mitten im Weltkriege die Begründerin des Pazifismus, Berta von Suttner, begeistert rühmen, die den Krieg als das Verbrechen der Verbrechen brandmarkte, und über Barbusses ›Le Feu‹ in einer österreichischen Zeitung ausführlich berichten. Eine gewisse Technik mußten wir uns freilich zurechtlegen, während wir diese unsere unzeitgemäßen Anschauungen während einer Kriegszeit weiten Kreisen übermittelten. Um das Grauen des Krieges, die Gleichgültigkeit des Hinterlandes darzustellen, war es in Österreich natürlich nötig, das Leiden eines ›französischen‹ Infanteristen in einem Aufsatz über ›Le Feu‹ hervorzuheben, aber Hunderte von Briefen von der österreichischen Front zeigten mir, wie deutlich die Unseren ihr eigenes Schicksal erkannt. Oder wir wählten, um unsere Überzeugungen auszusprechen, das Mittel des scheinbaren gegenseitigen Angriffs. So polemisierte im ›Mercure de France‹ einer meiner französischen Freunde gegen meinen Aufsatz ›Den Freunden im Fremdland‹; aber indem er ihn in der vorgeblichen Polemik bis auf das letzte Wort übersetzt abdruckte, hatte er ihn glücklich nach Frankreich hinübergeschmuggelt, und jeder konnte ihn (was die Absicht war) dort lesen. Auf solche Art gingen Blinklichter, die nichts als Erinnerungszeichen waren, hinüber und herüber. Wie sehr sie von denen, für die sie bestimmt waren, verstanden wurden, zeigte mir später eine kleine Episode. Als Italien im Mai 1915 Österreich, seinem früheren Bundesgenossen, den Krieg erklärte, sprang bei uns eine Haßwelle auf. Alles Italienische wurde beschimpft. Zufällig waren nun die Erinnerungen eines jungen Italieners aus der Zeit des Risorgimento namens Carl Poerio erschienen, der einen Besuch bei Goethe schilderte. Ich schrieb, um inmitten des Haßgeschreis darzutun, daß die Italiener mit unserer Kultur von je die besten Zusammenhänge gehabt hätten, demonstrativ einen Aufsatz ›Ein Italiener bei Goethe‹, und da dieses Buch von Benedetto Croce eingeleitet war, nutzte ich den Anlaß, um Croce einige Worte höchsten Respekts zu widmen. Bewundernde Worte für einen Italiener bedeuteten in Österreich zu einer Zeit, da man keinem Dichter oder Gelehrten eines Feindeslandes eine Anerkennung zollen sollte, selbstverständlich eine deutliche Demonstration, und sie wurde bis über die Grenzen hinaus verstanden. Croce, der damals* in Italien Minister war, erzählte mir später einmal, wie ein Angestellter des Ministeriums, der selbst nicht Deutsch lesen konnte, ihm etwas bestürzt mitteilte, in dem Hauptblatte des Kriegsgegners stehe etwas gegen ihn (denn er konnte sich eine Erwähnung nicht anders als im Sinne der Gegnerschaft erdenken). Croce ließ sich die ›Neue Freie Presse‹ kommen und war zuerst erstaunt und dann im besten Sinne amüsiert, statt dessen eine Reverenz zu finden.

Ich denke nun durchaus nicht daran, diese kleinen isolierten Versuche zu überschätzen. Sie haben selbstverständ-

* Benedetto Croce war erst 1920/1921 Minister.

lich auf den Gang der Ereignisse nicht die geringste Wirkung geübt. Aber sie haben uns selbst – und manchen unbekannten Lesern – geholfen. Sie haben die gräßliche Isoliertheit, die seelische Verzweiflung gemildert, in der ein wirklich menschlich fühlender Mensch des zwanzigsten Jahrhunderts sich befand – und heute nach fünfundzwanzig Jahren sich wieder befindet, ebenso machtlos gegen das Übermächtige und, ich fürchte es, sogar noch mehr. Ich war mir schon damals voll bewußt, daß ich mit diesen kleinen Protesten und Geschicklichkeiten nicht die eigentliche Last von mir abzuwälzen vermochte; langsam begann sich in mir der Plan eines Werks zu formen, in dem ich nicht nur Einzelnes aussagen könnte, sondern meine ganze Einstellung zu Zeit und Volk, zu Katastrophe und Krieg.

Um aber den Krieg in einer dichterischen Synthese darstellen zu können, fehlte mir eigentlich das Wichtigste: ich hatte ihn nicht gesehen. Ich saß jetzt fast ein Jahr festgeankert in diesem Büro, und in einer unsichtbaren Ferne ging das ›Eigentliche‹, das Wirkliche, das Grausige des Krieges vor sich. Gelegenheit, an die Front zu fahren, war mir mehrmals geboten worden, dreimal hatten mich große Zeitungen ersucht, als ihr Berichterstatter zur Armee zu gehen. Aber jede Art Schilderung hätte die Verpflichtung mit sich gebracht, den Krieg in einem ausschließlich positiven und patriotischen Sinne darzustellen, und ich hatte mir geschworen – ein Eid, den ich auch 1940 gehalten habe –, niemals ein Wort zu schreiben, das den Krieg bejahte oder eine andere Nation herabsetzte. Nun ergab sich zufällig eine Gelegenheit. Die große österreichisch-deutsche Offensive hatte im Frühjahr 1915 bei Tarnow die russische Linie durchbrochen und Galizien und Polen in einem einzigen konzentrischen Vorstoß erobert. Das Kriegsarchiv wollte nun für seine Bibliothek die Originale all der russischen Proklamationen und Anschläge im besetzten österreichischen Gebiet sammeln, ehe sie heruntergerissen oder sonst vernichtet wurden. Der Oberst, der meine Sammlertechnik zufällig kannte, fragte mich an, ob ich das besorgen wollte; ich griff selbstverständlich sofort zu, und mir wurde ein Passepartout ausgestellt, so daß ich, ohne von einer besonderen Behörde abhängig zu sein und ohne irgendeinem Amt oder Vorgesetzten direkt zu unterstehen, mit jedem Militärzug reisen und mich frei bewegen konnte, wohin ich wollte, was dann zu den sonderbarsten Zwischenfällen führte: ich war nämlich nicht Offizier, sondern nur Titularfeldwebel und trug eine Uniform ohne besondere Abzeichen. Wenn ich mein geheimnisvolles Dokument vorzeigte, erweckte dies einen besonderen Respekt, denn die Offiziere an der Front und die Beamten vermuteten, daß ich irgendein verkleideter Generalstabsoffizier sein müsse oder sonst einen mysteriösen Auftrag habe. Da ich auch die Offiziersmessen vermied und nur in Hotels abstieg, gewann ich überdies den Vorzug, außerhalb der großen Maschinerie zu stehen und ohne jede ›Führung‹ sehen zu können, was ich sehen wollte.

Der eigentliche Auftrag, die Proklamationen zu sammeln, beschwerte mich nicht sehr. Jedesmal, wenn ich in eine jener galizischen Städte kam, nach Tarnow, nach Drohobycz, nach Lemberg, standen dort am Bahnhof einige Juden, sogenannte ›Faktoren‹, deren Beruf es war, alles zu besorgen, was immer man haben wollte; es genügte, daß ich einem dieser Universalpraktiker sagte, ich wünschte die Proklamationen und Anschläge der russischen Okkupation, und der Faktor lief wie ein Wiesel und vermittelte den Auftrag auf geheimnisvollem Wege weiter an Dutzende von Unterfaktoren; nach drei Stunden hatte ich, ohne selbst einen Schritt gegangen zu sein, das Material in der denkbar schönsten Komplettheit beisammen. Dank dieser vorbildlichen Organisation blieb mir

Zeit, viel zu sehen, und ich sah viel. Ich sah vor allem das furchtbare Elend der Zivilbevölkerung, über deren Augen das Grauen über das Erlebte noch wie ein Schatten lag. Ich sah das nie geahnte Elend der jüdischen Ghettobevölkerung, die zu acht, zu zwölft in ebenerdigen oder unterirdischen Zimmern wohnte. Und ich sah zum erstenmal den ›Feind‹. In Tarnow stieß ich auf den ersten Gefangenentransport russischer Soldaten. Sie saßen eingezäunt in einem großen Viereck auf der Erde, rauchten und schwätzten, von zwei oder drei Dutzend älteren, meist bärtigen Tiroler Landsturmsoldaten bewacht, die ebenso abgerissen und verwahrlost waren wie die Gefangenen und sehr wenig den schmucken, wohlrasierten, blank uniformierten Soldaten glichen, wie sie bei uns zu Hause in den illustrierten Zeitungen abgebildet waren. Aber diese Bewachung hatte nicht den geringsten martialischen oder drakonischen Charakter. Die Gefangenen zeigten keine wie immer geartete Neigung, zu entfliehen, die österreichischen Landsturmleute keineswegs den Wunsch, die Bewachung streng zu nehmen. Sie saßen kameradschaftlich mit den Gefangenen zusammen, und gerade daß sie sich in ihren Sprachen nicht verständigen konnten, machte beiden Seiten außerordentlichen Spaß. Man tauschte Zigaretten aus, lachte sich an. Ein Tiroler Landsturmmann holte gerade aus einer sehr alten und schmutzigen Brieftasche die Photographien seiner Frau und seiner Kinder und zeigte sie den ›Feinden‹, die sie einer nach dem anderen bewunderten und mit den Fingern fragten, ob dieses Kind drei Jahre alt sei oder vier. Unwiderstehlich hatte ich das Gefühl, daß diese primitiven, einfachen Menschen den Krieg viel richtiger empfanden als unsere Universitätsprofessoren und Dichter: nämlich als ein Unglück, das über sie gekommen war und für das sie nichts konnten, und daß eben jeder, der in dieses Malheur geraten war, eine Art Bruder sei. Diese Erkenntnis begleitete mich tröstlich auf der ganzen Fahrt, vorbei an den zerschossenen Städten und geplünderten Geschäften, deren Möbel wie gebrochene Glieder und herausgerissene Eingeweide mitten auf der Straße lagen. Auch gaben mir die wohlbestellten Felder zwischen den Kriegsgebieten die Hoffnung, daß in ein paar Jahren alle die Zerstörungen wieder verschwunden sein würden. Freilich konnte ich damals noch nicht ermessen, daß ebenso rasch wie die Spur des Krieges vom Antlitz der Erde auch die Erinnerung an sein Grauen aus dem Gedächtnis der Menschen entschwinden könnte.

Dem eigentlich Grausigen des Krieges war ich in den ersten Tagen noch nicht begegnet; sein Antlitz übertraf dann meine schlimmsten Befürchtungen. Da soviel wie gar keine regelmäßigen Passagierzüge verkehrten, fuhr ich einmal auf offenen Artilleriewagen, auf der Protze einer Kanone sitzend, ein anderesmal in einem jener Viehwagen, wo die Menschen im Gestank übereinander und durcheinander todmüde schliefen und, während man sie zur Schlachtbank führte, selbst schon ähnlich waren geschlachtetem Vieh. Aber das Furchtbarste waren die Lazarettzüge, die ich zwei- oder dreimal benutzen mußte. Ach, wie wenig glichen sie jenen gut erhellten, weißen, wohlgewaschenen Sanitätszügen, in denen sich die Erzherzoginnen und die vornehmen Damen der Wiener Gesellschaft zu Anfang des Krieges als Krankenpflegerinnen abbilden ließen! Was ich schauernd zu sehen bekam, waren gewöhnliche Transportwagen ohne richtige Fenster, nur mit einer schmalen Luftluke und innen von verrußten Öllampen erhellt. Eine primitive Tragbahre stand neben der andern, und alle waren sie belegt mit stöhnenden, schwitzenden, todfahlen Menschen, die nach Luft röchelten in dem dicken Geruch von Exkrementen und Jodoform. Die Sanitätssoldaten schwankten mehr, als sie gingen, so sehr waren sie übermüdet; nichts war zu sehen von dem weiß leuchtenden Bettzeug der Photographien. Zugedeckt mit längst durchgebluteten Kotzen lagen die Leute auf Stroh oder den harten Tragbahren und in jedem dieser Wagen schon zwei oder drei Tote inmitten der Sterbenden und Stöhnenden. Ich sprach mit dem Arzt, der, wie er mir gestand, eigentlich nur Zahnarzt in einem kleinen ungarischen Städtchen gewesen war und seit Jahren nicht mehr chirurgisch praktiziert hatte. Er war verzweifelt. Nach sieben Stationen, sagte er mir, habe er schon voraustelegraphiert um Morphium. Aber alles sei verbraucht, und er habe auch keine Watte mehr, kein frisches Verbandszeug für die zwanzig Stunden bis ins Budapester Spital. Er bat mich, ihm zu helfen, denn seine Leute könnten nicht mehr weiter vor Müdigkeit. Ich versuchte es, ungeschickt wie ich war, konnte mich aber wenigstens nützlich machen, indem ich bei jeder Station hinauslief und mithalf, ein paar Eimer Wasser zu tragen, schlechtes, schmutziges Wasser, eigentlich nur für die Lokomotive bestimmt, jetzt aber doch Labsal, um die Leute wenigstens ein wenig zu waschen und das ständig niedertropfende Blut vom Boden wegzuscheuern. Dazu kam noch für die Soldaten, die aus allen denkbaren Nationalitäten in diesen rollenden Sarg zusammengeworfen worden waren, eine persönliche Erschwerung durch die babylonische Verwirrung der Sprachen. Weder der Arzt noch die Pfleger verstanden ruthenisch oder kroatisch; der einzige, der einigermaßen helfen konnte, war ein alter, weißhaariger Priester, der – so wie der Arzt verzweifelt war, kein Morphium zu haben – seinerseits erschüttert klagte, er könne seine heilige Pflicht nicht tun, es fehle ihm das Öl für die letzte Ölung. In seinem ganzen Leben habe er nicht so viele Menschen ›versehen‹ wie in diesem einen letzten Monat. Und von ihm hörte ich das Wort, das ich nie mehr vergessen habe, mit harter, zorniger Stimme ausgesprochen: »Ich bin siebenundsechzig

Jahre alt und habe viel gesehen. Aber ich habe ein solches Verbrechen der Menschheit nicht für möglich gehalten.«

Jener Hospitalzug, mit dem ich zurückfuhr, kam in den frühen Morgenstunden in Budapest an. Ich fuhr sofort in ein Hotel, um zunächst einmal zu schlafen; der einzige Sitzplatz in jenem Zuge war mein Koffer gewesen. Ich schlief bis etwa elf Uhr, übermüdet wie ich gewesen, und zog mich dann rasch an, ein Frühstück zu nehmen. Aber schon nach den ersten paar Schritten hatte ich ununterbrochen das Gefühl, ich müßte mir die Augen reiben, ob ich nicht träume. Es war einer jener strahlenden Tage, die am Morgen noch Frühling, zu Mittag schon Sommer sind, und Budapest war so schön und sorglos wie nie. Die Frauen in weißen Kleidern promenierten Arm in Arm mit Offizieren, die mir plötzlich wie Offiziere aus einer ganz anderen Armee erschienen als jene, die ich gestern, erst vorgestern gesehen. In den Kleidern, im Mund, in der Nase noch den Geruch von Jodoform aus dem Verwundetentransport von gestern, sah ich, wie sie Veilchensträußchen kauften und den Damen galant verehrten, wie tadellose Autos mit tadellos rasierten und gekleideten Herren durch die Straßen fuhren. Und all dies acht oder neun Schnellzugstunden von der Front! Aber hatte man ein Recht, diese Menschen anzuklagen? War es nicht eigentlich das Natürlichste, daß sie lebten und versuchten, sich ihres Lebens zu freuen? Daß sie vielleicht gerade aus dem Gefühl heraus, daß alles bedroht war, noch alles zusammenrafften, was zusammenzuraffen war, die paar guten Kleider, die letzten guten Stunden! Gerade wenn man gesehen, ein wie gebrechliches, zerstörbares Wesen der Mensch ist, dem ein kleines Stück Blei in einer tausendstel Sekunde das Leben mit all seinen Erinnerungen und Erkenntnissen und Ekstasen herausfetzen kann, verstand man, daß ein solcher Korso-Vormittag an dem leuchtenden Flusse Tausende drängte, Sonne zu sehen, sich selbst zu fühlen, das eigene Blut, das eigene Leben mit vielleicht noch verstärkter Kraft. Schon war ich beinahe versöhnt mit dem, was mich zuerst erschreckt hatte. Aber da brachte unglücklicherweise der gefällige Kellner mir eine Wiener Zeitung. Ich versuchte sie zu lesen; nun erst überfiel mich der Ekel in der Form eines richtigen Zorns. Da standen alle die Phrasen von dem unbeugsamen Siegeswillen, von den geringen Verlusten unserer eigenen Truppen und den riesigen der Gegner, da sprang sie mich an, nackt, riesenhaft und schamlos, die Lüge des Krieges! Nein, nicht die Spaziergänger, die Lässigen, die Sorglosen waren die Schuldigen, sondern einzig die, die mit ihrem Wort zum Kriege hetzten. Aber schuldig auch wir, wenn wir das unsere nicht gegen sie wendeten.

Nun erst war mir der richtige Antrieb gegeben: man mußte kämpfen gegen den Krieg! Der Stoff lag in mir bereit, nur diese letzte anschauliche Bestätigung meines Instinkts hatte noch gefehlt, um zu beginnen. Ich hatte den Gegner erkannt, gegen den ich zu kämpfen hatte – das falsche Heldentum, das lieber die andern vorausschickt in Leiden und Tod, den billigen Optimismus der gewissenlosen Propheten, der politischen wie der militärischen, die, skrupellos den Sieg versprechend, die Schlächterei verlängern, und hinter ihnen den Chor, den sie sich mieteten, all diese ›Wortemacher des Krieges‹, wie Werfel sie angeprangert in seinem schönen Gedicht. Wer ein Bedenken äußerte, der störte sie bei ihrem patriotischen Geschäft, wer warnte, den verhöhnten sie als Schwarzseher, wer den Krieg, in dem sie selber nicht mitlitten, bekämpfte, den brandmarkten sie als Verräter. Immer war es dieselbe, die ewige Rotte durch die Zeiten, die die Vorsichtigen feige nannte, die Menschlichen schwächlich, um dann selbst ratlos zu sein in der Stunde der Katastrophe, die sie leichtfertig beschworen. Immer war es dieselbe Rotte, dieselbe, die Kassandra verhöhnt in Troja, Jeremias in Jerusalem, und nie hatte ich Tragik und Größe dieser Gestalten so verstanden wie in diesen allzu ähnlichen Stunden. Von Anfang an glaubte ich nicht an den ›Sieg‹ und wußte nur eines gewiß: daß selbst wenn er unter maßlosen Opfern errungen werden könnte, er diese Opfer nicht rechtfertige. Aber immer blieb ich allein unter all meinen Freunden mit solcher Mahnung, und das wirre Siegesgeheul vor dem ersten Schuß, die Beuteverteilung vor der ersten Schlacht ließ mich oft zweifeln, ob ich selbst wahnsinnig sei unter all diesen Klugen oder vielmehr allein grauenhaft wach inmitten ihrer Trunkenheit. So wurde es nur natürlich für mich, die eigene, die tragische Situation des ›Defaitisten‹ – dieses Wort hatte man erfunden, um jenen, die sich um Verständigung bemühten, den Willen zur Niederlage zu unterschieben – in dramatischer Form zu schildern. Ich wählte als Symbol die Gestalt des Jeremias, des vergeblichen Warners. Aber es ging mir keineswegs darum, ein ›pazifistisches‹ Stück zu schreiben, die Binsenwahrheit in Wort und Verse zu setzen, daß Frieden besser sei als Krieg, sondern darzustellen, daß derjenige, der als der Schwache, der Ängstliche in der Zeit der Begeisterung verachtet wird, in der Stunde der Niederlage sich meist als der einzige erweist, der sie nicht nur erträgt, sondern sie bemeistert. Von meinem ersten Stück ›Thersites‹ an hatte mich das Problem der seelischen Superiorität des Besiegten immer wieder von neuem beschäftigt. Immer lockte es mich, die innere Verhärtung zu zeigen, die jede Form der Macht in einem Menschen bewirkt, die seelische Erstarrung, die bei ganzen Völkern jeder Sieg bedingt, und ihr die aufwühlende, die Seele schmerzhaft und furchtbar durchpflügende Macht der Niederlage entgegenzustellen. Mitten im Kriege, indes die andern sich noch, voreilig triumphierend, gegenseitig den unfehlbaren Sieg bewiesen, warf ich mich schon in den untersten Abgrund der Katastrophe und suchte den Aufstieg.

Aber unbewußt hatte ich, indem ich ein Thema der Bibel wählte, an etwas gerührt, das in mir bisher ungenützt gelegen: an die im Blut oder in der Tradition dunkel begründete Gemeinschaft mit dem jüdischen Schicksal. War es nicht dies, mein Volk, das immer wieder besiegt worden war von allen Völkern, immer wieder, immer wieder, und doch sie überdauert dank einer geheimnisvollen Kraft – eben jener Kraft, die Niederlage zu verwandeln durch den Willen, sie immer und immer wieder zu bestehen? Hatten sie es nicht vorausgewußt, unsere Propheten, dies ewige Gejagtsein und Vertriebensein, das uns auch heute wieder wie Spreu über die Straßen wirft, und hatten sie dies Unterliegen unter der Gewalt nicht bejaht und sogar als einen Weg zu Gott gesegnet? War Prüfung nicht ewig von Gewinn für alle und für den einzelnen gewesen – ich fühlte dies beglückt, während ich an diesem Drama schrieb, dem ersten, das ich von meinen Büchern vor mir selbst gelten ließ. Ich weiß heute: ohne all das, was ich mitfühlend, vorausfühlend damals während des Krieges gelitten, wäre ich der Schriftsteller geblieben, der ich vor dem Kriege gewesen, ›angenehm bewegt‹, wie man im Musikalischen sagt, aber nie gefaßt, erfaßt, getroffen bis in die innersten Eingeweide. Jetzt zum erstenmal hatte ich das Gefühl, gleichzeitig aus mir selbst zu sprechen und aus der Zeit. Indem ich versuchte, den andern zu helfen, habe ich damals mir selbst geholfen: zu meinem persönlichsten, privatesten Werk neben dem ›Erasmus‹, in dem ich mich 1934 in Hitlers Tagen aus einer ähnlichen Krise emporrang. Von dem Augenblicke, da ich versuchte, sie zu gestalten, litt ich nicht mehr so schwer an der Tragödie der Zeit.

An einen sichtbaren Erfolg dieses Werkes hatte ich

nicht einen Augenblick geglaubt. Durch die Begegnung so vieler Probleme, des prophetischen, des pazifistischen, des jüdischen, durch die choralische Formung der Schlußszenen, die aufsteigen in einen Hymnus des Besiegten an sein Schicksal, war der Umfang dieser Dichtung dermaßen über den normalen eines Dramas hinausgewachsen, daß eine richtige Aufführung eigentlich zwei oder drei Theaterabende erfordert hätte. Und dann – wie sollte ein Stück auf die deutsche Bühne kommen, das die Niederlage ankündigte und sie sogar rühmte, indes täglich die Zeitungen schmetterten ›Siegen oder Untergehen!‹ Ein Wunder mußte ich es schon nennen, wenn das Buch gedruckt werden durfte, aber selbst in dem schlimmsten Falle, daß dies nicht gelingen sollte, hatte es wenigstens mir selbst geholfen über die schwerste Zeit. Ich hatte alles im dichterischen Dialog gesagt, was ich im Gespräch mit den Menschen um mich verschweigen mußte. Ich hatte die Last, die mir auf der Seele lag, weggeschleudert und war mir selbst zurückgegeben; in eben der Stunde, da alles in mir ein ›Nein‹ war gegen die Zeit, hatte ich das ›Ja‹ zu mir selbst gefunden.

Im Herzen Europas

Als zu Ostern 1917 meine Tragödie ›Jeremias‹ in Buchform erschien, erlebte ich eine Überraschung. Ich hatte sie innerlich in erbittertstem Widerstand gegen die Zeit geschrieben und mußte darum erbitterten Widerstand erwarten. Aber genau das Gegenteil ereignete sich. Von dem Buche wurden zwanzigtausend Exemplare sofort verkauft, eine für ein Buchdrama phantastische Zahl; nicht nur die Freunde wie Romain Rolland setzten sich öffentlich dafür ein, sondern auch jene, die vordem eher auf der anderen Seite gestanden wie Rathenau und Richard Dehmel. Direktoren von Theatern, denen das Drama gar nicht eingereicht worden war – eine deutsche Aufführung während des Krieges blieb doch undenkbar –, schrieben mir und baten mich, ihnen die Uraufführung zu reservieren für die Friedenszeit; selbst die Opposition der Kriegerischen zeigte sich höflich und respektvoll. Alles hatte ich erwartet, nur nicht dies.

Was war geschehen? Nichts anderes, als daß der Krieg eben schon zweieinhalb Jahre andauerte: die Zeit hatte ihr Werk grausamer Ernüchterung getan. Nach dem furchtbaren Aderlaß auf den Schlachtfeldern begann das Fieber zu weichen. Die Menschen sahen mit kälteren, härteren Augen dem Krieg ins Gesicht als in den ersten Monaten der Begeisterung. Das Gefühl der Solidarität begann sich zu lockern, denn von der großen ›sittlichen Reinigung‹, die von den Philosophen und Dichtern überschwenglich verkündigt worden war, nahm man nicht mehr das geringste wahr. Ein tiefer Riß ging durch das ganze Volk;

das Land war gleichsam in zwei verschiedene Welten zerfallen, vorne die der Soldaten, die kämpften und das Grauenhafteste an Entbehrung erlitten, rückwärts die der Zuhausegebliebenen, die sorglos weiterlebten, die Theater bevölkerten und an dem Elend der anderen noch verdienten. Front und Hinterland profilierten sich immer schärfer gegeneinander. Durch die Türen der Ämter hatte sich in hundert Masken ein wüstes Protektionswesen eingeschlichen; man wußte, daß Leute durch Geld oder gute Konnexionen einträgliche Lieferungen bekamen, während schon halbzerschossene Bauern oder Arbeiter immer wieder in die Schützengräben getrieben wurden. Jeder begann darum sich rücksichtslos zu helfen, soweit er nur konnte. Die notwendigen Gebrauchsgegenstände wurden dank eines schamlosen Zwischenhandels täglich teurer, die Lebensmittel kärglicher, und über dem grauen Sumpf des Massenelends phosphoreszierte wie ein Irrlicht der aufreizende Luxus der Kriegsgewinnler. Ein erbittertes Mißtrauen begann allmählich die Bevölkerung zu erfassen – Mißtrauen gegen das Geld, das immer mehr an Wert verlor, Mißtrauen gegen die Generäle, die Offiziere, die Diplomaten, Mißtrauen gegen jede Verlautbarung des Staats und Generalstabs, Mißtrauen gegen die Zeitungen und ihre Nachrichten, Mißtrauen gegen den Krieg selbst und seine Notwendigkeit. Es war also keineswegs die dichterische Leistung meines Buches, die ihm den überraschenden Erfolg gab; ich hatte nur ausgesprochen, was die andern offen nicht zu sagen wagten: den Haß gegen den Krieg, das Mißtrauen gegen den Sieg.

Auf der Bühne allerdings im lebendigen gesprochenen Wort solche Stimmung auszudrücken war scheinbar unmöglich. Demonstrationen hätten unvermeidlich eingesetzt, und so meinte ich darauf verzichten zu müssen, während der Kriegszeit dies erste Drama gegen den Krieg gespielt zu sehen. Da erhielt ich plötzlich vom Direktor des Züricher Stadttheaters ein Schreiben, er möchte meinen ›Jeremias‹ sofort auf die Bühne bringen und lade mich ein, der Uraufführung beizuwohnen. Daran hatte ich vergessen, daß es – so wie in diesem zweiten Kriege – noch ein kleines, aber kostbares Stück deutscher Erde gab, dem die Gnade gewährt war, sich abseits halten zu dürfen, ein demokratisches Land, wo das Wort noch frei, die Gesinnung ungetrübt geblieben. Selbstverständlich stimmte ich sofort zu.

Meine Zustimmung konnte freilich zunächst nur eine prinzipielle sein; denn sie setzte die Erlaubnis voraus, Dienst und Land für einige Zeit verlassen zu dürfen. Nun traf es sich glücklich, daß in allen kriegführenden Ländern eine – in diesem zweiten Kriege gar nicht etablierte – Abteilung bestand, die sich ›Kulturpropaganda‹ nannte. Immer ist man genötigt, um den Unterschied der geistigen Atmosphäre zwischen dem Ersten und dem Zweiten Weltkriege zu verdeutlichen, darauf hinzuweisen, daß damals die Länder, die Führer, die Kaiser, die Könige, in der Tradition der Humanität aufgewachsen, sich im Unterbewußtsein des Krieges noch schämten. Ein Land nach dem andern wies den Vorwurf, ›militaristisch‹ zu sein oder gewesen zu sein, als niederträchtige Verleumdung zurück; im Gegenteil, jedes wetteiferte zu zeigen, zu beweisen, zu erklären, zur Schau zu stellen, daß es eine ›Kulturnation‹ sei. Man warb 1914 vor einer Welt, die Kultur höher stellte als Gewalt und die Slogans wie ›sacro egoismo‹ und ›Lebensraum‹ als unmoralisch verabscheut hätte, um nichts dringlicher als um Anerkennung weltgültiger geistiger Leistung. Alle neutralen Länder wurden deshalb mit künstlerischen Darbietungen überflutet. Deutschland sandte seine Orchester unter weltberühmten Dirigenten in die Schweiz, nach Holland, nach Schweden, Wien seine Philharmoniker; sogar die Dichter, die Schriftsteller, die Gelehrten wurden hinausgeschickt, und zwar nicht, um militärische Taten zu rühmen oder annexionistische Tendenzen zu feiern, sondern einzig um durch ihre Verse, ihre Werke zu beweisen, daß die Deutschen keine ›Barbaren‹ seien und nicht nur Flammenwerfer oder gute Giftgase produzierten, sondern auch absolute und für Europa gültige Werte. Noch war anno 1914–1918 – ich muß es immer wieder betonen – das Weltgewissen eine umworbene Macht, noch stellten die künstlerisch produktiven, die moralischen Elemente einer Nation im Kriege eine Kraft dar, die als einflußreich geachtet wurde, noch bemühten sich die Staaten um menschliche Sympathien, statt wie Deutschland 1939 mit ausschließlich unmenschlichem Terror sie zu Boden zu knüppeln. So hatte mein Ansuchen, zur Aufführung eines Dramas Urlaub in die Schweiz zu erhalten, an sich gute Chancen; Schwierigkeiten waren höchstens aus dem Grunde zu befürchten, weil es sich um ein antikriegerisches Drama handelte, in dem ein Österreicher – wenn auch in symbolischer Form – die Niederlage als denkbar antizipierte. Ich ließ mich im Ministerium beim Chef der Abteilung melden und trug ihm meinen Wunsch vor. Zu meinem großen Erstaunen versprach er mir sofort, alles zu veranlassen, und zwar mit der merkwürdigen Motivierung »Sie haben ja, Gott sei Dank, nie zu den dummen Kriegsschreiern gehört. Na – tun Sie draußen Ihr Bestes, daß diese Sache einmal zu einem Ende kommt.« Vier Tage später hatte ich meinen Urlaub und einen Auslandspaß.

Ich war einigermaßen verwundert gewesen, einen der höchsten Beamten eines österreichischen Ministeriums mitten im Kriege so frei sprechen zu hören. Aber unvertraut mit den Geheimgängen der Politik, ahnte ich nicht, daß 1917 unter dem neuen Kaiser Karl in den oberen Kreisen der Regierung schon leise eine Bewegung eingesetzt hatte, sich von der Diktatur des deutschen Militärs loszureißen, das Österreich im Schlepptau seines wilden Annexionismus gegen seinen inneren Willen rücksichtslos weiterschleifte. Man haßte in unserem Generalstab die brutale Herrischkeit Ludendorffs, man wehrte sich im Auswärtigen Amt verzweifelt gegen den unbeschränkten Unterseebootkrieg, der Amerika uns zum Feinde machen mußte, selbst das Volk murrte über die ›preußische Anmaßung‹. All das drückte sich vorläufig nur in vorsichtigen Untertönen und scheinbar absichtslosen Bemerkungen aus. Aber in den nächsten Tagen sollte ich noch mehr erfahren und kam, früher als die andern, einem der großen politischen Geheimnisse jener Zeit unvermutet nahe.

Das geschah so: ich hielt mich auf der Reise in die Schweiz zwei Tage in Salzburg auf, wo ich mir ein Haus gekauft und nach dem Kriege zu wohnen vorgenommen hatte. In dieser Stadt bestand ein kleiner Kreis streng katholisch gesinnter Männer, von denen zwei in der Geschichte Österreichs nach dem Kriege als Kanzler eine entscheidende Rolle spielen sollten, Heinrich Lammasch und Ignaz Seipel. Der erstere war einer der hervorragendsten Rechtslehrer seiner Zeit und hatte auf Haager Konferenzen das Präsidium innegehabt, der andere, Ignaz Seipel, ein katholischer Priester von einer fast unheimlichen Intelligenz, war bestimmt, nach dem Zusammenbruch der österreichischen Monarchie die Führung des kleinen Österreich zu übernehmen, und hat bei dieser Gelegenheit sein politisches Genie hervorragend bewährt. Beide waren sie entschiedene Pazifisten, strenggläubige Katholiken, leidenschaftliche Altösterreicher und als solche in innerster Gegnerschaft gegen den deutschen, den preußischen, den protestantischen Militarismus, den sie als unvereinbar mit den traditionellen Ideen Österreichs und seiner katholischen Mission empfanden. Meine Dichtung ›Jeremias‹ hatte in diesen religiös-pazifistischen Kreisen stärkste Sympathie gefunden, und Hofrat Lammasch – Seipel war gerade verreist – bat mich in Salzburg zu sich. Der vornehme alte Gelehrte sprach sehr herzlich zu mir über mein Buch; es erfülle unsere österreichische Idee, konziliatorisch zu wirken, und er hoffe dringend, daß es über das Literarische hinaus seine Wirkung tun werde. Und zu meinem Erstaunen vertraute er mir, den er vordem nie gesehen, mit jener Offenheit, die seine innere Tapferkeit bewies, das Geheimnis an, daß wir uns in Österreich vor einer entscheidenden Wende befänden. Seit der militärischen Ausschaltung Rußlands bestehe weder für Deutschland, sofern es sich seiner aggressiven Tendenzen entäußern wolle, noch für Österreich mehr ein wirkliches Hindernis für den Frieden; dieser Augenblick dürfe nicht versäumt werden. Wenn der alldeutsche Klüngel in Deutschland sich weiter gegen Verhandlungen wehre, müsse Österreich die Führung übernehmen und selbständig handeln. Er deutete mir an, daß der junge Kaiser Karl diesen Tendenzen seine Hilfe versprochen habe; man würde vielleicht schon in nächster Zeit die Auswirkung seiner persönlichen Politik sehen. Alles hänge jetzt davon ab, ob Österreich genug Energie aufbringe, statt des ›Sieg-Friedens‹, den die deutsche Militärpartei gleichgültig gegen weitere Opfer fordere, einen Verständigungsfrieden durchzusetzen. Im Notfall müsse aber das Äußerste geschehen: daß Österreich sich vom Bündnis rechtzeitig loslöse, ehe es von den deutschen Militaristen in eine Katastrophe gerissen werde. »Niemand kann uns einer Untreue beschuldigen«, sagte er fest und entschieden. »Wir haben mehr als eine Million Tote. Wir haben genug geopfert und getan! Jetzt kein Menschenleben, kein einziges mehr für die deutsche Weltherrschaft!«

Mir stand der Atem in der Kehle still. All das hatten wir uns im stillen oft gedacht, nur hatte niemand den Mut gehabt, am hellen Tage auszusprechen: ›Sagen wir uns von den Deutschen und ihrer Annexionspolitik rechtzeitig los‹, denn das hätte als ›Verrat‹ am Waffenbruder gegolten. Und hier sagte dies ein Mann, der, wie ich vordem schon wußte, in Österreich das Vertrauen des Kaisers und im Auslande dank seiner Tätigkeit im Haag das höchste Ansehen genoß, mir, einem beinahe Fremden, mit solcher Ruhe und Entschiedenheit, daß ich sofort spürte, eine österreichisch-separatistische Aktion sei längst nicht mehr im Stadium der Vorbereitung, sondern schon im Gange. Die Idee war kühn, entweder Deutschland durch die Drohung mit einem Separatfrieden für Verhandlungen geneigter zu stimmen oder im Notfall die Drohung durchzuführen; sie war – die Geschichte bezeugte es – die einzige, die letzte Möglichkeit, die damals das Kaiserreich, die Monarchie und damit Europa hätte retten können. Leider entbehrte die Durchführung dann der Entschlossenheit des ursprünglichen Planes. Kaiser Karl sandte den Bruder seiner Frau, den Prinzen Parma, tatsächlich mit einem geheimen Brief an Clemenceau, um ohne vorherige Verständigung des Berliner Hofes die Friedensmöglichkeiten abzuhorchen und eventuell einzuleiten. Auf welche Weise diese geheime Mission zur Kenntnis Deutschlands gelangte, ist, glaube ich, noch nicht völlig aufgeklärt; verhängnisvollerweise hatte Kaiser Karl dann nicht den Mut, öffentlich zu seiner Überzeugung zu stehen, sei es, daß – wie manche behaupten – Deutschland mit einem militärischen Einmarsch in Österreich drohte, sei es, daß er als Habsburger das Odium scheute, ein von Franz Joseph abgeschlossenes und mit so viel Blut besiegeltes Bündnis im entscheidenden Augenblick aufzukündigen. Jedenfalls berief er nicht Lammasch und Seipel, die einzigen, die als katholische Internationalisten aus innerer moralischer Überzeugung die Kraft gehabt hätten, das Odium eines Abfalls von Deutschland auf sich zu nehmen, an den Posten des Ministerpräsidenten, und dies Zögern wurde sein Verderben. Beide sind sie erst in der verstümmelten österreichischen Republik statt im alten Habsburgerreiche Ministerpräsidenten geworden, und doch wäre niemand befähigter gewesen, das scheinbare Unrecht vor der Welt zu verteidigen als diese bedeutenden und angesehenen Persönlichkeiten. Mit einer offenen Drohung des Abfalls oder dem Abfall hätte Lammasch nicht nur Österreichs Existenz gerettet, sondern auch Deutschland vor seiner innersten Gefahr, dem schrankenlosen Annexionsdrang. Es stünde besser um unser Europa, wäre die Aktion, die jener weise und tief religiöse Mann mir damals offen ankündigte, nicht durch Schwäche und Ungeschick verdorben worden.

Am nächsten Tage reiste ich weiter und überschritt die Schweizer Grenze. Es ist schwer, sich zu vergegenwärtigen, was damals der Übergang von einem versperrten, schon halb ausgehungerten Kriegsland in die neutrale Zone bedeutete. Es waren nur wenige Minuten von einer zur anderen Station, aber in der ersten Sekunde überkam einen schon das Gefühl, als ob man aus stickiger eingesperrter Luft plötzlich in starke und schneegefüllte trete, eine Art Taumel, den man vom Gehirn durch alle Nerven und Sinne weiterrieseln fühlte. Noch nach Jahren, wenn ich, von Österreich kommend, an dieser Bahnstation vorbeireiste (deren Namen mir sonst nie im Gedächtnis geblieben wäre), erneuerte sich blitzhaft die Sensation dieses jähen Aufatmens. Man sprang vom Zuge, und da warteten schon – erste Überraschung – am Buffet alle die Dinge, von denen man schon vergessen, daß sie vordem zu den Selbstverständlichkeiten des Lebens gehört hatten; da waren goldene füllige Orangen, Bananen, da lag Schokolade und Schinken offen, die man bei uns nur durch Hintertüren schleichend erhielt, da war Brot und Fleisch ohne Brotkarte, ohne Fleischkarte – und wirklich wie hungrige Tiere stürzten sich die Reisenden auf diese billige Pracht. Da war ein Telegraphenamt, ein Postamt, von dem man unzensiert schreiben und drahten konnte in alle Windrichtungen der Welt. Da lagen die französischen, die italienischen, die englischen Zeitungen, und man konnte sie straflos kaufen, auffalten und lesen. Das Verbotene war hier, fünf Minuten weiter, erlaubt und drüben das Erlaubte verboten. All der Widersinn europäischer Kriege wurde mir durch das nahe Nebeneinander im Raum geradezu sinnlich offenbar; da drüben in dem kleinen Grenzstädtchen, dessen Schildertafeln man mit freiem Auge lesen konnte, wurden aus jedem Häuschen, jeder Hütte die Männer herausgeholt und nach der Ukraine und nach Albanien verladen, um dort zu morden und sich morden zu lassen – hier fünf Minuten weit saßen die Männer gleichen Alters geruhigt mit ihren Frauen vor den efeuumhangenen Türen und rauchten ihre Pfeifen: ich fragte mich unwillkürlich, ob nicht auch die Fische in diesem Grenzflüßchen auf der rechten Seite kriegführende Tiere wären und die zur linken neutral. In der einen Sekunde, da ich die Grenze überschritten hatte, dachte ich schon anders, freier, erregter, unserviler, und ich erprobte gleich am nächsten Tage, wie nicht nur unsere seelische Disposition, sondern auch der körperliche Organismus innerhalb der Kriegswelt herabgemindert wurde; als ich, bei Verwandten eingeladen, ahnungslos nach dem Essen eine Tasse schwarzen Kaffee trank und dazu eine Havannazigarre rauchte, wurde mir plötzlich schwindlig, und ich bekam heftiges Herzklopfen. Mein Körper, meine Nerven erwiesen sich nach vielen Monaten der Ersatzstoffe nicht mehr aufnahmefähig für wirklichen Kaffee und wirklichen Tabak; auch der Körper mußte sich nach dem Unnatürlichen des Krieges wieder umstellen auf das Natürliche des Friedens.

Dieser Taumel, diese wohlige Schwindligkeit übertrug sich auch ins Geistige. Jeder Baum schien mir schöner, jeder Berg freier, jede Landschaft beglückender, denn innerhalb eines Kriegslandes wirkt dem verdüsterten Blicke der selig atmende Friede einer Wiese wie freche Gleichgültigkeit der Natur, jeder purpurne Sonnenuntergang erinnert an das vergossene Blut; hier im natürlichen Zustand des Friedens war die edle Abseitigkeit der Natur wieder natürlich geworden, und ich liebte die Schweiz, wie ich sie nie zuvor geliebt. Immer war ich gerne in dies bei kleinem Umfang großartige und in seiner Vielfalt unerschöpfliche Land gekommen. Nie aber hatte ich den Sinn seines Daseins so sehr empfunden: die schweizerische Idee des Beisammenseins der Nationen im selben Raume ohne Feindlichkeit, diese weiseste Maxime durch wechselseitige Achtung und eine ehrlich durchlebte Demokratie sprachliche und volkliche Unterschiede zur Brüderlichkeit zu erheben – welch ein Beispiel dies für unser ganzes verwirrtes Europa! Refugium aller Verfolgten, seit Jahrhunderten Heimstatt des Friedens und der Freiheit, gastlich jeder Gesinnung bei treuester Bewahrung seiner besonderen Eigenart – wie wichtig erwies sich die Existenz dieses einzig übernationalen Staates für unsere Welt! Zu Recht schien mir dies Land mit Schönheit gesegnet, mit Reichtum bedacht. Nein, hier war man nicht fremd; ein freier, unabhängiger Mensch fühlte sich in dieser tragischen Weltstunde hier mehr zu Hause als in seinem eigenen Vaterland. Stundenlang trieb es mich noch nachts in Zürich durch die Straßen und am Seeufer entlang. Die Lichter schimmerten Frieden, hier hatten die Menschen noch die gute Gelassenheit des Lebens. Ich meinte zu spüren, daß hinter den Fenstern nicht schlaflos Frauen in den Betten lagen und an ihre Söhne dachten, ich sah keine Verwundeten, keine Verstümmelten, nicht die jungen Soldaten, die morgen, übermorgen in die Züge verladen werden sollten – man fühlte sich hier berechtigter zu leben, während es im Kriegslande schon eine Scheu gewesen und fast eine Schuld, noch unverstümmelt zu sein.

Aber nicht die Besprechungen wegen meiner Aufführung, nicht die Begegnung mit Schweizer und ausländischen Freunden waren mir das Dringlichste. Ich wollte vor allem Rolland sehen, den Mann, von dem ich wußte, daß er mich fester, klarer und tätiger machen konnte, und ich wollte ihm danken für das, was mir sein Zuspruch, seine Freundschaft in den Tagen bitterster Seeleneinsamkeit gegeben. Zu ihm mußte mein erster Weg gehen, und ich fuhr sofort nach Genf. Nun befanden wir ›Feinde‹ uns eigentlich in einer ziemlich komplizierten Position. Es war selbstverständlich von den kriegführenden Regierungen nicht gerne gesehen, daß ihre Angehörigen mit jenen der feindlichen Nationen auf neutralem Gebiete persönlichen Verkehr pflegten. Aber es war andererseits durch kein Gesetz verboten. Es gab keinen einzigen Paragraphen, nach dem man für ein Beisammensein bestraft werden konnte. Verboten und Hochverrat gleichgestellt blieb einzig geschäftlicher Verkehr, ›Handel mit dem Feinde‹, und um uns auch nicht durch die leiseste Umgehung dieses Verbots verdächtig zu machen, vermieden wir Freunde sogar prinzipiell, uns eine Zigarette anzubieten, denn man war zweifelsohne ununterbrochen von zahllosen Agenten beobachtet. Um jedem Verdacht, als ob wir uns fürchteten oder schlechten Gewissens wären, zu entgehen, wählten wir internationalen Freunde die einfachste Methode: die der Offenheit. Wir schrieben uns nicht unter Deckadressen oder poste restante, wir schlichen uns nicht etwa nachts heimlich zueinander, sondern gingen zusammen über die Straßen und saßen offen in den Cafés. So meldete ich mich auch gleich nach der Ankunft in Genf mit vollem Namen unten beim Hotelportier, ich wünschte Herrn Romain Rolland zu sprechen, gerade weil es besser war für das deutsche oder französische Nachrichtenbüro, wenn sie melden konnten, wer ich war und wen ich besuchte; für uns bedeutete es doch nur eine Selbstverständlichkeit, daß zwei alte Freunde sich nicht deshalb plötzlich auszuweichen hatten, weil sie zufällig zwei verschiedenen Nationen angehörten, die sich zufällig miteinander im Kriege befanden. Wir fühlten uns nicht verpflichtet, eine Absurdität mitzumachen, weil sich die Welt absurd benahm.

Und nun stand ich endlich in seinem Zimmer – fast schien es mir dasselbe wie in Paris. Da stand wie damals mit Büchern verstellt der Tisch und der Sessel. Der Schreibtisch flutete über von Zeitschriften, Zuschriften und Papieren, es war dieselbe schlichte und doch der ganzen Welt verbundene Mönchsklause der Arbeit, die sich aus seinem Wesen überall um ihn baute, wo immer er sich befand. Einen Augenblick fehlte mir das grüßende Wort, wir reichten uns nur die Hand, – die erste französische Hand, die ich seit Jahren wieder fassen durfte; Rolland war der erste Franzose, den ich seit drei Jahren sprach, – aber wir waren einander in diesen drei Jahren näher gekommen als je. In der fremden Sprache sprach ich vertrauter und offener als mit irgend jemandem meiner Heimat. Ich war mir voll bewußt, daß mit diesem Freunde der wichtigste Mann dieser unserer Weltstunde mir gegenüberstand, daß es das moralische Gewissen Europas war, das zu mir sprach. Nun erst konnte ich übersehen, was alles er tat und getan in seinem großartigen Dienst um die Verständigung. Nacht und Tag arbeitend, immer allein, ohne Hilfe, ohne Sekretär verfolgte er alle Manifestationen in allen Ländern; unterhielt eine Korrespondenz mit zahllosen Menschen, die ihn um Rat in Gewissensangelegenheiten baten, schrieb jeden Tag viele Blätter in sein Tagebuch; wie keiner von allen in dieser Zeit hatte er das Gefühl für die Verantwortung, historische Zeit mitzuleben, und empfand es als Bedürfnis, Rechenschaft einer späteren zu hinterlassen. (Wo sind sie heute, jene unzähligen handschriftlichen Bände der Tagebücher, die einmal den vollkommenen Aufschluß geben werden über alle moralischen und geistigen Konflikte jenes ersten Weltkrieges?) Gleichzeitig publizierte er seine Aufsätze, deren jeder damals internationale Erregung schuf, arbeitete an seinem Roman ›Clerambault‹ –, es war der Einsatz, der restlose, pausenlose, aufopfernde Einsatz seiner ganzen Existenz für die ungeheure Verantwortlichkeit, die er auf sich genommen, innerhalb dieses Wahnsinnsanfalls der Menschheit vorbildlich und menschlich gerecht in jeder Einzelheit zu handeln. Er ließ keinen Brief unbeantwortet, keine Broschüre zu den Zeitproblemen ungelesen; dieser schwache, zarte, gerade damals in seiner Gesundheit sehr bedrohte Mann, der nur leise zu sprechen imstande war und stets mit einem leichten Hüsteln zu kämpfen hatte, der nie ohne umgelegten Shawl einen Gang betreten konnte und nach jedem raschen Schritt innehalten mußte, setzte damals Kräfte ein, die an der Größe der Anforderung ins Unwahrscheinliche gewachsen waren. Nichts konnte ihn erschüttern, kein Angriff, keine Perfidie; furchtlos und klar blickte er in den Welttumult. Hier sah ich den andern Heroismus, den geistigen, den moralischen, denkmalhaft in einer lebendigen Gestalt – selbst in meinem Buche über Rolland habe ich ihn vielleicht nicht genug geschildert (weil man bei Lebenden eine Scheu hat, sie zu sehr zu rühmen). Wie tief ich damals erschüttert und, wenn ich so sagen darf, ›gereinigt‹ war, als ich ihn sah, in diesem winzigen Zimmer, von dem unsichtbar stärkende Strahlung ausging in alle Zonen der Welt, habe ich noch nach Tagen im Blute gefühlt, und ich weiß: die aufrichtende, die tonische Kraft, die damals Rolland schuf dadurch, daß er allein oder fast allein den sinnlosen Haß von Millionen bekämpfte, gehört zu jenen Imponderabilien, die sich jeder Messung und Berechnung versagen. Nur wir, die Zeugen jener Zeit, wissen, was sein Dasein und sein vorbildliches Unerschütterlichsein damals bedeutet hat. Durch ihn hatte das in Tollwut verfallene Europa sein moralisches Gewissen bewahrt.

Mich ergriff in den Gesprächen jenes Nachmittags und der nächsten Tage die leise Trauer, die alle seine Worte umhüllte, die gleiche, wie wenn man mit Rilke vom Kriege sprach. Er war voll Erbitterung über die Politiker und diejenigen, welche für ihre nationale Eitelkeit nicht genug bekommen konnten an fremden Opfern. Aber gleichzeitig schwang immer Mitleid mit für die Unzähligen, die litten und starben für einen Sinn, den sie selbst nicht verstanden, und der doch nur ein Widersinn war. Er zeigte mir das Telegramm Lenins, der – vor seiner Abreise aus der Schweiz in jenem berüchtigten plombierten Eisenbahnzug – ihn beschworen, nach Rußland mitzukommen, weil er wohl verstand, wie wichtig die moralische Autorität Rollands für seine Sache gewesen wäre. Aber Rolland blieb fest entschlossen, keiner Gruppe sich zu verschreiben, sondern unabhängig nur mit der eigenen Person der Sache zu dienen, der er sich verschworen: der gemeinsamen. So wie er niemandes Unterwerfung unter seine Ideen forderte, verweigerte er sich jeder Bindung. Wer ihn liebte, sollte selbst ungebunden bleiben, und er wollte kein anderes Beispiel geben als dies eine: wie man frei bleiben kann und getreu seiner eigenen Überzeugung auch gegen die ganze Welt.

In Genf begegnete ich gleich am ersten Abend auch der kleinen Gruppe der Franzosen und anderen Ausländern, die sich um zwei kleine unabhängige Zeitungen ›La

Feuille‹ und ›Demain‹ sammelten, P.-J. Jouve, René Arcos, Frans Masereel. Wir wurden innige Freunde mit jenem raschen Elan, wie man sonst nur Jugendfreundschaften schließt. Aber wir fühlten instinktiv, daß wir am Anfang eines ganz neuen Lebens standen. Die meisten unserer alten Beziehungen waren durch die patriotische Verblendung der bisherigen Kameraden ungültig geworden. Man brauchte neue Freunde, und da wir doch in der gleichen Front standen, im gleichen geistigen Schützengraben gegen den gleichen Feind, bildete sich spontan zwischen uns eine Art leidenschaftlicher Kameradschaft; nach vierundzwanzig Stunden waren wir einander so vertraut, als ob wir uns seit Jahren gekannt, und gaben uns bereits, wie es eben an jeder Front üblich ist, das brüderliche Du. Alle spürten wir – ›we few, we happy few, we band of brothers‹ – mit dem persönlich Gefährlichen auch das Einmalig-Verwegene unseres Zusammenseins; wir wußten, daß fünf Stunden weit jeder Deutsche, der einen Franzosen, jeder Franzose, der einen Deutschen erspähte, ihn mit dem Bajonett anfiel oder mit der Handgranate zerschmetterte und dafür eine Auszeichnung bekam, daß Millionen hüben und drüben einzig davon träumten, einander auszurotten und vom Erdboden zu vertilgen, daß die Zeitungen von den ›Gegnern‹ nur mit Schaum vor dem Munde sprachen, indes wir, diese einzige Handvoll unter den Millionen und Millionen, nicht nur friedlich an demselben Tische saßen, sondern in ehrlichster und sogar in bewußter leidenschaftlicher Brüderschaft. Wir wußten, in welchen Gegensatz wir uns damit gegen alles Offizielle und Befohlene stellten, wir wußten, daß wir uns durch die treue Bekundung unserer Freundschaft persönlich gegenüber unseren Vaterländern in Gefahr brachten; aber gerade das Wagnis trieb unser Unterfangen zu fast ekstatischen Steigerungen. Wir wollten doch wagen und wir genossen die Lust dieses Wagens, denn das Wagnis allein gab unserem Protest wirkliches Gewicht. So habe ich sogar (ein Unikum in diesem Kriege) mit P.-J. Jouve gemeinsam in Zürich eine öffentliche Vorlesung gehalten – er las französisch seine Gedichte, ich deutsch aus meinem ›Jeremias‹ –, aber gerade indem wir die Karten derart offen auflegten, zeigten wir, daß wir ehrlich waren in diesem verwegenen Spiel. Was man darüber in unseren Konsulaten und Gesandtschaften dachte, war uns gleichgültig, selbst wenn wir die Schiffe zur Heimkehr damit vielleicht wie Cortez hinter uns verbrannten. Denn wir waren in tiefster Seele davon durchdrungen, daß nicht wir die ›Verräter‹ waren, sondern die andern, welche die menschliche Aufgabe des Dichters an die zufällige Stunde verrieten. Und wie heroisch sie lebten, diese jungen Franzosen und Belgier! Da war Frans Masereel, der mit seinen Holzschnitten gegen die Greuel des Krieges vor unsern Augen das überdauernde zeichnerische Denkmal des Krieges schnitt, diese unvergeßlichen Blätter in Schwarz und Weiß, die an Wucht und Zorn selbst hinter Goyas ›Desastros de la guerra‹ nicht zurückstehen. Tag und Nacht schnitt dieser männliche Mann unermüdlich neue Gestalten und Szenen aus dem stummen Holz, das enge Zimmer und die Küche waren schon vollgehäuft mit diesen Holzblöcken, aber jeden Morgen brachte die ›Feuille‹ eine andere seiner zeichnerischen Anklagen, keine eine bestimmte Nation anklagend, alle nur denselben, unsern gemeinsamen Gegner: den Krieg. Wie träumten wir davon, daß man von Aeroplanen als Flugblätter diese jedem, auch dem geringsten Mann ohne Wort, ohne Sprache verständlichen grimmigen, grausigen Anprangerungen statt Bomben in die Städte und Armeen werfen könnte; sie hätten, ich bin dessen gewiß, den Krieg vorzeitig getötet. Aber leider erschienen sie nur in dem kleinen Blättchen ›La Feuille‹, das kaum über Genf hinausdrang. Alles, was wir sagten und versuchten, war im engen Schweizer Kreis verkerkert und kam erst zur Wirkung, da es zu spät war. Im geheimen täuschten wir uns darüber nicht, daß wir machtlos waren gegen die große Maschine der Generalstäbe und politischen Ämter, und wenn sie uns nicht verfolgten, so war es vielleicht deshalb, weil wir ihnen nicht gefährlich werden konnten, erstickt wie unser Wort, gehemmt wie unsere Wirkung blieb. Aber gerade, daß wir wußten, wie wenige, wie allein wir waren, drängte uns enger zusammen Brust an Brust, Herz an Herz. Nie mehr in reiferen Jahren habe ich so enthusiastische Freundschaft empfunden wie in jenen Stunden in Genf, und die Bindung hat allen späteren Zeiten standgehalten.

Vom psychologischen und historischen Standpunkt aus (nicht vom künstlerischen) war die merkwürdigste Figur dieser Gruppe Henri Guilbeaux; an seiner Person habe ich überzeugender als an jeder anderen das unumstößliche Gesetz der Geschichte bestätigt gesehen, daß in Epochen jäher Umstürze, insbesondere während eines Krieges oder einer Revolution Mut und Verwegenheit oft für eine kurze Frist mehr gelten als innere Bedeutung, und hitzige Zivilcourage entscheidender sein kann als Charakter und Stetigkeit. Immer wenn die Zeit rasch vorwärtsstürzt und sich überstürzt, gewinnen Naturen, die es verstehen, ohne jedes Zögern sich in die Welle zu werfen, den Vorsprung. Und wie viele eigentlich ephemere Gestalten hat sie über sich selbst hinausgetragen damals, Bela Kun, Kurt Eisner, bis an eine Stelle, der sie innerlich nicht gewachsen waren! Guilbeaux, ein schmächtiges, blondes Männchen mit scharfen, unruhigen grauen Augen und einer lebhaften Suada, war an sich nicht begabt. Obwohl er es gewesen, der meine Gedichte fast ein Jahrzehnt früher schon ins Französische übertragen, muß ich ehrlicherweise seine literarischen Fähigkeiten unbedeutend nennen. Seine Sprachkraft reichte nicht über die Mittelmäßigkeit hinaus, seine Bildung nirgends in die Tiefe. All seine Kraft lag in der Polemik. Er gehörte aus einer unglücklichen Anlage seines Charakters zu jenen Menschen, die immer ›dagegen‹ sein müssen, gleichgültig eigentlich, wogegen. Ihm war nur wohl, wenn er als echter Gamin sich herumschlagen konnte und gegen irgend etwas anrennen, das stärker war als er selbst. In Paris hatte er vor dem Kriege, obwohl er im Grunde ein gutmütiger Bursche war, in der Literatur unablässig gegen einzelne Richtungen und Leute herumpolemisiert, dann in den radikalen Parteien sich umgetan, und keine war ihm radikal genug gewesen. Nun, im Kriege, hatte er plötzlich als Antimilitarist einen gigantischen Gegner gefunden: den Weltkrieg. Die Ängstlichkeit, die Feigheit der meisten, andererseits wieder die Verwegenheit, die Tollkühnheit, mit der er sich in den Kampf warf, machten ihn für einen Weltaugenblick wichtig und sogar unentbehrlich. Ihn lockte gerade, was die andern schreckte: die Gefahr. Daß die andern so wenig wagten und er allein soviel, das gab diesem an sich unbedeutenden Literaten eine plötzliche Größe und steigerte seine publizistischen, seine kämpferischen Fähigkeiten über ihr natürliches Niveau – ein Phänomen, das man ebenso in der Französischen Revolution bei den kleinen Advokaten und Juristen der Gironde beobachten konnte. Während die andern schwiegen, während wir selber zögerten und bei jedem Anlaß sorgfältig überlegten, was zu tun und zu unterlassen, griff er entschlossen zu, und es wird Guilbeaux' dauerndes Verdienst bleiben, die einzige geistig bedeutsame Antikriegszeitschrift des Ersten Weltkrieges, ›Demain‹, gegründet und geleitet zu haben, ein Dokument, das jeder nachlesen muß, der die geistigen Strömungen jener Epoche wirklich verstehen will. Er gab, was wir brauchten: ein Zentrum der internationalen, der übernationalen Diskussion mitten im Krieg. Daß Rolland sich hinter ihn stellte, entschied die Bedeutung der Zeitschrift, denn dank seiner moralischen Autorität und seiner Verbindungen konnte er ihm die wertvollsten Mitarbeiter aus Europa, Amerika und Indien bringen; anderseits gewannen die damals noch aus Rußland exilierten Revolutionäre Lenin, Trotzkij und Lunartscharskij zu Guilbeaux' Radikalität Vertrauen und schrieben regelmäßig für ›Demain‹. So gab es in der Welt für zwölf oder zwanzig Monate keine interessantere, keine unabhängigere Zeitschrift, und wenn sie den Krieg überdauert hätte, wäre sie vielleicht entscheidend für die Beeinflussung der öffentlichen Meinung geworden. Gleichzeitig übernahm Guilbeaux in der Schweiz die Vertretung der radikalen Gruppen in Frankreich, denen Clemenceaus harte Hand das Wort geknebelt. Auf den berühmten Kongressen von Kienthal und Zimmerwald, wo sich die international gebliebenen Sozialisten von den patriotisch gewordenen absonderten, spielte er eine historische Rolle; kein Franzose, nicht einmal jener Hauptmann Sadoul, der in Rußland zu den Bolschewisten übergegangen war, wurde in den Pariser politischen und militärischen Kreisen während des Krieges so gefürchtet und gehaßt wie dies kleine blonde Männchen. Endlich gelang es dem französischen Spionagebüro, ihm ein Bein zu stellen. In einem Hotel in Bern wurden aus dem Zimmer eines deutschen Agenten Löschblätter und Kopien gestohlen, die freilich nicht *mehr* erwiesen, als daß deutsche Stellen einige Exemplare von ›Demain‹ abonniert hatten – an sich eine unschuldige Tatsache, da diese Exemplare wahrscheinlich bei der deutschen Gründlichkeit für die verschiedenen Bibliotheken und Ämter angefordert wurden. Aber der Vorwand genügte in Paris, um Guilbeaux als einen von Deutschland gekauften Agitator zu bezeichnen und ihm den Prozeß zu machen. Er wurde in contumaciam zum Tode verurteilt – durchaus ungerechterweise, wie ja auch die Tatsache bezeugt, daß dieses Urteil zehn Jahre später in einem Revisionsprozeß aufgehoben wurde. Aber kurz darauf geriet er überdies durch seine Vehemenz und Intransigenz, die allmählich auch für Rolland und uns alle zur Gefahr wurde, mit den Schweizer Behörden in Konflikt, wurde verhaftet und eingesperrt. Erst Lenin, der für ihn eine persönliche Neigung und auch Dankbarkeit für die in schwerster Zeit gewährte Hilfe hatte, rettete ihn, indem er ihn durch einen Federstrich in einen russischen Staatsbürger verwandelte und mit dem zweiten versiegelten Zuge nach Moskau kommen ließ. Nun hätte er eigentlich erst produktive Kräfte entfalten können. Denn in Moskau war ihm, der alle Meriten eines richtigen Revolutionärs hatte, Gefängnis und Verurteilung zum Tode in contumaciam, zum zweitenmal jede Möglichkeit des Wirkens gegeben. Wie in Genf durch Rollands Hilfe, hätte er dank Lenins Vertrauen bei dem Aufbau Rußlands Positives leisten können; anderseits war kaum jemand durch seine mutige Haltung im Kriege so sehr ausersehen, in Frankreich nach dem Kriege in Parlament und Öffentlichkeit eine entscheidende Rolle zu spielen, denn alle radikalen Gruppen sahen in ihm den wirklichen, den tätigen, den mutigen Mann, den geborenen Führer. Aber in Wirklichkeit erwies es sich, daß Guilbeaux nichts weniger als eine Führernatur war, sondern nur, wie so viele Kriegsdichter und Revolutionspolitiker, das Produkt einer flüchtigen Stunde und immer fallen unequilibrierte Naturen nach plötzlichen Steigerungen schließlich in sich zusammen. In Rußland vergeudete Guilbeaux als unheilbarer Polemiker wie seinerzeit in Paris seine Begabung in Zänkereien und Stänkereien und verdarb es sich allmählich auch mit denen, die seine Courage respektiert hatten, mit Lenin zuerst, dann mit Barbusse und Rolland und schließlich mit uns allen. Er endete in der klein gewordenen Zeit, wie er begonnen, mit unbedeutenden Broschüren und belanglosen Streitereien; völlig unbeachtet ist er bald nach seiner Begnadigung in einem Winkel von Paris gestorben. Der Verwegenste und Tapferste im Krieg gegen den Krieg, der, wenn er den Anschwung, den ihm die Zeit gegeben, zu nützen und zu verdienen gewußt hätte, eine der großen Figuren unserer Epoche hätte werden können, ist heute völlig vergessen, und ich bin vielleicht einer der letzten, die sich überhaupt noch seiner mit Dankbarkeit für seine Kriegstat des ›Demain‹ entsinnen.

Von Genf fuhr ich nach wenigen Tagen nach Zürich zurück, um die Besprechungen wegen der Proben meines Stückes zu beginnen. Ich hatte diese Stadt wegen ihrer schönen Lage am See im Schatten der Berge von je geliebt und nicht minder wegen ihrer vornehmen, ein wenig konservativen Kultur. Aber dank der friedlichen Einbettung der Schweiz inmitten der kämpfenden Staaten war Zürich aus seiner Stille getreten und über Nacht die wichtigste Stadt Europas geworden, ein Treffpunkt aller geistigen Bewegungen, freilich auch aller denkbaren Geschäftemacher, Spekulanten, Spione, Propagandisten, die von der einheimischen Bevölkerung um dieser plötzlichen Liebe willen mit sehr berechtigtem Mißtrauen betrachtet wurden ... In den Restaurants, den Cafés, in den Straßenbahnen, auf der Straße hörte man alle Sprachen. Überall traf man Bekannte, liebe und unliebe, und geriet, ob man wollte oder nicht, in einen Sturzbach erregter Diskussionen. Denn alle diese Menschen, die das Schicksal hergeschwemmt, waren mit ihrer Existenz an den Ausgang des Krieges gebunden, beauftragt die einen von ihren Regierungen, verfolgt und verfemt die andern, jeder aber abgelöst von seiner eigentlichen Existenz und ins Zufällige geschleudert. Da sie alle kein Heim hatten, suchten sie ununterbrochen kameradschaftliche Geselligkeit, und weil es jenseits ihrer Macht lag, die militärischen und politischen Ereignisse zu beeinflussen, diskutierten sie Tag und Nacht in einer Art geistigen Fiebers, das einen gleichzeitig erregte und ermüdete. Nun konnte man sich wirklich schwer der Lust entziehen, nachdem man zu Hause Monate und Jahre mit versiegelter Lippe gelebt, zu sprechen, es drängte einen, zu schreiben, zu publizieren, seit man zum erstenmal wieder unzensuriert denken und schreiben durfte; jeder einzelne war zu seinem Maximum gespannt, und auch mittlere Naturen – wie ich an Guilbeaux zeigte – interessanter, als sie es vordem gewesen und nachher wieder sein sollten. Von Schriftstellern und Politikern fanden sich solche aller Schattierungen und Sprachen zusammen; Alfred H. Fried, der Träger des Friedensnobelpreises, gab hier seine ›Friedenswarte‹ heraus, Fritz von Unruh, vormals preußischer Offizier, las uns seine Dramen vor, Leonhard Frank schrieb sein aufreizendes ›Der Mensch ist gut‹, Andreas Latzko erregte Sensation mit seinen ›Menschen im Kriege‹, Franz Werfel kam zu einer Vorlesung herüber; ich begegnete Männern aller Nationen in meinem alten ›Hotel Schwerdt‹, wo Casanova und Goethe zu ihrer Zeit schon abgestiegen. Ich sah Russen, die dann in der Revolution auftauchten, und deren richtige Namen ich nie erfuhr, Italiener, katholische Geistliche, intransigente Sozialisten und solche der deutschen Kriegspartei; von den Schweizern stand uns der prachtvolle Pastor Leonhard Ragaz zur Seite und der Dichter Robert Faesi. In der französischen Buchhandlung traf ich meinen Übersetzer Paul Morisse, im Konzertsaal den Dirigenten Oscar Fried – alles war da, alles ging vorbei, man hörte alle Meinungen, die absurdesten und die vernünftigsten, ärgerte und begeisterte sich. Zeitschriften wurden gegründet, Polemiken ausgetragen, Gegensätze berührten oder steigerten sich, Gruppen schlossen sich zusammen oder fielen auseinander; nie mehr ist mir ein vielfarbigeres und leidenschaftlicheres Gemenge von Meinungen und Menschen in so konzentrierter und gleichsam dampfender Form begegnet als in diesen Züricher Tagen oder vielmehr Nächten (denn man diskutierte, bis das Café Bellevue oder das Café Odeon die Lichter auslöschte, und ging dann noch oft einer zum andern in die Wohnung). Keiner sah in dieser bezauberten Welt mehr die Landschaft, die Berge, die Seen und ihren milden Frieden; man lebte in Zeitungen, in Nachrichten und Gerüchten, in Meinungen, in Auseinandersetzungen. Und sonderbar: man lebte geistig den Krieg hier eigentlich intensiver mit als in der kriegführenden Heimat, weil sich das Problem gleichsam objektiviert und vom nationalen Interesse an Sieg oder Niederlage völlig losgelöst hatte. Man sah ihn von keinem politischen Standpunkt mehr, sondern vom europäischen als ein grausames und gewaltiges Geschehnis, das nicht nur ein paar Grenzlinien auf der Landkarte, sondern Form und Zukunft unserer Welt verwandeln sollte.

Die ergreifendsten unter diesen Menschen waren für mich – als ob mich schon eine Ahnung zukünftigen eigenen Schicksals berührt hätte – die Menschen ohne Heimat oder schlimmer noch: die statt eines Vaterlandes zwei oder drei hatten und innerlich nicht wußten, zu welchem sie gehörten. Da saß meist allein in einer Ecke des Café Odeon ein junger Mann mit einem kleinen braunen Bärtchen, auffallend dicke Brillen vor den scharfen dunklen Augen; man sagte mir, daß es ein sehr begabter englischer Dichter sei. Als ich nach einigen Tagen James Joyce dann kennenlernte, lehnte er schroff jede Zusammengehörigkeit mit England ab. Er sei Ire. Er schreibe zwar in englischer Sprache, aber er denke nicht englisch und wolle nicht englisch denken – »ich möchte«, sagte er mir damals, »eine Sprache, die über den Sprachen steht, eine Sprache, der sie alle dienen. In Englisch kann ich mich nicht ganz ausdrücken, ohne mich damit in eine Tradition einzuschließen.« Mir war das nicht ganz klar, denn ich wußte nicht, daß er damals schon an seinem ›Ulysses‹ schrieb; er hatte mir nur sein Buch ›Portrait of an artist as a young man‹ geliehen, das einzige Exemplar, das er besaß, und sein kleines Drama ›Exiles‹, das ich damals sogar übersetzen wollte, um ihm zu helfen. Je mehr ich ihn kennenlernte, desto mehr setzte er mich durch seine phantastische Sprachkenntnis in Erstaunen; hinter dieser runden, fest gehämmerten Stirn, die im elektrischen Licht wie Porzellan glatt glänzte, waren alle Vokabeln aller Idiome eingestanzt, und er spielte sie in brillantester Weise durcheinander. Einmal als er mich fragte, wie ich einen schwierigen Satz in ›Portrait of an artist‹ deutsch wiedergeben würde, versuchten wir die Formung zusammen in Italienisch und Französisch; er hatte für jedes Wort vier oder fünf in jedem Idiom parat, selbst die dialektischen, und wußte ihren Valeur, ihr Gewicht bis in die kleinste Nuance. Eine gewisse Bitterkeit wich selten von ihm, aber ich glaube, es war eigentlich diese Gereiztheit, gerade die Kraft, die ihn innerlich vehement und produktiv machte. Sein Ressentiment gegen Dublin, gegen England, gegen gewisse Personen hatte in ihm die Form dynamischer Energie angenommen und ist tatsächlich erst im dichterischen Werke frei geworden. Aber er schien diese seine eigene Härte zu lieben; nie habe ich ihn lachen oder eigentlich heiter gesehen. Immer wirkte er wie eine in sich zusammengeballte dunkle Kraft, und wenn ich ihn auf der Straße sah, die schmalen Lippen scharf aneinander gezogen und immer raschen Schritts, als ob er auf etwas Bestimmtes zuginge, so spürte ich das Abwehrende, das innerlich Isolierte seines Wesens noch stärker als in unseren Gesprächen. Und ich war später keineswegs erstaunt, daß gerade er das einsamste, mit allem unverbundenste, dies gleichsam meteorisch in unsere Zeit niedergestürzte Werk geschrieben.

Ein anderer dieser amphibisch zwischen zwei Nationen Lebenden war Feruccio Busoni, der Geburt und Erziehung nach Italiener, der Lebenswahl nach Deutscher. Von Jugend an hatte ich keinen unter den Virtuosen dermaßen geliebt wie ihn. Wenn er am Klavier konzertierte, bekamen seine Augen einen wunderbar träumerischen Glanz. Unten schufen mühelos die Hände Musik, einzige Vollendung, aber oben horchte, leicht zurückgelehnt, das schöne durchseelte Haupt und lauschte die Musik, die er schuf, in sich hinein. Eine Art Verklärung schien ihn dann immer zu überkommen. Wie oft hatte ich in den Konzertsälen wie verzaubert auf dies durchleuchtete Antlitz gesehen, während die Töne weich aufwühlend und doch silbern klar mir bis ins Blut eindrangen. Nun sah ich ihn wieder, und sein Haar war grau und seine Augen umschattet von Trauer. »Wohin gehöre ich?« fragte er mich einmal. »Wenn ich nachts träume und aufwache, weiß ich, daß ich im Traum italienisch gesprochen. Und wenn ich dann schreibe, denke ich in deutschen Worten.« Seine Schüler waren zerstreut in aller Welt – »einer schießt vielleicht jetzt auf den andern« –, und an das eigentliche Werk, seine Oper ›Doktor Faust‹, wagte er sich noch nicht, weil er sich verstört fühlte. Er schrieb einen kleinen, leichten musikalischen Einakter, um sich zu befreien, aber die Wolke wich nicht von seinem Haupt während des Krieges. Selten hörte ich mehr sein herrlich vehementes, sein aretinisches Lachen, das ich an ihm vordem so sehr geliebt. Und einmal traf ich ihn spätnachts in der Halle des Bahnhofrestaurants, er hatte allein zwei Flaschen Wein getrunken. Als ich vorbeiging, rief er mich an. »Betäuben!« sagte er, auf die Flaschen deutend. »Nicht trinken! Aber manchmal muß man sich betäuben, sonst erträgt man es nicht. Die Musik kann es nicht immer, und die Arbeit kommt nur in guten Stunden zu Gast.«

Am schwersten aber war die zwiespältige Situation für die Elsässer und unter ihnen wieder am allerschlimmsten für diejenigen, die wie René Schickele mit dem Herzen zu Frankreich hielten und in deutscher Sprache schrieben. Um ihr Land ging ja eigentlich der Krieg, und die Sense schnitt ihnen mitten durchs Herz. Man wollte sie nach rechts ziehen und nach links, Bekenntnis zu Deutschland oder zu Frankreich von ihnen erzwingen, aber sie verabscheuten dies ›Entweder-Oder‹, das ihnen unmöglich war. Sie wollten, wie wir alle, Deutschland und Frankreich als Brüder, Verständigung statt Befeindung, und darum litten sie um beide und für beide.

Und rundherum noch die ratlose Schar der Halbverbundenen, der Gemischten, englische Frauen, die deutsche Offiziere geheiratet, französische Mütter österreichischer Diplomaten, Familien, wo der eine Sohn hüben diente und der andere drüben, wo die Eltern da und dort auf Briefe warteten, das Wenige hier konfisziert, die Position dort verloren war; alle diese Zerspaltenen hatten sich in die Schweiz gerettet, um der Verdächtigung zu entgehen, die sie in der alten und in der neuen Heimat gleicherweise verfolgte. In Furcht, die einen zu kompromittieren und die andern, vermieden sie, in jedweder Sprache zu sprechen, und schlichen wie Schatten herum, zerstörte, zerbrochene Existenzen. Je europäischer ein Mensch in Europa gelebt, um so härter wurde er von der Faust gezüchtigt, die Europa zerschlug.

Inzwischen war die Aufführung des ›Jeremias‹ herangerückt. Sie wurde ein schöner Erfolg, und daß die ›Frankfurter Zeitung‹ denunzierend nach Deutschland berichtete, es hätten der amerikanische Gesandte und einige prominente alliierte Persönlichkeiten ihr beigewohnt, beunruhigte mich nicht sehr. Wir spürten, daß der Krieg, nun in seinem dritten Jahr, innerlich immer schwächer wurde und Widerstand gegen seine ausschließlich von Ludendorff erzwungene Fortführung nicht mehr so gefährlich war wie in der ersten Sündenzeit seiner Glorie. Der Herbst 1918 mußte die endgültige Entscheidung herbeiführen. Aber ich wollte diese Zeit des Wartens nicht länger in Zürich verbringen. Denn ich hatte allmählich wachere und wachsamere Augen bekommen. Im ersten Enthusiasmus meiner Ankunft hatte ich vermeint, unter all diesen Pazifisten und Antimilitaristen wirkliche Gesinnungsgenossen zu finden, redlich entschlossene Kämpfer für eine europäische Verständigung. Bald wurde ich gewahr, daß unter denen, die sich als Flüchtlinge aufspielten und die sich als Märtyrer heroischer Überzeugung gebärdeten, einige dunkle Gestalten sich eingeschmuggelt, die im Dienst des deutschen Nachrichtenbüros standen und bezahlt waren, jeden auszuhorchen und zu überwachen. Die ruhige, solide Schweiz erwies sich, wie jeder aus eigener Erfahrung bald feststellen konnte, unterhöhlt von der Maulwurfsarbeit geheimer Agenten aus beiden Lagern. Das Stubenmädchen, das den Papierkorb ausräumte, die Telephonistin, der Kellner, der bedenklich nahe und langsam servierte, standen im Dienst einer feindlichen Macht, oft sogar ein und derselbe Mann im Dienst von beiden Seiten. Koffer wurden auf geheimnisvolle Weise geöffnet, Löschblätter photographiert, Briefe verschwanden auf dem Weg zu oder von der Post; elegante Frauen lächelten einem in aufdringlicher Weise in den Halls der Hotels zu, sonderbar eifrige Pazifisten, von denen wir nie gehört, meldeten sich plötzlich an und luden ein, Proklamationen zu unterzeichnen oder baten scheinheilig um Adressenmaterial ›verläßlicher‹ Freunde. Ein ›Sozialist‹ bot mir ein verdächtig hohes Honorar für einen Vortrag vor der Arbeiterschaft in La Chaux-de-Fonds, die nichts davon wußte; ständig hieß es auf der Hut sein. Es dauerte nicht sehr lange, bis ich merkte, wie gering die Zahl derjenigen war, die man als absolut verläßlich ansehen konnte, und da ich mich nicht in Politik hineinzerren lassen wollte, schränkte ich meinen Verkehr immer mehr ein. Aber selbst bei den Verläßlichen langweilte mich die Unfruchtbarkeit der ewigen Diskussionen und die eigenwillige Verschachtelung in radikale, liberale, anarchistische, bolschewistische und unpolitische Gruppen; zum erstenmal lernte ich richtig den ewigen Typus des professionellen Revolutionärs beobachten, der sich durch das bloß Oppositionelle seiner Stellung in seiner Unbedeutendheit gesteigert fühlt und an das Dogmatische sich klammert, weil er in sich selber keinen Halt besitzt. In dieser geschwätzigen Wirrnis bleiben, hieß sich verwirren, unsichere Gemeinsamkeiten kultivieren und die eigene Überzeugung in ihrer moralischen Sicherheit gefährden. So zog ich mich zurück. Tatsächlich hat von all diesen Kaffeehauskomplotteuren keiner ein Komplott gewagt, von all den improvisierten Weltpolitikern nicht ein einziger verstanden, Politik zu machen, als sie wirklich not tat. Sobald das Positive begann, der Aufbau nach dem Kriege, blieben sie in ihrer krittelnden, nörgelnden Negativität stecken, genau wie unter den Antikriegsdichtern jener Tage nur sehr wenigen nach dem Kriege noch ein wesentliches Werk gelungen ist. Es war die Zeit gewesen mit ihrem Fieber, die aus ihnen dichtete und diskutierte und politisierte, und wie jede Gruppe, die nur einer momentanen Konstellation und nicht einer gelebten Idee ihre Gemeinsamkeit verdankt, ist dieser ganze Kreis interessanter, begabter Menschen spurlos zerfallen, sobald der Widerstand, gegen den er wirkte – der Krieg –, vorüber war.

Als den richtigen Ort wählte ich mir etwa eine halbe Stunde weit von Zürich einen kleinen Gasthof in Rüschlikon, von dessen Hügel man den ganzen See und nur klein und fern noch die Türme der Stadt überblickte. Hier brauchte ich nur diejenigen zu sehen, die ich zu mir bat, die wirklichen Freunde, und sie kamen, Rolland und Masereel. Hier konnte ich für mich arbeiten und die Zeit nützen, die unterdes unerbittlich ihren Gang ging. Der Eintritt Amerikas in den Krieg ließ allen, denen der Blick nicht verblendet und das Ohr nicht durch heimatliche Phrasen ertaubt war, die deutsche Niederlage als unvermeidlich erscheinen; als der deutsche Kaiser plötzlich ankündigte, er wolle von nun ab ›demokratisch‹ regieren, wußten wir, was die Glocke geschlagen hatte. Ich gestehe offen, daß wir Österreicher und Deutschen trotz der sprachlichen, der seelischen Zugehörigkeit ungeduldig waren, daß das Unvermeidliche, da es unvermeidlich geworden, sich beschleunige; und der Tag, da Kaiser Wilhelm, der geschworen, bis zum letzten Hauch von Mann und Roß zu kämpfen, über die Grenze flüchtete und Ludendorff, der seinem ›Sieg-Frieden‹ Millionen Menschen hingeopfert, mit seiner blauen Brille nach Schweden auswischte, hatte viel Tröstliches für uns. Denn wir glaubten – und die ganze Welt damals mit uns –, mit diesem Kriege sei ›der‹ Krieg für alle Zeiten erledigt, die Bestie gezähmt oder gar getötet, die unsere Welt verheert. Wir glaubten an Wilsons großartiges Programm, das gänzlich das unsere war, wir sahen im Osten in jenen Tagen, da die russische Revolution noch mit humanen und idealistischen Ideen Brautnacht feierte, einen ungewissen Lichtschein kommen. Wir waren töricht, ich weiß es. Aber wir waren es nicht allein. Wer jene Zeit erlebt, der erinnert sich, daß die Straßen aller Städte dröhnten vor Jubel, um Wilson als den Heilbringer der Erde zu empfangen, daß die feindlichen Soldaten sich umarmten und küßten; nie war so viel Gläubigkeit in Europa wie in den ersten Tagen des Friedens. Denn jetzt war doch endlich Raum auf Erden für das langversprochene Reich der Gerechtigkeit und Brüderlichkeit, jetzt oder nie die Stunde für das gemeinsame Europa, von dem wir geträumt. Die Hölle lag hinter uns, was konnte nach ihr uns noch erschrecken? Eine andere Welt war im Anbeginn. Und da wir jung waren, sagten wir uns: es wird die unsere sein, die Welt, die wir erträumt, eine bessere, humanere Welt.

Heimkehr nach Österreich

Vom Standpunkt der Logik aus war das Törichtste, was ich nach dem Niederbruch der deutschen und österreichischen Waffen tun konnte: nach Österreich zurückzukehren, nach diesem Österreich, das doch nur noch als ein ungewisser, grauer und lebloser Schatten der früheren kaiserlichen Monarchie auf der Karte Europas dämmerte. Die Tschechen, die Polen, die Italiener, die Slowenen hatten ihre Länder weggerissen; was übrig blieb, war ein verstümmelter Rumpf, aus allen Adern blutend. Von den sechs oder sieben Millionen, die man zwang, sich ›Deutsch-Österreicher‹ zu nennen, drängte die Hauptstadt allein schon zwei Millionen frierend und hungrig zusammen; die Fabriken, die das Land früher bereichert, lagen auf fremdem Gebiet, die Eisenbahnen waren zu kläglichen Stümpfen geworden, der Nationalbank hatte man ihr Gold genommen und dafür die gigantische Last der Kriegsanleihe aufgebürdet. Die Grenzen waren noch unbestimmt, da der Friedenskongreß kaum begonnen hatte, die Verpflichtungen nicht festgelegt, kein Mehl, kein Brot, keine Kohle, kein Petroleum vorhanden; eine Revolution schien unausweichlich oder sonst eine katastrophale Lösung. Nach aller irdischen Voraussicht konnte dieses von den Siegerstaaten künstlich geschaffene Land nicht unabhängig leben und – alle Parteien, die sozialistische, die klerikalen, die nationalen schrien es aus einem Munde – wollte gar nicht selbständig leben. Zum erstenmal meines Wissens im Lauf der Geschichte ergab sich der paradoxe Fall, daß man ein Land zu einer Selbständigkeit zwang, die es selber erbittert ablehnte. Österreich wünschte entweder mit den alten Nachbarstaaten wieder vereinigt zu werden oder mit dem stammesverwandten Deutschland, keinesfalls aber in dieser verstümmelten Form ein erniedrigtes Bettlerdasein zu führen. Die Nachbarstaaten hingegen wollten mit diesem Österreich nicht mehr in wirtschaftlichem Bündnis bleiben, teils weil sie es für zu arm hielten, teils aus Furcht vor einer Wiederkehr der Habsburger; den Anschluß an Deutschland verboten anderseits die Alliierten, um das besiegte Deutschland nicht zu stärken. So wurde dekretiert: Die Republik Deutsch-Österreich muß bestehen bleiben. Einem Lande, das nicht existieren wollte, wurde – Unikum in der Geschichte! – anbefohlen: »Du mußt vorhanden sein!«

Was mich damals bewog, in der schlimmsten Zeit, die je über ein Land gekommen, freiwillig dorthin zurückzukehren, vermag ich selbst heute kaum mehr zu erklären. Aber wir Menschen der Vorkriegszeit waren trotz allem und allem in einem stärkeren Gefühl von Pflicht aufgewachsen; man glaubte, daß man mehr als je in einer solchen Stunde äußerster Not zu seiner Heimat, zu seiner Familie gehörte. Es schien mir irgendwie feig, dem Tragischen, das sich dort vorbereitete, bequem auszuweichen, und ich fühlte – gerade als Autor des ›Jeremias‹ – die Verantwortung, man müßte eigentlich mithelfen durch sein Wort, die Niederlage zu überwinden. Überflüssig während des Krieges, schien ich mir nun nach der Niederlage an der richtigen Stelle, zumal ich mir durch meinen Widerstand gegen die Kriegsverlängerung eine gewisse moralische Stellung insbesondere bei der Jugend erworben hatte. Und selbst wenn man nichts zu leisten vermochte, blieb wenigstens die Genugtuung, mitzuleiden an dem allgemeinen Leiden, das man vorausgesagt.

Eine Fahrt nach Österreich erforderte damals Vorbereitungen wie eine Expedition in ein arktisches Land. Man mußte sich ausrüsten mit warmen Kleidern und Wollwäsche, denn man wußte, daß jenseits der Grenze keine Kohle vorhanden war, – und der Winter stand vor der Türe. Man ließ sich die Schuhe sohlen, denn drüben gab es nur Holzsohlen. Man nahm Vorräte und Schokolade mit, soviel die Schweiz verstattete, um nicht zu verhungern, bis die ersten Brot- und Fettkarten einem zugeteilt würden. Man versicherte sein Gepäck, so hoch es nur ging, denn die meisten Gepäckwagen wurden geplündert, und jeder Schuh, jedes Kleidungsstück war unersetzbar; nur als ich zehn Jahre später einmal nach Rußland reiste, habe ich ähnliche Vorbereitungen getroffen. Einen Augenblick stand ich noch unschlüssig in der Grenzstation Buchs, in die ich vor mehr als einem Jahr so beglückt eingefahren, und fragte mich, ob ich nicht doch lieber im letzten Augenblick noch umkehren sollte. Es war, ich fühlte es, eine Entscheidung in meinem Leben. Aber schließlich entschloß ich mich zum Schweren und Schwierigeren. Ich bestieg wieder den Zug.

Bei meiner Ankunft vor einem Jahre hatte ich an der schweizerischen Grenzstation in Buchs eine aufregende Minute erlebt. Jetzt bei der Rückkehr stand mir eine nicht minder unvergeßliche an der österreichischen in Feldkirch bevor. Schon beim Aussteigen hatte ich eine merkwürdige Unruhe bei den Grenzbeamten und Polizisten wahrgenommen. Sie achteten nicht besonders auf uns und erledigten höchst lässig die Revision: offenbar warteten sie auf etwas Wichtigeres. Endlich kam der Glokkenschlag, der das Nahen eines Zuges von der österreichischen Seite ankündigte. Die Polizisten stellten sich auf, alle Beamten eilten aus ihren Verschlägen, ihre Frauen offenbar verständigt, drängten sich auf dem Perron zusammen; insbesondere fiel mir unter den Wartenden eine alte Dame in Schwarz mit ihren beiden Töchtern auf, nach ihrer Haltung und Kleidung vermutlich eine

Aristokratin. Sie war sichtlich erregt und fuhr immer wieder mit dem Taschentuch an ihre Augen.

Langsam, ich möchte fast sagen, majestätisch rollte der Zug heran, ein Zug besonderer Art, nicht die abgenutzten, vom Regen verwaschenen gewöhnlichen Passagierwaggons, sondern schwarze, breite Wagen, ein Salonzug. Die Lokomotive hielt an. Eine fühlbare Bewegung ging durch die Reihen der Wartenden, ich wußte noch immer nicht warum. Da erkannte ich hinter der Spiegelscheibe des Waggons hoch aufgerichtet Kaiser Karl, den letzten Kaiser von Österreich, und seine schwarzgekleidete Gemahlin, Kaiserin Zita. Ich schrak zusammen: der letzte Kaiser von Österreich, der Erbe der habsburgischen Dynastie, die siebenhundert Jahre das Land regiert, verließ sein Reich! Obwohl er die formelle Abdankung verweigert, hatte die Republik ihm die Abreise unter allen Ehren gestattet oder sie vielmehr von ihm erzwungen. Nun stand der hohe ernste Mann am Fenster und sah zum letztenmal die Berge, die Häuser, die Menschen seines Landes. Es war ein historischer Augenblick, den ich erlebte – und doppelt erschütternd für einen, der in der Tradition des Kaiserreichs aufgewachsen war, der als erstes Lied in der Schule das Kaiserlied gesungen, der später im militärischen Dienst diesem Manne, der da in Zivilkleidung ernst und sinnend blickte, ›Gehorsam zu Land, zu Wasser und in der Luft‹ geschworen. Ich hatte unzählige Male den alten Kaiser gesehen in der heute längst legendär gewordenen Pracht der großen Festlichkeiten, ich hatte ihn gesehen, wie er von der großen Treppe in Schönbrunn, umringt von seiner Familie und den blitzenden Uniformen der Generäle, die Huldigung der achtzigtausend Wiener Schulkinder entgegennahm, die, auf dem weiten grünen Wiesenplan aufgestellt, mit ihren dünnen Stimmen in rührendem Massenchor Haydns ›Gott erhalte‹ sangen. Ich hatte ihn gesehen beim Hofball, bei den Théâtre Paré-

Vorstellungen in schimmernder Uniform und wieder im grünen Steirerhut in Ischl zur Jagd fahrend, ich hatte ihn gesehen, gebeugten Hauptes fromm in der Fronleichnamsprozession zur Stefanskirche schreitend – und an jenem nebligen, nassen Wintertag den Katafalk, da man mitten im Kriege den greisen Mann in der Kapuzinergruft zur letzten Ruhe bettete. ›Der Kaiser‹, dieses Wort war für uns der Inbegriff aller Macht, allen Reichtums gewesen, das Symbol von Österreichs Dauer, und man hatte von Kind an gelernt, diese zwei Silben mit Ehrfurcht auszusprechen. Und nun sah ich seinen Erben, den letzten Kaiser von Österreich, als Vertriebenen das Land verlassen. Die ruhmreiche Reihe der Habsburger, die von Jahrhundert zu Jahrhundert sich Reichsapfel und Krone von Hand zu Hand gereicht, sie war zu Ende in dieser Minute. Alle um uns spürten Geschichte, Weltgeschichte in dem tragischen Anblick. Die Gendarmen, die Polizisten, die Soldaten schienen verlegen und sahen leicht beschämt zur Seite, weil sie nicht wußten, ob sie die alte Ehrenbezeigung noch leisten dürften, die Frauen wagten nicht recht aufzublicken, niemand sprach, und so hörte man plötzlich das leise Schluchzen der alten Frau in Trauer, die von wer weiß wie weit gekommen war, noch einmal ›ihren‹ Kaiser zu sehen. Schließlich gab der Zugführer das Signal. Jeder schrak unwillkürlich auf, die unwiderrufliche Sekunde begann. Die Lokomotive zog mit einem starken Ruck an, als müßte auch sie sich Gewalt antun, langsam entfernte sich der Zug. Die Beamten sahen ihm respektvoll nach. Dann kehrten sie mit jener gewissen Verlegenheit, wie man sie bei Leichenbegräbnissen beobachtet, in ihre Amtslokale zurück. In diesem Augenblick war die fast tausendjährige Monarchie erst wirklich zu Ende. Ich wußte, es war ein anderes Österreich, eine andere Welt, in die ich zurückkehrte.

Sobald der Zug in der Ferne verschwunden war, hieß

man uns aus den blanken und sauberen schweizerischen Waggons in die österreichischen umsteigen. Und man mußte die österreichischen nur betreten haben, um schon im voraus zu wissen, was diesem Lande geschehen war. Die Schaffner, die einem die Plätze anwiesen, schlichen hager, verhungert und halb zerlumpt herum; zerrissen und abgetragen schlotterten ihnen die Uniformen um die eingesunkenen Schultern. An den Fensterscheiben waren die Lederriemen zum Aufziehen und Niederziehen abgeschnitten, denn jedes Stück Leder bedeutete eine Kostbarkeit. Auch in den Sitzen hatten räuberische Messer oder Bajonette gewütet; ganze Stücke der Polsterung waren barbarisch weggetrennt von irgendeinem Skrupellosen, der seine Schuhe flicken lassen wollte und sich Leder holte, wo er es fand. Ebenso waren die Aschenschalen um des bißchen Nickels und Kupfers willen gestohlen. Von außen fuhr mit dem spätherbstlichen Wind durch die zerschlagenen Fenster Ruß und Schlacke der elenden Braunkohle herein, mit der man jetzt die Lokomotiven heizte; sie schwärzte Boden und Wände, aber ihr Stank linderte wenigstens den scharfen Geruch von Jodoform, der daran erinnerte, wie viele Kranke und Verwundete man während des Krieges in diesen Skeletten von Waggons befördert. Immerhin, daß der Zug überhaupt vorwärtskam, bedeutete ein Wunder, allerdings ein langwieriges; jedesmal, wenn die ungeölten Räder weniger grell kreischten, fürchteten wir schon, daß der abgearbeiteten Maschine der Atem versagte. Für eine Strecke, die man sonst in einer Stunde Fahrt bewältigte, brauchte man vier oder fünf, und mit der Dämmerung fiel man ins völlige Dunkel. Die elektrischen Birnen waren zerschlagen oder gestohlen, wer etwas suchte, mußte mit Zündhölzern sich vorwärtstasten, und man fror nur deshalb nicht, weil man schon von Anfang an zu sechst oder acht dicht aneinandergepreßt saß. Aber bereits in der ersten Station drängten noch neue Menschen herein, immer mehr, und alle schon ermüdet durch das stundenlange Warten. Die Gänge pfropften sich voll, selbst auf den Trittbrettern hockten Leute in der halbwinterlichen Nacht, und außerdem hielt jeder noch sein Gepäck und sein Lebensmittelpaket ängstlich an sich gepreßt; keiner wagte im Dunkel auch nur für eine Minute etwas aus der Hand zu geben. Mitten aus dem Frieden war ich zurückgefahren in das schon beendet vermeinte Grauen des Krieges.

Vor Innsbruck röchelte plötzlich die Lokomotive und konnte eine kleine Steigung trotz Pusten und Pfeifen nicht mehr bewältigen. Aufgeregt liefen die Beamten im Finstern mit ihren qualmenden Laternen hin und her. Es dauerte eine Stunde, ehe eine Hilfsmaschine heranschnaufte, und abermals benötigte man dann statt sieben siebzehn Stunden, ehe man nach Salzburg kam. Kein Träger weit und breit an der Station; schließlich boten sich ein paar zerlumpte Soldaten hilfreich an, das Gepäck bis zu einem Wagen zu schaffen, aber das Pferd der Droschke war so alt und schlecht genährt, daß es eher von der Deichsel aufrechtgehalten schien, als sie zu ziehen bestimmt. Ich fand nicht den Mut, diesem gespenstischen Tier noch eine Leistung zuzumuten, indem ich den Wagen mit den Koffern belastete, und ließ sie, freilich voll Sorge, sie nie mehr wiederzusehen, im Bahnhofsdepot.

Ich hatte mir während des Krieges in Salzburg ein Haus gekauft, denn die Entfernung von meinen früheren Freunden wegen unserer gegensätzlichen Einstellung zum Kriege hatte in mir das Verlangen erweckt, nicht mehr in großen Städten und unter vielen Menschen zu leben; meine Arbeit hat später auch überall Nutzen von dieser zurückgezogenen Lebensform gehabt. Salzburg schien mir von allen österreichischen Kleinstädten nicht nur durch seine landschaftliche, sondern auch durch seine geographische Lage die idealste, weil am Rande Österreichs gelegen, zweieinhalb Eisenbahnstunden von München, fünf Stunden nach Wien, zehn Stunden nach Zürich oder Venedig und zwanzig nach Paris, also ein richtiger Abstoßpunkt nach Europa. Freilich war es damals noch nicht die durch ihre Festspiele berühmte (und im Sommer snobistisch sich gebärdende) Rendezvousstadt der ›Prominenten‹ (sonst hätte ich sie mir nicht als Arbeitsort gewählt), sondern ein antiquarisches, schläfriges, romantisches Städtchen am letzten Abhange der Alpen, die dort mit Bergen und Hügeln sanft in das deutsche Flachland übergehen. Der kleine bewaldete Hügel, auf dem ich wohnte, war gleichsam die letzte abklingende Welle dieses gewaltigen Bergzugs; unzugänglich für Autos und nur auf einem drei Jahrhunderte alten Kalvarienweg mit mehr als hundert Stufen zu erklimmen, bot er als Entgelt für diese Mühsal von seiner Terrasse einen zauberhaften Blick über Dächer und Giebel der vieltürmigen Stadt. Dahinter weitete sich das Panorama über die glorreiche Kette der Alpen (freilich auch auf den Salzberg bei Berchtesgaden, wo ein damals völlig unbekannter Mann namens Adolf Hitler mir bald gegenüber wohnen sollte). Das Haus selbst erwies sich als ebenso romantisch und wie unpraktisch. Im siebzehnten Jahrhundert Jagdschlößchen eines Erzbischofs und an die mächtige Festungsmauer angelehnt, war es zu Ende des achtzehnten Jahrhunderts zur Rechten und zur Linken um je ein Zimmer erweitert worden; eine prächtige alte Tapete und eine bemalte Kegelkugel, mit der Kaiser Franz 1807 bei einem Besuche in Salzburg eigenhändig im langen Gang dieses unseres Hauses Kegel geschoben, nebst einigen alten Pergamenten der verschiedenen Grundrechte waren sichtbare Zeugen seiner immerhin stattlichen Vergangenheit.

Daß dieses Schlößchen – es wirkte durch eine lange Front pompös, hatte aber nicht mehr als neun Räume, weil es nicht in die Tiefe ging – eine antike Kuriosität war, entzückte später unsere Gäste sehr; zur Zeit aber erwies sich seine historische Herkunft als Verhängnis. Wir fanden unser Heim in einem fast unbewohnbaren Zustand. Der Regen tropfte munter in die Zimmer, nach jedem Schnee schwammen die Gänge, und eine richtige Reparatur des Daches war unmöglich, denn die Zimmerleute hatten kein Holz für die Sparren, die Spengler kein Blei für die Rinnen; mühsam wurden mit Dachpappe die schlimmsten Lücken verklebt, und wenn neuer Schnee fiel, half nichts, als selbst auf das Dach zu klettern, um rechtzeitig die Last wegzuschaufeln. Das Telephon rebellierte, denn für den Leitungsdraht hatte man Eisen statt Kupfer genommen; jede Kleinigkeit mußte, da niemand lieferte, von uns selbst den Berg heraufgeschleppt werden. Aber das Schlimmste war die Kälte, denn Kohle gab es im weitesten Umkreis keine, das Holz aus dem Garten war zu frisch und zischte wie eine Schlange, statt zu heizen, und spuckte krachend, statt zu brennen. In der Not halfen wir uns mit Torf, der wenigstens einen Schein von Wärme gab, aber drei Monate lang habe ich meine Arbeiten fast nur im Bett mit blaugefrorenen Fingern geschrieben, die ich nach jeder beendeten Seite zur Wärmung immer wieder unter die Decke zog. Aber selbst diese unwirtliche Behausung mußte noch verteidigt werden, denn zur allgemeinen Not an Nahrungsmitteln und Heizung kam in diesem Katastrophenjahr noch die Wohnungsnot. Vier Jahre war in Österreich nicht gebaut worden, viele Häuser verfallen, und nun strömte plötzlich obdachlos die unzählbare Masse der entlassenen Soldaten und Kriegsgefangenen zurück, so daß zwangsläufig in jedem verfügbaren Zimmer eine Familie untergebracht werden sollte. Viermal kamen Kommissionen, aber wir hatten freiwillig längst schon zwei Räume abgegeben, und die Unwirtlichkeit und die Kälte unseres Hauses, die uns erst so feindlich gewesen, bewährten sich nun; niemand mehr wollte die hundert Stufen heraufklettern, um dann hier zu frieren.

Jeder Gang in die Stadt hinab war damals erschütterndes Erlebnis; zum erstenmal sah ich einer Hungersnot in die gelben und gefährlichen Augen. Das Brot krümelte sich schwarz und schmeckte nach Pech und Leim, Kaffee war ein Absud von gebrannter Gerste, Bier ein gelbes Wasser, Schokolade gefärbter Sand, die Kartoffeln erfroren; die meisten zogen sich, um den Geschmack von Fleisch nicht ganz zu vergessen, Kaninchen auf, in unserem Garten schoß ein junger Bursche Eichhörnchen als Sonntagsspeise ab, und wohlgenährte Hunde oder Katzen kamen nur selten von längeren Spaziergängen zurück. Was an Stoffen angeboten wurde, war in Wahrheit präpariertes Papier, Ersatz eines Ersatzes; die Männer schlichen fast ausschließlich in alten, sogar russischen Uniformen herum, die sie aus einem Depot oder einem Krankenhaus geholt hatten und in denen schon mehrere Menschen gestorben waren; Hosen, aus alten Säcken gefertigt, waren nicht selten. Jeder Schritt durch die Straßen, wo die Auslagen wie ausgeraubt standen, der Mörtel wie Grind von den verfallenen Häusern herabkrümelte und die Menschen, sichtlich unterernährt, sich nur mühsam zur Arbeit schleppten, machte einem die Seele verstört. Besser stand es am flachen Lande mit der Ernährung; bei dem allgemeinen Niederbruch der Moral dachte kein Bauer daran, seine Butter, seine Eier, seine Milch zu den gesetzlich festgelegten ›Höchstpreisen‹ abzugeben. Er hielt, was er konnte, in seinen Speichern versteckt und wartete, bis Käufer mit besserem Angebot zu ihm ins Haus kamen. Bald entstand ein neuer Beruf, das sogenannte ›Hamstern‹. Beschäftigungslose Männer nahmen ein oder zwei Rucksäcke und wanderten von Bauer zu Bauer, fuhren sogar mit der Bahn an besonders ergiebige Plätze, um illegal Lebensmittel aufzutreiben, die sie dann in der Stadt zum vierfachen und fünffachen Preise verhökerten. Erst waren die Bauern glücklich über das viele Papiergeld, das ihnen für ihre Eier und ihre Butter ins Haus regnete, und das sie ihrerseits ›hamsterten‹. Sobald sie aber mit ihren vollgestopften Brieftaschen in die Stadt kamen, um dort Waren einzukaufen, entdeckten sie zu ihrer Erbitterung, daß, während sie für ihre Lebensmittel nur das Fünffache verlangt hatten, die Sense, der Hammer, der Kessel, den sie kaufen wollten, unterdes um das Zwanzigfache oder Fünfzigfache im Preise gestiegen war. Von nun ab suchten sie nur industrielle Objekte sich beizulegen und forderten Sachwert für Sachwert. Ware für Ware; nachdem die Menschheit mit dem Schützengraben schon glücklich zur Höhlenzeit zurückgeschritten war, löste sie auch die tausendjährige Konvention des Geldes und kehrte zum primitiven Tauschwesen zurück. Durch das ganze Land begann ein grotesker Handel. Die Städter schleppten zu den Bauern hinaus, was sie entbehren konnten, chinesische Porzellanvasen und Teppiche, Säbel und Flinten, photographische Apparate und Bücher, Lampen und Zierat; so konnte man, wenn man in einen Salzburger Bauernhof trat, zu seiner Überraschung einen indischen Buddha einen anstarren sehen oder einen Rokokobücherschrank mit französischen Lederbänden aufgestellt finden, auf den die neuen Eigner mit besonderem Stolz sich viel zugute taten. ›Echtes Leder! Frankreich!‹ protzten sie mit breiten Backen. Substanz, nur kein Geld, das wurde die Parole. Manche mußten sich den Ehering vom Finger und den Lederriemen vom Leibe ziehen, nur um den Leib zu nähren.

Schließlich mengten sich die Behörden ein, um diesen Schleichhandel zu stoppen, der in seiner Praxis ausschließlich den Begüterten zugute kam; von Provinz zu Provinz wurden ganze Kordons aufgestellt, um auf Fahrrädern und Bahnen den ›Hamsterern‹ die Ware abzunehmen und den städtischen Ernährungsämtern zuzuteilen. Die Hamsterer antworteten, indem sie nach Wildwestart nächtliche Transporte organisierten oder die Aufsichtsbeamten, die selbst hungrige Kinder zu Hause hatten, bestachen; manchmal kam es zu wirklichen Schlachten mit Revolver und Messer, die diese Burschen nach vierjähriger Frontübung ebensogut zu handhaben verstanden wie sich auf der Flucht im Gelände militärisch kunstgerecht zu verbergen. Von Woche zu Woche wurde das Chaos größer, die Bevölkerung aufgeregter. Denn von Tag zu Tag machte sich die Entwertung des Geldes fühlbarer. Die Nachbarstaaten hatten die alten österreichisch-ungarischen Noten durch eigene ersetzt und dem winzigen Österreich mehr oder minder die Hauptlast der alten ›Krone‹ zur Einlösung zugeworfen. Als erstes Zeichen des Mißtrauens in der Bevölkerung verschwand das Hartgeld, denn ein Stückchen Kupfer oder Nickel stellte immerhin ›Substanz‹ dar gegenüber dem bloß bedruckten Papier. Der Staat trieb zwar die Notenpresse zur Höchstleistung an, um möglichst viel solchen künstlichen Geldes nach Mephistopheles' Rezept zu schaffen, kam aber der Inflation nicht mehr nach; so begann jede Stadt, jedes Städtchen und schließlich jedes Dorf sich selbst ›Notgeld‹ zu drucken, das im Nachbardorf schon wieder zurückgewiesen und später in richtiger Erkenntnis seines Unwerts meist einfach weggeworfen wurde. Ein Nationalökonom, der alle diese Phasen plastisch zu beschreiben wüßte, die Inflation in Österreich zuerst und dann in Deutschland, könnte nach meinem Gefühl an Spannung leicht jeden Roman übertreffen, denn das Chaos nahm immer phantastischere Formen an. Bald wußte niemand mehr, was etwas kostete. Die Preise sprangen willkürlich; eine Schachtel Zündhölzer kostete in einem Geschäft, das rechtzeitig den Preis aufgeschlagen hatte, das Zwanzigfache wie in dem anderen, wo ein biederer Mann arglos seine Ware noch zum Preise von gestern verkaufte; zum Lohn für seine Redlichkeit war dann in einer Stunde sein Geschäft ausgeräumt, denn einer erzählte es dem andern, und jeder lief und kaufte, was verkäuflich war, gleichgültig ob er es benötigte oder nicht. Selbst ein Goldfisch oder ein altes Teleskop war immerhin ›Substanz‹, und jeder wollte Substanz statt Papier. Am groteskesten entwickelte sich das Mißverhältnis bei den Mieten, wo die Regierung zum Schutz der Mieter (welche die breite Masse darstellten) und zum Schaden der Hausbesitzer jede Steigerung untersagte. Bald kostete in Österreich eine mittelgroße Wohnung für das ganze Jahr ihren Mieter weniger als ein einziges Mittagessen; ganz Österreich hat eigentlich fünf oder zehn Jahre (denn auch nachher wurde eine Kündigung untersagt) mehr oder minder umsonst gewohnt. Durch dieses tolle Chaos wurde von Woche zu Woche die Situation widersinniger und unmoralischer. Wer vierzig Jahre gespart und überdies sein Geld patriotisch in Kriegsanleihe angelegt hatte, wurde zum Bettler. Wer Schulden besaß, war ihrer ledig. Wer korrekt sich an die Lebensmittelverteilung hielt, verhungerte; nur wer sie frech überschritt, aß sich satt. Wer zu bestechen wußte, kam vorwärts; wer spekulierte, profitierte. Wer gemäß dem Einkaufspreis verkaufte, war bestohlen; wer sorgfältig kalkulierte, blieb geprellt. Es gab kein Maß, keinen Wert innerhalb dieses Zerfließens und Verdampfens des Geldes; es gab keine Tugend als die einzige: geschickt, geschmeidig, bedenkenlos zu sein und dem jagenden Roß auf den Rücken zu springen, statt sich von ihm zertrampeln zu lassen.

Dazu kam, daß während im Wettersturz der Werte die Menschen in Österreich jedes Maß verloren, manche Ausländer erkannt hatten, daß bei uns im trüben gut zu fischen war. Das einzige, was während der Inflation – die drei Jahre anhielt und in immer schnellerem Tempo verlief – innerhalb des Landes stabilen Wert besaß, war das ausländische Geld. Jeder wollte, da die österreichischen Kronen wie Gallert unter den Fingern zerflossen, Schweizer Franken, amerikanische Dollars, und stattliche Massen von Ausländern nützten die Konjunktur aus, um sich an dem zuckenden Kadaver der österreichischen Krone anzufressen. Österreich wurde ›entdeckt‹ und erlebte eine verhängnisvolle ›Fremdensaison‹. Alle Hotels in Wien waren von diesen Aasgeiern überfüllt; sie kauften alles, von der Zahnbürste bis zum Landgut, sie räumten die Sammlungen von Privaten und die Antiquitätengeschäfte aus, ehe die Besitzer in ihrer Bedrängnis merkten, wie sehr sie beraubt und bestohlen wurden. Kleine Hotelportiers aus der Schweiz, Stenotypistinnen aus Holland wohnten in den Fürstenappartements der Ringstraßenhotels. So unglaublich das Faktum erscheint, ich kann es als Zeuge bekräftigen, daß das berühmte Luxushotel de l'Europe in Salzburg für längere Zeit ganz an englische Arbeitslose vermietet war, die dank der reichlichen englischen Arbeitslosenunterstützung hier billiger lebten als in ihren Slums zu Hause. Was nicht niet- und nagelfest war, verschwand; allmählich verbreitete sich die Nachricht, wie billig man in Österreich leben und kaufen könne, immer weiter, aus Schweden, aus Frankreich kamen neue gierige Gäste, man hörte auf den Straßen der inneren Stadt in Wien mehr italienisch, französisch, türkisch und rumänisch sprechen als deutsch. Sogar Deutschland, wo die Inflation zuerst in viel langsamerem Tempo vor sich ging – freilich um die unsere später um das Millionenfache zu überholen –, nutzte seine Mark gegen die zerfließende Krone aus. Salzburg als Grenzstadt gab mir beste Gelegenheit, diese täglichen Raubzüge zu beobachten. Zu Hunderten und Tausenden kamen aus den nachbarlichen Dörfern und Städten die Bayern herüber und ergossen sich über die kleine Stadt. Sie ließen sich hier ihre Anzüge schneidern, ihre Autos reparieren, sie gingen in die Apotheken und zum Arzt, große Firmen aus München gaben ihre Auslandsbriefe und Telegramme in Österreich auf, um an der Differenz des Portos zu profitieren. Schließlich wurde auf Betreiben der deutschen Regierung eine Grenzbewachung eingesetzt, um zu verhindern, daß alle Bedarfsgegenstände statt in den heimischen Läden in dem billigeren Salzburg gekauft wurden, wo man schließlich für eine Mark siebzig österreichische Kronen erhielt, und energisch wurde am Zollamt jede aus Österreich stammende Ware konfisziert. Aber ein Artikel blieb frei, den man nicht konfiszieren konnte: das Bier, das einer im Leibe hatte. Und die biertrinkenden Bayern rechneten es sich am Kurszettel von Tag zu Tag aus, ob sie im Salzburgischen infolge der Entwertung der Krone fünf oder sechs oder zehn Liter Bier für denselben Preis trinken konnten, den sie zu Hause für einen einzigen Liter zahlen mußten. Eine herrlichere Lockung war nicht zu erdenken, und so zogen mit Weibern und Kindern Scharen aus dem nachbarlichen Freilassing und Reichenhall herüber, um sich den Luxus zu leisten, so viel Bier in sich hineinzuschwemmen, als der Bauch nur fassen konnte. Jeden Abend zeigte der Bahnhof ein wahres Pandämonium betrunkener, grölender, rülpsender, speiender Menschenhorden; manche, die sich zu stark überladen, mußten auf den Rollwagen, die man sonst zu Koffertransporten benutzte, zu den Waggons geschafft werden, ehe der Zug, gefüllt mit bacchantischem Geschrei und Gesang, wieder zurückfuhr in ihr Land. Freilich, sie ahnten nicht, die fröhlichen Bayern, daß ihnen eine fürchterliche Revanche bevorstand. Denn als die Krone sich stabilisierte und dagegen die Mark in astronomischen Proportionen niederstürzte, fuhren vom selben Bahnhof die Österreicher hinüber, um ihrerseits sich billig zu betrinken, und das gleiche Schauspiel begann zum zweitenmal, allerdings in der entgegengesetzten Richtung. Dieser Bierkrieg inmitten der beiden Inflationen gehört zu meinen sonderbarsten Erinnerungen, weil er plastisch-grotesk im kleinen den ganzen Irrsinnscharakter jener Jahre vielleicht am deutlichsten aufzeigt.

Das Merkwürdigste ist, daß ich mich heute mit bestem Willen nicht mehr zu erinnern vermag, wie wir in diesen Jahren in unserem Hause gewirtschaftet haben, woher eigentlich jeder in Österreich immer wieder die Tausende und Zehntausende Kronen und dann in Deutschland die Millionen aufbrachte, die man täglich zum nackten Leben verbrauchte. Aber das Geheimnisvolle war: man hatte sie. Man gewöhnte sich, man paßte sich dem Chaos an. Logischerweise müßte ein Ausländer, der jene Zeit nicht mitgemacht hat, sich vorstellen, in einer Zeit, wo ein Ei in Österreich so viel kostete wie früher ein Luxusautomobil und in Deutschland später mit vier Milliarden Mark – soviel etwa wie vordem der Grundwert aller Häuser Groß-Berlins – bezahlt wurde, seien die Frauen mit zerrauftem Haar wie wahnsinnig durch die Straßen gestürzt, die Geschäfte verödet gewesen, weil niemand mehr etwas kaufen konnte, und vor allem die Theater und Vergnügungsstätten hätten völlig leergestanden. Aber erstaunlicherweise war genau das Gegenteil der Fall. Der Wille zur Kontinuität des Lebens erwies sich stärker als die Labilität des Geldes. Mitten im finanziellen Chaos ging das tägliche Leben beinahe ungestört weiter. Individuell änderte sich sehr viel, Reiche wurden arm, da das Geld in ihren Banken, ihren Staatspapieren zerfloß, Spekulanten wurden reich. Aber das Schwungrad drehte sich, unbekümmert über das Schicksal der einzelnen, hinweg im selben Rhythmus, nichts stand still; der Bäcker buk sein Brot, der Schuster machte seine Stiefel, der Schriftsteller schrieb seine Bücher, der Bauer bestellte das Land, die Züge verkehrten regelmäßig, jeden Morgen lag die Zeitung um die gewohnte Stunde vor der Tür, und gerade die Vergnügungslokale, die Bars, die Theater waren überfüllt. Denn eben durch das Unerwartete, daß das einstmals Stabilste, das Geld, täglich an Wert verlor, schätzten die Menschen die wirklichen Werte des Lebens – Arbeit, Liebe, Freundschaft, Kunst und Natur – um so höher, und das ganze Volk lebte inmitten der Katastrophe intensiver und gespannter als je; Burschen und Mädel wanderten in die Berge und kamen sonnengebräunt heim, die Tanzlokale musizierten bis spät in die Nacht, neue Fabriken und Geschäfte wurden überall gegründet; ich selbst glaube kaum je intensiver gelebt und gearbeitet zu haben als in jenen Jahren. Was uns vordem wichtig gewesen, wurde noch wichtiger; nie haben wir in Österreich mehr die Kunst geliebt als in jenen Jahren des Chaos, weil wir am Verrat des Geldes fühlten, daß nur das Ewige in uns das wirklich Beständige war.

Nie werde ich zum Beispiel eine Opernaufführung vergessen aus jenen Tagen der äußersten Not. Man tastete sich durch halbdunkle Straßen hin, denn die Beleuchtung mußte wegen der Kohlennot eingeschränkt werden, man zahlte seinen Galerieplatz mit einem Bündel Banknoten, das früher für das Jahresabonnement einer Luxusloge ausgereicht hätte. Man saß in seinem Überzieher, denn der Saal war nicht geheizt, und drängte sich gegen den Nachbarn, um sich zu wärmen; und wie trist, wie grau war dieser Saal, der früher geglänzt von Uniformen und kostbaren Toiletten! Niemand wußte, ob es möglich sein würde, nächste Woche die Oper noch fortzuführen, wenn der Schwund des Geldes weiter andauerte und die Kohlensendungen nur eine einzige Woche ausblieben; alles schien doppelt verzweifelt in diesem Haus des Luxus und kaiserlichen Überschwangs. An den Pulten saßen die

Philharmoniker, graue Schatten auch sie, in ihren alten, abgetragenen Fräcken, ausgezehrt und von allen Entbehrungen erschöpft, und wie Gespenster wir selbst in dem gespenstisch gewordenen Haus. Aber dann hob der Dirigent den Taktstock, der Vorhang teilte sich, und es war herrlich wie nie. Jeder Sänger, jeder Musiker gab sein Letztes, denn sie alle fühlten, vielleicht war es das letzte Mal in diesem geliebten Haus. Und wir horchten und lauschten, aufgetan wie nie zuvor, denn vielleicht war es das letzte Mal. So lebten wir alle, wir Tausende, wir Hunderttausende; jeder gab seine äußerste Kraft in diesen Wochen und Monaten und Jahren, eine Spanne vor dem Untergang. Nie habe ich bei einem Volke und in mir selbst den Willen zum Leben so stark empfunden wie damals, als es um das Letzte ging: um die Existenz, um das Überdauern.

Dennoch und trotz allem: ich wäre in Verlegenheit, irgend jemandem zu erklären, wie das ausgeplünderte, arme, unselige Österreich damals erhalten geblieben ist. Zur Rechten hatte sich in Bayern die kommunistische Räterepublik etabliert, zur Linken war Ungarn unter Bela Kun bolschewistisch geworden; noch heute bleibt es mir unbegreiflich, daß die Revolution nicht auf Österreich übergriff. An Explosivstoff fehlte es wahrhaftig nicht. In den Straßen irrten die heimgekehrten Soldaten halb verhungert und in zerrissenen Kleidern umher und sahen erbittert auf den schamlosen Luxus der Profiteure des Kriegs und der Inflation, in den Kasernen stand ein Bataillon ›rote Garde‹ schon schußbereit, und keinerlei Gegenorganisation existierte. Zweihundert entschlossene Männer hätten damals Wien und ganz Österreich in die Hand bekommen können. Aber nichts Ernstliches geschah. Ein einziges Mal versuchte eine undisziplinierte Gruppe einen Putsch, der von vier oder fünf Dutzend bewaffneter Polizisten ohne Mühe niedergeschlagen wurde. So wurde das

Wunder Wirklichkeit; dies von seinen Kraftquellen, seinen Fabriken, seinen Kohlengruben, seinen Ölfeldern abgeschnittene, dies ausgeplünderte Land mit einer wertlos gewordenen, lawinenhaft abrutschenden Papierwährung erhielt sich, behauptete sich, – vielleicht dank seiner Schwäche, weil die Menschen zu kraftlos, zu ausgehungert waren, um noch für etwas zu kämpfen, vielleicht aber auch durch seine geheimste, seine typisch österreichische Kraft: seine eingeborene Konzilianz. Denn die beiden größten Parteien, die sozialdemokratische und die christlich-soziale, verbanden sich in dieser schwersten Stunde trotz ihrem tiefinnerlichen Gegensatz zu gemeinsamer Regierung. Jede machte der andern Konzessionen, um eine Katastrophe zu verhindern, die ganz Europa mit sich gerissen hätte. Langsam begannen sich die Verhältnisse zu ordnen, zu konsolidieren, und zu unserem eigenen Staunen ereignete sich das Unglaubhafte: dieser verstümmelte Staat bestand fort und war sogar später willens, seine Unabhängigkeit zu verteidigen, als Hitler kam, diesem opferwilligen, treuen und in Entbehrungen großartig tapferen Volke seine Seele zu nehmen.

Aber nur äußerlich und im politischen Sinne war der radikale Umsturz abgewehrt; innerlich vollzog sich eine ungeheure Revolution in diesen ersten Nachkriegsjahren. Etwas war mit den Armeen zerschlagen worden: der Glaube an die Unfehlbarkeit der Autoritäten, zu dem man unsere eigene Jugend so überdemütig erzogen. Aber hätten die Deutschen ihren Kaiser weiter bewundern sollen, der geschworen hatte zu kämpfen ›bis zum letzten Hauch von Mann und Roß‹ und bei Nacht und Nebel über die Grenze geflüchtet war, oder ihre Heerführer, ihre Politiker oder die Dichter, die unablässig Krieg auf Sieg und Not auf Tod gereimt? Grauenhaft wurde erst jetzt, da der Pulverdampf sich über dem Lande verzog, die Verwüstung sichtbar, die der Krieg hervorgerufen. Wie sollte ein Sittengebot noch als heilig gelten, das vier Jahre lang Mord und Raub unter dem Namen Heldentum und Requisition verstattet? Wie sollte ein Volk den Versprechungen des Staates glauben, der alle ihm unbequemen Verpflichtungen gegenüber dem Bürger annulliert? Und nun hatten dieselben Menschen, derselbe Klüngel der Alten, der sogenannten Erfahrenen, die Torheit des Krieges noch durch das Stümperwerk ihres Friedens übertroffen. Alle wissen heute – und wir Wenigen wußten es schon damals –, daß dieser Friede eine, wenn nicht *die* größte moralische Möglichkeit der Geschichte gewesen war. Wilson hatte sie erkannt. Er hatte in einer weitreichenden Vision den Plan vorgezeichnet zu einer wahrhaften und dauernden Weltverständigung. Aber die alten Generäle, die alten Staatsmänner, die alten Interessen hatten das große Konzept zerschnitten und zerstückelt zu wertlosen Fetzen Papier. Das große, das heilige Versprechen, das man den Millionen gegeben, dieser Krieg würde der letzte sein, dieses Versprechen, das allein noch aus schon halb enttäuschten, halb erschöpften und verzweifelten Soldaten die letzte Kraft geholt, wurde zynisch den Interessen der Munitionsfabrikanten und der Spielwut der Politiker aufgeopfert, die ihre alte, verhängnisvolle Taktik der Geheimverträge und Verhandlungen hinter geschlossenen Türen vor Wilsons weiser und humaner Forderung triumphierend zu retten wußten. So weit sie wache Augen hatte, sah die Welt, daß sie betrogen worden war. Betrogen die Mütter, die ihre Kinder geopfert, betrogen die Soldaten, die als Bettler heimkehrten, betrogen all jene, die patriotisch Kriegsanleihe gezeichnet, betrogen jeder, der einer Versprechung des Staates Glauben geschenkt, betrogen wir alle, die geträumt von einer neuen und besser geordneten Welt und nun sahen, daß das alte Spiel, in dem unsere Existenz, unser Glück, unsere Zeit, unsere Habe den Einsatz stellten, von ebendenselben oder von neuen Hasardeuren wieder begonnen wurde. Was Wunder, wenn da eine ganze junge Generation erbittert und verachtungsvoll auf ihre Väter blickte, die sich erst den Sieg hatten nehmen lassen und dann den Frieden? Die alles schlecht gemacht, die nichts vorausgesehen und in allem falsch gerechnet? War es nicht verständlich, wenn jedwede Form des Respekts verschwand bei dem neuen Geschlecht? Eine ganze neue Jugend glaubte nicht mehr den Eltern, den Politikern, den Lehrern; jede Verordnung, jede Proklamation des Staates wurde mit mißtrauischem Blick gelesen. Mit einem Ruck emanzipierte sich die Nachkriegsgeneration brutal von allem bisher Gültigen und wandte jedweder Tradition den Rücken zu, entschlossen, ihr Schicksal selbst in die Hand zu nehmen, weg von alten Vergangenheiten und mit einem Schwung in die Zukunft. Eine vollkommen neue Welt, eine ganz andere Ordnung sollte auf jedem Gebiete des Lebens mit ihr beginnen; und selbstverständlich begann alles mit wilden Übertreibungen. Wer oder was nicht gleichaltrig war, galt als erledigt. Statt wie vordem mit ihren Eltern zu reisen, zogen elfjährige, zwölfjährige Kinder in organisierten und sexuell gründlich instruierten Scharen als ›Wandervögel‹ durch das Land bis nach Italien und an die Nordsee. In den Schulen wurden nach russischem Vorbild Schülerräte eingesetzt, welche die Lehrer überwachten, der ›Lehrplan‹ umgestoßen, denn die Kinder sollten und wollten bloß lernen, was ihnen gefiel. Gegen jede gültige Form wurde aus bloßer Lust an der Revolte revoltiert, sogar gegen den Willen der Natur, gegen die ewige Polarität der Geschlechter. Die Mädchen ließen sich die Haare schneiden, und zwar so kurz, daß man sie in ihren ›Bubiköpfen‹ von Burschen nicht unterscheiden konnte, die jungen Männer wiederum rasierten sich die Bärte, um mädchenhafter zu erscheinen, Homosexualität und Lesbierinnentum wurden nicht aus innerem Trieb, sondern als Protest gegen die althergebrachten, die legalen, die normalen Liebesformen große Mode. Jede Ausdrucksform des Daseins bemühte sich, radikal und revolutionär aufzutrumpfen, selbstverständlich auch die Kunst. Die neue Malerei erklärte alles, was Rembrandt, Holbein und Velasquez geschaffen, für abgetan und begann die wildesten kubistischen und surrealistischen Experimente. Überall wurde das verständliche Element verfemt, die Melodie in der Musik, die Ähnlichkeit im Porträt, die Faßlichkeit in der Sprache. Die Artikel ›der, die, das‹ wurden ausgeschaltet, der Satzbau auf den Kopf gestellt, man schrieb ›steil‹ und ›keß‹ im Telegrammstil, mit hitzigen Interjektionen, außerdem wurde jede Literatur, die nicht aktivistisch war, das heißt, nicht politisch theoretisierte, auf den Müllhaufen geworfen. Die Musik suchte starrsinnig eine neue Tonalität und spaltete die Takte, die Architektur drehte die Häuser von innen nach außen, im Tanz verschwand der Walzer vor kubanischen und negroiden Figuren, die Mode erfand mit starker Betonung der Nacktheit immer andere Absurditäten, im Theater spielte man ›Hamlet‹ im Frack und versuchte explosive Dramatik. Auf allen Gebieten begann eine Epoche wildesten Experimentierens, die alles Gewesene, Gewordene, Geleistete mit einem einzigen hitzigen Sprung überholen wollte; je jünger einer war, je weniger er gelernt hatte, desto willkommener war er durch seine Unverbundenheit mit jeder Tradition – endlich tobte sich die große Rache der Jugend gegen unsere Elternwelt triumphierend aus. Aber inmitten dieses wüsten Karnevals bot mir nichts ein tragikomischeres Schauspiel als zu sehen, wie viele Intellektuelle der älteren Generation in der panischen Angst, überholt zu werden und als ›unaktuell‹ zu gelten, sich verzweifelt rasch eine künstliche Wildheit anschminkten und auch den offenkundigsten

Abwegen täppisch hinkenden Schritts nachzuschleichen suchten. Biedere, brave, graubärtige Akademieprofessoren übermalten ihre einstigen, jetzt unverkäuflich gewordenen ›Stilleben‹ mit symbolischen Würfeln und Kuben, weil die jungen Direktoren (überall suchte man jetzt Junge und besser noch: Jüngste) alle andern Bilder als zu ›klassizistisch‹ aus den Galerien räumten und ins Depot stellten. Schriftsteller, die jahrzehntelang ein rundes, klares Deutsch geschrieben, zerhackten folgsam ihre Sätze und exzedierten in ›Aktivismus‹, behäbige preußische Geheimräte dozierten auf dem Katheder Karl Marx, alte Hofballerinen tanzten dreiviertelnackt mit ›gestellten‹ Verrenkungen die ›Appassionata‹ Beethovens und Schönbergs ›Verklärte Nacht‹. Überall lief das Alter verstört der letzten Mode nach; es gab plötzlich nur den einen Ehrgeiz, ›jung‹ zu sein und hinter der gestern noch aktuellen eine noch aktuellere, noch radikalere und noch nie dagewesene Richtung prompt zu erfinden.

Welch eine wilde, anarchische, unwahrscheinliche Zeit, jene Jahre, da mit dem schwindenden Wert des Geldes alle andern Werte in Österreich und Deutschland ins Rutschen kamen! Eine Epoche begeisterter Ekstase und wüster Schwindelei, eine einmalige Mischung von Ungeduld und Fanatismus. Alles, was extravagant und unkontrollierbar war, erlebte goldene Zeiten: Theosophie, Okkultismus, Spiritismus, Somnambulismus, Anthroposophie, Handleserei, Graphologie, indische Yoghilehren und paracelsischer Mystizismus. Alles, was äußerste Spannungen über die bisher bekannten hinausversprach, jede Form des Rauschgifts, Morphium, Kokain und Heroin, fand reißenden Absatz, in den Theaterstücken bildeten Inzest und Vatermord, in der Politik Kommunismus oder Faschismus die einzig erwünschte extreme Thematik; unbedingt verfemt hingegen war jede Form der Normalität und der Mäßigung. Aber ich möchte sie nicht missen, diese chaotische Zeit, nicht aus meinem eigenen Leben, nicht aus der Entwicklung der Kunst. Wie jede geistige Revolution im ersten Anschwung orgiastisch vorstoßend, hat sie die Luft vom Stickig-Traditionellen reingefegt, die Spannungen vieler Jahre entladen, und wertvolle Anregungen sind trotz allem von ihren verwegenen Experimenten zurückgeblieben. So sehr uns ihre Übertriebenheiten befremdeten, wir fühlten doch kein Recht, sie zu tadeln und hochmütig abzulehnen, denn im Grunde versuchte diese neue Jugend gutzumachen – wenn auch zu hitzig, zu ungeduldig –, was unsere Generation durch Vorsicht und Abseitigkeit versäumt. Im Innersten war ihr Instinkt richtig, daß die Nachkriegszeit anders sein müsse als die des Vorkriegs; und eine neue Zeit, eine bessere Welt – hatten wir Älteren sie nicht ebenso gewollt vor dem Kriege und während des Krieges? Freilich, auch nach dem Kriege hatten wir, die Älteren, neuerdings unsere Unfähigkeit bewiesen, der gefährlichen Neu-Politisierung der Welt rechtzeitig eine übernationale Organisation entgegenzustellen. Noch während der Friedensverhandlungen hatte zwar Henri Barbusse, dem sein Roman ›Le Feu‹ eine Weltstellung gegeben, versucht, eine Einigung aller europäischen Intellektuellen im Sinne der Versöhnung einzuleiten. ›Clarté‹ sollte diese Gruppe sich nennen – die Klardenkenden – und die Schriftsteller und Künstler aller Nationen zum Gelöbnis vereinigen, in Hinkunft jeder Verhetzung der Völker entgegenzutreten. Barbusse hatte mir und René Schickele gemeinsam die Führung der deutschen Gruppe angetragen und damit den schwierigeren Teil der Aufgabe, denn in Deutschland brannte noch die Erbitterung über den Friedensvertrag von Versailles. Es war wenig aussichtsreich, Deutsche von Rang für einen geistigen Übernationalismus zu gewinnen, solange das Rheinland, die Saar und der Mainzer Brückenkopf noch von fremden

Truppen besetzt waren. Dennoch wäre es gelungen, eine Organisation zu schaffen, wie sie Galsworthy später mit dem P.E.N.-Klub verwirklichte, wenn uns Barbusse nicht im Stich gelassen hätte. Verhängnisvollerweise hatte eine Reise nach Rußland ihn durch den Enthusiasmus, der dort aus den großen Massen seiner Person entgegenbrandete, zur Überzeugung geführt, bürgerliche Staaten und Demokratien seien unfähig, eine wahre Verbrüderung der Völker herbeizuführen, und nur im Kommunismus sei eine Weltverbrüderung denkbar. Unmerklich suchte er aus ›Clarté‹ ein Instrument des Klassenkampfes zu machen, wir aber verweigerten uns einer Radikalisierung, die unsere Reihen notwendigerweise schwächen mußte. So fiel auch dies an sich bedeutende Projekt vorzeitig in sich zusammen. Wieder hatten wir im Kampf um die geistige Freiheit versagt aus zu großer Liebe zur eigenen Freiheit und Unabhängigkeit.

So blieb nur eines: still und zurückgezogen sein eigenes Werk zu tun. Für die Expressionisten und – wenn ich so sagen darf – Exzessionisten war ich mit meinen sechsunddreißig Jahren schon in die ältere, in die eigentlich bereits verstorbene Generation abgerückt, weil ich mich weigerte, mich ihnen äffisch anzupassen. Meine früheren Arbeiten gefielen mir selbst nicht mehr, ich ließ keines jener Bücher aus meiner ›ästhetischen‹ Zeit mehr neu auflegen. Somit hieß es noch einmal beginnen und abwarten, bis die ungeduldige Welle all dieser ›Ismen‹ rückwärts lief, und für dieses Sich-Bescheiden kam mir mein Mangel an persönlichem Ehrgeiz förderlich zugute. Ich begann die große Serie der ›Baumeister der Welt‹ gerade um der Gewißheit willen, damit Jahre beschäftigt zu bleiben, ich schrieb Novellen wie ›Amok‹ und ›Brief einer Unbekannten‹ in völlig unaktivistischer Gelassenheit. Das Land um mich, die Welt um mich begannen allmählich in Ordnung zu kommen, so durfte auch ich nicht mehr zögern; vorbei war die Zeit, wo ich mir vortäuschen konnte, alles, was ich beginne, sei nur provisorisch. Die Mitte des Lebens war erreicht, das Alter der bloßen Versprechungen vorüber; jetzt galt es, das Verheißene zu bekräftigen und sich selbst zu bewähren oder sich endgültig aufzugeben.

Wieder in der Welt

Drei Jahre, 1919, 1920, 1921, die drei schwersten Nachkriegsjahre Österreichs, hatte ich nun eingegraben in Salzburg gelebt, eigentlich schon die Hoffnung aufgebend, jemals wieder die Welt zu sehen. Der Zusammenbruch nach dem Kriege, der Haß im Auslande gegen jeden Deutschen oder deutsch Schreibenden, die Entwertung unserer Währung war so katastrophal, daß man sich im voraus bereits damit abgefunden hatte, sein Leben lang festgebannt zu bleiben an seine enge heimatliche Sphäre. Aber alles war besser gekommen. Man aß sich wieder satt. Man saß unbehelligt an seinem Schreibtisch. Es war nicht geplündert worden, es gab keine Revolution. Man lebte, man spürte seine Kräfte. Sollte man nicht doch wieder die Lust seiner jungen Jahre erproben und in die Ferne fahren?

An weite Reisen war noch nicht zu denken. Aber Italien lag nahe, nur acht oder zehn Stunden weit. Sollte man es wagen? Als Österreicher galt man drüben als der ›Erbfeind‹, obwohl man selbst nie so gefühlt. Sollte man sich unfreundlich abweisen lassen, an den alten Freunden vorbeigehen müssen, um sie nicht in eine peinliche Lage zu bringen? Nun, ich wagte es und fuhr eines Mittags über die Grenze.

Abends kam ich in Verona an und ging in ein Hotel. Man reichte mir den Meldezettel, ich trug mich ein; der Portier überlas das Blatt und staunte, als er unter der Rubrik Nationalität das Wort ›Austriaco‹ las. »Lei è Austriaco?« fragte er. Wird er mir jetzt die Tür weisen, dachte ich. Aber als ich bejahte, jubelte er beinahe. »Ah, che piacere! Finalmente!« Das war der erste Gruß und eine neuerliche Bestätigung des schon im Krieg empfundenen Gefühls, daß die ganze Haßpropaganda und Verhetzung nur ein kurzes intellektuelles Fieber erzeugt, im Grunde aber nie die wirklichen Massen Europas berührt hatte. Eine Viertelstunde später kam dieser wackere Portier eigens noch in mein Zimmer, um nachzusehen, ob für mich alles gut besorgt sei. Er lobte begeistert mein Italienisch, und wir schieden mit herzlichem Händedruck.

Am nächsten Tage war ich in Mailand; ich sah wieder den Dom, schlenderte durch die Galleria. Es war wohltuend, die geliebte vokalische Musik des Italienischen zu hören, sich so sicher in allen Straßen zurechtzufinden und die Fremdheit als etwas Vertrautes zu genießen. Im Vorübergehen sah ich bei einem der großen Gebäude die Aufschrift ›Corriere della Sera‹. Plötzlich fiel mir ein, daß hier in der Redaktion mein alter Freund G. A. Borgese in führender Stellung sei, Borgese, in dessen Gesellschaft ich – zusammen mit Graf Keyserling und Benno Geiger – in Berlin und Wien manchen geistig beschwingten Abend verbracht. Einer der besten und leidenschaftlichsten Schriftsteller Italiens und von außerordentlichem Einfluß auf die Jugend, hatte er, obwohl Übersetzer von ›Werthers Leiden‹ und Fanatiker der deutschen Philosophie, im Kriege scharf Stellung genommen gegen Deutschland und Österreich und Schulter an Schulter mit Mussolini (mit dem er sich später entzweite) zum Kriege gedrängt. Es war während des ganzen Krieges ein sonderbarer Gedanke für mich gewesen, einen alten Kameraden auf der Gegenseite als Interventionisten zu wissen; um so mehr empfand ich Verlangen, einen solchen ›Feind‹ zu sehen. Immerhin wollte ich es nicht darauf ankommen lassen, mich abweisen zu lassen. So hinterließ ich meine Karte für ihn und versah sie mit meiner Hoteladresse. Aber noch war ich die Treppe nicht hinunter, so stürzte schon jemand mir nach, das scharflebendige Gesicht leuchtend vor Freude – Borgese; nach fünf Minuten sprachen wir so herzlich wie immer und vielleicht noch herzlicher. Auch er hatte gelernt aus diesem Krieg, und von dem einen und dem andern Ufer waren wir einander nähergekommen als je.

So ging es überall. In Florenz sprang auf der Straße mein alter Freund Albert Stringa, ein Maler, auf mich zu und umarmte mich so heftig und unvermittelt, daß meine Frau, die mit mir war und ihn nicht kannte, glaubte, dieser fremde bärtige Mann plane ein Attentat auf mich. Alles war wie früher, nein, noch herzlicher. Ich atmete auf: der Krieg war begraben. Der Krieg war vorüber.

Aber er war nicht vorüber. Wir wußten es nur nicht. Wir täuschten uns alle in unserer Gutgläubigkeit und verwechselten unsere persönliche Bereitschaft mit jener der Welt. Aber wir brauchen uns dieses Irrtums nicht zu schämen, denn nicht minder als wir haben sich die Politiker, die Ökonomen, die Bankleute getäuscht, die gleichfalls in diesen Jahren eine trügerische Konjunktur für Gesundung nahmen und Ermüdung für Befriedigung. Der Kampf hatte sich in Wirklichkeit nur verschoben, vom Nationalen ins Soziale; und gleich in den ersten Tagen war ich Zeuge einer Szene, die ich erst später in ihrer weittragenden Bedeutung verstand. Wir wußten in Österreich damals nicht mehr von der italienischen Politik, als daß mit der Enttäuschung nach dem Kriege scharfe sozialistische und sogar bolschewistische Tendenzen eingerissen waren. An jeder Mauer konnte man in ungelenken Schriftzügen mit Kohle oder Kreide ein ›Viva Lenin‹ hingeschrieben sehen. Ferner hatte man gehört, daß einer der sozialistischen Führer namens Mussolini sich während des Krieges von der Partei losgesagt und irgendeine Gegengruppe organisiert hatte. Aber man nahm derlei

Mitteilungen nur mit Gleichgültigkeit zur Kenntnis. Was hatte solch ein Grüppchen zu bedeuten? In jedem Land gab es damals solche Klüngel; im Baltikum marschierten Freischärler herum, im Rheinland, in Bayern bildeten sich separatistische Gruppen, überall gab es Demonstrationen und Putsche, die aber fast immer niedergeschlagen wurden. Und niemand dachte daran, diese ›Faschisten‹, die statt der garibaldischen roten Hemden sich schwarze beigelegt hatten, als einen wesentlichen Faktor der künftigen europäischen Entwicklung anzusehen.

Aber in Venedig bekam das bloße Wort plötzlich für mich einen sinnlichen Inhalt. Ich kam von Mailand nachmittags in die geliebte Lagunenstadt. Kein Träger war zur Stelle, keine Gondel, müßig standen Arbeiter und Bahnbeamte herum, die Hände demonstrativ in den Taschen. Da ich zwei ziemlich schwere Koffer mit mir schleppte, blickte ich hilfesuchend um mich und fragte einen älteren Herrn, wo hier Träger zu finden seien. »Sie sind an einem schlechten Tag gekommen«, antwortete er bedauernd. »Aber wir haben jetzt oft solche Tage. Es ist wieder einmal Generalstreik.« Ich wußte nicht, warum Streik war, und fragte nicht weiter danach. Wir waren derlei von Österreich zu gewohnt, wo die Sozialdemokraten sehr zu ihrem Verhängnis allzuoft dieses ihr schärfstes Mittel einsetzten, ohne es dann faktisch auszuwerten. Ich schleppte also mühselig meine Koffer weiter, bis ich endlich aus einem Seitenkanal einen Gondoliere mir hastig und verstohlen zuwinken sah, der dann mich und die beiden Koffer aufnahm. In einer halben Stunde waren wir, an einigen gegen den Streikbrecher geballten Fäusten vorbeisteuernd, im Hotel. Mit der Selbstverständlichkeit einer alten Gewohnheit ging ich sofort auf den Markusplatz. Er sah auffallend verlassen aus. Die Läden der meisten Geschäfte waren herabgelassen, niemand saß in den Cafés, nur eine große Menge von Arbeitern stand in einzelnen Gruppen unter den Arkaden wie Menschen, die auf irgend etwas Besonderes warten. Ich wartete mit ihnen. Und dann kam es plötzlich. Aus einer Seitengasse marschierte oder eigentlich lief in hastigem Gleichschritt eine Gruppe junger Leute, gut geordnet, die in geübtem Takt ein Lied sangen, dessen Text ich nicht kannte – später wußte ich, daß es die ›Giovinezza‹ war. Und schon waren sie, Stöcke schwingend, in ihrem Laufschritt vorbei, ehe die hundertfach überlegene Masse Zeit gehabt hatte, sich auf den Gegner zu stürzen. Der verwegene und wirklich mutige Durchmarsch dieser kleinen organisierten Gruppe war so rasch erfolgt, daß sich die andern der Provokation erst bewußt wurden, als sie ihrer Gegner nicht mehr habhaft werden konnten. Ärgerlich scharten sie sich jetzt zusammen und ballten die Fäuste, aber es war zu spät. Der kleine Sturmtrupp war nicht mehr einzuholen.

Immer haben optische Eindrücke etwas Überzeugendes. Zum erstenmal wußte ich jetzt, daß dieser sagenhafte, mir kaum bekannte Faschismus etwas Reales sei, etwas sehr gut Geleitetes, und daß er entschlossene, kühne junge Menschen für sich fanatisierte. Ich konnte meinen älteren Freunden in Florenz und Rom seitdem nicht mehr beipflichten, die mit einem verächtlichen Achselzucken diese jungen Menschen als eine ›gemietete Bande‹ abtaten und ihren ›Fra Diavolo‹ verspotteten. Aus Neugier kaufte ich mir einige Nummern des ›Popolo d'Italia‹ und spürte an dem scharfen, lateinisch knappen, plastischen Stil Mussolinis die gleiche Entschlossenheit wie bei dem Sturmlauf jener jungen Leute über den Markusplatz. Selbstverständlich konnte ich die Dimensionen nicht ahnen, die dieser Kampf schon ein Jahr später annehmen sollte. Aber daß ein Kampf hier und überall bevorstand und daß unser Friede nicht *der* Friede war, war mir von dieser Stunde bewußt.

Dies war für mich die erste Warnung, daß unter der

scheinbar beruhigten Oberfläche unser Europa voll gefährlicher Unterströmungen war. Die zweite ließ nicht lange auf sich warten. Ich hatte mich, von der Lust des Reisens neuerdings angereizt, entschlossen, im Sommer nach Westerland an der deutschen Nordsee zu fahren. Ein Besuch in Deutschland hatte damals für einen Österreicher noch etwas Bestärkendes. Die Mark hatte sich gegen unsere verkümmerte Krone bisher großartig gehalten, der Genesungsprozeß schien in vollstem Gange. Pünktlich auf die Minute die Züge, sauber und blank die Hotels, überall rechts und links vom Gleise neue Häuser, neue Fabriken, überall die tadellose, lautlose Ordnung, die man im Vorkrieg gehaßt und im Chaos wieder schätzengelernt. Eine gewisse Spannung lag freilich in der Luft, denn das ganze Land wartete, ob die Verhandlungen in Genua und Rapallo, die ersten, bei denen Deutschland als Gleichberechtigter neben den vormals feindlichen Mächten saß, die erhoffte Erleichterung der Kriegslasten oder zumindest eine schüchterne Geste wirklicher Verständigung bringen würden. Der Leiter dieser in der Geschichte Europas so denkwürdigen Verhandlungen war niemand anderer als mein alter Freund Rathenau. Sein genialer Organisationsinstinkt hatte sich schon während des Krieges großartig bewährt; gleich in der ersten Stunde hatte er die schwächste Stelle der deutschen Wirtschaft erkannt, an der sie später auch den tödlichen Stoß empfing: die Rohstoffversorgung, und rechtzeitig hatte er (auch hier die Zeit vorausnehmend) die ganze Wirtschaft zentral organisiert. Als es dann nach dem Kriege galt, einen Mann zu finden, der – au pair den Klügsten und Erfahrensten unter den Gegnern – diesen als deutscher Außenminister diplomatisch entgegentreten konnte, fiel die Wahl selbstverständlich auf ihn.

Zögernd rief ich ihn in Berlin an. Wie einen Mann behelligen, während er das Schicksal der Zeit formte? »Ja, es ist schwer«, sagte er mir am Telephon, »auch die Freundschaft muß ich jetzt dem Dienst aufopfern.« Aber mit seiner außerordentlichen Technik, jede Minute auszunutzen, fand er sofort die Möglichkeit eines Zusammenseins. Er habe ein paar Visitenkarten bei den verschiedenen Gesandtschaften abzuwerfen, und da er vom Grunewald eine halbe Stunde im Auto dazu herumfahren müsse, sei es am einfachsten, ich käme zu ihm und wir plauderten dann diese halbe Stunde im Auto. Tatsächlich war seine geistige Konzentrationsfähigkeit, seine stupende Umschalteleichtigkeit von einer Materie zur andern derart vollkommen, daß er jederzeit im Auto wie in der Bahn ebenso präzis und profund sprechen konnte wie in seinem Zimmer. Ich wollte die Gelegenheit nicht versäumen, und ich glaube, es tat ihm auch wohl, sich mit jemandem aussprechen zu können, der politisch unbeteiligt und ihm persönlich seit Jahren freundschaftlich verbunden war. Es wurde ein langes Gespräch, und ich kann bezeugen, daß Rathenau, der persönlich von Eitelkeit keineswegs frei war, durchaus nicht leichten Herzens und noch weniger gierig und ungeduldig die Stellung eines deutschen Außenministers übernommen hatte. Er wußte im voraus, daß die Aufgabe vorläufig noch eine unlösbare war und daß er im besten Falle einen Viertelerfolg zurückbringen konnte, ein paar belanglose Konzessionen, daß aber ein wirklicher Frieden, ein generöses Entgegenkommen, noch nicht zu erhoffen war. »In zehn Jahren vielleicht«, sagte er mir, »vorausgesetzt, daß es allen schlecht geht und nicht nur uns allein. Erst muß die alte Generation aus der Diplomatie weggeräumt sein und die Generäle nur noch als stumme Denkmäler auf den öffentlichen Plätzen herumstehen.« Er war sich vollkommen bewußt der doppelten Verantwortlichkeit durch die Belastung, daß er Jude war. Selten in der Geschichte vielleicht ist ein Mann mit so viel Skepsis und so voll innerer Bedenken an eine Aufgabe herangetreten, von der er wußte, daß nicht er, sondern nur die Zeit sie lösen könnte, und er kannte ihre persönliche Gefahr. Seit der Ermordung Erzbergers, der die unangenehme Pflicht des Waffenstillstands übernommen, vor der sich Ludendorff vorsichtig ins Ausland gedrückt, durfte er nicht zweifeln, daß auch ihn als Vorkämpfer der Verständigung ein ähnliches Schicksal erwartete. Aber unverheiratet, kinderlos und im Grunde tief vereinsamt, wie er war, meinte er die Gefahr nicht scheuen zu müssen; auch ich hatte nicht den Mut, ihn zu persönlicher Vorsicht zu mahnen. Daß Rathenau seine Sache in Rapallo so ausgezeichnet gemacht hat, wie es unter den herrschenden Umständen damals möglich war, ist heute ein historisches Faktum. Seine blendende Begabung, rasch jeden günstigen Augenblick zu fassen, seine Weltmännischkeit und sein persönliches Prestige haben sich nie glänzender bewährt. Aber schon waren die Gruppen stark im Lande, die wußten, daß sie einzig Zulauf finden würden, wenn sie dem besiegten Volke immer wieder versicherten, daß es gar nicht besiegt und daß jedes Verhandeln und Nachgeben Verrat an der Nation sei. Schon waren die – stark homosexuell durchsetzten – Geheimbünde mächtiger, als die damaligen Leiter der Republik vermuteten, die in ihrer Vorstellung von Freiheit alle gewähren ließen, welche die Freiheit in Deutschland für immer beseitigen wollten.

In der Stadt nahm ich dann vor dem Ministerium von ihm Abschied, ohne zu ahnen, daß es der endgültige war. Und später erkannte ich auf den Photographien, daß die Straße, auf der wir gemeinsam gefahren, dieselbe war, wo kurz darauf die Mörder dem gleichen Auto aufgelauert: eigentlich war es nur Zufall, daß ich nicht Zeuge dieser historisch verhängnisvollen Szene gewesen. So konnte ich noch bewegter und sinnlich eindrucksvoller die tragische Episode nachfühlen, mit der das Unglück Deutschlands, das Unglück Europas begann.

Ich war an diesem Tage schon in Westerland, Hunderte und Aberhunderte Kurgäste badeten heiter am Strand. Wieder spielte eine Musikkapelle wie an jenem Tage, da Franz Ferdinands Ermordung gemeldet wurde, vor sorglos sommerlichen Menschen, als wie weiße Sturmvögel die Zeitungsausträger über die Promenade stürmten: »Walther Rathenau ermordet!« Eine Panik brach aus, und sie erschütterte das ganze Reich. Mit einem Ruck stürzte die Mark, und es gab kein Halten mehr, ehe nicht die phantastischen Irrsinnszahlen von Billionen erreicht waren. Nun erst begann der wahre Hexensabbat von Inflation, gegen den unsere österreichische mit ihrer doch schon absurden Relation von 1 zu 15000 nur ein armseliges Kinderspiel gewesen. Sie zu erzählen mit ihren Einzelheiten, ihren Unglaublichkeiten würde ein Buch fordern, und dieses Buch würde auf die Menschen von heute wie ein Märchen wirken. Ich habe Tage erlebt, wo ich morgens fünfzigtausend Mark für eine Zeitung zahlen mußte und abends hunderttausend; wer ausländisches Geld wechseln mußte, verteilte die Einwechslung auf Stunden, denn um vier Uhr bekam er das Mehrfache von dem, was er um drei, und um fünf Uhr wieder das Mehrfache von dem, was er sechzig Minuten vorher bekommen hätte. Ich sandte zum Beispiel meinem Verleger ein Manuskript, an dem ich ein Jahr gearbeitet hatte, und meinte mich zu sichern, indem ich sofortige Vorausbezahlung für zehntausend Exemplare verlangte; bis der Scheck überwiesen war, deckte er kaum, was vor einer Woche die Frankierung des Pakets gekostet; man zahlte in der Straßenbahn mit Millionen, Lastwagen karrten das Papiergeld von der Reichsbank zu den Banken, und vierzehn Tage später fand man Hunderttausendmarkscheine in der Gosse: ein Bettler hatte sie verächtlich weggeworfen. Ein Schuhsenkel kostete mehr als vordem ein Schuh, nein, mehr als ein Luxusgeschäft mit zweitausend Paar

Schuhen, ein zerbrochenes Fenster zu reparieren mehr als früher das ganze Haus, ein Buch mehr als vordem die Druckerei mit ihren Hunderten Maschinen. Für hundert Dollar konnte man reihenweise sechsstöckige Häuser am Kurfürstendamm kaufen. Fabriken kosteten umgerechnet nicht mehr als früher ein Schubkarren. Halbwüchsige Jungen, die eine Kiste Seife im Hafen vergessen gefunden, sausten monatelang in Autos herum und lebten wie Fürsten, indem sie jeden Tag ein Stück verkauften, während ihre Eltern, einstmals reiche Leute, als Bettler herumschlichen. Austräger gründeten Bankhäuser und spekulierten in allen Valuten. Über ihnen allen erhob sich gigantisch die Gestalt des Großverdieners Stinnes. Er kaufte, indem er unter Ausnutzung des Marksturzes seinen Kredit erweiterte, was nur zu kaufen war, Kohlengruben und Schiffe, Fabriken und Aktienpakete, Schlösser und Landgüter, und alles eigentlich mit Null, weil jeder Betrag, jede Schuld zu Null wurde. Bald war ein Viertel Deutschlands in seiner Hand, und perverserweise jubelte ihm das Volk, das sich in Deutschland immer am sichtbaren Erfolg berauscht, wie einem Genius zu. Die Arbeitslosen standen zu Tausenden herum und ballten die Fäuste gegen die Schieber und Ausländer in den Luxusautomobilen, die einen ganzen Straßenzug aufkauften wie eine Zündholzschachtel; jeder, der nur lesen und schreiben konnte, handelte und spekulierte, verdiente und hatte dabei das geheime Gefühl, daß sie alle sich betrogen und betrogen wurden von einer verborgenen Hand, die dieses Chaos sehr wissentlich inszenierte, um den Staat von seinen Schulden und Verpflichtungen zu befreien. Ich glaube Geschichte ziemlich gründlich zu kennen, aber meines Wissens hat sie nie eine ähnliche Tollhauszeit in solchen riesigen Proportionen produziert. Alle Werte waren verändert und nicht nur im Materiellen; die Verordnungen des Staates wurden verlacht, keine Sitte, keine

Moral respektiert, Berlin verwandelte sich in das Babel der Welt. Bars, Rummelplätze und Schnapsbuden schossen auf wie die Pilze. Was wir in Österreich gesehen, erwies sich nur als mildes und schüchternes Vorspiel dieses Hexensabbats, denn die Deutschen brachten ihre ganze Vehemenz und Systematik in die Perversion. Den Kurfürstendamm entlang promenierten geschminkte Jungen mit künstlichen Taillen und nicht nur Professionelle; jeder Gymnasiast wollte sich etwas verdienen, und in den verdunkelten Bars sah man Staatssekretäre und hohe Finanzleute ohne Scham betrunkene Matrosen zärtlich hofieren. Selbst das Rom des Sueton hat keine solche Orgien gekannt wie die Berliner Transvestitenbälle, wo Hunderte von Männern in Frauenkleidern und Frauen in Männerkleidung unter den wohlwollenden Blicken der Polizei tanzten. Eine Art Irrsinn ergriff im Sturz aller Werte gerade die bürgerlichen, in ihrer Ordnung bisher unerschütterlichen Kreise. Die jungen Mädchen rühmten sich stolz, pervers zu sein; mit sechzehn Jahren noch der Jungfräulichkeit verdächtig zu sein, hätte damals in jeder Berliner Schule als Schmach gegolten, jede wollte ihre Abenteuer berichten können und je exotischer, desto besser. Aber das Wichtigste an dieser pathetischen Erotik war ihre grauenhafte Unechtheit. Im Grunde war die deutsche Orgiastik, die mit der Inflation ausbrach, nur fiebriges Nachäffertum; man sah diesen jungen Mädchen aus den guten bürgerlichen Familien an, daß sie lieber einen einfachen Scheitel getragen hätten als den glattgestrichenen Männerkopf, lieber Apfelkuchen mit Schlagsahne gelöffelt, als die scharfen Schnäpse getrunken; überall war unverkennbar, daß dem ganzen Volke diese Überhitztheit unerträglich war, dieses tägliche nervenzerreißende Ausgerecktwerden auf dem Streckseile der Inflation, und daß die ganze kriegsmüde Nation sich eigentlich nur nach Ordnung, Ruhe, nach ein bißchen Sicherheit und Bürgerlichkeit sehnte. Und im geheimen haßte sie die Republik, nicht deshalb, weil sie diese wilde Freiheit etwa unterdrückt hätte, sondern im Gegenteil, weil sie die Zügel zu locker in Händen hielt.

Wer diese apokalyptischen Monate, diese Jahre miterlebt, selbst abgestoßen und erbittert, der fühlte: hier mußte ein Rückschlag kommen, eine grauenhafte Reaktion. Und lächelnd warteten im Hintergrund dieselben, die das deutsche Volk in dieses Chaos getrieben, mit der Uhr in der Hand: »Je schlimmer im Land, desto besser für uns.« Sie wußten, daß ihre Stunde kommen würde. Um Ludendorff mehr noch als um den damals noch machtlosen Hitler kristallisierte sich schon ganz offenkundig die Gegenrevolution; die Offiziere, denen man die Epauletten abgerissen, organisierten sich zu Geheimbünden, die Kleinbürger, die sich um ihre Ersparnisse betrogen sahen, rückten leise zusammen und stellten sich im voraus jeder Parole bereit, sofern sie nur Ordnung versprach. Nichts war so verhängnisvoll für die deutsche Republik wie ihr idealistischer Versuch, dem Volke und selbst ihren Feinden Freiheit zu lassen. Denn das deutsche Volk, ein Volk der Ordnung, wußte nichts mit seiner Freiheit anzufangen und blickte schon voll Ungeduld aus nach jenen, die sie ihm nehmen sollten.

Der Tag, da die deutsche Inflation beendet war (1923), hätte ein Wendepunkt in der Geschichte werden können. Als mit einem Glockenschlag je eine Billion emporgeschwindelter Mark gegen eine einzige neue Mark eingelöst wurde, war eine Norm gegeben. Tatsächlich flutete der trübe Gischt mit all seinem Schmutz und Schlamm bald zurück, die Bars, die Schnapsbuden verschwanden, die Verhältnisse normalisierten sich, jeder konnte jetzt klar rechnen, was er gewonnen, was er verloren. Die meisten, die riesige Masse hatte verloren. Aber verantwortlich gemacht wurden nicht die den Krieg verschuldet, sondern die opfermütig – wenn auch unbedankt – die Last der Neuordnung auf sich genommen. Nichts hat das deutsche Volk – dies muß immer wieder ins Gedächtnis gerufen werden – so erbittert, so haßwütig, so hitlerreif gemacht wie die Inflation. Denn der Krieg, so mörderisch er gewesen, er hatte immerhin Stunden des Jubels geschenkt mit Glockenläuten und Siegesfanfaren. Und als unheilbar militärische Nation fühlte sich Deutschland durch die zeitweiligen Siege in seinem Stolze gesteigert, während es durch die Inflation sich einzig als beschmutzt, betrogen und erniedrigt empfand; eine ganze Generation hat der deutschen Republik diese Jahre nicht vergessen und nicht verziehen und lieber seine Schlächter zurückgerufen. Aber das lag alles noch im Fernen. Äußerlich schien 1924 die wüste Phantasmagorie vorüber wie ein Irrlichttanz. Es war wieder heller Tag, man sah, wo aus und wo ein. Und schon grüßten wir in dem Aufstieg der Ordnung den Anfang einer dauernden Beruhigung. Abermals, abermals meinten wir, der Krieg sei überwunden, Toren, unheilbare, wie wir es immer gewesen. Jedoch dieser trügerische Wahn, er hat uns immerhin ein Jahrzehnt der Arbeit, der Hoffnung und selbst der Sicherheit geschenkt.

Von heute aus gesehen, stellt das knappe Jahrzehnt zwischen 1924 und 1933, vom Ende der deutschen Inflation bis zur Machtergreifung Hitlers trotz allem und allem eine Pause dar in der Aufeinanderfolge von Katastrophen, deren Zeugen und Opfer unsere Generation seit 1914 gewesen ist. Nicht daß es innerhalb dieser Epoche an einzelnen Spannungen, Erregungen und Krisen gefehlt hätte – jene wirtschaftliche von 1929 vor allem –, aber innerhalb dieses Jahrzehnts schien in Europa der Friede gewährleistet, und schon dies bedeutete viel. Man hatte Deutschland in allen Ehren in den Völkerbund aufgenommen, mit Anleihen seinen wirtschaftlichen Aufbau – in Wirklichkeit seine heimliche Aufrüstung – gefördert, England hatte abgerüstet, in Italien Mussolini den Schutz Österreichs übernommen. Die Welt schien sich wieder aufbauen zu wollen. Paris, Wien, Berlin, New York, Rom, die Siegerstädte ebenso wie jene der Besiegten, wurden schöner als je, das Flugzeug beschwingte den Verkehr, die Paßvorschriften linderten sich. Die Schwankungen zwischen Währungen hatten aufgehört, man wußte, wieviel man einnahm, wieviel man ausgeben durfte, die Aufmerksamkeit war nicht mehr so fieberhaft auf diese äußerlichen Probleme gerichtet. Man konnte wieder arbeiten, sich innerlich sammeln, an geistige Dinge denken. Man konnte sogar wieder träumen und auf ein geeintes Europa hoffen. Einen Weltaugenblick – diese zehn Jahre – schien es, als sollte unserer geprüften Generation wieder ein normales Leben beschieden sein.

In meinem persönlichen Leben war das Bemerkenswerteste, daß in jenen Jahren ein Gast in mein Haus kam und sich dort wohlwollend niederließ, ein Gast, den ich nie erwartet hatte – der Erfolg. Es ist mir begreiflicherweise nicht sehr behaglich, des äußeren Erfolgs meiner Bücher Erwähnung zu tun, und in einer normalen Situation hätte ich auch den flüchtigsten Hinweis unterlassen, der als Selbstgefälligkeit oder Prahlerei gedeutet werden könnte. Aber ich habe ein besonderes Recht und bin sogar gezwungen, diese Tatsache in der Geschichte meines Lebens nicht zu verschweigen, denn dieser Erfolg ist seit sieben Jahren, seit Hitlers Ankunft ein historischer geworden. Von den Hunderttausenden und sogar Millionen meiner Bücher, die im Buchhandel und unzähligen Häusern ihre sichere Stätte hatten, ist heute in Deutschland kein einziges mehr erhältlich; wer noch ein Exemplar besitzt, hält es sorgfältig verborgen, und in den öffentlichen

Bibliotheken bleiben sie im sogenannten ›Giftschrank‹ versteckt für die wenigen, die sie mit besonderer Erlaubnis der Behörden – meistens zu Beschimpfungszwekken – ›wissenschaftlich‹ benützen wollen. Von den Lesern, von den Freunden, die mir schrieben, wagt längst keiner mehr meinen geächteten Namen auf einen Briefumschlag zu setzen. Und nicht genug an dem: auch in Frankreich, in Italien, in all den zur Zeit geknechteten Ländern, in denen meine Bücher in Übertragungen zu den gelesensten gehörten, ist heute gleichfalls auf Hitlers Befehl der Bann verhängt. Ich bin heute als Schriftsteller, wie unser Grillparzer sagte, einer, der ›lebend hinter seiner eigenen Leiche geht‹; alles oder fast alles, was ich in vierzig Jahren international aufbaute, hat diese eine Faust zertrümmert. So spreche ich, wenn ich meinen ›Erfolg‹ erwähne, nicht von etwas, das zu mir gehört, sondern das einstmals zu mir gehörte wie mein Haus, meine Heimat, meine Selbstsicherheit, meine Freiheit, meine Unbefangenheit; ich könnte also den Absturz, den ich – mit unzähligen andern und ebenso Schuldlosen – später erlitten, nicht in seiner ganzen Tiefe und Totalität anschaulich machen, wenn ich nicht zuvor die Höhe zeigte, von der er erfolgte, und nicht auch die Einmaligkeit und Konsequenz dieser Ausrottung unserer ganzen literarischen Generation, für die ich eigentlich in der Geschichte kein zweites Beispiel weiß.

Dieser Erfolg war mir nicht plötzlich ins Haus gestürmt; er kam langsam, behutsam, aber er blieb bis zur Stunde, da Hitler ihn mit der Peitsche seiner Dekrete von mir wegjagte, beharrlich und treu. Er steigerte seine Wirkung von Jahr zu Jahr. Gleich das erste Buch, das ich nach dem ›Jeremias‹ veröffentlichte, der erste Band meiner ›Baumeister der Welt‹, die Trilogie ›Drei Meister‹, brach mir Bahn; die Expressionisten, die Aktivisten, die Experimentisten hatten sich abgespielt, für die Geduldigen und

Beharrlichen war der Weg zum Volke wieder frei. Meine Novellen ›Amok‹ und ›Brief einer Unbekannten‹ wurden populär wie sonst nur Romane, sie wurden dramatisiert, öffentlich rezitiert, verfilmt; ein kleines Büchlein ›Sternstunden der Menschheit‹ – in allen Schulen gelesen – brachte es in kurzer Zeit in der ›Insel-Bücherei‹ auf 250000 Exemplare. In wenigen Jahren hatte ich mir geschaffen, was nach meinem Empfinden für einen Autor die wertvollste Art eines Erfolges darstellt: eine Gemeinde, eine verläßliche Gruppe von Menschen, die jedes neue Buch erwartete, jedes neue Buch kaufte, die einem vertraute, und deren Vertrauen man nicht enttäuschen durfte. Allmählich wurde sie groß und größer; von jedem Buch, das ich veröffentlichte, waren in Deutschland am ersten Tage zwanzigtausend Exemplare verkauft, noch ehe eine einzige Anzeige in den Zeitungen erschienen war. Manchmal versuchte ich bewußt dem Erfolg auszuweichen, aber er folgte mir in überraschend zäher Weise nach. So hatte ich zu meinem privaten Vergnügen ein Buch geschrieben, die Biographie Fouchés; als ich es dem Verleger sandte, schrieb er mir, er gebe zehntausend Exemplare sofort in Druck. Ich beschwor ihn umgehend, nicht soviel von diesem Buch zu drucken. Fouché sei eine unsympathische Figur, das Buch enthalte keine einzige Frauenepisode und könne unmöglich einen größeren Kreis von Lesern heranziehen; er solle lieber zunächst nur fünftausend drucken. Nach einem Jahr waren fünfzigtausend Exemplare in Deutschland verkauft, im selben Deutschland, das heute keine Zeile von mir lesen darf. Ähnlich ging es mir bei meinem fast pathologischen Selbstmißtrauen mit meiner Bearbeitung des ›Volpone‹. Ich hatte vor, eine Fassung in Versen zu machen, und schrieb mir in neun Tagen leicht und locker in Prosa die Szenen hin. Da zufällig das Hoftheater in Dresden, dem ich durch die Erstaufführung meines Erstlings ›Thersites‹

mich moralisch verpflichtet fühlte, in diesen Tagen angefragt hatte nach neuen Plänen, sandte ich ihm die Prosafassung, mich entschuldigend: was ich vorlege, sei nur eine erste Skizze für die geplante Ausarbeitung in Versen. Aber das Theater telegraphierte sofort zurück, ich solle um Himmels willen nichts ändern; tatsächlich ist das Stück in dieser Form dann über alle Bühnen der Welt gegangen (in New York bei der Theatre Guild mit Alfred Lunt). Was immer ich in jenen Jahren unternahm, – der Erfolg und eine ständig wachsende deutsche Leserschaft blieb mir treu.

Da ich es immer als meine Pflicht empfand, bei fremden Werken oder Gestalten biographisch oder essayistisch den Ursachen ihrer Wirkung oder Unwirkung innerhalb ihrer Zeit nachzugehen, konnte ich in manchen nachdenklichen Stunden nicht umhin, mich zu fragen, in welcher besonderen Eigenschaft meiner Bücher ihr für mich so unvermuteter Erfolg eigentlich begründet war. Letzten Endes glaube ich, stammt er von einer persönlichen Untugend her, nämlich daß ich ein ungeduldiger und temperamentvoller Leser bin. Jede Weitschweifigkeit, alles Schwelgerische und Vage-Schwärmerische, alles Undeutliche und Unklare, alles Überflüssig-Retardierende in einem Roman, einer Biographie, einer geistigen Auseinandersetzung irritiert mich. Nur ein Buch, das ständig, Blatt für Blatt, die Höhe hält und bis zur letzten Seite in einem Zuge atemlos mitreißt, gibt mir einen vollkommenen Genuß. Neun Zehntel aller Bücher, die mir in die Hand geraten, finde ich mit überflüssigen Schilderungen, geschwätzigen Dialogen und unnötigen Nebenfiguren zu sehr ins Breite gedehnt und darum zu wenig spannend, zu wenig dynamisch. Selbst bei den berühmtesten klassischen Meisterwerken stören mich die vielen sandigen und schleppenden Stellen, und oft habe ich Verlegern den kühnen Plan entwickelt, einmal in einer übersichtlichen Serie die ganze Weltliteratur von Homer über Balzac und Dostojewskij bis zum ›Zauberberg‹ mit gründlicher Kürzung des individuell Überflüssigen herauszugeben, dann könnten alle diese Werke, die zweifellos überzeitlichen Gehalt haben, erneut lebendig in unserer Zeit wirken.

Diese Abneigung gegen alles Weitschweifige und Langwierige mußte sich notwendigerweise von der Lektüre fremder Werke auf das Schreiben der eigenen übertragen und mich zu einer besonderen Wachsamkeit erziehen. An und für sich produziere ich leicht und fließend, in der ersten Fassung eines Buches lasse ich die Feder locker laufen und fabuliere weg, was mir am Herzen liegt. Ebenso verwerte ich bei einem biographischen Werke zunächst alle nur denkbaren dokumentarischen Einzelheiten, die mir zu Gebote stehen; bei einer Biographie wie ›Marie Antoinette‹ habe ich tatsächlich jede einzelne Rechnung nachgeprüft, um ihren persönlichen Verbrauch festzustellen, alle zeitgenössischen Zeitungen und Pamphlete studiert, alle Prozeßakten bis auf die letzte Zeile durchgeackert. Aber im gedruckten Buch ist von all dem keine Zeile mehr zu finden, denn kaum daß die erste ungefähre Fassung eines Buches ins Reine geschrieben ist, beginnt für mich die eigentliche Arbeit, die des Kondensierens und Komponierens, eine Arbeit, an der ich mir von Version zu Version nicht genug tun kann. Es ist ein unablässiges Ballast-über-Bord-werfen, ein ständiges Verdichten und Klären der inneren Architektur; während die meisten andern sich nicht entschließen können, etwas zu verschweigen, was sie wissen, und mit einer gewissen Verliebtheit in jede gelungene Zeile sich weiter und tiefer zeigen wollen, als sie eigentlich sind, ist es mein Ehrgeiz, immer mehr zu wissen, als nach außen hin sichtbar wird.

Dieser Prozeß der Kondensierung und damit Dramatisierung wiederholt sich dann noch einmal, zweimal und dreimal bei den gedruckten Fahnen; es wird schließlich eine Art lustvoller Jagd, noch einen Satz oder auch nur ein Wort zu finden, dessen Fehlen die Präzision nicht vermindern und gleichzeitig das Tempo steigern könnte. Innerhalb meiner Arbeit ist mir die des Weglassens eigentlich die vergnüglichste. Und ich erinnere mich, daß einmal, als ich besonders zufrieden von meiner Arbeit aufstand und meine Frau mir sagte, mir scheine heute etwas Außergewöhnliches geglückt zu sein, ich ihr stolz antwortete: »Ja, es ist mir gelungen, noch einen ganzen Absatz wegzustreichen und dadurch einen rapideren Übergang zu finden.« Wenn also manchmal an meinen Büchern das mitreißende Tempo gerühmt wird, so entstammt diese Eigenschaft keineswegs einer natürlichen Hitze oder inneren Erregtheit, sondern einzig jener systematischen Methode der ständigen Ausschaltung aller überflüssigen Pausen und Nebengeräusche, und wenn ich mir irgendeiner Art der Kunst bewußt bin, so ist es die Kunst des Verzichtenkönnens, denn ich klage nicht, wenn von tausend geschriebenen Seiten achthundert in den Papierkorb wandern und nur zweihundert als die durchgesiebte Essenz zurückbleiben. Wenn irgend etwas, so hat mir die strenge Disziplin, mich lieber auf engere Formen, aber immer auf das unbedingt Wesentliche zu beschränken, einigermaßen die Wirkung meiner Bücher erklärt, und es wurde wahrhaft beglückend für mich, dessen Gedanken von Anbeginn einzig auf das Europäische, auf das Übernationale gerichtet gewesen, daß sich nun auch aus dem Ausland Verleger meldeten, französische, bulgarische, armenische, portugiesische, argentinische, norwegische, lettische, finnische, chinesische. Bald mußte ich einen mächtigen Wandschrank kaufen, um alle die verschiedenen Exemplare der Übertragungen zu verstauen, und eines Tages las ich in der Statistik der ›Coopération Intellectuelle‹ des Genfer Völkerbundes, daß ich zur Zeit der meistübersetzte Autor der Welt sei (ich hielt es abermals meinem Temperament gemäß für eine Falschmeldung). Eines anderen Tags wiederum kam ein Brief des russischen Verlages, er möchte eine Gesamtausgabe meiner Werke in russischer Sprache veranstalten und ob ich einverstanden sei, daß Maxim Gorkij die Vorrede dazu schreibe. Ob ich einverstanden sei? Ich hatte als Schuljunge die Novellen Gorkijs unter der Bank gelesen, ihn seit Jahren geliebt und bewundert. Aber nie hatte ich mir eingebildet, daß er je meinen Namen gehört habe, geschweige denn, daß er etwas von mir gelesen und schon gar nicht, daß es einem solchen Meister wichtig genug erscheinen konnte, zu meinem Werk eine Vorrede zu schreiben. Und wieder eines andern Tages erschien, mit einer Empfehlung versehen – als ob es einer solchen bedurft hätte – in meinem Hause in Salzburg ein amerikanischer Verleger mit dem Vorschlag, mein Werk im ganzen zu übernehmen und fortlaufend zu publizieren. Es war Benjamin Huebsch von der Viking Press, der mir seitdem der verläßlichste Freund und Berater geblieben und, da all dies andere von den Stulpenstiefeln Hitlers in Grund und Boden gestampft ist, mir eine letzte Heimat im Wort erhalten hat, da ich die alte, die eigentliche, die deutsche, die europäische verlor.

Ein solcher äußerer Erfolg war gefährlich angetan, jemanden zu verwirren, der vordem mehr an seine gute Absicht als an sein Können und an die Wirksamkeit seiner Arbeit geglaubt hatte. An sich bedeutet jede Form der Publizität eine Störung im natürlichen Gleichgewicht eines Menschen. Im normalen Zustande ist der Name, den ein Mensch trägt, nicht mehr als was das Deckblatt für die Zigarre: eine Erkennungsmarke, ein äußeres, fast belangloses Objekt, das mit dem wirklichen Subjekt, dem eigentlichen Ich, nur lose verbunden ist. Im Falle eines

Erfolges schwillt nun dieser Name gleichsam an. Er löst sich los von dem Menschen, der ihn trägt, und wird selbst eine Macht, eine Kraft, ein Ding an sich, ein Handelsartikel, ein Kapital, und innerlich wiederum im heftigen Rückstoß eine Kraft, die den Menschen, der ihn trägt, zu beeinflussen, zu dominieren, zu verwandeln beginnt. Glückliche, selbstbewußte Naturen pflegen sich nun unbewußt mit der Wirkung, die sie ausüben, zu identifizieren. Ein Titel, eine Stellung, ein Orden und wie gar erst Publizität ihres Namens vermögen in ihnen eine höhere Sicherheit, ein gesteigertes Selbstgefühl zu erzeugen und sie zu dem Bewußtsein zu verleiten, ihnen käme besondere Wichtigkeit in der Gesellschaft, im Staate und in der Zeit zu, und sie blähen sich unwillkürlich auf, um mit ihrer Person das Volumen ihrer äußeren Wirkung zu erreichen. Aber wer von Natur aus mißtrauisch gegen sich selbst eingestellt ist, empfindet jede Art des äußeren Erfolges als Verpflichtung, sich gerade in diesem schwierigen Zustand möglichst unverändert zu erhalten.

Damit will ich nicht sagen, daß ich mich meines Erfolges nicht freute. Im Gegenteil, er beglückte mich sehr, aber nur insoweit er sich auf das von mir abgelöste Produkt, meine Bücher und den damit verbundenen Schemen meines Namens beschränkte. Es war rührend, wenn man in Deutschland zufällig in einer Buchhandlung stand, zu sehen, wie ohne einen zu erkennen ein kleiner Gymnasiast eintrat, die ›Sternstunden‹ verlangte und von seinem mageren Taschengeld bezahlte. Es konnte die Eitelkeit angenehm reizen, wenn im Schlafwagen der Kondukteur den Paß nach Einsicht des Namens respektvoller entgegennahm oder ein italienischer Zollbeamter, erkenntlich für irgendein Buch, das er gelesen, auf die Durchwühlung des Gepäcks großmütig verzichtete. Auch das rein Quantitative der persönlichen Auswirkung hat für einen Autor etwas Verführerisches. Durch Zufall kam ich eines Tages nach Leipzig gerade an dem Tage, da die Auslieferung eines neuen Buches von mir begann. Es erregte mich merkwürdig, zu sehen, wieviel menschliche Arbeit man unbewußt in Schwung brachte mit dem, was man in drei oder vier Monaten auf dreihundert Seiten Papier geschrieben. Arbeiter verpackten Bücher in mächtige Kisten, andere schleppten sie stöhnend hinunter zu den Lastautos, die sie zu den Waggons nach allen Richtungen der Welt brachten. Dutzende Mädchen schichteten in der Druckerei die Bogen, die Setzer, Binder, Verfrachter, Kommissionäre werkten von früh bis nachts, und man konnte sich ausrechnen, daß diese Bücher, zu Ziegeln gereiht, schon eine stattliche Straße aufbauen könnten. Auch das Materielle habe ich nie hochmütig verachtet. Ich hatte in den Jahren des Anfangs nie zu denken gewagt, je mit meinen Büchern Geld verdienen oder gar auf ihren Ertrag eine Existenz aufbauen zu können. Nun brachten sie plötzlich stattliche und immer steigende Summen, die mich für immer – wer konnte an unsere Zeiten denken? – jeder Sorge zu entheben schienen. Ich konnte großzügig der alten Leidenschaft meiner Jugend frönen, Autographen zu sammeln, und manche der schönsten, der kostbarsten dieser wunderbaren Reliquien fanden bei mir zärtlich behütete Unterkunft. Für die im höheren Sinne doch ziemlich ephemeren Werke, die ich geschrieben, konnte ich Handschriften unvergänglicher Werke erwerben, Handschriften von Mozart und Bach und Beethoven, Goethe und Balzac. So wäre es eine lächerliche Pose, wollte ich behaupten, daß der unerwartete äußere Erfolg mich gleichgültig oder gar innerlich ablehnend gefunden hätte.

Aber ich bin ehrlich, wenn ich sage, daß ich mich des Erfolges nur freute, solange er sich auf meine Bücher und meinen literarischen Namen bezog, daß er mir aber eher lästig wurde, wenn sich Neugier auf meine physische Person übertrug. Von frühester Jugend an war nichts in mir stärker gewesen als der instinktive Wunsch, frei und unabhängig zu bleiben. Und ich spürte, daß bei jedem Menschen von seiner persönlichen Freiheit viel des Besten durch photographische Publizität gehemmt und verunstaltet wird. Außerdem drohte, was ich aus Neigung begonnen, die Form eines Berufs und sogar eines Betriebs anzunehmen. Jede Post brachte Stöße von Briefen, Einladungen, Aufforderungen, Anfragen, die beantwortet werden wollten, und wenn ich einmal einen Monat wegreiste, dann gingen nachher immer zwei oder drei Tage verloren, um die aufgehäufte Masse wegzuschaufeln und den ›Betrieb‹ wieder in Ordnung zu bringen. Ohne es zu wollen, war ich durch die Marktgängigkeit meiner Bücher in eine Art Geschäft geraten, das Ordnung, Übersicht, Pünktlichkeit und Geschicklichkeit erforderte, um richtig erledigt zu werden – all dies sehr respektable Tugenden, die leider meiner Natur keineswegs entsprechen und das reine, unbefangene Sinnen und Träumen auf das gefährlichste zu stören drohten. Je mehr man darum von mir Teilnahme wollte, Vorlesungen, Erscheinen bei repräsentativen Anlässen, desto mehr zog ich mich zurück, und diese fast pathologische Scheu, mit meiner Person für meinen Namen einstehen zu sollen, habe ich nie überwinden können. Mich treibt es noch heute vollkommen instinktiv, in einem Saale, einem Konzert, einer Theateraufführung mich in die letzte, unauffälligste Reihe zu setzen, und nichts ist mir unerträglicher, als auf einem Podium oder sonst exponierten Platz mein Gesicht zur Schau zu stellen; Anonymität der Existenz in jeder Form ist mir Bedürfnis. Schon als Knabe waren mir jene Schriftsteller und Künstler der früheren Generation immer unverständlich, die durch Samtjacken und wallendes Haar, durch niederhängende Stirnlocken wie etwa meine verehrten Freunde Arthur Schnitzler und Hermann Bahr, oder durch auffallende Barttracht und extravagante Kleidung sich schon auf der Straße erkenntlich machen wollten. Ich bin überzeugt, daß jedes Bekanntwerden der physischen Erscheinung einen Menschen unbewußt verleitet, nach Werfels Wort als ›Spiegelmensch‹ seines eigenen Ich zu leben, in jeder Geste einen gewissen Stil anzunehmen, und mit dieser Veränderung der äußeren Haltung geht gewöhnlich Herzlichkeit, Freiheit und Unbekümmertheit der inneren Natur verloren. Wenn ich heute noch einmal anfangen könnte, würde ich darum trachten, diese beiden Glückszustände, den des literarischen Erfolgs und den der persönlichen Anonymität gleichsam verdoppelt zu genießen, indem ich meine Werke unter einem anderen, einem erfundenen Namen, unter einem Pseudonym veröffentlichte; denn ist schon das Leben an sich reizvoll und voll von Überraschungen, wie erst das Doppelleben!

Sonnenuntergang

Es war – dankbar will ich mich dessen immer wieder erinnern – für Europa eine verhältnismäßig ruhige Zeit, dieses Jahrzehnt von 1924 bis 1933, ehe jener eine Mensch unsere Welt verstörte. Gerade weil sie an den Beunruhigungen so schwer gelitten, nahm unsere Generation den relativen Frieden als unverhofftes Geschenk. Wir alle hatten das Gefühl, man müsse nachholen, was die schlimmen Jahre des Kriegs und des Nachkriegs aus unserem Leben an Glück, an Freiheit, an geistiger Konzentration gestohlen; man arbeitete mehr und doch entlasteter, man wanderte, man versuchte, man entdeckte sich wieder Europa, die Welt. Nie sind die Menschen so viel gereist wie in diesen Jahren, – war es die Ungeduld der jungen Leute, hastig gutzumachen, was sie versäumt in ihrem gegenseitigen Abgesperrtsein? War es vielleicht ein dunkles Vorgefühl, man müsse noch rechtzeitig ausbrechen aus der Enge, ehe die Sperre wieder von neuem begann?

Auch ich reiste viel in jener Zeit, nur war es schon ein anderes Reisen als in den Tagen meiner Jugend. Denn ich war jetzt in den Ländern kein Fremder mehr, überall hatte ich Freunde, Verleger, ein Publikum, ich kam als der Autor meiner Bücher und nicht mehr als der anonyme Neugierige von einst. Das brachte allerhand Vorteile. Ich konnte mit stärkerem Nachdruck und breiterer Wirkung für die Idee werben, die seit Jahren die eigentliche meines Lebens geworden: für die geistige Einigung Europas. Ich hielt in diesem Sinne Vorlesungen in der Schweiz, in Holland, ich sprach französisch im Palais des Arts in Brüssel, italienisch in Florenz in der historischen Sala dei Dugento, wo Michelangelo und Lionardo gesessen, englisch in Amerika auf einer lecture tour vom Atlantischen zum Pazifischen Ozean. Es war ein anderes Reisen; überall sah ich jetzt kameradschaftlich die Besten des Landes, ohne sie suchen zu müssen; die Männer, zu denen ich in meiner Jugend ehrfürchtig aufgesehen und denen ich nie eine Zeile zu schreiben gewagt hätte, waren mir Freunde geworden. Ich trat in Kreise, die sonst sich dem Fremden hochmütig verschließen, ich sah die Palais des Faubourg St. Germain, die Palazzi Italiens, die privaten Sammlungen; in den öffentlichen Bibliotheken stand ich nicht mehr bittend am Schalter der Bücherausgabe, sondern die Direktoren zeigten mir persönlich die verborgenen Schätze, bei den Antiquaren der Dollarmillionäre wie Dr. Rosenbach in Philadelphia, an deren Läden der kleine Sammler mit scheuem Blick vorbeigegangen, war ich zu Gast. Ich hatte zum erstenmal Einblick in die sogenannte ›obere‹ Welt und dazu die Behaglichkeit, die Bequemlichkeit, daß ich niemanden um Einlaß bemühen mußte, sondern daß alles an mich herankam. Aber sah ich damit die Welt besser? Immer wieder überkam mich Sehnsucht nach den Reisen meiner Jugend, wo niemand einen erwartete und durch die Abgeschiedenheit alles geheimnisvoller erschien; so wollte ich von der alten Art des Wanderns auch nicht lassen. Wenn ich nach Paris kam, hütete ich mich, selbst die besten Freunde wie Roger Martin du Gard, Jules Romains, Duhamel, Masereel gleich am Tage der Ankunft zu verständigen. Erst wollte ich wieder, wie einst als Student, ungehemmt und unerwartet durch die Straßen streifen. Ich suchte die alten Cafés auf und die kleinen Wirtshäuser, ich spielte mich in meine Jugend zurück; ebenso ging ich, wenn ich arbeiten wollte, an die absurdesten Orte, in kleine Provinzorte wie Boulogne oder Tirano oder Dijon; es war wundervoll, unbekannt zu sein, in den kleinen Hotels zu wohnen nach den widerlich luxuriösen, bald vor, bald zurück zu treten, Licht und Schatten nach eigener Willkür zu verteilen. Und so viel Hitler mir später genommen, das gute Bewußtsein, doch noch ein Jahrzehnt nach eigenem Willen und mit innerster Freiheit europäisch gelebt zu haben, dies allein vermochte selbst er mir weder zu konfiszieren noch zu verstören.

Von jenen Reisen war eine für mich besonders erregend und belehrend: eine Reise in das neue Rußland. 1914, knapp vor dem Kriege, als ich an meinem Buch über Dostojewskij arbeitete, hatte ich diese Reise schon vorbereitet; damals war die blutige Sense des Krieges dazwischengefahren, und seitdem hielt mich ein Bedenken zurück. Rußland war durch das bolschewistische Experiment für alle geistigen Menschen das faszinierendste Land des Nachkrieges geworden, ohne genaue Kenntnis gleich enthusiastisch bewundert wie fanatisch befeindet. Niemand wußte zuverlässig – dank der Propaganda und gleich rabiaten Gegenpropaganda –, was dort geschah. Aber man wußte, daß dort etwas ganz Neues versucht wurde, etwas, das im Guten oder im Bösen bestimmend sein könnte für die zukünftige Form unserer Welt. Shaw, Wells, Barbusse, Istrati, Gide und viele andere waren hinübergefahren, die einen als Enthusiasten, die anderen als Enttäuschte zurückkehrend, und ich wäre kein geistig verbundener, dem Neuen zugewandter Mensch gewesen, hätte es mich nicht gleichfalls verlockt, aus eigenem Augenschein mir ein Bild zu formen. Meine Bücher waren dort ungemein verbreitet, nicht nur die Gesamtausgabe mit Maxim Gorkijs Einleitung, sondern auch kleine billige Ausgaben für ein paar Kopeken, die bis in die breitesten Massen drangen; ich konnte also guten Empfanges gewiß sein. Aber was mich hinderte, war, daß jede Reise nach Rußland damals schon im vorhinein eine Art Parteinahme bedeutete und zu öffentlichem Bekenntnis oder öffentlicher Verneinung zwang, indes ich, der das Politische und Dogmatische im tiefsten verabscheute, nicht nach ein paar Wochen Überblicks über ein unabsehbares Land und ein noch ungelöstes Problem mir ein Urteil aufzwingen lassen wollte. So konnte ich mich trotz meiner brennenden Neugier nie entschließen, nach Sowjetrußland zu reisen.

Da gelangte im Frühsommer 1928 eine Einladung an mich, als Delegierter der österreichischen Schriftsteller an der Feier des hundertsten Geburtstages Leo Tolstois in Moskau teilzunehmen, um dort am Festabend das Wort zu seinen Ehren zu ergreifen. Einem solchen Anlaß auszuweichen, hatte ich keinen Grund, denn durch den überparteilichen Gegenstand war mein Besuch dem Politischen entrückt. Tolstoi als der Apostel der non-violence war nicht als Bolschewist zu deuten, und über ihn als Dichter zu sprechen stand mir ein offenkundiges Recht zu, da mein Buch über ihn in vielen Tausenden Exemplaren verbreitet war; auch schien es mir im europäischen Sinne eine bedeutsame Demonstration, wenn sich die Schriftsteller aller Länder vereinten, um dem Größten unter ihnen eine gemeinsame Huldigung darzubringen. Ich sagte also zu und hatte meinen raschen Entschluß nicht zu bereuen. Schon die Fahrt durch Polen war ein Erlebnis. Ich sah, wie schnell unsere Zeit Wunden zu heilen vermag, die sie sich selber schlägt. Dieselben Städte Galiziens, die ich 1915 in Trümmern gekannt, standen blank und neu; wieder erkannte ich, daß zehn Jahre, die im Leben eines einzigen Menschen ein breites Stück seiner Existenz bedeuten, nur ein Wimpernschlag sind im Leben eines Volkes. In Warschau war keine Spur zu entdecken, daß hier zweimal, dreimal, viermal siegreiche und besiegte Armeen durchgeflutet. Die Cafés glänzten mit eleganten Frauen. Die Offiziere, die tailliert und schlank durch die Straßen promenierten, wirkten eher wie meisterhafte Hofschauspieler, die Soldaten darstellen. Überall war Rührigkeit, Vertrauen und ein berechtigter Stolz zu spüren, daß die neue Republik Polen sich so stark aus dem Schutt der Jahrhunderte erhob. Von Warschau ging es weiter der russischen Grenze zu. Flacher und sandiger wurde das Land; an jeder Station stand die ganze Bevölkerung des Dorfes in bunten ländlichen Trachten, denn nur ein einziger Personenzug am Tage ging damals hinüber in das verbotene und verschlossene Land, und es war das große Ereignis, die blanken Wagen eines Expreßzuges zu sehen, der die Welt des Ostens mit der Welt des Westens verband. Endlich war die Grenzstation erreicht, Njegorolje. Breit über die Gleise war ein blutrotes Band gespannt mit einer Aufschrift, deren cyrillische Lettern ich nicht lesen konnte. Man übersetzte sie mir: ›Arbeiter aller Länder, vereinigt euch!‹ Man hatte, indem man unter diesem brennend roten Band hindurchschritt, das Imperium des Proletariats, die Sowjetrepublik, betreten, eine neue Welt. Der Zug freilich, in dem wir fuhren, war keineswegs proletarisch. Er erwies sich als Schlafwagenzug aus der zaristischen Zeit, behaglicher und bequemer als die europäischen Luxuszüge, weil breiter im Format und langsamer im Tempo. Zum erstenmal fuhr ich durch das russische Land, und sonderbar, es wirkte auf mich nicht fremd. Alles war mir merkwürdig vertraut, die weite leere Steppe mit ihrer leisen Melancholie, die kleinen Hütten und Städtchen mit ihren Zwiebeltürmen, die langbärtigen Männer, halb Bauer, halb Prophet, die mit gutmütigem, breitem Lachen uns grüßten, die Frauen mit ihren bunten Kopftüchern und weißen Kitteln, die Kwas, Eier und Gurken verkauften. Wieso kannte ich das alles? Nur durch die Meisterschaft der russischen Literatur – durch Tolstoi, Dostojewskij, Aksakow, Gorkij –, die uns das Leben des ›Volkes‹ so realistisch großartig geschildert. Ich glaubte, obwohl ich die Sprache nicht kannte, die Menschen zu verstehen, wenn sie sprachen, diese rührend einfachen Männer, die da in ihren weiten Blusen breit und behäbig standen, und die jungen Arbeiter im Zuge, die Schach spielten oder lasen oder diskutierten, diese unruhige, unbändige Geistigkeit der Jugend, die durch den Appell an alle Kräfte noch eine besondere Auferstehung erfahren. War es die Liebe Tolstois und Dostojewskijs zu dem ›Volke‹, die in einem als Erinnerung wirkte – jedenfalls überkam mich schon im Zuge ein Gefühl der Sympathie für das Kindliche und Rührende, das Kluge und noch Unbelehrte dieser Menschen.

Die vierzehn Tage, die ich in Sowjetrußland verbrachte, gingen hin in einer ständigen Hochspannung. Man sah, man hörte, man bewunderte, man war abgestoßen, man begeisterte, man ärgerte sich, immer war es ein Wechselstrom zwischen heiß und kalt. Moskau selbst war schon eine Zwiespältigkeit – da der herrliche Rote Platz mit seinen Mauern und Zwiebeltürmen, etwas wunderbar Tatarisches, Orientalisches, Byzantinisches und darum Urrussisches, und daneben wie eine fremde Horde von amerikanischen Riesen moderne, übermoderne Hochbauten. Nichts ging zusammen; in den Kirchen dämmerten noch rauchgeschwärzt die alten Ikonen und die juwelenschimmernden Altäre der Heiligen, und hundert Schritte weiter lag in ihrem gläsernen Sarg die Leiche Lenins, eben frisch aufgefärbt (ich weiß nicht, ob zu unseren Ehren) im schwarzen Anzug. Neben ein paar blinkenden Automobilen peitschten mit schmatzenden Koseworten bärtige, schmutzige Istvoshniks ihre mageren Pferdchen, die große Oper, in der wir sprachen, glühte großartig und zaristisch in pompösem Glanz vor dem proletarischen Publikum, und in den Vorstädten standen wie schmutzige verwahrloste Greise die alten morschen Häuser, die sich eines an das andere lehnen mußten, um nicht umzufallen. Alles war zu lange alt und träge und verrostet gewesen und wollte jetzt mit einem Ruck modern, ultramodern, supertechnisch werden. Durch diese Eile wirkte Moskau überfüllt, überbevölkert und wirr durcheinandergeschüttelt. Überall drängten sich die Leute, in den Geschäften, vor den Theatern, und überall mußten sie warten, alles war überorganisiert und funktionierte darum nicht recht; noch genoß die neue Bürokratie, die ›Ordnung‹ machen sollte, die Lust am Schreiben von Zetteln und Erlaubnissen und verzögerte alles. Der große Abend, der um 6 Uhr beginnen sollte, begann um ½10; als ich todmüde um 3 Uhr nachts die Oper verließ, sprachen die Redner noch unentwegt weiter; bei jedem Empfang, bei jeder Verabredung kam man als Europäer eine Stunde zu früh. Die Zeit zerfloß einem zwischen den Händen und war doch prall voll in jeder Sekunde durch Schauen und Beobachten und Diskutieren; irgendein Fieber war in all dem, und man spürte, daß sie einen unmerklich ergriff, jene geheimnisvolle russische Entzündung der Seele und ihre unbändige Lust, Gefühle und Ideen noch ganz heiß aus sich herauszustoßen. Ohne recht zu wissen warum und wofür, war man leicht exaltiert, es lag an der Atmosphäre, der unruhigen und neuen; vielleicht wuchs einem schon eine russische Seele zu.

Vieles war großartig, Leningrad vor allem, diese genial von verwegenen Fürsten konzipierte Stadt mit ihren breiten Prospekten, ihren mächtigen Palästen – und doch auch zugleich noch das bedrückende Petersburg der ›Weißen Nächte‹ und des Raskolnikow. Imposant die Eremitage und unvergeßlicher Anblick darin, wie in Scharen, den Hut ehrfürchtig in der Hand wie ehemals vor ihren Ikonen, die Arbeiter, die Soldaten, die Bauern mit ihren schweren Schuhen durch die einst kaiserlichen Säle gingen und die Bilder mit dem geheimen Stolz anschauten: das gehört jetzt uns, und wir werden lernen, solche

Dinge zu verstehen. Lehrer führten rundbäckige Kinder durch die Säle, Kunstkommissare erklärten den etwas befangen zuhörenden Bauern Rembrandt und Tizian; immer hoben sie, wenn auf Einzelheiten gezeigt wurde, scheu die Augen unter den schweren Lidern. Auch hier wie überall war eine kleine Lächerlichkeit in diesem reinen und redlichen Bemühen, über Nacht das ›Volk‹ vom Analphabetismus gleich zum Verständnis Beethovens und Vermeers emporzureißen, aber diese Bemühung, die höchsten Werte einerseits auf den ersten Anhieb verständlich zu machen, andererseits zu verstehen, war auf beiden Seiten gleich ungeduldig. In den Schulen ließ man Kinder die wildesten, die extravagantesten Dinge malen, auf den Bänken zwölfjähriger Mädchen lagen Hegels Werke und Sorel (den ich damals selbst noch nicht kannte), Kutscher, die noch nicht recht lesen konnten, hielten Bücher in der Hand, nur weil es Bücher waren und Bücher ›Bildung‹ bedeuteten, also Ehre, Pflicht des neuen Proletariats. Ach, wie oft mußten wir lächeln, wenn man uns mittlere Fabriken zeigte und ein Staunen erwartete, als ob wir derlei noch nie in Europa und Amerika gesehen; »elektrisch«, sagte mir ganz stolz ein Arbeiter, auf eine Nähmaschine deutend, und blickte mich erwartungsvoll an, ich sollte in Bewunderung ausbrechen. Weil das Volk all diese technischen Dinge zum erstenmal sah, glaubte es demütig, die Revolution und Väterchen Lenin und Trotzkij hätten dies alles erdacht und erfunden. So lächelte man in Bewunderung und bewunderte, während man sich heimlich amüsierte; welch ein wunderbares begabtes und gütiges großes Kind, dieses Rußland, dachte man immer und fragte sich: wird es wirklich die ungeheure Lektion so rasch lernen, wie es sich vorgenommen? Wird dieser Plan noch weiter sich großartig entfalten oder in der alten russischen Oblomowerei versanden? In der einen Stunde hatte man Zuversicht, in der andern Mißtrauen. Je mehr ich sah, desto weniger wurde ich mir klar.

Aber lag das Zwiespältige an mir, lag es nicht vielmehr im russischen Wesen begründet, lag es nicht sogar in Tolstois Seele, den wir zu feiern gekommen waren? Auf der Bahnfahrt nach Jasnaja Poljana sprach ich darüber mit Lunartscharskij. »Was war er eigentlich«, sagte mir Lunartscharskij, »ein Revolutionär oder ein Reaktionär? Hat er es selbst gewußt? Als richtiger Russe wollte er alles zu rasch, nach Tausenden von Jahren die ganze Welt ändern in einem Handumdrehen. – Ganz wie wir«, fügte er lächelnd bei, »und mit einer einzigen Formel genau wie wir. Man sieht uns falsch, uns Russen, wenn man uns geduldig nennt. Wir sind geduldig mit unseren Körpern und sogar mit unserer Seele. Aber mit unserem Denken sind wir ungeduldiger als jedes andere Volk, wir wollen alle Wahrheiten, ›die‹ Wahrheit immer sofort wissen. Und wie hat er sich gequält darum, der alte Mann.« Und wirklich, als ich durch Tolstois Haus in Jasnaja Poljana ging, fühlte ich nur immer dies ›wie hat er sich gequält, der große alte Mann‹. Da war der Schreibtisch, an dem er seine unvergänglichen Werke geschrieben, und er hatte ihn verlassen, um nebenan in einem ärmlichen Gemach Schuhe zu schustern, schlechte Schuhe. Da war die Tür, da war die Treppe, durch die er diesem Haus, durch die er dem Zwiespalt seiner Existenz hatte entflüchten wollen. Da war die Flinte, mit der er im Kriege Feinde getötet, der er doch Feind alles Krieges war. Die ganze Frage seiner Existenz stand stark und sinnlich vor mir in diesem niederen weißen Gutshause, aber wunderbar war dies Tragische dann gelindert durch den Gang an seine letzte Ruhestätte.

Denn nichts Großartigeres, nichts Ergreifenderes habe ich in Rußland gesehen als Tolstois Grab. Abseits und allein liegt dieser erlauchte Pilgerort, eingebettet im

Wald. Ein schmaler Fußpfad führt hin zu diesem Hügel, der nichts ist als ein gehäuftes Rechteck Erde, von niemandem bewacht, von niemandem gehütet, nur von ein paar großen Bäumen beschattet. Diese hochragenden Bäume hat, so erzählte mir seine Enkelin vor dem Grab, Leo Tolstoi selbst gepflanzt. Sein Bruder Nicolai und er hatten als Knaben von irgendeiner Dorffrau die Sage gehört, wo man Bäume pflanze, werde ein Ort des Glückes sein. So hatten sie halb im Spiel ein paar Schößlinge eingesetzt. Erst später entsann sich der alte Mann dieser wunderbaren Verheißung und äußerte sofort den Wunsch, unter jenen selbstgepflanzten Bäumen begraben zu werden. Das ist geschehen, ganz nach seinem Willen, und es ward das eindrucksvollste Grab der Welt durch seine herzbezwingende Schlichtheit. Ein kleiner rechteckiger Hügel mitten im Wald von Bäumen überblüht – nulla crux, nulla corona! kein Kreuz, kein Grabstein, keine Inschrift. Namenlos ist der große Mann begraben, der wie kein anderer an seinem Namen und seinem Ruhm litt, genau wie ein zufällig aufgefundener Landstreicher, wie ein unbekannter Soldat. Niemandem bleibt es verwehrt, an seine letzte Ruhestätte zu treten; der dünne Bretterzaun ringsherum ist nicht verschlossen. Nichts behütet die letzte Ruhe des Ruhelosen als die Ehrfurcht der Menschen. Während sich sonst Neugier um den Prunk eines Grabes drängt, bannt hier die zwingende Einfachheit jede Schaulust. Wind rauscht wie Gottes Wort über das Grab des Namenlosen, sonst keine Stimme, man könnte daran vorbeigehen, ohne mehr zu wissen, als daß hier irgendeiner begraben liegt, irgendein russischer Mensch in der russischen Erde. Nicht Napoleons Krypta unter dem Marmorbogen des Invalidendomes, nicht Goethes Sarg in der Fürstengruft, nicht jene Grabmäler in der Westminsterabtei erschüttern durch ihren Anblick so sehr wie dies herrlich schweigende, rührend namenlose Grab irgendwo im Walde, nur vom Wind umflüstert und selbst ohne Botschaft und Wort.

Vierzehn Tage war ich in Rußland gewesen, und noch immer empfand ich diese innerliche Gespanntheit, diesen Nebel leichter geistiger Berauschtheit. Was war es eigentlich, das einen so erregte? Bald erkannte ich's: es waren die Menschen und die impulsive Herzlichkeit, die von ihnen ausströmte. Alle vom ersten bis zum letzten waren überzeugt, daß sie an einer ungeheuren Sache beteiligt waren, welche die ganze Menschheit betraf, alle davon durchdrungen, daß, was sie an Entbehrungen und Einschränkungen auf sich nehmen mußten, um einer höheren Mission willen geschah. Das alte Minderwertigkeitsgefühl gegenüber Europa war umgeschlagen in einen trunkenen Stolz, vorauszusein, allen voraus. ›Ex oriente lux‹ – von ihnen kam das Heil; so meinten sie ehrlich und redlich, ›Die‹ Wahrheit, sie hatten sie erkannt; ihnen war gegeben, zu erfüllen, was die andern nur träumten. Wenn sie das Nichtigste einem zeigten, so strahlten ihre Augen: »Das haben wir gemacht.« Und dieses ›Wir‹ ging durch das ganze Volk. Der Kutscher, der einen fuhr, wies mit der Peitsche auf irgendein neues Haus, ein Lachen machte die Wangen breit: »Wir haben das gebaut.« Die Tataren, die Mongolen in den Studentenräumen kamen auf einen zu, zeigten einem voll Stolz ihre Bücher: »Darwin!« sagte der eine, »Marx!« der andere, genau so stolz, als hätten sie selbst die Bücher geschrieben. Unablässig drängten sie sich, einem zu zeigen, zu erklären, sie waren so dankbar, daß jemand gekommen war, ›ihr‹ Werk zu sehen. Jeder hatte – Jahre vor Stalin! – zu einem Europäer grenzenloses Vertrauen, mit guten treuen Augen blickten sie zu einem auf und schüttelten einem kräftig und brüderlich die Hand. Aber gerade die Geringsten zeigten zugleich, daß sie einen zwar liebten, aber nicht etwa ›Respekt‹ hatten –

man war doch Bruder, Towarisch, war Kamerad. Auch bei den Schriftstellern war es nicht anders. Wir saßen im Hause zusammen, das vormals Alexander Herzen gehört hatte, nicht nur Europäer und Russen, sondern Tungusen und Georgier und Kaukasier, jeder Sowjetstaat hatte für Tolstoi seinen Delegierten gesandt. Man konnte sich mit den meisten nicht verständigen, aber man verstand sich doch. Manchmal stand einer auf, kam auf einen zu, nannte den Titel eines Buches, das man geschrieben, deutete auf sein Herz, um zu sagen »ich liebe es sehr«, dann packte er einen bei der Hand und schüttelte sie, als wollte er einem alle Gelenke vor Liebe zerbrechen. Und noch rührender, jeder brachte ein Geschenk. Es war damals noch eine schlimme Zeit; sie besaßen nichts von Wert, aber jeder holte etwas heran, um einem eine Erinnerung zu geben, einen alten wertlosen Stich, ein Buch, das man nicht lesen konnte, eine bäuerliche Schnitzerei. Ich hatte es freilich leichter, denn ich konnte mit Kostbarkeiten erwidern, die Rußland seit Jahren nicht gesehen –, mit einer Gillette-Rasierklinge, einer Füllfeder, ein paar Bogen guten weißen Briefpapiers, ein Paar weichen ledernen Pantoffeln, so daß ich mit geringstem Gepäck nach Hause kam. Gerade das Stumme und doch Impulsive der Herzlichkeit war überwältigend, und es war eine bei uns unbekannte Breite und Wärme der Wirkung, die man hier sinnlich fühlte – denn bei uns erreichte man doch niemals das ›Volk‹ –, eine gefährliche Verführung wurde jedes Beisammensein mit diesen Menschen, der manche der ausländischen Schriftsteller auch tatsächlich bei ihren Besuchen in Rußland erlegen sind. Weil sie sich gefeiert sahen wie nie und von der wirklichen Masse geliebt, glaubten sie das Regime rühmen zu müssen, unter dem man sie so las und liebte; es liegt ja in der menschlichen Natur, Generosität mit Generosität, Überschwang mit Überschwang zu erwidern. Ich muß gestehen, daß ich selbst in manchen Augenblicken in Rußland nahe daran war, hymnisch zu werden und mich an der Begeisterung zu begeistern.

Daß ich diesem zauberischen Rausch nicht anheimfiel, danke ich nicht so sehr eigener innerer Kraft als einem Unbekannten, dessen Namen ich nicht weiß und nie erfahren werde. Es war nach einer Festlichkeit bei Studenten. Sie hatten mich umringt, umarmt und mir die Hände geschüttelt. Mir war noch ganz warm von ihrem Enthusiasmus, ich sah voll Freude ihre belebten Gesichter. Vier, fünf begleiteten mich nach Hause, ein ganzer Trupp, wobei die mir zugeteilte Dolmetscherin, ebenfalls eine Studentin, mir alles übersetzte. Erst wie ich die Zimmertür im Hotel hinter mir geschlossen hatte, war ich wirklich allein, allein eigentlich zum erstenmal seit zwölf Tagen, denn immer war man begleitet, immer umhütet, von warmen Wellen getragen. Ich begann mich auszuziehen und legte meinen Rock ab. Dabei spürte ich etwas knistern. Ich griff in die Tasche. Es war ein Brief. Ein Brief in französischer Sprache, aber ein Brief, der mir nicht durch die Post zugekommen war, ein Brief, den irgend jemand bei einer dieser Umarmungen oder Umdrängungen mir geschickt in die Tasche geschoben haben mußte.

Es war ein Brief ohne Unterschrift, ein sehr kluger, ein menschlicher Brief, nicht zwar der eines ›Weißen‹, aber doch voll Erbitterung gegen die immer steigende Einschränkung der Freiheit in den letzten Jahren. »Glauben Sie nicht alles«, schrieb mir dieser Unbekannte, »was man Ihnen sagt. Vergessen Sie nicht, bei allem, was man Ihnen zeigt, daß man Ihnen auch vieles nicht zeigt. Erinnern Sie sich, daß die Menschen, die mit Ihnen sprechen, meistens nicht das sagen, was sie Ihnen sagen wollen, sondern nur, was sie Ihnen sagen dürfen. Wir sind alle überwacht und Sie selbst nicht minder. Ihre Dolmetscherin meldet jedes Wort. Ihr Telephon ist abgehört, jeder Schritt kontrolliert.« Er gab mir eine Reihe von Beispielen und Einzelheiten, die zu überprüfen ich nicht imstande war. Aber ich verbrannte diesen Brief gemäß seiner Weisung – »Zerreißen Sie ihn nicht bloß, denn man würde die einzelnen Stücke aus Ihrem Papierkorb holen und zusammensetzen« – und begann zum erstenmal alles zu überdenken. War es nicht wirklich Tatsache, daß ich inmitten dieser ehrlichen Herzlichkeit, dieser wunderbaren Kameradschaftlichkeit eigentlich nicht ein einziges Mal Gelegenheit gehabt hatte, unbefangen mit jemandem unter vier Augen zu sprechen? Meine Unkenntnis der Sprache hatte mich verhindert, mit den Leuten aus dem Volke rechte Fühlung zu nehmen. Und dann: ein wie winziges Stück des unübersehbaren Reiches hatte ich in diesen vierzehn Tagen gesehen! Wenn ich ehrlich gegen mich und gegen andere sein wollte, mußte ich zugeben, daß mein Eindruck, so erregend, so beschwingend er in manchen Einzelheiten gewesen, doch keine objektive Gültigkeit haben konnte. So kam es, daß, während fast alle anderen europäischen Schriftsteller, die von Rußland zurückkamen, sofort ein Buch veröffentlichten mit begeistertem Ja oder erbittertem Nein, ich nichts als ein paar Aufsätze schrieb. Und ich habe mit dieser Zurückhaltung gut getan, denn schon nach drei Monaten war vieles anders, als ich es gesehen, und nach einem Jahr wäre dank der rapiden Wandlungen jedes Wort schon von den Tatsachen Lügen gestraft worden. Immerhin habe ich das Strömende unserer Zeit in Rußland so stark gefühlt wie selten in meinem Leben.

Meine Koffer waren bei meiner Abreise von Moskau ziemlich leer. Was ich weggeben konnte, hatte ich verteilt und meinerseits nur zwei Ikonen mitgenommen, die dann lange Zeit mein Zimmer schmückten. Aber das Wertvollste, was ich mir heimbrachte, war die Freundschaft mit

Maxim Gorkij, dem ich in Moskau zum ersten Male persönlich begegnet bin. Ich traf ihn ein oder zwei Jahre später in Sorrent wieder, wohin er sich wegen seiner gefährdeten Gesundheit hatte begeben müssen, und verbrachte dort drei unvergeßliche Tage als Gast in seinem Hause.

Dieses unser Beisammensein war eigentlich sehr sonderbar. Gorkij beherrschte keine ausländische Sprache, ich wiederum nicht die russische. Nach allen Regeln der Logik hätten wir also einander stumm gegenübersitzen müssen oder ein Gespräch nur dank unserer verehrten Freundin Maria Baronin Budberg durch Verdolmetschung aufrechterhalten können. Aber Gorkij war keineswegs bloß zufällig einer der genialsten Erzähler der Weltliteratur; erzählen bedeutete für ihn nicht nur künstlerische Ausdrucksform, es war eine funktionelle Emanation seines ganzen Wesens. Im Erzählen lebte er in dem Erzählten, verwandelte er sich in das Erzählte, und ich verstand ihn, ohne die Sprache zu verstehen, schon im voraus durch die plastische Tätigkeit seines Gesichts. An und für sich sah er nur – man kann es nicht anders sagen – ›russisch‹ aus. Nichts war auffallend an seinen Zügen; man hätte den hohen hagern Mann mit dem strohgelben Haar und den breiten Backenknochen sich als Bauer auf dem Felde denken können, als Kutscher auf einer Droschke, als kleinen Schuster, als verwahrlosten Vaganten – er war nichts als ›Volk‹, als konzentrierte Urform des russischen Menschen. Auf der Straße wäre man achtlos an ihm vorübergegangen, ohne das Besondere an ihm zu merken. Erst wenn man ihm gegenübersaß und er zu erzählen begann, erkannte man, wer er war. Denn er wurde unwillkürlich der Mensch, den er porträtierte. Ich erinnere mich, wie er – ich verstand schon, ehe man mir übersetzte – einen alten, buckligen, müden Menschen beschrieb, den er auf seinen Wanderungen einmal getroffen hatte. Unwillkürlich sank der Kopf ein, die Schultern drückten sich nieder, seine Augen, strahlend blau und leuchtend, als er begonnen, wurden dunkel und müde, seine Stimme brüchig; er hatte sich, ohne es zu wissen, in den alten Buckligen verwandelt. Und sofort, wenn er etwas Heiteres schilderte, brach das Lachen breit aus seinem Mund, er lehnte sich locker zurück, ein Glanz schimmerte auf seiner Stirn; es war eine unbeschreibliche Lust, ihm zuzuhören, während er mit runden, gleichsam bildnerischen Bewegungen Landschaft und Menschen um sich stellte. Alles an ihm war einfach-natürlich, sein Gehen, sein Sitzen, sein Lauschen, sein Übermut; eines Abends verkleidete er sich als Bojar, legte sich einen Säbel um, und sofort kam Hoheit in seinen Blick. Befehlend spannten sich seine Augenbrauen, er ging energisch im Zimmer auf und ab, als erwäge er einen grimmigen Ukas, und im nächsten Augenblick, als er die Verkleidung abgenommen, lachte er kindlich wie ein Bauernjunge. Seine Vitalität war ein Wunder; er lebte mit seiner zerstörten Lunge eigentlich gegen alle Gesetze der Medizin, aber ein unheimlicher Lebenswille, ein ehernes Pflichtgefühl hielten ihn aufrecht; jeden Morgen schrieb er mit seiner klaren kalligraphischen Handschrift an seinem großen Roman, beantwortete Hunderte von Fragen, mit denen sich aus seiner Heimat junge Schriftsteller und Arbeiter an ihn wandten; mit ihm beisammen zu sein hieß für mich Rußland erleben, nicht das bolschewistische, nicht das von einst und nicht das von heute, sondern des ewigen Volkes weite, starke und dunkle Seele. Innerlich war er in jenen Jahren noch nicht ganz entschieden. Als alter Revolutionär hatte er den Umsturz gewollt, war mit Lenin persönlich befreundet gewesen, aber er zögerte damals noch, sich ganz der Partei zu verschreiben, »Pope zu werden oder Papst«, wie er sagte, und doch drückte ihn das Gewissen, in jenen Jahren, wo jede Woche Entscheidung brachte, nicht mit den Seinen zu sein.

Zufällig wurde ich in jenen Tagen Zeuge einer solchen, sehr charakteristischen, durchaus neu-russischen Szene, die mir seinen ganzen Zwiespalt enthüllte. Zum erstenmal war in Neapel ein russisches Kriegsschiff auf einer Übungsfahrt eingelaufen. Die jungen Matrosen, die nie in der Weltstadt gewesen, promenierten in ihren schmucken Uniformen durch die Via Toledo und konnten sich mit ihren großen, neugierigen Bauernaugen nicht sattsehen an all dem Neuen. Am nächsten Tag entschloß sich ein Trupp von ihnen, nach Sorrent hinüberzufahren, um ›ihren‹ Dichter zu besuchen. Sie sagten sich nicht an; in ihrer russischen Bruderschaftsidee war es ihnen ganz selbstverständlich, daß ›ihr‹ Dichter jederzeit für sie Zeit haben müsse. Plötzlich standen sie vor seinem Haus, und sie hatten richtig gefühlt: Gorkij ließ sie nicht warten und lud sie zu Gast. Aber – Gorkij erzählte es selbst lachend am nächsten Tage – diese jungen Leute, denen nichts höher stand als die ›Sache‹, gebärdeten sich zunächst recht streng zu ihm. »Wie wohnst du da«, sagten sie, kaum in die schöne behagliche Villa eingetreten. »Du lebst ja ganz wie ein Bourgeois. Und warum kommst du eigentlich nicht nach Rußland zurück?« Gorkij mußte ihnen alles ausführlich erklären, so gut er konnte. Aber im Grunde meinten es die braven Jungen auch nicht so streng. Sie hatten eben nur zeigen wollen, daß sie vor Ruhm keinen ›Respekt‹ hatten und jeden zuerst auf seine Gesinnung prüften. Unbefangen setzten sie sich hin, tranken Tee, plauderten, und zum Schluß umarmte ihn einer nach dem andern beim Abschied. Es war wunderbar, wie Gorkij die Szene erzählte, ganz verliebt in die lockere freie Art dieser neuen Generation und ohne im mindesten etwa durch ihre Burschikosität gekränkt zu sein. »Wie anders wir waren«, wiederholte er immer, »entweder geduckt oder voll Vehemenz, aber nie sicher unserer selbst.« Den ganzen Abend leuchteten seine Augen. Und als ich ihm sagte: »Ich glaube, am liebsten wären Sie mit ihnen heimgefahren«, stutzte er, sah mich scharf an. »Wieso wissen Sie das? Wirklich, ich habe bis zum letzten Augenblick noch überlegt, ob ich nicht alles stehen und liegen lassen sollte, die Bücher, die Papiere und die Arbeit, und mit solchen jungen Burschen vierzehn Tage auf ihrem Schiff ins Blaue fahren. Dann hätte ich wieder gewußt, was Rußland ist. In der Ferne verlernt man das Beste, keiner von uns hat im Exil noch etwas Gutes geleistet.«

Aber Gorkij irrte, wenn er Sorrent ein Exil nannte. Er konnte doch jeden Tag heimkehren und ist auch tatsächlich heimgekehrt. Er war nicht verbannt mit seinen Büchern, mit seiner Person wie Mereschkowskij – ich bin dem tragisch Verbitterten in Paris begegnet –, nicht wie *wir* es heute sind, die nach Grillparzers schönem Wort ›zwei Fremden und keine Heimat‹ haben, unbehaust in geborgten Sprachen und umgetrieben vom Wind. Einen wirklichen Exilierten dagegen und einen besonderer Art konnte ich in den nächsten Tagen in Neapel aufsuchen: Benedetto Croce. Jahrzehntelang war er der geistige Führer der Jugend gewesen, er hatte als Senator und Minister alle äußeren Ehren in seinem Lande gehabt, bis sein Widerstand gegen den Faschismus ihn mit Mussolini in Konflikt brachte. Er legte seine Ämter nieder und zog sich zurück; dies aber genügte den Intransigenten nicht, sie wollten seinen Widerstand brechen und ihn notfalls sogar züchtigen. Die Studenten, im Gegensatz zu einst, heute überall Stoßtruppe der Reaktion, stürmten sein Haus und schlugen ihm die Scheiben ein. Aber der kleine untersetzte Mann, der mit seinen klugen Augen und seinem Spitzbärtchen eher wie ein behaglicher Bürgersmann aussieht, ließ sich nicht einschüchtern. Er verließ nicht das Land, er blieb in seinem Hause hinter dem Wall seiner Bücher, obwohl er Rufe an amerikanische und ausländische Universitäten hatte. Er setzte seine Zeitschrift ›Critica‹ in der gleichen Gesinnung fort, veröffentlichte weiter seine Bücher, und so stark war seine Autorität, daß die sonst unerbittliche Zensur auf Befehl Mussolinis vor ihm halt machte, während seine Schüler, seine Gesinnungsgenossen völlig erledigt wurden. Ihn aufzusuchen erforderte für einen Italiener und sogar für einen Ausländer besonderen Mut, denn die Behörden wußten wohl, daß er in seiner Zitadelle, seinen mit Büchern überfüllten Zimmern ohne Maske und Schminke sprach. So lebte er gleichsam in einem luftdicht abgeschlossenen Raum, in einer Art Gasflasche inmitten der vierzig Millionen seiner Landsleute. Diese hermetische Isolierung eines einzelnen in einer Millionenstadt, einem Millionenland hatte für mich gleichzeitig etwas Gespenstisches und Großartiges. Noch wußte ich nicht, daß dies noch immer eine bedeutend mildere Form der geistigen Abtötung bedeutete, als sie später uns selber zuteil werden sollte, und konnte nicht umhin zu bewundern, welche Frische und geistige Spannkraft dieser immerhin schon alte Mann sich in dem täglichen Kampfe bewahrte. Aber er lachte. »Gerade der Widerstand ist es, der einen verjüngt. Wäre ich Senator geblieben, so hätte ich es leicht gehabt, ich wäre längst geistig träge und inkonsequent geworden. Nichts schadet dem geistigen Menschen mehr als Mangel am Widerstand; erst seit ich allein stehe und die Jugend nicht mehr um mich habe, bin ich genötigt, selbst wieder jung zu werden.«

Aber einige Jahre mußten erst vergehen, bis auch ich verstand, daß Prüfung herausfordert, Verfolgung bestärkt und Vereinsamung steigert, sofern sie einen nicht zerbricht. Wie alle wesentlichen Dinge des Lebens lernt man derlei Erkenntnisse nie an fremden Erfahrungen, sondern immer nur an dem eigenen Schicksal.

Daß ich den wichtigsten Mann Italiens, Mussolini, nie gesehen habe, ist meiner Gehemmtheit zuzuschreiben, mich politischen Persönlichkeiten zu nähern; selbst in meinem Vaterlande, dem kleinen Österreich, bin ich, was eigentlich ein Kunststück war, keinem von den führenden Staatsmännern – nicht Seipel, nicht Dollfuß, nicht Schuschnigg – je begegnet. Und doch wäre es meine Pflicht gewesen, Mussolini, der, wie ich von gemeinsamen Freunden wußte, einer der ersten und besten Leser meiner Bücher in Italien war, persönlich Dank zu sagen für die spontane Art, in der er mir die erste Bitte, die ich je an einen Staatsmann gerichtet, erfüllt hatte.

Das kam so. Eines Tages erhielt ich einen Eilbrief eines Freundes aus Paris, eine italienische Dame wolle mich in einer wichtigen Angelegenheit in Salzburg besuchen, ich möchte sie sofort empfangen. Sie meldete sich am nächsten Tage, und was sie mir sagte, war wirklich erschütternd. Ihr Mann, ein hervorragender Arzt aus armer Familie, war von Matteotti auf seine Kosten erzogen worden. Bei der brutalen Ermordung dieses sozialistischen Führers durch die Faschisten hatte das schon stark ermüdete Weltgewissen noch einmal erbittert gegen ein einzelnes Verbrechen reagiert. Ganz Europa hatte sich in Entrüstung erhoben. Der getreue Freund war nun einer jener sechs Couragierten gewesen, die damals gewagt hatten, öffentlich den Sarg des Ermordeten durch die Straßen von Rom zu tragen; kurz darauf war er, boykottiert und bedroht, ins Exil gegangen. Aber das Schicksal der Familie Matteottis ließ ihm keine Ruhe, er wollte in Erinnerung an seinen Wohltäter dessen Kinder aus Italien ins Ausland schmuggeln. Bei diesem Versuch war er in die Hände von Spionen oder Agents provocateurs gefallen und verhaftet worden. Da jede Erinnerung an Matteotti für Italien peinlich war, hätte ein Prozeß aus diesem Anlaß kaum sehr schlimm für ihn ausfallen können; aber der Prokurator schob ihn geschickt in einen anderen gleichzeitigen Prozeß hinüber, dem ein geplantes Bombenattentat gegen Mussolini zugrunde lag. Und der Arzt, der im Felde die höchsten Kriegsdekorationen erworben hatte, wurde zu zehn Jahren schwerem Zuchthaus verurteilt.

Die junge Frau war verständlicherweise ungeheuer erregt. Man müsse etwas gegen dieses Urteil tun, das ihr Mann nicht überleben könne. Man müsse alle literarischen Namen Europas zu einem lauten Protest vereinigen, und sie bitte mich, ihr behilflich zu sein. Ich riet sofort ab, etwas mit Protesten zu versuchen. Ich wußte, wie abgebraucht seit dem Kriege alle diese Manifestationen geworden waren. Ich versuchte ihr klarzumachen, daß schon aus Nationalstolz kein Land von außen seine Justiz korrigieren lasse und daß der europäische Protest im Falle Sacco und Vanzetti in Amerika eher ungünstige als fördernde Wirkung gehabt. Ich bat sie dringend, nichts in diesem Sinne zu tun. Sie würde bloß die Situation ihres Mannes verschlimmern, denn nie werde Mussolini, nie könne er, selbst wenn er wolle, eine Milderung anordnen, wenn man versuche, sie ihm von außen aufzunötigen. Aber ich versprach, aufrichtig erschüttert, mein Bestes zu tun. Ich ginge zufällig nächste Woche nach Italien, wo ich wohlmeinende Freunde in einflußreichen Stellungen hätte. Vielleicht könnten die im stillen zu seinen Gunsten wirken.

Ich versuchte es gleich am ersten Tage. Aber ich sah, wie sehr schon die Furcht sich in die Seelen eingefressen hatte. Kaum nannte ich den Namen, wurde jeder verlegen. Nein, er habe da keinen Einfluß. Es sei völlig unmöglich. So ging es von einem zum andern. Ich kam beschämt zurück, denn vielleicht konnte die Unglückliche glauben, ich hätte nicht das Äußerste versucht. Und ich hatte es auch nicht versucht. Es blieb noch eine Möglichkeit – der gerade, der offene Weg: an den Mann, in dessen Händen die Entscheidung lag, an Mussolini selbst zu schreiben.

Ich tat es. Ich richtete einen wirklich ehrlichen Brief an ihn. Ich wollte nicht mit Schmeicheleien beginnen, schrieb ich, und auch gleich zu Anfang sagen, daß ich den Mann sowie das Ausmaß seines Beginnens nicht kenne. Aber ich hätte seine Frau gesehen, die zweifellos unschuldig sei, und auch auf sie falle die volle Wucht der Strafe, wenn ihr Mann diese Jahre im Zuchthaus verbringe. Ich wolle keineswegs Kritik an dem Urteil üben, aber ich könne mir denken, daß es für die Frau Lebensrettung bedeute, wenn ihr Mann statt ins Zuchthaus auf eine der Gefangenen-Inseln gebracht werde, wo es Frauen und Kindern gestattet ist, mit den Exilierten zu wohnen.

Ich nahm den Brief und warf ihn, an Seine Exzellenz Benito Mussolini adressiert, in den gewöhnlichen Salzburger Briefkasten. Vier Tage später schrieb mir die Wiener Italienische Gesandtschaft, Seine Exzellenz lasse mir danken und sagen, daß er meinem Wunsche stattgegeben und auch eine Verkürzung der Strafzeit vorgesehen habe. Gleichzeitig kam aus Italien ein Telegramm, das bereits die erbetene Überführung bestätigte. Mit einem einzigen raschen Federstrich hatte Mussolini persönlich meine Bitte erfüllt, und tatsächlich wurde der Verurteilte auch bald völlig begnadigt. Kein Brief in meinem Leben hat mir mehr Freude und Genugtuung gebracht, und wenn je eines literarischen Erfolges, so denke ich dieses mit besonderer Dankbarkeit.

Es war gut in jenen Jahren der letzten Windstille zu reisen. Aber es war auch schön heimzukehren. Etwas Merkwürdiges hatte sich in aller Stille ereignet. Die kleine Stadt Salzburg mit ihren 40000 Einwohnern, die ich mir gerade um ihrer romantischen Abgelegenheit willen gewählt, hatte sich erstaunlich verwandelt: sie war im Sommer zur künstlerischen Hauptstadt nicht nur Europas, sondern der ganzen Welt geworden. Max Reinhardt und Hugo von Hofmannsthal hatten in den schwersten Nachkriegsjahren, um der Not der Schauspieler und Musiker abzuhelfen, die im Sommer brotlos waren, ein paar Aufführungen, vor allem jene berühmte Freilichtaufführung des ›Jedermann‹ auf dem Salzburger Domplatz veranstaltet, die zunächst aus der unmittelbaren Nachbarschaft Besucher anlockten; später hatte man es auch mit Opernaufführungen versucht, die sich immer besser, immer vollendeter anließen. Allmählich wurde die Welt aufmerksam. Die besten Dirigenten, Sänger, Schauspieler drängten sich ehrgeizig heran, der Gelegenheit froh, statt bloß vor ihrem eng heimischen auch vor einem internationalen Publikum ihre Künste zeigen zu können. Mit einemmal wurden die Salzburger Festspiele eine Weltattraktion, gleichsam die neuzeitlichen olympischen Spiele der Kunst, bei denen alle Nationen wetteiferten, ihre besten Leistungen zur Schau zu stellen. Niemand wollte mehr diese außerordentlichen Darstellungen missen. Könige und Fürsten, amerikanische Millionäre und Filmdivas, die Musikfreunde, die Künstler, die Dichter und Snobs gaben sich in den letzten Jahren in Salzburg Rendezvous; nie war in Europa eine ähnliche Konzentration der schauspielerischen und musikalischen Vollendung gelungen wie in dieser kleinen Stadt des kleinen und lange mißachteten Österreich. Salzburg blühte auf. In seinen Straßen begegnete man im Sommer jedwedem aus Europa und Amerika, der in der Kunst die höchste Form der Darbietung suchte, in Salzburger Landestracht – weiße kurze Leinenhosen und Joppen für die Männer, das bunte ›Dirndlkostüm‹ für die Frauen –, das winzige Salzburg beherrschte mit einemmal die Weltmode. In den Hotels kämpfte man um Zimmer, die Auffahrt der Automobile zum Festspielhaus war so prunkvoll wie einst jene zum kaiserlichen Hofball, der Bahnhof ständig überflutet; andere Städte versuchten diesen goldhaltigen Strom zu sich abzuziehen, keiner gelang es. Salzburg war und blieb in diesem Jahrzehnt der künstlerische Pilgerort Europas.

So lebte ich mit einemmal in der eigenen Stadt inmitten von Europa. Wieder hatte das Schicksal mir einen Wunsch erfüllt, den ich selbst kaum auszudenken gewagt, und unser Haus auf dem Kapuzinerberg wurde ein europäisches Haus. Wer ist dort nicht zu Gast gewesen? Unser Gästebuch könnte es besser bezeugen als die bloße Erinnerung, aber auch dies Buch ist mit dem Haus und vielem anderen den Nationalsozialisten verblieben. Mit wem haben wir dort nicht herzliche Stunden verbracht, von der Terrasse hinausblickend in die schöne und friedliche Landschaft, ohne zu ahnen, daß gerade gegenüber auf dem Berchtesgadener Berg der eine Mann saß, der all dies zerstören sollte? Romain Rolland hat bei uns gewohnt und Thomas Mann, von den Schriftstellern sind H. G. Wells, Hofmannsthal, Jakob Wassermann, van Loon, James Joyce, Emil Ludwig, Franz Werfel, Georg Brandes, Paul Valéry, Jane Adams, Schalom Asch, Arthur Schnitzler freundschaftlich empfangene Gäste gewesen, von den Musikern Ravel und Richard Strauss, Alban Berg, Bruno Walter, Bartók und wer noch alles von den Malern, den Schauspielern, den Gelehrten aus allen Winden? Wie viele gute und helle Stunden geistigen Gesprächs wehte jeder Sommer uns zu! Eines Tages klomm Arturo Toscanini die steilen Stufen empor, und mit der gleichen Stunde begann eine Freundschaft, die mich Musik noch mehr, noch wissender lieben und genießen ließ als je zuvor. Ich war jahrelang dann getreuester Gast bei seinen Proben und erlebte den leidenschaftlichen Kampf immer wieder, mit dem er jene Vollendung erzwingt, die dann in den öffentlichen Konzerten gleichzeitig als Wunder und Selbstverständlichkeit erscheint (ich versuchte einmal in einem Aufsatz diese Proben zu schildern, die jedem Künstler den vorbildlichsten Antrieb darstellen, nicht abzulassen bis zur letzten Fehllosigkeit). Herrlich ward mir Shakespeares Wort bestätigt, daß ›Musik der Seele Nahrung‹ ist, und dem Wettstreit der Künste zublickend, segnete ich das Geschick, das mir gegeben, ihnen dauernd verbunden zu wirken. Wie reich, wie farbig waren diese Sommertage, da Kunst und gesegnete Landschaft sich gegenseitig steigerten! Und immer, wenn ich mich rückschauend an das Städtchen erinnerte, verfallen, grau, bedrückt wie es unmittelbar nach dem Kriege gewesen, an unser eigenes Haus, darin wir frierend den durch das Dach einbrechenden Regen bekämpft, spürte ich erst, was diese benedeiten Jahre des Friedens für mein Leben getan. Es war wieder erlaubt, an die Welt, an die Menschheit zu glauben.

Es kamen viele erwünschte berühmte Gäste in unser Haus in jenen Jahren, aber auch in den Stunden des Alleinseins sammelte sich um mich ein magischer Kreis erhabener Gestalten, deren Schatten und Spur zu beschwören mir allmählich gelungen war: in meiner schon erwähnten Sammlung von Autographen hatten sich die größten Meister aller Zeiten in ihrer Handschrift zusammengefunden. Was ich als Fünfzehnjähriger dilettantisch begonnen, hatte sich in all diesen Jahren dank vieler Erfahrung, reichlicherer Mittel und eher noch gesteigerter Leidenschaft aus einem bloßen Nebeneinander in ein organisches Gebilde und, ich darf es wohl sagen, in ein wirkliches Kunstwerk verwandelt. In den Anfängen hatte ich wie jeder Anfänger nur getrachtet, Namen zusammenzuraffen, berühmte Namen; dann hatte ich aus psychologischer Neugier nur mehr Manuskripte gesammelt – Urschriften oder Fragmente von Werken, die mir zugleich Einblick in die Schaffensweise eines geliebten Meisters gewährten. Von den unzähligen unlösbaren Rätseln der Welt bleibt das tiefste und geheimnisvollste doch das Geheimnis der Schöpfung. Hier läßt sich die Natur nicht belauschen, niemals wird sie diesen letzten Kunstgriff sich absehen lassen, wie die Erde entstand und wie eine kleine Blume entsteht, wie ein Gedicht und wie ein Mensch. Hier zieht sie unbarmherzig und unnachgiebig ihren Schleier vor. Selbst der Dichter, selbst der Musiker wird nachträglich den Augenblick seiner Inspiration nicht mehr erläutern können. Ist einmal die Schöpfung vollendet gestaltet, so weiß der Künstler von ihrem Ursprung nicht mehr und nicht von ihrem Wachsen und Werden. Nie oder fast nie vermag er zu erklären, wie in seinen erhobenen Sinnen die Worte sich zu einer Strophe, wie aus einzelnen Tönen Melodien sich zusammenfügten, die dann durch die Jahrhunderte klingen. Das einzige, was eine leise Ahnung dieses unfaßbaren Schöpfungsprozesses gewähren kann, sind die handschriftlichen Blätter und insbesondere die noch nicht für den Druck bestimmten, die mit Korrekturen übersäten, noch ungewissen ersten Entwürfe, aus denen sich dann erst allmählich die künftige gültige Form kristallisiert. Solche Blätter von allen großen Dichtern, Philosophen und Musikern, solche Korrekturen und somit Zeugen ihres Arbeitskampfes zu vereinigen, war die zweite, wissendere Epoche meines Autographensammelns. Es war für mich eine Lust, sie zusammenzujagen auf Auktionen, eine gern getane Mühe, sie aufzuspüren an den verstecktesten Stellen, und zugleich eine Art Wissenschaft, denn allgemach war neben meiner Sammlung von Autographen eine zweite entstanden, die sämtliche Bücher, die je über Autographen geschrieben worden sind, umfaßte, sämtliche Kataloge, die je gedruckt worden sind, über viertausend an der Zahl, eine Handbibliothek ohnegleichen und ohne einen einzigen Rivalen, weil selbst die Händler nicht so viel Zeit und

Liebe an ein Spezialfach wenden konnten. Ich darf wohl sagen – was ich nie im Hinblick auf Literatur oder ein anderes Gebiet des Lebens auszusprechen wagen würde –, daß ich in diesen dreißig oder vierzig Jahren des Sammelns eine erste Autorität auf dem Gebiete der Handschriften geworden war und von jedem bedeutenden Blatte wußte, wo es lag, wem es gehörte und wie es zu seinem Besitzer gewandert war, ein wirklicher Kenner also, der Echtheit auf den ersten Blick bestimmen konnte und in der Bewertung erfahrener als die meisten Professionellen war.

Aber allmählich ging mein sammlerischer Ehrgeiz weiter. Es genügte mir nicht, eine bloße handschriftliche Galerie der Weltliteratur und Musik, einen Spiegel der tausend Arten schöpferischer Methoden zu haben; die bloße Erweiterung der Sammlung lockte mich nicht mehr, sondern was ich in den letzten zehn Jahren meines Sammelns vornahm, war eine ständige Veredelung. Hatte es mir zuerst genügt, von einem Dichter oder Musiker Blätter zu haben, die ihn in einem schöpferischen Momente zeigten, so ging allmählich mein Bemühen dahin, jeden darzustellen in seinem allerglücklichsten schöpferischen Moment, in dem seines höchsten Gelingens. Ich suchte also von einem Dichter nicht nur die Handschrift eines seiner Gedichte, sondern eines seiner schönsten Gedichte und womöglich eines jener Gedichte, das von der Minute an, da die Inspiration in Tinte oder Bleistift zum erstenmal irdischen Niederschlag fand, in alle Ewigkeit reicht. Ich wollte von den Unsterblichen – verwegene Anmaßung! – in der Reliquie ihrer Handschrift gerade das, was sie für die Welt unsterblich gemacht hat.

So war die Sammlung eigentlich in ständigem Fluß; jedes für diesen höchsten Anspruch mindere Blatt, das ich besaß, wurde ausgeschaltet, verkauft oder eingetauscht, sobald es mir gelang, ein wesentlicheres, ein charakteristischeres, ein – wenn ich so sagen darf – ewigkeitshaltigeres zu finden. Und wunderbarerweise gelang es in vielen Fällen, denn es gab außer mir nur ganz wenige, die mit solcher Kenntnis, solcher Zähigkeit und gleichzeitig mit einem solchen Wissen die wesentlichen Stücke sammelten. So vereinigte schließlich erst eine Mappe und dann ein ganzer Kasten, durch Metall und Asbest der Verderbnis wehrend, Urhandschriften von Werken oder aus Werken, die zu den dauerhaftesten Manifesten der schöpferischen Menschheit gehören. Ich habe hier, nomadisch wie ich heute zu leben gezwungen bin, den Katalog jener längst zerstreuten Sammlung nicht zur Hand und kann nur aufs Geratewohl einige der Dinge aufzählen, in denen der irdische Genius in einem Ewigkeitsmoment verkörpert war.

Da war ein Blatt aus Lionardos Arbeitsbuch, Bemerkungen in Spiegelschrift zu Zeichnungen; von Napoleon in kaum leserlicher Schrift auf vier Seiten hingejagt der Armeebefehl an seine Soldaten bei Rivoli; da war ein ganzer Roman in Druckbogen von Balzac, jedes Blatt ein Schlachtfeld mit tausend Korrekturen und mit unbeschreiblicher Deutlichkeit seinen Titanenkampf darstellend von Korrektur zu Korrektur (eine Photokopie ist glücklicherweise für eine amerikanische Universität gerettet). Da war Nietzsches ›Geburt der Tragödie‹ in einer ersten, unbekannten Fassung, die er lange vor der Veröffentlichung für die geliebte Cosima Wagner geschrieben, eine Kantate von Bach und die Arie der Alceste von Gluck und eine von Händel, dessen Musikmanuskripte die seltensten von allen sind. Immer war das Charakteristischste gesucht und meist gefunden, von Brahms die ›Zigeunerlieder‹, von Chopin die ›Barcarole‹, von Schubert das unsterbliche ›An die Musik‹, von Haydn die unvergängliche Melodie des ›Gott erhalte‹ aus dem Kaiserquartett. In einigen Fällen gelang es mir sogar, die einmalige Form des Schöpferischen zu einem ganzen Lebensbilde der schöpferischen Individualität zu erweitern. So hatte ich von Mozart nicht bloß ein ungelenkes Blatt des elfjährigen Knaben, sondern auch als Zeichen seiner Liederkunst das unsterbliche ›Veilchen‹ Goethes, von seiner Tanzmusik die Menuette, die Figaros ›Non più andrai‹ paraphrasierten, und aus dem ›Figaro‹ selbst die Arie des Cherubin, anderseits wieder die zauberhaft unanständigen, niemals im vollen Text öffentlich gedruckten Briefe an das Bäsle und einen skabrösen Kanon und schließlich noch ein Blatt, das er knapp vor seinem Tode geschrieben, eine Arie aus dem ›Titus‹. Ebensoweit war der Lebensbogen bei Goethe umrandet, das erste Blatt eine Übersetzung des neunjährigen Knaben aus dem Lateinischen, das letzte ein Gedicht, im zweiundachtzigsten Jahre knapp vor dem Tode geschrieben, und dazwischen ein mächtiges Blatt aus dem Kronstück seines Schaffens, ein zweiseitiges Folioblatt aus dem ›Faust‹, ein Manuskript zu den Naturwissenschaften, zahlreiche Gedichte und dazu noch Zeichnungen aus den verschiedensten Stadien seines Lebens; man überschaute Goethes ganzes Leben in diesen fünfzehn Blättern. Bei Beethoven, dem Allerverehrtesten, konnte mir freilich ein solches vollkommenes Rundbild nicht gelingen. Wie bei Goethe mein Verleger Professor Kippenberg, war mir hier als Gegenkämpfer und Gegenbieter einer der reichsten Männer der Schweiz entgegen, der einen Beethovenschatz ohnegleichen ansammelte. Aber abgesehen von dem Jugendnotizbuch, dem Lied ›Der Kuß‹ und Fragmenten aus der Egmont-Musik gelang es mir, wenigstens einen Augenblick, den tragischsten seines Lebens, in einer Vollkommenheit optisch darzustellen, wie ihn kein Museum der Erde zu bieten vermag. Durch einen ersten Glücksfall konnte ich die ganzen noch übrigen Einrichtungsstücke seines Zimmers, die nach seinem Tode versteigert wurden und von Hofrat Breuning erworben worden waren, an mich bringen, den mächtigen Schreibtisch vor allem, in dessen Laden verborgen sich die beiden Bilder seiner Geliebten, der Gräfin Giulietta Guicciardi und der Gräfin Erdödy fanden, die Geldkassette, die er bis zum letzten Augenblick neben seinem Bette verwahrt, das kleine Schreibpult, auf dem er noch im Bett die letzten Kompositionen und Briefe niedergeschrieben, eine weiße Locke von seinem Haar, abgeschnitten an seinem Totenbett, die Einladung zum Leichenbegängnis, den letzten Wäschezettel, den er mit zitternder Hand geschrieben, das Dokument des Hausinventars bei der Versteigerung und die Subskription seiner sämtlichen Wiener Freunde für die mittellos zurückgelassene Köchin Sali. Und da dem richtigen Sammler der Zufall immer freundlich in die Hände spielt, hatte ich, kurz nachdem ich alle diese Dinge aus seinem Sterbezimmer erworben, Gelegenheit, noch die drei Zeichnungen von seinem Totenbett an mich zu bringen. Aus den Schilderungen der Zeitgenossen wußte man, daß ein junger Maler und Freund Schuberts, Josef Teltscher, an jenem 26. März, da Beethoven im Todeskampfe lag, versucht hatte, den Sterbenden zu zeichnen, aber von dem Hofrat Breuning, der dies als pietätlos empfand, aus dem Sterbezimmer gewiesen worden war. Hundert Jahre waren diese Zeichnungen verschollen, bis bei einer kleinen Versteigerung in Brünn mehrere Dutzend Skizzenbücher dieses Malerchens spottbillig verkauft wurden, in denen sich dann plötzlich diese Skizzen fanden. Und wie nun wiederum Zufall an Zufall sich fügt, rief mich eines Tages ein Händler an, ob ich Interesse hätte für das Original der Zeichnung am Sterbebette Beethovens. Ich antwortete, das besäße ich doch selbst, aber dann stellte sich heraus, daß das neu mir angebotene Blatt das Original der später so berühmt gewordenen Lithographie Danhausers von Beethoven auf dem Totenbette war. Und so hatte ich nun alles beisammen, was diesen letzten, denkwürdigen und wahrhaft unvergänglichen Augenblick in einer optischen Form bewahrte.

Daß ich mich nie als den Besitzer dieser Dinge empfand, sondern nur als ihren Bewahrer in der Zeit, war selbstverständlich. Nicht das Gefühl des Habens, des Für-mich-Habens lockte mich, sondern der Reiz des Vereinens, die Gestaltung einer Sammlung zum Kunstwerk. Ich war mir bewußt, mit dieser Sammlung etwas geschaffen zu haben, was als Gesamtheit des Überdauerns würdiger war als meine eigenen Werke. Trotz vielen Angeboten zögerte ich, einen Katalog zusammenzustellen, weil ich doch noch mitten im Bau und am Werke war und ungenügsam manche Namen und manche Stücke in den vollkommensten Formen noch entbehrte. Meine wohlerzogene Absicht war, diese einmalige Sammlung nach meinem Tode demjenigen Institut zu überlassen, das meine besondere Bedingung erfüllen würde, nämlich alljährlich eine bestimmte Summe auszusetzen, um die Sammlung weiterhin in meinem Sinne zu vervollständigen. So wäre sie nicht ein starres Ganzes geblieben, sondern lebendiger Organismus, fünfzig und hundert Jahre über mein eigenes Leben hinaus sich ergänzend und vervollständigend zu einer immer schöneren Ganzheit.

Aber unserer geprüften Generation ist es versagt, über sich hinaus zu denken. Als die Zeit Hitlers einsetzte und ich mein Haus verließ, war die Freude an meinem Sammeln dahin und auch die Sicherheit, irgend etwas bleibend zu erhalten. Eine Zeitlang ließ ich noch Teile in Safes und bei Freunden, aber dann entschloß ich mich, gemäß Goethes mahnendem Wort, daß Museen, Sammlungen und Rüstkammern, wenn man sie nicht fortentwickle, in sich erstarren, lieber Abschied zu nehmen von einer Sammlung, der ich meine gestaltende Mühe weiter nicht mehr geben konnte. Einen Teil schenkte ich zum Abschied der Wiener Nationalbibliothek, hauptsächlich jene Stücke, die ich selbst von zeitgenössischen Freunden zum Geschenk erhalten, einen Teil veräußerte ich, und was mit dem Rest geschah oder geschieht, beschwert meine Gedanken nicht sehr. Immer war nur das Schaffen meine Freude, nie das Geschaffene. So klage ich dem einst Besessenen nicht nach. Denn wenn wir Gejagten und Vertriebenen in diesen Zeiten, die jeder Kunst und jeder Sammlung feind sind, eine Kunst noch neu zu lernen hatten, so war es die des Abschiednehmens von allem, was einstens unser Stolz und unsere Liebe gewesen.

So gingen mit Arbeit und Reisen, mit Lernen, Lesen, Sammeln und Genießen die Jahre. Eines Novembermorgens 1931 wachte ich auf und war fünfzig Jahre alt. Dem braven weißhaarigen Salzburger Postboten schuf das Datum einen schlimmen Tag. Da in Deutschland die gute Gepflogenheit herrschte, den fünfzigsten Geburtstag eines Autors in den Zeitungen ausführlich zu feiern, hatte der alte Mann eine stattliche Fracht von Briefen und Telegrammen die steilen Stufen emporzuschleppen. Ehe ich sie öffnete und las, überdachte ich, was dieser Tag mir bedeutete. Das fünfzigste Lebensjahr meint eine Wende; man blickt beunruhigt zurück; wieviel seines Weges man schon gegangen, und fragt sich im stillen, ob er noch weiter aufwärts führt. Ich überdachte die gelebte Zeit; wie von meinem Haus auf die Kette der Alpen und das sanft niederfallende Tal blickte ich zurück auf diese fünfzig Jahre und mußte mir sagen, daß es frevlerisch wäre, wollte ich nicht dankbar sein. Mir war schließlich mehr, unermeßlich mehr gegeben worden, als ich erwartet oder zu erreichen gehofft. Das Medium, durch das ich mein Wesen entwickeln und zum Ausdruck bringen wollte, die dichterische, die literarische Produktion hatte eine Wirksamkeit gezeitigt weit über meine verwegensten Knabenträume. Da lag, als Geschenk des Insel-Verlags zu meinem fünfzigsten Geburtstag gedruckt, eine Bibliographie meiner in allen Sprachen erschienenen Bücher und war in sich selbst schon ein Buch; keine Sprache fehlte, nicht Bulgarisch und Finnisch, nicht Portugiesisch und Armenisch, nicht Chinesisch und Maratti. In Blindenschrift, in Stenographie, in allen exotischen Lettern und Idiomen waren Worte und Gedanken von mir zu Menschen gegangen, ich hatte meine Existenz unermeßlich über den Raum meines Wesens hinaus ausgebreitet. Ich hatte manche der besten Menschen unserer Zeit zu persönlichen Freunden gewonnen, ich hatte die vollendetsten Aufführungen genossen; die ewigen Städte, die ewigen Bilder, die schönsten Landschaften der Erde hatte ich sehen dürfen und genießen. Ich war frei geblieben, unabhängig von Amt und Beruf, meine Arbeit war meine Freude und mehr noch, sie hatte anderen Freude bereitet! Was konnte da Schlimmes noch geschehen? Da waren meine Bücher: konnte sie jemand zunichte machen? (So dachte ich ahnungslos in dieser Stunde.) Da mein Haus – konnte mich jemand aus ihm vertreiben? Da meine Freunde – konnte ich sie jemals verlieren? Ich dachte ohne Angst an Tod, an Krankheit, aber auch nicht das entfernteste Bild dessen kam mir in den Sinn, was zu erleben mir noch bevorstand, daß ich heimatlos, gehetzt, gejagt als Ausgetriebener noch einmal von Land zu Land, über Meere und Meere würde wandern müssen, daß meine Bücher verbrannt, verboten, geächtet werden sollten, mein Name in Deutschland wie der eines Verbrechers angeprangert und dieselben Freunde, deren Briefe und Telegramme vor mir auf dem Tisch lagen, erblassen würden, wenn sie mir zufällig begegneten. Daß ausgelöscht werden könnte ohne Spur alles, was dreißig und vierzig Jahre beharrlich geleistet, daß all dies Leben, aufgebaut, fest und scheinbar unerschütterlich, wie es vor mir stand, in sich zerfallen könnte und daß ich nahe dem Gipfel gezwungen sein würde, mit schon leicht ermüdenden Kräften und verstörter Seele noch einmal von Anfang zu beginnen. Wahrhaftig, es war kein Tag, so Unsinniges und Absurdes sich auszuträumen. Ich konnte zufrieden sein. Ich liebte meine Arbeit und liebte darum das Leben. Ich war vor Sorge geschützt; selbst wenn ich keine Zeile mehr schrieb, sorgten meine Bücher für mich. Alles schien erreicht, das Schicksal gebändigt. Die Sicherheit, die ich in der Frühzeit meines Elternhauses gekannt und die im Kriege verlorengegangen war, sie war wiedergewonnen aus eigener Kraft. Was blieb noch zu wünschen?

Aber sonderbar – gerade daß ich in dieser Stunde nichts zu wünschen wußte, schuf mir ein geheimnisvolles Unbehagen. Wäre es wirklich gut, fragte etwas in mir – ich war es nicht selbst –, wenn dein Leben so weiterginge, so windstill, so geregelt, so einträglich, so bequem, so ohne neue Anspannung und Prüfung? Ist sie dir, ist sie dem Wesentlichen in dir nicht eher unzugehörig, diese privilegierte, ganz in sich gesicherte Existenz? Ich ging nachdenklich durch das Haus. Es war schön geworden in diesen Jahren und genau so wie ich es gewollt. Aber doch, sollte ich immer hier leben, immer an demselben Schreibtisch sitzen und Bücher schreiben, ein Buch und noch ein Buch und dann die Tantiemen empfangen und noch mehr Tantiemen, allmählich ein würdiger Herr werdend, der seinen Namen und sein Werk mit Anstand und Haltung zu verwalten hat, abgeschieden schon von allem Zufälligen, allen Spannungen und Gefahren? Sollte es immer so weitergehen bis sechzig, bis siebzig in geradem, glattem Geleise? Wäre es nicht besser für mich – so träumte es in mir weiter –, etwas anderes käme, etwas Neues, etwas das mich unruhiger, gespannter, das mich jünger machte, indem es mich herausforderte zu neuem und vielleicht noch gefährlicherem Kampf? Immer haust ja in jedem Künstler ein geheimnisvoller Zwiespalt: wirft ihn das Leben wild herum, so sehnt er sich nach Ruhe; aber ist ihm Ruhe gegeben, so sehnt er sich in die Spannungen zurück. So hatte ich an diesem fünfzigsten Geburtstage im tiefsten nur den einen frevlerischen Wunsch: etwas möchte geschehen, das mich noch einmal wegrisse von diesen Sicherheiten und Bequemlichkeiten, das mich nötigte, nicht bloß fortzusetzen, sondern wieder anzufangen. War es Angst vor dem Alter, vor dem Müdesein, vor dem Trägewerden? Oder war es geheimnisvolle Ahnung, die mich damals ein anderes, ein härteres Leben um der inneren Entfaltung willen begehren ließ? Ich weiß es nicht.

Ich weiß es nicht. Denn was in dieser sonderlichen Stunde aus dem Dämmer des Unbewußten aufstieg, war gar kein deutlich ausgesprochener Wunsch und sicherlich nichts, was dem wachen Willen verbunden war. Es war bloß ein flüchtiger Gedanke, der mich anwehte, vielleicht gar nicht mein eigener Gedanke, sondern einer, der aus Tiefen kam, um die ich nicht wußte. Aber die dunkle Macht über meinem Leben, sie, die unfaßbare, die mir so vieles schon erfüllt, was ich selbst nie zu wünschen mich erdreistet, mußte ihn vernommen haben. Und schon hob sie folgsam die Hand, um mir mein Leben bis ins letzte Fundament zu zerschlagen und mich zu nötigen, aus seinen Trümmern ein völlig anderes, ein härteres und schwereres, von Grund auf neu aufzubauen.

Incipit Hitler

Es bleibt ein unumstößliches Gesetz der Geschichte, daß sie gerade den Zeitgenossen versagt, die großen Bewegungen, die ihre Zeit bestimmen, schon in ihren ersten Anfängen zu erkennen. So vermag ich mich nicht zu erinnern, wann ich zum erstenmal den Namen Adolf Hitler gehört, diesen Namen, den wir nun seit Jahren genötigt sind, jeden Tag, ja fast jede Sekunde in irgendeinem Zusammenhang mitzudenken oder auszusprechen, den Namen des Menschen, der mehr Unheil über unsere Welt gebracht als irgendeiner in den Zeiten. Es muß jedenfalls ziemlich früh gewesen sein, denn unser Salzburg war mit seinen zweieinhalb Stunden Eisenbahndistanz eine Art Nachbarstadt Münchens, so daß auch dessen bloß lokale Angelegenheiten uns rasch vertraut wurden. Ich weiß nur, daß eines Tages – das Datum könnte ich nicht mehr rekonstruieren – ein Bekannter herüberkam und klagte, München würde schon wieder unruhig. Insbesondere sei da ein wüster Agitator namens Hitler, der Versammlungen mit wilden Prügeleien abhalte und in vulgärster Art gegen die Republik und die Juden hetze.

Der Name fiel leer und gewichtlos in mich hinein. Er beschäftigte mich nicht weiter. Denn wie viele heute längst verschollene Namen von Agitatoren und Putschisten tauchten damals im zerrütteten Deutschland auf, um ebenso bald wieder zu verschwinden. Der des Kapitän Ehrhardt mit seinen Baltikumtruppen, der des Wolfgang Kapp, die der Fememörder, der bayrischen Kommunisten, der rheinischen Separatisten, der Freikorpsführer.

Hunderte solcher kleiner Blasen schwammen durcheinander in der allgemeinen Gärung, die, kaum zerplatzt, nicht mehr zurückließen als einen üblen Geruch, der deutlich den geheimen Fäulnisprozeß in der noch offenen Wunde Deutschlands verriet. Auch das Blättchen jener neuen nationalsozialistischen Bewegung glitt mir einmal durch die Hand, der ›Miesbacher Anzeiger‹ (aus dem später der ›Völkische Beobachter‹ erwachsen sollte). Aber Miesbach war doch nur ein kleines Dörfchen und die Zeitung ordinär geschrieben. Wer kümmerte sich darum?

Dann aber tauchten mit einemmal in den nachbarlichen Grenzorten Reichenhall und Berchtesgaden, in die ich fast allwöchentlich hinüberkam, kleinere und immer größere Trupps junger Burschen in Stulpenstiefeln und braunen Hemden auf, jeder eine grellfarbige Hakenkreuzbinde am Arm. Sie veranstalteten Versammlungen und Aufmärsche, paradierten durch die Straßen mit Liedern und Sprechchören, beklebten die Wände mit riesigen Plakaten und beschmierten sie mit Hakenkreuzen; zum erstenmal wurde ich gewahr, daß hinter diesen plötzlich aufgetauchten Rotten finanzielle und auch sonst einflußreiche Kräfte stehen mußten. Nicht der eine Mann Hitler, der damals noch ausschließlich in bayrischen Bierkellern seine Reden hielt, konnte diese Tausende junger Burschen zu einem so kostspieligen Apparat aufgerüstet haben. Es mußten stärkere Hände sein, welche diese neue ›Bewegung‹ vorschoben. Denn die Uniformen waren blitzblank, die ›Sturmtrupps‹, die von Stadt zu Stadt geschickt wurden, verfügten inmitten einer Armutszeit, da die wirklichen Veteranen der Armee noch in zerfetzten Uniformen herumgingen, über einen erstaunlichen Park von tadellos neuen Automobilen, Motorrädern und Lastwagen. Außerdem war es offenkundig, daß militärische Führung diese jungen Leute taktisch trainierte – oder, wie man damals sagte ›paramilitärisch‹ disziplinierte – und daß es die Reichswehr selbst sein mußte, in deren Geheimdienst Hitler als Spitzel von Anfang an gestanden, die hier an einem ihr bereitwillig gelieferten Material regelmäßige technische Schulung vornahm. Zufällig hatte ich bald Gelegenheit, eine dieser im voraus geübten ›Kampfhandlungen‹ zu beobachten. In einem der Grenzorte, wo gerade eine sozialdemokratische Versammlung in friedlichster Weise abgehalten wurde, sausten plötzlich vier Lastautos heran, jedes vollgepackt mit Gummiknüppel tragenden nationalsozialistischen Burschen, und genau wie ich es damals in Venedig am Markusplatz gesehen, überrumpelten sie die Unvorbereiteten durch Geschwindigkeit. Es war dieselbe, den Faschisten abgelernte Methode, nur noch militärisch präziser eingedrillt und im deutschen Sinn bis ins kleinste systematisch vorbereitet. Blitzschnell sprangen auf einen Pfiff die SA-Männer von den Autos, hieben mit ihren Gummiknüppeln auf jeden ein, der sich ihnen in den Weg stellte, und waren, ehe die Polizei eingreifen oder die Arbeiter sich sammeln konnten, schon wieder auf die Autos aufgesprungen und sausten davon. Was mich verblüffte, war die exakte Technik dieses Ab- und Aufspringens, das jedesmal auf einen einzigen scharfen Pfiff des Rottenführers erfolgte. Man sah, jeder einzelne Bursche wußte im voraus bis in Muskel und Nerv, mit welchem Griff und bei welchem Rad des Autos und an welchem Platz er aufzuspringen hatte, um nicht dem Nächsten in den Weg zu kommen und dadurch das Ganze zu gefährden. Es war keineswegs persönliche Geschicklichkeit, sondern jeder dieser Handgriffe mußte dutzende und vielleicht hunderte Male im voraus in Kasernen und auf Exerzierplätzen geübt worden sein. Von Anfang an – das zeigte dieser erste Blick – war diese Truppe auf Angriff, Gewalt und Terror geschult.

Bald hörte man mehr von diesen unterirdischen Manövern im bayrischen Land. Wenn alles schlief, schlichen die jungen Burschen aus den Häusern und versammelten sich zu nächtlichen ›Geländeübungen‹; Offiziere der Reichswehr in oder außer Dienst, vom Staat oder den geheimnisvollen Geldgebern der Partei bezahlt, drillten diese Trupps ein, ohne daß die Behörden für diese seltsamen Nachtmanöver viel Aufmerksamkeit zeigten. Schliefen sie wirklich oder drückten sie nur die Augen zu? Hielten sie die Bewegung für gleichgültig oder förderten sie sogar heimlich ihre Ausbreitung? Jedenfalls wurden selbst die, welche die Bewegung unterirdisch stützten, dann erschreckt durch die Brutalität und Raschheit, mit der sie plötzlich auf die Beine sprang. Eines Morgens wachten die Behörden auf, und München war in Hitlers Hand, alle Amtsstellen besetzt, die Zeitungen mit dem Revolver gezwungen, die vollzogene Revolution triumphierend anzukündigen. Wie aus den Wolken, zu denen die ahnungslose Republik bloß träumerisch emporgeblickt, erschien der deus ex machina, General Ludendorff, dieser erste von vielen, die glaubten, Hitler überspielen zu können, und die statt dessen von ihm genarrt wurden. Vormittags begann der berühmte Putsch, der Deutschland erobern sollte, mittags (ich habe hier nicht Weltgeschichte zu erzählen) war er bekanntlich bereits zu Ende. Hitler flüchtete und wurde bald verhaftet; damit schien die Bewegung erloschen. In diesem Jahr 1923 verschwanden die Hakenkreuze, die Sturmtrupps, und der Name Adolf Hitlers fiel beinahe in Vergessenheit zurück. Niemand dachte mehr an ihn als einen möglichen Machtfaktor.

Erst nach ein paar Jahren tauchte er wieder auf, und nun trug ihn die aufbrausende Welle der Unzufriedenheit rasch hoch. Die Inflation, die Arbeitslosigkeit, die politischen Krisen und nicht zum mindesten die Torheit des Auslands hatten das deutsche Volk aufgewühlt; ein ungeheures Verlangen nach Ordnung war in allen Kreisen des deutschen Volkes, dem Ordnung von je mehr galt als

Freiheit und Recht. Und wer Ordnung versprach – selbst Goethe hat gesagt, daß Unordnung ihm unlieber wäre als selbst eine Ungerechtigkeit –, der hatte von Anbeginn Hunderttausende hinter sich.

Aber wir merkten noch immer nicht die Gefahr. Die wenigen unter den Schriftstellern, die sich wirklich die Mühe genommen hatten, Hitlers Buch zu lesen, spotteten, anstatt sich mit seinem Programm zu befassen, über die Schwülstigkeit seiner papiernen Prosa. Die großen demokratischen Zeitungen – statt zu warnen – beruhigten tagtäglich von neuem ihre Leser, die Bewegung, die wirklich nur mühsam mit den Geldern der Schwerindustrie und verwegener Schuldenmacherei ihre enorme Agitation finanzierte, müsse unvermeidlich morgen oder übermorgen zusammenbrechen. Aber vielleicht ist im Ausland nie der eigentliche Grund verständlich gewesen, warum Deutschland die Person und die steigende Macht Hitlers in all diesen Jahren dermaßen unterschätzte und bagatellisierte: Deutschland ist nicht nur immer ein Klassenstaat gewesen, sondern innerhalb dieses Klassenideals außerdem noch mit einer unerschütterlichen Überschätzung und Vergötterung der ›Bildung‹ belastet. Abgesehen von einigen Generälen blieben dort die hohen Stellen im Staat ausschließlich den sogenannten ›akademisch Gebildeten‹ vorbehalten; während in England ein Lloyd George, in Italien ein Garibaldi und Mussolini, in Frankreich ein Briand wirklich aus dem Volke zu den höchsten Staatsmännern aufgestiegen waren, galt es für den Deutschen als undenkbar, daß ein Mann, der nicht einmal die Bürgerschule zu Ende besucht, geschweige denn eine Hochschule absolviert, daß jemand, der in Männerheimen übernachtet und auf heute noch nicht aufgeklärte Weise jahrelang ein dunkles Leben gefristet, je einer Stellung sich auch nur nähern könnte, die ein Freiherr vom Stein, ein Bismarck, ein Fürst Bülow innegehabt. Nichts so sehr als dieser Bildungshochmut hat die deutschen Intellektuellen verleitet, in Hitler noch den Bierstubenagitator zu sehen, der nie ernstlich gefährlich werden könnte, als er längst schon dank seiner unsichtbaren Drahtzieher sich mächtige Helfer in den verschiedensten Kreisen gewonnen. Und selbst als er an jenem Januartag 1933 Kanzler geworden war, betrachteten die große Menge und sogar diejenigen, die ihn an diesen Posten geschoben, ihn nur als provisorischen Platzhalter und die nationalsozialistische Herrschaft als Episode.

Damals offenbarte sich die zynisch geniale Technik Hitlers zum erstenmal in großem Stil. Er hatte seit Jahren nach allen Seiten hin Versprechungen gemacht und bei allen Parteien wichtige Exponenten gewonnen, von denen jeder meinte, sich der mystischen Kräfte des ›unbekannten Soldaten‹ für seine Zwecke bedienen zu können. Aber dieselbe Technik, die Hitler später in der großen Politik geübt, Bündnisse mit Eid und deutscher Treuherzigkeit gerade mit jenen zu schließen, die er vernichten und ausrotten wollte, feierte ihren ersten Triumph. So vollkommen wußte er nach allen Seiten hin durch Versprechungen zu täuschen, daß am Tage, da er zur Macht kam, Jubel in den allergegensätzlichsten Lagern herrschte. Die Monarchisten in Doorn meinten, er sei des Kaisers getreuester Wegbereiter, aber ebenso frohlockten die bayrischen, die wittelsbachischen Monarchisten in München; auch sie hielten ihn für ›ihren‹ Mann. Die Deutschnationalen hofften, er werde ihnen das Holz kleinschlagen, das ihre Öfen heizen sollte; ihr Führer Hugenberg hatte sich vertraglich den wichtigsten Platz gesichert in Hitlers Kabinett und glaubte damit den Fuß im Steigbügel zu haben – natürlich flog er trotz beschworener Vereinbarung nach den ersten Wochen hinaus. Die Schwerindustrie fühlte durch Hitler sich von der Bolschewistenangst entlastet, sie sah den Mann an der Macht, den sie seit Jahren im geheimen finanziert; und gleichzeitig atmete das verarmte Kleinbürgertum, dem er in hundert Versammlungen die ›Brechung der Zinsknechtschaft‹ versprochen hatte, begeistert auf. Die kleinen Händler erinnerten sich an die Zusage der Schließung der großen Warenhäuser, ihrer gefährlichsten Konkurrenz (eine Zusage, die nie erfüllt wurde), und insbesondere dem Militär war Hitler willkommen, weil er militaristisch dachte und den Pazifismus beschimpfte. Sogar die Sozialdemokraten sahen seinen Aufstieg nicht so unfreundlich an, wie man hätte erwarten sollen, weil sie hofften, daß er ihre Erzfeinde, die hinter ihnen so unangenehm drängenden Kommunisten, abtun würde. Die verschiedensten, die gegensätzlichsten Parteien betrachteten diesen ›unbekannten Soldaten‹, der jedem Stand, jeder Partei, jeder Richtung alles versprochen und beschworen hatte, als ihren Freund – sogar die deutschen Juden waren nicht sehr beunruhigt. Sie machten sich vor, ein ›ministre Jacobin‹ sei kein Jakobiner mehr, ein Kanzler des Deutschen Reiches werde die Vulgaritäten eines antisemitischen Agitators selbstverständlich abtun. Und schließlich, was konnte er Gewalttätiges durchsetzen in einem Staate, wo das Recht fest verankert war, wo im Parlament die Majorität gegen ihn stand und jeder Staatsbürger seine Freiheit und Gleichberechtigung nach der feierlich beschworenen Verfassung gesichert meinte?

Dann kam der Reichstagsbrand, das Parlament verschwand, Göring ließ seine Rotten los, mit einem Hieb war alles Recht in Deutschland zerschlagen. Schaudernd vernahm man, daß es mitten im Frieden Konzentrationslager gab und daß in die Kasernen geheime Gelasse eingebaut wurden, in denen man unschuldige Menschen ohne Gericht und Formalität erledigte. Das konnte nur ein Ausbruch erster sinnloser Wut sein, sagte man sich. Derlei kann nicht dauern im zwanzigsten Jahrhundert. Aber es war erst der Anbeginn. Die Welt horchte auf und weigerte sich zunächst, das Unglaubhafte zu glauben. Aber schon in jenen Tagen sah ich die ersten Flüchtlinge. Sie waren nachts über die Salzburger Berge geklettert oder durch den Grenzfluß geschwommen. Ausgehungert, abgerissen, verstört starrten sie einen an; mit ihnen hatte die panische Flucht vor der Unmenschlichkeit begonnen, die dann über die ganze Erde ging. Aber noch ahnte ich nicht, als ich diese Ausgetriebenen sah, daß ihre blassen Gesichter schon mein eigenes Schicksal kündeten und daß wir alle Opfer sein würden der Machtwut dieses einen Mannes.

Man kann dreißig oder vierzig Jahre inneren Weltglaubens schwer abtun in einigen wenigen Wochen. Verankert in unseren Anschauungen des Rechts, glaubten wir an die Existenz eines deutschen, eines europäischen, eines Weltgewissens und waren überzeugt, es gebe ein Maß von Unmenschlichkeit, das sich selbst ein für allemal vor der Menschheit erledige. Da ich versuche, hier so ehrlich als möglich zu bleiben, muß ich bekennen, daß wir alle 1933 und noch 1934 in Deutschland und Österreich jedesmal nicht ein Hundertstel, nicht ein Tausendstel dessen für möglich gehalten haben, was dann immer wenige Wochen später hereinbrechen sollte. Allerdings: daß wir freien und unabhängigen Schriftsteller gewisse Schwierigkeiten, Unannehmlichkeiten, Feindseligkeiten zu erwarten hätten, war von vorneweg klar. Sofort nach dem Reichstagsbrand sagte ich meinem Verleger, es werde nun bald vorbei sein mit meinen Büchern in Deutschland. Ich werde seine Verblüffung nicht vergessen. »Wer sollte Ihre Bücher verbieten?« sagte er damals, 1933, noch ganz erstaunt. »Sie haben doch nie ein Wort gegen Deutschland geschrieben oder sich in Politik eingemengt.« Man sieht: all die Ungeheuerlichkeiten, wie Bücherverbrennungen und Schandpfahlfeste, die wenige Monate später schon Fakten sein sollten, waren einen Monat nach Hitlers Machtergreifung selbst für weitdenkende Leute noch jenseits aller Faßbarkeit. Denn der Nationalsozialismus in seiner skrupellosen Täuschertechnik hütete sich, die ganze Radikalität seiner Ziele zu zeigen, ehe man die Welt abgehärtet hatte. So übten sie vorsichtig ihre Methode: immer nur eine Dosis und nach der Dosis eine kleine Pause. Immer nur eine einzelne Pille und dann einen Augenblick Abwartens, ob sie nicht zu stark gewesen, ob das Weltgewissen diese Dosis noch vertrage. Und da das europäische Gewissen – zum Schaden und zur Schmach unserer Zivilisation – eifrigst seine Unbeteiligtheit betonte, weil diese Gewalttaten doch ›jenseits der Grenze‹ vor sich gingen, wurden die Dosen immer kräftiger, bis schließlich ganz Europa an ihnen zugrunde ging. Nichts Genialeres hat Hitler geleistet als diese Taktik des langsamen Vorfühlens und immer stärkeren Steigerns gegen ein moralisch und bald auch militärisch immer schwächer werdendes Europa. Auch die innerlich längst beschlossene Aktion zur Vernichtung jedes freien Wortes und jedes unabhängigen Buches in Deutschland erfolgte nach jener vortastenden Methode. Es wurde nicht etwa gleich ein Gesetz erlassen – das kam erst zwei Jahre später –, das unsere Bücher glatt verbot; man veranstaltete statt dessen zunächst nur eine leise Tastprobe, wie weit man gehen könne, indem man die erste Attacke auf unsere Bücher einer offiziell unverantwortlichen Gruppe zuschob, den nationalsozialistischen Studenten. Nach dem gleichen System, mit dem man ›Volkszorn‹ inszenierte, um den längst beschlossenen Judenboykott durchzusetzen, gab man ein geheimes Stichwort an die Studenten, ihre ›Empörung‹ gegen unsere Bücher öffentlich zur Schau zu stellen. Und die deutschen Studenten, froh jeder Gelegenheit, reaktionäre Gesinnung bekunden zu können, rotteten sich folgsam an jeder Universität zusammen, holten Exemplare unserer Bücher aus den Buchhandlungen und marschierten unter wehenden Fahnen mit dieser Beute auf einen öffentlichen Platz. Dort wurden die Bücher entweder nach altem deutschen Brauch – Mittelalter war mit einemmal Trumpf geworden – an den Schandpfahl, an den öffentlichen Pranger genagelt – ich habe selbst ein solches mit einem Nagel durchbohrtes Exemplar eines meiner Bücher besessen, das ein befreundeter Student nach der Exekution gerettet und mir zum Geschenk gemacht –, oder sie wurden, da es leider nicht erlaubt war, Menschen zu verbrennen, auf großen Scheiterhaufen unter Rezitierung patriotischer Sprüche zu Asche verbrannt. Zwar hatte nach langem Zögern der Propagandaminister Goebbels im letzten Augenblick beschlossen, der Bücherverbrennung seinen Segen zu geben, aber sie blieb noch immer eine halboffizielle Maßnahme, und nichts zeigt deutlicher, wie wenig sich Deutschland damals noch mit solchen Akten identifizierte, als daß das Publikum aus diesen studentischen Verbrennungen und Ächtungen nicht die geringsten Konsequenzen zog. Obwohl die Buchhändler ermahnt wurden, keines unserer Bücher in die Auslage zu legen und obwohl keine Zeitung mehr ihrer Erwähnung tat, ließ sich das wirkliche Publikum nicht im mindesten beeinflussen. Solange noch nicht Zuchthaus oder Konzentrationslager darauf stand, wurden meine Bücher noch 1933 und 1934 trotz allen Schwierigkeiten und Schikanen fast ebenso zahlreich wie vordem verkauft. Erst mußte jene grandiose Verordnung ›zum Schutz des deutschen Volkes‹ Gesetz werden, die Druck, Verkauf und Verbreitung unserer Bücher zum Staatsverbrechen erklärte, um uns gewaltsam den Hunderttausenden und Millionen Deutscher zu entfremden, die noch jetzt uns lieber als alle die plötzlich aufgeplusterten Blut- und Bodendichter lesen und in unserem Wirken treu begleiten wollten.

Dieses Schicksal völliger literarischer Existenzvernichtung in Deutschland mit so eminenten Zeitgenossen wie Thomas Mann, Heinrich Mann, Werfel, Freud und Einstein und manchen anderen, deren Werk ich ungleich wichtiger nehme als das meine, teilen zu dürfen, habe ich eher als Ehre empfunden denn als Schmach, und jedwede Märtyrergeste widerstrebt mir dermaßen, daß ich dieser Einbeziehung ins allgemeine Schicksal nur ungern Erwähnung tue. Aber seltsamerweise war es gerade mir beschieden, die Nationalsozialisten und sogar Adolf Hitler in persona in eine besonders peinliche Situation zu bringen. Just meine literarische Gestalt unter all den Geächteten ist in den hohen und höchsten Kreisen der Berchtesgadener Villa immer wieder Gegenstand der wildesten Erregung und endloser Debatten gewesen, so daß ich den erfreulichen Dingen meines Lebens die bescheidene Genugtuung beifügen kann, dem zeitweilig mächtigsten Manne der Neuzeit, Adolf Hitler, Ärgernis verursacht zu haben.

Schon in den ersten Tagen des neuen Regimes hatte ich unschuldigerweise eine Art Aufruhr verschuldet. Es lief nämlich damals durch ganz Deutschland ein Film, der nach meiner Novelle ›Brennendes Geheimnis‹ verfaßt und ebenso betitelt war. Niemand nahm daran den geringsten Anstoß. Aber am Tage nach dem Brand des Reichstags, den vergeblich die Nationalsozialisten aus ihren Schuhen in die der Kommunisten zu schieben suchten, ereignete es sich, daß vor den Kinoüberschriften und Plakaten ›Brennendes Geheimnis‹ die Leute sich sammelten, einer den andern zwinkernd anstoßend und lachend. Bald verstanden die Gestapo-Leute, warum man bei diesem Titel lachte. Und noch am selben Abend jagten auf Motorrädern Polizisten herum, die Vorstellungen wurden verboten, vom nächsten Tage an war der Titel meiner Novelle ›Brennendes Geheimnis‹ aus allen Zeitungsankündigungen und von allen Plakatsäulen spurlos verschwunden. Aber ein einzelnes Wort, das sie störte, zu verbieten, ja selbst unsere gesamten Bücher zu verbrennen und zu zerstören, war immerhin eine ziemlich einfache Sache gewesen. In einem bestimmten Fall dagegen konnten sie mich nicht treffen, ohne zugleich den Mann zu schädigen, den sie eben in diesem kritischen Augenblick für ihr Prestige vor der Welt höchst notwendig brauchten, den größten, den berühmtesten lebenden Musiker der deutschen Nation, Richard Strauss, mit dem ich gerade gemeinsam eine Oper vollendet hatte.

Es war dies meine erste Zusammenarbeit mit Richard Strauss gewesen. Vordem hatte seit der ›Elektra‹ und dem ›Rosenkavalier‹ Hugo von Hofmannsthal alle Operntexte für ihn geschrieben, und ich war nie Richard Strauss persönlich begegnet. Nach dem Tode Hofmannsthals ließ er mir nun durch meinen Verleger sagen, er möchte gerne eine neue Arbeit beginnen, und ob ich bereit sei, ihm einen Operntext zu schreiben. Ich empfand ganz das Ehrenvolle eines solchen Antrags. Seit Max Reger meine ersten Gedichte vertont, hatte ich immer in Musik und mit Musikern gelebt. Busoni, Toscanini, Bruno Walter, Alban Berg war ich in naher Freundschaft verbunden. Aber ich wußte keinen produzierenden Musiker unserer Zeit, dem ich zu dienen williger bereit gewesen wäre als Richard Strauss, diesem letzten aus dem großen Geschlecht der deutschen Vollblutmusiker, das von Händel und Bach über Beethoven und Brahms bis in unsere Tage reicht. Ich erklärte mich sofort bereit und machte gleich bei der ersten Begegnung Strauss den Vorschlag, als Motiv einer Oper das Thema ›The Silent Woman‹ von Ben Jonson zu nehmen, und es bedeutete für mich eine gute Überraschung, wie rasch, wie klarsichtig Strauss auf alle meine Vorschläge einging. Nie hatte ich bei ihm einen solchen rapid auffassenden Kunstverstand, eine so erstaunliche dramaturgische Kenntnis vermutet. Noch während man ihm einen Stoff erzählte, formte er ihn schon dramatisch aus und paßte ihn sofort – was noch erstaunlicher war – den Grenzen seines eigenen Könnens an, die er mit einer fast unheimlichen Klarheit übersah. Mir sind viele große Künstler in meinem Leben begegnet; nie aber einer, der so abstrakt und unbeirrbar Objektivität gegen sich selber zu bewahren wußte. So bekannte Strauss mir freimütig gleich in der ersten Stunde, er wisse wohl, daß ein Musiker mit siebzig Jahren nicht mehr die ursprüngliche Kraft der musikalischen Inspiration besitze. Symphonische Werke wie ›Till Eulenspiegel‹ oder ›Tod und Verklärung‹ würden ihm kaum mehr gelingen, denn gerade die reine Musik bedürfe eines Höchstmaßes von schöpferischer Frische. Aber das Wort inspiriere ihn noch immer. Ein Vorhandenes, eine schon geformte Substanz vermöge er noch dramatisch voll zu illustrieren, weil aus Situationen und Worten sich ihm musikalische Themen spontan entwickelten, und darum habe er sich jetzt, in seinen späteren Jahren, ausschließlich der Oper zugewandt. Er wisse wohl, daß es mit der Oper als Kunstform eigentlich vorbei sei. Wagner sei ein so ungeheurer Gipfel, daß niemand über ihn hinauskommen könne. »Aber«, fügte er mit einem breiten bajuwarischen Lachen bei, »ich habe mir geholfen, indem ich einen Umweg um ihn gemacht habe.«

Nachdem wir uns über die Grundlinien klar geworden, gab er mir noch einige kleine Instruktionen. Er wolle mir absolute Freiheit lassen, denn ihn inspiriere niemals ein schon im voraus zugeschneiderter Operntext im Verdischen Sinne, sondern immer nur eine dichterische Arbeit. Nur wäre ihm lieb, wenn ich ein paar komplizierte Formen einbauen könnte, die der Koloristik besondere Entwicklungsmöglichkeiten geben würden. »Mir fallen keine langen Melodien ein wie dem Mozart. Ich bringe es immer nur zu kurzen Themen. Aber was ich verstehe, ist dann so ein Thema zu wenden, zu paraphrasieren, aus ihm alles herauszuholen, was drinnen steckt, und ich glaube, das macht mir heute keiner nach.« Wieder war ich verblüfft über diese Offenheit, denn wirklich findet sich bei Strauss kaum je eine Melodie, die über ein paar Takte hinausreicht; aber wie sind dann diese wenigen Takte – etwa des Rosenkavalierwalzers – gesteigert und fugiert zu einer vollkommenen Fülle!

Ebenso wie bei dieser ersten Begegnung war ich bei jeder neuen immer wieder voll Bewunderung, mit welcher Sicherheit und Sachlichkeit dieser alte Meister sich selbst in seinem Werke gegenüberstand. Einmal saß ich mit ihm allein bei einer geschlossenen Probe seiner ›Ägyptischen Helena‹ im Salzburger Festspielhaus. Niemand anderer war im Raum, es war vollkommen dunkel um uns. Er hörte zu. Auf einmal merkte ich, daß er leise und ungeduldig mit den Fingern auf der Stuhllehne trommelte. Dann flüsterte er mir zu: »Schlecht! Ganz schlecht! Da ist mir gar nichts eingefallen.« Und nach einigen Minuten wieder: »Wenn ich das nur streichen könnte! O Gott, o Gott, das ist ganz leer und zu lang, viel zu lang!« und wieder nach ein paar Minuten: »Sehen S', das ist gut!« Er beurteilte sein eigenes Werk so sachlich und unbeteiligt, als ob er diese Musik zum ersten Male höre und als ob sie von einem ganz wildfremden Komponisten geschrieben sei, und dieses erstaunliche Gefühl für sein eigenes Maß verließ ihn niemals. Immer wußte er genau, wer er war und wieviel er konnte. Wie wenig oder wieviel die andern im Vergleich zu ihm bedeuteten, interessierte ihn nicht sehr und ebensowenig, wieviel er den anderen galt. Was ihn freute, war die Arbeit selbst.

Dieses ›Arbeiten‹ ist bei Strauss ein ganz merkwürdiger Prozeß. Nichts vom Dämonischen, nichts von dem ›Raptus‹ des Künstlers, nichts von jenen Depressionen und Desperationen, wie man sie aus Beethovens, aus Wagners

Lebensbeschreibungen kennt. Strauss arbeitet sachlich und kühl, er komponiert – wie Johann Sebastian Bach, wie alle diese sublimen Handwerker ihrer Kunst – ruhig und regelmäßig. Um neun Uhr morgens setzt er sich an seinen Tisch und führt genau an der Stelle die Arbeit fort, wo er gestern zu komponieren aufgehört, regelmäßig mit Bleistift die erste Skizze schreibend, mit Tinte die Klavierpartitur, und so pausenlos weiter bis zwölf oder ein Uhr. Nachmittags spielt er Skat, überträgt zwei, drei Seiten in die Partitur und dirigiert allenfalls abends im Theater. Jede Art von Nervosität ist ihm fremd, bei Tag und bei Nacht ist sein Kunstintellekt immer gleich hell und klar. Wenn der Diener an die Tür klopft, um ihm den Frack zu bringen zum Dirigieren, steht er auf von der Arbeit, fährt ins Theater und dirigiert mit der gleichen Sicherheit und der gleichen Ruhe, wie er nachmittags Skat spielt, und die Inspiration setzt am nächsten Morgen genau an der gleichen Stelle wieder ein. Denn Strauss ›kommandiert‹ nach Goethes Wort seine Einfälle; Kunst heißt für ihn Können und sogar Alles-Können, wie sein lustiges Wort bezeugt: »Was ein richtiger Musiker sein will, der muß auch eine Speiskarte komponieren können.« Schwierigkeiten erschrecken ihn nicht, sondern machen seiner formenden Meisterschaft nur Spaß. Ich erinnere mich mit Vergnügen, wie seine kleinen blauen Augen funkelten, als er mir bei einer Stelle triumphierend sagte: »Da habe ich der Sängerin etwas aufzulösen gegeben! Die soll sich nur verflucht plagen, bis sie das herausbringt.« In solchen seltenen Sekunden, wo sein Auge auffunkelt, spürt man, daß etwas Dämonisches in diesem merkwürdigen Menschen tief verborgen liegt, der zuerst durch das Pünktliche, das Methodische, das Solide, das Handwerkliche, das scheinbar Nervenlose seiner Arbeitsweise einen ein wenig mißtrauisch macht, wie ja auch sein Gesicht zuerst eher banal wirkt mit seinen dicken kindlichen Wangen, der etwas gewöhnlichen Rundlichkeit der Züge und der nur zögernd zurückgewölbten Stirn. Aber ein Blick in seine Augen, diese hellen, blauen, stark strahlenden Augen, und sofort spürt man irgendeine besondere magische Kraft hinter dieser bürgerlichen Maske. Es sind vielleicht die wachsten Augen, die ich je bei einem Musiker gesehen, nicht dämonische, aber irgendwie hellsichtige, die Augen eines Mannes, der seine Aufgabe bis zum letzten Grunde erkannt.

Nach Salzburg von so belebender Begegnung zurückgekehrt, machte ich mich gleich an die Arbeit. Selbst neugierig, ob er auf meine Verse eingehen könnte, sandte ich ihm schon nach zwei Wochen den ersten Akt. Sofort schrieb er mir eine Karte mit einem Meistersingerzitat »der erste Bar gelang«. Bei dem zweiten Akt kamen als noch herzlicherer Gruß die Anfangstakte seines Liedes »Ach, daß ich dich gefunden, du liebes Kind!« und diese seine Freude, ja sogar Begeisterung machte mir die Weiterarbeit zu einem unbeschreiblichen Vergnügen. An meinem ganzen Libretto hat Richard Strauss nicht eine einzige Zeile geändert und nur einmal mich gebeten, um einer Gegenstimme willen noch drei oder vier Zeilen einzufügen. So entspann sich zwischen uns die denkbar herzlichste Beziehung, er kam in unser Haus und ich zu ihm nach Garmisch, wo er mir mit seinen langen schmalen Fingern am Klavier aus der Skizze nach und nach die ganze Oper vorspielte. Und ohne Vertrag und Verpflichtung wurde es selbstverständlich ausgemachte Sache, daß ich nach Beendigung dieser Oper gleich eine zweite entwerfen sollte, deren Grundlagen er schon im voraus restlos gebilligt hatte.

Januar 1933, als Adolf Hitler zur Macht kam, war unsere Oper, die ›Schweigsame Frau‹, in der Klavierpartitur so gut wie fertig und ungefähr der erste Akt instrumentiert. Wenige Wochen später erfolgte das strikte Verbot an die deutschen Bühnen, Werke von Nichtariern oder auch nur solche aufzuführen, an denen ein Jude in irgendeiner Form beteiligt gewesen; sogar auf die Toten wurde der große Bann ausgedehnt und zur Erbitterung aller Musikfreunde der Welt Mendelssohns Standbild vor dem Gewandhaus in Leipzig entfernt. Für mich schien mit diesem Verbot das Schicksal unserer Oper erledigt. Ich nahm als selbstverständlich an, daß Richard Strauss die weitere Arbeit aufgeben und eine andere mit jemand anderem beginnen würde. Statt dessen schrieb er mir Brief auf Brief, was mir denn einfiele; im Gegenteil, ich solle, da er jetzt schon an die Instrumentation gehe, für seine nächste Oper den Text vorbereiten. Er denke nicht daran, sich von irgend jemandem die Zusammenarbeit mit mir verbieten zu lassen; und ich muß offen bekennen, daß er im Verlauf der ganzen Angelegenheit mir kameradschaftliche Treue gehalten hat, solange sie zu halten war. Freilich traf er gleichzeitig Vorkehrungen, die mir weniger sympathisch waren – er näherte sich den Machthabern, kam öfters mit Hitler und Göring und Goebbels zusammen und ließ sich zu einer Zeit, da selbst Furtwängler sich noch offen auflehnte, zum Präsidenten der nazistischen Reichsmusikkammer ernennen.

Diese seine offene Teilnahme war den Nationalsozialisten in jenem Augenblick ungeheuer wichtig. Denn ärgerlicherweise hatten nicht nur die besten Schriftsteller, sondern auch die wichtigsten Musiker ihnen offen den Rücken gekehrt, und die wenigen, die zu ihnen hielten oder überliefen, waren in den weitesten Kreisen unbekannt. In einem solchen peinlichen Augenblick den berühmtesten Musiker Deutschlands offen auf ihre Seite zu bekommen, bedeutete für Goebbels und Hitler im rein dekorativen Sinn unermeßlichen Gewinn. Hitler, der, wie mir Strauss erzählte, schon in seinen Wiener Vagantenjahren mit Geld, das er sich mühsam auf irgendeine

Weise verschafft hatte, nach Graz gefahren war, um der Premiere der ›Salome‹ beizuwohnen, ehrte ihn demonstrativ; an allen festlichen Abenden in Berchtesgaden wurden außer Wagner fast nur Strausssche Lieder vorgetragen. Bei Strauss dagegen war die Teilnahme bedeutend absichtsvoller. Bei seinem Kunstegoismus, den er jederzeit offen und kühl bekannte, war ihm jedes Regime innerlich gleichgültig. Er hatte dem deutschen Kaiser gedient als Kapellmeister und für ihn Militärmärsche instrumentiert, dann dem Kaiser von Österreich als Hofkapellmeister in Wien, war aber ebenso in der österreichischen und deutschen Republik persona gratissima gewesen. Den Nationalsozialisten besonders entgegenzukommen, war außerdem von vitalem Interesse für ihn, da er in nationalsozialistischem Sinne ein mächtiges Schuldkonto hatte. Sein Sohn hatte eine Jüdin geheiratet, und er mußte fürchten, daß seine Enkel, die er über alles liebte, als Auswurf von den Schulen ausgeschlossen würden; seine neue Oper war durch mich belastet, seine früheren Opern durch den nicht ›rein arischen‹ Hugo von Hofmannsthal, sein Verleger war ein Jude. Um so dringlicher schien ihm geboten, sich Rückhalt zu schaffen, und er tat es in beharrlichster Weise. Er dirigierte, wo die neuen Herren es gerade verlangten, er setzte für die Olympischen Spiele eine Hymne in Musik und schrieb mir gleichzeitig in seinen unheimlich freimütigen Briefen über diesen Auftrag mit wenig Begeisterung. In Wirklichkeit bekümmerte ihn im sacro egoismo des Künstlers nur eines: sein Werk in lebendiger Wirksamkeit zu erhalten und vor allem die neue Oper aufgeführt zu sehen, die seinem Herzen besonders nahestand.

Mir mußten derlei Konzessionen an den Nationalsozialismus selbstverständlich im höchsten Maße peinlich sein. Denn wie leicht konnte der Eindruck entstehen, als ob ich heimlich mitwirkte oder auch nur zustimmte, daß mit meiner Person eine einmalige Ausnahme in einem so schmählichen Boykott gemacht würde. Von allen Seiten drängten meine Freunde auf mich ein, öffentlich gegen eine Aufführung im nationalsozialistischen Deutschland zu protestieren. Aber erstens verabscheue ich prinzipiell öffentliche und pathetische Gesten, außerdem widerstrebte es mir, einem Genius von Richard Strauss' Range Schwierigkeiten zu bereiten. Strauss war schließlich der größte lebende Musiker und siebzig Jahre alt, er hatte drei Jahre an dieses Werk gewandt und während dieser ganzen Zeit mir gegenüber freundschaftliche Gesinnung, Korrektheit und sogar Mut bezeigt. Deshalb hielt ich es meinerseits für das Richtige, schweigend zuzuwarten und die Dinge ihren Lauf nehmen zu lassen. Außerdem wußte ich, daß ich durch nichts den neuen Hütern der deutschen Kultur mehr Schwierigkeiten bereitete als durch vollkommene Passivität. Denn die nationalsozialistische Reichsschrifttumskammer und das Propagandaministerium suchten doch nur nach einem willkommenen Vorwand, um ein Verbot gegen ihren größten Musiker auf stichhaltigere Weise begründen zu können. So wurde zum Beispiel von allen denkbaren Ämtern und Personen das Libretto eingefordert in der geheimen Hoffnung, einen Vorwand zu finden. Wie bequem wäre es gewesen, hätte die ›Schweigsame Frau‹ eine Situation enthalten wie etwa jene im ›Rosenkavalier‹, wo ein junger Mann aus dem Schlafzimmer einer verheirateten Frau kommt! Da hätte man vorgeben können, die deutsche Moral schützen zu müssen. Aber zu ihrer Enttäuschung enthielt mein Buch nichts Unmoralisches. Dann wurden alle denkbaren Kartotheken der Gestapo und meine früheren Bücher durchstöbert. Aber auch hier war nicht zu entdecken, daß ich jemals gegen Deutschland (ebensowenig wie gegen irgendeine andere Nation der Erde) ein herabsetzendes Wort gesagt oder mich politisch betätigt hätte. Was immer sie taten und versuchten, die Entscheidung fiel unabänderlich auf sie allein zurück, ob sie dem Altmeister, dem sie selbst das Banner der nationalsozialistischen Musik in die Hand gedrückt, vor den Augen der ganzen Welt das Recht verweigern sollten, seine Oper aufführen zu lassen, oder ob – Tag der nationalen Schande! – der Name Stefan Zweig, auf dessen Nennung als Textdichter Richard Strauss ausdrücklich bestand, noch einmal wie schon so oft die deutschen Theaterzettel beschmutzen sollte. Wie freute mich im stillen ihre große Sorge und ihr schmerzhaftes Kopfzerbrechen; ich ahnte, auch ohne mein Zutun oder vielmehr gerade durch mein Nichts-dazu-Tun und Nichts-dagegen-Tun würde meine musikalische Komödie sich unaufhaltsam zu einer parteipolitischen Katzenmusik entfalten.

Die Partei drückte sich um die Entschließung herum, solange dies irgendwie zu bewerkstelligen war. Aber Anfang 1934 mußte sie sich endlich entscheiden, ob sie sich gegen ihr eigenes Gesetz oder gegen den größten Musiker der Zeit stellen wollte. Der Termin duldete keinen weiteren Aufschub. Die Partitur, die Klavierauszüge, die Textbücher waren längst gedruckt, im Hoftheater von Dresden die Kostüme bestellt, die Rollen verteilt und sogar schon studiert, und noch immer hatten sich die verschiedenen Instanzen, Göring und Goebbels, Reichsschrifttumskammer und Kulturrat, Unterrichtsministerium und die Streichergarde nicht einigen können. So sehr all das als Narrentraum erscheinen mag, die Affäre der ›Schweigsamen Frau‹ wurde schließlich zu einer aufregenden Staatsangelegenheit. Von all den Instanzen wagte keine die volle Verantwortung für das erlösende ›bewilligt‹ oder ›verboten‹ zu übernehmen: so blieb nichts übrig, als diese Angelegenheit der persönlichen Entscheidung des Herrn Deutschlands und Herrn der Partei, Adolf Hitler, anheimzustellen. Meine Bücher hatten schon vordem die Ehre genossen, reichlich von den Nationalsozialisten gelesen zu werden; insbesondere war es der ›Fouché‹ gewesen, den sie als Vorbild politischer Unbedenklichkeit immer wieder studierten und diskutierten. Aber daß sich, nach Goebbels und Göring, Adolf Hitler persönlich einmal würde bemühen müssen, die drei Akte meines lyrischen Librettos ex officio zu studieren, dessen war ich wahrhaftig nicht gewärtig gewesen. Die Entscheidung fiel ihm nicht leicht. Es gab, wie ich hinterdrein auf allerhand Umwegen berichtet bekam, noch eine endlose Reihe von Konferenzen. Schließlich wurde Richard Strauss vor den Allgewaltigen zitiert, und Hitler teilte ihm in persona mit, daß er die Aufführung, obwohl sie gegen alle Gesetze des neuen deutschen Reiches verstoße, ausnahmsweise gestatte, eine Entscheidung, wahrscheinlich ebenso unwillig und unehrlich gegeben wie die Unterzeichnung des Vertrages mit Stalin und Molotow.

So brach dieser schwarze Tag für das nationalsozialistische Deutschland heran, daß noch einmal eine Oper aufgeführt wurde, wo der geächtete Name Stefan Zweig auf allen Anschlagzetteln paradierte. Ich wohnte selbstverständlich der Aufführung nicht bei, da ich wußte, daß der Zuschauerraum von braunen Uniformen strotzen würde und sogar Hitler selbst zu einer der Aufführungen erwartet wurde. Die Oper errang einen sehr großen Erfolg, und ich muß zu Ehren der Musikkritiker feststellen, daß neun Zehntel von ihnen die gute Gelegenheit begeistert nutzten, noch einmal, zum letztenmal ihren inneren Widerstand gegen den Rassenstandpunkt zeigen zu dürfen, indem sie die denkbar freundlichsten Worte über mein Libretto sagten. Sämtliche deutschen Theater, Berlin, Hamburg, Frankfurt, München, kündigten sofort die Aufführung der Oper für die nächste Spielzeit an.

Plötzlich, nach der zweiten Vorstellung, kam ein Blitz

aus den hohen Himmeln. Alles wurde abgesagt, die Oper über Nacht für Dresden und ganz Deutschland verboten. Und noch mehr: man las erstaunt, daß Richard Strauss seine Demission als Präsident der Reichsmusikkammer eingereicht habe. Jeder wußte, daß etwas Besonderes geschehen sein mußte. Aber es dauerte noch einige Zeit, ehe ich die ganze Wahrheit erfuhr. Strauss hatte wieder einmal einen Brief an mich geschrieben, in dem er mich drängte, doch bald an das Libretto einer neuen Oper zu gehen, und in dem er sich mit allzu großer Freimütigkeit über seine persönliche Einstellung äußerte. Dieser Brief war der Gestapo in die Hände gefallen. Er wurde Strauss vorgelegt, der daraufhin sofort seine Demission geben mußte, und die Oper wurde verboten. Sie ist in deutscher Sprache nur in der freien Schweiz und in Prag in Szene gegangen, später noch italienisch in der Mailänder Scala mit dem besonderen Einverständnis Mussolinis, der sich damals dem Rassenstandpunkt noch nicht unterworfen hatte. Das deutsche Volk aber hat nie mehr einen Ton aus dieser teilweise bezaubernden Altersoper seines größten lebenden Musikers hören dürfen.

Während sich diese Angelegenheit unter ziemlichem Getöse vollzog, lebte ich im Ausland, denn ich spürte, daß die Unruhe in Österreich mir ruhige Arbeit unmöglich machte. Mein Haus in Salzburg lag so nahe der Grenze, daß ich mit freiem Auge den Berchtesgadener Berg sehen konnte, auf dem Adolf Hitlers Haus stand, eine wenig erfreuliche und sehr beunruhigende Nachbarschaft. Diese Nähe der deutschen Reichsgrenze gab mir allerdings auch Gelegenheit, besser als meine Freunde in Wien die Bedrohlichkeit der österreichischen Situation zu beurteilen. Dort betrachteten die in den Cafés Sitzenden und sogar auch die Leute in den Ministerien den Nationalsozialismus als eine Angelegenheit, die ›drüben‹ geschah und

Österreich nicht im mindesten berühren konnte. War denn nicht die sozialdemokratische Partei mit ihrer straffen Organisation zur Stelle, die beinahe die Hälfte der Bevölkerung geschlossen hinter sich hatte? War nicht auch die klerikale Partei mit ihr in leidenschaftlicher Abwehr einig, seit Hitlers ›deutsche Christen‹ das Christentum offen verfolgten und ihren Führer offen und wörtlich ›größer als Christus‹ nannten? Waren nicht Frankreich, England, der Völkerbund Österreichs Schirmherren? Hatte nicht Mussolini ausdrücklich das Protektorat und sogar die Garantie der österreichischen Unabhängigkeit übernommen? Selbst die Juden sorgten sich nicht und taten, als ob die Entrechtung der Ärzte, der Rechtsanwälte, der Gelehrten, der Schauspieler in China vor sich ginge und nicht drei Stunden weit drüben im gleichen Sprachgebiet. Sie saßen behaglich in ihren Häusern und fuhren in ihren Automobilen. Außerdem hatte jeder das Trostsprüchlein bereit: »Das kann nicht lange dauern.« Ich aber erinnerte mich an ein Gespräch, das ich auf meiner kurzen russischen Reise mit meinem ehemaligen Verleger in Leningrad gehabt. Er hatte mir erzählt, ein wie reicher Mann er früher gewesen, was für schöne Bilder er besessen, und ich hatte ihn gefragt, warum er denn nicht gleich bei Ausbruch der Revolution wie so viele andere weggegangen sei. »Ach«, hatte er mir geantwortet, »wer konnte denn damals glauben, eine solche Sache wie eine Räte- und Soldatenrepublik würde länger als vierzehn Tage dauern?« Es war die gleiche Täuschung aus dem gleichen Lebenswillen, sich selbst zu täuschen.

In Salzburg freilich, knapp an der Grenze, sah man die Dinge deutlicher. Es begann ein fortwährendes Hin und Her über den schmalen Grenzfluß, die jungen Leute schlichen nachts hinüber und wurden einexerziert, die Agitatoren kamen in Autos oder mit Bergstöcken als schlichte ›Touristen‹ über die Grenze und organisierten in allen Ständen ihre ›Zellen‹. Sie begannen zu werben und gleichzeitig zu drohen, daß, wer nicht rechtzeitig sich bekenne, später dafür werde bezahlen müssen. Das schüchterte die Polizisten, die Staatsbeamten ein. Immer mehr spürte ich an einer gewissen Unsicherheit im Betragen, wie die Leute zu schwanken begannen. Nun sind im Leben immer die kleinen persönlichen Erlebnisse die überzeugendsten. Ich hatte in Salzburg einen Jugendfreund, einen recht bekannten Schriftsteller, mit dem ich durch dreißig Jahre in innigstem, herzlichstem Verkehr gestanden hatte. Wir duzten uns, wir hatten uns gegenseitig Bücher gewidmet, wir trafen uns jede Woche. Eines Tages sah ich nun diesen alten Freund auf der Straße mit einem fremden Herrn und merkte, daß er sofort bei einer ihm ganz gleichgültigen Auslage stehenblieb und diesem Herrn mit mir zugewendetem Rücken dort ungemein interessiert etwas zeigte. Sonderbar, dachte ich: er muß mich doch gesehen haben. Aber das konnte Zufall sein. Am nächsten Tage telephonierte er mir plötzlich, ob er nachmittags auf einen Plausch zu mir kommen könne. Ich sagte zu, etwas verwundert, denn sonst trafen wir uns immer im Kaffeehaus. Es ergab sich, daß er mir nichts Besonderes zu sagen hatte trotz dieses eiligen Besuchs. Und es war mir sofort klar, daß er einerseits die Freundschaft mit mir aufrechterhalten, anderseits, um nicht als Judenfreund verdächtigt zu werden, sich in der kleinen Stadt nicht mehr allzu intim mit mir zeigen wollte. Das machte mich aufmerksam. Und ich merkte bald, daß in letzter Zeit eine ganze Reihe von Bekannten, die sonst häufig kamen, ausgeblieben waren. Man stand auf gefährdetem Posten.

Ich dachte damals noch nicht daran, Salzburg endgültig zu verlassen, aber ich entschloß mich lieber als sonst, den Winter im Ausland zu verbringen, um all diesen kleinen Spannungen zu entgehen. Doch ich ahnte nicht, daß es schon eine Art von Abschied war, als ich im Oktober 1933 mein schönes Haus verließ.

Meine Absicht war gewesen, den Januar und Februar arbeitend in Frankreich zu verbringen. Ich liebte dieses schöne geistige Land als eine zweite Heimat und fühlte mich dort nicht als Ausländer. Valéry, Romain Rolland, Jules Romains, André Gide, Roger Martin du Gard, Duhamel, Vildrac, Jean Richard Bloch, die Führer der Literatur, waren alte Freunde. Meine Bücher hatten beinahe so viele Leser wie in Deutschland, niemand nahm mich als ausländischen Schriftsteller, als Fremden. Ich liebte das Volk, ich liebte das Land, ich liebte die Stadt Paris und fühlte mich dort dermaßen zu Hause, daß jedesmal, wenn der Zug in die Gare du Nord einrollte, ich das Gefühl hatte, ich käme ›zurück‹. Aber diesmal war ich durch die besonderen Umstände früher abgereist als sonst und wollte erst nach Weihnachten in Paris sein. Wohin inzwischen? Da erinnerte ich mich, daß ich eigentlich seit mehr als einem Vierteljahrhundert, seit meiner Studentenzeit, nicht wieder in England gewesen war. Warum nur immer Paris, sagte ich mir. Warum nicht auch einmal zehn oder vierzehn Tage in London, nach Jahren und Jahren wieder die Museen sehen mit anderem Blick, wieder das Land und die Stadt? So nahm ich statt des Expreßzugs nach Paris jenen nach Calais und stieg im vorschriftsmäßigen Nebel eines Novembertags nach dreißig Jahren wieder an der Victoria Station aus und wunderte mich bei der Ankunft nur, daß ich nicht wie damals im Cab zu meinem Hotel fuhr, sondern in einem Auto. Der Nebel, das kühle, weiche Grau, war wie damals. Noch hatte ich keinen Blick auf die Stadt getan, aber mein Geruchssinn hatte, über drei Jahrzehnte hinweg, diese sonderbar herbe, dichte, feuchte, einen von nah umhüllende Luft wiedererkannt.

Das Gepäck, das ich mitbrachte, war gering, und ebenso meine Erwartungen. Freundschaftliche Bindungen besaß ich in London so gut wie keine; auch literarisch bestand zwischen uns kontinentalen und den englischen Schriftstellern wenig Kontakt. Sie hatten eine Art eigenen, abgegrenzten Lebens mit eigenem Wirkungskreis innerhalb ihrer uns nicht ganz zugänglichen Tradition: ich kann mich nicht erinnern, unter den vielen Büchern, die aus aller Welt in mein Haus auf meinen Tisch kamen, je das eines englischen Autors als kollegiale Gabe gefunden zu haben. Shaw war ich einmal in Hellerau begegnet, Wells war einmal zu Besuch nach Salzburg in mein Haus gekommen, meine eigenen Bücher wiederum waren zwar alle übersetzt, aber wenig bekannt; immer war England das Land gewesen, wo sie die geringste Wirkung geübt. Auch hatte ich, während ich mit meinem amerikanischen, meinem französischen, meinem italienischen, meinem russischen Verleger persönlich befreundet war, nie einen Herrn der Firma gesehen, die meine Bücher in England veröffentlichte. Ich war also darauf vorbereitet, mich dort ebenso fremd zu fühlen wie vor dreißig Jahren.

Aber es kam anders. Nach einigen Tagen fühlte ich mich in London unbeschreiblich wohl. Nicht daß sich London wesentlich geändert hätte. Aber ich selbst hatte mich verändert. Ich war dreißig Jahre älter geworden und nach den Kriegs- und Nachkriegsjahren der Spannung und Überspannung voll Sehnsucht, einmal wieder ganz still zu leben und nichts Politisches zu hören. Selbstverständlich gab es auch in England Parteien, Whigs und Torys, eine konservative und liberale und Labour Partei, aber deren Diskussionen gingen mich nichts an. Es gab zweifellos auch in der Literatur Parteiungen und Strömungen, Streit und verborgene Rivalitäten, aber ich stand hier völlig außerhalb. Jedoch die eigentliche Wohltat war, daß ich endlich wieder eine zivile, höfliche, unerregte, haßlose Atmosphäre um mich fühlte. Nichts hatte mir das Leben in den letzten Jahren dermaßen vergiftet, als immer Haß und Spannung im Lande, in der Stadt um mich zu fühlen, immer mich wehren zu müssen, in diese Diskussionen hineingezerrt zu werden. Hier war die Bevölkerung nicht in gleicher Weise verstört, ein höheres Maß von Rechtlichkeit und Anständigkeit herrschte hier im öffentlichen Leben als in unseren durch den großen Betrug der Inflation selbst unmoralisch gewordenen Ländern. Die Menschen lebten ruhiger, zufriedener und blickten mehr auf ihren Garten und ihre kleinen Liebhabereien als auf ihren Nachbarn. Hier konnte man atmen, denken und überlegen. Aber das Eigentliche, was mich hielt, war eine neue Arbeit.

Das kam so. Es war soeben meine ›Marie Antoinette‹ erschienen, und ich las die Korrekturbogen meines Erasmusbuches, in dem ich ein geistiges Porträt des Humanisten versuchte, der, obwohl klarer den Widersinn der Zeit verstehend als die professionellen Weltverbesserer, tragischerweise doch nicht imstande war, mit all seiner Vernunft ihm in den Weg zu treten. Nach Vollendung dieser verschleierten Selbstdarstellung war es meine Absicht, einen langgeplanten Roman zu schreiben. Ich hatte genug von Biographien. Aber da geschah mir gleich am dritten Tage, daß ich im Britischen Museum, angezogen von meiner alten Leidenschaft für Autographen, die im öffentlichen Raum ausgestellten Stücke musterte. Darunter war der handschriftliche Bericht über die Hinrichtung Maria Stuarts. Unwillkürlich fragte ich mich: wie war das eigentlich mit Maria Stuart? War sie wirklich am Mord ihres zweiten Gatten beteiligt, war sie es nicht? Da ich abends nichts zu lesen hatte, kaufte ich ein Buch über sie. Es war ein Hymnus, der sie wie eine Heilige verteidigte, ein Buch, flach und töricht. In meiner unheilbaren Neugier schaffte ich mir am nächsten Tage ein anderes an, das ungefähr genau das Gegenteil behauptete. Nun begann mich der Fall zu interessieren. Ich fragte nach einem wirklich verläßlichen Buch. Niemand konnte mir eines nennen, und so suchend und mich erkundigend geriet ich unwillkürlich hinein ins Vergleichen und hatte, ohne es recht zu wissen, ein Buch über Maria Stuart begonnen, das mich dann Wochen in den Bibliotheken festhielt. Als ich Anfang 1934 wieder nach Österreich fuhr, war ich entschlossen, nach dem mir liebgewordenen London zurückzukehren, um dieses Buch dort in Stille zu vollenden.

Ich brauchte nicht mehr als zwei oder drei Tage in Österreich, um zu sehen, wie sich die Situation in diesen wenigen Monaten verschlimmert hatte. Aus der stillen und sicheren Atmosphäre Englands in dies von Fiebern und Kämpfen geschüttelte Österreich zu kommen war, wie wenn man an einem heißen New Yorker Julitag aus einem luftgekühlten, einem air-conditioned Raum plötzlich auf die glühende Straße tritt. Die nationalsozialistische Pression begann den klerikalen und bürgerlichen Kreisen allmählich die Nerven zu zerstören; immer härter fühlten sie die wirtschaftlichen Daumschrauben, den subversiven Druck des ungeduldigen Deutschlands. Die Regierung Dollfuß, die Österreich unabhängig halten und vor Hitler bewahren wollte, suchte immer verzweifelter nach einer letzten Stütze. Frankreich und England waren zu abgelegen und auch innerlich zu gleichgültig, die Tschechoslowakei noch von alter Ranküne und Rivalität gegen Wien erfüllt – so blieb nur Italien, das damals ein wirtschaftliches und politisches Protektorat über Österreich anstrebte, um sich die Alpenpässe und Triest zu schützen. Für diesen Schutz verlangte Mussolini allerdings einen harten Preis. Österreich sollte den faschistischen Tendenzen angepaßt, das Parlament und damit die Demokratie erledigt werden. Dies war nun nicht möglich ohne die Beseitigung oder Entrechtung der sozialdemokratischen Partei, der stärksten und bestorganisierten Österreichs.

Sie zu brechen, gab es keinen anderen Weg als den brutaler Gewalt.

Für diese terroristische Aktion hatte schon der Vorgänger von Dollfuß, Ignaz Seipel, eine Organisation geschaffen, die sogenannte ›Heimwehr‹. Äußerlich gesehen, stellte sie so ziemlich die ärmlichste Angelegenheit dar, die man sich denken konnte, kleine Provinzadvokaten, entlassene Offiziere, dunkle Existenzen, unbeschäftigte Ingenieure, jeder eine enttäuschte Mittelmäßigkeit, die alle einander auf das grimmigste haßten. Schließlich fand man in dem jungen Fürsten Starhemberg einen sogenannten Führer, der einst zu Füßen Hitlers gesessen und gegen die Republik und die Demokratie gewettert hatte und jetzt mit seinen gemieteten Soldaten als Hitlers Antagonist herumzog und versprach, ›Köpfe rollen zu lassen‹. Was die Heimwehrleute positiv wollten, war völlig unklar. Die Heimwehr hatte in Wirklichkeit kein anderes Ziel, als auf irgendeine Weise an die Krippe zu kommen, und ihre ganze Kraft war die Faust Mussolinis, der sie vorwärtsstieß. Daß diese angeblich patriotischen Österreicher mit ihren von Italien gelieferten Bajonetten den Ast absägten, auf dem sie saßen, merkten sie nicht.

Die sozialdemokratische Partei begriff besser, wo die eigentliche Gefahr lag. An sich brauchte sie den offenen Kampf nicht zu scheuen. Sie hatte ihre Waffen und konnte durch einen Generalstreik alle Bahnen, alle Wasserwerke, alle Elektrizitätswerke lahmlegen. Aber sie wußte auch, daß Hitler nur auf eine solche sogenannte ›rote Revolution‹ wartete, um einen Vorwand zu haben, als ›Retter‹ in Österreich einzurücken. So schien es ihr besser, ein Großteil ihrer Rechte und sogar das Parlament zu opfern, um zu einem erträglichen Kompromiß zu gelangen. Alle Vernünftigen befürworteten einen solchen Ausgleich angesichts der Zwangslage, in der sich Österreich im drohenden Schatten des Hitlerismus befand. Sogar Dollfuß selbst, ein geschmeidiger, ehrgeiziger, aber durchaus realistischer Mann, schien zu einer Einigung geneigt. Aber der junge Starhemberg und sein Kumpan, Major Fey, der dann bei der Ermordung von Dollfuß eine merkwürdige Rolle spielte, verlangten, daß der Schutzbund seine Waffen ausliefere und daß jede Spur demokratischer und bürgerlicher Freiheit vernichtet werde. Gegen diese Forderung wehrten sich die Sozialdemokraten, Drohungen wechselten herüber und hinüber in den Lagern. Eine Entscheidung, das spürte man, lag jetzt in der Luft, und ich mußte im Gefühl der allgemeinen Spannung ahnungsvoll an Shakespeares Worte denken: »So foul a sky clears not without a storm.«

Ich war nur einige Tage in Salzburg gewesen und bald nach Wien weitergefahren. Und gerade in diesen ersten Februartagen brach das Gewitter los. Die Heimwehr hatte in Linz das Haus der Arbeiterschaft überfallen, um die Waffendepots, die sie dort vermutete, wegzunehmen. Die Arbeiter hatten mit dem Generalstreik geantwortet, Dollfuß wiederum mit dem Befehl, mit Waffen diese künstlich erzwungene ›Revolution‹ niederzuschlagen. So rückte die reguläre Wehrmacht mit Maschinengewehren und Kanonen gegen die Wiener Arbeiterhäuser an. Drei Tage wurde erbittert gekämpft von Haus zu Haus; es war das letztemal in Spanien, daß sich in Europa die Demokratie gegen den Faschismus wehrte. Drei Tage hielten die Arbeiter stand, ehe sie der technischen Übermacht erlagen.

Ich war in diesen drei Tagen in Wien und somit Zeuge dieses Entscheidungskampfes und damit des Selbstmords der österreichischen Unabhängigkeit. Aber da ich ehrlicher Zeuge sein will, muß ich das zunächst paradox scheinende Faktum bekennen, daß ich von dieser Revolution selbst nicht das mindeste gesehen habe. Wer sich vorgesetzt hat, ein möglichst ehrliches und anschauliches Bild seiner Zeit zu geben, muß auch den Mut haben, romantische Vorstellungen zu enttäuschen. Und nichts scheint mir charakteristischer für die Technik und Eigenart moderner Revolutionen, als daß sie sich im Riesenraum einer modernen Großstadt eigentlich nur an ganz wenigen Stellen abspielen und darum für die meisten Einwohner völlig unsichtbar bleiben. So sonderbar es scheinen mag: ich war an diesen historischen Februartagen 1934 in Wien und habe nichts gesehen von diesen entscheidenden Ereignissen, die sich in Wien abspielten, und nichts, auch nicht das mindeste davon gewußt, während sie geschahen. Es wurde mit Kanonen geschossen, es wurden Häuser besetzt, es wurden Hunderte von Leichen weggetragen – ich habe nicht eine einzige gesehen. Jeder Leser der Zeitung in New York, in London, in Paris hatte bessere Kenntnis von dem, was wirklich vor sich ging, als wir, die wir doch scheinbar Zeugen waren. Und dieses erstaunliche Phänomen, daß man in unserer Zeit zehn Straßen weit von Entscheidungen weniger weiß als die Menschen in einer Entfernung von Tausenden Kilometern, habe ich dann später immer und immer wieder bestätigt gefunden. Als Dollfuß einige Monate später mittags in Wien ermordet wurde, sah ich um halb sechs Uhr nachmittags in London die Plakate auf den Straßen. Ich versuchte sofort, nach Wien zu telephonieren; zu meinem Erstaunen erhielt ich sofort Verbindung und erfuhr zu meinem noch größeren Erstaunen, daß man in Wien, fünf Straßen vom Auswärtigen Amt, viel weniger wußte als in London an jeder Straßenecke. Ich kann also an meinem Wiener Revolutionserlebnis beispielhaft nur das Negative darstellen: wie wenig heutzutage ein Zeitgenosse, wenn er nicht zufällig an der entscheidenden Stelle steht, von den Ereignissen sieht, welche das Antlitz der Welt und sein eigenes Leben verändern. Alles, was ich erlebte, war: ich hatte abends eine Verabredung mit der Ballettregisseurin der Oper, Margarete Wallmann, in einem Ringstraßencafé. Ich ging also zu Fuß zur Ringstraße und wollte sie gedankenlos überschreiten. Da traten plötzlich ein paar Leute in alten, rasch zusammengerafften Uniformen mit Gewehren auf mich zu und fragten, wohin ich wollte. Als ich ihnen erklärte, ich wollte in jenes Café J., ließen sie mich ruhig durch. Ich wußte weder, warum plötzlich solche Gardisten auf der Straße standen, noch was sie eigentlich bezweckten. In Wirklichkeit wurde damals schon seit mehreren Stunden erbittert in den Vorstädten geschossen und gekämpft, aber in der inneren Stadt hatte niemand eine Ahnung. Erst als ich abends ins Hotel kam und meine Rechnung bezahlen wollte, weil es meine Absicht war, am nächsten Morgen nach Salzburg zurückzureisen, sagte mir der Portier, er fürchte, das werde nicht möglich sein, die Bahnen verkehrten nicht. Es sei Eisenbahnerstreik, und außerdem gehe in den Vorstädten etwas vor.

Am nächsten Tage brachten die Zeitungen ziemlich undeutliche Mitteilungen über einen Aufstand der Sozialdemokraten, der aber schon mehr oder minder niedergeschlagen sei. In Wirklichkeit hatte der Kampf an diesem Tage erst seine volle Kraft erreicht, und die Regierung entschloß sich, nach den Maschinengewehren auch Kanonen gegen die Arbeiterhäuser einzusetzen. Aber auch die Kanonen vernahm ich nicht. Wäre damals ganz Österreich besetzt worden, sei es von den Sozialisten oder Nationalsozialisten oder Kommunisten, ich hätte es ebensowenig gewußt wie seinerzeit die Leute in München, die am Morgen aufwachten und erst aus den ›Münchener Neuesten Nachrichten‹ erfuhren, daß ihre Stadt in den Händen Hitlers war. Alles ging im inneren Kreise der Stadt ebenso ruhig und regelmäßig weiter wie sonst, während in den Vorstädten der Kampf wütete, und wir glaubten töricht den offiziellen Mitteilungen, daß alles schon beigelegt und erledigt sei. In der Nationalbibliothek, wo ich etwas nachzusehen hatte, saßen die Studenten und lasen und studierten wie immer, alle Geschäfte waren offen, die Menschen gar nicht erregt. Erst am dritten Tag, als alles vorüber war, erfuhr man stückweise die Wahrheit. Kaum daß die Bahnen wieder verkehrten, am vierten Tag, fuhr ich morgens nach Salzburg zurück, wo mich zwei, drei Bekannte, die ich auf der Straße traf, sofort mit Fragen bestürmten, was eigentlich in Wien geschehen sei. Und ich, der ich doch der ›Augenzeuge‹ der Revolution gewesen, mußte ihnen ehrlich sagen: »Ich weiß es nicht. Am besten, ihr kauft eine ausländische Zeitung.«

Sonderbarerweise fiel am nächsten Tag im Zusammenhang mit diesen Ereignissen eine Entscheidung in meinem eigenen Leben. Ich war nachmittags von Wien in mein Haus nach Salzburg zurückgekommen, hatte dort Stöße von Korrekturen und Briefen vorgefunden und bis tief in die Nacht gearbeitet, um alle Rückstände zu beseitigen. Am nächsten Morgen, ich lag noch im Bett, klopfte es an die Tür; unser braver alter Diener, der mich sonst nie weckte, wenn ich nicht ausdrücklich eine Stunde bestimmt hatte, erschien mit bestürztem Gesicht. Ich möchte hinunterkommen, es seien Herren von der Polizei da und wünschten mich zu sprechen. Ich war etwas verwundert, nahm den Schlafrock und ging in das untere Stockwerk. Dort standen vier Polizisten in Zivil und eröffneten mir, sie hätten Auftrag, das Haus zu durchsuchen; ich solle sofort alles abliefern, was an Waffen des Republikanischen Schutzbundes im Hause verborgen sei.

Ich muß gestehen, daß ich im ersten Augenblick zu verblüfft war, um irgend etwas zu antworten. Waffen des Republikanischen Schutzbundes in meinem Hause? Die Sache war zu absurd. Ich hatte nie einer Partei angehört, mich nie um Politik gekümmert. Ich war viele Monate nicht in Salzburg gewesen, und abgesehen von all dem wäre es das lächerlichste Ding von der Welt gewesen, ein Waffendepot gerade in diesem Hause anzulegen, das außerhalb der Stadt auf einem Berge lag, so daß man jeden, der ein Gewehr oder eine Waffe trug, unterwegs beobachten konnte. Ich antwortete also nichts als ein kühles: »Bitte, sehen Sie nach.« Die vier Detektive gingen durch das Haus, öffneten einige Kästen, klopften an ein paar Wände, aber es war mir sofort klar an der lässigen Art, wie sie es taten, daß diese Nachschau pro forma geschah und keiner von ihnen ernstlich an ein Waffendepot in diesem Hause glaubte. Nach einer halben Stunde erklärten sie die Untersuchung für beendet und verschwanden.

Warum mich diese Farce damals so sehr erbitterte, bedarf leider bereits einer aufklärenden historischen Anmerkung. Denn in den letzten Jahrzehnten hat Europa und die Welt beinahe schon vergessen, welch heilige Sache vordem persönliches Recht und staatsbürgerliche Freiheit gewesen. Seit 1933 sind Durchsuchungen, willkürliche Verhaftungen, Vermögenskonfiskationen, Austreibungen von Heim und Land, Deportationen und jede andere denkbare Form der Erniedrigung beinahe selbstverständliche Angelegenheiten geworden; ich kenne kaum einen meiner europäischen Freunde, der nicht derlei erfahren. Aber damals, zu Beginn von 1934, war eine Hausdurchsuchung in Österreich noch ein ungeheurer Affront. Daß jemand, der wie ich vollkommen jeder Politik fernstand und seit Jahren nicht einmal sein Wahlrecht ausgeübt hatte, ausgesucht worden war, mußte einen besonderen Grund haben, und in der Tat war es eine typisch österreichische Angelegenheit. Der Polizeipräsident von Salzburg war genötigt gewesen, scharf gegen die Nationalsozialisten vorzugehen, die mit Bomben und Explosivstoffen Nacht für Nacht die Bevölkerung beunruhigten, und diese Überwachung war eine bedenkliche Mutleistung, denn schon damals setzte die Partei ihre Technik des Terrors ein. Jeden Tag erhielten die Amtsstellen Drohbriefe, sie würden dafür zu bezahlen haben, wenn sie weiterhin die Nationalsozialisten ›verfolgten‹, und in der Tat – wenn es Rache galt, haben die Nationalsozialisten ihr Wort immer hundertprozentig gehalten – sind die getreuesten österreichischen Beamten gleich am ersten Tage nach Hitlers Einmarsch ins Konzentrationslager geschleppt worden. So lag der Gedanke nahe, durch eine Haussuchung bei mir demonstrativ kundzutun, daß man vor niemandem mit solchen Sicherungsmaßnahmen zurückscheue. Ich aber spürte hinter dieser an sich unbeträchtlichen Episode, wie ernst die Sachlage in Österreich schon geworden war, wie übermächtig der Druck von Deutschland her. Mein Haus gefiel mir nicht mehr seit jenem amtlichen Besuch, und ein bestimmtes Gefühl sagte mir, daß solche Episoden nur schüchternes Vorspiel viel weiterreichender Eingriffe waren. Am selben Abend begann ich meine wichtigsten Papiere zu packen, entschlossen, nun immer im Ausland zu leben, und diese Loslösung bedeutete mehr als eine von Haus und Land, denn meine Familie hing an diesem Haus als ihrer Heimat, sie liebte das Land. Mir aber war persönliche Freiheit die wichtigste Sache auf Erden. Ohne irgend jemanden meiner Freunde und Bekannten von meiner Absicht zu verständigen, reiste ich zwei Tage später nach London zurück; mein erstes dort war, der Behörde in Salzburg die Mitteilung zu machen, daß ich meinen Wohnsitz definitiv aufgegeben hätte. Es war der erste Schritt, der mich von meiner Heimat loslöste. Aber ich wußte, seit jenen Tagen in Wien, daß Österreich verloren war – freilich ahnte ich noch nicht, wieviel ich damit verlor.

Die Agonie des Friedens

»The sun of Rome is set. Our day is gone.
Clouds, dews and dangers come; our deeds are done.«
Shakespeare, ›Julius Cäsar‹

So wenig wie seinerzeit Sorrent für Gorkij, bedeutete England in den ersten Jahren für mich ein Exil. Österreich bestand weiter, auch nach jener sogenannten ›Revolution‹ und dem ihr bald nachfolgenden Versuch der Nationalsozialisten, durch einen Handstreich und die Ermordung Dollfuß' das Land an sich zu reißen. Die Agonie meiner Heimat sollte noch vier Jahre dauern. Ich konnte zu jeder Stunde heimkehren, ich war nicht verbannt, nicht geächtet. Noch standen in meinem Salzburger Haus unbehelligt meine Bücher, noch trug ich meinen österreichischen Paß, noch war die Heimat meine Heimat, noch war ich dort Bürger – und Bürger mit vollen Rechten. Noch hatte nicht jener grauenhafte, jener keinem, der ihn nie am eigenen Leibe erlebt, erklärbare Zustand der Vaterlandslosigkeit begonnen, dieses nervenzerwühlende Gefühl, mit offenen wachen Augen im Leeren zu taumeln und zu wissen, daß man überall, wo man Fuß gefaßt hat, in jedem Augenblick zurückgestoßen werden kann. Aber ich stand erst am ersten Anfang. Immerhin war es ein anderes Kommen, als ich Ende Februar 1934 in Victoria Station ausstieg; anders sieht man eine Stadt, in der man entschlossen ist zu bleiben, als eine, die man nur als Gast betritt. Ich wußte nicht, für wie lange Zeit ich in London wohnen würde. Bloß eines war mir wichtig: wieder zu meiner eigenen Arbeit zu gelangen, meine innere, meine äußere Freiheit zu verteidigen. Ich nahm mir, weil aller Besitz schon wieder Bindung bedeutet, darum kein Haus, sondern mietete ein kleines Flat, gerade groß genug, um in zwei Wandschränken die wenigen Bücher zu bergen, die ich nicht zu entbehren gewillt war, und um einen Schreibtisch aufzustellen. Damit hatte ich eigentlich alles, was ein geistiger Arbeiter um sich braucht. Für Geselligkeit blieb freilich kein Raum. Aber ich wollte lieber in engstem Rahmen wohnen, um zwischendurch frei reisen zu können: schon war mein Leben unbewußt auf das Provisorische und nicht mehr auf Bleiben gestellt.

Am ersten Abend – es dunkelte schon, und die Umrisse der Wände verschwammen in der Dämmerung – trat ich in die kleine Wohnung, die endlich bereit stand, und erschrak. Denn mir war in dieser Sekunde, als hätte ich jene andere kleine Wohnung betreten, die ich vor fast dreißig Jahren mir in Wien eingerichtet, ebenso klein die Zimmer, und der einzige gute Gruß dieselben Bücher an der Wand und die halluzinierten Augen von Blakes ›King John‹, der mich überallhin begleitete. Ich brauchte wahrhaftig einen Augenblick, um mich zu sammeln, denn Jahre und Jahre hatte ich mich nicht mehr an diese erste Wohnung erinnert. War dies ein Symbol, daß mein Leben – so lange in die Weite gespannt – nun rückschrumpfte ins Gewesene und ich selber mir zum Schatten wurde? Als ich vor dreißig Jahren jene Stube in Wien mir wählte, war es ein Anfang gewesen. Ich hatte noch nichts geschaffen oder nichts Wesentliches; meine Bücher, mein Name lebten noch nicht in meinem Land. Jetzt – in merkwürdiger Ähnlichkeit – waren meine Bücher aus ihrer Sprache wiederum entschwunden, was ich schrieb, blieb für Deutschland nun unbekannt. Die Freunde waren fern, der alte Kreis zerstört, das Haus mit seinen Sammlungen und Bildern und Büchern verloren; genauso wie damals war ich wieder von Fremde umgeben. Alles, was ich dazwischen versucht, getan, gelernt, genossen, schien weggeweht, ich stand mit mehr als fünfzig Jahren wieder an einem Anfang, war wieder Student, der vor seinem Schreibtisch saß und morgens in die Bibliothek trabte – nur nicht so gläubig, nicht so enthusiastisch mehr, einen Schimmer von Grau auf dem Haar und ein leises Dämmern von Verzagtheit über der ermüdeten Seele.

Von jenen Jahren 1934 bis 1940 in England viel zu erzählen zögere ich, denn schon trete ich nahe heran an unsere Zeit, und wir alle haben sie beinahe gleichmäßig durchlebt, mit der gleichen, von Radio und Zeitung gehetzten Unruhe, den gleichen Hoffnungen und gleichen Sorgen. Wir alle denken heute mit wenig Stolz an ihre politische Verblendung, und mit Grauen, wohin sie uns geführt; wer erklären wollte, müßte anklagen, und wer von uns allen hätte dazu ein Recht! Und dann: mein Leben in England war eine einzige Zurückhaltung. So töricht ich mich wußte, eine derart überflüssige Hemmung nicht bezähmen zu können, lebte ich in all diesen Jahren des Halbexils und Exils von allem freimütig Geselligen ausgeschaltet durch den Wahn, ich dürfe in einem fremden Lande nicht mitsprechen, wenn man die Zeit diskutierte. Ich hatte in Österreich nichts ausrichten können gegen die Torheit der führenden Kreise, wie sollte ich es hier versuchen, hier, wo ich mich als Gast dieser guten Insel fühlte, der wohl wußte, daß, wenn er – mit unserem klaren, besser informierten Wissen – auf die Gefahr hinwiese, die von Hitler der Welt drohe, man dies als persönlich interessierte Meinung nehmen würde? Freilich, es wurde manchmal hart, die Lippen zu verpressen angesichts der offenkundigen Fehler. Es war schmerzvoll zu sehen, wie gerade die höchste Tugend der Engländer, ihre Loyalität, ihr ehrlicher Wille, ohne Gegenbeweis jedem andern zunächst Glauben zu schenken, von einer musterhaft inszenierten Propaganda mißbraucht wurde. Immer wurde von neuem vorgegaukelt, Hitler wolle doch nur die Deutschen der Randgebiete an sich ziehen, dann sei er zufrieden und werde als Dank dafür den Bolschewismus ausrotten; dieser Köder wirkte vortrefflich. Hitler brauchte nur einmal das Wort ›Friede‹ auszusprechen in einer Rede, und leidenschaftlich jubelnd vergaßen die Zeitungen alles Begangene und fragten nicht weiter, wozu eigentlich Deutschland so tollwütig rüste. Aus Berlin heimkehrende Touristen, die man dort vorsorglich geführt und umschmeichelt, rühmten die Ordnung und ihren neuen Meister, allmählich begann man in England seine ›Ansprüche‹ auf ein Großdeutschland schon leise als berechtigt zu billigen – niemand begriff, daß Österreich der Stein in der Mauer war und daß Europa niederbrechen mußte, sobald man ihn heraussprengte. Ich aber empfand die Naivität, die edle Gutgläubigkeit, mit der die Engländer und die Führenden unter ihnen sich betören ließen, mit den brennenden Augen eines, der zu Hause die Gesichter der Sturmtruppen von nahe gesehen und sie singen gehört: »Heute gehört uns Deutschland, morgen die ganze Welt.« Je mehr die politische Spannung sich verschärfte, um so mehr zog ich mich darum von Gesprächen zurück und von jeder öffentlichen Aktion. England ist das einzige Land der alten Welt, in dem ich nie einen Artikel zeitgebundener Art in einer Zeitung veröffentlichte, nie im Radio gesprochen, nie mich an einer öffentlichen Diskussion beteiligt habe; ich habe dort anonymer in meiner kleinen Wohnung gelebt als dreißig Jahre vordem der Student in der seinen in Wien. So habe ich kein Recht, England als gültiger Zeuge zu schildern, um so weniger als ich mir späterhin gestehen mußte, daß ich vor dem Kriege nie wirklich Englands tiefste, ganz in sich verhaltene und nur in der Stunde äußerster Gefahr sich enthüllende Kraft erkannt.

Auch von den Schriftstellern sah ich nicht viele. Gerade die beiden, denen ich mich später zu verbinden begonnen hatte, John Drinkwater und Hugh Walpole, nahm der Tod frühzeitig hinweg, den Jüngeren wiederum begegnete ich nicht oft, da ich, aus jenem unselig mich belastenden Unsicherheitsgefühl des ›foreigners‹, Klubs, Diners und öffentliche Veranstaltungen mied. Immerhin hatte ich einmal den besonderen und wirklich unvergeßlichen Genuß, die beiden schärfsten Köpfe, Bernard Shaw und H. G. Wells, in einer unterirdisch geladenen, äußerlich ritterlichen und brillanten Auseinandersetzung zu sehen. Es war bei einem Lunch in engstem Kreise bei Shaw, und ich befand mich in der teilweise anziehenden, teilweise peinlichen Situation eines, der nicht vorher Bescheid darüber wußte, was eigentlich die unterirdische Spannung erregte, die elektrisch zwischen den beiden Patriarchen zu fühlen war, schon an der Art, wie sie einander begrüßten, mit einer von Ironie leicht durchsetzten Vertraulichkeit – es mußte zwischen ihnen eine prinzipielle Meinungsverschiedenheit bestanden haben, die kurz zuvor beigelegt worden war oder durch diesen Lunch beigelegt werden sollte. Diese beiden großen Gestalten, jede ein Ruhm Englands, hatten vor einem halben Jahrhundert im Kreise der ›Fabier‹ Schulter an Schulter für den damals gleichfalls noch jungen Sozialismus gekämpft. Seitdem hatten sie sich gemäß ihrer sehr bestimmten Persönlichkeiten mehr und mehr voneinander entwickelt, Wells in seinem aktiven Idealismus beharrend, unermüdlich an seiner Vision der Menschheitszukunft bauend, Shaw dagegen immer mehr das Zukünftige wie das Gegenwärtige skeptisch-ironisch betrachtend, um daran sein überlegen-amüsiertes Denkspiel zu erproben. Auch in der körperlichen Erscheinung hatten sie sich mit den Jahren immer mehr zu Gegensätzen geformt. Shaw, der unwahrscheinlich frische Achtzigjährige, der beim Essen nur Nüsse und

Früchte knabberte, hoch, hager, unablässig gespannt, immer ein scharfes Lachen um die leicht gesprächigen Lippen und mehr noch verliebt in das Feuerwerk seiner Paradoxe als jemals, Wells, der lebensfreudige Siebzigjährige, genießerischer, behaglicher als je vordem, klein, rotbakkig und unerbittlich ernst hinter seiner gelegentlichen Heiterkeit. Shaw blendend in der Aggressivität, rasch und behende die Punkte des Vorstoßes wechselnd, der andere in taktisch starker Verteidigung, unerschütterlich wie immer der Gläubige und Überzeugte. Ich hatte gleich den Eindruck, daß Wells nicht bloß zu einem freundschaftlichen Lunchgespräch gekommen war, sondern zu einer Art prinzipieller Auseinandersetzung. Und gerade weil ich nicht über die Hintergründe des gedanklichen Konflikts informiert war, spürte ich das Atmosphärische um so stärker. Es flackerte in jeder Geste, jedem Blick, jedem Wort der beiden eine oft übermütige, aber doch wohl ziemlich ernste Rauflust; es war, wie wenn zwei Fechter, ehe sie einander scharf angehen, mit kleinen tastenden Stößen die eigene Wendigkeit ausproben. Die größere Rapidität des Intellekts besaß Shaw. Es blitzte immer unter seinen buschigen Augenbrauen, wenn er eine Antwort gab oder parierte, seine Lust am Witz, am Wortspiel, die er in sechzig Jahren zu einer Virtuosität ohnegleichen vervollkommnet hatte, steigerte sich zu einer Art Übermut. Sein weißer, buschiger Bart bebte manchmal von grimmigem leisen Lachen, und den Kopf ein bißchen schief neigend, schien er immer seinem Pfeil nachzublicken, ob er auch getroffen habe. Wells mit seinen roten Bäckchen und den ruhigen, verdeckten Augen hatte mehr Schärfe und Geradheit; auch sein Verstand arbeitete ungemein rapid, aber er schlug nicht solche schillernden Volten, er stieß lieber locker und gerade mit einer leichten Selbstverständlichkeit zu. Das ging so scharf und so rasch blitzend hin und her, Parade und Hieb, Hieb und

Parade, immer scheinbar im Spaßhaften bleibend, daß der Unbeteiligte das Fleuretspiel, das Funkeln und Aneinandervorbeischlagen nicht genug bewundern konnte. Aber hinter diesem raschen und ständig auf höchster Ebene geführten Dialog stand eine Art geistiger Ergrimmtheit, die sich auf englische Art nobel in den dialektisch urbansten Formen disziplinierte. Es war – und dies machte die Diskussion dermaßen spannend – Ernst im Spiel und Spiel im Ernst, ein scharfes Gegeneinander zweier polarer Charaktere, das nur scheinbar am Sachlichen sich entzündete, in Wirklichkeit aber in mir unbekannten Gründen und Hintergründen unwandelbar festgelegt war. Jedenfalls hatte ich die beiden besten Männer Englands in einem ihrer besten Augenblicke gesehen, und die Fortsetzung dieser Polemik, die in den nächsten Wochen in der ›Nation‹ in gedruckter Form ausgetragen wurde, bereitete mir dann nicht ein Hundertstel der Lust wie dieser temperamentvolle Dialog, weil hinter den abstrakt gewordenen Argumenten nicht mehr der lebendige Mensch, nicht mehr die eigentliche Wesenheit so sichtbar wurde. Aber selten habe ich das Phosphoreszieren von Geist zu Geist durch gegenseitige Reibung so sehr genossen, in keiner Theaterkomödie die Kunst des Dialogs – nie vordem und nie nachdem – so virtuos geübt gesehen wie bei diesem Anlaß, da sie absichtslos, untheatralisch und in den nobelsten Formen sich vollendete.

Aber nur räumlich und nicht mit meiner ganzen Seele lebte ich in jenen Jahren in England. Und es war gerade die Sorge um Europa, diese schmerzhaft auf unsere Nerven drückende Sorge, die mich in diesen Jahren zwischen Hitlers Machtergreifung und dem Ausbruch des Zweiten Weltkrieges viel reisen und sogar zweimal über den Ozean fahren ließ. Vielleicht drängte mich das Vorgefühl, daß man sich, solange die Welt offenstand und Schiffe friedlich ihre Bahn über die Meere ziehen durften, für dunklere Zeiten an Eindrücken und Erfahrungen aufspeichern sollte, soviel das Herz zu fassen vermochte, vielleicht auch die Sehnsucht, zu wissen, daß, während unsere Welt sich durch Mißtrauen und Zwietracht zerstörte, eine andere sich aufbaute, vielleicht sogar eine noch ganz dämmerhafte Ahnung, daß unsere und selbst meine persönliche Zukunft jenseits von Europa läge. Eine Vortragsreise quer durch die Vereinigten Staaten bot mir willkommene Gelegenheit, dieses mächtige Land in all seiner Vielfalt und doch inneren Geschlossenheit von Osten nach Westen, von Norden nach Süden zu sehen. Aber noch stärker wurde vielleicht der Eindruck Südamerikas, wohin ich gerne einer Einladung zum Kongreß des Internationalen P.E.N.-Klubs folgte; nie schien es mir wichtiger als in jenem Augenblick, den Gedanken der geistigen Solidarität über Länder und Sprachen hin zu bekräftigen. Die letzten Stunden in Europa vor dieser Reise gaben noch bedenkliche Mahnung auf den Weg mit. In jenem Sommer 1936 hatte der spanische Bürgerkrieg begonnen, der oberflächlich gesehen nur ein innerer Zwist dieses schönen und tragischen Landes, in Wirklichkeit aber schon das vorbereitende Manöver der beiden ideologischen Machtgruppen für ihren künftigen Zusammenstoß war. Ich war von Southampton mit einem englischen Schiff abgefahren und eigentlich der Meinung, der Dampfer werde, um dem Kriegsgebiet auszuweichen, die sonst übliche erste Station Vigo vermeiden. Zu meiner Überraschung fuhren wir dennoch in den Hafen ein, und es wurde uns Passagieren sogar gestattet, für einige Stunden an Land zu gehen. Vigo befand sich damals in den Händen der Franco-Leute und lag weit ab von dem eigentlichen Kriegsschauplatz. Dennoch bekam ich in diesen wenigen Stunden einiges zu sehen, was berechtigten Anlaß zu bedrückenden Gedanken geben konnte. Vor dem Rathaus, von dem die Flagge Francos wehte, standen, meist von Priestern geführt, junge Burschen in ihren bäuerlichen Gewändern aufgereiht, offenbar aus den nachbarlichen Dörfern herangeholt. Ich verstand im ersten Augenblick nicht, was man mit ihnen vorhatte. Waren es Arbeiter, die man anwarb für irgendeinen Notdienst? Waren es Arbeitslose, die dort verköstigt werden sollten? Aber nach einer Viertelstunde sah ich dieselben jungen Burschen verwandelt aus dem Rathaus herauskommen. Sie trugen blitzblanke, neue Uniformen, Gewehre und Bajonette; unter der Aufsicht von Offizieren wurden sie auf ebenfalls ganz neue und blitzblanke Automobile verladen und sausten durch die Straßen aus der Stadt hinaus. Ich erschrak. Wo hatte ich das schon einmal gesehen? In Italien zuerst und dann in Deutschland! Da und dort waren plötzlich diese tadellosen neuen Uniformen dagewesen und die neuen Automobile und Maschinengewehre. Und wieder fragte ich mich: wer liefert, wer bezahlt diese neuen Uniformen, wer organisiert diese jungen blutarmen Menschen, wer treibt sie gegen die bestehende Macht, gegen das gewählte Parlament, gegen ihre eigene legale Volksvertretung? Der Staatsschatz befand sich, wie ich wußte, in den Händen der legalen Regierung, und ebenso die Waffendepots. Es mußten also diese Automobile, diese Waffen aus dem Ausland geliefert worden sein, und sie waren zweifellos aus dem nahen Portugal über die Grenze gekommen. Aber wer hatte sie geliefert, wer sie bezahlt? Es war eine neue Macht, die zur Herrschaft kommen wollte, ein und dieselbe Macht, die da und dort am Werke war, eine Macht, die Gewalt liebte, Gewalt benötigte, und der all die Ideen, denen wir anhingen und für die wir lebten, Friede, Humanität, Konzilianz als antiquierte Schwächlichkeiten galten. Es waren geheimnisvolle Gruppen, verborgen in ihren Büros und Konzernen, die sich des naiven Idealismus der Jugend zynisch bedienten für ihren Machtwillen und ihre Geschäfte. Es war der Wille zur Gewalt, der mit einer neuen, subtileren Technik die alte Barbarei des Krieges über unser unseliges Europa bringen wollte. Immer hat ein einziger optischer, sinnlicher Eindruck mehr Macht über die Seele als tausend Zeitungsartikel und Broschüren. Und nie stärker als in dieser Stunde, da ich sah, wie diese jungen, unschuldigen Burschen von geheimnisvollen Drahtziehern im Hintergrunde mit Waffen versehen wurden, die sie gegen ebenso unschuldige junge Burschen ihres eigenen Vaterlandes wenden sollten, überkam mich eine Ahnung dessen, was uns, was Europa bevorstand. Als dann das Schiff nach einigen Stunden Aufenthalts wieder abstieß, ging ich rasch hinab in die Kabine. Es war mir zu schmerzlich, noch einen Blick auf dieses schöne Land zu tun, das durch fremde Schuld grauenhafter Verwüstung anheimgefallen war; todgeweiht schien mir Europa durch seinen eigenen Wahn, Europa, unsere heilige Heimat, die Wiege und das Parthenon unserer abendländischen Zivilisation.

Um so beglückender bot sich dann der Blick auf Argentinien. Da war Spanien noch einmal, seine alte Kultur, behütet und bewahrt in einer neuen, weiteren, noch nicht mit Blut gedüngten, noch nicht mit Haß vergifteten Erde. Da war Fülle der Nahrung, Reichtum und Überschuß, da war unendlicher Raum und damit künftige Nahrung. Unermeßliche Beglückung und eine Art neuer Zuversicht kamen über mich. Waren nicht seit Tausenden Jahren die Kulturen gewandert von einem Land zum andern, waren nicht immer, wenn der Baum auch der Axt verfallen, die Samen gerettet worden und damit neue Blüten, neue Frucht? Was Generationen vor uns und um uns geschaffen, es ging doch niemals ganz verloren. Man mußte nur lernen, in größeren Dimensionen zu denken, mit weiteren Zeiträumen zu rechnen. Man sollte beginnen, sagte ich mir, nicht mehr bloß europäisch zu denken, sondern über Europa hinaus, nicht sich selbst in einer absterbenden Vergangenheit begraben, sondern teilhaben an ihrer Wiedergeburt. Denn an der Herzlichkeit, mit der die ganze Bevölkerung dieser neuen Millionenstadt an unserem Kongreß teilnahm, erkannte ich, daß wir hier nicht fremd waren und daß hier der Glaube an die geistige Einheit, dem wir das Beste unseres Lebens zugewendet, noch lebte und galt und wirkte, daß also in unserer Zeit der neuen Geschwindigkeiten auch der Ozean nicht mehr trennte. Eine neue Aufgabe war da statt der alten: die Gemeinsamkeit, die wir erträumten, in weiterem Maß und in kühneren Zusammenfassungen aufzubauen. Hatte ich Europa verlorengegeben seit jenem letzten Blick auf den kommenden Krieg, so begann ich unter dem Kreuz des Südens wieder zu hoffen und zu glauben.

Ein nicht weniger mächtiger Eindruck, eine nicht geringere Verheißung ward mir Brasilien, dieses von der Natur verschwenderisch beschenkte Land mit der schönsten Stadt auf Erden, dieses Land, dessen riesigen Raum noch heute nicht die Bahnen, nicht die Straßen und kaum das Flugzeug ganz zu durchmessen vermögen. Hier war die Vergangenheit sorgsamer bewahrt als in Europa selbst, hier war noch nicht die Verrohung, die der erste Weltkrieg mit sich gebracht, in die Sitten, in den Geist der Nationen eingedrungen. Friedlicher lebten hier die Menschen zusammen, höflicher, nicht so feindselig wie bei uns war der Verkehr selbst zwischen den verschiedensten Rassen. Hier war nicht durch absurde Theorien von Blut und Stamm und Herkunft der Mensch abgeteilt vom Menschen, hier konnte man, so fühlte man mit merkwürdiger Ahnung voraus, noch friedlich leben, hier war der Raum, um dessen ärmste Quentchen in Europa die Staaten kämpften und die Politiker quengelten, in ungemessener Fülle der Zukunft bereit. Hier wartete das Land noch auf den Menschen, daß er es nutze und mit seiner Gegenwart erfülle. Hier konnte, was Europa an Zivilisation geschaffen, in neuen und anderen Formen sich großartig fortsetzen und entwickeln. Ich hatte, das Auge beglückt durch die tausendfältige Schönheit dieser neuen Natur, einen Blick in die Zukunft getan.

Aber reisen und selbst weithin reisen bis unter andere Sterne und in andere Welten hieß nicht Europa und der Sorge um Europa entfliehen. Fast scheint es boshafte Rache der Natur an dem Menschen, daß alle die Errungenschaften der Technik, dank derer er die geheimnisvollsten ihrer Gewalten in seine Hände gerafft, ihm gleichzeitig die Seele verstören. Keinen schlimmeren Fluch hat die Technik über uns gebracht, als daß sie uns verhindert, auch nur für einen Augenblick der Gegenwart zu entfliehen. Frühere Geschlechter konnten sich in Katastrophenzeiten zurückflüchten in Einsamkeit und Abseitigkeit; uns erst war es vorbehalten, alles in der gleichen Stunde und Sekunde wissen und empfinden zu müssen, was irgendwo Schlimmes auf unserem Erdball geschieht. Wie weit ich mich auch entfernte von Europa, sein Schicksal ging mit mir. In Pernambuco landend des Nachts, das Kreuz des Südens über dem Haupt, dunkelfarbige Menschen um mich in den Straßen, sah ich angeschlagen auf einem Blatt die Nachricht über das Bombardement von Barcelona und die Erschießung eines spanischen Freundes, mit dem ich vor einigen Monaten gemeinsame gute Stunden verbracht. In Texas, zwischen Houston und einer anderen Petroleumstadt im Pullman-Wagen hinsausend, hörte ich plötzlich jemanden heftig deutsch schreien und toben: ein ahnungsloser Mitreisender hatte das Radio des Zuges auf die Welle Deutschland gestellt, und so mußte ich, hinrollend im Zug durch die Ebene von Texas, einer Brandrede Hitlers lauschen. Es gab kein Entfliehen, nicht tags und nicht nachts; immer mußte ich mit quälender Sorge an Europa denken und innerhalb Europas immer an Österreich. Vielleicht scheint es kleinlicher Patriotismus, daß in dem ungeheuren Komplex der Gefahr, der von China bis hinüber an den Ebro und Manzanares reicht, mich gerade das Schicksal Österreichs besonders beschäftigte. Aber ich wußte, daß das Schicksal ganz Europas an dieses kleine Land – zufällig mein Heimatland – gebunden war. Wenn man rückblickend versucht, die Fehler der Politik nach dem Weltkriege aufzuweisen, so wird man als den größten erkennen, daß die europäischen ebenso wie die amerikanischen Politiker den klaren, einfachen Plan Wilsons nicht durchgeführt, sondern verstümmelt haben. Seine Idee war, den kleinen Nationen Freiheit und Selbständigkeit zu geben, aber er hatte richtig erkannt, daß diese Freiheit und Selbständigkeit nur haltbar sein könnte innerhalb einer Bindung aller großen und kleinen Staaten zu einer übergeordneten Einheit. Indem man diese übergeordnete Organisation – den wirklichen, den totalen Völkerbund – *nicht* schuf und nur den andern Teil seines Programms, die Selbständigkeit der kleinen Staaten, verwirklichte, erzeugte man statt Beruhigung ständige Spannung. Denn nichts ist gefährlicher als die Großmannssucht der Kleinen, und das erste der kleinen Staaten, kaum daß sie geschaffen wurden, war, gegeneinander zu intrigieren und sich um winzige Landstriche zu streiten, Polen gegen Tschechen, Ungarn gegen Rumänen, Bulgaren gegen Serben, und als der Schwächste von allen in diesen Rivalitäten stand das winzige Österreich gegen das übermächtige Deutschland. Dieses zerstückelte, verstümmelte Land, dessen Herrscher einst über Europa geschaltet, war, ich muß es immer wiederholen, der Stein in der Mauer. Ich wußte, was alle diese Menschen in der englischen Millionenstadt um mich nicht wahrnehmen konnten, daß mit Österreich die Tschechoslowakei fallen müßte und der Balkan dann Hitler offen zur Beute liegen, daß der Nationalsozialismus mit Wien, dank dessen besonderer Struktur, den Hebel in die harte Hand bekommen würde, mit dem er ganz Europa auflockern und aus den Angeln heben könnte. Nur wir Österreicher wußten, mit welcher von Ressentiment gestachelten Gier es Hitler nach Wien trieb, der Stadt, die ihn im niedersten Elend gesehen und in die er einziehen wollte als Triumphator. Jedesmal darum, wenn ich zu flüchtigem Besuch nach Österreich und dann wieder zurück über die Grenze kam, atmete ich auf: ›Diesmal noch nicht‹, und sah zurück, als ob es das letztemal gewesen sei. Ich sah die Katastrophe kommen, unvermeidlich; Hunderte Male am Morgen in all jenen Jahren, während die andern zuversichtlich nach der Zeitung griffen, habe ich mich innerlich vor der Schlagzeile gefürchtet: Finis Austriae. Ach, wie hatte ich mich selbst betrogen, als ich mir vortäuschte, ich hätte mich längst losgelöst von seinem Schicksal! Ich litt von ferne seine langsame und fiebrige Agonie täglich mit – unendlich mehr als meine Freunde im Lande, die sich selber betrogen mit patriotischen Demonstrationen, und deren einer dem andern täglich versicherte: »Frankreich und England können uns nicht fallen lassen. Und vor allem Mussolini wird es nie erlauben.« Sie glaubten an den Völkerbund, an die Friedensverträge wie Kranke an Medizin mit schönen Etiketten. Sie lebten sorglos und glücklich dahin, indes ich, der deutlicher sah, mir das Herz zersorgte.

Auch meine letzte Reise nach Österreich war durch nichts anderes begründet als durch einen solchen spontanen Ausbruch innerer Angst vor der immer näher kommenden Katastrophe. Ich war im Herbst 1937 in Wien gewesen, meine alte Mutter zu besuchen, und hatte für längere Zeit dort nichts zu erledigen; nichts Dringliches rief mich hin. An einem Mittag, wenige Wochen später – es muß gegen Ende November gewesen sein – ging ich über Regent Street nach Hause und kaufte mir im Vorübergehen den ›Evening Standard‹. Es war der Tag, an dem Lord Halifax nach Berlin flog, um zum erstenmal zu versuchen, mit Hitler persönlich zu verhandeln. In dieser Ausgabe des ›Evening Standard‹ waren nun auf der ersten Seite – ich sehe sie noch optisch vor mir, der Text stand fettgedruckt auf der rechten Seite – die einzelnen Punkte aufgezählt, über die Halifax mit Hitler zu einem Einverständnis kommen wollte. Unter ihnen befand sich auch der Paragraph Österreich. Und zwischen den Zeilen fand ich darin oder glaubte ich zu lesen: die Preisgabe Österreichs, denn was konnte eine Aussprache mit Hitler anderes bedeuten? Wir Österreicher wußten doch, in diesem Punkte würde Hitler nie nachgeben. Merkwürdigerweise war diese programmatische Aufzählung der Diskussionsthemen einzig in jener Mittagsausgabe des ›Evening Standard‹ enthalten und aus allen späteren Ausgaben derselben Zeitung am Spätnachmittag schon wieder spurlos verschwunden. (Wie ich später gerüchtweise hörte, war angeblich diese Information der Zeitung von der italienischen Gesandtschaft zugeschanzt worden, denn vor nichts fürchtete sich Italien 1937 noch mehr als vor einer Einigung Deutschlands und Englands hinter seinem Rükken.) Wieviel an dieser – von der großen Menge wohl unbemerkten – Notiz in dieser einen Ausgabe des ›Evening Standard‹ sachlich richtig oder unrichtig gewesen sein mag, weiß ich nicht zu beurteilen. Ich weiß nur, wie maßlos ich persönlich erschrak bei dem Gedanken, es werde bereits zwischen Hitler und England über Österreich verhandelt; ich schäme mich nicht zu sagen, daß mir das Zeitungsblatt in den Händen zitterte. Falsch oder wahr, die Nachricht erregte mich wie keine seit Jahren, denn ich wußte, wenn sie sich auch nur in einem Bruchteil bewahrheitete, dann war dies der Anfang vom Ende, dann fiel der Stein aus der Mauer und die Mauer mit ihm.

Ich kehrte sofort um, sprang in den nächsten Autobus, auf dem ›Victoria Station‹ stand und fuhr zu den Imperial Airways, um zu fragen, ob für den nächsten Morgen noch ein Flugplatz verfügbar sei. Ich wollte noch einmal meine alte Mutter, meine Familie, meine Heimat sehen. Zufälligerweise bekam ich noch ein Billett, warf rasch ein paar Dinge in den Koffer und flog nach Wien.

Meine Freunde staunten, daß ich so rasch und so plötzlich wiederkam. Aber wie verlachten sie mich, als ich meine Sorge andeutete; ich sei noch immer der alte ›Jeremias‹, spotteten sie. Ob ich denn nicht wisse, daß die ganze österreichische Bevölkerung jetzt hundertprozentig hinter Schuschnigg stünde? Sie rühmten umständlich die großartigen Demonstrationen der ›Vaterländischen Front‹, während ich doch schon in Salzburg beobachtet hatte, daß die meisten dieser Demonstranten das vorgeschriebene Einheitsabzeichen nur außen auf dem Rockkragen trugen, um ihre Stellung nicht zu gefährden, gleichzeitig aber in München längst zur Vorsicht bei den Nationalsozialisten eingeschrieben waren – ich hatte zuviel Geschichte gelernt und geschrieben, um nicht zu wissen, daß die große Masse immer sofort zu der Seite hinüberrollt, wo die Schwerkraft der momentanen Macht liegt. Ich wußte, daß dieselben Stimmen, die heute ›Heil Schuschnigg‹ riefen, morgen ›Heil Hitler‹ brausen würden. Aber alle in Wien, die ich sprach, zeigten ehrliche Sorglosigkeit. Sie luden sich gegenseitig in Smoking und Frack zu Geselligkeiten (nicht ahnend, daß sie bald die Sträflingstracht der Konzentrationslager tragen würden), sie überliefen die Geschäfte mit Weihnachtseinkäufen für ihre schönen Häuser (nicht ahnend, daß man sie ihnen wenige Monate später nehmen und plündern würde). Und diese ewige Sorglosigkeit des alten Wien, die ich vordem so sehr geliebt und der ich eigentlich mein ganzes Leben nachträume, diese Sorglosigkeit, die der Wiener Nationaldichter Anzengruber einmal in das knappe Axiom gefaßt: »Es kann dir nix g'schehn«, sie tat mir zum ersten Male weh. Aber vielleicht waren sie im letzten Sinne weiser als ich, all diese Freunde in Wien, weil sie alles erst erlitten, als es wirklich geschah, indes ich das Unheil im voraus schon phantasiehaft erlitt und im Geschehen dann noch ein zweitesmal. Immerhin – ich verstand sie nicht mehr und konnte mich ihnen nicht verständlich machen. Nach dem zweiten Tag warnte ich niemanden mehr. Wozu Menschen verstören, die sich nicht stören lassen wollten?

Aber man nehme es nicht als nachträgliche Aufschmückung, sondern als lauterste Wahrheit, wenn ich sage: ich habe in jenen letzten zwei Tagen in Wien jede einzelne der vertrauten Straßen, jede Kirche, jeden Garten, jeden alten Winkel der Stadt, in der ich geboren war, mit einem verzweifelten, stummen ›Nie mehr‹ angeblickt. Ich habe meine Mutter umarmt mit diesem geheimen ›Es ist das letztemal‹. Alles in dieser Stadt, in diesem Land habe ich empfunden mit diesem ›Nie wieder!‹, mit dem Bewußtsein, daß es ein Abschied war, der Abschied für immer. An Salzburg, der Stadt, wo das Haus stand, in dem ich zwanzig Jahre gearbeitet, fuhr ich vorbei, ohne auch nur an der Bahnstation auszusteigen. Ich hätte zwar vom Waggonfenster aus mein Haus am Hügel sehen können mit all den Erinnerungen abgelebter Jahre. Aber ich blickte nicht hin. Wozu auch? – ich würde es doch nie wieder bewohnen. Und in dem Augenblick, wo der Zug über die Grenze rollte, wußte ich wie der Urvater Lot der Bibel, daß alles hinter mir Staub und Asche war, zu bitterem Salz erstarrte Vergangenheit.

Ich meinte, alles Furchtbare vorausgefühlt zu haben, was geschehen könnte, wenn Hitlers Haßtraum sich erfüllen und er Wien, die Stadt, die ihn als jungen Menschen arm und erfolglos von sich gestoßen, als Triumphator besetzen würde. Aber wie zaghaft, wie klein, wie kläglich erwies sich meine, erwies sich jede menschliche Phantasie gegen die Unmenschlichkeit, die sich entlud an jenem 13. März 1938, dem Tage, da Österreich und damit Europa der nackten Gewalt zur Beute fiel! Jetzt sank die Maske. Da die andern Staaten offen ihre Furcht gezeigt, brauchte sich die Brutalität keinerlei moralische Hemmung mehr aufzuerlegen, sie bediente sich – was galt noch England, was Frankreich, was die Welt? – keiner heuchlerischen Vorwände mehr von ›Marxisten‹, die politisch ausgeschaltet werden sollten. Jetzt wurde nicht mehr bloß geraubt und gestohlen, sondern jedem privaten Rachegelüst freies Spiel gelassen. Mit nackten Händen mußten Universitätsprofessoren die Straßen reiben, fromme weißbärtige Juden wurden in den Tempel geschleppt und von johlenden Burschen gezwungen, Kniebeugen zu machen und im Chor ›Heil Hitler‹ zu schreien. Man fing unschuldige Menschen auf der Straße wie Hasen zusammen und schleppte sie, die Abtritte der SA-Kasernen zu fegen; alles, was krankhaft schmutzige Haßphantasie in vielen Nächten sich orgiastisch ersonnen, tobte sich am hellen Tage aus. Daß sie in die Wohnungen einbrachen und zitternden Frauen die Ohrgehänge abrissen – dergleichen mochte sich bei Städteplünderungen vor Hunderten Jahren in mittelalterlichen Kriegen ebenfalls ereignet haben; neu aber war die schamlose Lust des öffentlichen Quälens, die seelischen Marterungen, die raffinierten Erniedrigungen. All dies ist verzeichnet nicht von einem, sondern von Tausenden, die es erlitten, und eine ruhigere, nicht wie unsere moralisch schon ermüdete Zeit wird mit Schaudern einst lesen, was in dieser Stadt der Kultur im zwanzigsten Jahrhundert ein einziger haßwütiger Mensch verbrochen. Denn das ist Hitlers diabolischster Triumph inmitten seiner militärischen und politischen Siege – diesem einen Manne ist es gelungen, durch fortwährende Übersteigerung jeden Rechtsbegriff abzustumpfen. *Vor* dieser ›Neuen Ordnung‹ hatte die Ermordung eines einzigen Menschen ohne Gerichtsspruch und äußere Ursache noch eine Welt erschüttert, Folterung galt für undenkbar im zwanzigsten Jahrhundert, Expropriierungen nannte man noch klar Diebstahl und Raub. *Jetzt* aber, nach den immer erneut sich folgenden Bartholomäusnächten, nach den täglichen Zutodefolterungen in den Zellen der SA und hinter den Stacheldrähten, was galt da noch ein einzelnes Unrecht, was irdisches Leiden? 1938, nach Österreich, war unsere Welt schon so sehr an Inhumanität, an Rechtlosigkeit und Brutalität gewöhnt wie nie zuvor in Hunderten Jahren. Während vordem allein, was in dieser unglückseligen Stadt Wien geschehen, genügt hätte zur internationalen Ächtung, schwieg das Weltgewissen im Jahre 1938 oder murrte nur ein wenig, ehe es vergaß und verzieh.

Diese Tage, da täglich die Hilfeschreie aus der Heimat gellten, da man nächste Freunde verschleppt, gefoltert und erniedrigt wußte und für jeden hilflos zitterte, den man liebte, gehören für mich zu den furchtbarsten meines Lebens. Und ich schäme mich nicht zu sagen – so hat die Zeit unser Herz pervertiert –, daß ich nicht erschrak, nicht klagte, als die Nachricht vom Tode meiner alten Mutter kam, die wir in Wien zurückgelassen hatten, sondern daß ich im Gegenteil sogar eine Art Beruhigung empfand, sie vor allen Leiden und Gefahren nun gesichert zu wissen. Vierundachtzig Jahre alt, beinahe völlig ertaubt, hatte sie eine Wohnung in unserem Familienhause inne, durfte somit selbst nach den neuen ›Ariergesetzen‹ vorläufig nicht delogiert werden, und wir hatten gehofft, sie nach einiger Zeit doch auf irgendeine Weise ins Ausland bringen zu können. Gleich eine der ersten Wiener Verfügungen hatte sie hart getroffen. Sie war mit ihren vierundachtzig Jahren schon schwach auf den Beinen und gewohnt, wenn sie ihren täglichen kleinen Spaziergang machte, immer nach fünf oder zehn Minuten mühseligen Gehens auf einer Bank an der Ringstraße oder im Park auszuruhen. Noch war Hitler nicht acht Tage Herr der Stadt, so kam schon das viehische Gebot, Juden dürften sich nicht auf eine Bank setzen – eines jener Verbote, die sichtlich ausschließlich zu dem sadistischen Zweck des hämischen Quälens ersonnen waren. Denn Juden zu berauben, das hatte immerhin noch Logik und verständlichen Sinn, weil man mit dem Raubertrag der Fabriken, der Wohnungseinrichtungen, der Villen und mit den freigewordenen Stellen die eigenen Leute füttern, die alten Trabanten belohnen konnte; schließlich dankt die Bildergalerie Görings ihre Pracht hauptsächlich dieser großzügig geübten Praxis. Aber einer alten Frau oder einem erschöpften Greis zu verweigern, auf einer Bank für ein paar Minuten Atem zu holen, dies war dem zwanzigsten Jahrhundert und dem Manne vorbehalten, den Millionen als den Größten dieser Zeit anbeten.

Glücklicherweise blieb es meiner Mutter erspart, derlei Roheiten und Erniedrigungen lange mitzumachen. Sie starb wenige Monate nach der Besetzung Wiens, und ich kann nicht umhin, eine Episode festzuhalten, die mit ihrem Tode verbunden war; gerade daß solche Einzelheiten vermerkt werden, scheint mir wichtig für eine kommende Zeit, der derartige Dinge als unmöglich gelten müssen. Die vierundachtzigjährige Frau war morgens plötzlich bewußtlos geworden. Der herbeigerufene Arzt erklärte sofort, daß sie die Nacht kaum überleben würde, und bestellte eine Wärterin, eine etwa vierzigjährige Frau, an ihr Sterbebett. Nun waren weder mein Bruder noch ich, ihre einzigen Kinder, zur Stelle und konnten natürlich nicht kommen, da auch Rückkehr an das Sterbebett einer

Mutter den Vertretern der deutschen Kultur als ein Verbrechen gegolten hätte. So übernahm es ein Vetter von uns, den Abend in der Wohnung zu verbringen, damit wenigstens einer von der Familie bei ihrem Tode anwesend wäre. Dieser unser Vetter war damals ein Mann von sechzig Jahren, selbst nicht mehr gesund, und er ist tatsächlich auch ein Jahr später gestorben. Als er eben Vorbereitungen traf, im Nebenzimmer sein Bett für die Nacht aufzuschlagen, erschien – zu ihrer Ehre gesagt, ziemlich beschämt – die Pflegerin und erklärte, es sei ihr leider nach den neuen nationalsozialistischen Gesetzen nicht möglich, über Nacht bei der Sterbenden zu bleiben. Mein Vetter sei Jude, und sie als eine Frau unter fünfzig dürfe, auch bei einer Sterbenden, sich nicht gleichzeitig mit ihm unter demselben Dache über Nacht aufhalten, – der Mentalität Streichers gemäß mußte ja eines Juden erster Gedanke sein, Rassenschande an ihr zu praktizieren. Selbstverständlich, sagte sie, sei ihr diese Vorschrift furchtbar peinlich, aber sie sei genötigt, sich den Gesetzen zu fügen. So war mein sechzigjähriger Vetter, nur damit die Pflegerin bei meiner sterbenden Mutter verbleiben konnte, gezwungen, abends das Haus zu verlassen; vielleicht versteht man nun, daß ich sie glücklich pries, nicht länger unter solchen Menschen leben zu müssen.

Der Fall Österreichs brachte in meiner privaten Existenz eine Veränderung mit sich, die ich zuerst als eine gänzlich belanglose und bloß formelle ansah; ich verlor damit meinen österreichischen Paß und mußte von den englischen Behörden ein weißes Ersatzpapier, einen Staatenlosenpaß erbitten. Oft hatte ich in meinen kosmopolitischen Träumereien mir heimlich ausgemalt, wie herrlich es sein müsse, wie eigentlich gemäß meinem inneren Empfinden, staatenlos zu sein, keinem Lande verpflichtet und darum allen unterschiedslos zugehörig. Aber wieder einmal mußte ich erkennen, wie unzulänglich unsere irdische Phantasie ist und daß man gerade die wichtigsten Empfindungen erst versteht, sobald man sie selbst durchlitten hat. Zehn Jahre früher, als ich Dimitri Mereschkowskij einmal in Paris begegnete und er mir klagte, daß seine Bücher in Rußland verboten seien, hatte ich Unerfahrener noch ziemlich gedankenlos ihn zu trösten versucht, das besage doch nicht viel gegenüber internationaler Weltverbreitung. Aber wie deutlich begriff ich, als dann meine eigenen Bücher aus der deutschen Sprache verschwanden, seine Klage, nur in Übertragungen, in verdünntem, verändertem Medium das geschaffene Wort zur Erscheinung bringen zu können! Ebenso verstand ich erst in der Minute, da ich nach längerem Warten auf der Bittstellerbank des Vorraums in die englische Amtsstube eingelassen wurde, was dieser Umtausch meines Passes gegen ein Fremdenpapier bedeutete. Denn auf meinen österreichischen Paß hatte ich ein Anrecht gehabt. Jeder österreichische Konsulatsbeamte oder Polizeioffizier war verpflichtet gewesen, ihn mir als vollberechtigtem Bürger auszustellen. Das englische Fremdenpapier dagegen, das ich erhielt, mußte ich erbitten. Es war eine erbetene Gefälligkeit und eine Gefälligkeit überdies, die mir jeden Augenblick entzogen werden konnte. Über Nacht war ich abermals eine Stufe hinuntergeglitten. Gestern noch ausländischer Gast und gewissermaßen Gentleman, der hier sein internationales Einkommen verausgabte und seine Steuern bezahlte, war ich Emigrant geworden, ein ›Refugee‹. Ich war in eine mindere, wenn auch nicht unehrenhafte Kategorie hinabgedrückt. Außerdem mußte jedes ausländische Visum auf diesem weißen Blatt Papier von nun an besonders erbeten werden, denn man war mißtrauisch in allen Ländern gegen die ›Sorte‹ Mensch, zu der ich plötzlich gehörte, gegen den Rechtlosen, den Vaterlandslosen, den man nicht notfalls abschieben und zurückspedieren konnte in seine Heimat wie die andern, wenn er lästig wurde und zu lange blieb. Und ich mußte immer an das Wort denken, das mir vor Jahren ein exilierter Russe gesagt: »Früher hatte der Mensch nur einen Körper und eine Seele. Heute braucht er noch einen Paß dazu, sonst wird er nicht wie ein Mensch behandelt.«

In der Tat: nichts vielleicht macht den ungeheuren Rückfall sinnlicher, in den die Welt seit dem Ersten Weltkrieg geraten ist, als die Einschränkung der persönlichen Bewegungsfreiheit des Menschen und die Verminderung seiner Freiheitsrechte. Vor 1914 hatte die Erde allen Menschen gehört. Jeder ging, wohin er wollte und blieb, solange er wollte. Es gab keine Erlaubnisse, keine Verstattungen, und ich ergötze mich immer wieder neu an dem Staunen junger Menschen, sobald ich ihnen erzähle, daß ich vor 1914 nach Indien und Amerika reiste, ohne einen Paß zu besitzen oder überhaupt je gesehen zu haben. Man stieg ein und stieg aus, ohne zu fragen und gefragt zu werden, man hatte nicht ein einziges von den hundert Papieren auszufüllen, die heute abgefordert werden. Es gab keine Permits, keine Visen, keine Belästigungen; dieselben Grenzen, die heute von Zollbeamten, Polizei, Gendarmerieposten dank des pathologischen Mißtrauens aller gegen alle in einen Drahtverhau verwandelt sind, bedeuteten nichts als symbolische Linien, die man ebenso sorglos überschritt wie den Meridian in Greenwich. Erst nach dem Kriege begann die Weltverstörung durch den Nationalsozialismus, und als erstes sichtbares Phänomen zeitigte diese geistige Epidemie unseres Jahrhunderts die Xenophobie: den Fremdenhaß oder zumindest die Fremdenangst. Überall verteidigte man sich gegen den Ausländer, überall schaltete man ihn aus. All die Erniedrigungen, die man früher ausschließlich für Verbrecher erfunden hatte, wurden jetzt vor und während einer Reise jedem

Reisenden auferlegt. Man mußte sich photographieren lassen von rechts und links, im Profil und en face, das Haar so kurz geschnitten, daß man das Ohr sehen konnte, man mußte Fingerabdrücke geben, erst nur den Daumen, dann alle zehn Finger, mußte überdies Zeugnisse, Gesundheitszeugnisse, Impfzeugnisse, polizeiliche Führungszeugnisse, Empfehlungen vorweisen, mußte Einladungen präsentieren können und Adressen von Verwandten, mußte moralische und finanzielle Garantien beibringen, Formulare ausfüllen und unterschreiben in dreifacher, vierfacher Ausfertigung, und wenn nur eines aus diesem Schock Blätter fehlte, war man verloren.

Das scheinen Kleinigkeiten. Und auf den ersten Blick mag es meinerseits kleinlich erscheinen, sie überhaupt zu erwähnen. Aber mit diesen sinnlosen ›Kleinigkeiten‹ hat unsere Generation unwiederbringlich kostbare Zeit sinnlos vertan. Wenn ich zusammenrechne, wie viele Formulare ich ausgefüllt habe in diesen Jahren, Erklärungen bei jeder Reise, Steuererklärungen, Devisenbescheinigungen, Grenzüberschreitungen, Aufenthaltsbewilligungen, Ausreisebewilligungen, Anmeldungen und Abmeldungen, wie viele Stunden ich gestanden in Vorzimmern von Konsulaten und Behörden, vor wie vielen Beamten ich gesessen habe, freundlichen und unfreundlichen, gelangweilten und überhetzten, wie viele Durchsuchungen an Grenzen und Befragungen ich mitgemacht, dann empfinde ich erst, wieviel von der Menschenwürde verlorengegangen ist in diesem Jahrhundert, das wir als junge Menschen gläubig geträumt als eines der Freiheit, als die kommende Ära des Weltbürgertums. Wieviel ist unserer Produktion, unserem Schaffen, unserem Denken durch diese unproduktive und gleichzeitig die Seele erniedrigende Quengelei genommen worden! Denn jeder von uns hat in diesen Jahren mehr amtliche Verordnungen studiert als geistige Bücher, der erste Weg in einer fremden Stadt, in einem fremden Land ging nicht mehr wie einstens zu den Museen, zu den Landschaften, sondern auf ein Konsulat, eine Polizeistube, sich eine ›Erlaubnis‹ zu holen. Wenn wir beisammensaßen, dieselben, die früher Gedichte Baudelaires gesprochen und mit geistiger Leidenschaft Probleme erörtert, ertappten wir uns, daß wir über Affidavits und Permits redeten, und ob man ein Dauervisum beantragen solle oder ein Touristenvisum; eine kleine Beamtin bei einem Konsulat zu kennen, die einem das Warten abkürzte, war im letzten Jahrzehnt lebenswichtiger als die Freundschaft eines Toscanini oder eines Rolland. Ständig sollte man fühlen, mit freigeborener Seele, daß man Objekt und nicht Subjekt, nichts unser Recht und alles nur behördliche Gnade war. Ständig wurde man vernommen, registriert, numeriert, perlustriert, gestempelt, und noch heute empfinde ich als unbelehrbarer Mensch einer freieren Zeit und Bürger einer geträumten Weltrepublik jeden dieser Stempel in meinem Paß wie eine Brandmarkung, jede dieser Fragen und Durchsuchungen wie eine Erniedrigung. Es sind Kleinigkeiten, immer nur Kleinigkeiten, ich weiß es, Kleinigkeiten in einer Zeit, wo der Wert des Menschenlebens noch rapider gestürzt ist als jener der Währungen. Aber nur, wenn man diese kleinen Symptome festhält, wird eine spätere Zeit den richtigen klinischen Befund der geistigen Verhältnisse und der geistigen Verstörung aufzeichnen können, die unsere Welt zwischen den beiden Weltkriegen ergriffen hat.

Vielleicht war ich von vordem zu sehr verwöhnt gewesen. Vielleicht wurde auch meine Empfindlichkeit durch die schroffen Umschaltungen der letzten Jahre allmählich überreizt. Jede Form von Emigration verursacht an sich schon unvermeidlicherweise eine Art von Gleichgewichtsstörung. Man verliert – auch dies muß erlebt sein, um verstanden zu werden – von seiner geraden Haltung, wenn man nicht die eigene Erde unter sich hat, man wird unsicherer, gegen sich selbst mißtrauischer. Und ich zögere nicht zu bekennen, daß seit dem Tage, da ich mit eigentlich fremden Papieren oder Pässen leben mußte, ich mich nie mehr ganz als mit mir zusammengehörig empfand. Etwas von der natürlichen Identität mit meinem ursprünglichen und eigentlichen Ich blieb für immer zerstört. Ich bin zurückhaltender geworden, als meiner Natur eigentlich gemäß wäre, und habe – ich, der einstige Kosmopolit – heute unablässig das Gefühl, als müßte ich jetzt für jeden Atemzug Luft besonders danken, den ich einem fremden Volke wegtrinke. Mit klarem Denken weiß ich natürlich um die Absurdität dieser Schrullen, aber wann vermag Vernunft etwas wider das eigene Gefühl! Es hat mir nicht geholfen, daß ich fast durch ein halbes Jahrhundert mein Herz erzogen, weltbürgerlich als das eines ›citoyen du monde‹ zu schlagen. Nein, am Tage, da ich meinen Paß verlor, entdeckte ich mit achtundfünfzig Jahren, daß man mit seiner Heimat mehr verliert als einen Fleck umgrenzter Erde.

Aber ich war nicht allein mit diesem Gefühl der Unsicherheit. Allmählich begann sich Beunruhigung über ganz Europa zu verbreiten. Der politische Horizont blieb verdunkelt seit dem Tage, da Hitler Österreich überfallen, und dieselben in England, die ihm heimlich den Weg gebahnt in der Hoffnung, ihrem eigenen Lande damit den Frieden zu erkaufen, begannen jetzt nachdenklich zu werden. Es gab von 1938 an in London, in Paris, in Rom, in Brüssel, in allen Städten und Dörfern kein Gespräch mehr, das, so abseitig sein Gegenstand auch vorerst sein mochte, nicht schließlich in die unvermeidliche Frage mündete, ob und wie der Krieg noch vermieden oder zum mindesten hinausgeschoben werden könnte. Blicke ich auf all diese Monate der ständigen und steigenden Kriegsangst in Europa zurück, so erinnere ich mich im ganzen nur zweier oder dreier Tage wirklicher Zuversicht, zweier oder dreier Tage, wo man noch einmal, das letztemal, das Gefühl hatte, die Wolke würde vorüberziehen, und man würde wieder friedlich und frei atmen können wie einst. Perverserweise waren diese zwei oder drei Tage gerade diejenigen, die heute als die verhängnisvollsten der neueren Geschichte verzeichnet sind: die Tage der Zusammenkunft Chamberlains und Hitlers in München.

Ich weiß, daß man heute ungern an diese Zusammenkunft erinnert wird, in der Chamberlain und Daladier, ohnmächtig an die Wand gedrückt, vor Hitler und Mussolini kapitulierten. Aber da ich hier der dokumentarischen Wahrheit dienen will, muß ich bekennen, daß jeder, der diese drei Tage in England miterlebt, sie damals als wunderbar empfand. Die Situation war verzweifelt in jenen letzten Tagen des September 1938. Chamberlain kam eben von seinem zweiten Fluge zu Hitler zurück, und einige Tage später wußte man, was geschehen war. Chamberlain war gekommen, um in Godesberg Hitler restlos zu bewilligen, was Hitler zuvor in Berchtesgaden von ihm verlangt. Aber was Hitler vor wenigen Wochen als zureichend empfunden, genügte nun seiner Machthysterie nicht mehr. Die Politik des appeasement und des ›try and try again‹ war jämmerlich gescheitert, die Epoche der Gutgläubigkeit in England über Nacht zu Ende. England, Frankreich, die Tschechoslowakei, Europa hatten nur die Wahl, sich vor Hitlers peremptorischem Machtwillen zu demütigen oder sich ihm mit der Waffe in den Weg zu stellen. England schien zum Äußersten entschlossen. Man verschwieg die Rüstungen nicht länger, sondern zeigte sie offen und demonstrativ. Plötzlich erschienen Arbeiter und warfen mitten in den Gärten Londons, im Hyde Park, im Regent's Park und insbesondere gegenüber der Deutschen Botschaft Unterstände auf für die drohenden Bombenangriffe. Die Flotte wurde mobilisiert, die Generalstabsoffiziere flogen ständig zwischen Paris und London hin und her, um die letzten Maßnahmen gemeinsam zu treffen, die Schiffe nach Amerika wurden von den Ausländern gestürmt, die sich rechtzeitig in Sicherheit bringen wollten; seit 1914 war kein solches Erwachen über England gekommen. Die Menschen gingen ernster und nachdenklicher. Man sah die Häuser an und die überfüllten Straßen mit dem geheimen Gedanken: werden nicht morgen schon die Bomben auf sie niederschmettern? Und hinter den Türen standen und saßen die Menschen zur Nachrichtenstunde um das Radio. Unsichtbar und doch fühlbar in jedem Menschen und in jeder Sekunde lag eine ungeheure Spannung über dem ganzen Land.

Dann kam jene historische Sitzung des Parlaments, wo Chamberlain berichtete, er habe noch einmal versucht, mit Hitler zu einer Einigung zu gelangen, noch einmal, zum drittenmal ihm den Vorschlag gemacht, ihn in Deutschland an jedem beliebigen Orte aufzusuchen, um den schwer bedrohten Frieden zu retten. Die Antwort auf seinen Vorschlag sei noch nicht eingelangt. Dann kam mitten in der Sitzung – allzu dramatisch gestellt – jene Depesche, die Hitlers und Mussolinis Zustimmung zu einer gemeinsamen Konferenz in München meldete, und in dieser Sekunde verlor – ein fast einmaliger Fall in der Geschichte Englands – das englische Parlament seine Nerven. Die Abgeordneten sprangen auf, schrien und applaudierten, die Galerien dröhnten vor Jubel. Seit Jahren und Jahren hatte das ehrwürdige Haus nicht so gebebt von einem Ausbruch der Freude, wie in diesem Augenblick. Menschlich war es ein wunderbares Schauspiel, wie der ehrliche Enthusiasmus darüber, daß der Friede noch gerettet werden könne, die von den Engländern sonst so virtuos geübte Haltung und Zurückhaltung überwand. Aber politisch stellte dieser Ausbruch einen ungeheuren Fehler dar, denn mit seinem wilden Jubel hatte das Parlament, hatte das Land verraten, wie sehr es den Krieg verabscheute, wie sehr es zu jedem Opfer bereit war, zu jeder Preisgabe seiner Interessen und sogar seines Prestiges um des Friedens willen. Von vornherein war dadurch Chamberlain gekennzeichnet als einer, der nach München ging, nicht um den Frieden zu erkämpfen, sondern um ihn zu erbitten. Aber niemand ahnte damals noch, welche Kapitulation bevorstand. Alle meinten – auch ich selbst, ich leugne es nicht –, Chamberlain ginge nach München, um zu verhandeln und nicht, um zu kapitulieren. Dann kamen noch zwei Tage, drei Tage des brennenden Wartens, drei Tage, in denen die ganze Welt gleichsam den Atem anhielt. In den Parks wurde gegraben, in den Kriegsfabriken gearbeitet, Abwehrgeschütze aufgestellt, Gasmasken ausgeteilt, der Abtransport der Kinder aus London erwogen und geheimnisvolle Vorbereitungen getroffen, die der einzelne nicht verstand, und von denen doch jeder wußte, worauf sie zielten. Wieder verging der Morgen, der Mittag, der Abend, die Nacht mit dem Warten auf die Zeitung, mit dem Horchen am Radio. Wieder erneuerten sich jene Augenblicke des Juli 1914 mit dem fürchterlichen, nervenzerstörenden Warten auf das Ja oder Nein.

Und dann war plötzlich, wie durch einen ungeheuren Windstoß, das drückende Gewölk zerstoben, die Herzen waren entlastet, die Seelen wieder frei. Die Nachricht war gekommen, daß Hitler und Chamberlain, Daladier und Mussolini zu völliger Übereinstimmung gelangt seien, und mehr noch – daß es Chamberlain gelungen sei, mit Deutschland eine Vereinbarung zu schließen, welche die friedliche Bereinigung aller zwischen diesen Ländern möglichen Konflikte für alle Zukunft verbürge. Es schien ein entscheidender Sieg des zähen Friedenswillens eines an sich unbeträchtlichen und ledernen Staatsmannes, und alle Herzen schlugen ihm in dieser ersten Stunde dankbar entgegen. Im Radio vernahm man zuerst die Botschaft ›peace for our time‹, die für unsere geprüfte Generation verkündete, wir dürften noch einmal in Frieden leben, noch einmal sorglos sein, noch einmal mithelfen an dem Aufbau einer neuen, einer besseren Welt, und jeder lügt, der nachträglich zu leugnen versucht, wie berauscht wir waren von diesem magischen Wort. Denn wer konnte glauben, daß ein geschlagen Heimkehrender zum Triumphzug rüstete? Hätte die große Masse in London an jenem Morgen, da Chamberlain von München zurückkam, die genaue Stunde seines Eintreffens gewußt, Hunderttausende wären zu dem Flugfeld von Croydon hingestürmt, ihn zu begrüßen und dem Manne zuzujubeln, der, wie wir alle in dieser Stunde meinten, den Frieden Europas und die Ehre Englands gerettet. Dann kamen die Zeitungen. Sie zeigten im Bild, wie Chamberlain, dessen hartes Gesicht sonst eine fatale Ähnlichkeit mit dem Kopf eines gereizten Vogels hatte, stolz und lachend von der Tür des Flugzeuges aus jenes historische Blatt schwenkte, das ›peace for our time‹ verkündete und das er seinem Volke als die kostbarste Gabe heimgebracht. Abends zeigte man die Szene schon im Kino; die Menschen sprangen auf von ihren Sitzen und jubelten und schrien – beinahe daß sie einander umarmten im Gefühl der neuen Brüderlichkeit, die nun für die Welt beginnen sollte. Für jeden, der damals in London, in England war, ist dies ein unvergleichlicher, ein die Seele beschwingender Tag gewesen.

Ich liebe es, an solchen historischen Tagen in den Straßen herumzustreifen, um die Atmosphäre stärker, sinnlicher zu fühlen, um im wahrsten Sinne die Luft der Zeit zu atmen. In den Gärten hatten die Arbeiter das Graben der Unterstände eingestellt, lachend und schwatzend standen die Leute um sie, denn durch ›peace for our time‹ waren doch Luftschutzkeller überflüssig geworden; zwei junge Burschen hörte ich im besten Cockney spotten, man werde hoffentlich aus diesen Unterständen unterirdische Bedürfnisanstalten machen, es gebe ja deren in London nicht genug. Jeder lachte gerne mit, alle Menschen schienen erfrischter, belebter, wie Pflanzen nach einem Gewitter. Sie gingen aufrechter als am Tage zuvor und mit leichteren Schultern, und in ihren sonst so kühlen englischen Augen schimmerte ein heiterer Glanz. Die Häuser schienen leuchtender, seit man sie nicht mehr bedroht wußte von Bomben, die Autobusse schmucker, die Sonne heller, das Leben von Tausenden und Tausenden gesteigert und verstärkt durch dieses eine berauschende Wort. Und ich spürte, wie es mich selber beschwingte. Ich ging unermüdlich und immer rascher und gelöster, auch mich trug die Welle der neuen Zuversicht kraftvoller und freudiger dahin. An der Ecke von Piccadilly kam plötzlich jemand hastig auf mich zu. Es war ein englischer Regierungsbeamter, den ich eigentlich nur flüchtig kannte, ein durchaus unemotioneller, sehr in sich verhaltener Mann. Unter gewöhnlichen Umständen hätten wir uns sonst nur höflich gegrüßt, und nie wäre es ihm eingefallen, mich anzusprechen. Aber jetzt kam er mit leuchtenden Augen auf mich zu. »Was sagen Sie zu Chamberlain«, sagte er, strahlend vor Freude. »Niemand hat ihm geglaubt, und er hat doch das Rechte getan. Er hat nicht nachgegeben und damit den Frieden gerettet.«

So fühlten sie alle; so fühlte auch ich an jenem Tage. Und noch der nächste war einer des Glücks. Einmütig jubelten die Zeitungen, an der Börse sprangen die Kurse wild empor, von Deutschland kamen zum erstenmal seit Jahren wieder freundliche Stimmen, in Frankreich schlug man vor, Chamberlain ein Denkmal zu errichten. Aber ach, es war nur das letzte leuchtende Auflodern der Flamme, ehe sie endgültig verlischt. Schon in den nächsten Tagen sickerten die schlimmen Einzelheiten durch, wie restlos die Kapitulation vor Hitler gewesen, wie schmählich man die Tschechoslowakei preisgegeben, der man feierlich Hilfe und Unterstützung zugesichert, und in der nächsten Woche war es bereits offenkundig, daß selbst die Kapitulation Hitler noch nicht genug gewesen, daß er, noch ehe die Unterschrift auf dem Vertrage trokken war, ihn schon verletzt in allen Einzelheiten. Hemmungslos schrie es Goebbels nun öffentlich über alle Dächer, daß man England in München an die Wand gedrückt. Ein großes Licht der Hoffnung war erloschen. Aber es hat geleuchtet einen Tag, zwei Tage lang und unsere Herzen erwärmt. Ich kann und will diese Tage nicht vergessen.

Von der Zeit an, da wir erkannten, was in München wirklich geschehen war, sah ich paradoxerweise in England wenig Engländer mehr. Die Schuld lag an mir, denn ich wich ihnen oder vielmehr dem Gespräch mit ihnen aus, obwohl ich sie mehr bewundern mußte als je. Sie waren zu den Flüchtlingen, die jetzt in Scharen herüberkamen, großmütig, sie zeigten nobelstes Mitleid und hilfreiche Anteilnahme. Aber zwischen ihnen und uns wuchs innerlich eine Art Wand, ein Hüben und Drüben: uns war es schon widerfahren, und ihnen war es noch nicht widerfahren. Wir verstanden, was geschehen war und geschehen würde, sie aber weigerten sich noch – zum Teil gegen ihr besseres inneres Wissen –, es zu verstehen. Sie versuchten trotz allem in dem Wahn zu beharren, ein Wort sei ein Wort, ein Vertrag ein Vertrag, und man könne mit Hitler verhandeln, wenn man nur vernünftig, wenn man menschlich mit ihm rede. Durch demokratische Tradition dem Recht seit Jahrhunderten verschworen, konnten oder wollten die führenden englischen Kreise nicht wahrhaben, daß neben ihnen eine neue Technik der bewußten zynischen Amoralität sich aufbaute und daß das neue Deutschland alle im Umgang der Völker und im Rahmen des Rechts jeweils gültigen Spielregeln umstieß, sobald sie ihm lästig schienen. Den klar-, den weitdenkenden Engländern, die längst allen Abenteuern abgesagt, schien es zu unwahrscheinlich, daß dieser Mann, der so rasch, so leicht so viel erreicht, das Äußerste wagen würde; immer glaubten und hofften sie, daß er sich vorerst gegen andere – am liebsten gegen Rußland! – wenden würde, und inzwischen könne man mit ihm zu irgendeiner Einigung gelangen. Wir dagegen wußten, daß das Ungeheuerlichste als selbstverständlich zu erwarten war. Wir hatten jeder das Bild eines erschlagenen Freundes, eines gefolterten Kameraden hinter der Pupille und darum härtere, schärfere, unerbittlichere Augen. Wir Geächteten, Gejagten, Entrechteten, wir wußten, daß kein Vorwand zu unsinnig, zu lügnerisch war, wenn es um Raub ging und Macht. So sprachen wir, die Geprüften und die noch der Prüfung Aufgesparten, wir, die Emigranten und die Engländer verschiedene Sprachen; ich glaube nicht zu übertreiben, wenn ich sage, daß außer einer ganz verschwindend kleinen Zahl von Engländern wir damals die einzigen in England gewesen sind, die sich über den vollen Umfang der Gefahr keiner Täuschung hingaben. Wie seinerzeit in Österreich, war es mir auch in England bestimmt, mit zerfoltertem Herzen und einer quälenden Scharfsichtigkeit das Unvermeidliche deutlicher vorauszusehen, nur daß ich hier als Fremder, als geduldeter Gast nicht warnen durfte.

So hatten wir vom Schicksal schon mit dem Brandmal Gezeichneten nur uns allein, wenn der bittere Vorgeschmack des Kommenden uns die Lippe ätzte, und wie haben wir uns die Seele zerquält mit der Sorge um das

Land, das uns brüderlich aufgenommen! Daß aber selbst in der dunkelsten Zeit ein Gespräch mit einem geistigen Mann höchsten moralischen Maßes unermeßliche Tröstung und seelische Bestärkung zu gewähren vermag, haben mir in unvergeßlicher Weise die freundschaftlichen Stunden erwiesen, die ich in jenen letzten Monaten vor der Katastrophe mit Sigmund Freud verbringen durfte. Monatelang hatte der Gedanke, daß der dreiundachtzigjährige kranke Mann im Wien Hitlers zurückgeblieben war, auf mir gelastet, bis es endlich der wunderbaren Prinzessin Maria Bonaparte, seiner getreuesten Schülerin, gelang, diesen wichtigsten Menschen, der im geknechteten Wien lebte, von dort nach London zu retten. Es war ein großer Glückstag in meinem Leben, als ich in der Zeitung las, daß er die Insel betreten und ich den verehrtesten meiner Freunde, den ich schon verloren geglaubt, aus dem Hades noch einmal wiederkehren sah.

Ich hatte Sigmund Freud, diesen großen und strengen Geist, der wie kein anderer in unserer Epoche das Wissen um die menschliche Seele vertieft und erweitert, in Wien noch zu jenen Zeiten gekannt, da er dort als eigensinniger und peinlicher Eigenbrötler gewertet und befeindet wurde. Ein Fanatiker der Wahrheit, aber zugleich der Begrenztheit jeder Wahrheit genau sich bewußt – er sagte mir einmal: »Es gibt ebensowenig eine hundertprozentige Wahrheit wie hundertprozentigen Alkohol!« – hatte er sich der Universität und ihren akademischen Vorsichtigkeiten entfremdet durch die unerschütterliche Art, mit der er sich vorwagte in bisher unbetretene und ängstlich gemiedene Zonen der irdisch-unterirdischen Triebwelt, also gerade jene Sphäre, über die jene Zeit das ›Tabu‹ feierlich ausgesprochen. Unbewußt spürte die optimistisch-liberale Welt, daß dieser unkompromißlerische Geist ihre These von der allmählichen Unterdrückung der

Triebe durch die ›Vernunft‹ und den ›Fortschritt‹ mit seiner Tiefenpsychologie unerbittlich unterhöhlte, daß er ihrer Methodik der Ignorierung des Unbequemen gefährlich war durch seine mitleidslose Technik der Entschleierung. Es war aber nicht die Universität allein, nicht nur der Klüngel der altmodischen Nervenärzte, die sich gemeinsam wehrten gegen diesen unbequemen ›Außenseiter‹ – es war die ganze Welt, die ganze alte Welt, die alte Denkart, die moralische ›Konvention‹, es war die ganze Epoche, die in ihm den Entschleierer fürchtete. Langsam bildete sich ein ärztlicher Boykott gegen ihn, er verlor seine Praxis, und da wissenschaftlich seine Thesen und selbst die kühnsten seiner Problemstellungen nicht zu widerlegen waren, versuchte man seine Theorien vom Traum nach wienerischer Art zu erledigen, indem man sie ironisierte oder banalisierte zum scherzhaften Gesellschaftsspiel. Nur ein kleiner Kreis von Getreuen sammelte sich um den Einsamen zu allwöchentlichen Diskussionsabenden, in denen die neue Wissenschaft der Psychoanalyse ihre erste Formung erhielt. Noch lange ehe ich selbst des ganzen Ausmaßes der geistigen Revolution gewahr wurde, die sich langsam aus den ersten grundlegenden Arbeiten Freuds vorbereitete, hatte mich die starke, moralisch unerschütterliche Haltung dieses außerordentlichen Mannes ihm bereits gewonnen. Hier war endlich ein Mann der Wissenschaft, wie ein junger Mensch sich ihn als Vorbild träumen konnte, vorsichtig in jeder Behauptung, solange er nicht letzten Beweis und absolute Sicherheit hatte, aber unerschütterlich gegen den Widerstand der ganzen Welt, sobald sich ihm eine Hypothese in gültige Gewißheit verwandelt hatte, ein Mann, bescheiden wie nur irgendeiner für seine Person, aber kampfentschlossen für jedes Dogma seiner Lehre und bis in den Tod getreu der immanenten Wahrheit, die er in seiner Erkenntnis verteidigte. Man konnte sich keinen geistig unerschrockeneren Menschen denken; Freud wagte jederzeit auszusprechen, was er dachte, auch wenn er wußte, daß er mit diesem klaren, unerbittlichen Aussprechen beunruhigte und verstörte; nie suchte er seine schwere Position durch die mindeste – auch nur formale – Konzession zu erleichtern. Ich bin gewiß, Freud hätte ungehindert von jedem akademischen Widerstand vier Fünftel seiner Theorien aussprechen können, hätte er sich bereitgefunden, sie vorsichtig zu drapieren, ›Erotik‹ zu sagen statt ›Sexualität‹, ›Eros‹ statt ›Libido‹, und nicht unerbittlich immer die letzten Konsequenzen festzustellen, statt sie bloß anzudeuten. Aber wo es die Lehre und die Wahrheit galt, blieb er intransigent; je härter der Widerstand, um so mehr härtete sich seine Entschlossenheit. Wenn ich mir für den Begriff des moralischen Mutes – des einzigen Heroismus auf Erden, der keine fremden Opfer fordert – ein Symbol suche, sehe ich immer das schöne, männlich klare Antlitz Freuds mit den gerade und ruhig blickenden dunklen Augen vor mir.

Der Mann, der nun aus seiner Heimat, der er Ruhm über die Erde und durch die Zeiten geschenkt, nach London flüchtete, war den Jahren nach längst ein alter und außerdem ein schwerkranker Mann. Aber es war kein müder Mann und kein gebeugter. Ich hatte mich im geheimen ein wenig gefürchtet, ihn verbittert oder verstört wiederzufinden nach all den quälenden Stunden, durch die er in Wien gegangen sein mußte, und fand ihn freier und sogar glücklicher als je. Er führte mich hinaus in den Garten des Londoner Vorstadthauses. »Habe ich je schöner gewohnt?« fragte er mit einem hellen Lächeln um den einstmals so strengen Mund. Er zeigte mir seine geliebten ägyptischen Statuetten, die ihm Maria Bonaparte gerettet. »Bin ich nicht wieder zu Hause?« Und auf dem Schreibtisch lagen aufgeschlagen die großen Folioseiten seines Manuskripts, und er schrieb, dreiundachtzigjährig, mit derselben runden klaren Schrift jeden Tag, gleich hell im Geiste wie in seinen besten Tagen und gleich unermüdlich; sein starker Wille hatte alles überwunden, die Krankheit, das Alter, das Exil, und zum erstenmal strömte jetzt die in den langen Jahren des Kampfes zurückgestaute Güte seines Wesens frei von ihm aus. Nur milder hatte ihn das Alter gemacht, nur nachsichtiger die überstandene Prüfung. Manchmal fand er jetzt zärtliche Gesten, die ich vordem nie an dem Zurückhaltenden gekannt; er legte einem den Arm um die Schulter, und hinter der blitzenden Brille blickte wärmer das Auge einen an. Immer hatte in all den Jahren ein Gespräch mit Freud für mich zu den höchsten geistigen Genüssen gehört. Man lernte und bewunderte zugleich, man fühlte sich mit jedem Wort verstanden von diesem großartig Vorurteilslosen, den kein Geständnis erschreckte, keine Behauptung erregte, und für den der Wille, andere zum Klarsehen, zum Klarfühlen zu erziehen, längst instinktiver Lebenswille geworden war. Aber niemals habe ich das Unersetzbare dieser langen Gespräche dankbarer empfunden als in jenem dunklen Jahr, dem letzten seines Lebens. Im Augenblick, da man in sein Zimmer trat, war der Wahnsinn der äußeren Welt gleichsam abgetan. Das Grausamste wurde abstrakt, das Verworrenste klar, das Zeitlich-Aktuelle ordnete sich demütig ein in die großen zyklischen Phasen. Zum erstenmal erlebte ich den wahrhaft Weisen, den über sich selbst erhobenen, der auch Schmerz und Tod nicht mehr als persönliches Erlebnis empfindet, sondern als ein überpersönliches Objekt der Betrachtung, der Beobachtung: sein Sterben war nicht minder eine moralische Großtat als sein Leben. Freud litt damals schon schwer an der Krankheit, die ihn uns bald nehmen sollte. Es machte ihm sichtlich Mühe, mit seiner Gaumenplatte zu sprechen, und man war eigentlich beschämt über jedes Wort, das er einem gewährte, weil das Artikulieren ihm

Anstrengung verursachte. Aber er ließ einen nicht; es bedeutete besonderen Ehrgeiz für seine stählerne Seele, den Freunden zu zeigen, daß sein Wille noch stärker geblieben als die niederen Quälereien, die ihm sein Körper schuf. Den Mund verzerrt von Schmerz, schrieb er an seinem Schreibtisch bis zu den letzten Tagen, und selbst wenn ihm nachts das Leiden den Schlaf – seinen herrlich festen, gesunden Schlaf, der achtzig Jahre die Urquelle seiner Kraft gewesen – zermarterte, verweigerte er Schlafmittel und jede betäubende Injektion. Nicht für eine einzige Stunde wollte er die Helligkeit seines Geistes durch solche Linderungen abdämpfen lassen; lieber leiden und wachsam bleiben, lieber unter Qualen denken als nicht denken, Heros des Geistes bis zum letzten, allerletzten Augenblick. Es war ein furchtbarer Kampf und immer großartiger, je länger er dauerte. Von einem zum andern Male warf der Tod seinen Schatten deutlicher über sein Antlitz. Er höhlte ihm die Wangen, er meißelte die Schläfen aus der Stirn, er zerrte den Mund ihm schief, er hemmte die Lippe im Wort: nur gegen das Auge vermochte der finstere Würger nichts, gegen diesen uneinnehmbaren Wachtturm, von dem der heroische Geist in die Welt blickte: das Auge und der Geist, sie blieben klar bis zum letzten Augenblick. Einmal, bei einem meiner letzten Besuche, nahm ich Salvador Dali mit, den meiner Meinung nach begabtesten Maler der neuen Generation, der Freud unermeßlich verehrte, und während ich mit Freud sprach, zeichnete er eine Skizze. Ich habe sie Freud nie zu zeigen gewagt, denn hellsichtig hatte Dali schon den Tod in ihm gebildet.

Immer grausamer wurde dieser Kampf des stärksten Willens, des durchdringendsten Geistes unserer Zeit gegen den Untergang; erst als er selber klar erkannte, er, dem Klarheit von je die höchste Tugend des Denkens gewesen, daß er nicht werde weiterschreiben, weiterwirken können, gab er wie ein römischer Held dem Arzt Erlaubnis, dem Schmerz ein Ende zu bereiten. Es war der großartige Abschluß eines großartigen Lebens, ein Tod, denkwürdig selbst inmitten der Hekatomben von Toten in dieser mörderischen Zeit. Und als wir Freunde seinen Sarg in die englische Erde senkten, wußten wir, daß wir das Beste unserer Heimat ihr hingegeben.

Ich hatte in jenen Stunden mit Freud oftmals über das Grauen der hitlerischen Welt und des Krieges gesprochen. Er war als menschlicher Mensch tief erschüttert, aber als Denker keineswegs verwundert über diesen fürchterlichen Ausbruch der Bestialität. Immer habe man ihn, sagte er, einen Pessimisten gescholten, weil er die Übermacht der Kultur über die Triebe geleugnet habe; nun sehe man – freilich mache es ihn nicht stolz – seine Meinung, daß das Barbarische, daß der elementare Vernichtungstrieb in der menschlichen Seele unausrottbar sei, auf das entsetzlichste bestätigt. Vielleicht werde in den kommenden Jahrhunderten eine Form gefunden werden, wenigstens im Gemeinschaftsleben der Völker diese Instinkte niederzuhalten; im täglichen Tage aber und in der innersten Natur bestünden sie als unausrottbare und vielleicht notwendige spannungserhaltende Kräfte. Mehr noch in diesen seinen letzten Tagen beschäftigte ihn das Problem des Judentums und dessen gegenwärtige Tragödie; hier wußte der wissenschaftliche Mensch in ihm keine Formel und sein luzider Geist keine Antwort. Er hatte kurz vorher seine Studie über Moses veröffentlicht, in der er Moses als einen Nichtjuden, als einen Ägypter darstellte, und er hatte mit dieser wissenschaftlich kaum fundierbaren Zuweisung die frommen Juden ebensosehr wie die nationalbewußten gekränkt. Nun tat es ihm leid, dieses Buch gerade inmitten der grauenhaftesten Stunde des Judentums publiziert zu haben, »jetzt, da man ihnen alles nimmt, nehme ich ihnen noch ihren besten Mann«. Ich mußte ihm recht geben, daß jeder Jude jetzt siebenmal empfindlicher geworden war, denn selbst inmitten dieser Welttragödie waren sie die eigentlichen Opfer, überall die Opfer, weil verstört schon vor dem Schlag, überall wissend, daß alles Schlimme sie zuerst und siebenfach betraf und daß der haßwütigste Mensch aller Zeiten gerade sie erniedrigen und jagen wollte bis an den letzten Rand der Erde und unter die Erde. Woche für Woche, Monat für Monat kamen immer mehr Flüchtlinge, und immer waren sie noch ärmer und verstörter von Woche zu Woche als die vor ihnen gekommenen. Die ersten, die am raschesten Deutschland und Österreich verlassen, hatten noch ihre Kleider, ihre Koffer, ihren Hausrat retten können und manche sogar etwas Geld. Aber je länger einer auf Deutschland vertraut hatte, je schwerer er sich von der geliebten Heimat losgerissen, um so härter war er gezüchtigt worden. Erst hatte man den Juden ihre Berufe genommen, ihnen den Besuch der Theater, der Kinos, der Museen verboten und den Forschern die Benutzung der Bibliotheken: sie waren geblieben aus Treue oder aus Trägheit, aus Feigheit oder aus Stolz. Lieber wollten sie in der Heimat erniedrigt sein als in der Fremde sich als Bettler erniedrigen. Dann hatte man ihnen die Dienstboten genommen und die Radios und Telephone aus den Wohnungen, dann die Wohnungen selbst, dann ihnen den Davidstern zwangsweise angeheftet; jeder sollte sie wie Leprakranke schon auf der Straße als Ausgestoßene, als Verfemte erkennen, meiden und verhöhnen. Jedes Recht wurde ihnen entzogen, jede seelische, jede körperliche Gewaltsamkeit mit spielhafter Lust an ihnen geübt, und für jeden Juden war das alte russische Volkssprichwort plötzlich grausame Wahrheit geworden: ›Vor dem Bettelsack und dem Gefängnis ist niemand sicher.‹ Wer nicht ging, den warf man in ein Konzentrationslager, wo deutsche Zucht auch den Stolzesten mürbe machte, und stieß ihn dann ausgeraubt mit einem einzigen Anzug und zehn Mark in der Tasche aus dem Lande, ohne zu fragen, wohin. Und dann standen sie an den Grenzen, dann bettelten sie bei den Konsulaten und fast immer vergeblich, denn welches Land wollte Ausgeplünderte, wollte Bettler? Nie werde ich vergessen, welch Anblick sich mir bot, als ich einmal in London in ein Reisebüro geriet; es war vollgepfropft mit Flüchtlingen, fast alle Juden, und alle wollten sie irgendwohin. Gleichviel, in welches Land, ins Eis des Nordpols oder in den glühenden Sandkessel der Sahara, nur fort, nur weiter, denn die Aufenthaltsbewilligung war abgelaufen, man mußte weiter, weiter mit Frau und Kind unter fremde Sterne, in fremde Sprachwelt, unter Menschen, die man nicht kannte und die einen nicht wollten. Ich traf dort einen einstmals sehr reichen Industriellen aus Wien, gleichzeitig einer unserer intelligentesten Kunstsammler; ich erkannte ihn zuerst nicht, so grau, so alt, so müde war er geworden. Schwach klammerte er sich mit beiden Händen an den Tisch. Ich fragte ihn, wohin er wollte. »Ich weiß es nicht«, sagte er. »Wer fragt denn heute nach unserem Willen? Man geht, wohin man einen noch läßt. Jemand hat mir erzählt, daß man hier vielleicht nach Haiti oder San Domingo ein Visum bekommen kann.« Mir stockte das Herz; ein alter ausgemüdeter Mann mit Kindern und Enkeln, der zittert vor Hoffnung in ein Land zu ziehen, das er zuvor nie recht auf der Karte gesehen, nur um dort sich weiter durchzubetteln und weiter fremd und zwecklos zu sein! Nebenan fragte einer mit verzweifelter Gier, wie man nach Shanghai gelangen könne, er hätte gehört, bei den Chinesen werde man noch aufgenommen. Und so drängte einer neben dem andern, ehemalige Universitätsprofessoren, Bankdirektoren, Kaufleute, Gutsbesitzer, Musiker, jeder bereit, die jämmerlichen Trümmer seiner Existenz wohin immer über Erde und Meer zu schleppen, was immer zu tun, was immer zu dulden, nur fort von Europa, nur fort, nur fort! Es war eine gespenstische Schar. Aber das Erschütterndste war für mich der Gedanke, daß diese fünfzig gequälten Menschen doch nur einen versprengten, einen ganz winzigen Vortrab darstellten der ungeheuren Armee der fünf, der acht, der vielleicht zehn Millionen Juden, die hinter ihnen schon im Aufbruch waren und drängten, all dieser ausgeraubten, im Kriege dann noch zerstampften Millionen, die warteten auf die Sendungen von den Wohltätigkeitsinstituten, auf die Genehmigungen der Behörden und das Reisegeld, eine gigantische Masse, die, mörderisch aufgescheucht und panisch fliehend vor dem hitlerischen Waldbrand, an allen Grenzen Europas die Bahnhöfe belagerte und die Gefängnisse füllte, ein ganz ausgetriebenes Volk, dem man es versagte, Volk zu sein, und ein Volk doch, das seit zweitausend Jahren nach nichts so sehr verlangte, als nicht mehr wandern zu müssen und Erde, stille, friedliche Erde unter dem rastenden Fuß zu fühlen.

Aber das Tragischste in dieser jüdischen Tragödie des zwanzigsten Jahrhunderts war, daß, die sie erlitten, keinen Sinn mehr in ihr finden konnten und keine Schuld. All die Ausgetriebenen der mittelalterlichen Zeiten, ihre Urväter und Ahnen, sie hatten zumindest gewußt, wofür sie litten: für ihren Glauben, für ihr Gesetz. Sie besaßen noch als Talisman der Seele, was diese von heute längst verloren, das unverbrüchliche Vertrauen in ihren Gott. Sie lebten und litten in dem stolzen Wahn, als auserlesenes Volk vom Schöpfer der Welt und der Menschen bestimmt zu sein für besonderes Schicksal und besondere Sendung, und das verheißende Wort der Bibel war ihnen Gebot und Gesetz. Wenn man sie auf den Brandstoß warf, preßten sie die ihnen heilige Schrift an die Brust und spürten durch diese innere Feurigkeit nicht so glühend die mörderischen Flammen. Wenn man sie über die Länder jagte, blieb ihnen noch eine letzte Heimat, ihre Heimat in Gott, aus der keine irdische Macht, kein Kaiser, kein König, keine Inquisition sie vertreiben konnte. Solange die Religion sie zusammenschloß, waren sie noch eine Gemeinschaft und darum eine Kraft; wenn man sie ausstieß und verjagte, so büßten sie für die Schuld, sich bewußt selbst abgesondert zu haben durch ihre Religion, durch ihre Gebräuche von den anderen Völkern der Erde. Die Juden des zwanzigsten Jahrhunderts aber waren längst keine Gemeinschaft mehr. Sie hatten keinen gemeinsamen Glauben, sie empfanden ihr Judesein eher als Last denn als Stolz und waren sich keiner Sendung bewußt. Abseits lebten sie von den Geboten ihrer einstmals heiligen Bücher, und sie wollten die alte, die gemeinsame Sprache nicht mehr. Sich einzuleben, sich einzugliedern in die Völker um sie, sich aufzulösen ins Allgemeine, war ihr immer ungeduldigeres Streben, um nur Frieden zu haben vor aller Verfolgung, Rast auf der ewigen Flucht. So verstanden die einen die andern nicht mehr, eingeschmolzen wie sie waren in die andern Völker, Franzosen, Deutsche, Engländer, Russen längst mehr als Juden. Jetzt erst, da man sie alle zusammenwarf und wie Schmutz auf den Straßen zusammenkehrte, die Bankdirektoren aus ihren Berliner Palais und die Synagogendiener aus den orthodoxen Gemeinden, die Pariser Philosophieprofessoren und die rumänischen Droschkenkutscher, die Leichenwäscher und Nobelpreisträger, die Konzertsängerinnen und die Klageweiber der Begräbnisse, die Schriftsteller und die Branntweinbrenner, die Besitzenden und die Besitzlosen, die Großen und die Kleinen, die Frommen und die Aufgeklärten, die Wucherer und die Weisen, die Zionisten und die Assimilierten, die Aschkenasim und die Sephardim, die Gerechten und die Ungerechten, und hinter ihnen noch die verstörte Schar derer, die längst dem Fluche entflüchtet zu sein glauben, die Getauften und die Gemischten – jetzt erst zwang man den Juden zum erstenmal seit Hunderten Jahren wieder eine Gemeinsamkeit auf, die sie längst nicht mehr empfunden, die seit Ägypten immer wiederkehrende Gemeinsamkeit der Austreibung. Aber warum dies Schicksal ihnen und immer wieder ihnen allein? Was war der Grund, was der Sinn, was das Ziel dieser sinnlosen Verfolgung? Man trieb sie aus den Ländern und gab ihnen kein Land. Man sagte: lebt nicht mit uns, aber man sagte ihnen nicht, wo sie leben sollten. Man gab ihnen Schuld und verweigerte ihnen jedes Mittel, sie zu sühnen. Und so starrten sie sich an auf der Flucht mit brennenden Augen – warum ich? Warum du? Warum ich mit dir, den ich nicht kenne, dessen Sprache ich nicht verstehe, dessen Denkweise ich nicht fasse, mit dem nichts mich verbindet? Warum wir alle? Und keiner wußte Antwort. Selbst Freud, das klarste Ingenium dieser Zeit, mit dem ich oft in jenen Tagen sprach, wußte keinen Weg, keinen Sinn in diesem Widersinn. Aber vielleicht ist es gerade des Judentums letzter Sinn, durch seine rätselhaft überdauernde Existenz Hiobs ewige Frage an Gott immer wieder zu wiederholen, damit sie nicht völlig vergessen werde auf Erden.

Nichts Gespenstischeres, als wenn im Leben das, was man längst abgestorben und eingesargt vermeint, plötzlich in gleicher Form und Gestalt wieder an einen herantritt. Der Sommer 1939 war gekommen, München längst vorüber mit seinem kurzatmigen Wahn ›peace for our time‹; schon hatte Hitler die verstümmelte Tschechoslowakei gegen Eid und Gelöbnis überfallen und an sich gerissen, schon war Memel besetzt, Danzig mit dem polnischen Korridor von der künstlich auf Tobsucht angekurbelten deutschen Presse gefordert. Ein bitteres Erwachen aus seiner loyalen Gutgläubigkeit war über England hereingebrochen. Selbst die einfachen, unbelehrten Leute, die nur instinktiv den Krieg verabscheuten, begannen heftigen Unmut zu äußern. Jeder der sonst so zurückhaltenden Engländer sprach einen an, der Portier, der unser weiträumiges Flat-House behütete, der Liftboy im Aufzug, das Stubenmädchen, während sie das Zimmer aufräumte. Keiner von ihnen verstand deutlich, was geschah, aber jeder erinnerte sich an das Eine, das unleugbar Offenbare, daß Chamberlain, der Premierminister Englands, dreimal nach Deutschland geflogen war, um den Frieden zu retten, und daß kein noch so herzliches Entgegenkommen Hitler genug getan. Im englischen Parlament hörte man mit einemmal harte Stimmen: ›Stop aggression!‹, überall spürte man die Vorbereitungen für (oder eigentlich gegen) den kommenden Krieg. Abermals begannen die hellen Abwehrballons – noch sahen sie unschuldig aus wie graue Spielelefanten von Kindern – über London zu schweben, abermals wurden Luftschutzunterstände aufgeworfen und die verteilten Gasmasken sorgfältig überprüft. Genauso gespannt war die Situation geworden wie vor einem Jahre und vielleicht noch gespannter, weil diesmal nicht mehr eine naive und arglose Bevölkerung, sondern eine schon entschlossene und erbitterte hinter der Regierung stand.

Ich hatte in jenen Monaten London verlassen und mich auf das Land nach Bath zurückgezogen. Nie in meinem Leben hatte ich die Ohnmacht des Menschen gegen das Weltgeschehen grausamer empfunden. Da war man, ein wacher, denkender, abseits von allem Politischen wirkender Mensch, seiner Arbeit verschworen, und baute still und beharrlich daran, seine Jahre in Werk zu verwandeln. Und da waren irgendwo im Unsichtbaren ein Dutzend anderer Menschen, die man nicht kannte, die man nie gesehen, ein paar Leute in der Wilhelmstraße in Berlin, am Quai d'Orsay in Paris, im Palazzo Venezia in Rom und in der Downing Street in London, und diese zehn oder zwanzig Menschen, von denen die wenigsten bisher besondere Klugheit oder Geschicklichkeit bewiesen, sprachen und schrieben und telephonierten und paktierten über Dinge, die man nicht wußte. Sie faßten Entschlüsse, an denen man nicht teilhatte und die man im einzelnen nicht erfuhr, und bestimmten damit doch endgültig über mein eigenes Leben und das jedes anderen in Europa. In ihren Händen und nicht in meinen eigenen lag jetzt mein Geschick. Sie zerstörten oder schonten uns Machtlose, sie ließen Freiheit oder zwangen in Knechtschaft, sie bestimmten für Millionen Krieg oder Frieden. Und da saß ich wie alle die andern in meinem Zimmer, wehrlos wie eine Fliege, machtlos wie eine Schnecke, indes es auf Tod und Leben ging, um mein innerstes Ich und meine Zukunft, um die in meinem Gehirn werdenden Gedanken, die geborenen und ungeborenen Pläne, mein Wachen und meinen Schlaf, meinen Willen, meinen Besitz, mein ganzes Sein. Da saß man und harrte und starrte ins Leere wie ein Verurteilter in seiner Zelle, eingemauert, eingekettet in dieses sinnlose, kraftlose Warten und Warten, und die Mitgefangenen rechts und links fragten und rieten und schwätzten, als ob irgendeiner von uns wüßte oder wissen könnte, wie und was man über uns verfügte. Da ging das Telephon, und ein Freund fragte, was ich dächte. Da war die Zeitung, und sie verwirrte einen nur noch mehr. Da sprach das Radio, und eine Sprache widersprach der andern. Da ging man auf die Gasse, und der erste Begegnende forderte von mir, dem gleich Unwissenden, meine Meinung, ob es Krieg geben werde oder nicht. Und man fragte selbst zurück in seiner Unruhe und redete und schwätzte und diskutierte, obwohl man doch genau wußte, daß alle Kenntnis, alle Erfahrung, alle Voraussicht, die man in Jahren gesammelt und sich anerzogen, wertlos war gegenüber der Entschließung dieses Dutzends fremder Leute, daß man zum zweitenmal innerhalb von fünfundzwanzig Jahren wieder machtlos und willenlos vor dem Schicksal stand und die Gedanken ohne Sinn an die schmerzenden Schläfen pochten. Schließlich ertrug ich die Großstadt nicht mehr, weil an jeder Straßenecke die posters, die angeschlagenen Plakate einen mit grellen Worten ansprangen wie gehässige Hunde, weil ich unwillkürlich jedem der Tausenden Menschen, die vorüberfluteten, von der Stirn ablesen wollte, was er dachte. Und wir dachten doch alle dasselbe, dachten einzig an das Ja oder Nein, an das Schwarz oder Rot in dem entscheidenden Spiel, in dem mein ganzes Leben mit als Einsatz stand, meine letzten aufgesparten Jahre, meine ungeschriebenen Bücher, alles, worin ich bisher meine Aufgabe, meinen Lebenssinn gefühlt.

Aber mit nervenzerrüttender Langsamkeit rollte die Kugel unentschlossen auf der Roulettescheibe der Diplomatie hin und her. Hin und her, her und hin, schwarz und rot und rot und schwarz, Hoffnung und Enttäuschung, gute Nachrichten und schlechte Nachrichten und immer noch nicht die entscheidende, die letzte. Vergiß! sagte ich mir. Flüchte dich, flüchte dich in dein innerstes Dickicht, in deine Arbeit, in das, wo du nur dein atmendes Ich bist, nicht Staatsbürger, nicht Objekt dieses infernalischen Spiels, wo einzig dein bißchen Verstand noch vernünftig wirken kann in einer wahnsinnig gewordenen Welt.

An einer Aufgabe fehlte es mir nicht. Seit Jahren hatte ich die vorbereitenden Arbeiten unablässig gehäuft für eine große zweibändige Darstellung Balzacs und seines Werks, aber nie den Mut gehabt, ein so weiträumiges, auf lange Frist hin angelegtes Werk zu beginnen. Gerade der Unmut gab mir nun dazu den Mut. Ich zog mich nach Bath zurück und gerade nach Bath, weil diese Stadt, wo viele der Besten von Englands glorreicher Literatur, Fielding vor allem, geschrieben, getreulicher und eindringlicher als jede sonstige Stadt Englands ein anderes, friedlicheres Jahrhundert, das achtzehnte, dem beruhigten Blicke vorspiegelt. Aber wie schmerzlich kontrastierte diese linde, mit einer milden Schönheit gesegnete Landschaft nun mit der wachsenden Unruhe der Welt und meiner Gedanken! So wie 1914 der schönste Juli war, dessen ich mich in Österreich erinnern kann, so herausfordernd herrlich war dieser August 1939 in England. Abermals der weiche, seidigblaue Himmel wie ein Friedenszelt Gottes, abermals dies gute Leuchten der Sonne über den Wiesen und Wäldern, dazu eine unbeschreibliche Blumenpracht – der gleiche große Friede über der Erde, während ihre Menschen rüsteten zum Kriege. Unglaubwürdig wie damals schien der Wahnsinn angesichts dieses stillen, beharrlichen, üppigen Blühens, dieser atmend sich selbst genießenden Ruhe in den Tälern von Bath, die mich in ihrer Lieblichkeit an jene Badener Landschaft von 1914 geheimnisvoll erinnerten.

Und wieder wollte ich es nicht glauben. Wieder rüstete ich wie damals zu einer sommerlichen Fahrt. Für die erste Septemberwoche 1939 war der Kongreß des P.E.N.-Klubs in Stockholm angesetzt, und die schwedischen Kameraden hatten mich, da ich amphibisches Wesen doch keine Nation mehr repräsentierte, als Ehrengast geladen; für Mittag, für Abend war in jenen kommenden Wochen jede Stunde schon im voraus von den freundlichen Gastgebern bestimmt. Längst hatte ich meinen Schiffsplatz bestellt, da jagten und überjagten sich die drohenden Meldungen von der bevorstehenden Mobilisation. Nach allen Gesetzen der Vernunft hätte ich jetzt rasch meine Bücher, meine Manuskripte zusammenpacken und die britische Insel als ein mögliches Kriegsland verlassen sollen, denn in England war ich Ausländer und im Falle des Krieges sofort feindlicher Ausländer, dem jede denkbare Freiheitsbeschränkung drohte. Aber etwas Unerklärbares widersetzte sich in mir, mich wegzuretten. Halb war es

Trotz, nicht nochmals und nochmals fliehen zu wollen, da das Schicksal mir doch überallhin nachsetzte, halb auch schon Müdigkeit. »Begegnen wir der Zeit, wie sie uns sucht«, sagte ich mir mit Shakespeare. Will sie dich, so wehre dich, nahe dem sechzigsten Jahre, nicht länger gegen sie! Dein Bestes, dein gelebtes Leben, erfaßt sie doch nicht mehr. So blieb ich. Immerhin wollte ich meine äußere bürgerliche Existenz zuvor noch möglichst in Ordnung bringen, und da ich die Absicht hatte, eine zweite Ehe zu schließen, keinen Augenblick verlieren, um von meiner zukünftigen Lebensgefährtin nicht durch Internierung oder andere unberechenbare Maßnahmen für lange getrennt zu werden. So ging ich jenes Morgens – es war der 1. September, ein Feiertag – zum Standesamt in Bath, um meine Heirat anzumelden. Der Beamte nahm unsere Papiere, zeigte sich ungemein freundlich und eifrig. Er verstand wie jeder in dieser Zeit unseren Wunsch nach äußerster Beschleunigung. Für den nächsten Tag sollte die Trauung angesetzt werden; er nahm seine Feder und begann mit schönen runden Lettern unsere Namen in sein Buch zu schreiben.

In diesem Augenblick – es muß etwa elf Uhr gewesen sein – wurde die Tür des Nebenzimmers aufgerissen. Ein junger Beamter stürmte herein und zog sich im Gehen den Rock an. »Die Deutschen sind in Polen eingefallen. Das ist der Krieg!« rief er laut in den stillen Raum. Das Wort fiel mir wie ein Hammerschlag auf das Herz. Aber das Herz unserer Generation ist an allerhand harte Schläge schon gewöhnt. »Das muß noch nicht der Krieg sein«, sagte ich in ehrlicher Überzeugung. Aber der Beamte war beinahe erbittert. »Nein«, schrie er heftig, »wir haben genug! Man kann das nicht alle sechs Monate neu beginnen lassen! Jetzt muß ein Ende gemacht werden!«

Unterdessen hatte der andere Beamte, der unseren Heiratsschein bereits auszuschreiben begonnen hatte, nach denklich die Feder hingelegt. Wir seien doch schließlich Ausländer, überlegte er, und würden im Falle eines Krieges automatisch zu feindlichen Ausländern. Er wisse nicht, ob eine Eheschließung in diesem Falle noch zulässig sei. Es tue ihm leid, aber er wolle sich jedenfalls nach London um Instruktionen wenden. – Dann kamen noch zwei Tage Warten, Hoffen, Fürchten, zwei Tage der grauenhaftesten Spannung. Am Sonntagmorgen verkündete das Radio die Nachricht, England habe Deutschland den Krieg erklärt.

Es war ein sonderbarer Morgen. Man trat stumm vom Radio zurück, das eine Botschaft in den Raum geworfen, die Jahrhunderte überdauern sollte, eine Botschaft, die bestimmt war, unsere Welt total zu verändern und das Leben jedes einzelnen von uns. Eine Botschaft, in der Tod für Tausende unter jenen war, die ihr schweigend gelauscht, Trauer und Unglück, Verzweiflung und Drohung für uns alle und vielleicht nach Jahren und Jahren erst ein schöpferischer Sinn. Es war wieder Krieg, ein Krieg, furchtbarer und weitausgreifender als je zuvor ein Krieg auf Erden gewesen. Abermals war eine Zeit zu Ende, abermals begann eine neue Zeit. Wir standen schweigend in dem plötzlich atemstill gewordenen Zimmer und vermieden uns anzublicken. Von draußen kam das unbekümmerte Zwitschern der Vögel, die in leichtfertigem Liebesspiel sich tragen ließen vom lauen Wind, und im goldenen Lichtglanz wiegten sich die Bäume, als wollten ihre Blätter wie Lippen einander zärtlich berühren. Sie wußte abermals nichts, die uralte Mutter Natur, von den Sorgen ihrer Geschöpfe.

Ich ging hinüber in mein Zimmer und richtete in einem kleinen Koffer meine Sachen zusammen. Wenn sich bewahrheitete, was ein Freund in hoher Stellung mir vorausgesagt, so sollten wir Österreicher in England den Deutschen zugezählt werden und hatten die gleichen Einschränkungen zu erwarten; vielleicht durfte ich abends nicht mehr schlafen im eigenen Bett. Wieder war ich eine Stufe herabgefallen, seit einer Stunde nicht bloß der Fremde mehr in diesem Land, sondern ein ›enemy alien‹, ein feindlicher Ausländer; gewaltsam verbannt an eine Stelle, an der mein pochendes Herz nicht stand. Denn war eine absurdere Situation einem Menschen zu erdenken, der längst ausgestoßen war aus einem Deutschland, das ihn um seiner Rasse und Denkart willen als widerdeutsch gebrandmarkt, als nun in einem anderen Land auf Grund eines bürokratischen Dekrets einer Gemeinschaft zugezwungen zu werden, der er als Österreicher doch niemals zugehört? Mit einem Federstrich hatte der Sinn eines ganzen Lebens sich in Widersinn verwandelt; ich schrieb, ich dachte noch immer in deutscher Sprache, aber jeder Gedanke, den ich dachte, jeder Wunsch, den ich fühlte, gehörte den Ländern, die in Waffen standen für die Freiheit der Welt. Jede andere Bindung, alles Vergangene und Gewesene war zerrissen und zerschlagen, und ich wußte, daß alles nach diesem Kriege abermaligen Anfang bedeuten müsse. Denn die innerste Aufgabe, an die ich alle Kraft meiner Überzeugung durch vierzig Jahre gesetzt, die friedliche Vereinigung Europas, sie war zuschanden geworden. Was ich mehr gefürchtet als den eigenen Tod, den Krieg aller gegen alle, nun war er entfesselt zum zweitenmal. Und der ein ganzes Leben leidenschaftlich sich bemüht um Verbundenheit im Menschlichen und im Geiste, empfand sich in dieser Stunde, die unverbrüchliche Gemeinschaft forderte wie keine andere, durch dieses jähe Ausgesondertsein unnütz und allein wie nie in seinem Leben.

Noch einmal wanderte ich, um einen letzten Blick dem Frieden nachzutun, hinunter zur Stadt. Sie lag still im Mittagslicht und schien mir nicht anders als sonst. Die Menschen gingen mit ihren gewöhnlichen Schritten ihren gewöhnlichen Weg. Sie eilten nicht, sie scharten sich nicht gesprächig zusammen. Sonntäglich ruhig und gelassen war ihr Gehaben, und einen Augenblick fragte ich mich: wissen sie es am Ende noch nicht? Aber sie waren Engländer, geübt, ihr Gefühl zu bezähmen. Sie brauchten nicht Fahnen und Trommeln, nicht Lärm und Musik, um sich zu bestärken in ihrer zähen, unpathetischen Entschlossenheit. Wie anders war es in jenen Julitagen 1914 in Österreich gewesen, aber wie anders als der junge unerfahrene Mensch von damals war heute auch ich selbst, wie beschwert mit Erinnerungen! Ich wußte, was Krieg bedeutete, und indem ich auf die gefüllten, blanken Geschäfte blickte, sah ich in einer heftigen Vision jene von 1918 wieder, ausgeräumt und leer wie mit aufgerissenen Augen einen anstarrend. Ich sah wie in einem wachen Traum die langen Schlangen der verhärmten Frauen vor den Lebensmittelgeschäften, die Mütter in Trauer, die Verwundeten, die Krüppel, all dies mächtige Grauen von einst kam gespenstisch zurück im strahlenden Mittagslicht. Ich erinnerte mich an unsere alten Soldaten, abgemüdet und zerlumpt, wie sie aus dem Felde gekommen, mein pochendes Herz fühlte den ganzen gewesenen Krieg in jenem, der heute begann und der sein Entsetzliches noch den Blicken verbarg. Und ich wußte: abermals war alles Vergangene vorüber, alles Geleistete zunichte – Europa, unsere Heimat, für die wir gelebt, weit über unser eigenes Leben hinaus zerstört. Etwas anderes, eine neue Zeit begann, aber wie viele Höllen und Fegefeuer zu ihr hin waren noch zu durchschreiten.

Die Sonne schien voll und stark. Wie ich heimschritt, bemerkte ich mit einemmal vor mir meinen eigenen Schatten, so wie ich den Schatten des anderen Krieges hinter dem jetzigen sah. Er ist durch all diese Zeit nicht mehr von mir gewichen, dieser Schatten, er überhing jeden meiner Gedanken bei Tag und bei Nacht; vielleicht liegt sein dunkler Umriß auch auf manchen Blättern dieses Buches. Aber jeder Schatten ist im letzten doch auch Kind des Lichts, und nur wer Helles und Dunkles, Krieg und Frieden, Aufstieg und Niedergang erfahren, nur der hat wahrhaft gelebt.

Namenverzeichnis

Stefan Zweig
Gesammelte Werke in Einzelbänden

Herausgegeben von Knut Beck

Der Amokläufer
Erzählungen

Auf Reisen
Feuilletons und Berichte

Balzac

Begegnungen mit Büchern
Aufsätze und Einleitungen aus den Jahren 1902 – 1939

Ben Jonson's ›Volpone‹
und andere Nachdichtungen und Übertragungen für das Theater

Brasilien
Ein Land der Zukunft

Brennendes Geheimnis
Erzählungen

Buchmendel
Erzählungen

Castellio gegen Calvin
oder Ein Gewissen gegen die Gewalt

Clarissa
Ein Romanentwurf

Drei Dichter ihres Lebens
Casanova · Stendhal · Tolstoi

Drei Meister
Balzac · Dickens · Dostojewski

Emile Verhaeren

Das Geheimnis des künstlerischen Schaffens
Essays

Die Heilung durch den Geist
Mesmer · Mary Baker-Eddy · Freud

Joseph Fouché
Bildnis eines politischen Menschen

Der Kampf mit dem Dämon
Hölderlin · Kleist · Nietzsche

Das Lamm des Armen
Dramen

S. Fischer

fi 555 016 / 3 / a

Stefan Zweig
Gesammelte Werke in Einzelbänden

Herausgegeben von Knut Beck

Magellan
Der Mann und seine Tat

Maria Stuart

Marie Antoinette
Bildnis eines mittleren Charakters

Phantastische Nacht
Erzählungen

Rahel rechtet mit Gott
Legenden

Rausch der Verwandlung
Roman aus dem Nachlass

Rhythmen
Nachdichtungen ausgewählter Lyrik von Emile Verhaeren, Charles Baudelaire und Paul Verlaine

Romain Rolland

Die schlaflose Welt
Aufsätze und Vorträge aus den Jahren 1909 – 1941

Silberne Saiten
Gedichte

Sternstunden der Menschheit
Vierzehn historische Miniaturen

Tagebücher

Tersites · Jeremias
Zwei Dramen

Triumph und Tragik des Erasmus von Rotterdam

Ungeduld des Herzens
Roman

Verwirrung der Gefühle
Erzählungen

Die Welt von Gestern
Erinnerungen eines Europäers

Zeiten und Schicksale
Aufsätze und Vorträge aus den Jahren 1902 – 1942

S. Fischer

fi 555 016 / 3 / b

Stefan Zweig

Briefe 1897 – 1914

Herausgegeben von Knut Beck,
Jeffrey B. Berlin und Natascha Weschenbach-Feggeler
589 Seiten. Leinen

Stefan Zweig gehört neben Thomas Mann zu den kontinuierlichsten Briefeschreibern der deutschsprachigen Literatur der Moderne. Um seine »Kunst des Briefes« zu zeigen, hat sein Freund und Nachlaßverwalter Richard Friedenthal 1978 eine Anthologie der Briefe an Freunde herausgegeben. Stefan Zweig empfand es als ein Glück, einem Freund »von engeren Dingen, vom Persönlichen, von dem was uns bewegt und innerlich beschäftigt«, zu berichten. Vor allem Briefe ohne Verpflichtung zu schreiben, gab ihm das Bewußtsein, als Individuum sich einzubringen in eine Gemeinschaft, im Vertrauen geborgen zu sein, sich unverstellt geben zu können, seine Eigenheit offenlegen zu dürfen. Deshalb übermitteln sie, an einen Partner gerichtet, in manchem detaillierter als ein Tagebucheintrag Wesentliches von seinem durchaus nicht immer konstanten Denken und Handeln. Diese auf vier Bände geplante Editon einer breiteren Auswahl aus seinen Briefen will die Entwicklung seiner Individualität und seines künstlerischen Schaffens vom frühesten erhaltenen Schreiben an dokumentieren.

S. Fischer

fi 1-097088 / 1

Stefan Zweig

Briefe 1914 – 1919

Herausgegeben von Knut Beck,
Jeffrey B. Berlin und Natascha Weschenbach-Feggeler
665 Seiten. Leinen

Der zweite Band dieser Auswahlausgabe von Briefen Stefan Zweigs setzt mit August 1914, dem Ausbruch des Ersten Weltkriegs, ein und endet im Dezember 1919. Der Schwerpunkt des zweiten Bandes liegt, dem Zeitraum entsprechend, auf seiner politischen Einstellung und Haltung. Stefan Zweig läßt sich – trotz gelegentlicher kritischer, skeptischer Äußerungen in Briefen an Freunde – vom Rausch des Patriotismus hinreißen, bis Ende 1915 »jeder das Endlose dieses Krieges« und dessen »Sinnlosigkeit« spürt. Danach setzt er sich, stärker als noch bisher, in Briefen an Romain Rolland für eine europäische Verständigung nach dem Ende des Krieges ein. Dessen ungeachtet nimmt er zur gleichen Zeit seinen Auftrag als Freiwilliger im k. u. k. Kriegsarchiv in Wien äußerst ernst – Zweig war bei allen Musterungen immer wieder als kriegsuntauglich eingestuft worden –, wohl nicht zuletzt aus Sorge, dennoch an die Front abkommandiert zu werden. Seine wichtigsten Werke, die in diesen Jahren entstehen, sind das gegen den Krieg gerichtete Drama »Jeremias« und der »Dostojewski«-Essay.

S. Fischer

fi 1-097089 / 1

Stefan Zweig

Briefe 1920 – 1931

Herausgegeben von Knut Beck und Jeffrey B. Berlin

696 Seiten. Leinen

Dieser Band beginnt mit der Eheschließung Stefan Zweigs. Die frühen Jahre der Weimarer Republik mit den politisch motivierten Morden an Matthias Erzberger und an Walther Rathenau, erschüttern ihn sehr, innerlich distanziert er sich mehr und mehr. Dieses Jahrzehnt bringt ihm die große Reise nach Rußland – Anlaß ist Tolstois 100. Geburtstag – und damit verbunden die Begegnung und Freundschaft mit Maxim Gorki. Doch Stefan Zweig hat auch Phasen tiefer Depression und große menschliche Verluste zu verkraften: den Tod des bewunderten Rainer Maria Rilke und den des im Werk nicht minder geschätzten Hugo von Hofmannsthal. Der Band endet 1931 mit dem Brief an Richard Strauss, in dem er den Plan des Librettos zur komischen Oper »Die schweigsame Frau« entwickelt, die 1935 in Dresden uraufgeführt wird.

S. Fischer

fi 1-097090 / 1